AF761460

स्वयं प्रकाश

एक मूल्यांकन

संपादक
ए अरविंदाक्षन

प्रभाकर
प्रकाशन

इस पुस्तक का प्रकाशन एवं विक्रय इस शर्त पर किया जा रहा है कि लेखक की लिखित पूर्वानुमति के बिना इस पुस्तक या इसके किसी भी अंश को न तो पुन: प्रकाशित किया जा सकता है और न ही किसी भी अन्य प्रकार से, किसी भी रूप में इसका व्यावसायिक उपयोग किया जा सकता है। यदि कोई व्यक्ति ऐसा करता है तो उसके विरुद्ध कानूनी कार्रवाई की जा सकती है।

HB ISBN: 978-93-56825-78-9
ISBN: 978-93-56827-02-8
eISBN: 978-93-56826-14-4

© लेखकाधीन

प्रकाशक: प्रभाकर प्रकाशन
प्लॉट नं.-63, प्रथम तल, मेन मदर डेयरी रोड
पांडव नगर, ईस्ट दिल्ली-110092
फोन: 011-40395855
व्हाट्स ऐप: +91 9319228272
ई-मेल: Sales@pharosbooks.in
वेबसाइट: www.pharosbooks.in

प्रथम संस्करण: 2024

स्वयं प्रकाश : एक मूल्यांकन
सम्पादक : ए. अरविन्दाक्षन

अनुक्रम

परिशिष्ट

भूमिका

ए. अरविन्दाक्षन

समकालीन हिन्दी कथा-साहित्य में स्वयं प्रकाश की अपनी पहचान है। ज्ञानरंजन और काशीनाथ सिंह के बाद या उन्हीं के समय में हिन्दी कथा साहित्य में स्वयं प्रकाश का आगमन हुआ। कहानी उनकी मुख्य विधा रही, लेकिन उनके उपन्यास भी चर्चित रहे। अन्य विधाओं में भी, जैसे नाटक और निबंध, स्वयं प्रकाश की रचनात्मक भूमिका रही है। इतने पर भी कहानी और उपन्यास में उनकी सृजनात्मकता अपनी वैचारिक चारुता के साथ उपस्थित है।

स्वयं प्रकाश की कहानियों का बहिरंग सपाट प्रतीत होता है; परंतु उनका अंतरंग अत्यंत संश्लिष्ट है। यह विदित बात है कि उन्होंने हमारे यथार्थ की बहुआयामिता को ही विषय बनाया है। इसलिए यथार्थ की जटिलता के प्रति आँखें मूँदना स्वयं प्रकाश जैसे कहानीकार के लिए संभव नहीं है। उन्होंने यथार्थ को सिर्फ़ देखा नहीं है बल्कि उसको नज़दीक से महसूस किया है। जो यथार्थ हयारी मामूली दृश्यता की परिधि में आता है उसके पार यथार्थ की एक अन्य दृश्यता है जिसको स्वयं प्रकाश ने अपनी कहानियों के वांछित यथार्थ के रूप में स्वीकार किया है। ऐसा भी कहा जा सकता है कि स्वयं प्रकाश यथार्थ के इतिहासबद्ध केंद्र से अलग होते नहीं है। 'पार्टीशन', 'गुमशुदा', 'क्या तुमने कभी कोई सरदार भिखारी देखा?' या 'नीलकांत का सफ़र' जैसी कहानियाँ इसके लिए उदाहरण हैं।

उपन्यास के क्षेत्र में भी स्वयं प्रकाश की सृजनात्मक भूमिका निर्विवाद रूप से स्वीकृत है। इसका कारण यह है कि सामान्य यथार्थ से भिन्न जटिल यथार्थ से उनका सरोकार अप्रतिम है। उनकी औपन्यासिक-यात्रा में भले ही वे अपनी प्रतिबद्धता प्रकट करते रहें फिर भी रचनात्मकता के प्रति भी वे आस्था और निष्ठा रखते हैं। हमारे समय की सही सामाजिकी के वे शब्दकार हैं। अतः यह घहना संगत प्रतीत होता है कि उनकी प्रतिबद्धता सामान्य श्रेणी की नहीं है। उसमें उनकी जनचरित्री उन्मुखताएँ तीव्र से तीव्रतर होती नज़र आती हैं।

'ईंधन' या 'बीच में विनय' जैसे उपन्यासों में वैचारिकता के अंतःसंघर्ष का धरातल अत्यंत शक्तिशाली है। बावजूद इसके इन उपन्यासों में जीवनधर्मिता का धरातल भी उतना ही प्रबल है।

नाटक और निबंध के क्षेत्र में भी स्वयं प्रकाश ने अपनी अलग पहचान बनाई है। लेकिन कथा साहित्य का औन्नित्य इन विधाओं में वे प्राप्त नहीं कर सके।

स्वयं प्रकाश की भाषिक संरचना की अनन्यता पर विशेष बल देना आवश्यक है। उनके यहाँ शब्दों की सामान्यता धीरे-धीरे यथार्थ की असामान्यता में तब्दील होने के अनुभव भरपूर मात्रा में मिल जाते हैं। वे यह जानते हैं कि शब्द का क्या महत्त्व है और शब्द कैसे स्वयमेव रुपांतरित हो सकते हैं। इसके लिए इतिहास दृष्टि का परिपाक क्यों चाहिए?

इस पुस्तक को आकार देने में युवा बंधुवर पल्लव जी की महत्त्वपूर्ण भूमिका रही है। उनके सद्भाव और सहयोग के कारण यह पुस्तक इस रूप में आपके सामने है। बहुत से रचनाकारों ने अपने लेखों के माध्यम से इस पुस्तक के आंतरिक स्वत्व को संवारा है।

पल्लव जी के प्रति तथा समस्त लेखक बंधुओं के प्रति मैं आभार व्यक्त करना चाहता हूँ।

हिन्दी के बृहद् पाठक-समाज के लिए यह पुस्तक मैं समर्पित कर रहा हूँ।

15-12-2023 **ए. अरविन्दाक्षन**

आत्म रचनाएँ

रचना प्रक्रिया उर्फ खुद की खुफिया रिपोर्ट

स्वयं प्रकाश

रचना प्रक्रिया दरअसल वहीं से आरंभ हो जाती है जब हम यह तय करते हैं कि हम क्यों लिखते हैं? और बहुत शीघ्र यह प्रश्न कला की सामाजिक प्रतिबद्धता, लेखकीय पक्षधरता और विचारधारा का प्रश्न बन जाता है। लेकिन इससे पहले कि बातें सैद्धान्तिक, किताबी और अमूर्त होना शुरू हों, मैं आपको स्वयं प्रकाशजी की ही रचना प्रक्रिया के बारे में बताता हूँ।

दरअसल स्वयं प्रकाशजी बड़े विचित्र आदमी हैं। आप एक पुरमज़ाक और जिन्दादिल दोस्त ज़रूर हैं, लेकिन एक निहायत बोर सहयात्री हैं। आप कभी उनके साथ रेल या बस के सफ़र में फँस जाएँ तो सिर पीट लें। खुद तो कुछ बात करेंगे नहीं, आप करें तो साथ देने की छोड़िए, समझेंगे तक नहीं, हर बात पर बुद्ध की तरह दाँत दिखाते और खीसें निपोटते रहेंगे। और यात्राएँ उन्होंने खूब लम्बी-लम्बी की हैं। पाँव में पहिये लगे हैं। एक जगह टिककर रहना न भाग्य है न स्वभाव। जैसलमेर से मद्रास तक और उड़ीसा से आपली मुंबई तक ज़िन्दगी खाक छानते ही गुज़री है। और उनकी एक तिहाई से भी ज़्यादा कहानियों में यात्रा के चित्र या संदर्भ हैं। समझदार भारतीय रेलवे इसी बात के लिए उन्हें सम्मानित या अपमानित कर सकती है।

लेकिन वे यात्रा के दौरान ही एक बोर आदमी होते हों, ऐसी बात नहीं। आप तीन रोज़ उनके साथ रहिए। पहले दिन वह काफी जीवंत, जिन्दादिल, हँसोड़ और उत्तेजक मालूम होंगे, दूसरे दिन ठण्डे, अनमने और उदासीन और तीसरे दिन इस क़दर बोर कि उन्हें पीटने की इच्छा होने लगे। इसका उल्टा भी हो सकता है।

मैं उनके साथ ही रहता हूँ और दाद दीजिए मेरे साहस की जो चालीस साल से इन्हें झेल रहा हूँ। ज़रा इनके दिमाग की एक बानगी तो देखिए–

इसमें एक नाटककार है जो संवाद और दृश्य रचता रहता है। एक अभिनेता है जो हर बात पर 'मौलिक' एक्सप्रेशन मारता रहता है, एक चित्रकार है जो स्केच बनाता रहता है, एक गीतकार है तुक्कड़ किस्म का, जो हर प्रकार के छन्द में हर चीज़ की तुकबन्दी कर

सकता है, एक संगीतकार भी है जो यदाकदा जाग्रत होता है, खूब अच्छी धुनें बनाता है और भूल जाता हैं, एक समीक्षक है जो सनकी है और हर किसी की ऐसी-तैसी करता रहता है, एक सैक्स मीनिएक है जिसकी जितनी कम चर्चा की जाए उतना अच्छा। और ये सब बौने हैं। मानो बचपन में ही किसी अभिशाप से इनका विकास अवरुद्ध हो गया हो। और एक बेजड़ उजबक है जो हमेशा कुछ न कुछ लीक से हटकर और ऑफबीट करने की कोशिश करता रहता है।

और एक कैमरा है जो चलता रहता है। खासकर तब जब स्वयं प्रकाशजी खामोश होते हैं। इसे ऐसे भी कहा जा सकता है कि जब वे खामोश हैं तो समझ लो कैमरा चल रहा है। और यह कैमरा के जीबी और सीआईए की बगिंग का बाप है। क्योंकि वे लोग तो सिर्फ़ उसका चित्र ले पाते हैं जो है–चाहे भीतर छिपा हुआ ही है, पर है। यह कैमरा तो उसका भी चित्र खींच लेता है जो नहीं है, पर हो सकता है, या हो सकता है कि रहा हो। कल्पनाशील और कल्पनाप्रिय इस कैमरे ने इस आदमी की कितनी नींदें छीनी हैं और कैसे इसे जवानी में ही बूदा किया है–सिर्फ़ मैं जानता हूँ।

ये तो हुए लच्छन, अब हरकतें देखिए। जनाब गये थे भारतीय नौसेना में अफसर बनने, बने भी, पर भाग छूटे और फिल्मों में असिस्टेण्ट डायरेक्टरी करने लगे। सो भी राजेन्द्रसिंह बेदी के साथ (जिन्हें आप भारत के दो श्रेष्ठ गद्यकारों में से एक मानते हैं और जिनकी भाषा का असर इनकी कहानियों में कहीं भी पकड़ा जा सकता है। हालाँकि किसी ने पकड़ा नहीं आज तक) और यही नहीं, और भी तमाम धंधे किये, जो शैलेश मटियानी के बम्बई संस्मरणों से तो कई गुना ज़्यादा दिलचस्प हैं।

तो स्वयं प्रकाशजी भी हजारों-लाखों आम भारतीय मध्यवर्गीय नौजवानों की तरह नौकरी की तलाश में और आवारागर्दी के दिनों में लांछित-अपमानित-प्रताड़ित उपेक्षित और उपहासित हुए...पर अपने इन अनुभवों को भूलने की इजाजत उन्होंने खुद को कभी नहीं दी। हाथ-पाँव में इतना ग्रीस था नहीं कि मारामारी करते इसलिए इन अनुभवों पर उन्होंने तड़पकर कहानियाँ लिखीं...कहानी में उन सब की मिट्टी पलीत करते हुए जिन्होंने बेकसूर मारा, बेवजह सताया, बिना कारण उपेक्षा की, बग़ैर सोचे मजाक उड़ाया वगैरह। इनके पहले कहानी संग्रह 'मात्रा और भार' की कहानियाँ ऐसी ही हैं।

फिर समझा कि ये तो सभी भुगत रहे हैं। तो थोड़ी राजनीति, समाजशास्त्र, दर्शन आदि से जूझे। मास्टर्स को पढ़ा। परिस्थिति को परिप्रेक्ष्य से जोड़कर देखना सीखा और विवेकानन्द से, गाँधी से, लोहिया से, क्रॉपटकिन मार्क्स पर आ गये और यहीं चौकड़ी मारकर बैठ गये।

जब कविताएँ लिखते थे, अक्सर गुलाबी काग़ज़ पर नीली स्याही से। खुशखत खूब। और छंद पर ऐसा अभ्यास कि एक भी शब्द काटना-जोड़ना नहीं पड़ता था। कहानी कभी सपाटे में नहीं लिखी। शुरू करने से पहले भागेंगे। टेबल से, पेन से, काग़ज़ से टालेंगे। गुमसुम हो जाएँगे। झुँझलाहट जैसा आलम। अकेले घूमने निकल जाएँगे। चाय पर चाय चढ़ाएँगे। जब और ज़्यादा टालना असम्भव हो जाएगा, तब जाकर लिखना शुरू करेंगे। फिर जाहे जैसा काग़ज़ हो, चाहे जैसी क़लम, चाहे जैसी मेज़ और चाहे जैसी रोशनी। लगेगा...चलो, भाई लग्गे से लगा। लेकिन इतने शरीफ़ होते तो बात ही क्या थी? एक-दो-पैरा लिखा कि तलब होगी चाय की, सिगरेट की, पानी की, प्यास, हाजत, यहाँ-वहाँ, रसोई में, छत पर... और वाक्य पर वाक्य कूदते आ रहे होंगे दिमाग़ में...एक के बाद एक...और आप उन्हें ठेल रहे होंगे...कि रुको, सब्र करो, इस तरह नहीं, थोड़ा अनुशासन सीखो, एकदम जंगली मत बनो...। दस-बीस मिनिट बाद फिर आयेंगे और फिर एक-दो पैरा। इस तरह चार-छह दस रोज़ में जाकर पूरी करेंगे एक कहानी और उसे बग़ैर पढ़े दराज़ में घुसा देंगे। कई रोज़ बाद जब उसे पूरी तरह भूल चुके होंगे (इस बीच हो सकता है कुछ अखबारी टिप्पणियाँ, समीक्षाएँ, मित्रों को लम्बे पत्र-जिन्हें लिखने का खब्त की हद तक शौक है–लिख चुके हों) कहानी को निकालकर पढ़ेंगे। वाह वाह या हिष्ट-हिष्ट करते हुए। और सत्तर प्रतिशत ठीक लगी तो बैठेंगे उसे टीपने। (या यदि किसी सम्पादक के तीन-चार तकाजे आ चुके हों!) यानी उसकी फेयर कॉपी बनाने। इसमें लगेंगे दसियों दिन और इस लिखाई में लगभग हर पैरा, हर वाक्य बदल जाएगा। फिर रख देंगे, भूल जाएँगे, फिर पढ़ेंगे और छपने भेज देंगे। छपकर आने के बाद ध्यान से पढ़ेंगे, फिर वाह वाह या हिष्ट-हिष्ट करते हुए और दोबारा कहीं भेजनी हुई तो टाइप या फोटो नहीं कराएँगे, फिर हाथ से लिखेंगे और फिर कई सारी चीज़ें 'सुधार' डालेंगे। हज़रत की मौलिकता का यह आलम है कि पाँच संख्याओं का साधारण जोड़ दे दीजिए करने को जितनी बार करेंगे–मौलिक उत्तर लाएँगे।

लिखने में चलता है कैमरा। वही जिससे वर्षों पहले शूटिंग की थी। निकलते हैं रिजल्ट। पात्र, पात्रों के चेहरे, कपड़े, कपड़ों के रंग, रंगों के शेड्स, मूड और मौसम, बातें और लहज़े, मुहावरे और कहन, पेड़ और पत्ते, बैक ग्राउण्ड म्यूजिक और ट्रिक शॉट्स, क्लोज़ अप और ज़ूम। सब। चकित होते हैं यार लोग। तेरी मेमोरी अच्छी है यार। जबकि मेमोरी का यह हाल है कि जेब में रूमाल होगा और घर भर में रूमाल ढूँढ़ रहे होंगे। मेमोरी की बात नहीं है। बात फ्लैश बैक में जी पाने की है। बार-बार उसी यंत्रणा में से गुज़र पाने की है जो पहली बार पीटे जाने पर या दुत्कारे जाने पर हुई थी।

संवेदना व समझ ने विस्तार पाया तो दूसरों की पीड़ा अपनी पीड़ा से बड़ी लगने लगी और सोचने लगे कि ऐसा मुझ पर गुज़रता तो मुझे कैसा लगता? मैं इस हाल में क्या करता?

आज यह बात अपने अनुभव के आधार पर कह सकते हैं कि जितनी शिद्दत नज़दीकी और सक्रियता से लेखक जनसंघर्ष से जुड़ेगा, उतनी ही बेहतरीन कहानियाँ वह लिख सकेगा। 'सूरज कब निकलेगा', 'नीलकांत का सफ़र', 'दूसरी तरफ़' और 'चौथा हादसा' ऐसे ही दौर की ऐसी ही कहानियाँ हैं।

बहुत पहले गुज़र गया वह दौर जब लोग पूछते थे यह दीपा सेन कौन है? मालती कौन है? शान्ता और स्टेला रीयल लाइफ़ में कौन थीं और तुमसे उनका क्या सम्बन्ध था? वह दौर भी गुज़र चुका जब इनकी कहानियों में खलनायक हुआ करते थे। आज कौन खलनायक है? कोई एक व्यक्ति नहीं। सारी व्यवस्था ही बेईमानों के पक्ष में है। किसे खलनायक बनाएँ? हमारे खुद के भीतर रावण और दुशासन छिपे बैठे हैं। पात्रों का तो हाल कीमियागरी से समझो। एक चरित्र खड़ा करेंगे तो उसका सिर होगा जोधपुर वाले किसी मित्र का, धड़ भीनमाल के एक परिचित का, भाषा सुमेरपुर वाले एक 'सहकर्मी' की ओर विचार उदयपुर के एक अध्यापक के! 'मूलचन्द बाप तथा अन्य' कहानी पर जोधपुर से एक चिट्ठी आई कि बधाई, मेरे फूफाजी का आपने ठीक चित्रण किया, और पटना से एक कि आपका ज़रूर हमारे ताऊजी से परिचय होगा, पर उनके मरने के बाद आपको उनका मजाक नहीं उड़ाना चाहिए था, और जबलपुर से एक पत्र वकील के मार्फत कि आपने मेरे पूज्य पिताजी का चरित्र हनन करने की कोशिश की है, क्यों न आपके विरुद्ध वगैरह वगैरह!

गाँठ बाँध रखी है एक बात कि साहित्यकार आत्मा का जासूस होता है। यह जैनेन्द्र ने कहा था। लेकिन गोर्की ने रचनाकार को आत्मा का इंजीनियर कहा है। जासूस हो चुके हैं, इंजीनियर होने की कोशिश में हैं। कामना कीजिए कि हो जाएँ जल्दी से जो कुछ इन्हें होना-हवाना है ताकि कम से कम मेरा तो पिण्ड छूटे!

मैं और मेरी हमबिस्तर प्रेमिकाएँ

स्वयं प्रकाश

किशोरावस्था में जिन तीन पुस्तकों ने मुझे सबसे ज़्यादा प्रभावित किया वे थीं 'गुलीवर्स ट्रेवल्स', 'अलीबाबा और चालीस चोर' और 'बेताल पच्चीसी'। युवावस्था में जिन तीन पुस्तकों ने मुझे सबसे ज़्यादा प्रभावित किया वे थीं बोरिस पोलेवोई की 'असली इन्सान', हावर्ड फास्ट की 'आदिविद्रोही' (अनु. अमृतराय) और निकोलाई ऑस्त्रोवस्की की 'अग्निदीक्षा'। प्रौढ़ावस्था में जिस पुस्तक ने मुझे सबसे अधिक प्रभावित किया, वह थी 'महाभारत'। आज भी यदि मुझे किसी एक ही पुस्तक को पढ़ने की अनुशंसा करनी हो तो वह पुस्तक 'महाभारत' ही होगी। इतना कहकर बात खत्म की जा सकती है।

लेकिन इस बीच खासकर किशोरावस्था और युवावस्था के बीच और भी कई पुस्तकें मेरे जीवन में 'घटित' हो रही थीं। मसलन फ्रॉयड के मनोविज्ञान ने मुझे चौंका दिया। मैंने उनकी अनेक केस हिस्ट्रीज पढ़ीं। इसके बाद मैंने एडलर और जुंग को भी तन्मयता से पढ़ा। यह जिन्दगी को देखने का एक निराला ही कोण था। इन्हीं दिनों डाखवन की एक छोटी-सी किताब मेरे हाथ लग गई। यह सामाजिक विषयों पर लिखे गये निबन्धों का संग्रह था। इनमें एक निबन्ध नास्तिकता पर भी था। क्या किताब थी! काश! उस जमाने में फोटोकॉपी की सुविधा होती और मैं उस निबंध को सुरक्षित रख पाता!

लगभग इसी उम्र में विवेकानन्द साहित्य पढ़ा। लेकिन सिवा 'कर्मयोग' (सम्पूर्ण विवेकानन्द साहित्य, भाग-3) किसी में खास मजा नहीं आया। हाँ, शिकागो से अपने प्रिय शिष्य आलासिंगा को लिखे विवेकानन्द के पत्रों में खूब मजा आया। गाँधीजी की छोटी-सी किताब 'हिंद स्वराज' ने मुझे बहुत प्रभावित किया। खासकर इसलिए भी कि मैंने इस किताब को माइकल शूमाखर की किताब 'स्मॉल इज ब्यूटीफुल' के साथ मिलाकर पढ़ा। चढ़ती जवानी में डी.एच. लॉरेन्स की 'लेडी चेटर्लीज लवर', नावाकोव की 'लोलिता', नेन्सी फ्रायडे की 'माय सीक्रेट गार्डन' और इन सबसे ज़्यादा अल्बर्टो मोरेविया की 'वूमन ऑफ रोम' ने मुझे कई दिन पागल बनाए रखा। दिलचस्प बात यह है कि उन्हीं दिनों मैंने

अखबार में अंतरराष्ट्रीय प्रगतिशील लेखक सम्मेलन की एक तस्वीर देखी थी जिसमें अल्बर्टो मोरेविया भाषण दे रहे थे। फिर पता नहीं कैसे मुझे बर्नार्ड शॉ का चस्का लग गया। उन दिनों पत्रा-पत्रिकाओं में बर्नार्ड शॉ और मार्क ट्वेन के मजाक बहुत छपा करते थे। संयोग ऐसा हुआ कि 'पिग्मेलियन' पढ़ी और कुछ रोज़ बाद ही 'माय फेयर लेडी' देखने को मिल गई। रेक्स हेरीसन और ऑड्रे हेपबर्न ने शॉ की कल्पना को साकार कर दिया। प्रोफ़ेसर हिगिन्स मेरे सपनों में आने लगे। वह आते और किसी की आवाज़ आती, 'इट राइन्स माइनली ऑन द प्लाइन्स ऑफ स्पाइन!' और मैं सोते-सोते हँस पड़ता। उन दिनों शॉ के पचासियों मजाक मुझे जबानी याद थे और उन्हें मैं दोस्तों के बीच खूब चटखारे लेकर सुनाया करता था। खासकर वह, जिसमें ब्लैकबोर्ड पर 'फिश' लिखकर शॉ पूछते थे कि यह क्या है और फिर खुद ही बताते थे कि यह 'छोटी' है और अन्त में अफसोस के साथ कहते थे कि ये अंग्रेज़ अपने बच्चों को अंग्रेज़ी क्यों नहीं सिखाते? लेकिन मजाकों को और उनके नाटकों को उनके 'डायलॉग्स' ने धराशायी कर दिया।

मुझे इसमें भविष्य का एक नया कलारूप दिखाई दिया और मैंने मन ही मन तय किया कि जब मैं परिपक्व हो जाऊँगा तो मैं भी डॉयलॉग लिखूँगा। इसके तुरन्त बाद मैं मार्क ट्वेन से टकरा गया और उनकी महान प्रतिभा के आगे नतमस्तक हो गया। जब मैं छोटा था। मार्क ट्वेन भाषण देने भारत भी आए थे और लोग टिकट लेकर उनका भाषण सुनने गए थे। तब मैंने सोचा था यह तो बहुत खूब रही। ऐसा तो मुझे भी बड़े होकर करना चाहिए। उन दिनों मेरे शहर इन्दौर में अनेक व्याख्यानमालाएँ होती थीं जिनमें कला-साहित्य-संस्कृति जगत की हस्तियों को बुलाया जाता था और लोग ठठ के ठठ उनका भाषण सुनने जाते थे। यह और बात है कि टिकट नहीं लगते थे। समाजसेवी संस्थाएँ चंदा करके ये आयोजन करती थीं। मेरा आज भी मानना है कि टॉम सोइयर और हकलबरी फिन जैसे पात्र विश्वसाहित्य में और नहीं हैं। मार्क ट्वेन शिकागो टाइम्स में एक स्तंभ लिखते थे 'एडम्स डायरी' जो खूब लोकप्रिय हुआ। तो उन्होंने उसके अनुवर्तन में 'ईव्स डायरी' भी लिखा। वह और भी ज़्यादा लोकप्रिय हुआ। अफसोस इनका आज तक हिन्दी में अनुवाद नहीं हुआ है।

जब मैं स्नातक कक्षा में आया तो नियम बना लिया कि परीक्षा के तुरंत बाद पाठ्यक्रम की बदबू दिमाग से निकालने के लिए एक जासूसी उपन्यास ज़रूर पढूँगा। उस चक्कर में कुछ हिचकॉक, कुछ अगाथा क्रिस्टी कुछ पैरी मैसन भी पढ़ लिए। पॉपुलर फिक्शन की बात हो रही है तो इरविंग वालेस के उपन्यास 'द मेन' और अलेक्स हेली के उपन्यास 'द रूट्स' का जिक्र भी करना चाहिए। आज अमेरिका में एक अश्वेत राष्ट्रपति है, लेकिन वह कितना अश्वेत रह गया है? ठीक इसी समय मुझे जेम्स बाल्डविन के नाटक 'ब्लूज फॉर मिस्टर चार्ली' की याद आ रही है। यह एक नीग्रो लड़के बारे में है जिसे जबर्दस्ती मुजरिम

बना दिया जाता है। यह पुस्तक मैंने अपने मित्र दिनेश मिश्र के निजी पुस्तकालय से पहले माँगकर पढ़ी थी, फिर चुरा ली थी, और आज भी मेरे पास है। पहले सोचा था कि अनुवाद करूँगा, फिर सोचा रूपान्तर करूँगा, फिर सोचा इस पर आधारित नाटक लिखूँगा, लेकिन जब हिन्दी के दलित लेखकों ने प्रेमचंद को गाली देना शुरू किया और कहा कि दलित साहित्य सिर्फ़ दलित लिख सकते हैं तो मैंने सोच लिया कि अब जिन्दगी भर दलितों पर कुछ नहीं लिखूँगा। यहीं कुछ और अत्यंत प्रभावशाली पुस्तकों का जिक्र करता चलूँ। ये हैं एल्विन टॉफलर की तीनों पुस्तकें ('फ्यूचर शॉक', 'द पॉवर शिफ्ट' और 'थर्ड वेब') सुसांत गुणतिलक की 'द क्रिपल्ड माइण्ड्स' ('पंगु मस्तिष्क' नाम से जिसके अनुवाद का मुझे सुअवसर मिला), उर्वशी बुटालिया की 'द अदर साइड ऑफ साइलेंस' और पिंकी वीरानी की 'बिटर चॉकलेट'! बाइगॉड! क्या किताबें हैं। मैं अब भी इनका हिन्दी में अनुवाद करने को तैयार हूँ, बशर्ते कोई प्रकाशक ढंग का प्रस्ताव दे। लेकिन जब निश्चय कर लिया कि अपने को लिखना ही है तो अध्ययन को व्यवस्थित और अनुशासित करना जरूरी हो गया। समकालीन भारतीय साहित्य से परिचित होने के लिए अनेक मोटी-मोटी लेकिन पनीली पुस्तकें पढ़ीं। तारा शंकर बंदोपाध्याय की 'गणदेवता', गोपीनाथ महाँती की 'माटी मटाल', क.मा. मुंशी की 'जय सोमनाथ', अमृतलाल नागर का 'बूँद और समुद्र', यशपाल का 'झूठा सच' और पन्नालाल पटेल का 'मानव नी भवई'। मैंने हैरान होकर सोचा कि लोग इतना कैसे लिख लेते हैं? और क्यों लिख लेते हैं? मेरा खयाल है पढ़ने के बारे में हड़बड़ी बिलकुल नहीं करना चाहिए। ये हौंस कि हम सब कुछ पढ़ लें...फालतू हैं। क्योंकि इस तरह चीज़ें न याद रहती हैं न असर छोड़ती हैं। पुस्तक को प्रेमिका समझना चाहिए और उससे भी बड़ी शाइस्तगी के साथ पेश आना चाहिए। उसका नशा धीरे-धीरे चढ़ता है। हड़बड़ी में न उसे मजा आएगा न तुम्हें।

आप यह भी देख रहे होंगे कि यह सारा कुछ एकदम सिलसिलेवार नहीं आया है। बात यह है कि किताबों हर जगह मिलती नहीं हैं। मिलतीं भी तो खरीदने की अपनी औकात नहीं। अधिकतर किताबें पुस्तकालयों से इशू कराकर, दोस्तों से माँगकर या इधर-उधर से चुराकर ही पढ़ीं हैं। तो जब जो मिल गई। अफसोस! कि अब तो पुस्तकें कोई चुराता भी नहीं।

स्वयं प्रकाश

33/3, ग्रीन सिटी
ई–8, अरेरा कॉलोनी,
भोपाल-462039
फोन-0755-2562960

संवाद

हमें प्रौढ़ शिक्षा की आवश्यकता है

राजीव कुमार का स्वयं प्रकाश से सुदीर्घ संवाद

○ **वर्तमान में एक लेखक के रूप में आपकी क्या सक्रियता है, इधर कोई बड़ी रचना देखने को नहीं मिली।**

● आज कल मैं बच्चों के लिए लिखने की कोशिश कर रहा हूँ, बहुत सालों से लिख रहा हूँ लेकिन बच्चों के लिए कभी नहीं लिखा, इसे आप एक प्रकार का ऋण शोध भी मान सकते हैं। लेकिन इसका दूसरा पहलू यह है कि इसमें जब दूर-दूर से बच्चों की प्रतिक्रियाएँ मुझे मिलती हैं फ़ोन से या चिट्ठियों के मार्फ़त तो मुझे बहुत आनंद आता है। हिन्दी में बाल साहित्य की घनघोर उपेक्षा हुई है और आज भी बच्चों के लिए लिखना कोई बहुत गंभीर कार्य नहीं माना जाता। इस स्थिति को बदलना चाहिए, अच्छे लेखकों को बच्चों के लिए लिखना चाहिए। भोपाल से बच्चों के लिए एक पत्रिका निकलती है "चकमक" उसमें दो साल से मेरा एक स्तम्भ चल रहा है, उसमें मैं अपने एक काल्पनिक मित्र रामसहाय को अपने बचपन के बारे में बताता रहता हूँ और हर महीने एक चिट्ठी लिखता हूँ। वह स्तम्भ बच्चों के बीच में अत्यंत लोकप्रिय हुआ है। मुझे बच्चों के बीच कहानी सुनाना भी बड़ा अच्छा लगता है, कई बार मुझे बच्चों के स्कूलों में बुलाया जाता है, जहाँ बच्चों से मैं बात-चीत करता हूँ और मुझे लगता है कि वो बहुत कठिन प्रश्न पूछते हैं, वयस्क प्रश्न पूछते हैं। उनका उत्तर देने में भी मुझे बहुत आनंद आता है इसलिए इस समय मेरी सारी रचनात्मकता बच्चों पर लिखने पर ही केन्द्रित है।

○ **अभी आप एक बार कह रहे थे कि बच्चे वयस्क प्रश्न पूछते हैं तो आप क्या यह महसूस करते हैं कि इन दिनों जो तकनीक के माध्यम से या हमारी जो पारिवारिक-सामाजिक व्यवस्थाएँ, ये सारी चीज़ें जो बनी हैं उसमें बच्चों के बचपन का जो आयाम है वो कहीं खो जा रहा है और वे बहुत जल्दी बड़े की तरह बनते जा रहे हैं।**

● हाँ ये तो हो रहा है और इसमें कोई बुराई भी नहीं है। दरअसल बच्चों को बच्चा समझना ही गलत है, मैं बच्चों को बच्चा नहीं समझता। मैं बच्चों को जूनियर

सिटीजन समझता हूँ—नन्हें नागरिक। आपको आश्चर्य होगा जब निर्भया वाली घटना हुई थी तो इटारसी के एक छोटे से स्कूल में एक आठवीं क्लास के बच्चे ने मुझसे इस विषय पर बोलने और इस घटना के कारणों पर प्रकाश डालने के लिए कहा था। यह हमारी भूल है कि हम उनको बन्दर, शेर, बिल्ली की कहानियाँ सुनाकर बहकाने की कोशिश करते हैं। यह अभी तक हमारे समाज में यह व्यवस्था है कि बच्चों के जीवन के निर्णय उनके माता-पिता लेते हैं। मसलन लड़कियों या लड़कियों के जीवन साथी चुनने का काम उनके अभिभावक करते हैं। या बड़े होकर उनको ये बनाएँगे, वो बनाएँगे किस्म की बातें करते हैं। आधुनिक समाज की दृष्टि से जो निहायती बेहूदा बातें हैं। इसलिए अब मुझे एक और बात लगती है शायद बच्चों की शिक्षा से अधिक हमें प्रौढ़ शिक्षा की आवश्यकता है।

○ **क्या अभी जो बाल लेखन की स्थिति खासकर हिन्दी में वो तो संतोषजनक नहीं है ये बातें बार-बार उभरकर आती हैं, फिर भी आप कुछ रचनाएँ, कुछ लेखक बताएँ जो अभिभावक अपने बच्चों को पढ़ाएँ उन्हें बताएँ, उन्हें देखें, मैं अभी तो हिन्दी में ऐसी रचनाओं को याद नहीं कर पा रहा हूँ जिनकी मैं तत्काल सिफारिश कर सकूँ कि बच्चों को ये पढ़ना चाहिए।**

● दरअसल हिन्दी साहित्य एक बहुत ही खतरनाक मोड़ पर आ गया है। हमें यह स्वीकार कर लेना चाहिए कि हमारे बच्चों ने अब हिन्दी साहित्य पढ़ना लगभग छोड़ दिया है। ऐसा क्यों है इस पर गंभीरता से विचार आवश्यक है। लेकिन देखने में ये आता है कि या तो अंग्रेज़ी की किताबों ने, अंग्रेज़ी के प्रकाशकों ने, अंग्रेज़ी साहित्य ने हमारे बच्चों को हम से छीन लिया है या इलेक्ट्रोनिक उपकरणों ने, गति ने, रफ़्तार ने, बाज़ार ने, आधुनिकता ने, और इसकी चकाचौंध ने बच्चों से उनकी किताब छीन ली है। ये दोनों बातें बहुत गंभीर हैं, इसके परिणाम हमें बीस पच्चीस तीस साल बाद पता चलेंगे जब हमारे बच्चे बड़े होंगे और वो लगभग निरक्षर होंगे साहित्य के, संस्कृति और मूल्यों के क्षेत्र में और वो मात्र उपभोक्ता होंगे और मात्र वस्तुओं के बारे में बात करेंगे।

○ **ये जो स्थिति बनी है या बन रही है इसमें जो भारतीय बाल साहित्य का स्तर है वो सिर्फ़ जिम्मेवार है या पश्चिमी प्रचार की जो पद्धति है, जो पैकेजिंग है उसकी भी भूमिका है। क्योंकि आप देखिए कि जो रहस्य रोमांचकारी जो हमारी पुरानी कथाएँ है वो बच्चों तक उतनी नहीं पहुँचाई**

जाती जबकि जे. के. रोलिंग की जो कहानियाँ, उनके उपन्यास के शक्ल में आए पूरा हैरी पौटर उसको अभूतपूर्व सफलता मिली और भारतीय बच्चे भी उसे पढ़ रहे हैं जबकि पंचतंत्र वगैरह को उस तरह नहीं पढ़ते।

- नहीं ऐसी बात तो नहीं है। हिन्दी में भी रामायण, महाभारत, पंचतंत्र, बेताल पच्चीसी, विक्रमादित्य जितनी भी चीज़ें रहीं है क्लासिक रहीं हैं। अनेक वर्षों से उनको बच्चों के लिए उपलब्ध कराया जाता रहा है। पिछले पचास वर्षों में भी इस तरह की पुस्तकें बच्चों के लिए सुलभ हैं चाहे वह चित्रकथा माध्यम से हों या किसी और माध्यम से। सवाल इससे आगे बढ़ने का है। बच्चों को एक रहस्य रोमांच की दिलचस्प दुनिया से ज़्यादा कुछ देने की आवश्यकता है और जो देने की आवश्यकता है वह है 'विचार'। उस विचार का हमारे लेखकों में भी अभाव लगता है इसलिए हमको नहीं सूझता कि हम बच्चों को क्या बताएँ और दुर्भाग्य से हमारी शिक्षा पद्धति उन्हें अभी भी बहुत छोटा समझ कर के उपदेश देने की चेष्टा करती है। लिहाजा हम उन विषयों पर बच्चों से बात ही नहीं कर पाते जिन पर बात करना आवश्यक है मसलन नागरिकता, राष्ट्रीयता-राष्ट्रीय प्रेम, मानवीय मूल्य, विज्ञान के नए सवाल, हमारी देह, सेंसर, सेक्स ऐसी ही तमाम बातों पर बच्चों से बातें करते वक़्त हमेशा झिझक जाते रहे हैं और इसी की प्रतिछाया हमें बाल साहित्य में भी दिखाई देती है। वहाँ ये विषय गायब हो जाते हैं और शेर, चूहे, चीते की कहानी सामने आ जाती है। बच्चों को इन सब से बहुत ऊब होती है इसलिए वे उन चमत्कारी चीज़ों की तरफ़ चले जाते हैं जिनका जे. के. रोलिंग के बहाने इशारा किया है। मुझे नहीं लगता कि हिंदुस्तान के बच्चों को इस तरह की चीज़ों की आवश्यकता है या इससे उनका कोई ठीक ढंग का विकास हो पाएगा। हमें अपनी समाज की दृष्टि से आवश्यक प्रश्नों पर बच्चों को अपने विचार में सहभागी बनाने की आवश्यकता है।

○ **वर्तमान की जो आर्थिक-राजनीतिक परिस्तिथियाँ हैं उसमें आप अपने को कैसा महसूस कर रहे हैं?**

- ये पिछले तीस पैंतीस वर्षों में हुआ है कि हमसे हमारे जीवन के बारे में निर्णय लेने के अधिकार को धीरे-धीरे छीना जा रहा है। मसलन हम क्या खाएँ, हम क्या पीएँ, हम कैसे सोएँ, हमारे दाम्पत्य सम्बन्ध कैसे हों, हम क्या पढ़ें, हम क्या सोचें और हमारे लिए श्रेष्ठ जीवन की परिभाषा क्या हो कोई हज़ारों मील दूर किसी प्रयोगशाला या विश्वविद्यालय में बैठा कोई पश्चिमी विद्वान तय कर रहा है। हम एक स्वायत्त राष्ट्र की तरह से नहीं जी रहे हैं बल्कि उपनिवेशों के भी उपनिवेश

की तरह परिधि पर पड़े हुए की भाँति जी रहे हैं इसलिए हमारे चिंतन में कुछ भी मौलिक बचा नहीं है। और जिन चीज़ों को पश्चिम की स्वीकृति का ठप्पा लग जाता है उन्हें हम श्रेष्ठ मानकर के या तो गर्व करने लगते हैं और अपनाने लगते हैं या अतीतगामी हो जाते हैं और अतीत में अपना स्वर्ण काल ढूँढ़ने की चेष्ठा करने लगते हैं। मैंने अभी पिछले थोड़े दिन पहले ही कहीं कहा था कि, 'हम स्मृतिविहीन नहीं स्वप्नविहीन समाज बनते जा रहे हैं और इस बात का हमें गंभीरता से विचार करना चाहिए'। इसलिए आज की राजनीतिक, सामाजिक पारिस्थितियों को देखते हुए मुझे ऐसा लगता है कि आज से 40-50 साल पहले मैं अपने बारे में जैसे निर्णय कर पाता था कि ये खाऊँगा, ये पहनूँगा, मुझे ये रंग पसंद है, मुझे ऐसा जूता पहनना है, मुझे यहाँ जाना है, मुझे ऐसे करना है वो अब नहीं कर पाता हूँ।

○ **तो आपने अभी जिन प्रश्नों, सन्दर्भों और जिन मानकों की बात की तो इस स्तर पर क्या 40 वर्ष पहले का जो समाज था वो ज़्यादा बेहतर था, इस स्तर पर क्या हमारा समाज डीटोरिएट किआ गया है?**

● बिलकुल-बिलकुल निश्चित रूप से एक मनुष्य के रूप में हमारी स्वाधीनता और स्वायत्ता का निरंतर हनन किया गया है और हम पर वो चीज़ें थोपी गई हैं जिनकी हमारे जीवन में कभी कोई आवश्यकता नहीं थी। और आज भी हम उन्हीं की संचालित शक्तियों से संचालित हो रहे हैं। मसलन हम बाज़ार जाएँगे, हमें एक कमीज अच्छी लगेगी और उसकी कीमत होगी तीन हज़ार रूपए, उस पर एक विशेष प्रकार के ब्रांड का ठप्पा लगा होगा। हम उस ब्रांड को देखकर के उसे खरीद लेंगे और हमें इस बात की कतई अनुभूति नहीं होगी, पता भी नहीं चलेगा कि वो तीन हजार रूपए में बिकने वाली कमीज बांग्लादेश की किसी गन्दी खुड्डी के ऊपर किसी गरीब आदमी ने बनाई है जिसे उसके लिए तीस रूपए का पारिश्रमिक दिया गया है। ये ही हाल हमारे विचार का है। विकास की जो अवधारणा हमें पश्चिमी राष्ट्रों ने हमें दे दी है उसके पीछे हम अंधे होकर दौड़ रहे हैं और उसके भयानक परिणामों से अवगत होने की चेष्ठा भी नहीं कर रहे। और यही कारण है कि भारतवर्ष की जो सचमुच 20 प्रतिशत आबादी है वो न सिर्फ़ विकास में छूट रही है बल्कि वो उसे मनुष्यता के दायरे से बाहर किए जाने का भी षड़यंत्र चल रहा है और हम भी उसके भागीदार हो रहे हैं।

○ **अभी जो परिस्थिति हमारे सामने है जो दिख रहा है तो ये समस्या जो है आगे और गहराएगी क्या? क्या इस वक़्त हम एक डेडलॉक की स्थिति**

में हैं? यह प्रश्न मैं इसलिए पूछ रहा हूँ कि मार्क्सवाद जो था वो इन सारे विज़न को अपने में समेटे हुए था, कहीं ज़्यादा रूप में, कहीं कम रूप में, कहीं न कहीं सारे प्रश्नों से जूझ रहा था लेकिन उसका जो सर्विस मैन्युअल है उसे हम भारत में असफल होते देख रहे हैं।

- लगता तो ऐसा ही है, परिस्थितियाँ इस से भी ज़्यादा विकट होंगी और अभी तक हमें बाज़ार और पश्चिम के, पूँजीवाद के और विश्व वैश्वीकरण के जिस दानव ने लगभग पंगु बना दिया है इसके बावजूद भी अगर हम बचे हुए हैं तो इसलिए कि हमारी सामाजिक व्यवस्था और पारिवारिक व्यवस्था अभी ध्वस्त नहीं हुई है। अभी भी हम परिवार को, समाज को, मोहल्ले को, गली को, अपनों को अपना और मूल्यवान समझते हैं। उनकी रक्षा करना अपना दायित्व समझते हैं, ये हमारे स्वभाव में है इसके लिए हमें कोई प्रयास नहीं करना पड़ता। हम अनायास ही ये सब करते हैं। इसलिए हमारे यहाँ इतना अजनबीपन और अकेलापन नहीं हैं जैसा पश्चिमी समाजों में होता है। हालाँकि वह धीरे-धीरे अब हमारे शहरी क्षेत्रों की ओर आता जा रहा है। जब मैं एक मोहल्ले में रहता था एक बूढ़ा मोहल्ले के सिरे पर खटिया पर बैठा रहता था और देखता रहता था कि किस के घर में कौन आ रहा, कौन जा रहा है। अब मैं एक फ्लैट में रहता हूँ जहाँ मुझे पता नहीं कि मेरे पड़ोस के फ्लैट में रहने वाला जीवित है या विवाहित है या अविवाहित है या रो रहा रहा है या हँस रहा है। उसकी उपस्थिति का भान भी मुझे तब होता है जब उसके यहाँ किसी की मृत्यु हो जाती है और लाश को बाहर निकाला जाने लगता है और लाश के साथ में भी कोई रो नहीं रहा होता है और उस पर जैसे भी संभव हो श्रद्धा पुष्प अर्पित करके फ्लैट वाले अपनी-अपनी कारों में बैठ कर के या तो अपने कामों पर चले जाया करते हैं या जिसके कुछ अन्तरंग सम्बन्ध हों वो साथ-साथ शमशान तक चला जाता है। मृत्यु पर शोक बनाने का अवकाश भी जीवन से छीन लिया गया है। ये परिस्थितियाँ निश्चित रूप से और भी विकट होंगी। इसका मुकाबला हम कैसे करेंगे इसके लिए हमें अपनी विशेष आयोजन निर्मित करनी होगी। जिसमें मार्क्सवाद कवि, योद्धा हों लेकिन मार्क्सवाद कोई ऐसी किताब नहीं है जिसमें 300-400 साल पहले आज की समस्याओं के उत्तर लिख दिए हों और हमें पन्ना खोलकर देखना हो। यदि हमें मार्क्सवाद से सहायता लेनी है तो अपना मार्क्सवाद भी हमें स्वयं निर्मित करना होगा और हम नहीं भूल सकते इस बात को कि इसी देश के अंदर गाँधी भी हुए हैं।

○ **आप अपने बचपन के बारे में कुछ बतलाएँ, मसलन उन दिनों का समाज, व्यवहार, दोस्त, खेत-खलिहान, सांस्कृतिक रूप।**

● मैं जनवरी, 1947 में पैदा हुआ, ये वो समय था जब आज़ादी और बँटवारा दोनों वायुमंडल में थे। मेरे पिताजी अजमेर में रहते थे, बहुत बड़ा आलीशान मकान था जिसके अंदर हम रहते थे और चूँकि उस मोहल्ले में सबसे अधिक पढ़े-लिखे हमारे पिताजी ही थे इसलिए उनका ऐसा दबदबा था कि मोहल्ले में किसी भी घर में कोई भी बदतमीजी हो तो उसे पिताजी के सामने पेश कर दिया जाता था और पिताजी छड़ी से उसे मारते थे। बहुत लोग उस समय भारत छोड़कर पाकिस्तान गए थे और अपना सामान यहीं छोड़ गए थे, उन सामानों की खुले आम लूट हुई थी और जिसको जो जँचा उसने उठा कर अपने घर में रख लिया था क्योंकि वे लावारिस चीज़ें थीं, उनको ले जाने वाला छोड़ के जाने वाला कभी वापस नहीं आएगा ये सबको मालूम था। जब मैं चार साल का हुआ तो मेरे माता-पिताजी ने मुझे मेरे नाना-नानी के पास में इंदौर भेज दिया। इंदौर मालवा में है, मध्यप्रदेश में है उस समय मध्य भारत था और दंगों से पार्टीशन से बिलकुल अछूता और दूर था। और इसे मध्य भारत की सांस्कृतिक राजधानी कहा जाता था। उस समय इंदौर की आबादी पाँच लाख थी और उसमें 22 हाई सेकेंडरी स्कूल थे, हाई स्कूल जिनको कहा जाता था और तीन कॉलेज थे जो बड़े नामी कॉलेज थे। यहाँ होलकरों का राज्य रहा था, होलकरों की अपनी क्रिकेट की टीम थी। कर्नल सी। के। नायडू और मुशना गली इंदौर के ही थे जो बाद में भारतीय टीम में भी खेले। उस समय होल्कर्स से कॉलेज भी खोले, अस्पताल भी खोले, आश्रम भी बनाए और विद्यालय भी खोले इसलिए एक प्रकार की बड़ी विलक्षण प्रच्छन्न सांस्कृतिक चेतना इंदौर में व्याप्त थी। आज़ादी के बाद भी वहाँ चाहे वाचनालय हो चाहे पुस्तकालय हो चाहे पुस्तकों की दुकान हो चाहे समाचार पात्र हो चाहे अंतर्विद्यालय वाद-विवाद प्रतियोगिताएँ तथा सांस्कृतिक प्रतियोगिताएँ हों या राजनीतिक वातावरण हो सभी दृष्टियों से इंदौर एक विलक्षण शहर था। मैंने अपने बचपन में कवि सम्मेलनों के मंच पर कवितायें सुनी जिसकी आज कोई कल्पना ही नहीं कर सकता। और कविता भी किसकी बच्चन, सुमन, भवानी प्रसाद मिश्र, गोपाल सिंह आदि बड़े प्रतिष्ठित कवियों की। आमतौर पर वहाँ बिछात तक की व्यवस्था नहीं होती थी, लोग डायरी और पेन साथ लेकर आते थे, चार-चार बजे तक और पाँच-पाँच बजे तक वो कवि सम्मलेन और मुशायरे चलते थे। उस समय ये टेप रिकॉर्डर किस्म की

सुविधाएँ नहीं होती थीं तो लोग डायरियों को खोल-खोल कर उसमें दर्ज करते रहते थे। और यह वह समय था जब साहित्यकारों की, कवियों की, कलाकारों की स्थिति लगभग वैसी थी ग्लैमरपूर्ण, जैसी आज फ़िल्मी सितारों या क्रिकेट के सितारों की होती है। मैंने हुजूम के हुजूम शिवमंगल सिंह के पीछे लोगों को लपकते हुए देखें हैं, उनके ऑटोग्राफ लेने के लिए। इसी तरह से उस समय दिग्गज राजनीतिक नेता वहाँ आते थे, उनकी सभाएँ होती थीं और आश्चर्य की बात ये है कि उसमें हम जो बच्चे थे उन्हें भी हमें उत्साहित किया जाता था वहाँ जाकर उन्हें सुनने के लिए, चाहे वो नेहरू जी की सभा हो चाहे कृष्ण मेनन की हो चाहे लाल बहादुर शास्त्री की हो चाहे मुरारी देसी की हो चाहे राम मनोहर लोहिया की हो। तो कुलमिलाकर के वे एक ऐसे संस्कार को निर्मित करने वाला समय था जब अध्यापक और अभिभावक साहित्य में रूचि रखते थे, मित्रता में रूचि रखते थे, प्रेम में रूचि रखते थे, घूमने-फिरने में रूचि रखते थे। इंदौर का आर्ट कॉलेज नाम सबको मालूम है, बहुत प्रसिद्ध रहा है उसमें बहुत बड़े-बड़े हिंदुस्तान के कलाकार रहे हैं जो वहाँ रहे हैं और पढ़े हैं। तो उस संपन्न बचपन की याद करके मैं अभी भी आनंदित और उत्कर्षित हो जाता हूँ।

- ○ **बचपन में वो कौन सी चीज़ें थीं जो आपको खास रूप से आकर्षित करती थीं जिसकी याद अब भी हो और वैसी कौन सी निर्मितियाँ, घटनाएँ या चीज़ें थीं जो आपको हतप्रभ करती थीं।**
- ● मेरे बचपन में स्काउट आंदोलन अपनी स्वस्थ भाषा-भूषण के अंदर जीवित था और लोकप्रिय था और उसने एक कौशल, एक दक्षता प्रदान की और जीवन की समस्याओं का सामना करने के लिए एक साहस प्रदान किया। मसलन हम लोग जंगलों में पैदल भ्रमण करते थे, कैंप लगाते थे, बिना बर्तनों के अपना खाना बनाते थे, साथ-साथ गाते थे (ये साथ-साथ गाने पर मैं इसलिए ज़ोर दे रहा हूँ क्योंकि अब तो दिखाई ही नहीं देता सिवाय तथाकथित धार्मिक सभाओं में)। साथ-साथ कुछ भी करने का अपना एक अलग आनंद होता है और वो एक भिन्न किस्म की विचित्रता, भिन्न किस्म की मनुष्यता से आपको उत्तरित करता है चाहे आप साथ में काम करें, चाहे साथ में खेलें, चाहे आप साथ में हँसे, इस सहभागिता का जो संस्कार है वो स्काउट आंदोलन ने मुझे दिया जिसे मैं बहुत प्रेम से याद करता हूँ। हतप्रभ करने वाली चीज़ तो शायद उस समय कोई हुई नहीं।
- ○ **कुछ चीज़ें होंगी न जिससे आप आश्चर्यचकित रह जाते होंगे या कुछ ऐसी घटनाएँ ये कैसे हुआ। कुछ न कुछ तो हर के जीवन में होता है।**

- मुझे याद नहीं आता कि ऐसा कुछ हुआ।

○ **तब कला या संस्कृति के वे कौन-कौन से रूप थे जिन्होंने आप को, आपके व्यक्तित्व को उभरने में मदद किया। वे कौन सी सकारात्मक चीज़ें थीं जो अब आपको लगता है कि खत्म हो गईं है।**

- अभी-अभी मैंने आपसे संभवता और सहकर्मिता की बात की। इसका एक पक्ष ये भी है कि न तो उस ज़माने में फोटोकॉपी की मशीनें थी, न उस ज़माने में टेप रिकॉर्डर थे, न मोबाइल फ़ोन थे इसलिए सहपाठ का एक कार्यक्रम उन दिनों हुआ करता था अर्थात् दस व्यक्ति बैठ गए एक आदमी के हाथ में किताब है, वो पढ़ रहा है और बाकी सब सुन रहे हैं। सहगान का एक अपना मजा था। उस समय की बहुत सी कविताओं को लोग मिलकर के गाते-गाते पढ़ा करते थे। मसलन मैथिलीशरण गुप्त की 'भारत-भारती' की मुझे अच्छी तरह से याद है कि उसका सामूहिक पाठ हुआ करता था। किसी एक व्यक्ति के हाथ में पुस्तक होती थी या विदेश यात्राओं के अनुभव चूँकि विदेश यात्रा बहुत सरल होती थी इसलिए जब कोई विदेश से लौटकर के आता था तो उसके सम्मान में एक सभा आयोजित की जाती थी जहाँ वो अपने विदेश यात्रा के अनुभव सुनाता था और लोग बहुत आनंद से उसे सुनते थे। या ग्रीष्मकालीन व्याख्यान मालाएँ जिनमें बड़े-बड़े कलाकारों को आमंत्रित करके उनकी बातें सुनी जाती थीं औए उनसे प्रश्न भी किए जाते थे। और जिन लोगों की मुझे स्मृति है ऐसे ग्रीष्मकालीन व्याख्यान माला में आकर के बोलने की पंडित दिगंबर से लेकर के डॉक्टर राधाकृष्णन तक थे। आप सोचिए कैसा आनंद आता होगा आपके समक्ष उन्हें खड़ा देखकर उनसे बातें करने का, उनसे प्रश्न पूछने का मौका मिलता था। ये चीज़ें आप में संस्कार पैदा करती थीं।

○ **कविताएँ आपने खूब सुनी हैं कभी कवि बनने की इच्छा नहीं हुई। आप भी मंच पर कविताएँ पढ़ते और हुजूम आपके पीछे होता।**

- मैं लिखता भी था। मैंने मंच पर भी कविताएँ पढ़ीं हैं लेकिन वो एक दूसरा सन्दर्भ है। दरअसल हुआ क्या कि जब मैं नौकरी करने लगा और ट्रेड यूनियन आंदोलन में जब मैं सक्रिय हुआ तो मुझे ऐसा लगा कि जब ट्रेड यूनियन की सभाएँ होती हैं जो भाषण होते हैं उनमें साथियों को संबोधित करने, उनसे मुखातिब होने का सबसे अच्छा जरिया, एक अच्छी कविता है। इसलिए उस समय मैंने बहुत इस सहालियत का उपयोग किया और उस समय शायद सभी ये ही करते थे। हम लोग फ़ैज़ के तराने गाते थे, यूनियन के जलसों के अंदर इंकलाबी नगमें गाया

करते थे और क्रांतिकारी कविताएँ पढ़ी जाती थीं। लेकिन ये महत्त्वाकांक्षा शायद कभी नहीं रही कि मैं बहुत अच्छा कवि बन जाऊँ।

- ○ **आपके कॉलेज के दिन कैसे थे? तब का साहित्यिक-राजनीतिक माहौल कैसा था और आपकी क्या सक्रियता थी?**

- ● कॉलेज में पढ़ने का मुझे मौका ही नहीं मिला। कॉलेज में मैं एक साल पढ़ा, बीएससी फर्स्ट इयर में और उसमें मेरा परीक्षा परिणाम इतना गौरवशाली था कि मुझे गणित में मुझे सौ में से शून्य अंक प्राप्त हुए। मेरी इस विलक्षण प्रतिभा को भांप कर मेरे पिताजी ने मुझे अपने घर से निकल दिया। (हँसकर) और फिर मेरे एक मामा जी जो जावरा में रहते थे उन्होंने मुझे शरण दी। और वहाँ एक पोलिटेकनिक कॉलेज था जहाँ ढाई-तीन साल का मैकेनिकल इंजीनियरिंग का डिप्लोमा कर लिया। जाहिर सी बात है वहाँ किसी तरह का वातावरण की अपेक्षा करना भी दुष्कर था और उसके बाद जब मैंने बी. ए. , एम. ए. , पी-एच. डी. की पढ़ाई की तो मैंने स्वयं पठिय छात्र के रूप में ही की।

- ○ **आपके युवा दिनों में परिदृश्य पर कांग्रेस छायी हुई थी। आगे चलकर हम ये देखते हैं कि लेखकों में कांग्रेस के प्रति वो आकर्षण नहीं बचा रहा जो वाम आंदोलन के प्रति था। तो ऐसा क्या हुआ कि कांग्रेस ने आज़ादी दिलाई, उनके अपने भारतीय मूल्य थे और वो एक तरह से असफल हो गया और वाम जो है पूरी तरह उभर कर आ गया, लेखकों की दृष्टि में?**

- ● जहाँ तक मेरी स्मृति है भारतीय मानस पर विशेषकर कि हिन्दी मध्यवर्गीय आंचलिक मानस पर कांग्रेसी विचारधारा का एकाधिपत्य कभी नहीं रहा। जब कांग्रेस थी तो सोशलिस्ट थे, जब कांग्रेस थी हिन्दू महासभा भी थी, जब कांग्रेस थी तो कम्युनिस्ट भी थे और ऐसा मैं अपनी स्मृति के आधार पर कह रहा हूँ। इंदौर में तो बारह कॉटन मील्स थे और बड़ी-बड़ी कॉटन मील्स थे। हुकुमचंद मील, राजकुमार मील, स्वदेशी मील, मालवा मील उस ज़माने की बहुत बड़ी-बड़ी कॉटन मील्स थीं और एक बहुत बड़ा मजदूर वर्ग था और उस बहुत बड़े मजदूर वर्ग का नेतृत्व कम्युनिस्ट पार्टी करती थी। होमी डेज़ी उनके बहुत सक्रीय और प्रिय नेता था और एक समय ये था कि जब इंदौर में होमी डेज़ी जवाहर लाल नेहरू से भी अधिक लोकप्रिय थे। साथ ही एक बहुत बड़ा तबका ऐसा भी था जो गाँधीवादी था, खादी पहनते थे कई लोग, चरखा भी कातते थे, प्रभात फेरियाँ भी होती थीं, घूमने भी जाते थे, 15 अगस्त, 26 जनवरी को विभल भी हो जाते थे, तिरंगे झंडे भी फहराते दिखाई देते थे, सादा जीवन उच्च विचार

उनके जीवन की एक परिभाषा थी। उनके घर में जाइए लिपा पुता साफ़-सुथरा घर होगा, सीधे सादे विचार होंगे, सीधी सच्ची बात होगी, सीधा सच्चा जीवन होगा, कोई आडम्बर नहीं, कोई दिखावा नहीं, कोई पाश्चात्य प्रभाव नहीं, कोई अंग्रेजियत का दबदबा नहीं। ये संख्या एक बहुत बड़े वर्ग की थी, इसमें महिलाएँ भी थीं, उनको कांग्रेसी नहीं कहा जा सकता उनको गाँधीवादी ही कहा जा सकता है। कांग्रेसी शुद्ध राजनीतिक शब्द हुआ जिसका सम्बन्ध उन लोगों से था जो राष्ट्रीय कांग्रेस के विधिवत सदस्य हैं या समर्थक हैं या चुनावों में उनको वोट देते हैं। लेकिन हमें भूलना नहीं चाहिए कि स्वतंत्रता संघर्ष के समय में कांग्रेस के भीतर भी बहुत प्रकार की विचारधाराएँ साथ में काम कर रही थीं मसलन उसमें सुभाष चंद्र बोस भी थे जो गाँधी जी से सहमत नहीं थे मसलन उसमें पट्टा विजितारम्मैया भी थे जो सुभाषचंद्र बोस से सहमत नहीं थे मसलन उसमें नरेन्द्र देव भी थे जो समाजवादी थे और बहुत से कम्युनिस्टस की आरंभिक दीक्षा कांग्रेस से ही हुई थी और उसमें ऐसे लोग भी थे जो बाद में जाकर हिन्दू पुरातन पंथी सिद्ध हुए जैसे सम्पूर्णानन्द और मदन मोहन मालवीय, उसमें अग्रगामी क्रांतिकारी लोग भी थे जो कि फेडियम सोशलिज्म से प्रभावित थे जैसे जवाहर लाल नेहरू लेकिन सुभाषचंद्र बोस के साथ उनके मतभेद थे। जब सुभाषचंद्र बोस ने कहा कि हमें अंग्रेजों के विरुद्ध हिटलर की सहायता लेनी चाहिए तो जवाहर लाल नेहरू उनसे सहमत नहीं थे। कहने का आशय यह है कि इतने बड़े महादेश के अंदर एक ही तरह से सोचने वाले लोग नहीं होते। ये स्थिति कांग्रेस के भीतर भी थी इसलिए ये कहना कि कांग्रेस का बहुत प्रभाव था जो समाप्त हो गया और उसकी जगह किसी और का प्रभाव आ गया ऐसा कभी नहीं हुआ।

○ **क्या कांग्रेस ने मूल्य के रूप में साहित्य को प्रभावित किया? समाज के लिए कुछ नए मूल्य गढ़े या नहीं? कांग्रेस का पूरा जो संघर्ष था, मुक्ति का जो पूरा आंदोलन था इस आंदोलन ने भारतीय समाज को क्या कोई मूल्य दिए?**

● यहाँ पर भी मैं आपसे यही कहूँगा कि ये कांग्रेस के मूल्य नहीं हो सकते। जैसे एक था राष्ट्रप्रेम राष्ट्रभक्ति का मूल्य था, एक था स्वदेशी का, एक था शांति का, एक था समर्पण का, एक था सहभागिता का, एक था सत्याग्रह का। ये सब भी जीवन मूल्य हैं जो उस समय प्रचलित थे। परोपकार का, करुणा का, दया का इन सब चीज़ों की महत्ता अपने स्थान पर है। देखिए किसी भी मूल्य का श्रेय किसी एक राजनीतिक दल को दिया जाना न तब उचित था न अब उचित है। दूसरी बात ये

है कि स्वाधीनता का जो आंदोलन चला उसकी भी अलग-अलग बहुत साड़ी धाराएँ थीं और लोगों के अलग-अलग स्वप्न थे। मसलन एक स्वप्न ये था कि हमें गोरे अंग्रेजों की जगह काले अंग्रेजों को नहीं बिठाना है। आपने देखा होगा कि स्वतंत्रता से पहले बहुत बड़ी संख्या के अंदर सामाजिक सुधार के बहुत से आंदोलन चले जो बहुत बड़े-बड़े आंदोलन थे। उन्होंने अपनी तरीके से अपने मूल्यों को संचित किया। आर्य समाज का अपना था, पश्चिम बंगाल में अरविन्द का अपना था, महाराष्ट्र में जो नेता हुए लोकमान्य तिलक का अलग था, दादा भाई नौरेजी का अलग था। तो इन सब चीज़ों को मिलाकर के एक बहुत बड़ी सामाजिक और राजनीतिक उथल-पुथल इस देश में व्याप्त थी जिससे बहुत सारे मूल्य निकल कर के आए, उनका अंतर्संघर्ष हुआ और उससे हमारी जनता ने आधुनिक युग में प्रवेश किया और सामन्ती युग को पीछे छोड़ा।

○ **क्या आपने गाँधी को पढ़ा है? क्या गाँधी उन प्रश्नों से बचकर निकल गए जिन्हें मार्क्स ने छुआ था?**

● गाँधी को मैंने पढ़ा है। गाँधी बहुत चतुर व्यक्ति थे, भयंकर चतुर व्यक्ति थे। वो न सिर्फ़ कुशल राजनेता थे बल्कि एक मास मोटिवेटर बहुत जबरदस्त थे और मनोवैज्ञानिक तो कमाल के थे, उनसे बड़ा मनोवैज्ञानिक राजनेता तो भारतवर्ष में अभी तक हुआ ही नहीं। ब्रिटिश साम्राज्यवाद से लड़ने के लिए हम कैसे सक्षम हों की पूरी रणनीति सिर्फ़ गाँधी की देन है। वो अच्छी तरह से जानते थे कि हम कभी सशक्त रूप से शस्त्रों के क्षेत्र में इतने सक्षम नहीं हो सकते कि ब्रिटिश साम्राज्यवाद का मुकाबला कर सकें। गाँधी के पास लोग अपने निजी प्रश्न लेकर जाते थे जैसे विवाह की समस्याएँ, बच्चों की समस्याएँ और गाँधी उनका निदान करते थे और कितनी आश्चर्य की बात है कि उनका स्वयं पारिवारिक जीवन इतना सुखी नहीं था जितना कि वे दूसरों का सुखी बनाने की चेष्टा करते थे। बड़े-बड़े लोगों को किस तरह से चहकाना है वो गाँधी जी को बहुत अच्छी तरह से आता था, बहुत कुशलतापूर्वक आता था और उनके कई क़िस्से ऐसे मशहूर हैं। मसलन जब वो माउंटबेटन से मिलने दिल्ली गए तो उस वक़्त हिंदुस्तान भर में एक ही कूलर था जो माउंटबेटन के यहाँ चलता था, जिसे पहले से चलाकर कमरे को ठंडा रखा गया था जहाँ गाँधी जी को आमंत्रित किया गया था नाश्ते के लिए। तो गाँधी जी गए, माउंटबेटन को लगता था कि दिल्ली की इस तपती गर्मी में वो हमसे बहुत ज़्यादा प्रभावित हो जाएँगे, गाँधी ने घुसते ही अपनी चद्दर अपने कंधे पर लपेटी और कहा इसको बंद कर दो मुझे बहुत ठण्ड लग रही है।

उसके बाद जब नाश्ते का समय आया तो उन्होंने अपने झोले में से एक कटोरा निकाला जिसमें दही था और एक चम्मच निकाली जिसकी डंडी टूटी हुई थी और जिसको लकड़ी से धागे से लपेट कर बाँधा गया था। उस तमाम लेडी माउंटबेटन की तैयारियों से विमुख हो कर के उन्होंने कहा मैं तो अपना नाश्ता साथ लेकर आया हूँ। आज क्या विश्व के किसी भी व्यक्ति में इतनी क्षमता है कि वो अमेरिका के राष्ट्रपति या रूस के राष्ट्रपति के भोजन के या नाश्ते के बुलावे पर उनके यहाँ जाएँ और कहे कि मैं अपना नाश्ता तो साथ में लेकर आया हूँ। अद्भुत विलक्षण प्रतिभा थी गाँधी के पास में। मेरे ख्याल से गाँधी की जिंदगी में अगर सौ साल और जोड़ दिए जाते तो वो निश्चित रूप से उन प्रश्नों पर भी विचार करते जिन पर मार्क्स ने किया है। अब उनके विचार मार्क्स से मिलते-जुलते होते या अलग होते ये मैं नहीं जानता। उनकी पहली प्राथमिकता भारत को अंग्रेजों से स्वतंत्रता दिलाना था और जब स्वतंत्रता मिली वो काफी बूढ़े हो चुके थे और स्वतंत्रता के थोड़े वक़्त बाद ही उनकी मृत्यु हो गई थी या उनका निधन हो गया या उनकी हत्या कर दी गई। यदि उनको आप सौ साल और दे दें तो भारत के लिए इससे बड़ी सौभाग्य की बात और तो कोई हो ही नहीं सकती थी। वो निश्चित रूप से भारत के लिए एक नया मार्क्सवाद खड़ा करके जाते।

- **लेकिन उनके विचारों में ये देखते हैं कि जो उनके लड़ाई के हथियार थे उसमें वो आध्यात्मिकता का घालमेल या मिलावट थी। जो भविष्य के निर्माण के लिए, भारत को और आगे ले जाने के लिए जिन चीज़ों, जिन दिशा की ज़रूरत थी वो उस हद तक नहीं बन पाई।**

- देखिए मैं गाँधी के बारे में जब सोचता हूँ तो मुझे तीन चीज़ें विशेषरूप से आपकी बात के सन्दर्भ में याद आती हैं। पहली उन्होंने पूँजीपतियों-सामंतों का विरोध कभी नहीं किया। दूसरी उन्होंने मशीन का विरोध किया और तीसरी वो स्वायत्ता और स्वावलंबन की बात करते थे इसलिए आधुनिकता के बहुत सारे तत्त्वों को उन्होंने नकारा। धार्मिकता वाली बात से मैं सहमत नहीं हो पा रहा हूँ क्योंकि वो इंग्लैंड में पढ़े हुए थे, बैरिस्टर थे उनको मालूम था। आध्यात्मिकता की यदि आप बात करते हैं तो तीसरे दशक के हिंदुस्तान की आप कल्पना कीजिए, किस आधार पर हज़ार आदमियों को एक साथ तीन घंटे बिठा कर रखा जा सकता है। किसी भी राजनीतिक आंदोलन को साल दो साल चलाना बहुत ही मुश्किल काम है, हमने ऐसे आंदोलन देखें भी हैं और किए भी हैं जिनके अंदर एक ऐसी स्थिति आती है कि लोग थक कर बैठ जाते हैं और उनके पास कहने के लिए

कोई नई बात नहीं होती, लड़ने के लिए कोई नया मुद्दा नहीं होता, देने के लिए कोई नया कार्यक्रम नहीं होता है और वो ऐसी स्थिति में आ जाते हैं कि मतभेद जो हैं वो मनभेद बन जाते हैं और आंदोलन बिखर जाते हैं। आपने बड़े-बड़े आंदोलनों को इसी तरह से बिखरते हुए देखा होगा। ज़्यादा से ज़्यादा आपकी स्मृति के अंदर कौन सा आंदोलन हिंदुस्तान या दुनिया में कितनी साल चला। एक साल, दो साल, पाँच साल, दस साल इससे अधिक तो नहीं और गाँधी ने स्वतंत्रता का आंदोलन कितने साल चलाया और क्या इतना लम्बा चलाना किसी भी आंदोलन को, राजनीतिक आंदोलन को ब्रिटिश साम्राज्यवाद के विरुद्ध संघर्ष के आंदोलन को जिसमें बहुत लोगों ने बहुत तरीके की कुर्बानियाँ दी। ऐसे में जब टूटे हुए आदमी को फिर खड़ा करना हो उस आंदोलन को कितने वर्ष तक चलाया जा सकता है बगैर आध्यात्मिकता का नाटक किए, वो चीज़ हमें जोड़ती थी इसलिए उनके कल्पना के राज्य को उन्होंने रामराज्य कहा। इसका मतलब ये नहीं कि वे राम के भक्त थे या राम का राज्य चाहते थे।

○ **ये जो गाँधी के सन्दर्भ में हम लोगों ने बात की, अध्यात्म के सम्बन्ध में। ये जो मार्क्सवाद जो है वहाँ हम देखते हैं कि धर्म और अध्यात्म को ज़्यादा से ज़्यादा वो छोड़कर चलते हैं और बहुत ज़्यादा भौतिकवाद पर ज़ोर देते हैं। तो एक समय पर जाकर लोग ऊबने लगते हैं या संघर्ष चूकने लगा तो क्या वहाँ उस पक्ष की कमी है या उसका निवेश होना ज़रूरत है।**

● देखिए, ये यूरोप में हुआ एशिया में तो नहीं हुआ। यूरोप की परिस्थितियाँ दूसरी थीं और वहाँ की माँगे भी दूसरी थीं लेकिन मैं आपसे एक दूसरी बात कह रहा हूँ ऐसा क्यों हुआ कि जब सोवियत संघ का पतन हो गया उसके बाद लोग वहाँ चर्च में जाकर मोमबत्तियाँ जलाने लगे और क्यों चे ने ये कहा अपने गोरिल्ला साथियों से कि जब भी तुम किसी चर्च के सामने से गुजरो वहाँ सिर झुकाकर नमन करके फिर आगे जाना। राजनीति में ये सारी चीज़ें होती हैं इसका अध्यात्म से मुझे नहीं लगता कि कोई विशेष लेना-देना है।

○ **जब देश को आज़ादी मिली और सारी राजनीतिक पार्टियाँ थीं लेकिन उसमें कांग्रेस की सबसे ज़्यादा अपील थी, सबसे ज़्यादा उसकी स्वीकार्यता थी, उसके पास जो भी विज़न था नेहरू का विज़न आगे शास्त्री का। हमारे इतिहास में वो कौन सा दौर था जब लगा कि कांग्रेस का विज़न अब छोटा पड़ रहा है?**

- नेहरू एक सोशलिस्ट थे और वो रूस की, सोवियत संघ की तरक्की से बहुत प्रभावित थे और उस समय के बहुत सारे नेता सोवियत संघ की तरक्की से बहुत प्रभावित थे। लेकिन वो ये भी जानते थे कि भारत को किस चीज़ की आवश्यकता थी। भारत को उस समय बुनियादी उद्योगों की आवश्यकता थी और औद्योगिक क्रांति की आधारशिला रखने की आवश्यकता थी इसलिए उन्होंने बजाय सोवियत संघ के पक्ष में जाने के या बजाय साम्राज्यवाद, पूँजीवाद के पक्ष में जाने के गुट निरपेक्षता का रास्ता चुना। इस गुट निरपेक्षता की एक प्रासंगिकता थी जो एक विशेष अवस्था समाप्त हो गई। तो जिस विज़न की आज बात कर रहे हैं वो विज़न समय-समय पर बदलता रहा है और विशेषकर कि हम नवे दशक में ये देखते हैं कि सोवियत संघ के पतन के बाद में एक बहुत बड़ा परिवर्तन सारी दुनिया में आया और जिसके बाद सबने सामाजिक परिवर्तन या व्यवस्था परिवर्तन का सबने सपना देखना भी शुरू किया।

○ **इससे पहले जो अभी ग्लोबलाइज़ेशन का दौर आया, वो साठ के दशक में ऐसा हुआ कि सभी जगह से कांग्रेस की सरकारें उखड़ने लगीं और विपक्षी पार्टियों की सरकारें आयीं, केरल और अन्य राज्यों में। तो क्या कांग्रेस ने अपनी मूल भावना को छोड़ दिया था तब?**

- मुझे नहीं लगता है कि इसमें कोई बहुत बड़े राजनीतिक परिवर्तन को देखना ज़रूरी होगा। इन चीज़ों को ज़्यादा तवज्जु भी नहीं देनी चाहिए।

○ **हिन्दी साहित्य में ऐसी कुछ रचनाओं के बारे में बतलाइए जिनमें भारतीय राजनीति की प्रतिछाया हो जैसे मैला आँचल में कांग्रेस।**

- मैनेजर पाण्डेय ने एक बहुत बढ़िया बात कही थी कि समूचे हिन्दी साहित्य के अंदर विभाजन पर एक भी अच्छी कविता नहीं देखने को मिलती। राजनीतिक घटनाओं की प्रतिछाया हिन्दी साहित्य में यथावत् ढूँढ़ने की चेष्टा करना न तो मुझे आता है और न ही मैंने कभी किया है। देखिए 62 के हमले के बाद में स्वतंत्रता से मोह भंग की बहुत सारी रचनाएँ हिन्दी के अंदर लिखी गयीं और बल्कि पूरा का पूरा हिन्दी साहित्य जगत अस्तित्ववाद से बुरी तरह प्रभावित हुआ कि जिसके हाथ में सात्र की किताबें दिखाई देती थीं। इन सब लोगों ने एक नए प्रकार से सोचने की शुरुआत की है जिसके परिणामस्वरूप हमें अकहानी, नई कहानी इत्यादि आंदोलन देखने को मिलते हैं। वैचारिक क्षेत्र ये था, कांग्रेस से मोहभंग कोई प्रश्न नहीं था आज़ादी से मोहभंग का प्रश्न था।

○ **भारतीय समाज की दृष्टि से ग्लोबलाइज़ेशन एक बहुत बड़ी घटना है। क्या कोई और भी ऐसी घटना है जिसका इतना प्रभाव रहा हो ग्लोबलाइज़ेशन से पहले।**

● एक तो मैंने आपको बताया ही बासठ के हमले का और नेहरू जी के निधन का, नेहरू युग की समाप्ति का कहना चाहिए। बासठ के चीनी हमले ने हमारी बहुत सारी खुशफहमियों को खत्म कर दिया था। उससे पहले तो ये था कि आज हिमालय की चोटी पर चढ़ हमने ये ललकारा है दूर हटो ए दुनिया वालों हिंदुस्तान हमारा है...जब ये हुआ बासठ का आक्रमण और तिब्बत चीन के कब्जे में चला गया और भारतीय सेना ज़्यादा कुछ नहीं कर सकी और भारत की लाखों वर्ग किलोमीटर की जमीन चीन के कब्जे में चली गई तो एक प्रकार का मोहभंग हुआ जिसने भारत की सर्वसत्तामयता को विस्मृत करने की चेतना थी और हम भी एक साधारण राष्ट्र हैं ये मानने की भावना आई। साथ ही राष्ट्रीयता पर भी प्रश्न चिह्न लगा और लोगों को लगा कि ये जो राष्ट्र नाम का प्रत्यय है ये व्यक्ति की निजी स्वतंत्रता को कुचलने का माध्यम है। तो एक तो बासठ का हमला और दूसरा इमरजेंसी की घटना। वो भी एक ऐसी परिघटना थी जिसने भारतीय मानसिकता, हिन्दी साहित्यकारों की मानसिकता को परिवर्तित किया।

○ **सर ये कहा जाता रहा है कई बार कहा गया है जो राजनीतिक, आर्थिक मूल्य किसी युग विशेष के होते हैं वो सामाजिक, पारिवारिक, सांस्कृतिक मूल्यों को बनाते हैं गढ़ते हैं। तो आपातकाल लागू होने के दौर में जो हुआ जो लोगों ने देखा जो उन पर बीता, उसके बाद भारतीय समाज में क्या परिवर्तन आया?**

● एक तो सबसे बड़ा ये हुआ है कि लोगों को लगा कि सत्ता परिवर्तन सब कुछ नहीं है। हमको सबको पता है कि इमरजेंसी के राज्य में जब श्रीमति इंदिरा गाँधी को परिदृश्य से हटा दिया गया था यहाँ तक कि जेल भेज दिया गया था, उसके बाद में किस भारी बहुमत से वो सत्ता में लौटीं। तो एक तो ये हो गया कि सत्ता परिवर्तन कुछ नहीं होगा, जो करना है वो व्यवस्था परिवर्तन से ही करना है। और दूसरा ये हो गया कि ये सब इतना आसान नहीं है कि जो इससे पहले के जो साहित्यकार थे जो कहते थे कि कविता हमारा हथियार है, कविता को हथियार की तरह से इस्तेमाल करना चाहिए तो कविता के हथियार वाली जो क्रांतिकारिता थी जो कहती थी "लाल किले पर लाल निशान माँग रहा है हिंदुस्तान" वो इस प्रकार की आभासीय कल्पनाएँ ध्वस्त हो गईं और

लोग जमीन पर उतर आए। और इसलिए हमने देखा कि साहित्य में भी ज़्यादा समझदारी की बातें की जाने लगीं पहले की तुलना में। यथार्थवाद का प्रभाव पड़ा और ऐसी हवाई बातें करने वाले को लोगों ने हवा देना बंद कर दिया।

○ **जिस दक्षिणपंथी राजनीति को हिंदुस्तान की जनता गुनहगार मानती थी और जो सार्वजनिक जीवन में दबे-छिपे रहते थे, डरते थे, नैतिक साहस नहीं था उनको आपातकाल की बेवकूफी ने और जयप्रकाश नारायण के उस पूरे आंदोलन ने उनको केंद्र में ला दिया और जिसका नतीजा आज हमको पता है।**

● आपातकाल का लोगों ने अलग-अलग तरह से विश्लेषण किया है, उसके प्रभावों और परिणामों का भी विश्लेषण किया है।

○ **सर ये आपातकाल जो लागू हुआ, इसमें विविध सत्ता तो सामने आए। ये जो लेखक और संस्कृति कर्मी थे उनके लिए कितना बड़ा सेटबैक था खासकर हिन्दी साहित्य के सन्दर्भ में।**

● देखिए इसने एक काम बड़ा अच्छा किया। सबसे पहले तो हम बड़े समधाम की स्थिति में थे कि क्या लिखें, कैसे लिखें क्योंकि वहाँ तो जिलाधिकारी को सेंसर अधिकारी बना दिया गया था, तो हर चीज़ छपने से पहले उसको दिखाओ और जब उसके यहाँ से पास होकर के आ जाए तब छापो और उसी समय समाचार पत्रों ने अपने बड़े-बड़े कॉलम काले रँगना शुरू किए, सम्पादकीय लिखना बंद कर दिया। किसी को कुछ समझ में नहीं आ रहा था कि ये क्या हो रहा है, क्यों रहा है, कैसे हो रहा है और कैसे इससे निजात पाई जाए। तो उस समय एक हमारे मित्र हैं असग़र वजाहत ने एक नई तरकीब ईजाद की। उन्होंने फेवल्स लिखे, पशु-पक्षियों की छोटी-छोटी कहानियाँ, आधे-आधे पेज की जिसमें सब प्रतीकात्मक थे। देखिए क्या होता है जब आवश्यकता पड़ती है तो नए-नए रास्ते निकाल लिए जाते हैं। कोई समय ऐसा भी आता है जब अफवाहों की और चुटकुलों की महकता उपन्यासों से ज़्यादा हो जाती है। लगभग वही समय लेकिन ये कोई स्थायी परिवर्तन देने वाली चीज़ थी भी नहीं और इससे स्थायी परिवर्तन हुआ भी नहीं। फिर धीरे-धीरे सब वैसा ही हो गया, सारा हिन्दी साहित्य जहाँ था वहीं आ गया। कोई विशेष अंतर इमरजेंसी से हिन्दी साहित्य में पड़ गया हो ऐसा मुझे नहीं लगता।

○ **सर ये जो जनवादी आंदोलन का उभार हुआ क्या उसकी पृष्ठभूमि में आपातकाल का कोई प्रतिरूप था।**

- नहीं ये तो 1970 में ही हो गया था। 1970 में ही बिलकुल स्पष्ट विभाजन हो गया था कि हम प्रगतिशील हैं या प्रतिक्रियावादी हैं या यथास्थितिवादी हैं, कलावादी हैं। ये हुआ कि उस समय हम लोगों ने यह तय किया कि हम प्रगतिशील हैं, ये तय हुआ कि हम खुद को प्रेमचंद की परम्परा से जोड़ना चाहते हैं और यथार्थवादी रचना करना चाहते हैं। नई कहानी का आंदोलन समाप्त हो चुका था उसके बाद में अकहानी, सचेतन कहानी इत्यादि चल रही थीं जिसके अंदर पात्रों के नाम भी गायब हो गए थे, कथानक सब ध्वस्त हो चुका था और हिन्दी साहित्य से उसके पाठक भागते चले जा रहे थे, दूर चले जा रहे थे और इसी तरह नई कविता को भी हिन्दी साहित्य ने पूरी तरह से स्वीकार नहीं किया था और उसके अंदर भी मोना गुलाटी और जगदीश चतुर्वेदी किस्म के लोग उभर रहे थे। तो इन सब चीज़ों ने साहित्य के वातावरण को इस तरह से कर दिया था कि उसमें आवश्यकता थी कि फिर से इसे यथार्थवाद से जोड़ा जाए, जमीन की समस्याओं के बारे में बात की जाए और संत्रास, कुंठा ये जितनी चीज़ें आई हैं अस्तित्ववाद के सहारे इनको दरकिनार करके ठोस बात की जाए। ये काम तो पहले ही शुरू हो गया था और वैचारिक स्तर या सैद्धांतिक स्तर के ऊपर जनवाद और प्रगतिशीलता में कोई विशेष अंतर था।

○ **हिन्दी कहानी में हमेशा प्रेमचंद की परम्परा की बात होती है, किसी और परम्परा की नहीं। क्या हमारी कहानी की परम्परा में उनके समकक्ष कोई लेखक नहीं हुआ या फिर हमने उनके स्थान का दैवीयकरण कर दिया। या हममें नई व्याख्या का साहस नहीं है।**

- देखिए जब हम प्रेमचंद की बात करते हैं तो प्रसाद की भी एक परम्परा की बात करते हैं। जैनेन्द्र की भी बात करते हैं, अज्ञेय की भी बात करते हैं लेकिन उसका रूप थोड़ा सा भिन्न होता है। पुरानी बहसों के अंदर यह बहस चलती थी कि कला जीवन के लिए है या कला कला के लिए है। कला की कोई सामाजिक प्रतिबद्धता होनी चाहिए या कला स्वायत्त है, उसे इन सब चीज़ों से कोई लेना-देना नहीं है वो इन सब चीज़ों से ऊपर उठी हुई है। इस रूप में ये बहस चलती थी। कई लोगों ने उस समय प्रेमचंद को एक घटिया दर्जे का कहानीकार बताया था, जिनके पास में कला नाम की कोई चीज़ नहीं है, जो किस्से लिखते हैं। और कलात्मक निपुड़ता की जो बात आती थी तो वे दूसरे किस्म के लोगों का नाम लेते थे। ये लम्बी बहस थी जो चली और चलते-चलते भारत भवन अशोक वाजपेयी तक पहुँच गई। यहाँ विश्व कविता के आयोजन किए गए उस समय जब

गैस का आंदोलन था और हजारों लोग मर रहे थे। और अशोक वाजपेयी ने कहा था कि मरने वालों के साथ में कोई मर नहीं जाता। वहाँ पर बुनियादी सवाल यही था कि कला कला के लिए हैं या कला जीवन के लिए। इसे ही आपने थोड़ा बदले हुए शब्दों के अंदर ये रूप दे दिया कि हम प्रगतिशील हैं या जनवादी हैं या कलावादी हैं। और कलावादियों को छोटा समझना, बुरा समझना या कमजोर समझना तो मूर्खता की बात होगी। उनके पास में अपनी दृष्टि थी, पूँजीवाद के समर्थक थे। पूँजीवादी कभी नहीं कहता है कि मैं पूँजीवादी हूँ या पूँजीवाद बहुत अच्छी चीज़ है। वो तो कल्याणकारी राज्य की बात करता है। लेकिन मूल रूप से उसके मन में क्या है वो हम समझ लेते हैं तो कला में इसी तरीके से जो लोग मार्क्सवाद के विरोधी थे या जो लोग मार्क्सवाद को गाली देने वाले शीतयुद्ध प्रयोक्ता अमेरिका के समर्थक थे। कई लोगों के तो पूरे जीवन का एजेंडा यही रहा है कि हम साम्राज्यवाद का विरोध करें लेकिन उसके विपक्ष में कोई ठोस चीज़ पेश नहीं कर पाया। ये बहस इसलिए वहाँ से चली आ रही है।

○ **सर हिन्दी कहानी पर यदि गौर करें तो लगता है कि व्याख्या जो है गलत लोगों के हाथ में चली गई। जैनेन्द्र के सन्दर्भ में?**

● नहीं, नहीं ऐसा नहीं है। जब आप कहते हैं साहित्य समाज का दर्पण है तो इससे बड़ी झूठी बात तो कोई हो ही नहीं सकती। दर्पण आपका चेहरा देखकर के मुँह नहीं बिगाड़ता, दर्पण आपका चेहरा देखकर खुश नहीं होता, बधाई नहीं देता, दर्पण आपका चेहरा देखकर कर खिलखिलाता नहीं है, दर्पण अपनी तरफ़ से कोई प्रतिक्रिया नहीं करता है। जैनेन्द्र के स्त्री पात्र नहीं थे। जैनेन्द्र की समस्या उनका स्यादवाद था। उनका ये कहना था मेरी समस्या का समाधान तो मेरा ही हो सकता है। आपका समाधान, मेरा समाधान कैसे हो सकता है। हो भी सकता है, नहीं भी हो सकता, ये भी हो सकता है हो भी और नहीं भी हो, ये भी हो सकता है कि नहीं भी हो और हो भी हो। इस किस्म की गुंजलक को स्वीकार करना लगभग असंभव था और इसलिए वो अस्वीकृत हो गये। रचनाओं में भी ये बात आ रही थी। आपको याद होगा कि एक प्रसंग था जिसमें कहा गया था कि लेखक के लिए पत्नी के साथ प्रेमिका का होना भी आवश्यक है, ये बात कहाँ से आई थी।

○ **लेकिन सर जैनेन्द्र की अन्य कहानियों को हम देखें दृष्टिदोष देखें, ग्रामोफोन का रिकॉर्ड देखें उसमें आप एक पैटर्न को देखेंगे और जो लगता है कि उस समय के स्त्री के यथार्थ को यथार्थवादी ढंग से व्यक्त कर**

रहा है। जैसे कि स्त्री जो है पति की परिधि को तोड़ना तो चाहती है लेकिन वापस फिर वहीं लौट आती है। तो ये तो उस समय की जो सामाजिक-आर्थिक परिस्थितियाँ थीं उसके अनुगूंज है वहाँ पर।

- ये किसने कहा कि जैनेन्द्र एक घटिया कहानीकार थे या उपेक्षणीय या भूल जाने लायक हैं। मैं ये कह रहा हूँ कि उनकी परम्परा क्यों नहीं बनी। जैसे प्रेमचंद की परम्परा बनी वैसे प्रेमचंद के सामानांतर अज्ञेय की या जैनेन्द्र की कोई परम्परा क्यों नहीं बनी। इसलिए नहीं बनी क्योंकि उनके समाधानों से कोई संतुष्ट नहीं था या उनके पास में कोई समाधान थे ही नहीं या उन्होंने हाथ ऊँचे कर दिए थे कि मैं समाधान नहीं दे सकता, अपने समाधान स्वयं ढूँढो। ये चिन्तन रचनाओं में भी आता है और रचनाओं के माध्यम से ही संप्रेषित होता है और इसी के आधार पर तय होता है कि किसकी परम्परा बनेगी और किस की नहीं बनेगी।

○ **प्रेमचंद की परम्परा, इस मुहावरे का हम जब प्रयोग करते हैं तो आज के समय में इसका क्या अर्थ है। कोई प्रेमचंद की परम्परा में है या नहीं है इसको हम कैसे पहचानेंगे?**

- इसको ऐसे रेकोगनाइज करेंगे कि सबसे पहले तो ये मानकर चलेंगे कि हम साहित्य लिख रहे हैं समाज के लिए न कि अपने आत्मसुख के लिए या अपनी तसल्ली के लिए या खुद ही पढ़ने के लिए। इसमें जब हम संप्रेषणीयता का गुण जोड़ने से इंकार कर देते हैं तो हम प्रेमचंद की परम्परा से छिटक जाते हैं अर्थात् सबसे पहले आपके सामने पाठक का एक मूर्त स्वरुप होना चाहिए जिसके लिए आप रचना लिख रहे हैं और उसे संप्रेषित करना चाहते हैं इसलिए आपकी रचना उन समस्याओं पर विचार करती है जो आपके अलावा दूसरों की भी समस्या है, समाज की भी समस्या है और देश की भी समस्या है। तीसरा ये कि जब आप मानव गुणों के समर्थक होते हैं और मानवता के विरोधी लोगों के विरुद्ध प्रतिरोध पैदा करने के लिए लिखते हैं तो ये प्रेमचंद की परम्परा हुई। जो ऐसा नहीं करते वो प्रेमचंद की परम्परा में नहीं होते। ऐसे बहुत सारे साहित्यकार अभी भी हैं जो प्रेमचंद को स्वीकार नहीं करते, जो प्रेमचंद की परम्परा को स्वीकार नहीं करते, उसके आदर्शों को स्वीकार नहीं करते।

○ **सर ये जो समस्या है जो प्रेमचंद ने उठाई है। ये समस्या उस समाज के एक बड़े वर्ग का औसत होगा या एक व्यक्ति की भी तो समस्या हो सकती है जो कि सामाजिक दायरे से बाहर हो। अभी जो आलोचनाएँ हो रही हैं,**

जो व्याख्याएँ आ रही हैं, जो विश्लेषण हो रहा है तो उसमें एक समाज का औसत समस्या है। उसको प्रेमचंद से जोड़ने की एक परम्परा से बन गई है या फिर एक ढर्रा बन गया है? आप क्या सोचते हैं इस बारे में?

- ये तो बात आपने बहुत बढ़िया कही। ट्रांसजेंडर्स की भी अपनी समस्या है, मानसिक विक्षिप्त लोग जो हैं उनकी भी अपनी समस्या है, जो अपराधी हैं उनकी भी समस्या है यतीमों की भी अपनी समस्या है। ये समस्या सारे समाज की तो नहीं होती है। इस प्रकार हम देखते हैं कि बहुत सारे लोगों की अपनी समस्या है। देखिए क्या होता है, विक्षिप्त लोगों की, असामान्य लोगों की कहानियाँ भी हिन्दी में लिखीं गई हैं, उन पर कविताएँ भी लिखीं गई हैं। उनकी तरफ़ ध्यान आकर्षित करना या उनकी बात उठाना कोई गलत नहीं है लेकिन जब आपके मकान में आग लगी हो तो सबसे पहले तो आप आग बुझाने की बात करेंगे न, तो जो समाज के प्रबल प्रश्न हैं, प्रमुख प्रश्न हैं उनकी तरफ़ से ज़्यादा और सबसे पहले चर्चा होगी ही।

○ **सर प्रेमचंद पर हम लोग बात कर रहे हैं। आपकी दृष्टि में क्या प्रेमचंद ने सम्पूर्ण भारतीय समाज या कहें कि जो हमारा हिन्दी बेल्ट है उसके जो सामाजिक सांस्कृतिक रूप है या समस्या है वो पूरी तरह से सन्निहित है? क्योंकि जैसे दलित विमर्शकार हैं वो तो खुद को प्रेमचंद से डिटैच करते हैं।**

- मुझे तो इस प्रकार की अपेक्षा करना भी ठीक नहीं लगता किसी भी रचनाकार से। तोल्स्तोय को लेनिन ने रूसी क्रांति का दर्पण कहा था और प्रेमचंद को उत्तर भारत का सबसे बड़ा आइना कहा जाता है। ये इसलिए क्योंकि उनमें बहुत सारी ऐसी चीज़ें दिखाई देती हैं जो और कहीं दिखाई नहीं देती। लेकिन उनमें सबकुछ दिखाई देगा इसकी कोई गारंटी नहीं।

○ **आपकी नज़र में जैनेन्द्र और अज्ञेय इन दोनों का हिन्दी कहानी में क्या महत्त्व है?**

- अज्ञेय तो वाक् सिद्ध थे, भाषा पर उनका अप्रतिम अधिकार था और शब्दों के प्रयोग के प्रति अत्यंत सजग थे। उनकी कहानियों, लेखों और निबंधों को पढ़कर के हम ये सीख सकते हैं कि कैसे एक भी फालतू शब्द न लिखा जाए। इस मामले में तो अज्ञेय का कोई सानी नहीं। प्रगतिशीलों में भी मुझे ऐसा कोई कलाकार नज़र नहीं आता, कहानीकार या कवि नज़र नहीं आता जिसमें इतनी वाक् सिद्धि

हो, ये तो सच बात है। इसके लिए तो अज्ञेय की कदर की जानी चाहिए। जैनेन्द्र का मुझे नहीं मालूम, उनसे हम क्या सीख सकते हैं।

○ **सर हिन्दी कहानी में यशपाल सीधे-सीधे मार्क्सवादी विचार को लेकर आते हैं। जो थ्योरीज़ हैं लगता है कि वो कहानी पर अप्लाई कर रहे हैं। उनके इस प्रयास को और उनके प्रभाव को आप किस तरह से देखते हैं?**

● नहीं, ये बिलकुल दुष्प्रचार है। यशपाल के प्रति ये बिलकुल दुष्प्रचार है कि उन्होंने मार्क्सवाद के या कम्युनिज्म के सिद्धातों को अपनी रचनाओं में उड़ेल दिया और इसके सिवाय उनके पास कुछ नहीं है। ऐसा नहीं है। यशपाल के पास अपनी एक कला है, अपनी एक दृष्टि है। यशपाल के अनेक कहानियाँ और उपन्यास ऐसे हैं जिनके अंदर एक सजग चितेरे की दृष्टि दिखाई देती है। वो एक रचना है, कृति नहीं है। वो एक रचना है जो उन्होंने रची है और जिसका शाश्वत मूल्य है जैसे 'दिव्या' उनका उपन्यास है या उनकी कुछ कहानियाँ ऐसी हैं जिनमें आपको कोई मार्क्सवादी विचार नहीं दिखाई देगा। अब यदि किसी आदमी के अपने कोई सिद्धांत हैं और वो उनका प्रचार करना चाहता है अपनी रचनाओं के माध्यम से तो ये भी कोई गुनाह नहीं है। आप अगर एक विशेष प्रकार के विचार के प्रचार के लिए लिखते भी हैं, देखिए माओ ने एक अच्छी बात कही थी "हर कला प्रचार होती है लेकिन हर प्रचार कला नहीं होता"।

○ **हम कहानी की बात कर रहे थे कि प्रेमचंद के बाद मुझे लगता है कि सबसे ज़्यादा कहानी लिखने वाले यशपाल ही मुझे हिन्दी में दिखाई देते हैं। लेकिन कुछ कहानियों को छोड़ दें जैसे पर्दा, फूलों का कुर्ता, आदि कहानियों के अलावा ज़्यादातर कहानियाँ खुद को पढ़वा ले जाने में सक्षम नहीं दिखाई देती।**

● तो ये बात तो आज की कहानी पर भी लागू होती है। ये तो बात जनवादी कहानी पर भी लागू होती है। और ये तो बात किसी भी रचनाकार के साथ लागू होती है। जब मैं जैसलमेर में था तो वहाँ एक पंचायत समिति की कोई लाइब्रेरी थी और वो लाइब्रेरी वर्षों से बंद पड़ी हुई थी और मेरे वहाँ एक मित्र थे मोहन सिंह भाटिया, वो एक तहसील में काम करते थे तो संयोग से उन्हें उस पुस्तकालय का चार्ज मिल गया। और उन चाभियों से जब उन्होंने वो अलमारियाँ खोली तो वो ये देखकर दंग रह गए कि पता नहीं कब किस ने वहाँ तोल्स्तोय, चेखव आदि पर बहुत सी पुस्तकों के जिल्द के जिल्द वहाँ ला कर रख दिए थे जिन्हें आज तक किसी ने छुआ भी नहीं था और पढ़ा भी नहीं था। और मेरे पास में असीम फुर्सत

थी। इसलिए उस फुर्सत में मैंने खूब सारी किताबें पढ़ी और मैंने पाया कि इन लोगों ने लगभग अस्सी प्रतिशत कूड़ा लिखा है जो किसी मजबूरी की वजह से लिखा होगा जैसे कईयों ने अखबार के लिए लिखा। अब उनकी चर्चा नहीं होती। किसी भी रचनाकार की चर्चा उसकी श्रेष्ठ कृतियों के कारण ही हुआ करती है।

○ **स्वातन्त्रोत्तर दौर में जब विभिन्न कहानी आंदोलन चल रहे थे। तो क्या आप उस दौर से अवगत थे?**

● नहीं, इन्हें तो मैंने बहुत बाद में पढ़ा। मैंने बहुत देर से लिखना शुरू किया।

○ **बाद में जब आप इनसे अवगत हुए इसके प्रभाव के बारे में बताइए? जैसे साठोत्तरी कहानी के बारे में आपने बताया तो जो नई कहानी है उसके महत्त्व और कमियों के बारे में कुछ बताइए।**

● नई कहानी का तो महत्त्व है। नई कहानी आंदोलन का महत्त्व ये हैं कि ये कहानी के बने-बनाए ढाँचे या परिपाटी को तोड़ती है और एक नई प्रकार की कहानी लिखने की चेष्टा की। और इसी तरह से उन्होंने वे प्रश्न उठाये जो आमतौर पर साहित्य में नहीं उठाए जाते थे। उन्होंने उसमें नाटकीयता के अतिरेक को समाप्त कर दिया, एक झटकेदार अंत को समाप्त कर दिया और इस तरह से उस पूरी कहानी को जीवन के बहुत करीब लाए और छोटे-छोटे प्रश्नों को जोड़कर के एक नई प्रकार की सजग और आधुनिक कहानी लिखने की चेष्टा की इसलिए नई कहानी आंदोलन का महत्त्व निर्विवाद है। साठोत्तरी कहानी ने एक विद्रोही तेवर अपना रखा था और इसलिए उन्होंने सभी चीज़ों से विद्रोह किया। तो उन्होंने भाषा की भंगिमाओं के साथ में भी विद्रोह किया, शब्दावली के साथ भी विद्रोह किया और कथानकों के साथ में भी विद्रोह किया और कथानक के साथ में जुड़े हुए मानसिक सेन्सर्स के खिलाफ भी विद्रोह किया। इसलिए उनकी कहानी में एक विद्रोही तेवर दिखाई देता है बाकी इसके आगे तो आपको पता ही है कहानी कहाँ चली गई।

○ **बाद के जो आंदोलन हैं वो तो झंडेबाजी और नारेबाजी के ज़्यादा लगते हैं। लेकिन ये जो दोनों आंदोलन हैं नई कहानी और अकहानी, इसने जो भंगिमायें रचीं। तो 80-90 के दशक में आप लोग जब आ रहे थे तो आप लोग इसके आगे बढ़कर चीज़ों को देख परख रहे थे। मैं शिल्प और लेखन शैली की बात कर रहा हूँ। तो आप कहाँ से प्रभाव ले रहे थे?**

● ये देखिए कि एक बड़ी सनसनीखेज घटना हुई थी उस नई कहानी के समय में। जब निर्मल वर्मा ने ये कहा था कि चेखव को नई कहानी का पहला कहानीकार

मानना चाहिए। ये बड़ा चौकाने वाला वक्तव्य था। हिन्दी के बहुत सारे लोग चौंक गए थे, उसके बाद में ढूँढ़ कर उन्होंने चेखव को पढ़ना शुरू किया था। चेखव में ऐसा क्या है जो पहले नहीं था और चेखव से क्यों पूरी की पूरी हिन्दी प्रभावित हो गई। उसका कारण ये था कि वो साधारणता में असाधारणता को ढूँढ़ता हैं और ये चीज़ जो है वो आपको जीवन को समझने की बिलकुल नई दृष्टि देती है, कोई भी चीज़ आपके लिए फिर उपेक्षणीय नहीं रह जाती है। छोटी से छोटी चीज़ के अंदर आप बड़े तत्त्व की मार्मिक बात ढूँढ़ लेते हैं, ये कला चेखव ने हमें सिखाई। और हम सबसे अधिक इन्हीं से प्रभावित थे, हमारी सारी पीढ़ी न तो राजेन्द्र यादव से थे और न ज्ञानरंजन से थे। ज्ञानरंजन की कोई परम्परा नहीं बनी इसी तरह से निर्मल वर्मा की जिसने नक़ल की वो भी सब ध्वस्त हो गए। इसी तरह से रेणु की कोई परम्परा नहीं बनी, रेणु की नक़ल करने वाले हिन्दी में सबसे ज़्यादा हुए जिन्होंने सोचा कि हम आंचलिकता लिख कर के अमर हो जाएँगे लेकिन वो नहीं चला क्योंकि हर समय के अपने सवाल होते हैं, उन सवालों से किनारा काट कर के आप कलाकारी करने लगें तो आप तात्कालिकता में जी रहे हैं, तो आपको आगे कोई याद नहीं करेगा। जिन लोगों को हम आज भी याद करते हैं जैसे अमरकांत, शेखर जोशी, नागार्जुन। इन लोगों को हम इसलिए याद करते हैं क्योंकि इन लोगों ने ऐसे सवालों को उठाया जो आज भी प्रासंगिक लगते हैं।

○ **सर कहानियों में जो प्रश्न की दृष्टि से जो नए विषय उठाए गए, इसमें जो नई कहानी के जो तीन चार कहानीकार हैं राजेन्द्र यादव, मोहन राकेश, निर्मल वर्मा और कमलेश्वर। इनमें से सबसे ज़्यादा आपको कौन प्रभावित करते हैं या किनमें आपको लगता है कि युग की आवाज़ ज़्यादा है?**

● देखा जाए तो इसमें इतना सपाट वर्गीकरण करना मुझे इतना उचित नहीं लगता क्योंकि किसी भी रचनाकार के पास में सारी कहानियाँ तो एक जैसी होती नहीं है तो इसलिए कि ये कहना कि ये अधिक सजग था और वो अधिक समझदार था। जो दिल को छू जाती हैं ऐसी कहानियाँ उषा प्रियंवदा के पास भी हैं, रमेश बक्शी के पास भी हैं, ऐसी कहानियाँ दूधनाथ सिंह के पास भी हैं, कमलेश्वर और राजेन्द्र यादव के पास भी हैं। तो किसी एक कहानीकार को चुन कर के बताना कि ये मुझे सबसे अधिक प्रिय या अच्छा लगता है मेरे ख्याल से वो न्याय पूर्ण नहीं होगा

○ **भीष्म जी की जन्मशताब्दी पर किसी ने वक्तव्य दिया था कि भीष्म साहनी की कहानियों में चमक नहीं है।**

- इस कथन से इस हद तक तो सहमत हुआ जा सकता है कि उनमें बहुत ज़्यादा जीवन के चमत्कार नहीं हैं, बहुत ज़्यादा उतार-चढ़ाव नहीं हैं, बहुत ज़्यादा बड़ी घटनाएँ नहीं हैं। जो आंदोलित कर दें जिसमें ड्रामा हो, जिसमें कोई ऐसी चीज़ हो जो हमें परिवर्तनकारी चीज़ों में देखने को मिलती है, ऐसा कोई बहुत बड़ा ड्रामा भीष्म साहनी में नहीं है ये तो सच है। यहाँ तक इस कथन से सहमत हुआ जा सकता है। लेकिन इसके बावजूद भी अब हम जब भीष्म साहनी को दोबारा पढ़ते हैं तो हमें ऐसा लगता है कि ये उनकी एक व्यक्तिगत छाप थी जैसे कोई फुसफुसाकर आपसे कहे कि दस आदमी मर गए। बहुत बड़ी घटना को बड़ी शाइस्तगी के साथ में बोलने की कला भीष्म साहनी में थी इसलिए कुछ लोगों को ऐसा भ्रम हो सकता है उसमें ड्रामा नहीं है या उसमें कोई चमत्कार नहीं है।

- **नई कहानी में रेणु को छोड़कर गाँव बहुत कम हैं। भीष्म साहनी और अमरकांत तो कस्बाई जिंदगी को लिखते हैं और बाकी इन लोगों का तो शहरी जीवन था, शहरी में भी युवा और युवा में भी शहरी। कहा भी गया है कि 'भोगा हुआ यथार्थ होना चाहिए'। फिर साठोत्तरी में भी वही समाज है, युवा है और अपनी दृष्टि से देखी गई चीज़ों को डिफाइन कर रहे हैं। तो ये जो प्रेमचंद वाली जो परम्परा चली आ रही थी तो उस पर सबसे ज़्यादा छूट जो है इन्हीं दो आंदोलनों के कारण नहीं हुआ।**

- वैसे उस समय में शैलेश मटियानी, मार्कंडेय, विजयकान्त ने बहुत अच्छी कहानियाँ लिखी हैं। ये जो आप कह रहे हैं बिलकुल ठीक है लेकिन इसके कारण केवल ये नहीं है कि नई कहानी के प्रभाव में ऐसा हो गया। कारण ये है कि उस समय सारे सामाजिक जीवन के अंदर इस तरह का परिवर्तन हो रहा था कि सारी चीज़ें केन्द्रित होती जा रही थीं दिल्ली में। पहले साहित्य के केंद्र हुआ करते थे बनारस, इलाहाबाद वो दिल्ली हो गया। प्रकाशन कहाँ थे कहाँ नहीं हैं, समाचार पत्र कहाँ से निकलते हैं कहाँ नहीं हैं और पाठक कहाँ पढ़ रहे हैं विश्वविद्यालय कहाँ खुल रहे हैं बिक्री कहाँ हो रही है। ये सारी चीज़ें भी इस परिवर्तन में जिम्मेदार हैं और उसका केन्द्रीयकरण हुआ, मध्यवर्ग तक केन्द्रीयकरण हुआ क्योंकि सारे कहानीकार अधिकांशतः मध्य वर्ग के ही थे और शहरों में रहते थे इसलिए वे अपनी आपबीती लिखते थे।

- **आपने कथाकार बनने का निर्णय कब लिया? आख़िर वो कौन सी चीज़ थी जिसके कारण आपको लगा कि यह नहीं कहा गया है या नहीं लिखा गया है या इस विषय पर मैं लिखूँ। वो कौन सी रिक्तियाँ, कमियाँ**

या परिस्तिथियाँ थीं जिसके कारण आपको लगा कि आपको हस्तक्षेप करना चाहिए?

- नहीं, नहीं इतना सोच-समझकर मैंने कुछ नहीं किया। मैं तो जब भारतीय नौ सेना छोड़कर वापस अपने घर अजमेर में लौटा तो वहाँ मेरे एक मित्र ने कहा कि तुम कहानी क्यों नहीं लिखते। मैंने अपने ऊपर गुज़रा कोई किस्सा लिख दिया था उनको लगा ये ठीक है और वो छप भी गया। 'नई कहानियाँ' एक पत्रिका उस समय निकलती थी जिसके संपादक थे अमृतराय। उन्होंने जब मेरी एक कहानी छाप दी तो मुझे लगा कि मैं भी लिख सकता हूँ। मुझे मजा भी आया और जब उसका मुझे पारिश्रमिक मिला तो और भी ज़्यादा मजा आया इसलिए मजे-मजे में शुरू हो गया। इतना सोच विचार के नहीं कि मेरे पास कुछ ऐसा है जो किसी ने नहीं कहा है।

○ **लेकिन आपकी जो कहानियाँ हैं उनमें एक विज़न हैं, एक दृष्टिकोण है और वो मनोरंजन और पैसे की चीज़ नहीं लगती?**

- मैंने जब लिखना शुरू किया, उस वक़्त में न तो अखबार पढ़ता था, न मैं मार्क्सवाद से परिचित था, न मेरी कोई राजनीतिक समझ थी और न मैंने कोई बहुत बड़ा तजुर्बा हासिल कर लिया था। ये सब धीरे-धीरे होता गया। धीरे-धीरे सीखते गए, धीरे-धीरे आगे बढ़ते गए। बहुत सारे लोग इसके लिए जवाबदार थे जिन्होंने भी समझदारी की खुराक होमोपैथी की गोलियों की तरह धीरे-धीरे पिलाई।

○ **मार्क्सवाद के प्रति आपका आकर्षण कैसे बना?**

- पहले मैं स्वामी विवेकानंद का जबरदस्त दीवाना था। इतना दीवाना था कि उनके लिए अपना सारा जीवन समर्पित करने जा रहा था। बाद में जब मैंने गाँधी को पढ़ा तो मुझे लगा कि गाँधी जो हैं वो आपको खाने की दावत देते हैं तो साथ में ये भी बता देते हैं कि किस समय आना है और मेन्यू क्या रहेगा जबकि विवेकानंद सिर्फ़ ये कहते थे कि आओ-आओ बहुत दिन हो गए क्यों नहीं आ रहे हो लेकिन वो न मेन्यू बताते हैं न ही निश्चित तिथि और समय बताते हैं। तो इस तरह से मैं विवेकानंद से गाँधी पर आया और उसके बाद मैंने पढ़ा लोहिया। तो मुझे लगा कि लोहिया तो और भी ज़्यादा मजेदार हैं, वो तो काफी मेन्यू बताते हैं ये तो खिला भी देते हैं। और लोहिया से भी जब मुझे संतुष्टि नहीं मिली तो मैं आया मार्क्स की तरफ़। इसमें मेरे कुछ साथियों ने बड़ा सहयोग किया। उसमें दो लोग तो यहीं दिल्ली के थे, एक थे रमेश गौड़ और एक थे कांति मोहन। दरअसल उन

दिनों छोटे-छोटे आंदोलन हम अपने शहरों में चलाया करते थे जिसमें हमको लगता था कि जाति को तोड़ो, धर्म को छोड़ो, आगे बढ़ो, प्रगतिशील बनो, आधुनिक बनो इत्यादि छोटी-छोटी परिकल्पनाएँ लेकर के आंदोलन हम पहले भी चलाया करते थे। उन्हें इन लोगों ने दिशा दी।

- ○ **आपके प्रिय कवि कौन हैं और प्रिय रचना कौन सी है?**
- ● आधुनिक हिन्दी साहित्य में मेरे बहुत सारे प्रिय कवि हैं। मैं कविता को बहुत मजे लेकर पढ़ता हूँ, ये बात बहुत लोगों को नहीं मालूम है। नागार्जुन, धूमिल, राजेश जोशी मेरे प्रिय कवि हैं और अगर आप पूछेंगे कि मुझे सबसे अच्छी कविता किसकी लगती है तो आपको आश्चर्य होगा कि मुझे सुभद्रा कुमारी चौहान की कविता सबसे अच्छी लगती है। मैं इसका विश्लेषण नहीं कर सकता।
- ○ **कहीं आपने महाभारत को अपनी प्रिय रचना में शामिल किया था। क्या आपने रामचरित मानस को भी उसी शिद्दत से पढ़ा है? क्या रामचरित मानस का जो आगे साहित्यिक डिबेट है उसमें राजनीतिकरण हो गया है?**
- ● पहली बात रामचरितमानस के बारे में। वाल्मीकि रामायण को मैंने पहले पढ़ लिया था, रामचरितमानस को मैंने बाद में पढ़ा और मुझे लगा रामचरितमानस में से लवकुश काण्ड गायब हो गया, ये बड़ी गड़बड़ हो गई और तुलसीदास जी ने एक मनुष्य को देवता बना दिया। हो सकता है कि उनके समय की ये आवश्यकता रही हो। लेकिन वाल्मीकि ने जिस तरह से राम को और उनके परिवार को चित्रित किया है, उसका कोई जबाब नहीं है। इसलिए मुझे रामचरितमानस ने उतना प्रभावित नहीं किया जितना वाल्मीकि रामायण ने किया। अब रही रामचरितमानस के राजनीतिकरण की बात तो मुझे लगता है कि रामचरितमानस को तुलसीदास की रचना अनुसार समग्रता में देखने की आवश्यकता है। जब हम रामचरितमानस की बात करें तो हमें विनय पत्रिका को नहीं भूलना चाहिए और हमें हनुमान चालीसा को भी नहीं भूलना चाहिए।
- ○ **रामचरितमानस में या जैसा फिर आपने समग्रता की बात की। तुलसी में क्या पुनरुत्थानवाद के तत्त्व हैं आपके दृष्टि में? आज के पाठक के सन्दर्भ में।**
- ● पुनरुत्थान की तो कोई ज़रूरत ही नहीं थी, उस समय कोई तुक ही नहीं थी। उस समय जो तुक थी वो ये थी कि वो एक आशा और आस्था का संचार करना चाहते थे अपने पाठकों में। जब ऐसा कोई सम्बन्ध इहलोक में नहीं मिल रहा था तो उन्होंने राम में ढूँढ़ लिया। आज के पाठक के सन्दर्भ में रामचरितमानस में पुनरुत्थान के तत्त्वों के बारे में मैं कुछ निश्चय से नहीं कह सकता।

- **कबीर एवं तुलसी दोनों में जो भेद किया जा रहा है, क्या यह प्रतीकों की लड़ाई बन गई है? कुछ लोग है जो तुलसी के महत्त्व पर प्रकाश डाल रहे हैं और दूसरे कुछ लोग हैं जो कबीर के महत्त्व पर प्रकाश डाल रहे हैं। जो जनवादी आलोचना है उसमें ये प्रगति देखने को मिल रही है कि कबीर की जो कमियाँ है उन पर फोकस नहीं करते हैं। एक तरह से विभेद हो रहा है। हमारा जो श्रेष्ठ साहित्यिक अवदान है वो लगता है कि दो गुटों की लड़ाई में तब्दील हो गया है।**
- ये बड़ी विद्वान लोगों की बातें हैं, इतनी विद्वता मेरे में है नहीं। ये मुझे दिखाई दे रहा है कि हिन्दी के लोगों को कुश्ती देखने में बड़ा मजा आता है। कभी वो प्रेमचंद की प्रसाद से कुश्ती करवाते हैं, कभी अज्ञेय की मुक्तिबोध से कुश्ती करवाते हैं, कभी नामवर सिंह से रामविलास शर्मा की कुश्ती करवाते हैं और कभी तुलसी की कबीर से कुश्ती करवाते हैं। इसमें मेरी कोई दिलचस्पी नहीं है।
- **अगला प्रश्न साम्प्रदायिकता पर है। आपने साम्प्रदायिकता पर बहुत सारी कहानियाँ लिखी हैं, आपने कुर्बान भाई की कहानी 'पार्टीशन' लिखी है जिसमें बहुत विकट परिस्थिति है, आपने 'रशीद का पायजामा' जैसी कहानी भी लिखी है जिसमें गंगा-जमुनी तहजीब की जो बात करते हैं वो बहुत ही अछे ढंग से उभर कर आती है। तो मेरा प्रश्न ये है कि आपकी निगाह में भारतीय समाज की जो धार्मिक मानसकिता है वो वास्तव में कैसी है? क्या सच में गंगा-जमुनी तहजीब भारतीय समाज में मौजूद है या फिर हम वास्तव में बारूद के ढेर पर बैठे हुए हैं जिसमें जब-तब कोई राजनीतिक दल या कोई संप्रदाय या कोई बाबा पोंगापंथी आकर आग लगा देता है?**
- साम्प्रदायिकता सिर्फ़ हिन्दू-मुसलमान का मामला नहीं है। वैश्विक सन्दर्भ में आप देखिए तो आप देखेंगे कि सिया और सुन्नी भी आपस में लड़ते हैं, आप देखेंगे कि रोमन के दलित और प्रोटोस्टेंट भी आपस में लड़ते हैं, आप देखेंगे कि ईसाई और मुस्लिम भी आपस में लड़ते हैं। लड़ाइयाँ तो सब जगह चलती हैं और उसके बहुत सारे कारण भी होते हैं। इसलिए ये कहना है कि एक ख़ास किस्म की तहजीब हमारे यहाँ हैं जो सारी दुनिया से अनूठी है ये भी ठीक नहीं है। मेरे विचार से सबसे बड़ी दिक्कत अपरिचय है। आज से पचास वर्ष पहले हिन्दू मुसलमानों के बारे में जितना जानते थे और मुसलमान हिन्दुओं के बारे में जितना जानते थे उसका शैतांश भी हमारे बच्चे एक-दूसरे की कोमों के बारे में नहीं जानते। उनको ये नहीं मालूम कि ईद क्यों मनाई जाती है, इनको ये नहीं मालूम कि शीतलाष्टमी

किस लिए मनाई जाती है। मित्रों के दायरे हमारे इतने अलग-अलग हो गए हैं, मोहल्ले इतने अलग-अलग हो गए हैं। और आज हम उनको अल्पसंख्यक कहते हैं और इसका कोई विरोध नहीं करता। मैंने कहीं देखा किसी को ये कहते हुए कि ये तो अल्पसंख्यक हैं ही नहीं ये तो दूसरे सबसे बड़े बहुसंख्यक हैं। अल्पसंख्यक तो जैन हैं, अल्पसंख्यक तो पारसी हैं, अल्पसंख्यक तो बौद्ध हैं, हम कैसे मुसलमानों को अल्पसंख्यक कहते हैं। जब आप उनको अल्पसंख्यक कह देते हैं इसका मतलब है कि आप उनको मुख्यधारा से काटकर अलग कर देते हैं और कह देते हैं तुम्हारी कोई जवाबदारी नहीं है, तुम्हारी कोई जिम्मेदारी नहीं है, तुमको कुछ नहीं करना है तुमको सिर्फ़ हमसे जूते और लात खाने हैं, ये गलत है। इसलिए मुझे लगता है सबसे बड़ी समस्या अपरिचय है।

○ **जो अल्पसंख्यक समाज है खासकर भारत के सन्दर्भ में, वो असुरक्षा से ग्रसित होता ही है प्रायः ऐसा देखा गया है। क्या भारत का जो बहुसंख्यक समाज है, उसकी जो ऐतिहासिक स्थिति रही है धार्मिक मामले को लेकर जैसे बौद्धों के काल में जो धर्म की व्याख्या हुई फिर पश्चिम उत्तर से आक्रमण हुए फिर बाद में आकर हमारा जो बौद्धिक डिबेट शुरू हुआ और उसमें अल्पसंख्यक समाज के प्रति पक्षधरिता ज़्यादा से ज़्यादा दिखाई और इनके जो रूढ़ियाँ थीं उन पर ज़्यादा से ज़्यादा आक्रमण हुए मतलब उसकी समीक्षा ज़्यादा से ज़्यादा हुई, तो इन सब मिले-जुले प्रभावों से क्या वो ज़्यादा अपने को असुरक्षित महसूस करने लगा और इस कारण उसकी प्रतिक्रिया बार-बार उग्रता पूर्ण हुई है जब भी कोई राजनीतिक घटना हुई है? क्या भारत का जो बहुसंख्यक समाज है वो अपनी राजनीतिक-सामाजिक स्थितियों के कारण असुरक्षा बोध से ग्रसित है?**

● नहीं, इस व्यवस्था ने न्याय के सारे दरवाजे बंद कर रखे हैं। चाहे वो संसद हो, चाहे वो न्यायपालिका हो, चाहे वो सड़क हो और चाहे वो परलोक हो। एक जमाना था जब इंसान को यकीन था कि मुझे इस जिंदगी में अगर इन्साफ नहीं मिला तो कोई बात नहीं अगले जन्म में मिल जाएगा। ये अगले जन्म का भरोसा भी खत्म हो गया, अब उम्मीद की किरण कहाँ बाकी है। ये असफलता इस व्यवस्था की है जो हिन्दुओं में भी है, मुसलमानों में भी है और सभी में है इसमें कोई वर्गीकरण करने की आवश्यकता ही नहीं है। लेकिन जिस असुरक्षा बोध की आप बात कर रहे हैं वो बहुसंख्यक, हिंदुस्तान के बहुसंख्यकों में हो ऐसा

मुझे कतई नहीं लगता। ये वर्चस्व की इच्छा है, यह एक सामंती इच्छा है। ये मुसलमानों में भी है, मुसलमान कभी नहीं भूलते कि वो हिंदुस्तान के बादशाह रह चुके हैं। ये कबूल नहीं करेंगे पर इनके मन में है कि हमने इन सब पर राज किया है, ऐसा मुझे लगता है। तो ये वर्चस्व की इच्छा जो है चाहे बहुसंख्यक हो या अल्पसंख्यक दोनों में ही दबी हुई रहती है। आप तो हिन्दू-मुस्लिम की बात कर रहे हैं, मैं तो कह रहा हूँ कि हर स्त्री में दबी रहती है, हर बच्चे में दबी रहती है, हर बहू समझती है कि जब मैं साँस बनूँगी तब अपना हुकुम चलाऊँगी, मेरा लड़का हो गया तो मैं उस पर हुकुम चलाऊँगी, हर बच्चा सोचता है कि मेरा छोटा भाई हो गया तो मैं उसको थप्पड़ मारूँगा या छोटी बहन हो गई तो उसकी चोटी खीचूँगा। ये सब चीज़ें तो प्राकृतिक हैं, हम ही ने बनाई हैं हम ही उसका निवारण कर सकते हैं। असुरक्षाबोध जैसी कोई चीज़ बहुसंख्यकों में हो ऐसा मुझे नहीं लगता।

- ○ **सांप्रदायिकता को लेकर उसकी आलोचना, समीक्षा उसकी दिशा को कम करने के लिए सकारात्मक प्रयास हों, उसमें जो भारत का बौद्धिक वर्ग है वह किस प्रकार की भूमिका निभाता है? क्या उसकी भूमिका सकारात्मक और निष्पक्ष है?**
- ● बुद्धजीवियों की भूमिका बहुत सीमित होती है किसी भी समाज में। यहीं नहीं अमेरिका का कौन सा बुद्धजीवी अमरीका की राजनीति और समाज को संचालित कर रहा है या प्रभावित कर रहा है। हम अपने आप को पता नहीं क्यों इतना अधिक मूल्यवान समझने लगते हैं। मुझे तो कभी नहीं लगा कि मैं किसी को प्रभावित कर सकता हूँ, यदि मैं अपने सौ-दौ सौ पाठकों को प्रभावित कर लेता हूँ तो ये अलग बात है लेकिन व्यवस्था इतनी भयानक और इतनी बड़ी चीज़ है जिसकी हम पूरी तरह से कल्पना भी नहीं कर सकते।
- ○ **हम सिद्धांत की बात तो करते हैं लेकिन हम व्यवहार में देखते हैं कि जो बौद्धिक वर्ग है वो भी उसी तरह से विचलित है। जैसे आपने कुर्बान भाई वाली पार्टीशन कहानी लिखी तो उसकी सारी बौद्धिक बातचीत अपनी जगह पर है लेकिन धार्मिक उसकी अस्मिता से लेकर जब उस पर कमेंट होता है मियाँ कहता है फिर वह अपने को संयत नहीं रख पाता फिर वो खुद को अकेला भी महसूस करता है। तो इस सन्दर्भ में मेरा प्रश्न था कि क्या बौद्धिक वर्ग अपनी भूमिका सही तरीके से अदा कर रहा है?**

- उसकी निंदा तो उस कहानी में भी चित्रित की हैं। उसमें साफ़ लिखा है कि हम उनका ऐसा साथ नहीं दे पाए जैसा हमें देना चाहिए था। ये तो आप बिलकुल ठीक कह रहे हैं। 'बौद्धिक वर्ग की निष्क्रियता' एक ऐसा पाप है जो सर्वत्र और सर्वकालीन है। कुरबान भाई बौद्धिक नहीं हैं। देखिए क्या होता है, आप मेरी पीठ पर मुक्का मारेंगे तो मुझे दर्द तो होगा। जिस आदमी का सारा परिवार नष्ट हो गया, जिसके सारे सम्बन्धी नष्ट हो गए, जो किसी तरह इस दुनिया में अपनी दुनिया बसाने की चेष्टा कर रहा है, उसको अचानक एक दिन ये बता दिया जाए तुम हमारे नहीं पराए हो तो तकलीफ तो उसको होगी ही।

○ **साम्प्रदायिकता का जो लम्बा दौर भारत में देखा है और आज़ादी के समय से ही तरह-तरह की घटनाएँ हुई है। तो जो तब की साम्प्रदायिकता थी मतलब विभाजन और विभाजन के बीतने पर बीच-बीच में उभरने वाली तथा जो आज की साम्प्रदायिकता है, आज का जो उसका स्वरुप है। इसमें क्या अंतर आया है? ज़्यादा घातक हुआ है या बदला है? इससे लड़ने का उपाय है? आपको क्या लगता है?**

- पहले यह राजनीतिक हथियार नहीं बनाया गया था अब बना लिया गया है। इससे लड़ने का उपाय तो मुझे नहीं मालूम लेकिन मैं ये ज़रूर जानता हूँ कि धीरे-धीरे ये चीज़ें जो हैं वो खत्म हो जाएँगी। वो ऐसे खत्म हो जाएँगी कि न कोई हिन्दू, हिन्दू रहेगा और न कोई मुसलमान, मुसलमान रहेगा। इसकी शुरुआत हो ही चुकी है, आप जानते हैं अच्छी तरह से बड़ा हम नाम लेते हैं वेदों और उपनिषदों का लेकिन हममें से दशमलव-एक प्रतिशत लोग भी नहीं होंगे जिन्होंने वेद-उपनिषद देखें या पढ़ें होंगे। इसी तरह से मुसलमान हैं, उसमें से बहुत बड़ी संख्या ऐसी होगी जिन्होंने कुरआन-शरीफ कभी नहीं पढ़ा होगा। उनको अरबी आती ही नहीं हैं, उन्होंने सिर्फ़ मुल्ला मौलवियों की बातें सुनी हैं। देखिए धार्मिकता का तो लोप होता जा रहा है और बिना धार्मिकता के साम्प्रदायिकता कहाँ तक चलेगी। एक दिन हम सब एक विशाल विशालकाय भट्टे के ईंधन बनने वाले हैं, पूँजीवाद हमें बना लेगा। हम सब उपभोक्ता बन जाएँगे या गुलाम बन जाएँगे। कोई अंतर नहीं रहेगा हिन्दू और मुसलमानों में, दोनों का समान रूप से शोषण होगा और अंत में दोनों नष्ट हो जाएँगे। धार्मिकता, जातीयता, प्रांतीयता ये सब चीज़ें क्षणिक हैं और वर्तमान में ही हैं, भविष्य में इनका कोई रूप होगा बचा होगा या बचेगा या किस रूप में बचेगा इसके बारे में मैं नहीं जानता।

- **इस बीच ऐसा क्या हुआ कि पूरी दुनिया में दक्षिण पंथ का उभार हो रहा है?**

- ये फिर सपने की असफलता है जो कि हमलोगों ने सौ साल पहले देखा था। कहीं न कहीं एक नया सपना गढ़ने में हम असफल हुए हैं, ये दर्शन की और बुद्धि की हीनता है। इसमें किसी को कोई दोष नहीं है मतलब दक्षिण पंथ का उभार जो सब जगह दिखाई दे रहा है और जो कट्टरता उभर रही है जब आगे कुछ दिखाई नहीं देगा खाई होगी अँधेरा होगा तो स्वाभाविक है कि लोग पीछे की तरफ़ जाएँगे अपनी सुरक्षा के लिए और लोगों को अपनी सुरक्षा इसी में दिख रही है। बिना समाज के तो कोई जीवित रह नहीं सकता। जब आगे कोई अग्रगामी समाज नहीं है तो द्रुतगामी समाज की तरफ़ जाएँगे। ये स्वाभाविक है।

- **आपने संहारकर्ता बीच में वाम आंदोलन का क्रिटिक पेश किया है। आपने कुछ बातें कहीं हैं और ये बातें जो प्रैक्टिस में जो लोग हैं उनके अंदर जो कमी है या फिर उनके जो विचलन है उसके कारण ये चीज़ें पैदा होती हैं। वाम की जो नीति है, जो पूरा उनका विज़न है क्या उसमें भी कुछ कमी है? और आज के समय में वो कंफिसिंग क्यों नहीं हो रहा है और जहाँ तक उसने लोगों का कंफिसिंग किया था वह स्थिति भी टूट रही है या टूट गई है जैसे बंगाल में, केरल में भी अदल-बदल लगा। एक त्रिपुरा को छोड़ दें तो वाम अब भारत में उस तरह से मजबूत नहीं रह गया।**

- बंगाल की, केरल की क्यों, आप सारी दुनिया की बात कीजिये ना। बात ये है कि परिस्थितियाँ बदल गई हैं। लेनिन ने कहा था कि Imperialism is the highest state of Capitalism 'साम्राज्यवाद पूँजीवाद की अंतिम परिणति है', ये उनकी एक पुस्तक का शीर्षक है। अब क्या है कि वो शास्त्रीय सर्वहाराओं में दिखाई नहीं देता, औद्योगिक समाज समाप्त हो गया है इसलिए ट्रेड यूनियनस खत्म हो गई हैं, ट्रेडीयन मूवमेंट्स खत्म हो गए हैं और दुनिया को बदलने की जो शक्ति मजदूरों में बताई गई थी, दुनिया के मजदूरों को एक होने की जो बात की गई थी, सर्वहारा उत्थान की जो बात की गई थी। ये सब चीज़ें जो हैं, इन्हें अपडेट करके नया बनाने की आवश्यकता थी, लोगों ने कोशिश भी की, बहुत सारे लोगों ने कोशिश की लेकिन लगता ये है कि उस कोशिश में कुछ कमी रह गई इसलिए मार्क्सवाद की प्रासंगिकता धीरे-धीरे कम होती चली गई। यही कारण है कि मार्क्सवाद इतना लोकप्रिय नहीं हो पाया। दूसरी बात ये है कि मार्क्सवाद के

मुकाबले पूँजीवाद इतना बड़ा दुश्मन था कि इसने इसके विरुद्ध बहुत सारे दुश्मन इजात किए। मसलन ये लोग नास्तिक थे, भगवान को नहीं मानते थे, भगवान को गाली देते थे, ये लोग हिंसा में यकीन करते हैं, कम्युनिस्ट लोग। कम्युनिस्टो के खिलाफ इतनी सारी बातें इस प्रकार की कि गई और बल्कि मैं जब अपने बचपन को याद करता हूँ तो मुझे याद आता है कि वहाँ ये कहा जाता है कि रूस में तो परिवार नाम की कोई चीज़ होती ही नहीं है, कोई भी औरत किसी भी आदमी के साथ चली जाती है। इस तरह की अनर्गल बातें कम्युनिस्टो के खिलाफ फैलाई गईं बिलकुल योजनाबद्ध तरीके से। जनता आपका काम देखती है। पश्चिम बंगाल और केरल के अंदर वाम वालों ने काम तो किया, साम्प्रदायिकता सबसे कम बंगाल में है, जातिप्रथा सबसे कम बंगाल में है, छुआ-छूत सबसे कम बंगाल में है, दहेज़ प्रथा सबसे कम बंगाल में है, विधवा-विवाह सबसे ज़्यादा बंगाल में है। इन सब चीज़ों को तो देखा जाना चाहिए। अमीरी और गरीबी के भेद तो मिट ही नहीं सकते, एक प्रान्त में जब तक कि सर्वसत्ता मान नहीं हो जाए। क्या किसी प्रान्त की सरकार सर्वसत्ता मान थी या हो सकती है, इस देश में जो केन्द्रीय सत्ता है वो सब पर किस प्रकार से नियंत्रण रखती है ये भी तो देखना आवश्यक है। इसलिए ये अपेक्षा करना कि केन्द्र में तो प्रतिक्रियावादी सरकार रहेगी और प्रान्त पूरी तरह से स्वतंत्र, स्वायत्त और समाजवादी हो जाएँगे, ये अपेक्षा शायद ठीक नहीं।

○ **तो ये सपना कैसे पूरा होगा?**

● मार्क्स का यही तो कहना था कि दुनिया के मजदूरों एक हो जाओ और जब समाजवादी सोवियत सत्ता खड़ी हुई तो उस वक़्त भी यही प्रश्न आया कि ये दो दुनिया में अर्थव्यवस्थाएँ हैं पूँजीवादी और समाजवादी, ये समान्तर कैसे चलेंगी और कब तक चलेंगी। निश्चित रूप से जब सारी दुनिया से पूँजीवाद खत्म हो जाता है और समाजवाद सारी दुनिया में हो जाता और उसे कोई खत्म नहीं कर पाता। समाजवादी बनने की इच्छा रखना एक बात है और समाजवादी समाज का निर्माण एक दूसरी बात है। इसलिए आपने देखा बाज़ार खत्म नहीं हुआ, पूँजी खत्म नहीं हुई, अंतर्राष्ट्रीय सम्बन्ध खत्म नहीं हुए, अंतर्राष्ट्रीय अर्थनीतियाँ खत्म नहीं हुईं। जब रूस अमेरिका के साथ व्यवहार करेगा तो किसी मुद्रा में ही करेगा नहीं तो उस वक़्त कौन सी अर्थव्यवस्था कायम रहेगी समाजवादी या पूँजीवादी या दोनों या दोनों की मिलीजुली। तो ये एक ऐसा डायलेमा है कि इससे निकलने के लिए पूरी दुनिया को बदलना आवश्यक है।

○ **लेकिन अभी जो भारत में स्थिति है वो बड़ी निराशाजनक है। एक तो पार्टियाँ बटी हुई हैं मार्क्सवाद के अंदर ही, दूसरा जो पार्टी सबसे ज़्यादा संख्या बल लेकर आती थी वो पस्त हैं और उनके लीडर हैं उनकी उपस्थिति कहीं दिखती नहीं है। तो ये तो बड़ा निराशाजनक परिदृश्य है।**

● इससे भी अधिक निराशाजनक परिदृश्य तो 1917 में रूस में थे। क्या माओ से पहले चीन में नहीं था। जब सबसे ज़्यादा अँधेरा होता है तब ही सबसे ज़्यादा उजाले की उम्मीद की जा सकती है।

○ **तो ये जो पार्टियाँ हैं भारत की आपको इनसे उम्मीद बची हुई हैं?**

● मार्क्स ने एक बात कही थी, जमाना कैसे बदलता है, व्यवस्था कब बदलती है जब लोग वर्तमान व्यवस्था से इतने ज़्यादा तंग आ चुके होते हैं कि उसे बदलना चाहते हैं। और उन्होंने ये भी कहा था कि व्यवस्था कोई राजनीतिक दल नहीं बदलता, व्यवस्था जनता बदलती है। क्या हमारी जनता इस राजनीतिक व्यवस्था को बदलने के लिए तैयार है? जिस दिन हमारी जनता इस राजनीतिक व्यवस्था को बदलने के लिए तैयार हो जाएगी, व्यवस्था बदल जाएगी।

○ **अभी आप वाम आंदोलन की बात कर रहे थे तो एक बात आपने बोली कि पूँजीवाद बदल गया है जिस तरह मार्क्स ने देखा और सोचा था। तो जब पूँजीवाद बदल गया है जिसकी परिकल्पना मार्क्स कर रहे थे तो अब क्या हम उन्हीं हथियारों से या उन्हीं जिद से इस लड़ाई को जारी रख सकते हैं जो मार्क्स दे रहे थे?**

● यही तो मैं कह रहा हूँ नहीं कर सकते। हमें अपना मार्क्सवाद बनाना पड़ेगा जो आज कि दृष्टि से बनेगा और आज की दृष्टि से प्रासंगिक होगा।

○ **जो ट्रेड यूनियन की माँगें हैं हालाँकि अब तो ट्रेड यूनियन लगभग समाप्त है लेकिन फिर भी यहाँ जिस रूप में बचा हुआ है और ये पूँजीवादियों का जो जिद है उसके बीच एक डेडलॉक की स्थिति बनती है, वो कैसे टूटेगी?**

● औद्योगिक समाज तो नष्ट हो चुका है, अब तो ब्रांड्स बचे हैं। विपणन की मात्रा बढ़ गई है निर्माण की मात्रा कम हो गई है। निर्माणकर्ता को तो कोई पूछता ही नहीं है, अब इसको ज़्यादा महत्त्व दिया जाता है कि आप उसकी मार्केटिंग कैसे करते हैं। दूसरी बात ये है कि चीज़ें बनती कैसे हैं, चीज़ें बनती ऐसे हैं कि एक जगह एक आदमी बैठा दस भूतपूर्व औपनिवेशिक देशों के कारखानों के मजदूरों को किराए पर लेता है, चीज़ें बनवाता है, वहाँ से मंगवाता है, अपना ठप्पा लगाता है और बेच देता है। यही हो रहा है ना। इसको कई मार्क्सवादी विचारकों

ने साफ़-साफ़ लिखा है कि उपनिवेशवाद ने जो जगह छोड़ दी हैं वहाँ भी इस नए साम्राज्यवाद ने अपनी उँगलियाँ गढ़ा ली हैं। ऐसी सूरत में जो मार्क्सवाद की परिकल्पना थी वो यह थी कि मजदूर संगठित हो जाएँगे, अपने भेद-भाव जातिवाद सब को भूलकर के और पूँजीवाद के खिलाफ अपनी माँगों के लिए संघर्ष करने लगेंगे, वो बातें तो अब खत्म हो गई।

○ **जो निर्माणकार्य खत्म हो गया है या उद्योग जो बंद हो गए हैं, जैसे भारत में। लेकिन उन जगहों पर जहाँ पर ये शुरू हुए हैं या फिर खूब ज़ोर-शोर से चल रहे हैं जैसे चाइना के इकॉनमी के बारे में बार-बार बात ये आती है कि उसकी इकॉनमी जो है निर्माण आधारित है इसी कारण वो इतना मजबूत है। खैर वो दूसरी बात है। लेकिन साथ ही उसके बारे में ये भी कहा जाता है कि उसका जो मार्क्सवाद है वो पूँजीवाद के सांचे में लिप्त हुआ है। जहाँ-जहाँ निर्माण हो रहा है तो इन जगहों पर ये संघर्ष क्यों नहीं क्योंकि कोई न कोई तो शोषण कर रहा है। निर्माण भी कहीं न कहीं हो रहा है तो मजदूर तो हैं और उनका शोषण भी है तो इन जगहों से कोई प्रतिरोध की खबर क्यों नहीं आती?**

● मजदूर संगठित नहीं हो पाते क्योंकि एक जगह है ही नहीं वो। जब आप दस हजार मजदूरों को एक कारखाने में काम देंगे तब तो उनके संगठित होने की कोई संभावना है। पूँजीवाद ने उस संभावना को ही नष्ट कर दिया और दूसरी बात यह महत्त्वपूर्ण है कि सर्वहाराओं का मध्यवर्गीयकरण हुआ है। आप देखिए पिछले पचास सालों के अंदर मध्यवर्ग का कितना अभूतपूर्व विस्तार हुआ है, देश में भी और बाहर भी। जिस आदमी के लिए व्यवस्था परिवर्तन जीवन और मरण का प्रश्न नहीं होगा वो घर छोड़ कर सड़क पर कैसे निकलेगा।

○ **ये मध्यवर्ग जो है और उसमें नई संख्या जुड़ती जा रही है। तो इस मध्यवर्ग से कभी कोई संघर्ष की उम्मीद नहीं की जा सकती?**

● ये मार्क्सवाद के विद्वानों से कहा है कि मध्यवर्ग सबसे बड़ा शिक्षक होता है और साथ ही मध्यवर्ग सबसे बड़ा धोखेबाज भी होता है, अविश्वसनीय भी होता है।

○ **आपने नीलकांत का सफ़र जैसी कहानी लिखी जिसमें सर्वहारा एक उम्मीद के रूप में सामने आता है। क्या आपको आज ये लगता है कि आपकी ये असफल कहानी है क्योंकि जमीनी स्थिति जो है उसमें तो नीलकांत का सफ़र जैसी कहानी यूटोपिया लग रही है इस समय। उसमें जो मूल्य हैं, आप जो सन्देश दे रहे हैं वो तो फलीभूत होता नहीं दिख रहा है।**

- हाँ, असफल तो नहीं है लेकिन पुरानी कहानी है। हाँ अब ऐसा ही लगता है कि ऐसा तो केवल कल्पना में ही हो सकता है।

○ **ये ठेके वाला जो मॉडल है और दूसरी ओर ये तकनीक आ रहा है। ये बातें की गई थी टेक्नोलॉजी के विकास से जीवन सुधरेगा, मजदूरों की स्थिति अच्छी बनेगी लेकिन अब ये देख रहे हैं कि टेक्नोलॉजी कथार्सिस का साधन बन रहा है संघर्षरत वर्गों के लिए। वो दिन भर तबाह रहता है, परेशान रहता है, काम करता है शाम को टीवी पर बहस देख लेता है और फिर लगता है कि कथार्सिस होकर उसके अंदर का सारा गुस्सा निकल गया और अगले रोज़ फिर वह संघर्ष में जुट जाता है या शोषण में अपने को डुबो देता है। प्रश्न ये था कि वो जो विचार था कि तकनीक जो है मजदूर को आगे बढ़ाने में सहायक होगा, क्या ये भी अब झूठा पड़ गया?**

- नहीं, देखिए तकनीक का मामला हमेशा ऐसा रहा है कि जब भी तकनीक की बात होती है तो समझदार लोग ये सवाल पूछते हैं कि वो है किसके हाथ में और किसके हित में काम कर रही है। यदि वो मजदूर के हाथ में होगी तो मजदूर के हित में काम करेगी, पूँजीपति के हाथ में है तो पूँजीपति के हित में काम कर रही है। बाकी आपकी ये बात ठीक है कि कथार्सिस का थोड़ा बहुत हो गया और बल्कि मैं तो इससे आगे ये भी जोड़ना चाहूँगी कि अब तो प्रतिरोध भी एक बिकाऊ चीज़ हो गया है। आज आपका विरोध एक सेलर और कम्युनिटी बन गया है। हमारे एनजीओ हैं वो लोगों को गाँव से पकड़-पकड़ कर लाते हैं चलो कलेक्टरी का प्रदर्शन करना है साग-पूरी देंगे और अस्सी रुपए देंगे। आप जैसलमेर के किसी भी गाँव में चले जाइए। आप जैसलमेर के किसी भी गाँव में चले जाइए, कोई भी टूरिस्ट उनकी फोटो खींचता दिखेगा तो वो मुँह ढक लेंगे, वो पहले बोलेंगे 10 रुपीस।

○ **आपने उम्मीद की काफी कहानियाँ लिखी हैं, आपकी ज़्यादातर कहानियों में उम्मीद दिखाई देती है बहुत कम में निराशा और मैं ये देखता हूँ कि जनवादी कहानी में ये आपकी विशेषता है क्योंकि ज़्यादातर लोगों के यहाँ पर ठगे जाने का एहसास है वहाँ पर लाकर कहानी को छोड़ देते हैं, यथार्थ के नाम पर। आपने यथार्थ के साथ उम्मीद को जोड़ दिया है, ये जनवादी कहानी में कम है। अब जो स्थिति है जो मजदूर वर्ग है वो पूँजीवाद का शिकार है लेकिन प्रतिरोध शून्य है। तो क्या जनता अपनी जिम्मेवारी को भूल गई है, क्या उसकी भी कोई भूमिका बनती है या नहीं बनती?**

- देखिए ऐसा है कि द्वंद्वात्मकता ये कहती है कि अगर शोषण है तो उसका प्रतिरोध भी है। अगर सच है तो जूठ भी है, अँधेरा है तो उजाला भी है, अगर हम हैं तो तुम भी है। तो इस समय समाज में प्रतिरोध के बहुत सारे छोटे-छोटे आंदोलन चल रहे हैं चाहे वो पर्यावरण की रक्षा के नाम पर हों चाहे वो प्रकृति की रक्षा के नाम पर हों चाहे वो पशु-पक्षी के हिंसा के विरुद्ध हों या टेक्नोलॉजी के विरुद्ध हों। ये दिखाई नहीं देते, ये छोटे-छोटे आंदोलन आते हैं कुछ समय रहते हैं समाप्त हो जाते हैं और उसके बाद फिर कुछ नए आंदोलन आएँगे फिर समाप्त हो जाएँगे। जैसे लघु पत्रिकाएँ निकलनी बंद हो गईं फिर आईं। कोई बड़ा प्रतिरोध आपको दिखाई नहीं दे रहा है इसलिए आपको लग रहा है कि कोई उम्मीद की किरण अब बाकी नहीं रह गई है, ये ऐसे ही चलता रहेगा लेकिन ऐसा नहीं चलेगा क्योंकि परिवर्तन तो प्रकृति का नियम है।

○ **परिवर्तन तो प्रकृति का नियम है और शोषण है तो विरोध है, ये सब तो है ही। लेकिन जैसा अभी आपने कहा और मैं भी जो महसूस करता हूँ कि लगता है कि सारी चीज़ें जो हैं वो एक सेलेब्रिटी कल्ट में बदल गई हैं, जैसे प्रतिरोध भी उसी में बदल गया है। जैसे एक व्यक्ति प्रतिरोध करता है, जैसे आप देख लीजिए केजरीवाल को वो ख़ास ढंग से प्रतिरोध करके आता है फिर वह अपने हाथ में सत्ता ले लेता है और कहता है कि इसके बिना जो है परिवर्तन नहीं किया जा सकता है और फिर एक दिन अपने मित्रों को बाहर कर देता है और कहता है कि इन लोगों के साथ ज़्यादा चला नहीं जा सकता है। आप तो वाकिफ हैं ही क्या ये होगा उम्मीद बनाए रखना कि प्रतिरोध शाश्वत है?**

- हाँ होगा। ऐसा है एक तो व्यवस्था की और सत्ता की प्रवृत्ति है कि वो समाहित करने की कोशिश करती है, ये हमेशा रहा है आज की बात नहीं है लेकिन इससे हताश होने की आवश्यकता भी नहीं है। जिस दिन उचित समय आएगा ये सारे प्रतिरोध मिलकर के एक बड़े प्रतिरोध में बदल जाएँगे तब आपको दिखाई देगा। देखिए भारत की जनता में बहुत शक्ति है और इसलिए दुनिया की जनता में भी बहुत शक्ति है। यहाँ बिना खून खराबे के एक भी आदमी की लाश गिरे बिना सत्ता परिवर्तन हो गया था कि नहीं हो गया था 1977 में, हमने देखा था आपने भी देखा था, किसी को उम्मीद थी नहीं थी सारे राजनीतिक पंडित बैठे रह गए थे। तो ये कल्पना नहीं है ये ठोस यथार्थ है, ऐसा होता है और ये आगे भी होगा।

○ **मैं जो देख रहा हूँ, शायद आप भी ओब्सर्व कर रहे हों तो अब लगता है कि सत्ता जो है वो ज़्यादा चालक हो गई है। जैसे मैं एक फेनोमिना देख रहा हूँ भारतीय राजनीति में पिछले कुछ दिनों से ये मुफ्त अनाज की व्यवस्था या कम दर पर आवाज़ की जो व्यवस्था है मतलब ये कि जनता को रोज़गार नहीं मुहैया कराया जाता और वे सड़क पर आ जाएँ प्रतिरोध करने तो उसको खत्म करने के लिए आप उनको मुफ्त अनाज दे देते हैं वो खाकर अपने घर में सोया हुआ है। कहने का मतलब है कि प्रतिरोध की स्थिति नहीं बन रही तो ये जो नई तरह की जो चालाकियाँ हैं इसे आप किस रूप में देख रहे हैं?**

● क्या आपको ऐसा लगता है कि राजनेता जनता से ज़्यादा चतुर होते हैं। मुझे लगता है कि जनता ज़्यादा चतुर होती है, फायदा भी ले लेगी और छोड़ेगी भी नहीं।

○ **आप ये कह रहे हैं लेकिन हम लड़ाइयों का भी देख रहे हैं, जो लड़ाइयाँ थी पहले जो समग्र समाज और व्यवस्था परिवर्तन के लिए वो छोटे-छोटे अस्मिता वाले ग्रुप्स कर रहे हैं और भी थोड़ा सा सत्ता में लाभ छटक लेने के लिए परिवर्तन के लिए नहीं जैसे वो गुजरात में हार्दिक पटेल का हुआ या फिर राजस्थान में कर्नल बैसला का है आदि। तो ये प्रतिरोध का स्वरुप जो है लगता है कि बिलकुल बदल गया है मतलब सबको थोड़ा सा लाभ चाहिए। तो ऐसी स्थिति में आप जानता से किस तरह की उम्मीद रखते हैं या फिर आपको कैसा लगता है ये जो हमारा समाज बन रहा है, इसमें आपको क्या उम्मीद है?**

● ये बड़ा चालाकी वाला मामला है अस्मिता विमर्श वाला लेकिन ये अस्मिता विमर्श देखते-देखते सत्ता विमर्श में बदल जाता है ये बात आपकी बिलकुल सही है। लेकिन हमें ये नहीं भूलना चाहिए कि प्रकृति के अपने भी कुछ नियम होते हैं और इतिहास के भी कुछ सबक होते हैं। दुनिया यहीं खत्म नहीं हो गई है और यहीं खत्म नहीं होने वाली है। कोई भी अजर अमर नहीं है। न शोषण अजर अमर है न ही शोषित। ये चीज़ें बदलेंगी, हमको आस्था रखनी चाहिए। उत्तरदायित्व इसमें पढ़े-लिखे लोगों का है, नौजवानों का है, आपके-हमारे जैसे लोगों का है कि वो इस जागरूकता को दिल में भी जिंदा रखें और लोगों में भी प्रचारित करें। ये चीज़ें बदल सकती हैं और बदलेंगी।

○ **ये भूमंडलीकरण के बाद एक पूरी नई कथा पीढ़ी आई है और आप उसको पढ़ भी रहे हैं तो इन लोगों में कुछ आपको नया होता कुछ दिख रहा है। कोई नया परिवर्तन जैसे आपने 62 के सन्दर्भ से अ-कहानी का**

जिक्र किया या फिर जनवादी कहानी का। इन युवाओं में कोई नया हस्तक्षेप देख रहे हैं आप, कुछ नई उम्मीद की किरण?

- हाँ मुझे दो-तीन चीज़ें नई लगती हैं। एक तो ये कि इनकी भाषा चित्रात्मक हुई है पहले की भाषा से बिलकुल अलग है। ये जन माध्यमों, मीडिया के प्रभाव के वजह से भी हो सकता है, पहले सिर्फ़ फ़्लैश होता था अब फ़्लैश ब्रेक भी होता है, कहानी कहाँ से शुरू हुई कहाँ से खत्म हो गई पता नहीं चलता, उसके अंदर कौन से पात्र कब प्रकट हो जाएँगे आपको पता नहीं चलता। चीज़ें बदल गई हैं। दूसरी बात ये है कि सामाजिक प्रतिबद्धता समाप्त हो चुकी है, इसकी कोई ज़रूरत महसूस नहीं करता। तीसरी यह कि व्यवस्था परिवर्तन में किसी को विश्वास नहीं है, लोग जैसा है वैसा चित्रित करना चाहते हैं। इसलिए कहानियाँ ज़्यादातर सोशियोलॉजी की रिपोर्ट्स जैसी लगती हैं। लेकिन इसके बावजूद भी कई लोग ऐसे हैं जो बहुत समझदारी के साथ में, बहुत अच्छी कहानियाँ, बहुत नई दृष्टि से लिख रहे हैं और नए क्षेत्रों का संपादन कर रहे हैं कहानी के अंदर जो पहले कभी नहीं आया। इसलिए अब कहानियों की सीमायें भी टूट रही हैं और विधाओं का अंतर्मिलाप भी अधिक हो गया है इसलिए एक नए प्रकार का गद्य जन्म ले रहा है जिसकी अभी परिभाषा ही नहीं हुई है जिसे हम गल्पेतर गद्य कह सकते हैं। और उसकी रचनाएँ लोगों को ज़्यादा पसंद आती हैं, उसमें पात्र वास्तविक होते हैं घटनाएँ काल्पनिक होते हैं। लेकिन एक नए प्रकार का शिल्प और नए प्रकार का गद्य प्रकट हो रहा है इसलिए इसका स्वागत किया जाना चाहिए।

○ **आपने कई साक्षात्कारों में भोपाल को अपने लिए अनुकूल बतलाया और उसे चुना भी, आप वहाँ रह रहे हैं स्थायी रूप से, अब आपके कई मित्र वहाँ नहीं हैं। अब वहाँ कैसा लगता है, पिछले कुछ आयोजनों में मैंने आपको वहाँ नहीं पाया है।**

- हाँ, जो लोग अजीज थे और जो लोग मुझे खींच-खांच कर के भोपाल ले गये थे, उनके जाने का अफ़सोस होता है, मैं उन्हें बहुत याद करता हूँ भगवत रावत हैं, कमला प्रसाद जी हैं बहुत सारे हमारे मित्र चले गए उनकी कमी तो महसूस होती है। और दूसरी बात ये है कि साहित्य में जो सौहार्द का वातावरण हुआ करता था, हम सब एक सगापन महसूस करते थे लेकिन अब उसकी जगह जोड़-तोड़ और प्रतिद्वंद्विता लेती जा रही है, ऐसा भी मुझे कभी-कभी लगता है। इसलिए मित्रों से घर में मिलना और अनौपचारिक रूप से बात करना तो मुझे अच्छा लगता है लेकिन गोष्ठियाँ मुझे बहुत उबाऊ और नीरस लगने लगी हैं। इसलिए मैं उनमें ज़्यादा भाग नहीं लेता।

आत्मीय नज़र में

स्वयं प्रकाश के बहाने

सदाशिव श्रोत्रिय

पल्लव ने इस बार मुझे स्वयं प्रकाश के एक नए कहानी संग्रह "मेरी प्रिय कथाएँ" पर कुछ लिख कर लाने के लिए कहा था किन्तु मुझे लगा कि स्वयं प्रकाश के और मेरे संबंध केवल एक कहानी लेखक और पाठक के बीच के नहीं रहे हैं और इसीलिए इस अवसर का उपयोग मुझे उनकी और मेरी कहीं ज़्यादा निजी बातें कहने के लिए करना चाहिए।

स्वयं प्रकाश से मेरी पहली मुलाकात उस समय हुई थी जब वे हिन्दी के एक कहानीकार के रूप में अपनी पहचान बना रहे थे और बड़ी गंभीरता से अपनी कहानी-लेखन की साधना में जुटे हुए थे। वह 1971 की बात थी जब मेरी उम्र तीस वर्ष की थी। स्वयं प्रकाश उस समय लगभग पच्चीस के रहे होंगे। निदेशालय की किसी नाराज़गी के कारण मुझे तब चित्तौड़गढ़ से भीनमाल भेज दिया गया था जहाँ तस्करी के बारे में चर्चित सेठ घमंडीलाल का बनाया हुआ एक विशाल कॉलेज भवन था जिसमें उस समय कुल मिला कर कोई 40 विद्यार्थी पढ़ते होंगे। इन्हीं चालीस विद्यार्थियों के लिए शैक्षणिक और अन्य कार्यों के लिए लगभग चालीस राजकीय कर्मचारी इस महाविद्यालय में नियुक्त थे।

भीनमाल कॉलेज में उस समय तक अंग्रेज़ी साहित्य की पढ़ाई नहीं होती थी अत: नौकरी के अनिवार्य रूप से करने के नाम पर मेरे लिए केवल प्रथम वर्ष कला व वाणिज्य के छात्रों को सामान्य अंग्रेज़ी पढ़ाने का काम था। किन्तु एक आंतरिक नैतिक दबाव के कारण मुझे बराबर यह लगता था कि मुझे कॉलेज से मिलने वाली अपेक्षाकृत मोटी तनख़्वाह के साथ ही जो बहुत सा खाली समय मिलता है उसे मुझे निरंतर अपनी ज्ञानवृद्धि में लगाना चाहिए। भीनमान कॉलेज के नये पुस्तकालय में विभिन्न विषयों की बहुत सी नई-नई पुस्तकें थीं और मुझे भी कई अलग-अलग तरह की चीज़ें पढ़ने का शौक था। अतः मेरे सामने यह समस्या नहीं रही कि मैं उस छोटी जगह और नये कॉलेज में अपना समय कैसे गुजारूँ। बच्चे उस समय छोटे थे और सरकारी स्कूलों में पढ़ते थे। पत्नी तब शुद्धतः एक गृहिणी थीं और उस समय की मान्यताओं के अनुसार बच्चों की देखभाल और उनकी

अधिकांश आवश्यकताओं की पूर्ति को वह अपनी ही ज़िम्मेदारी मान कर चलती थीं। पढ़ने-लिखने की मेरी कुटेव से भी वह परिचित थी और शायद इसीलिए उस समय उसने मेरे जैसे निकम्मे आदमी के साथ जैसे तैसे ज़िन्दगी गुजारने की अपनी नियति के साथ समझौता कर लिया था।

भीनमाल के उन्हीं दिनों में स्वयं प्रकाश से मेरा परिचय हुआ। मेरा यह परिचय एक ऐसे व्यक्ति से था जो पढ़ने का काम मेरी तरह केवल ज्ञान वृद्धि या उससे हासिल होने वाले आनंद के लिए नहीं करता था बल्कि जो हिन्दी के एक महत्त्वपूर्ण लेखक के रूप में अपनी पहचान बनाने के लिए उस समय सचेत रूप से सक्रिय था। मैं जहाँ कभी-कभी थोड़ा बहुत लेखन केवल किसी प्रेरणा के आंतरिक दबाव के कारण कर लेता था वहाँ स्वयं प्रकाश नियमित रूप से और लगातार कुछ लिखते और पत्र-पत्रिकाओं को भेजते रहते थे। उनकी कहानियाँ तब 'धर्मयुग' और 'सारिका' जैसी प्रतिष्ठित और काफी लोगों द्वारा पढ़ी जाने वाली हिन्दी पत्रिकाओं में छपती थीं। मेरी दृष्टि से उनकी एक बहुत महत्त्वपूर्ण कहानी 'नदीदे' उन्हीं दिनों 'धर्मयुग' में प्रकाशित हुई थी।

पढ़ने-लिखने में मेरी रुचि ही संभवतः शुरू में स्वयं प्रकाश से मेरे संपर्क का कारण बनी होगी किन्तु थोड़े ही समय में उनकी बहुत सी खूबियों के कारण हमारे छोटे से परिवार में उनका स्थान भी उसके एक सदस्य जैसा ही हो गया। अपनी बहुत सी घरेलू समस्याओं को सुलझाने में भी हम लोग तब निस्संकोच उनकी मदद ले लिया करते थे। मुझे याद है कि एक बार जब मुझे किसी काम से बाहर जाना पड़ा तब उन्होंने हमारे मकान के कम्पाउन्ड के पिछले हिस्से में लगे नल से पानी साइकल पर लाद कर हमारे किचन और बाथरूम तक पहुँचाने में मेरी पत्नी की मदद की थी और जब मेरा स्थानान्तरण पुनः भीनमाल से चित्तौड़ हो गया तब हमारे सामान के पैकिंग में उन्होंने हमारा काफी हाथ बँटाया था। बच्चों के लिए वे हमारे यहाँ अक्सर टॉफी या कोई अन्य चीज़ लेकर आते थे और उनकी कविताओं को रिकॉर्ड करके हमारे बच्चे चित्तौड़ में भी काफी लम्बे समय तक सुनते और सुनाते रहे थे। स्वयं प्रकाश उस समय एक बहुत ही खुशमिजाज़, उत्साह से लबरेज और तब के राजेश खन्ना की तरह अपनी अदाओं से सबको लुभा सकने में समर्थ नौजवान थे। मेरे ख्याल से वे उस समय वे स्वयं प्रकाश थे जिनका चित्रण उन्होंने अपनी एक आत्मकथात्मक कहानी 'प्रतीक्षा' में किया है।

अपने बेफ़िक्र अंदाज़, चाय-प्रेम और अपनी सोज़भरी आवाज़ में कई दिलकश कविताओं, ग़ज़लों और फिल्मी-गैरफिल्मी गाने सुनाने की क्षमता की बदौलत स्वयं प्रकाश बहुत जल्दी भीनमाल की एक हरदिल-अजीज़ शख़्सियत बन गए थे। उनकी चाल-ढाल, हँसी और बातचीत के ढंग से मुझे उस समय उनमें एक गम्भीर लेखक के साथ

एक आत्ममुग्ध लोकप्रिय अभिनेता की छवि भी दिखाई दे जाती थी। उस समय भीनमाल जैसी छोटी सी और अपेक्षाकृत पिछड़ी जगह में हमारी दुनिया को रंगीन और खुशनुमा बनाने में स्वयं प्रकाश की भूमिका काफी महत्त्वपूर्ण रही थी।

स्वयं प्रकाश की जो विशेषता उन्हें भीनमाल में उनके अन्य मित्रों से अलग करती थी वह निश्चय ही उनकी सामाजिक प्रतिबद्धता थी। वे खुले तौर पर हमारी अनेक सामाजिक बुराइयों की तीखी आलोचना करते थे और जहाँ भी संभव होता उनके प्रतिरोध में खड़े होने की चेष्टा भी करते थे। लेखक होने के साथ उस समय वे एक छोटे-मोटे कल्चरल एक्टिविस्ट भी थे और भीनमाल के लोगों में सांस्कृतिक चेतना जगाने के लिए हर संस्था को अपना सहयोग और अपने अनुभव का लाभ देने को तैयार रहते थे। साक्षरता, अंधविश्वास-निवारण या वैज्ञानिक सोच के विकास हेतु वे कई कार्यक्रमों से सहज ही जुड़ जाते थे। यदि सच पूछा जाए तो उनकी उस समय की अधिकतर कहानियाँ भी अंतिम विश्लेषण में उन सामाजिक बुराइयों के विरोध का ही एक हथियार थीं। 'तलबी', 'पार्टीशन' और उस समय की उनकी अन्य कहानियों के पात्रों से भीनमाल के उनके दोस्त बख़ूबी वाकिफ थे। ब्रेख्त ने जिस एपिक थियेटर की वकालत की थी जिसमें कि किसी महाकाव्य के वाचन के दौरान ही जैसे उसके कुछ पात्र अचानक उठ कर अभिनय करने लगते हैं कुछ-कुछ उसी अंदाज़ में स्वयं प्रकाश की कहानियों के पात्र भी उनके द्वारा भीनमाल के आम लोगों और उनके सामान्य जीवन के बीच से ही उठा लिए जाते थे। स्वयं प्रकाश की सृजनात्मक प्रतिभा के संबंध में सबसे महत्त्वपूर्ण बात यही है कि जहाँ अन्य लोगों को किसी व्यक्ति या किसी घटना में कुछ विशेष नहीं दिखाई दे पाता था वहाँ स्वयं प्रकाश की कहानीकार आँख उस घटना या उस व्यक्ति में एक आँखें खोल देने वाला मतलब ढूँढ़ लेती थी। शायद इसी कारण उनकी कहानियों को पढ़ते हुए मुझे भी उस कहानी की बराबर प्रतीक्षा रहती थी जो उन्होंने मुझे या मेरे परिवार को ध्यान में रखते हुए लिखी होगी और जो मुझे अपने आप को वस्तुपरक रूप से देखने में मदद करेगी। मुझे उनकी वैसी कहानी आज तक मिली नहीं है; संभव है उन्होंने उसे किसी ऐसी पत्रिका में छपने के लिए दिया हो जिसके ग्राहक राजस्थान में हों ही नहीं, या हो सकता है उन्होंने हम लोगों से संबंधित मसाले का अब तक उपयोग ही न किया हो। वैसे जब उनकी संपूर्ण कहानियाँ प्रकाशित हो जायेंगी, जिनकी कि संख्या निश्चय ही सौ-सवा सौ से कम न होगी, तब तो मुझे इस बारे में सच्चाई का पता लग ही जायेगा। जो भी हो, यह सच है कि मैं अब भी बराबर उस कहानी की प्रतीक्षा में हूँ।

स्वयं प्रकाश की कहानियाँ पढ़ते हुए मुझे लगा कि उनमें परकाय प्रवेश की सी एक अद्भुत क्षमता है। उनकी यह क्षमता न केवल 'सूरज कब निकलेगा' के भैराराम की या 'क्या तुमने किसी सरदार को भीख मांगते देखा है' के सरदार जैसे मानवीय पात्रों की व्यथा

को गहराई से अनुभव करने और कहानी का रूप देने में समर्थ बनाती है वह उन्हें 'नैनसी का धूड़ा' जैसी कहानियों के पशु पात्रों की वेदना तक को समझने और उनके प्रति पाठकों का नज़रिया बदलने में मदद करती है। कोई लेखक दूसरे की तकलीफ को अपनी तकलीफ की तरह महसूस करके ही एक बड़ा साहित्यकार बन सकता है।

किन्तु संवेदनशीलता स्वयं प्रकाश जैसे प्रतिबद्ध और विचारशील लेखक को किसी व्यक्ति की कमज़ोरियों या बुराइयों की आलोचना करने से भी नहीं रोक सकती। मुझे स्वयं प्रकाश के साथ रहते हुए कई बार ऐसा लगता था कि वे हमारी हर बात को प्रशंसा की दृष्टि से नहीं देखते। हमारी भावनाओं का ख्याल करके वे कई मौकों पर भले ही हमारे सामने चुप्पी साध लेते हों पर उनका हमसे मतभेद उनके मौन से भी छिपता नहीं था। मुझे लगता था कि शास्त्रीय संगीत, उत्कृष्ट काव्य, धर्म, आध्यात्म, दर्शन आदि के बारे में वे मेरे विचारों से सहमत नहीं होते थे। मुझे कभी-कभी तो यहाँ तक लगता था कि उनके संबंध न केवल हमारे प्रति बल्कि उनके कुछ नज़दीकी मित्रों व रिश्तेदारों के प्रति भी शुद्ध अंतरंगता के न होकर लगाव-अलगाव या प्रेम-घृणा के हैं। यह प्रेम-घृणा संबंध भी मुझे लगता है मोटे तौर पर हमारे समय की एक महत्त्वपूर्ण देन है। मैं यह भी जानता हूँ कि स्वयं प्रकाश के इस लव-हेट का कारण उनकी कोई हिपॉक्रिसी न होकर उनका यह मानवतावादी सोच ही है कि हर व्यक्ति मोटे तौर पर अपने समय और परिस्थितियों से परिचालित होता है और इसीलिए उसके प्रति हमारा दृष्टिकोण क्षमा और सहानुभूति का होना चाहिए।

लेखक के रूप में स्वयं प्रकाश की एक प्रमुख विशेषता भाषा के द्वारा पाठक को गुदगुदाने की उनकी क्षमता है। उनकी कहानी 'गौरी का गुस्सा' के एक अंश को, जिसमें कि इस कहानी का नायक एक जमादारन से उसे गोद ले लेने के लिए कहता है, पहली बार पढ़ कर मैं बड़ी देर तक हँसता रहा था। किसी भाषा में अंतर्निहित ह्यूमर को पकड़ पाना भी एक विशेष प्रकार की जन्मजात प्रतिभा की अपेक्षा रखता है। स्वयं प्रकाश की यह प्रतिभा मुझे शरद जोशी जैसे व्यंग्यकारों के लेखन में नज़र आती है जो उनके लेखन को रोचकता का एक अनूठा आयाम दे देती है।

कहना न होगा कि लेखक बनने की उस साधना के दौरान स्वयं प्रकाश ने अपनी कला को अधिकाधिक मांजने का प्रयास किया। उन्होंने न केवल अन्य देशी-विदेशी कहानीकारों के साहित्य का गहरा अध्ययन किया बल्कि उन आर्थिक-राजनीतिक कारणों को भी समझने का प्रयत्न किया जो हमारे समाज की अधिकतर बुराइयों के लिए ज़िम्मेदार थे। सामाजिक कल्याण के लिए प्रतिबद्ध किसी भी लेखक के विचारों का झुकाव वामपंथ की ओर ही हो सकता है और इसीलिए यह स्वाभाविक था कि उनके सोच और उनके लेखन में उन तमाम चीज़ों के प्रति एक गहरी नापसंदगी घर करने लगी जिन्हे वे दक्षिणपंथी सोच

की उपज मानते थे। मुझे कई बार लगता है कि कई बार कुछ ऐसी चीज़ें भी जो मानव जीवन को अनुभव की दृष्टि से अधिक समृद्ध बनाती हैं उनके अनजाने ही उनके इस भावनात्मक विरोध का शिकार हो गईं। एक प्रश्न जो बार-बार मेरे मन में उठता है और जिसका मैं कोई संतोषप्रद जवाब नहीं दे पाता, यह है कि 'भीनमाल के दिनों का वह खुशमिजाज़ स्वयं प्रकाश बाद में जैसलमेर, सर्गीपल्ली, सुमेरपुर और दरीबा जैसी जगहों पर रह कर जब चित्तौड़ पहुँचा तो वह क्यों वैसा ही नहीं रह पाया था'। पर यह शायद एक ऐसा प्रश्न है जिसका संबंध केवल मेरे नोस्टेल्जिया से है न कि जीवन की वास्तविकताओं से। मुझे इस बात का एहसास होना चाहिए कि मैं स्वयं भी उस समय तक कहाँ वही सदाशिव रह पाया था जो कभी भीनमाल में स्वयं प्रकाश का साथी हुआ करता था।

स्वयं प्रकाश के प्रति मेरा लगाव मुझसे कहता है कि जब एक व्यक्ति एक लेखक बनने के लिए संघर्ष करता है तो उसे इसके लिए बहुत कुछ खोना भी पड़ता है। लेखक के अपने किरदार को अतिरिक्त गंभीरता से लेने पर उसका निर्वाह उस पर कई अतिरिक्त ज़िम्मेदारियाँ डाल देता है। एक बार प्रतिष्ठित हो जाने पर अपने पाठकों के पत्रों के जवाब देना भी उसका एक नैतिक दायित्व हो जाता है। उसे तब कई साक्षात्कार भी देने पड़ सकते हैं, कई सेमिनार, कार्यशालाओं या सम्मेलनों में भाग लेना पड़ सकता है और आजकल हर समय सर पर सवार मीडिया को संतुष्ट करने के लिए तत्काल कुछ जोखिम भरे बयान भी देने पड़ सकते हैं। यह सब चीज़ें एक खास विचारधारा और कुछ वैचारिक पूर्वाग्रहों के चुनाव को भी शायद उसके लिए आवश्यक बना देती है और इस तरह उसकी बहुत सी मानवीय स्वतंत्रता भी छीन लेती हैं। स्वयं प्रकाश ने यदि जीवन में अपने लिए एक कहानीकार के बजाय किसी अन्य भूमिका का चुनाव किया होता तो हो सकता है हम उन्हें किसी और ही तरह का इन्सान पाते।

मुझे नहीं लगता कि हमारा समय अब भी हिन्दी लेखकों के लिए बहुत अनुकूल समय है। एक लेखक के रूप मे करियर का चुनाव करते हुए स्वयं प्रकाश ने जिस मुकाम तक पहुँचने और जितनी शोहरत और समृद्धि हासिल करने की कल्पना की होगी उसके अधिकारी हो जाने पर भी वह सब आज तक उन्हें मिल पाया हो इसमें मुझे संदेह है।

लेखन के संबंध में स्वयं प्रकाश मेरे लिए एक प्रेरक व्यक्तित्व रहे हैं क्योंकि वे हिन्दी के एक मात्र प्रसिद्ध लेखक हैं जिनके साथ लम्बे समय तक रहने और जिन्हें बहुत नज़दीक से देखने का मुझे मौका मिला। वे भीनमाल में मुझे अक्सर मेरे आलस्य के लिए कोसते रहते थे और उनकी प्रेरणा से ही मैंने भीनमाल में रहते हुए कुछ कहानियाँ लिखीं जो न जाने क्यों 'कहानी' पत्रिका के उस समय के संपादक श्रीपतराय को इतनी अच्छी लगीं कि उनमें से किसी को उन्होंने वापस नहीं लौटाया। जैसा मैंने कहा पहले कुछ कविताएँ, लेख

आदि मैंने कुछ पत्र-पत्रिकाओं के लिए लिखे थे पर कहानी लेखन की दिशा में मुझे स्वयं प्रकाश ने ही प्रेरित किया। किन्तु इससे बड़ी बात जो मैंने उन्हें देख कर सीखी वह यह थी कि गम्भीर लेखन अपने आप में एक दुष्कर व कष्टसाध्य कर्म है और इसीलिए यदि कोई उत्तरदायित्वपूर्ण ढंग से उसे करना चाहता है तो उसे अपनी बहुत सी आरामतलबी छोड़ने के लिए तैयार रहना चाहिए। यह एक अलग बात है कि आगे चल कर मुझे निबन्ध-लेखन अपने लिए अधिक उपयुक्त विधा प्रतीत हुई और मेरा कहानी-लेखन छूट गया। किन्तु मुझे इस बात में कोई संदेह नहीं है कि स्वयं प्रकाश जैसा समर्थ और प्रतिभासम्पन्न लेखक कहानी के माध्यम से भी एक वैचारिक क्रान्ति का अग्रदूत बन सकता है।

स्वयं प्रकाश के जिस एक और गुण ने मुझे ज़बरदस्त तरीके से प्रभावित किया वह उनकी संघर्षशीलता और विषम परिस्थितियों मे भी और हँसते रहने की उनकी अद्भुत क्षमता है। वे मुझे कहा करते थे कि कई बार जिस दरवाज़े की ओर बढ़ते थे वह उनके उस तक पहुँचते-पहुँचते अक्सर बंद हो जाता था। पर भाग्य की इस विडंबना से वे कभी निराश नहीं हुए और निरंतर नए दरवाज़े खोजते रहे। मैं उनकी उस बहादुरी, सहनशीलता और जीवट का गवाह हूँ जिसका प्रदर्शन उन्होंने चित्तौड़ में उनके साथ हुई एक मोटरसाइकल दुर्घटना के समय किया था। अपने परिवार के लिए उन्होंने जितना त्याग किया उससे भी पूरी तरह नावाकिफ नहीं हूँ। मैं अपने आपको इस बात के लिए खुशकिस्मत मानता हूँ कि उनके जैसे इन्सान के मित्रों की सूची में कहीं मेरा भी नाम दर्ज है।

स्वयं प्रकाश के संबंध में अपनी बात को विराम देने से पहले मैं यह कहना चाहूँगा कि मुझे इस बात का एक अपराध-बोध बराबर सालता रहता है कि उन्होंने भीनमाल में हमारे साथ जितने प्रेम और आत्मीयता का व्यवहार किया था उसके प्रतिदान में हम लोग शायद उनके चित्तौड़-निवास के दौरान और बाद में भी उनके प्रति उतनी आत्मीयता का व्यवहार नहीं कर पाए। हो सकता है इस बात को लेकर उनके मन में कुछ नाराज़गी भी रही हो और वे हमें बेमुरव्वत और बेवफा मानते हों। पर मैं उन्हें यह विश्वास दिलाना चाहता हूँ कि यदि इस मामले में हमारी ओर से कोई कमी रही हो तो उसकी वजह केवल भीनमाल की तुलना में उनके चित्तौड़-निवास के दौरान उनके और हमारे निवास स्थानों के बीच की अपेक्षाकृत बहुत ज़्यादा बढ़ गई भौतिक दूरी और उनकी और हमारी कई गुना बढ़ गई पारिवारिक और नौकरी संबंधी व्यस्तताएँ ही थीं।

उन्हें पता है कि उस समय तक मेरी पत्नी भी केवल एक गृहिणी नहीं रह गई थी और मैं भी तब तक महाविद्यालय प्रशासन के तमाम भार से मुक्त व्याख्याता नहीं रह पाया था।

पर जिन स्वयं प्रकाश ने अपने लेखनकाल का लम्बा समय राजस्थान में बिताया था, जिनकी कहानियों के अधिकतर पात्र इस प्रदेश के वातावरण से उठाये गये थे और जिनका एक पैतृक मकान शायद आज भी अजमेर में है उन्होंने अपनी स्वैच्छिक सेवानिवृत्ति के बाद इस राज्य के बजाय मध्यप्रदेश में बसना पसंद किया यह न सिर्फ़ मेरे लिए बल्कि उनके दूसरे अंतरंग मित्रों के लिए भी अफसोस की बात थी। इसमें कोई संदेह नहीं कि राजस्थान में उनके निवास से इस राज्य का वर्तमान साहित्यिक वातावरण अधिक समृद्ध होता। हमारे समय में चीज़ें तेज़ी से बदल रही हैं और अब लोगों को अपने स्थान से, अपनी संस्थाओं से, अपनी संस्कृति से और अपने बंधु-बांधवों से पहले जैसा लगाव नहीं रहा पर अपने नोस्टेल्जिक स्वभाव के कारण मेरी बराबर यह ख्वाहिश रही कि वे चित्तौड़ या उदयपुर या अजमेर को ही अपना स्थायी निवास बनाते ताकि हमारे लिए उनसे बार-बार मिलना अधिक आसान और संभव रहता।

उपन्यास विमर्श

बहस में वामपंथ

रामजी तिवारी

बीसवीं सदी के आरम्भ में हुई रूसी क्रान्ति ने दुनिया भर को प्रभावित किया। यह प्रभाव कुछ देशों में सीधा और स्पष्ट था तो कुछ देशों में परोक्ष और थोड़ा मिला-जुला। भारत में इसका प्रभाव दूसरे रूप में सामने आया। इस क्रान्ति के एक दशक के भीतर भारत में वामपंथी पार्टियों की नींव पड़ी और कुल मिलाकर समाज में उनका प्रभाव भी महसूस किया जाने लगा। यह दो स्तरीय था। अव्वल तो स्वतंत्रता आंदोलन की अगुवा पार्टी भारतीय राष्ट्रीय कांग्रेस के भीतर वामपंथी धारा फलने-फूलने लगी, जिस कारण से उस पार्टी की सोच और दिशा में समाजवाद शामिल हुआ। और दूसरे एक स्वतन्त्र पार्टी के रूप मे भी वामपंथी विचारधारा का स्थान भारतीय समाज और राजनीति में महसूस किया जाने लगा। कहना न होगा स्वतंत्रता आंदोलन में भी। इस बीच देश को आज़ादी मिली तो उसके बाद भी वामपंथी विचारधारा का प्रभाव कांग्रेस के भीतर और अलग पार्टी के स्तर पर भी साफ़-साफ़ दिखाई देता रहा। उसने सरकार की नीतियों को कुछ इस तरह प्रभावित करना शुरू किया कि उसे समाजवादी धारा की तरफ़ झुका हुआ माना जाने लगा।

आज़ादी के लगभग एक दशक बाद तक उम्मीदों के उफान का दौर रहा। मगर कुछ समय बाद एक तरह की उदासी और बेबसी भी समाज में दिखाई देने लगी। अधिकांश जनता को यह लगने लगा कि हमने जिन उम्मीदों के साथ स्वतंत्रता का सपना देखा था, वे हकीकत से बहुत दूर रह गये हैं। देश उस दिशा में आगे नहीं बढ़ रहा है, जिसकी हमने कल्पना की थी। यहीं पर भारत में वामपंथी आंदोलन की एक सशस्त्र-धारा का भी उदय हुआ, जिसने देश की राजनीति के साथ-साथ वामपंथी आंदोलन को भी गहराई के साथ प्रभावित किया। अब एक तरफ़ जहाँ देश की राजनीति में वामपंथ की भूमिका पर बहस तेज हो रही थी, वहीं दूसरी तरफ़ वामपंथी आंदोलन के भीतर भी इस बात पर बहस हो रही थी कि उसे किस तरह से भारतीय समाज में लागू किया जाय। वे बेचैन थे कि तमाम अनुकूल परिस्थितियों के बाद भी भारत में वामपंथ का प्रभाव निर्णायक रूप से बढ़ता हुआ दिखाई नहीं दे रहा है। वह एक स्थिति पर आकर ठहर सा गया है।

ऐसी बहसों ने वामपंथी आंदोलन के भीतर विभिन्न तरह के विचारों को जन्म दिया। कुछ लोगों का मानना था कि भारतीय समाज में मार्क्सवादी सिद्धांत को जमीनी स्तर तक नहीं पहुँचाया जा सका है और आम जनता के भीतर इस विचारधारा की समझ विकसित नहीं हो सकी है, इसलिए हम वांछित विस्तार हासिल नहीं कर सके हैं। जबकि दूसरे लोग यह मान रहे थे कि सिद्धांत तो अपनी जगह ठीक है, लेकिन असली ज़रूरत व्यवहारिक धरातल पर काम करने की है। हमें ऐसे लोगों की अधिक ज़रूरत है जो इसे जमीन पर लागू कर सकें। यानि रूसी क्रांति की तरह यहाँ भी लीड करे और उसे भारतीय समाज के भीतर पहुँचा दें। कुछ अन्य बहसों में मध्यवर्ग पर जोर दिया जा रहा था तो कुछ जगहों पर उनका उपहास भी उड़ाया जा रहा था। कहीं सशत्र क्रान्ति की बहस थी तो कहीं श्रमिक आंदोलन के भीतर से समाज को बदलने की कोशिश चल रही थी।

ऐसी बहसें सिर्फ़ राजनीति के भीतर नहीं चल रही थीं। वरन उनका विस्तार समाज से लेकर साहित्य तक छाया हुआ था। मसलन हिन्दी साहित्य को ही लें, तो यहाँ भी इस विषय को लेकर खूब बहस हुई। चूँकि हिन्दी साहित्य में वामपंथी विचारधारा का प्रभाव काफी था, इसलिए इस बात को लेकर हिन्दी में भी खूब लेखन हुआ। साहित्य की बहस राजनीति से भी अधिक तीखी रही, क्योंकि भारत की राजनीति में वामपंथी आंदोलन का प्रभाव आंशिक ही था। जबकि हिन्दी साहित्य में इस विचारधारा का प्रभाव व्यापक और काफी विस्तृत था। जाहिर है इस बहस का सबसे बड़ा प्रभाव उपन्यासों में दिखाई दिया, क्योंकि उस विधा के भीतर ही ऐसी भारी-भरकम बहसों की गुंजाईश थी।

इसी बहस को केंद्र में रखकर हिन्दी के सुपरचित कथाकार स्वयं प्रकाश ने भी एक उपन्यास लिखा, जिसका नाम है "बीच में विनय"। यह उपन्यास नब्बे के दशक में प्रकाशित हुआ, जब समाजवादी विचारधारा दुनिया भर में अवसान की तरफ़ बढ़ रही थी। जब सोवियत रूस का पराभव होना शुरू हो गया था और उससे जुड़ने वाले देशों में भी पूँजीवादी धारा की लहर बहने लगी थी। लेकिन उस समय वामपंथ के भीतर यह बहस भी जरुर चल रही थी कि हम किस तरह से अपने भीतर की कमियों को दूर कर सकते हैं, और किस तरह से अपने आपको संगठित करके आगे बढ़ सकते हैं। जाहिर है इसमें पहला काम अपनी कमियों का पता लगाने का था और उसके उपरान्त बहस के माध्यम से उन्हें दुरुस्त करने का भी। यह उपन्यास इन सारी बहसों को केंद्र में रखकर लिखा गया है, साथ ही साथ धर्म और राजनीति की दुरभिसंधियों और भ्रष्टाचार के लिए उनका दुरुपयोग करने वाली प्रवृत्तियों को भी रेखांकित करता है। और इस बात को भी कि तथाकथित प्रगतिशील तबके में भी स्त्री-पुरुष संबंधों को लेकर कैसी एकरेखीय समझ पायी जाती है। दुर्भाग्य यह

कि जिन तथाकथित कंधों पर वामपंथी आंदोलन की जिम्मेदारी है, वे लोग भी क्षुद्रताओं में सिकुड़ते जा रहे हैं।

उपन्यास की शुरुआत भुवनेश नामक एक अध्यापक के किराए पर कमरा ढूँढ़ने से होती है, जो तबादले के बाद एक नयी जगह पर अपने जीवन की शुरुआत कर रहे हैं। ज्ञात होता है कि भुवनेश वामपंथी विचारधारा से प्रभावित हैं और उनके साथ उनकी पत्नी और एक बेटी भी है। उसी कस्बे में एक होलटाइमर कामरेड लक्ष्मण माधव भी रहते हैं, जिनके बारे में यह बात प्रचलित है कि वे श्रमिक-मजदूर आंदोलन के अगुवा है। और उन्होंने तमाम तरह के संघर्षों को लीड किया है। इसी कस्बे में विनय नाम का एक युवा भी रहता है, जो इस समय तो बिजली विभाग में किरानी का काम कर रहा है। लेकिन यह काम उसके मन का नहीं है। वह एक क्रिएटिव व्यक्ति है, जो विभिन्न रचनात्मक विधाओं से जुड़ा हुआ है। इस मुख्य पृष्ठभूमि के अतिरिक्त मजदूरों की समस्या, मार्क्सवाद की बहस, कस्बे की राजनीति, विद्यालय का भ्रष्टाचार और विनय के प्रेम संबंध की सुगंध भी इस कथा में देखी जा सकती है।

उपन्यास बार-बार इस बहस पर लौटकर आता है कि वामपंथी विचारधारा को भारतीय जमीन पर मुकम्मल तरीके से उतारने के लिए कौन सी विधा अपनाई जाय। भुवनेश जो अध्यापक है और जिन्होंने मार्क्सवाद का विषद अध्ययन किया है, का मानना है कि सिद्धांतों को पढ़े और जाने बिना उसे जमीन पर नहीं उतारा जा सकता है। वे तर्क देते हैं कि पार्टी में जो लोग भी काम करते हैं, या जो लोग भी इस विचारधारा से सहानुभूति रखते हैं, उनके लिए यह आवश्यक है कि वे इसके क्लासिक सिद्धांतों से परिचित हों। यदि कोई मार्क्स की पूँजी को नहीं समझता है, वर्ग संघर्ष के कारणों को नहीं जानता है, द्वंद्वात्मक भौतिकवाद को नहीं समझता है, तो वह वामपंथ को जमीन पर नहीं उतार पायेगा। और यदि वह इस मामले में कुछ सफल भी हो गया, तो भी ऐसा वामपंथ अधिक दिनों तक नहीं टिका रह सकेगा।

दूसरी ओर कामरेड लक्ष्मण माधव हैं, जिनका मानना है कि बात सिद्धांतों की जरुर है, लेकिन उससे अधिक महत्त्वपूर्ण यह है कि हम इन सिद्धांतों को जमीन पर उतारने का प्रयास करे। कोई भी सिद्धांत तभी कारगर साबित होगा, जब उन्हें जमीन पर लागू किया जाय। अन्यथा बात केवल हवा में ही रह जायेगी। भारत में वामपंथ इसीलिए सफल नहीं हो सका है क्योंकि यहाँ पर लोगों ने उसके क्लासिकल फ़ार्म को ही महत्त्व दिया है। लोग-बाग़ जमीन पर काम करना भूल गये हैं जिसका नतीजा यह निकला है कि उनके सिद्धांत और व्यवहार में काफी बड़ा गैप दिखाई देने लगा है। और इन दोनों के किनारों के 'बीच में विनय' भी हैं जो भुवनेश के सिद्धांत आधारित अध्ययनों की ज़रूरतों से भी परिचित

हैं। और कामरेड लक्ष्मण जाधव के व्यवहारिक कार्यों के प्रति भी। विनय दरअसल उस पुल का काम करते हैं, जिसकी आँखों में समाजवाद का सपना तैरता है, और जो इस बात से चिंतित और कंसर्न है कि कैसे इससे निबटा जाय। कैसे इस आंदोलन को सफल बनाया जाय। और कैसे इन दोनों धाराओं और इन जैसी उठने वाली अन्य धाराओं में उपजे मतभेदों को दूर किया जाय।

यह उपन्यास कई और परतों में भी विस्तारित है। इसमें एक तरफ़ कामरेड विनय जैसे लोग है, जो देश और दुनिया को बदलने का सपना देख रहे हैं। उसे सही रास्ते पर ले आने के लिए प्रयास कर रहे हैं। बहस कर रहे हैं कि आंदोलन की दिशा कैसी हो। उसमें उपजे मतभेदों पर बात कर रहे हैं कि वह कैसे दूर हो। और दूसरी तरफ़ उनके घर परिवार के लोग भी हैं, जो उन्हें ही फालतू मानकर चल रहे हैं। घर की किसी भी समस्याओं में उनकी राय नहीं लेते। यहाँ तक कि उन्हें अपमानित भी करते हैं। ऐसा इसलिए होता है क्योंकि विनय का परिवार और समाज उसी परम्परागत सोच मे जीता है, जिसमें लड़के-लड़कियों की शादी में उनकी अपनी कोई भूमिका नहीं होती। और उनसे अपेक्षा की जाती है कि वे इस विषय पर अपने माँ-बाप की बातों को आँख मुड़कर स्वीकार कर लें। तभी तो एक बार विनय के पिता उन्हें अपमानित करते हुए घर से चले जाने के लिए भी कह देते हैं।

उपन्यास इस तथ्य को भी उद्घाटित करता है कि तमाम प्रगतिशीलता के बाजवूद भुवनेश जी अपनी बेटी ऋचा और विनय के संबंधों को लेकर वही रवैया अपनाते हैं, जो आम तौर पर पितृसत्तात्मक समाज में दिखाई देता है। यानि यहाँ भी प्रगतिशीलता अपने घर के भीतर प्रविष्ट नहीं हो पाती। और फिर उपन्यास उन दुरभिसंधियों को भी सामने लाता है, जो तथाकथित पढ़े लिखे तबके में दिखाई देता है। जो आकंठ भ्रष्टाचार में डूबा हुआ है और उसे ढकने के लिए धर्म का सहारा लेने में नहीं हिचकता। इसमें भुवनेश के कॉलेज का एक प्रसंग आता है, जिसमें उन्हें कुछ दिनों के लिए प्रिंसिपल का चार्ज मिलता है, तो वे अपने सहयोगियों के भयानक भ्रष्टाचार के किस्से देखकर आश्चर्यचकित रह जाते हैं। तहकीकात के बाद पता चलता है कि ऐसा भ्रष्टाचार तो आम बात है। और फिर वह तिकड़म शुरू हो जाती है, जिसमें एक दूसरे को अपमानित करने के लिए चरित्रहनन का सहारा लिया जाता है।

इन तमाम बहसों से होते हुए उपन्यास तब अपने क्लाइमेक्स पर पहुँचता है, जब कामरेड लक्ष्मण माधव मजदूरों के संघर्ष को लेकर सीधे-सीधे आरपार के मूड में आ जाते हैं और भू-माफिया लोगों से लोहा लेते हैं। माफिया लोग चाहते हैं कि वहाँ से मजदूरों की बस्ती को उजाड़ दिया जाय और उस कीमती जमीन पर कब्जा कर लिया जाय। जबकि

कामरेड इस बात पर अड़ जाते हैं कि हम मजदूरों को उजड़ने नहीं देंगे। माफियाओं की तरफ़ से धर्म का सहारा लिया जाता है कि यह जमीन मंदिर की है। और फिर पुलिस प्रशासन की देखरेख में गुंडे कामरेड लक्ष्मण माधव पर हमला कर देते हैं। इस बीच विनय कामरेड लक्ष्मण माधव को बचाने के लिए उनकी ढाल बनने का प्रयास करते हैं, जिसमें उन्हें गंभीर चोटें आती हैं। कामरेड तो बच जाते हैं, लेकिन इन चोटों की वजह से विनय की मृत्यु हो जाती है।

उपन्यास पढ़ते हुए वामपंथ के भीतर की बहस और बाहरी समाज से उसके रिश्ते को लेकर कुछ बातें स्पष्ट होती हैं। हम जानते हैं कि वामपंथ एक आधुनिक विचारधारा है। कम से कम आज जिसे हम मार्क्सवादी विचारधारा कहते हैं, वह तो उन्नीसवीं सदी के मध्य में ही सिद्धांत के रूप में प्रतिपादित हुई थी। कहना न होगा कि अपने सैद्धांतिक प्रतिपादन के साठ-सत्तर वर्षों बाद वह दुनिया में व्यावहारिक रूप से भी अस्तित्व में आयी, जब रूस की क्रान्ति हुई। और वहीं से वामपंथ के भीतर भी कई बहसों का निर्माण हुआ। सबसे प्रमुख बहस इस बात पर केन्द्रित दिखाई देती है कि हमें मार्क्स के सिद्धांतों के अनुसार शासन को विकसित करना चाहिए। या व्यावहारिक ज़रूरतों को देखते हुए उसमें कुछ सुधार और संशोधन करने पर विचार करना चाहिए। हालाँकि यह बहस रूस की क्रान्ति से पहले ही शुरू हो चुकी थी, लेकिन जब वामपंथ का सामना शासन की व्याहारिकताओं से हुआ, और अब उन सिद्धांतों को जमीन पर लागू करना था, तो इस बहस में काफी तीखापन आ गया, क्योंकि व्यवहारिक ज़रूरतें उनमें कई तरह के संशोधन की मांग कर रही थी। जाहिर है, क्रान्ति के अगुआ लेनिन के सामने ऐसे संशोधनों को लागू करने के अलावा और कोई विकल्प नहीं था। उन्होंने ये संशोधन किये भी।

और फिर वामपंथ के भीतर की यह बहस उन देशों में भी आरम्भ हुई, जहाँ का शासन वामपंथी धारा से संचालित नहीं था। और तब भी, जब दुनिया में इस विचारधारा के पैर उखड़ रहे थे। तो ऐसे में यह सवाल उठना लाजिमी हो जाता है कि क्या वामपंथी लोग अपनी विचारधारा को लेकर इतने आत्ममुग्ध हो चले थे कि उन्हें यह भी नहीं पता चला कि देश और दुनिया के स्तर पर उनकी स्थिति लगातार सिकुड़ती जा रही है? क्या उन्हें ऐसा लग रहा था कि विचारधारा के रूप में वामपंथ बहस से ऊपर है और उसे ही दुनिया पर राज करना है? क्या भुवनेश और कामरेड जाधव को यह दिखाई नहीं दे रहा था कि वामपंथी लोगों के हाथ से समाज की बागडोर छूटती चली जा रही है?

कहाँ तो बहस इस बात पर होनी चाहिए थी कि अपने को राजनीतिक रूप से कैसे प्रासंगिक रखा जाय। और कहाँ बहस इस बात पर हो रही थी कि वामपंथी आंदोलन में

सिद्धांत महत्त्वपूर्ण हैं या व्यवहार। यह उपन्यास इस मामले में वामपंथ को आईना दिखाने का काम करता है कि देखिये आपने किन बेमतलब की बहसों में उलझकर अपनी ऊर्जा जाया कर दी, और इसी बीच पैरों के नीचे से जमीन खिसकती चली गयी। भारत जैसे समाज में, जहाँ वामपंथ अभी राजनीतिक रूप से उतना ताकतवर नहीं हुआ था, वह अपने आपको अपरिहार्य मानकर ऐसी बहसों में क्यों उलझ गया? जबकि उपन्यास के भीतर ही बहुत सारी ऐसी घटनाओं का जिक्र आता है, जिसमें ऐसा लगता है कि समाज में वामपंथ की स्थिति अभी भी काफी कमजोर है। चेतना के स्तर पर भी। और व्यावहारिक स्तर पर भी। लेकिन उस बहस को एड्रेस करने के बजाय वह ऐसी बहस को महत्त्व दे रहा है, जो शासन करने वाली विचारधारा के भीतर से उपजती है। इस आत्ममुग्धता को सामने लाने के लिए भी इसे पढ़ा जाना चाहिए।

इस उपन्यास में वर्णित परिस्थितियाँ बेशक आज बदल चुकी हैं, लेकिन इसे एक समय खंड में चली बहस को समझने के लिए जरुर पढ़ा जा सकता है। यह बताता है कि भारत में वामपंथी विचारधारा किस तरह की बहसों के बीच पल रही थी। बल्कि यह कहना अधिक उचित होगा कि वह कैसे अवसान ले रही थी। इसके अंत का दृश्य ही केवल विनय को बीच में नहीं रखता है। वरन पूरे उपन्यास की बुनावट भी विनय को बीच में रखकर ही बुनी गयी है। यह बीच में होना दो विचारों के पुल के रूप में काम करना भी है। जिसमें एक तरफ़ भुवनेश की सैद्धांतिकी है तो दूसरी तरफ़ कामरेड लक्ष्मण माधव की व्यावहारिकी। यह अफसोसजनक बात है कि दुनिया सहित भारत के भी वामपंथियों ने इस बीच के रास्ते को नहीं चुना।

साम्यवादी राजनीति के अन्तर्विरोध और 'बीच में विनय'

रामविनय शर्मा

जब एक विचारधारा के रूप में विश्व मानवता के समक्ष साम्यवाद का प्रादुर्भाव, तो अपने प्रभाव का विस्तार करते हुए उसने क्रान्ति को सम्भव बनाया। परिणामस्वरूप विश्व के अनेक देशों में अधिनायकवादी सामन्ती सत्ताएँ ध्वस्त हो गयीं और जनता के सपनों को साकार करने का भरोसा देकर नयी सत्ताएँ स्थापित हुईं। साम्यवादी विचारधारा में किसानों, श्रमिकों, निम्न मध्यवर्ग और समाज के शोषित-प्रताड़ित-वंचित वर्गों को आकर्षित करने के लिए बहुत कुछ कहा गया है। यह विचारधारा यूरोप से चलकर भारत जैसे पिछड़े-सामन्ती देश में भी आयी और एक दौर में जनता का कुछ हिस्सा इससे प्रभावित भी हुआ। संसद और विधान सभाओं में वामपन्थी नेताओं को जनता ने चुनकर भेजा भी। पश्चिम बंगाल, केरल और त्रिपुरा में वामपन्थी सरकारें रहीं। केरल में तो आज भी वामपन्थी सरकार है। लम्बे समय तक देश के कारखानों में वामपन्थी श्रमिक संगठनों का बोलबाला रहा। फिर क्या हुआ कि भारत के राजनीतिक परिदृश्य से वामपन्थ क्रमशः क्षीण होता गया और आज वह लगभग तिरोहित होने की स्थिति में पहुँच चुका है? ऐसा अकारण तो नहीं हो सकता? इसके पीछे कुछ ठोस कारण अवश्य होंगे? जिस देश की अधिकांश जनसंख्या आज भी न्यूनतम सुविधाओं से वंचित हो, जहाँ सामाजिक-आर्थिक रूप से गरीब-पिछड़ों की बड़ी संख्या रहती हो और वह दैनिक जीवन में भेदभाव, शोषण एवं प्रताड़ना का सामना करती हो, वहाँ से वामपन्थी राजनीति की विदाई का गीत सुनना अचरज में डालता है।

हमें यह नहीं भूलना चाहिए कि वामपन्थी विचारधारा और वामपन्थी राजनीति दोनों अलग-अलग चीज़ें हैं। जब कोई राजनीतिक दल किसी विचारधारा को अंगीकृत करने का दावा करता है, तो यह ज़रूरी नहीं कि वह उस विचारधारा के प्रति संकल्पबद्ध रहेगा ही। प्रायः देखने में आता है कि राजनीतिक दल बाद में चलकर अपनी मूल विचारधारा से भटक जाते हैं। उनके भीतर अनेक विकृतियाँ पैदा हो जाती हैं और वे कभी उन विकृतियों से

मुक्त होने का प्रयास भी नहीं करते। स्वार्थ, समझौता और अवसरवाद का शिकार होकर वे धीरे-धीरे अपनी चमक एवं प्रभाव खो देते हैं। कभी-कभी ऐसा भी होता है कि राजनीतिक दल समय के प्रवाह और जनता की इच्छा-आकांक्षाओं से विच्छिन्न होकर पीछे छूट जाते हैं, तो कभी विचारधारा की यान्त्रिकता में उलझकर रह जाते हैं। भारत के वामपन्थी दलों के साथ ऐसा ही कुछ घटित हुआ है। वामपन्थ का आंदोलनों से बहुत गहरा नाता रहा है। अब वह इतना कमजोर हो गया है कि दिखलायी भी नहीं देता। वामपन्थ की विश्वसनीयता और प्रभाव का बहुत क्षरण हो चुका है।

एक समय ऐसा भी था जब वामपन्थ ने राजनीति के अलावा साहित्य, सिनेमा, कला और दर्शन को गहरे प्रभावित किया था। हिन्दी साहित्य में प्रगतिवाद का एक दौर था, जिसमें शामिल रचनाकार वामपन्थी विचारधारा से प्रभावित होकर लेखन कार्य कर रहे थे। आज भी बहुतेरे रचनाधर्मी वामपन्थी विचारधारा को अपना प्रेरणास्रोत मानते हैं अथवा उससे अपने को जोड़कर देखते हैं। इसके बरअक्स वामपन्थी राजनीति की धूमिल पड़ती चमक कुछ चुभते सवाल खड़े करती है। अब इन प्रश्नों के सन्तोषजनक उत्तर देने वाले भी नहीं मिलते। हिन्दी के चर्चित कथाकार स्वयं प्रकाश अपने उपन्यास 'बीच में विनय' में जिस कथानक का चयन किया है, वह वामपन्थी राजनीति के अन्तर्विरोधों को समझने में हमारी मदद करता है। वामपन्थी राजनीति दो स्तरों पर चलती रही है। एक बौद्धिक स्तर पर, दूसरे राजनीतिक-सामाजिक स्तर पर। इन दोनों स्तरों के बीच जैसा सामंजस्य और एकजुटता होनी चाहिए, वैसी कभी बन ही नहीं पायी। 'बीच में विनय' उपन्यास के कॉमरेड लक्ष्मण माधव और भुवनेश चतुर्वेदी क्रमशः उपर्युक्त स्तरों का प्रतिनिधित्व करते हैं। इन दोनों के बीच खड़ा है विनय, जो दोनों से जुड़ा है और दोनों से प्रभावित भी। फिर भी वह दोनों से अलग होकर सोचता है। उपन्यास के अन्त में कॉमरेड लक्ष्मण माधव को हिंसक भीड़ से बचाते हुए वह गम्भीर रूप से घायल होता है और फिर अस्पताल में उसकी मौत हो जाती है। विनय की मौत इस उपन्यास का त्रासद बिन्दु है। यह त्रासदी टीस पैदा करती है।

'बीच में विनय' कई राजनीतिक-सामाजिक सवालों से जूझता है। इसमें वामपन्थी एकजुटता का सवाल प्रमुख तो है ही, साथ ही विचारधारा, कार्यनीति, नेतृत्व के साथ जमीनी कार्यकर्ताओं से तालमेल और नीतियों के कार्यान्वयन में हस्तक्षेप जैसे मुद्दों को भी उठाया गया है। उपन्यास की भूमिका में कहा गया है कि 'यह उपन्यास सिर्फ़ यह बताने की कोशिश है कि जब भारत में साम्यवादी आंदोलन के पचास वर्ष होने में अधिक समय नहीं था, एक कस्बे में कम्युनिस्ट किस तरह आचरण कर रहे थे और किन कठिनाइयों से किस तरह जूझ रहे थे। सम्भव है इस तरह हम अपने अन्तर्विरोधों को अधिक साफ तरीके से देख पाएँ और भविष्य में अपना आंदोलन ठीक से चलाने के लिए कुछ ज़रा-सी मदद पाएँ।...

साम्यवादी विचारधारा निर्विकल्प और अडिग है, किन्तु साम्यवादी राजनीति निस्तेज और हतप्रभ।' अडिग विचारधारा के होते हुए भी साम्यवादी इतने हतप्रभ और निष्प्रभावी क्यों हैं, यह उपन्यास इसकी पड़ताल करता है। साम्यवादी दलों के अपने अन्तर्विरोधों ने बहुतेरे लोगों को निराश भी किया। इसमें लेखक, बुद्धिजीवी, युवा और आम जनता सभी शामिल हैं। विनय वामपन्थी दल का सक्रिय कार्यकर्ता नहीं है, तो भी उसका वामपन्थी विचारधारा से लगाव है। एक तरफ़ तो वह बुद्धिजीवी भुवनेश चतुर्वेदी से जुड़ा है, दूसरी तरफ़ कॉमरेड लक्ष्मण माधव के लिए भी छोटा-मोटा काम कर देता है। लक्ष्मण माधव जमीनी नेता हैं। वे लोगों के बीच रहकर अन्याय और शोषण के विरुद्ध लड़ाई लड़ते हैं। अधिकार की बात करते हैं। भुवनेश चतुर्वेदी मार्क्सवाद को बौद्धिक स्तर पर जीते हैं। इन दोनों के बीच स्थित विनय यह नहीं समझ पाता कि वामपन्थी राजनीति दरअसल है क्या? क्या वह जमीनी लड़ाई से जुड़ी है या सिर्फ़ बौद्धिकता का प्रदर्शन मात्र है? उपन्यास के अन्त में लक्ष्मण माधव को बचाने के प्रयास में जिस तरह घायल होकर उसकी मौत होती है, उससे वामपन्थ के अन्तर्विरोध उभरकर सामने आते हैं। विनय की मानवीय संवेदना और प्रतिबद्धता असन्दिग्ध है। उसकी मौत के बाद जैसे सब कुछ एक गहरे यातनामय अन्धकार में डूब गया। इस तरह यह उपन्यास त्रासदी में समाप्त होता है। यह त्रासदी सिर्फ़ विनय की नहीं, उन तमाम युवकों की है, जो वामपन्थी विचारधारा से आकर्षित होकर उससे जुड़ तो जाते हैं; लेकिन वामपन्थी नेतृत्व के ढुलमुलपन रवैये एवं अनिर्णय के कारण उनका मोहभंग भी हो जाता है। यह स्थिति स्वयं वामपन्थ के लिए भी निराशाजनक है, लेकिन इस पर कभी गम्भीरता से विचार होता सुनायी नहीं पड़ता। 'एक अव्यक्त पीड़ा की काली परछाई' समूचे औपन्यासिक वृत्तान्त पर छायी है, जो परिवेश में गहरी बेचैनी एवं अवसाद भर देती है।

विनय का अस्पताल के बिस्तर पर बेसुध होकर पड़ा होना एक सम्भावना का अन्त है। उस सम्भावना में विचार के साथ संवेदनशीलता, आत्मीयता और साहचर्य की भावना झिलमिलाती है। उपन्यास में सत्ता, समाज, पुलिस और साम्प्रदायिक तत्त्वों का जो निष्करुण चेहरा उभरता है, वह आतंकित करने वाला है। यह उपन्यास सत्ता, धर्म, पूँजी और पुलिस-प्रशासन के आपसी गठजोड़ को प्रभावशाली ढंग से प्रस्तुत करता है। इसकी समस्या सिर्फ़ वामपन्थ के अन्तर्विरोधों को उजागर करना नहीं, उसके साथ आधुनिक कहे जाने वाले समाज की विकृतियों एवं अन्तर्विरोधों को भी दिखलाना है। धोती और भगवा कुर्ता पहने युवकों की आक्रामकता बीसवीं शताब्दी के अन्तिम दशक की वह सच्चाई है, जो भारतीय समाज के ताने-बाने को छिन्न-भिन्न करने पर तुली हुई है। जुलूस, भगवा झण्डा और साधुओं के भेस में भाड़े के गुण्डों का उन्मत्त समूह कुछ भी कर गुजरने

के लिए आमादा है। नतीजा यह है कि 'दुकानें ध्वस्त हो चुकी थीं। चारों तरफ़ धूल उड़ रही थी। पुलिस तमाशा देख रही थी।' तब सवाल उठता है कि वामपन्थी संगठन और धर्मनिरपेक्ष सरकारें भारतीय मानस को आधुनिक, प्रगतिशील, धर्मनिरपेक्ष और वैज्ञानिक चेतना-सम्पन्न बनाने में विफल क्यों रहे? इसके बरअक्स साम्प्रदायिक संगठन अपनी शक्ति बटोरने और जनमानस को प्रभावित करने में निरन्तर सफल होते गये। विचार जब तक जनता के मानस को नहीं बदलते, तब तक उनके होने का कोई मतलब नहीं है। इस मामले में भारत की वामपन्थी राजनीति न सिर्फ़ पिछड़ गयी है, बल्कि वह पराजित भी हो चुकी है। कई प्रदेशों में सत्ताधारी होने के बावजूद जनचेतना को आधुनिक और वैज्ञानिक बनाने में उसने कोई भूमिका नहीं निभायी।

स्वयं प्रकाश का उपन्यास इस तथ्य की ओर भी संकेत करता है कि वामपन्थी संगठनों के भीतर सामंजस्य और आपसी तालमेल की कमी है। केन्द्रीय और राज्य नेतृत्व का स्थानीय कार्यकर्ताओं के साथ वैसा ही सम्बन्ध है, जैसा बड़े और छोटे के बीच होता है। इस उपन्यास में दोनों के बीच मुद्दों और कार्रवाई को लेकर जो मतभेद उभरते हैं, जिस मुद्रा में नेतृत्व स्थानीय कार्यकर्ताओं के पास अपना निर्देश भेजता है; वह वामपन्थी चिन्तन-प्रणाली के अनुरूप नहीं है। उपन्यास स्थानीय कार्यकर्ताओं के साथ नेतृत्व की दूरी और संवादहीनता को लक्षित करता है। इसे मामूली बात मानकर नज़रअन्दाज़ नहीं किया जा सकता। कॉमरेड कुद्दूस कहते हैं कि 'जयपुर से फोन आया है। लीडरशिप ने सी.एम. से बात की है। वे चाहते हैं हम अपना यह आंदोलन इसी वक़्त, बिना शर्त वापस ले लें।... वरना हमारे खिलाफ अनुशासन की कार्रवाई की जाएगी।' आंदोलन की वापसी के निर्देश तथा अनुशासनात्मक कार्रवाई की धमकी में जो अहंकार एवं अनिर्णय की स्थिति दिखलायी पड़ती है, उसने वामपन्थ के स्वाभाविक विस्तार को बहुत कुछ अवरुद्ध किया है। विचार का आचरण में व्यक्त होना आवश्यक है। तभी उस विचार को विश्वसनीयता और समर्थन मिलता है। वामपन्थी नेतृत्व और स्थानीय कार्यकर्ताओं के बीच संवादहीनता ही एक समस्या नहीं है, बल्कि उनमें सामाजिक-आर्थिक वास्तविकता की समझ को लेकर भी अन्तर है। जो एक के लिए बौद्धिक विमर्श का विषय है, वही दूसरे के लिए जीवन-मरण का प्रश्न बन जाता है। इस विडम्बना को समझना जरूरी है।

स्वयं प्रकाश ने एक कस्बे को केन्द्र में रखकर इस उपन्यास के कथानक को विकसित किया है। इसके जीवन्त पात्र देश-काल-परिस्थितियों के बीच जिस तरह का आचरण करते हैं, उसे स्थान विशेष तक सीमित करके नहीं देखना चाहिए। उपन्यास में वर्णित यथार्थ विस्तृत है। उसकी परिधि स्थानीयता से लेकर राष्ट्रीय स्तर तक फैली हुई है। कस्बे का जीवन तो ठहराव का प्रतीक है ही। इस ठहराव में जो सड़ाँध है, उसकी दुर्गन्ध चतुर्दिक है।

वह सीमाओं के पार जाती है। स्वयं प्रकाश के लेखन की विशेषता यह है कि वे विचारधारा को अपनी रचनाओं पर हावी नहीं होने देते। वे जोर देकर कहते हैं कि विचारधारा के आधार पर राजनीति करने वालों के मतभेद तथा उनकी परस्पर विरोधी कार्यशैली अन्ततः उस विचारधारा एवं उससे सम्बद्ध संगठनों को कमजोर ही करती है। इसका लाभ विरोधी शक्तियाँ उठाती हैं। यह उपन्यास विचारधारा की जड़ता को अस्वीकार करता है। यहाँ कॉमरेड लक्ष्मण माधव और भुवनेश चतुर्वेदी के रूप में वामपन्थियों के जिन दो ध्रुवों की रचना की गयी है, उनके पारस्परिक मतभेद का मुख्य आधार उनकी वामपन्थी समझ में ही निहित है। इन दोनों के बीच अवस्थित विनय साम्यवादी राजनीति के अन्तर्विरोधों को समझता है, लेकिन हस्तक्षेप करने की स्थिति में नहीं है। जब सक्रिय कार्यकर्ता लक्ष्मण माधव स्थानीय राजनीति में स्वयं निर्णय लेने की स्थिति में नहीं हैं, तो विनय की क्या हैसियत है? वह सिर्फ़ अपनी जान दे सकता है। जनता से दूर बैठे लोग जब फैसले करते हैं, तो उनमें गलती की सम्भावना अधिक होती है। जनता से कटे नेताओं की विचार-प्रक्रिया जड़ और यान्त्रिक हो जाती है। ऐसे में वे सही वक़्त पर सही फैसला नहीं कर पाते। इसके अलावा उनका वैचारिक पतन, अवसरवाद एवं समझौते कार्यकर्ताओं को भ्रमित एवं उपेक्षित करते हैं। ऐसी गतिविधियों से विचारधारा भी कलंकित होती है। जनता के बीच काम करने वाला नेता ही कह सकता है कि 'मैं मजदूर हूँ और मजदूर का धरम होता है मेहनत। उसका भगवान होता है उसके ये दो हाथ। और उसका मन्दिर-मस्जिद होता है वो जगह जहाँ वह काम करता है। उसका ईमान होता है उसकी रोजी और उसकी किताब होती है इनसानियत।' लक्ष्मण माधव के ये शब्द साम्यवादी विचारधारा के सूत्र हैं। सर्वहारा के हितों की लड़ाई लड़ने वाले उनके लिए किये जा रहे आंदोलन को स्थगित करने का दबाव बनाएँगे, तो इसे जनता के साथ धोखा ही कहा जाएगा। उपन्यास में आंदोलन स्थगित करने की जो बात कही गयी है, उसके पीछे किसी रणनीतिक चातुरी का भी संकेत नहीं मिलता। यह आचरण सन्देह पैदा करता है। इससे वामपन्थ की छवि धूमिल होती है।

'बीच में विनय' सिर्फ़ वामपन्थ के अन्तर्विरोधों को ही नहीं दिखलाता, बल्कि इसके वृत्तान्त में धर्म, राजनीति और पूँजी के अनैतिक गठजोड़ की प्रवृत्तियों पर प्रकाश डाला गया है। यह गठजोड़ सार्वजनिक सम्पत्ति पर कब्जा करने, अपने पक्ष में तथ्यों को तोड़ने-मरोड़ने और हिंसा करने में सिद्धहस्त है। यह आसानी से किसी घटना को साम्प्रदायिक रंग दे सकता है। लक्ष्मण माधव ठीक ही कहते हैं कि आप क्यों उनकी चाल में फँस रहे हैं? वे सदियों से इसी तरह आपको हराते आ रहे हैं।' उपन्यास में कोई मुसलमान पात्र नहीं है, न ही उससे जुड़ा कोई प्रसंग। फिर भी यह गठजोड़ अपने अनैतिक-अवैध कृत्य को औचित्य प्रदान करने तथा बहुसंख्यक हिन्दुओं को गोलबन्द करने के लिए एक

परिकल्पित मुसलमान शत्रु को साकार करता है। हाजी करीम अली की दुकान में आग लगाना एक घटना मात्र नहीं है। यह एक विचारधारा की हिंसक अभिव्यक्ति है। मुसलमानों की जन्मजात कट्टरता, अमानुषिकता एवं बर्बरता को अकाट्य सत्य बताते हुए वातावरण में जिस तरह उन्माद भरा जाता है, उसकी परिणति है विनय की मृत्यु। यह मृत्यु नहीं, हत्या है। निरंकुश एवं उन्मत्त भीड़ का व्यवहार हत्यारे जैसा ही होता है। यह हमारे वर्तमान के समक्ष खड़ी एक भयावह स्थिति है। विनय की मौत इस भयावहता के दुष्परिणामों से हमें सचेत करती है।

वामपन्थियों के अन्तर्विरोध का एक उदाहरण यह भी है, जब लक्ष्मण माधव ऋचा के साथ विनय के सम्बन्ध की व्याख्या करते हुए कहते हैं कि 'तुम भी कहाँ लौंडिया के चक्कर में पड़ गये यार। ...गधापचीसी की उमर है। न लड़का है, न आदमी। बीच की अवस्था है। लौंडिया के पीछे बगैर सोचे-समझे कुछ कर बैठा तो गजब हो जाएगा।' लगता है जैसे लक्ष्मण माधव को मानवीय प्रेम की कोई समझ ही न हो। क्या प्रेम वासना अथवा यौन-सम्बन्ध का ही पर्याय है? विनय और ऋचा के बीच जो कोमल भावनाएँ हैं, उसे स्त्री-पुरुष के बीच का प्रेम कहें या न कहें, इसमें वासना और यौन सम्बन्ध का कोई चिह्न तो दिखलायी नहीं पड़ता। लक्ष्मण माधव जिन शब्दों का प्रयोग करते हैं, वे न गरिमापूर्ण हैं और न ही संवेदनशीलता का परिचय देते हैं। क्या वामपन्थियों की वैचारिकी में प्रेम के लिए कोई जगह नहीं होती? वे प्रेम को इतने तिरस्कार की दृष्टि से क्यों देखते हैं? ऐसा प्रतीत होता है मानो विचारधारा की जड़ता ने व्यक्ति के भीतर की कोमलता और स्वाभाविकता को सोख लिया हो। स्त्री के सान्निध्य की वंचना से भी ऐसी धारणाएँ निर्मित होती हैं। भावनाओं की सही समझ न होना भी वामपन्थियों की एक समस्या है। इसके बरअक्स विनय के भीतर ऋचा के प्रति आकर्षण तो है, लेकिन वह ऋचा और उसके परिवार की प्रतिष्ठा को लेकर भी उतना ही संवेदनशील है। ऋचा को वह मित्र, कॉमरेड और सहकर्मी के रूप में देखता है, लेकिन ऐसा सोचना एक छोटे-से कस्बे की रूढ़िवादी सोच से बाहर की बात है। आज भी ग्रामीण और कस्बाई समाज जिस अवस्था में साँस लेता है, उस पर आधुनिक वैज्ञानिक चेतना का प्रभाव नहीं झलकता। इस तरह यह उपन्यास देश के अधिकांश भूभाग की मनोदशा और बौद्धिक स्थिति पर एक रचनात्मक टिप्पणी है।

भारत के वामपन्थियों के राजनीतिक व्यवहार के बारे में विनय की समझ सही लगती है कि 'हमारे यहाँ कम्युनिस्ट पार्टियाँ बनाने की कोशिश तो बहुत की गयी है, लेकिन कम्युनिस्ट बनाने की कोशिश लगभग नहीं के बराबर की गयी है। यह मानकर चला गया है कि कोई कम्युनिस्ट पार्टी में आ गया तो कम्युनिस्ट बन ही जाएगा। बल्कि यह मानकर

चला गया कि जब कोई कम्युनिस्ट पार्टी में आ गया तो अपने आप कम्युनिस्ट बन ही गया।' वास्तव में ऐसा नहीं है। समस्या है संस्कारों से लड़कर विचारों को आत्मसात करने और उसे अपने व्यवहार में व्यक्त करने की। वर्गच्युत् होने की बात इसी अर्थ में की जाती है। बहुत से सामन्ती मनोवृत्ति और पृष्ठभूमि के लोग स्वयं को प्रगतिशील दिखलाने अथवा बौद्धिक कहलाने के चक्कर में वामपन्थी दलों में घुसपैठ करते हैं। ऐसे लोग विचारधारा, संगठन और जनता के प्रति कभी निष्ठावान नहीं होते। वामपन्थ के पतन का एक कारण यह भी है। वामपन्थी होने का मतलब है आशावादी, सच्चा, तेजस्वी, कर्मठ और प्रतिबद्ध व्यक्ति। भाषा, क्षेत्र, जाति और सम्प्रदाय की संकीर्णताओं से मुक्त हुए बिना कोई वामपन्थी नहीं हो सकता। जो मूलभूत परिवर्तन के लिए निरन्तर प्रयत्नशील हो, वही वामपन्थ को दिशा दे सकता है। विनय का यह सवाल गौरतलब है कि 'जब जन्मना न्यायप्रिय और समाजवादी मनुष्य को प्रतिक्रियावादी बनाने का काम बरसों से संस्थाएँ सफलतापूर्वक करती रह सकती हैं, तो हमारा इससे उलट एक प्रयोग करने में क्या हर्ज़ है?' समाज को प्रगतिशील बनाने की दिशा में वामपन्थियों ने कितना प्रयास किया, यह एक जरूरी सवाल है। सामाजिक प्रश्नों को किनारे लगाकर सिर्फ़ व्यवस्था-परिवर्तन की राजनीति करने से कितना हासिल हुआ है? व्यवस्था-परिवर्तन तभी सम्भव है, जब जनता की सोच-संस्कार में बदलाव हो। यह एक बुनियादी काम है, जिसे वामपन्थियों ने कभी जरूरी नहीं समझा। यह उपन्यास जोर देकर कहता है कि जब तक बद्धमूल संस्कारों और सामन्तवादी धारणाओं से मुक्ति नहीं मिलती, सिर्फ़ राजनीतिक क्षेत्र में सफलता पा लेना अपर्याप्त है। कहना न होगा कि विनय के विचारों के आगे भुवनेश की तर्कशीलता भी ठहर जाती है। विनय तर्क एवं क्रिया तथा विचार एवं व्यवहार के सामंजस्य पर बल देता है। उसकी विचार-प्रक्रिया में शिक्षा, स्त्री-पुरुष सम्बन्ध, धर्म, विवाह, नैतिकता और न्याय के सवाल प्रमुख हैं। इनसे टकराये बिना वामपन्थी होना निरर्थक है।

स्वयं प्रकाश कथानक के विकास-क्रम में कुछ ऐसे प्रसंग रचते हैं, मुख्य कथा से सीधा जुड़ाव नहीं होते हुए भी जिनकी प्रासंगिकता है। स्वयं प्रकाश की भाषा में कहीं भी उत्तेजना नहीं मिलती। उपन्यास का कथानक स्वाभाविक गति से आगे बढ़ता है। इस प्रक्रिया में सामाजिक-सांस्कृतिक यथार्थ के विभिन्न पहलू उजागर होते चले जाते हैं। इस उपन्यास के पात्रों में जीवन्तता है। वे हस्तक्षेप करते हैं और दृढ़ता से अपना पक्ष रखते हैं। कथानक एकांगी नहीं, संश्लिष्ट है। 'बीच में विनय' के केन्द्रीय विमर्श में स्त्री-जीवन की विडम्बनाओं, आक्रोश तथा उसकी इच्छा-आकांक्षाओं को भी जगह दी गयी है। ऋचा अपने पिता से कहती है कि 'मैं औरतों के लिए कुछ करूँगी।...कहीं भी उसे स्वतन्त्र, प्रतिभासम्पन्न 'व्यक्ति' बनाने की बात नहीं है ज़रा-सी भी।...अपना तिल-तिल इस तरह गलाकर भी उन्हें

क्या मिलता है?...शायद मैं कोई स्कूल खोलूँगी।...भविष्य की औरतों के लिए।' समाज तो आज भी स्त्री की भावनाओं को समझने के लिए तैयार नहीं है। उनके निरर्थकताबोध को दूर करने के लिए जिस शिक्षा की आवश्यकता है, उपन्यास उसे प्रदत्त करने पर जोर देता है, ताकि वे भी अपने होने को सार्थक एवं प्रमाणित कर सकें। समाज को उन पर भरोसा करना चाहिए, लेकिन करता नहीं। पुरुष को स्त्री के चरित्र पर सन्देह करने की मानसिकता से मुक्त होने की आवश्यकता है। लेखक विनय की बहन वन्दना के प्रसंग से परिवार में स्त्री की अवस्थिति का संकेत करता है। वह स्त्री की निजता और निर्णय की स्वतन्त्रता के प्रश्न को महत्त्व देते हुए उदारता, जनतान्त्रिकता, आधुनिकता और प्रगतिशीलता की दुहाई देने वाले वामपन्थियों की रूढ़िवादी सोच पर चोट करता है।

वामपन्थियों के राजनीतिक व्यवहार के बरअक्स स्वयं प्रकाश स्वातन्त्र्योत्तर भारतीय समाज की उस प्रवृत्ति को सामने रखते हैं, जो हिन्दू संस्कृति और परम्परा के नाम पर देश और समाज को रूढ़िवादी बनाने की कोशिश करती है। उसके लिए आधुनिकता और प्रगतिशीलता को व्यक्त करने वाला प्रत्येक विचार धर्म विरोधी, अभारतीय तथा संस्कृतिभंजक है। स्वयं प्रकाश हिन्दुत्व की विचारधारा के खतरे को बीसवीं शताब्दी के अन्तिम दशक में जिस तरह से देख रहे थे, वह अपनी पूरी आक्रामकता के साथ आज हमारे सामने उपस्थित है। यह विचारधारा वस्तुगत सत्य के बरअक्स मिथ्या को इस प्रकार प्रस्तुत करती है कि वह सत्य से भी अधिक सत्य लगने लगती है और लोग उस पर विश्वास कर लेते हैं। हिन्दुत्ववादियों के इस कौशल का वर्णन करते हुए स्वयं प्रकाश ने लिखा है कि 'दरअसल अपमान मंगतरामजी का नहीं हुआ है, एक हिन्दू का हुआ है। और हमला केवल मंगतरामजी पर नहीं, पूरी परम्परा पर, पूरी संस्कृति पर यानी हिन्दुत्व पर हुआ है।' इसी क्रम में भुवनेश चतुर्वेदी पर रूसी खुफिया एजेंसी से पैसा लेने का आरोप लगाया जाता है। साम्प्रदायिक तत्त्व हिंसा के अलावा चरित्रहनन को भी हथियार के रूप में इस्तेमाल करने में माहिर होते हैं।

विचारधाराएँ भौगोलिक सीमाओं को नहीं मानतीं। मानवता के पक्ष में खड़ी कोई भी विचारधारा किसी भी धर्म, जाति अथवा भाषा की मुखापेक्षी नहीं होती। इस सच्चाई को जो स्वीकार नहीं करते, उनके लिए अपने से भिन्न सब कुछ विदेशी और पराया है। स्वयं प्रकाश का यह उपन्यास राजनीतिक-सामाजिक क्षेत्रों में इस सोच के निरन्तर विस्तार पर चिन्ता व्यक्त करता है। इसका कथ्य संकीर्णता, अनुदारता एवं जड़ता का प्रतिपक्ष रचता है। दूसरों का चरित्र-हनन करके खुद को बड़ा नहीं बनाया जा सकता। किसी का चरित्र-हनन करना सांस्कृतिक होना नहीं, संस्कारहीनता की पहचान है। समूचे औपन्यासिक वृत्तान्त में यह अनुगूँज सुनायी पड़ती है। विनय संयुक्त मोर्चा की अवधारणा को साकार करने पर

जोर देता है। उसे लगता है कि दक्षिणपन्थ का सामना विभाजित वाम नहीं कर सकता। मंगतराम के विरुद्ध जो आंदोलन चलाया जाता है, दक्षिणपन्थी उसका उत्तर अराजकता एवं हिंसा से देते हैं। यहीं पर वाम नेतृत्व का विचलन और संघर्ष विमुखता भी सामने आती है। इससे वामपन्थ की विश्वसनीयता खण्डित होती है। वामपन्थियों की एक बड़ी समस्या उनके वर्गच्युत् होने की है। शिक्षित शहरी अंग्रेज़ी बोलने वाला उच्चवर्णीय नेतृत्व जमीनी सच्चाई को नहीं समझता। जमीनी सच्चाई को विचारधारा के ज्ञान से समझा भी नहीं जा सकता। उसे तो जमीन से जुड़कर ही समझा जा सकता है। साधारण जनता की जो समस्याएँ हैं, उनका समाधान निकालने में किताबी जानकारी काम नहीं आती। उपन्यास में ठीक ही कहा गया है कि 'वर्गच्युत् होना कोई आसान बात नहीं है। बहुत मुश्किल है। ज़िन्दगी-भर नहीं हो पाते लोग।' वर्गच्युत् हुए बिना जनता को समझना सम्भव ही नहीं है। कॉमरेड लक्ष्मण माधव जनता को समझते हैं। वे उनके बीच संघर्ष करते हुए हिंसा का शिकार होते हैं। विनय लक्ष्मण माधव और भुवनेश चतुर्वेदी के बीच स्थित होते हुए भी लक्ष्मण माधव के निकट लगता है। वह संवेदनशील है और जमीनी सच्चाई को भी समझता है। इसीलिए उसे उपन्यासकार की सर्वाधिक सहानुभूति मिलती है। वह इस उपन्यास का सबसे प्रिय पात्र बन जाता है।

स्वयं प्रकाश जब मामी की जीवन-स्थिति का चित्रण करते हैं, तो भूख, विवशता, अकेलेपन और अभाव का मिला-जुला एक बिम्ब उभारता है : 'अब यह कोठरी ही उसका न्यारा बँगला है तिसमें यादों की खिड़कियाँ हैं, मजबूरियों का दरवाजा, भूख का फर्श और टूटे हुए सपनों की छत।' इस बिम्ब में एक स्त्री का समूचा अस्तित्व सिमट गया है। इसमें गहरी करुणा झलकती है। कहीं वे ऐसी व्यंजनापूर्ण टिप्पणियाँ करते हैं, जिनमें समाज की व्यापक सच्चाई मूर्त हो उठती है। 'कामयाबी एक ऐसा चस्का होती है कि किसी को एक बार यह लग जाए तो वह खाना-पीना, यारी दोस्ती, हारी-बीमारी, नींद-आराम सब भूल जाता है।' स्वामी योगेश का प्रवचन उस प्रवृत्ति की अभिव्यक्ति है, जो जनता के मन-मस्तिष्क पर कब्जा करके उसे तर्कविहीन बनाने पर उतारू है। यह एक बड़ी परियोजना का हिस्सा है। वामपन्थ के पास इसकी कोई काट नहीं है। सिद्धान्तों में उलझा वामपन्थ जनता के मनोविज्ञान को पढ़ने-समझने के लिए तैयार नहीं है। उसमें यान्त्रिकता है, व्यावहारिकता नहीं। भुवनेश जीवन और प्रकृति के सौन्दर्य की उत्कट प्यास की बात करते हैं, सृजन को मनुष्य की आदिम प्रवृत्ति मानते हैं, फिर भी यह नहीं समझ पाते कि सृजन का वास्तविक क्षेत्र समाज ही है, जहाँ केवल सिद्धान्त नहीं, व्यावहारिक बुद्धि काम आती है। लक्ष्मण माधव गद्दारों से निपटना जरूरी समझते हैं। उनके लिए 'राजनीति कमरे में बैठकर बहस करने की या किताबों में मुँह छिपाने की चीज़ नहीं है।' उपन्यास के अन्त में हम उनकी

रणनीति पर दोहरा प्रहार होते देखते हैं। एक तरफ़ नेतृत्व उनको पीछे हटने का निर्देश देता है, दूसरी तरफ़ दक्षिणपन्थी तत्त्व उनके विरुद्ध हिंसा पर उतारू हैं। इन दोनों के बीच लक्ष्मण माधव के लिए जगह कहाँ बचती है? क्रान्ति में कविता की भूमिका पर विचार करता विनय वस्तुतः सिद्धान्त और यथार्थ के बीच की वह जगह ढूँढ़ता है, जहाँ खड़े होकर व्यापक समाज को प्रभावी ढंग से सम्बोधित किया जा सके।

कस्बे को आज़ादी की जो हवा लगी है और आयातित भोंडेपन का जिस तरह विस्तार हुआ है, वह जीवन-मूल्यों में आमूल-चूल परिवर्तन का द्योतक है। ताकत इज्जत का पर्याय बन गयी है। नयी चेतना वर्तमान को चुनौती दे रही है। धर्म और शिक्षा का घालमेल राजनीति का नया हथियार है। आज की राजनीति इसका भरपूर उपयोग कर रही है। यह उपन्यास इस नये यथार्थ के सामने वामपन्थ को पराजित और किंकर्तव्यविमूढ़ स्थिति में देखता है। भुवनेश का आख्यान भी कड़वी सच्चाई प्रस्तुत करता है, जब वे कहते हैं कि 'हमारे मुल्क में कम्युनिस्टों ने कम्युनिस्टों का मर्डर किया है। कम्युनिस्टों ने कम्युनिस्टों को बेदर्दी से घायल किया है।...अपने अस्तित्व तक के लिए एक जनसंघ के पजामे में घुसता है और दूसरा कांग्रेस की धोती में। और तो और, मुस्लिम लीग जैसे घोर प्रतिक्रियावादियों तक से हाथ मिलाने में इन्हें शर्म नहीं आती।' वामपन्थियों की जड़ता, यान्त्रिकता, रणनीतिक विफलता, अवसरवाद और धर्मनिरपेक्षता की समझ को प्रश्नांकित करते हुए यह उपन्यास जिस दिशा की ओर संकेत करता है, उधर बहुत अँधेरा है। यह उपन्यास उस अँधेरे की भयावहता के प्रति सचेत करता है। अन्तर्विरोध, विडम्बना और छद्म को स्वयं प्रकाश राजनीति के अधःपतन का प्रमुख कारण मानते हैं। वामपन्थी राजनीति के नेतृत्व और कार्यकर्ताओं के सामाजिक आधार में जो अन्तराल रहा है, उसने भी इन दोनों को आपस में सहजता से जुड़ने नहीं दिया। उपन्यास में इसका स्पष्ट चित्रण नहीं है। फिर भी भारत की सामाजिक संरचना को देखते हुए ऐसा कहना निराधार नहीं लगता। मनुष्य ऐसा प्राणी है, जो पेट के अलावा भी सोचता है। वामपन्थियों ने अपनी सारी लड़ाई को आर्थिक प्रश्नों तक सीमित कर दिया। उसमें भावनाओं के लिए जगह नहीं रही। वह सहचिन्तन से दूर हो गया। बने-बनाये और रटे-रटाये जवाब से बाहर नहीं निकल सका। विचारधारा के रूप में वह जनता के साथ अपना जुड़ाव स्थापित नहीं कर सका। जनता के मनोविज्ञान को समझने में वामपन्थी राजनीति से चूक तो हुई है।

इस उपन्यास में स्वयं प्रकाश ने शिक्षण संस्थानों की राजनीति, गुटबाजी तथा आपसी लड़ाई के चित्र भी प्रस्तुत किये हैं, जो शिक्षा के अध: पतन का एक प्रमुख कारण है। उपन्यास यह कहने में संकोच नहीं करता कि अब विद्यार्थियों को पढ़ने और शिक्षकों को पढ़ाने में रुचि नहीं रह गयी है। ऋषियों की सन्तान होने का गर्व धारण किये और गाय के

कट्टर समर्थक मंगतरामजी जैसे लोग जब सट्टा और ब्याज पर पैसे देने का काम करेंगे, तो अध्ययन-अध्यापन के लिए समय कहाँ बचेगा? शिक्षक की धूमिल होती प्रतिष्ठा का एक कारण अज्ञानता और शिक्षणेतर कार्यों में उसकी संलग्नता है। इससे किसी समाज का उत्थान नहीं हो सकता। इस उपन्यास में पारिवारिक-मानवीय सम्बन्धों में जुड़ाव का आग्रह मिलता है। इसकी विचार-प्रक्रिया में व्यक्तियों के बीच भावनात्मक सम्बन्धों की आवश्यकता को प्रमुखता से उठाया गया है, जिसे आमतौर वामपन्थी अनावश्यक समझते हैं। सिर्फ़ वैचारिक एवं आर्थिक सम्बन्धों से स्वस्थ समाज नहीं बन सकता। आत्मीयता भी जरूरी है। 'बीच में विनय' का शिल्प वृत्तान्त को अन्त तक पठनीय बनाये रखता है और पाठक को सोचने के लिए विवश करता है। यह इस उपन्यास का उल्लेखनीय पक्ष है। इसमें राजनीति और समाज को लेकर एक बेचैनी दिखलायी पड़ती है। 'बीच में विनय' का वृत्तान्त राजनीति, समाज और परिवार के अन्तर्विरोधों को उजागर करते हुए बँधी-बँधायी दृष्टि को तोड़ने की कोशिश करता है।

ईंधन : बाज़ार के अग्निकुण्ड में मानवीय अस्मिता की आहुति

अमिय बिंदु

स्वयं प्रकाश ने 'ईंधन' उपन्यास इक्कीसवीं सदी के पहले दशक के मध्य में लिखा। यह नई सदी का शैशवकाल था, जो नई ऊर्जा से लबरेज थी। पिछली सदी की तमाम प्रस्थापनाएँ एक-एक कर ढहती जा रही थीं या कहिए कि नई प्रस्थापनाओं के लिए अपने को हाशिए पर डालती जा रही थीं। मनुष्य, परिवार और समाज के लिए नए मूल्य गढ़े जा रहे थे। बहुत कुछ अभी बिलकुल नया-नया था जो किसी की समझ में नहीं आ रहा था। बाज़ार नाम की नई शक्ति सुरसा की तरह सब कुछ अपने में समेटने की कोशिश कर रही थी। इसने कल्याणकारी राज्य की अवधारणा को भी तेज झटका दिया था। लड़खड़ाते कदमों से राज्य, अपने उदारवादी स्वरूप में वैश्विक हो जाने की मनगढ़ंत बातों को सतह पर रखते हुए लोगों को भरमाने की कोशिश में था। ऐसी अवधि में यह बात नए तैयार हो रहे मनुष्य की समझ से परे थी कि वह किस ओर जा रहा है। एक ओर विकास का मद्धिम सूरज क्षितिज पर अपनी लालिमा से उसे ललचा रहा था तो दूसरी ओर मूल्यों की कालकोठरी में वह अपने को जकड़ा हुआ महसूस कर रहा था। उससे छूट जाने के लिए जद्दोजहद कर रहा था। तभी उपन्यास का नायक कुटिल कालचक्र को समझने के प्रयास में कह उठा कि, 'हमारी दुनिया एक विशाल दैत्याकार धमन भट्ठी बन चुकी है और हम तीनों अपने जैसे हजारों-लाखों की तरह उसमें ईंधन की तरह झोंक दिये गये हैं।' इस एहसास के बावजूद वह असहाय था, निरुपाय था। वह खुद को, अपने परिवार को समाज को उस ओर जाने से रोक नहीं पा रहा था। उसकी यह आत्मस्वीकृति कि, 'बेटू छोटा था, भस्म हो गया। हमारे पूरी तरह भस्म होने में अभी कुछ और समय लगेगा।' दिखलाती है कि आगे बढ़ते जाना उनके लिए विकल्प नहीं था बल्कि बाज़ार के अंधी सुरंग में स्थित किसी चुंबकीय शक्ति का अनिवार्य परिणाम था।

स्वयं प्रकाश ने अपनी कथा में नायक और नायिका के तौर पर रोहित और स्निग्धा को होशपूर्वक नहीं चुना है बल्कि उस काल में रची जाने वाली किसी भी कहानी ऐसे किरदारों

का उभर आना स्वाभाविक था। रोहित, कस्बाई और निम्न मध्यमवर्गीय जीवन का प्रतीक है तो स्निग्धा, शहरी और उच्चवर्गीय जीवन की प्रतीक। स्निग्धा, उच्चवर्गीय जीवन की तरह तरल, सहज और नमनीय है तो रोहित ऊबड़-खाबड़, खुरदुरे निम्न मध्यमवर्गीय परिवार का प्रतिनिधि। दोनों का कोई मेल नहीं था, दोनों के बीच कोई साझी जमीन न थी। फिर भी उन दोनों में एक दूसरे की ओर बह जाने की संभावना थी। यह संभावना दरअसल नई अर्थव्यवस्था की वह संभावना थी जो हमारे देश में लोगों की आँखों में सपनों का बीज डालकर अपने को रोप रही थी। चेन आधारित तमाम विपणन कंपनियाँ, छोटी पूँजी को आकर्षित करके रातों रात करोड़पति हो जाने की संभावना से लबरेज चिटफंड कंपनियाँ, धन को दो गुना, तीन गुना कर देने वाली कंपनियाँ, कुछ सवालों के जवाब दे देकर रातों रात करोड़पति बन जाने जैसे तमाम सपने हवा में तैर रहे थे। सपनों को यथार्थ की धरातल पर खड़ा करने के लिए हमारे सामने तमाम उदाहरण थे। सबसे यथार्थपरक और खुरदुरा उदाहरण चीन का था जिसकी तुलना में हम लगातार पीछे होते जा रहे थे। राष्ट्रवाद की विकट आग हमारे मन को सुलगाने के लिए पर्याप्त थी कि हमें चीन का लगातार पीछा करते जाना है।

यूरोपीय और अमेरिकी कंपनियाँ भारत का रुख कर रही थीं। दिखावे के लिए वे चीन को मानवाधिकार का आईना दिखलातीं मगर सच्चाई इन सबसे दूर कहीं धूल धूसरित पड़ी थी। दरअसल चीन की बढ़ती बाज़ारवादी प्रवृत्ति से निबटने के लिए या उसे सीमित करने के लिए उन्होंने भारत जैसे बड़े और कच्चे बाज़ार की ओर रुख किया था। जहाँ उनकी बहुराष्ट्रीय कंपनियों के उत्पादों को ठिकाने लगाया जा सके। स्निग्धा जैसी लड़की ने जब रोहित से विवाह का प्रस्ताव रखा तो रोहित का आत्मविश्वास एकबारगी सातवें आसमान पर तैरने लगा। स्निग्धा जैसी अर्थव्यवस्था तो अपनी उदारवादी प्रवृत्ति के चलते भारत जैसे कच्चे और खुरदुरे बाज़ार में प्रवेश कर रही थी। विवाह होते ही दोनों यथार्थ के धरातल पर घिसटते नज़र आने लगे। वहाँ तैरने या बहते जाने का कोई विकल्प नहीं था। रोहित को लगने लगा कि, 'स्निग्धा ने अपने किसी आशिक को उसकी बेवफाई या बेरूखी का सबक सिखाने के लिए मुझसे शादी कर ली थी। हो सकता है उसने अपने अकड़ू बाप से बदला लेने के लिए मुझसे शादी कर ली हो। यह भी हो सकता है कि उसने सबके अनुमान गलत साबित करने और सबको चौंका देने के लिए ही ऐसा निर्णय ले लिया हो।'

दूसरी ओर स्निग्धा को भी बहुत जल्दी महसूस होने लगा कि, 'उसने गलत निर्णय ले लिया है। जैसे मुँह से गलत बात निकालते ही हमें लग जाता है कि ग़लत बात निकल गयी।' दरअसल उसकी ख्वाहिश थी कि इतने बड़े और विकट निर्णय पर कुछ दिन तो हंगामा होगा। कुछ तो लोग कहेंगे। वह बदलता हुआ दौर था जब झाँकने के लिए अपना

गिरेबां सबसे अच्छी जगह नहीं रह गई थी। बल्कि यह अधिक महत्त्वपूर्ण होने लगा था कि लोग आपकी ओर देखें। भारत की सुंदरियाँ पूरी दुनिया को सुंदर लगने लगी थीं। हमारे छोटे-मोटे घरों में होड़ मचने लगी थी कि लोग हमें देखें। यह दबाव कितना जबर्दस्त था इससे समझा जा सकता है कि एकाध दशक में ही सेल्फी और ऐसी सोशल साइटों की भरमार हो गई जहाँ लोग अपनी नायकत्व भरी कहानियाँ 'शेयर' करने लगे थे। तब स्निग्धा के पास ऐसा मौका नहीं था। अपने निर्णय से लोगों को स्तब्ध कर देने की उसकी इच्छा मन में ही रह गई। लोगों ने पहले उसकी बातों को मजाक समझा और जब विवाह हो गया तो लोगों को, स्निग्धा की बेवकूफी पर तरस आया और लोगों ने उसे मुबारकबाद भी ऐसे दी जैसे सांत्वना दे रहे हों। और तो और किसी ने पार्टी भी नहीं मांगी।' इतना ही नहीं अपने पापा से जो सुनने की उसकी इच्छा थी वह भी पूरी न हुई। उसने सोचा था कि पापा कहेंगे कि उन्हें अपनी बेटी पर गर्व है और उसके साहसिक निर्णय पर फक्र करेंगे। परन्तु पापा तो उसकी पार्टी तक में नहीं आ सके। उन्हें और अधिक महत्त्वपूर्ण किसी मीटिंग में जाना था जो सरकार की अर्थनीति से सरोकार रखती थी। अर्थव्यवस्था के सम्मुख बेटी की बिसात ही क्या थी।

रोहित और स्निग्धा के जीवन में जो खिंचाव, तनाव, उलझन, उलाहना या संघर्ष दिखता है वह उस दौर के भारतीय समाज का प्रतिबिम्ब है। गरीब व्यक्ति सीढ़ियाँ चढ़ता हुआ ऊपरी मंजिल पर पहुँचना चाहता है और इस सिलसिले में परंपरागत तौर पर ओढ़ लिए गए मूल्यों को भी ढो कर ले जाना चाहता है। वह यह मानने के लिए तैयार नहीं होता कि इतना बोझ लेकर वह ऊपर की ओर यात्रा नहीं कर सकेगा। गुरुत्व के खिलाफ खुद को खींचना ही कितना भारी होता है? यह केवल मूल्यों का टकराव भर नहीं था। यह संस्कृतियों का टकराव था। रोहित के व्यक्तित्व में कस्बाईपन पूरी शिद्दत से भरा हुआ था और स्निग्धा में एक आभिजात्य भाव पल रहा था। इन दोनों नायकों के जीवन की उलझनों के दरम्यान कथा तंतुओं में भारतीय पितृसत्ता या कहिए कि भारतीय परिवार का पारंपरिक ताना बाना भी गहरे से परखा गया है। कथानायक रोहित को पत्नी बिलकुल परंपरागत तौर की चाहिए थी। स्निग्धा से प्रेम होने के बावजूद उसके निर्णय से वह चौंक गया था। उसकी प्रतिक्रिया थी कि, दूसरे दिन से स्निग्धा मेरी पत्नी हो गयी। लेकिन यह एक बदली हुई स्निग्धा थी।'

यह बदली हुई स्निग्धा नहीं थी, बल्कि जो ढाँचा रोहित के मन में तैयार था उस ढाँचे से अलग थी। स्निग्धा पहले से ही ऐसी थी मगर तब रोहित को लगा था कि उसके व्यक्तित्व से प्रभावित, उसके प्रेम में पागल, उसके संघर्षों से अभिभूत स्निग्धा उसे चाहने के साथ-साथ उस वातावरण को भी चाहती है जिसमें वह पला बढ़ा है। क्या ऐसा सम्भव

था? क्या अमेरिकी कंपनियाँ भारत में उसी अवसंरचना के साथ कार्य कर सकती थीं? क्या पुराने पारिवारिक ढाँचे, मूल्यों की अतिशयता और परंपरागत रूढ़ियाँ अमेरिकी कंपनियों के उत्पादों को स्वीकार करने देतीं? ऐसा बिलकुल नहीं होना था। बाज़ार जब कहीं घुसता है तो वह केवल उत्पादों के साथ नहीं घुसता बल्कि उन उत्पादों को प्रयोग करने के पीछे जो वैचारिक, सामाजिक, सांस्कृतिक वातावरण होता है उसके साथ प्रवेश करता है। बाज़ार का प्रवेश करना कोई छोटी और एकांगिक घटना नहीं होती। स्निग्धा ने रोहित के पूरे व्यक्तित्व को मथकर रख दिया। शुरू में कुछ समय के लिए रोहित को लगा कि वह स्निग्धा को कुछ सिखा रहा है बल्कि बहुत कुछ सिखा रहा है और वह, 'थोड़ा इतराया भी कि स्निग्धा का बदलाव उसमें ही छिपे सद्गुणों का प्रगट होना भर है जिन्हें मैंने अपनी छठी इन्द्रिय से पहले दिन ही ताड़ लिया था।' लेकिन जब उसके लिए गर्व करने का समय आया तो ठीक उसी समय उसे एहसास हो गया कि, 'मैने स्निग्धा को बहुत सारा कुछ सिखाया। और इस बात के लिए उसने मुझे कभी माफ नहीं किया।'

मनुष्य को बार-बार लगता है कि वह अपनी ज़रूरत से बाज़ार की ओर गया। मगर सूक्ष्मदृष्टि से देखा जा सकता है कि मनुष्य की ज़रूरत ही बाज़ार पैदा करता है। अपनी चकाचौंध, विज्ञापनों के भरमार, तुलनाओं के कोटि-कोटि क्षण प्रस्तुत कर वह हमारी ज़रूरतों की क्षितिज का लोप कर देता है। हम भ्रम में रहते हैं कि बस ज़रूरत पूरी हुई जाती है मगर क्षितिज की तरह वह हमसे दूर, और दूर होता जाता है। इस विडम्बना की तीक्ष्णता उपन्यास का शीर्षक महसूस करवाता है। हम सोचते हैं बाज़ार हमें भरमाता है लेकिन असली बिडम्बना यही है कि वह हमारे जरिए ही हमें भरमाता है। उसकी धधकती आग में हमारी इच्छाएँ, हमारे सपने, हमारी महत्त्वाकांक्षाएँ, हमारे असंतोष ईंधन का काम करते हैं। कब हम मनुष्य से सिकुड़कर मात्र इच्छाओं और सपनों की मूर्ति बचे रह जाते हैं पता ही नहीं चलता। रोहित को लग रहा था कि उसने महानगरीय जीवन को अपनाने में तत्परता दिखलाई मगर उसके पास और विकल्प क्या था? जीवन की उन परिस्थितियों में वह किस रास्ते पर बढ़ सकता था?

यह बहस का मुद्दा हो सकता है कि उन्नीसवीं सदी के आखिरी दशक में निजीकरण, उदारीकरण और वैश्वीकरण के माध्यम से जो आँधी आई थी उसने भारतीय अर्थव्यवस्था को कितना मजबूत किया? मगर ज़्यादातर लोगों का दिली एहसास इसके विरुद्ध है। लोगों का मानना है कि वैश्विक अर्थव्यवस्था में भारत की प्रतिभागिता ज़रूर बढ़ी मगर इसने अंदरूनी तौर पर भारतीय अर्थव्यवस्था को कमजोर किया। हमारी अर्थव्यवस्था में एक तरह का खोखलापन आता गया। हम ऐसी अर्थव्यवस्था बन गए जिसने विनिर्माण क्षेत्र में अपना झण्डा गाड़े बिना सेवा क्षेत्र में ऊँचाइयाँ चढ़ता गया। कहने का अर्थ है कि हम

अपनी आधारभूत ज़रूरतों के लिए बाहरी देशों पर निर्भर रहे और दूसरों की सेवा करने के मामले में आगे बढ़ गए। मजदूरों, क्लर्कों और दलालों की संख्या में बेतहाशा वृद्धि का कीर्तिमान बनाते गए। स्निग्धा और उसके पापा की नज़र में बड़ा आदमी बनने के लिए रोहित व्याकुल था। उसके भीतर आग सुलग रही थी कि, 'मुझे सभ्य बनाया जा रहा था। पालतू बनाया जा रहा था। चार जनों के बीच पेश करने लायक बनाया जा रहा था। मुझे भद्र समाज के अनुकूल ढालने की कोशिश की जा रही थी। मुझे गगनचुम्बी सफलता की दिशा में प्रक्षेपित किया जा रहा था।'

रोहित ने ठीक वही रास्ता पकड़ा जो उस दौर की नई अर्थव्यवस्था अपने साथ लेकर आई थी। अर्थव्यवस्था के खोखलेपन का अंदेशा रोहित को भी था मगर अपने प्रबंधकीय कौशल से मुग्ध वह अपने ही देश को अंधकूप में धकेल देने को तत्पर था। ज़्यादा सोचने का समय नहीं था। रोहित ने भी यही देखा, 'शुरू-शुरू में एक कन्साइनमेंट सीधा अमेरिका से आया था और उसमें से आधे कम्प्यूटर बड़े-बड़े अधिकारियों-नीति निर्माताओं और मंत्रियों को उपहार स्वरूप दे दिये गये थे और शेष देश के बड़े शहरों में इलेक्ट्रॉनिक सामान के वातानुकूलित शोरूमों में प्रदर्शन के लिए रख दिये गये थे।' नई अर्थव्यवस्था का कायल होकर वह एक-एक पायदान चढ़ने लगा। यह चढ़ना पूरे व्यक्तित्व का उठान नहीं था बल्कि उससे विलग होते हुए था। खुद अपने अतीत से कटते हुए चढ़ना था। सारी सीखी हुई बातों को नकार देना था, 'मुझे अपने अब तक के जीवन को नीची नज़र से देखना अपनी लगभग हर जानी-पहचानी चीज़ को घटिया समझना और जो कभी नहीं सोचा था उसे सोचना, उसके सपने देखना और उसे पाने की कोशिश में सिर खपाते रहना सिखा दिया।'

यह सोच बदली तो जो कुछ मूल्यपरक था, तार्किक था, जीवन को पोषित करने के लिए आवश्यक था सब उसे बेहूदा लगने लगा। शांति से बैठना, छुट्टियों का मजा उठाना, परिवार के साथ गप्पे लड़ाना उसे बेवकूफी लगने लगी। इन बातों में समय गंवाना जीवन का अपव्यय लगने लगा। दरअसल प्रबंधन की सारी कक्षाओं में यही सिखाया जाता है कि आप अपने समय को कितना अधिक नष्ट करते हैं। उनका केन्द्रित लक्ष्य होता है कि वे आपको एक बहुराष्ट्रीय कंपनी के लिए तैयार कर रहे होते हैं। जिसका उद्देश्य होता है कि चौबीसो घण्टे आप उस कंपनी के बारे में सोचें और उसी में अपने को खपा दें। रोहित को बहुत जल्दी से समझ आ गया कि, 'मल्टीस्टोरी कॉम्प्लेक्स बन जाते। पूँजी चलती-दौड़ती-उफनती-भागती दिखाई देती। कितना घोर अपव्यय! ज़मीन का, समय का, जीवन शक्ति का, संभावनाओं का।' उसे अपने ही देशवासी कीड़ों की तरह नज़र आने लगे जो छोटे कस्बों, गाँवों, छोटे शहरों में अनंत समय को नष्ट कर रहे हैं और उसकी तरह भाग नहीं रहे

हैं? उसे तरस आने लगा कि, 'कितना फालतू समय है इस देश के पास! कितनी संभावित सक्रियता, कितनी प्रसुप्त ऊर्जा, कितनी श्रमशक्ति, कितना जीवन ऐसे ही नष्ट हो रहा है, ऐसे ही नष्ट हो जाएगा। अस्सी नब्बे प्रतिशत मानसिक शक्ति-शारीरिक शक्ति अनिवेशित ही रह जाएगी और देह चिता पर चढ़ा दी जाएगी।'

बाज़ार कभी भी मनुष्य की ओर से नहीं सोचता। वह अपनी तईं सोचता है कि अधिकतम लाभ किस तरह से हो सकता है। लाभ और अधिशेष के अतिरिक्त उसकी न कोई विचारधारा होती है, न कोई संस्कृति। इसीलिए इस नए और आधुनिक बाज़ार ने भी भारतीय परिवारों के रूढ़िगत मूल्यों पर कोई प्रहार नहीं किया। उसने केवल उन्हीं मूल्यों को छुआ जिनसे उसके उत्पादों की बिक्री पर फर्क पड़ता था। उसने दहेज, भ्रूणहत्या, बलात्कार, पारिवारिक हिंसा, जातिवाद, रंगभेद किसी रूढ़ि पर कभी प्रहार नहीं किया। उसने भारतीय परिवारों में महिलाओं की स्थिति पर कोई टिप्पणी नहीं की। बल्कि उल्टे उसने इन विडम्बनाओं को गहरा करने में अपना योगदान दिया। स्त्री को सुंदर बनने का ख्वाब दिखाया। सुंदरता का अर्थ गोरा रंग बतलाया। स्त्री को, बच्चे को उपभोक्ता में बदल डाला, विज्ञापन में बदल डाला। मगर उफ! तक नहीं की कि परिवार में उसकी दोयम स्थिति के चलते वह कितनी परतंत्र है? कथा का नायक रोहित बहुत एडवांस है, आधुनिक है, विचारशील है परन्तु पत्नी को लेकर उसके ख्याल पूरी तरह रूढ़िवादी हैं कि पति बाहर कमाता है, पत्नी खर्च करती है। इसी तरह आभिजात्य के प्रतीक स्निग्धा के पिता भी महिला स्वतंत्रता की बात पर कोई रुख अख्तियार नहीं करते।

कथा की नायिका स्निग्धा, एक औरत है, नए भारतीय परिवेश की औरत। जिसने नए विचारों के प्रकाश में जाना है कि स्त्री और पुरुष के अंतर बनाए हुए हैं। वह खुद को खड़ा करना चाहती है मगर कोई साथ नहीं देता। उसे यह भी एहसास था कि उसके पापा भी सिर्फ़ उसके पापा नहीं है। पूरे के पूरे उसके नहीं हैं बल्कि वे भी पितृसत्ता के परंपरागत ढाँचों के प्रतिनिधि हैं। उन्हें टाइम्स ऑफ इण्डिया का शेयर बाज़ार वाला पन्ना संसार के सभी रिश्तों से ज़्यादा दिलचस्प लगता था। यहाँ तक कि बेटी की जिन्दगी से भी ज़्यादा। बेटी तो उनकी पत्नी गायत्री की हत्यारी थी। उसने महसूस किया था कि पिता ने भले हर तरह की स्वतंत्रता दी मगर उसमें कहीं यह गुंजाइश नहीं थी कि उसके निर्णयों को पसंद किया जाएगा और न ही यह तय था कि अगर वह कुछ गलत करती तो पापा उसे रोकते। वह तटस्थ थे। अपनी सारी सत्ताओं को आसपास समेटे हुए, उन्हें किसी तरह भी न छोड़ते हुए वे उसके अभिभावक बने हुए थे।

जब विवाह करने के बाद वह पहली बार घर लौटी तो उसके मन में वही उल्लास था कि वह घर भी उसका है। मगर पापा के बर्ताव में ठण्डेपन ने उसे एहसास दिला दिया कि

यह घर अब उसका 'मायका' बन चुका था। विवाहित बेटी की तरह उसका ज़्यादा कुछ अधिकार नहीं रह गया था, बल्कि जो उपहार में उसे मिल जाए वही उसका था। सवाल उसके मन में उठा कि, 'क्यों और किसने यह रिवाज़ बनाया कि लड़की को एक अनजान मकान के अजनबी कमरे में, अजनबी पलंग या खटिया पर, एक अजनबी व्यक्ति के साथ सोना पड़ेगा। क्यों नहीं ऐसा हो सकता कि लड़की अपने चिर-परिचित परिवेश में ही रहे और उससे शादी करने वाला ही वहाँ आकर रहने लगे। क्यों यह एक संभावना नहीं है? क्यों यह एक सम्मानप्रद संभावना नहीं है?' कथाकार ने शिल्प के तौर पर जो अंतरण युक्त स्वप्रलाप का ढाँचा चुना वह ऐसे तनावयुक्त वितान को रचने में न सिर्फ़ सहायक था बल्कि बड़ी तीक्ष्णता से दिखलाता है कि इक्कीसवीं सदी में जब अर्थव्यवस्था के सामने बिलकुल नए प्रश्न उभरे थे और पुरुष जिस पर सवार होकर नए आसमान खोज रहा था, उस समय भी स्निग्धा जैसी स्त्री को, जिसने अपने जीवन के हर निर्णय स्वयं लिए थे, यही सोचना पड़ रहा था कि उसे ससुराल में कैसे रहना है? जबकि यह ससुराल परंपरागत ससुरालों जैसा नहीं था जिसमें सास, ससुर, ननद, भौजाई का झमेला रहता हो। इसमें केवल दो प्राणी थे। मगर स्त्री के लिए मूलभूत प्रश्न ज्यों के त्यों बने रहे। क्या उसने बस इसीलिए विवाह किया था कि रोहित की एक अंग बनकर रह जाए? स्निग्धा के मन में उठने वाले ऐसे तमाम सवाल भारतीय पितृसत्ता की अंदरूनी कमजोरियों पर हमला करते हैं मगर खास प्रतिरोध उत्पन्न नहीं कर पाते। वह सोचती है, 'क्या यह सिखाना था? यह किस तरह का सिखाना था? क्या यही सब सीखने की तमन्ना लेकर मैं इस घर में आयी थी? क्या कोई भी लड़की शादी के बाद माँ-बाप का घर छोड़कर यही सब सीखने ससुराल आती है? इस तरह क़दम-क़दम जलील होना पल पल दोषी ठहराया जाना घड़ी घड़ी छोटी-छोटी चीज़ों के लिए तरसना और एक अदृश्य पर निरंतर हिंसक रक्तपात झेलना?'

कहा जाता है पितृसत्ता स्त्री की स्वतंत्र अस्मिता से भय खाता है। उपन्यास की कथा भी यही दिखलाती है कि अभिभावकत्व के रूप में जब तक वह मौजूद रहता है उस हद तक की स्वतंत्रता को वह वाजिब मानता है। जब यह स्वतंत्रता निपट अकेली स्त्री का रह जाता है तो पुरुष उसे उच्छृंखल, चरित्रहीन, मर्यादाहीन आदि कहकर आलोचना करने लगता है। यदि इन बातों से डरकर नारी रुक जाए तो ठीक अन्यथा वह वीभत्स तरीके भी अपनाता है। दरअसल पितृसत्ता का ढाँचा इसी नींव पर खड़ा है कि स्त्री को उसकी स्वतंत्र अस्मिता का बोध न होने दे। वह उसे एकमेव जीने नहीं देना चाहता। वह उसके जीवन को टुकड़ों में तोड़ता है। यदि स्त्री करियर की ओर ध्यान देने लगे तो उस पर मातृत्व का बोझ डाला जाता है। करियर और मातृत्व में संतुलन को लेकर फिर उसे पतली डोरी पर करतब दिखाने को मजबूर किया जाता है। सिर पर हमेशा तलवार लटकी रहती है कि कहीं भी

असंतुलन हो तो फिर उसकी क्षमता को प्रश्नगत किया जाए। उसकी क्षमता को खारिज किया जाए। बच्चा बिगड़े तो उसका लांछन माँ पर, करियर में आगे बढ़ न सके तो उसकी बॉयोलॉजिकल क्षमता पर वार कर दिया जाता है।

स्त्री की यह समस्या वर्गों से परे है। चाहे मध्यवर्ग हो या फिर उच्चवर्ग उसमें अधिक अंतर नहीं है। हालाँकि जीवन की समस्या दोनों वर्गों में नितांत भिन्न है। जीवन के सवालों से निजात पाते ही दोनों जगह स्त्रियाँ उसी धरातल पर खड़ी हो जाती हैं। स्निग्धा ने जब गर्भधारण के प्रति एक निर्णय लेना चाहा तो उसे कितनी दिक्कतों का सामना करना पड़ा? उसे यह भी लगता रहा कि उसके पिता भी साजिश में शामिल हैं तो कभी लगता कि रोहित उसे नचा रहा है और वह कठपुतली की तरह नाच रही है। यह भागना इसलिए था कि उसने सोचा था कि, 'नौकरी करनी है, पढ़ना भी है और अपने पैरों पर खड़े होना है। कल यदि पापा या रोहित मेरी जिन्दगी में न भी रहे, तो भी रहूँगी, और दूसरों की दया की मोहताज नहीं। खुदमुख्तार। अपने आत्मसम्मान के साथ।' वह भटकती रही उस एक निर्णय को पूरा करने के लिए। लेकिन अंततः हुआ क्या? उसे पति रोहित की आया बनकर रह जाना पड़ा। मुम्बई जैसे महानगर में छः अंकों की कमाई के साथ पति का साथ पाकर बाकी उसे किस चीज़ की ख्वाहिश करनी थी? बेटा बड़ा हो रहा था लेकिन स्निग्धा छोटी होती जा रही थी। उसे लगातार लग रहा था कि वह वही नहीं बन पाई जो कुछ उसने सोचा था। पापा ने क्या सोचा था? रोहित ने क्या सोचा था? इसका तो कोई मलाल न था मगर उसने क्या सोचा था?

कथा की नायिका ने महसूस किया कि जिस बात को स्त्री के लिए सबसे अधिक महत्त्वपूर्ण बताया जाता है वही बात दरअसल उसकी अस्मिता के खिलाफ सबसे नकारात्मक तर्क है। वह है मातृत्व। इसका महिमामण्डन हर धर्म, हर समाज, हर संस्कृति में किया गया है। लेकिन यही बात सबसे मजबूती से नारी के विरुद्ध खड़ी होती है। बाज़ार ने इस विरुद्धता को और गहरा किया है। बाज़ार ने उसे और अच्छी पत्नी, अच्छी माँ और अच्छी बेटी बनने का प्रलोभन दिया है। इन सबके साथ वह लगातार बाज़ार के लिए सबसे अच्छी उपभोक्ता और सबसे अच्छा विज्ञापन भी बनकर उभरी है। चाहे मुक्त सेक्स का मामला हो या फिर बच्चों के लालन पालन का। बाज़ार ने स्त्री को दूसरे पायदान पर रखा है। कण्डोम के विज्ञापन से लेकर हॉरलिक्स और कॅम्पलान के विज्ञापन तक में स्त्री छायी हुई है। अपनी विभिन्न भूमिकाओं में वह सबको 'खुश' करती चलती है और दिन ढलने के साथ पता चलता है कोई खुश नहीं है बल्कि उसी की ओर सबसे अधिक हिंसक नज़रों से देखा जा रहा है।

उपन्यास में यह बात स्निग्धा के हवाले से कही गई है कि, 'माँ बनने को औरत की सबसे बड़ी ख्वाहिश बताना और मातृत्व को खामखाँ गौरवमंडित करना एक बहुत बड़ा

छल है जो सदियों से स्त्रियों के साथ किया जा रहा है।...मातृत्व स्त्री के पैरों की बेड़ी और उसके व्यक्तित्व का लगभग विसर्जन है।' यह बात हल्के मूड में और बिना माँ बने नहीं कही गई बल्कि यह एहसास तब का है जब स्निग्धा माँ बन चुकी थी। माँ बनकर उसने अपने व्यक्तित्व के प्रति उसकी निस्सारता को महसूस कर लिया था। वह तब तक मुम्बई के जीवन में ढल चुकी थी। जहाँ उसके, 'घर में सब कुछ था। बस पति नहीं था। पति की कमाई थी, पति की कमाई से आयी हुई वस्तुएँ थीं और पति का प्रतिरूप बच्चा था। लेकिन प्रतिरूप या विलोम? पूरक या प्रतिद्वंद्वी? उत्तर या प्रश्न? परिणाम या पहेली?'

कथानक और शिल्प के बाद उपन्यास की तीसरी विशिष्टता उसकी सहज आत्मालाप वाली भाषा है। भाषा इतनी मौजूं है कि मध्यमवर्गीय और उच्चवर्गीय मूल्यों के तनाव को, उसकी बुनावट को, उसकी संश्लिष्टता को, उनके परस्पर विरोध को बखूबी प्रस्तुत करती है। नई अर्थव्यवस्था में जीवन ने जो ढब अख्तियार कर लिया है वह एक ओर मध्यमवर्गीय सलीकों पर हँसता है तो दूसरी ओर अभिजात्यता के प्रति कोफ़्त भी जगाता है। विडम्बना यह कि वह जीवन का आनंद लेने को प्रेरित करता है लेकिन झूठे दिखावे और झूठी खुशियों को आनन्द में शुमार कर लेता है। फोटुओं में, तस्वीरों में लोग खुश नज़र आते हैं, आनंदित नज़र आते हैं मगर भीतर से खोखलापन महसूस करते जाते हैं। अर्थोपार्जन की चाल ऐसी है कि एक की उन्नति दूसरे के दिवालिएपन पर निर्भर करती है, 'मुवक्किल की मूर्खता खाकर ही वकील जिन्दा रहता है, जनता की कमसमझी और तंगनज़री जानकर ही नेता की भूख तृप्त होती है, मरीज की नादानी ही चिकित्सक का संतुलित आहार होता है और नौकरशाही के काफ्काई प्रपंच ही मेरा भी पुष्टिकर खाद्य था।' किस्सा कोताह यह कि गठरी का धन निश्चित रहता है। बस एक दूसरे को टोपी पहनाई जाती है और वही धन एक से दूसरे की जेब में टहलता रहता है ।

जीवन के इस नए ढब, इस नई चाल का सबसे तेज असर महानगरों पर पड़ा। समृद्धि के छोटे-छोटे द्वीप बनकर उभरे। ऐसे महानगरों में रहना अपने ही देश में विदेशी बनकर रहने की अनुभूति कराता था। गाँवों और छोटे कस्बों तक बदलाव की लहर तब तक नहीं आई थी। हालाँकि छिटपुट बदलाहट दिखने लगी थी, आँधी अभी दूर थी। मोबाइल की शुरूआत भर हुई थी। रोहित ने इस नई चाल को बहुत जल्दी सीख लिया। उसे अपना छोटा शहर बहुत उबाऊ, बोझिल और लोगों को नकारा बनाए रखने वाला लगने लगा। यह सोचकर वह फूल उठा कि, 'मुंबई को कोई भी पहन सकता है। उसका कोई नाप नहीं है। वह सबको आ जाता है। सिर्फ़ उसके अनुरूप अपने शरीर और आत्मा को थोड़ा फैलाना-सिकोड़ना पड़ता है। ऐसा करने में कामयाब हो गया था।' उसने अपनी आत्मा को कितना सिकोड़ा उस दौड़ में उसे पता ही नहीं चला। उसे लग रहा था कि सब कुछ वह अपने दम

पर हासिल करता जा रहा है। उतनी ऊँचाई पर भी और अधिक ऊँचाई के बारे में सोच रहा था। न जाने उपलब्धियों की किस मीनार पर उसे चढ़ना था।

जीवन झटके देकर चलता है। उपन्यास के किरदारों के जीवन में भी झटके लगे। स्निग्धा, रोहित और स्निग्धा के पापा तीनों को ज़िन्दगी ने झटके दिए। पापा को स्वास्थ्य का झटका लगा और वे अतीतोन्मुखी हो उठे। उनके अंदर का अभिभावक उठ खड़ा हुआ। वह मचलने लगे कि काश! अपनी विरासत किसी योग्य के हाथों सौंपकर जा सकते! विडम्बना देखिए कि वह योग्य व्यक्ति उनकी तरह कर्मठ और संघर्षशील हो यह उन्हें मंजूर नहीं था। खुद संघर्ष से उठकर आए व्यक्ति को भी चाटुकार और चुपचाप पूंछ हिलाने वाले आज्ञाकारी बेटे की दरकार थी। बेटा नहीं था तो ऐसे ही किसी दामाद की तलाश थी जिसे वे सबकुछ सौंपकर 'संतोष' से मर सकते थे। अपने सेक्रेटरी तुषार में उन्हें वह चेहरा दिखता था। तुषार उपन्यास का ऐसा नायक है जो उस नई चाल वाली ज़िन्दगी से उपजा है। वह उसका प्रतिनिधि किरदार है जिसे हर हाल में मुस्कुराते रहना आता है। चाहे स्निग्धा के पापा हों या स्वयं स्निग्धा वह सबके लिए हमेशा करबद्ध और चेहरे पर मुस्कुराहट चिपकाए खड़ा रहता था। उसे फर्क नहीं पड़ता था कि किसी के साथ क्या गुजर रही है। उसने स्निग्धा और उसके पापा की खूब सहायता की। स्निग्धा को भी उसमें एक सच्चा हमदर्द दिखने लगा था। दरअसल वह बाज़ार का प्रतिरूप था। जो हर हाल में, हर तरीके से आपके साथ खड़ा रहता है। इस बाज़ार को समझने में स्निग्धा तो असफल रही ही, उसके पिता जो जाने माने अर्थवेत्ता थे, वह भी असफल रहे। उन्हें लगा उनका सही वारिस तुषार ही हो सकता है।

रोहित को झटका तब लगा जब उसका बेटा उससे छिन गया। जीवन की आपाधापी में उसे समझ ही नहीं आया कि कब उसके बेटे के भीतर साम्प्रदायिकता की विषबेल बढ़ती गई। इतनी छोटी उम्र में ऐसे भयानक हादसे के बारे में तो रोहित सोच भी नहीं सकता था। लेकिन जहाँ दरवाजे भावनाओं और सहृदयता के लिए बंद हो जाते हैं वहीं से घोर तार्किकता और अंधी भावुकता का जन्म होता है। बेटे के भीतर मुम्बई का महानगर जम गया था। पहले तो स्निग्धा भी नहीं समझ सकी मगर बाद में उसे लगा कि उसकी गलती नहीं बल्कि सारी गलती रोहित की थी। स्निग्धा ने भले ही सारी गलती रोहित पर डाल दी हो और उससे किनारा कर लिया हो लेकिन मन के किसी कोने में उसे यह भी डर था कि वह उस जीवन का सामना नहीं कर सकती जिसकी ख्वाहिश उसने खुद की थी। रोहित का आगे बढ़ते जाना उसे पसन्द था। जब पहली बार सफलता की सीढ़ियाँ चढ़कर रोहित लौटा था तो अपने पिता की नज़रों में उसके लिए इज्ज़त देखकर वह अभिभूत हो गई थी। अपने पिता द्वारा अपने दोस्तों और अपने रिश्तेदारों के बीच सम्मान के साथ उसका नाम लेने से वह फूलकर कुप्पा हो गई थी। लेकिन दूसरी ओर उसके अंदर का वह अहं भी पुष्ट

हो रहा था कि उसकी च्वाइस गलत नहीं थी और आख़िरकार उसके पिता को स्वीकार करना पड़ा। वहाँ भी रोहित की दृष्टि से वह चीज़ों को नहीं देख रही थी बल्कि अपने तरीके से उसे अपने अहं को तुष्ट करने में प्रयुक्त कर रही थी।

बेटे की मौत के सदमे से भहराकर और अपार धन दौलत के बावजूद अपनी असहायता को महसूस कर रोहित 'सार्थक' जीवन के बारे में सोचने लगा था। यह एकांगिक नाटकीयता कथासूत्र को कमजोर करती हुई लगती है क्योंकि वह ऐसी तलाश पर खत्म हो जाती है कि अपने लोगों के बीच रहकर, लोगों की सहायता करके, परस्पर अन्योन्याश्रितता का जीवन जीकर जीवन को सार्थक बनाया जा सकता है। दूसरी ओर स्निग्धा का तुषार की शरण में जाकर बच्चों के लिए काम करने वाले एनजीओ के सहारे जीवन की अर्थवत्ता तलाशना और भी बेढब लगा। यह बातें बाज़ार से उपजी त्रासदी को और तीक्ष्ण करती हैं। कथा अचानक मानवीय अस्मिता की त्रासद स्थितियों को उभारने में सफल हो जाता है। सामान्य तौर पर भी स्निग्धा का रोहित के पास लौट आना ही विकल्प नहीं था, मगर बेटे की मौत के बाद उसकी यादों से नितांत दूर जाकर दूसरे बच्चों के सहारे अर्थवत्ता की तलाश एक भुलावे से अधिक कुछ भी नहीं था। एनजीओ के हालात आज क्या हैं? और वहाँ उसे क्या मिला यह उपन्यास के कथानक का अंग भले न हो लेकिन मातृत्व को एक झूठी ख्वाहिश के तौर पर नकारने वाली नायिका जब बच्चों के एनजीओ से जुड़ने और एक बच्चे की बजाए अधिक बच्चों के मातृत्व को स्वीकारने का निर्णय लेती है तो उसके पीछे क्या तर्क है? यह समझ नहीं आता। इसी तरह रोहित के पास रहकर वह अपने को व्यक्तित्वहीन समझ रही थी तो फिर आख़िर तुषार के शरण में क्या अंतर था?

स्त्रियों से जुड़े सवाल और कालांतर से जीवन से जुड़े सवाल इकहरे और सपाट नहीं होते कि उसका जवाब इस तरह से ढूँढ़ लिया जाए। ईंधन की तरह भस्म होकर भी लोगों को कुछ समझ नहीं आया। यह विडम्बना कितनी गहरी है यह इस बात से दिख जाती है कि रोहित अंततः अपने शहर लौटकर अपने लोगों के बीच रहने लगता है, स्निग्धा बच्चों के एनजीओ में काम करती हुई ढेर सारे बच्चों की माँ बनकर खुश हो जाती है और उसके पिता अपनी पुरानी महिला मित्र के घर में अनायाचित मेहमान की तरह रहते हुए जीवन गुजारना स्वीकार करते। यह त्रासदियाँ दिखलाती हैं कि नई चाल की ज़िंदगी के लिए हमने पुराना कहकर बहुत कुछ छोड़ देने की शुरूआत भले कर दी हो लेकिन उनका स्थान लेने के लिए नए मूल्यों और नई प्रस्थापनाओं को गढ़ नहीं सके हैं। गढ़ने की बात दूर अभी तक हम उनकी पहचान तक नहीं कर सके हैं कि हमारे नए समाज में कौन से मूल्य स्वीकृत होंगे? डेढ़ दो दशकों में बाज़ार की दैत्याकार भट्ठी दावानल का

रूप ले चुकी है और बहुत कुछ इसमें भस्म होता जा रहा ऐसे विकट समय में एकबारगी लगता है कि हमने अपने सवालों को भी बाज़ार के भरोसे छोड़ दिया है। उनका रेडीमेड उत्तर तलाश रहे हैं जिसे बाज़ार में किसी मोड़ पर बिकने के लिए छोड़ दिया गया हो। ईंधन के कथानक की सफलता यही है कि वह बड़ी गहराई से यह सवाल उठाती है कि क्या ऐसे रेडीमेड सवालों से जीवन जिया जा सकेगा? क्या मानवीय अस्मिता को बाज़ार के हवाले कर जीवन जिया जा सकेगा?

आज के समय का संश्लिष्ट यथार्थ

अजय वर्मा

जब मैंने स्वयं प्रकाश का 'ईंधन' पहली बार पढ़ा था तब नई पूँजी, उदारीकरण और वैश्वीकरण का एक चरण पूरा होकर दूसरा शुरू हो चुका था और नवें दशक के दौर में इनकी शुरुआत के समय जो सुनहरी तस्वीर वैश्विक और भारतीय स्तर पर प्रस्तुत की गई थी, इस समय तक उसके भीतर की कालिमा दिखलाई देने लगी थी। निश्चय ही दूसरे चरण में विश्व बाज़ार अपने विकास के चरम पर था और देश की सरकारें उसके स्वागत में बज रही धुन पर सर हिला रही थीं। राष्ट्र का जो विचार देश की स्वतंत्रता के साथ अपने व्यापक स्वरूप में प्रकट हुआ था वह बाज़ार के इस अभियान में सिकुड़ रहा था और इसी के साथ हिन्दू राष्ट्र का विचार अपना विस्तार कर रहा था। जैसे-जैसे पूँजी का केन्द्रीकरण बढ़ता गया वैसे-वैसे राष्ट्र का विचार सिकुड़ता गया और हिन्दू राष्ट्रवाद उस पर हावी होता गया। वैश्विकता का नारा यह था कि राष्ट्र का विचार व्यापक होगा, दुनिया के सभी राष्ट्र एक वैश्विक छतरी के नीचे आकर अपना विकास करेंगे और एक बड़े मानवतावादी विश्व बनेगा, मगर यह एक छद्म था। विश्व बाज़ार के दौर में जो पूँजी का केन्द्रीकरण हुआ उससे देश में कुछ थोड़े से नए किस्म के पूँजीपतियों का उदय हुआ जिनके हाथों में देश की पूँजी केन्द्रित होती गई और बड़ी आबादी कंगाल होती गई। इन नए पूँजीपतियों ने हिन्दू राष्ट्रवाद के विचार से काफी ऊर्जा प्राप्त की और हिन्दू राष्ट्रवाद को अपने लक्ष्य तक पहुँचाने में इसकी पूँजी की बहुत बड़ी भूमिका रही है। इन दोनों के बीच जो सहभाव बना, वही इस उपन्यास की रचना की पृष्ठभूमि है। इसलिए 'ईंधन' की थीम मुख्य रूप से नया वैश्वीकरण तो है पर प्रच्छन्न रूप से इसके पीछे हिन्दू राष्ट्रवाद भी लेखक की चिंता में शामिल है। ये दोनों इस उपन्यास में सर्वत्र इस तरह गुंथे हुए हैं कि इन्हें अलग करके पढ़ा ही नहीं जा सकता।

आज जब मैं इस उपन्यास पर लिखने बैठा हूँ तो पूँजी का प्रपंच अपने सबसे विकृत और जन विरोधी स्तर पर पहुँच चुका है और इसी के साथ हिन्दू राष्ट्रवाद के विचार ने भी एक मुकाम हासिल कर लिया है। यह संयोग ही है कि आज जब यह टिप्पणी लिखी जा रही है तो रामजन्मभूमि आंदोलन, जो हिन्दू राष्ट्रवाद का एक बहुत केन्द्रीय विमर्श रहा

है, माननीय सुप्रीम कोर्ट के निर्णय के साथ सफलता प्राप्त कर चुका है और देश के आम जन एक आश्वस्ति महसूस कर रहे हैं कि अब आगे किसी और तरह के झमेले नहीं होंगे। मगर यह ध्यान देने की बात है कि यह मामला हिन्दू राष्ट्र के निर्माण की दिशा में एक बड़ी सफलता है, लक्ष्य नहीं। फ़िलहाल इस पर ज़्यादा चर्चा करना हमारा विषय नहीं है, इतना ही कहना है कि 'ईंधन' में जिस खतरे को स्वयं प्रकाश ने प्रकट किया है, वह फलीभूत होता दिखलाई दे रहा है। यह टिप्पणी इसी पृष्ठभूमि को ध्यान में रखते हुए इस उपन्यास के बारे में कुछ बातें कहने की कोशिश है।

उदारीकरण और वैश्वीकरण की आलोचना वे लोग भी करते हैं जिन्हें अपने हिन्दू राष्ट्रवाद के एजेंडे को आगे बढ़ाने में इससे सहायता मिली है। इसके लिए वे लोग संस्कृति का प्रश्न उठाते हैं कि वैश्वीकरण हमारी संस्कृति पर आघात करता है। 'ईंधन' पर भी चर्चा करते हुए कई लोग इसे भारतीय संस्कृति पर आघात कहा कहते हैं। यह निहायत ही सतही और भ्रामक विचार है। यह उपन्यास संस्कृति पर आघात की कथा नहीं है। संस्कृति का प्रश्न केंद्र में रखकर इस उपन्यास की विवेचना करना यथार्थ की भयावहता से बचकर निकलना है। यह उपन्यास उदारीकरण और वैश्वीकरण की आलोचना तो है ही पर इसी के साथ यह हिन्दू राष्ट्रवाद के खतरनाक विचार की भी आलोचना है जिस विचार का उत्पाद साम्प्रदायिकता है और उदारीकरण का इससे अभिन्न संबंध है। संस्कृति के प्रश्न को सामने रखकर इस उपन्यास को पढ़ने से सांस्कृतिक राष्ट्रवाद के विमर्श के साथ खड़े होने का खतरा है, जिसका यह उपन्यास कतई समर्थन नहीं करता बल्कि यह वैश्वीकरण, उदारीकरण और सांप्रदायिकता के अभिन्न संबंध को खोलकर प्रस्तुत कर देता है। इसी के साथ यह भी ध्यान रखने की बात है कि इस उपन्यास की कथावस्तु में सांप्रदायिक दंगे को विषय नहीं बनाया गया है बल्कि साम्प्रदायिकता पर आधारित हिन्दू राष्ट्रवाद के समाजीकरण को विषय बनाया गया है। इस समाजीकरण में अल्पसंख्यक सीधे निशाने पर हैं और बाकी अन्य अस्मिताओं का हिन्दूकरण कर दिया गया है। हिन्दूकरण में समाज की संरचना कैसी होगी, यह जानने के लिए अतीत में जाना होगा क्योंकि अतीत ही इस हिन्दू राष्ट्रवाद का प्राण है और कहने की ज़रूरत नहीं कि जिन शूद्रों, दलितों या स्त्रियों का हिन्दूकरण किया गया है, अतीत में उनकी क्या स्थिति रही है। इस दृष्टि से देखा जाय तो हिन्दू राष्ट्रवाद का विचार बहुसंख्यक का नहीं है, उसको एक वर्किंग फ़ोर्स के रूप में तैयार किया गया है जबकि अपने मूल चरित्र में यह जितना अल्पसंख्यकों के खिलाफ है उतना ही इसके अंतर्गत समाहित किये गए बहुसंख्यकों के भी खिलाफ है जिनमें खास तौर से दलित और स्त्रियाँ हैं।

अब थोड़ा सा इस पर भी विचार कर लेना जरुरी है कि वैश्वीकरण और उदारीकरण से इसका किस तरह रिश्ता बनता है। वैश्वीकरण ने एक मायने में राष्ट्र-राज्य के विचार को कमजोर किया ताकि उसके बाज़ार सुरक्षित रहें पर दूसरे मायने में उसने अपने एजेंट के रूप में राष्ट्र-राज्य को संकीर्ण रूप से मजबूत भी बनाया ताकि वह अपने व्यापक जन समुदाय से अलग होकर पूँजी और विकास के वैश्विक मूल्यों के लिए निष्ठावान हो। इसके लिए जरुरी था कि देसी पूँजीपतियों का एक छोटा सा वर्ग भी तैयार हो जो चुनाव के लिए सरकार के द्वारा भावनात्मक मुद्दों को जनता के बीच लोकप्रिय बनाने के लिए वातावरण तैयार करे और आज हम यह साफ तौर पर देख रहे हैं। इस प्रबंधन में सरकार देसी और विदेशी पूँजी के बीच एक बिचौलिए की भूमिका में आ जाती है। भावनात्मक मुद्दों में सबसे बड़ा है बहुसंख्यकवाद को दूसरे समुदायों के प्रति घृणा में बदल देना और भारतीय समाज में यही घटित हुआ है। यह संरचना है समकालीन भारतीय समाज की और इसके भीतर बने वैश्विक पूँजी, उग्र हिन्दू राष्ट्रवाद और देसी पूँजी के गठजोड़ की। इसलिए स्वयं प्रकाश का यह उपन्यास जटिल संरचना का उपन्यास है और कथ्य की जटिलता के अनुरूप ही उन्होंने शिल्प की भी तलाश की है। सामान्य तौर पर कथावस्तु का जो प्रचलित ढाँचा होता है, वह यहाँ नहीं दिखलाई देता है, इसमें बयान हैं, कुछ कमलेश्वर के उपन्यास 'कितने पाकिस्तान' से मिलते-जुलते। इन बयानों के माध्यम से स्वयं प्रकाश ने इस उपन्यास के जटिल विन्यास को इतनी सतर्कता के साथ तैयार किया है कि कहीं भी इसका कथा- विन्यास क्षतिग्रस्त न हो और इसमें लेखक को निस्संदेह सफलता मिली है।

रोहित और स्निग्धा दोनों नई पूँजी के उपनिवेशवादी चरित्र के शिकार हैं। इनका विवाह प्रेम विवाह जैसा लगता है, पर प्रेम वास्तव में है नहीं। स्निग्धा का रोहित के सामने खुद प्रेम-प्रदर्शन करना और जल्दबाजी में विवाह करना यह प्रदर्शित करता है कि यह सब कुछ उसके लिए एक फन था, एक भावनात्मक उफान जिसके पीछे प्रेम कम और एक निम्न मध्यवर्गीय मगर मेधावी लड़के के सामने समर्पण करके एक इतिहास रचने जैसा एडवेंचर ज़्यादा था जो आम तौर पर अमीर घर की लड़कियों में अक्सर पाया जाता है। स्निग्धा की पारिवारिक संरचना और वातावरण जिस तरह का था, उसमें इस तरह के फन की पूरी गुंजाइश थी। वह बिना माँ की लड़की थी और व्यवसायी पिता के पास धन की कोई कमी नहीं थी। अभाव और संघर्ष क्या होता है, यह उसने जाना ही नहीं था, साथ ही रिश्तों की अहमियत और उन्हें निभाने में जो विभिन्न किस्म की चुनौतियाँ आती हैं, उनकी कोई समझ उसमें नहीं थी। कारण यह था कि उसके पिता उसपर कोई ध्यान नहीं देते थे, धन कमाने और विलासी जीवन जीने के अलावे उन्हें किसी चीज़ से मतलब नहीं था, वे अपने

ही भीतर कैद थे और एक पिता के रूप में वे इतना ही समझते थे कि उनकी बेटी जितना चाहे, पैसे खर्च करे। स्वाभाविक है कि ऐसे वातावरण में पलने वाली लड़की के भीतर जीवन को लेकर रूमानियत का भाव उत्पन्न हो जाय। इसी रूमानियत के कारण स्निग्धा रोहित से प्रेम करती है और तुरंत विवाह कर लेती है। अपने पिता से उसका रिश्ता इतना ठंडा है कि उन्हें इस बात से कोई फर्क ही नहीं पड़ता। वे इसे बड़े ही तटस्थ भाव से लेते हैं, रोहित के साथ बड़े औपचारिक तरीके से पेश आते हैं, पर एक बात जरुर झलक जाती है कि उनकी जो हैसियत है, उसमें रोहित के लिए कोई स्पेस नहीं है। यह वर्गीय फासला है और यही फासला रोहित और स्निग्धा के बीच भी है, फर्क इतना है कि स्निग्धा के पिता परिपक्व और व्यावहारिक हैं, उनके व्यवहार में उनकी व्यावसायिकता झलकती है, स्निग्धा कच्ची रूमानियत से ग्रस्त है। लेकिन विवाह के बाद स्थितियाँ बदलने लगती हैं। यथार्थ की जमीन से टकराकर रूमानियत गायब हो जाती है और रोहित के जिस भदेसपन और निम्नवर्गीय आदतों पर मुग्ध होकर स्निग्धा ने विवाह किया था, वही सब बातें उसके भीतर चिढ़ पैदा करने लगीं। पैसे का महत्त्व भी उसे तभी पता चला इसीलिए जिस पिता से उसे हमेशा शिकायतें रहीं, उन्हीं के भेजे पैसे लेने में वह संकोच नहीं करती।

यह कथा का प्रारंभिक हिस्सा है जो बाज़ार और नई पूँजी की पृष्ठभूमि के रूप में चलता है। स्निग्धा के पिता आधुनिकता के दौर के व्यवसायी हैं और जब पूँजी का चरित्र बदल गया है तो बाज़ार के तरीके और कायदे भी बदल गए हैं। रोहित जो व्यवसाय करता है वह स्निग्धा के पिता के व्यावसायिक तरीके से बिलकुल भिन्न है यानि आधुनिकता के दौर की पूँजी का स्वभाव उतना मानवीय संवेदना से मुक्त नहीं था जितना आज के अब उत्तर आधुनिक दौर की पूँजी का है। लेखक आधुनिकता के विरोध में नहीं है, वह स्निग्धा के पिता को थोड़ी रियायत देना चाहता है पर रोहित को नहीं। इसलिए कथा के उत्तर भाग में स्निग्धा के पिता जीवन से थके-हारे दिखलाई देते हैं।

चमक-दमक वाले जीवन से विरक्ति तो रोहित को भी होती है इसीलिए वह उसी उत्तर आधुनिक पूँजी के विकल्प की तलाश में अपने प्रारंभिक जीवन की ओर लौटता है। इस डिज्नीलैंड वाली छद्म जिन्दगी से बुनियादी जिन्दगी में स्निग्धा भी लौटती है पर दोनों के बीच का संबंध ख़त्म हो जाता है, स्निग्धा को नया साथी मिल जाता है जो उसकी घुटन भरी जिन्दगी से बाहर निकालने में उसका हर कदम पर साथ देता है। इन दोनों का जीवन और समाज की जड़ों की ओर लौटने का तात्कालिक कारण तो बेटू की दुखद मृत्यु है पर इसके आसार तो तभी से नज़र आने लगे थे जब रोहित ने आज के बाज़ार की भाषा में सफलता की ऊँचाइयों को छूना शुरू कर दिया था। बिलकुल सतह से उठकर उच्च वर्ग में

शामिल होने वाला रोहित पैसे की लकदक दुनिया का ऐसा दीवाना हुआ कि स्निग्धा की भावनाओं और सहज कामनाओं का उसके लिए कोई अर्थ ही नहीं रह गया। सुरेन्द्र वर्मा के उपन्यास 'मुझे चाँद चाहिए' में वर्षा वशिष्ठ से इसकी कथा काफी मिलती है। फर्क इतना ही है कि उसमें वर्षा को ऐश्वर्य और ग्लैमर की दुनिया के पीछे का अँधेरा तब दिखाई देता है जब उसका प्रेमी बीच पर मरा हुआ पाया जाता है, इस उपन्यास में यह स्थिति तब घटित होती है जब बेटू की मृत्यु होती है।

साम्प्रदायिकता का विमर्श इस उपन्यास का प्रमुख विमर्श नहीं है। मुख्य विमर्श है बाज़ार, नई पूँजी और उसका वैश्विक चरित्र। पीछे कहा गया है कि साम्प्रदायिकता आज के उत्तर आधुनिक पूँजी तंत्र का एक बाई प्रोडक्ट है और उसका सहयोगी भी क्योंकि इसके माध्यम से बड़े पूँजीपतियों के हित साधे जाते हैं। किन्तु इसका यह अर्थ नहीं कि बेटू की कथा प्रासंगिक कथा है। इस उपन्यास का शिल्प प्रचलित ढंग के प्रासंगिक या मुख्य कथा वाला नहीं है। इसके अलावे बेटू की कथा रोहित और स्निग्धा को आपस में जोड़कर रखने वाली कथा है जो बेटू के मार्मिक अंत के साथ ही ख़त्म हो जाती है पर उसका प्रभाव इतना जबरदस्त है कि रोहित और स्निग्धा के बीच का रिश्ता भी उसके अंत के साथ ही खत्म हो जाता है।

रोहित के अमीर बनने से लेकर बेटू की मृत्यु तक की कथा बाज़ार और वैश्वीकरण के साथ सांप्रदायिक और नये हिंदूवादी उभार के विकास और दोनों के बीच के रिश्ते को खोलता है। बेटू ने जिस वातावरण में होश सँभाला, वह नई हिंसक हिंदूवादी राजनीति का दौर है जो बचपन से ही नई पीढ़ी को धार्मिक उन्माद की ओर धकेलता है। स्निग्धा और रोहित को इसका आभास तब होता है जब वह गणित में फेल होने का कारण टीचर का मुस्लिम होना बताता है। बेटू के कच्चे दिमाग में हिंदूवादी राजनीति करने वालों ने मुसलमानों के खिलाफ जहर भर दिया है और इसी का परिणाम है कि वह मुसलमानों के प्रति भयानक रूप से असहिष्णु बन जाता है। इतिहास की गलत व्याख्या और झूठी बातें बताकर नई पीढ़ी को किस प्रकार खूंख्वार भीड़ का हिस्सा बनाया जा रहा है इसको समझने के लिए ही उपन्यास की कथा के बीच में बेटू को लाया गया है। उसको दाल मील वाले सेठ ने कुछ और लड़कों के साथ एक जीप देकर एक मुस्लिम की हत्या करने भेजा था। समकालीन भारतीय फासीवाद के चरित्र को इस साजिश से समझा जा सकता है। एजाज अहमद ने अपने एक भाषण में बतलाया है कि इटली में फासीवाद को सफल बनाने में व्यापारी वर्ग ने पैसा लगाया और अपने तरीके से उसे भरपूर वसूला। दाल मील वाले सेठ के कृत्य को हम इटली में फासीवाद के उदय और विकास के सन्दर्भ में देख सकते हैं। यहाँ

भी हिंदुत्ववादी राजनीति में व्यापारी वर्ग की सक्रिय भूमिका निर्विवाद रूप में रही है उसने इसका भरपूर फायदा भी उठाया है।

इसमें कोई शक नहीं कि स्वयं प्रकाश ने इसमें आज के समय के संश्लिष्ट यथार्थ को प्रस्तुत किया है। लेकिन केवल विषय और यथार्थ की प्रस्तुति के आधार पर कोई उपन्यास बड़ा नहीं बनता, उसकी बनावट और बुनावट पर भी ध्यान देने की आवश्यकता होती है। इस दृष्टि से देखा जाय तो यह उपन्यास कहीं-कहीं कमजोर भी दिखलाई देता है। सबसे पहली बात तो यह है कि रोहित और स्निग्धा के जो बयान हैं वे बिलकुल वैयक्तिक हैं, वे एकालाप भी नहीं बन पाए हैं क्योंकि एकालाप में भी एक संवादी स्वर होता है जिसे हम आत्ममंथन कह सकते हैं। दूसरी बात यह है कि इसका अंत यथार्थवादी नहीं मालूम पड़ता। लगता है कि लेखक के मन में एक यूटोपिया है, लेकिन लेखक का काम समाधान देना नहीं है और इसका जिस प्रकार अंत किया गया है वह समाधान ही मालूम होता है, जैसे रेणु जी 'परती परिकथा' में करते हैं और इसी के कारण उनका वह उपन्यास कमजोर हुआ। हालाँकि यूटोपिया का होना नहीं है, बल्कि लेखक की विश्व दृष्टि के केंद्र में वह होता है, लेकिन जिस तरह के संघर्ष शुरू से अंत तक इसमें दिखलाये गए हैं उनकी तुलना में इसका अंत बहुत ही सरल बन जाता है। बाज़ार और नए उपनिवेशवाद का रिश्ता किस प्रकार हिंदुत्व के उन्माद के साथ बनता है, लेखक ने इसको बेटू की मृत्यु के साथ ही बंद कर दिया है। फिर भी बाज़ार और नए साम्राज्यवाद के माध्यम से लेखक ने जिस विमानवीकरण को दिखलाने की कोशिश की है उसमें उसे पूरी सफलता मिली है और पठनीयता की दृष्टि से भी यह सफल उपन्यास है, रोचकता से भरपूर तथा अंत को अगर ज़रा नज़रअंदाज करें तो स्वाभाविकता भी इसमें कम नहीं है।

गुमनामी में जीते रूपांतरणकारी समूह

बलि सिंह

संसार भर में अनेक तरह के समूह समाज के रूपांतरण में सक्रिय रहे हैं, और आज भी सक्रिय हैं। हमारा देश भी इसका अपवाद नहीं है। यहाँ भी छोटे-बड़े समूह समाज को बदलने का अथक प्रयास करते रहे हैं। कोई समूह समाज-सुधार को लेकर चला है, उसकी बुराइयों-कुरीतियों, उसमें पाए जाने वाले भेदभावों और अंधविश्वासों के विरूद्ध संघर्ष करते हुए ज्ञान-विज्ञान की शिक्षा और लोगों की चेतना को बढ़ाने में लगा रहा है और आज भी लगा हुआ है। कोई समूह राजनीतिक विधान या सत्ता-विमर्श को केन्द्रित करके चला है, वह दल, जन संगठन, ट्रेड यूनियन इत्यादि के जरिये लोगों के हक की लड़ाई लड़ रहा है। कोई लोगों के जीवन स्तर को उठाने की कोशिश कर रहा है जिसमें कि उन्हें समाज में जगह और पहचान मिल सके। और कोई समूह ऐसा भी है जो समाज-व्यवस्था के रूपांतरण में अधिक सक्रिय रहा है, नाम, रूप और जगह भले ही बदल जाए पर उसकी सक्रियता अभी भी जारी है। रचनाकार ऐसे समूहों को अपनी रचना का हिस्सा बनाते रहे हैं।

स्वयं प्रकाश का उपन्यास 'ज्योतिरथ के सारथी' ऐसे ही एक रूपांतरणकारी समूह पर केन्द्रित है। इसका मुख्य पात्र सुधीश है। वह इंदौर के क्रिश्चियन कॉलेज में बी.एस.सी. का छात्र है, वहीं उसे कुछ मित्र मिलते हैं–किरीट, मेहता, अन्तू और कर्णिक। कर्णिक का फक्कड़पन उसे अच्छा लगता है। यूँ तो "सुधीश, मेहता, अन्तू अपने-अपने मोहल्लों में लाइब्रेरियाँ चलाते थे। बच्चे के कहानी-किस्से। शहीदों की जीवनियाँ। सौरमंडल संबंधी प्रारंभिक वैज्ञानिक जानकारियाँ। स्कूल के होमवर्क में सहायता। हाईजीन। शिष्टाचार!" (ज्योतिरथ के सारथी, पृ०-14) समाज के विकास में यह कार्य सहायक ज़रूर बनता है लेकिन उसके रूपांतरण में यह नाकाफी है, क्योंकि इसके जरिये जिन मूल्यों का प्रचार-प्रसार होता है जैसे दया, क्षमा, सहानुभूति, और करूणा, उसका फायदा तो सत्ता पर काबिज और अधिकांश संसाधनों को हथियाये हुए लोग उठा रहे हैं–"सोकॉल्ड इन्डस्ट्रिलिस्ट"। (वही)। कर्णिक इस पहलू को सुधीश के सामने रखता है और समाज की संरचना को सही ढंग से

समझने के लिए अर्थशास्त्र, राजनीति शास्त्र, दर्शन की किताबें पढ़ने को देता है। वह उसे एक दिन परदेसीपुरा की झुग्गी-झोंपड़ियों में ले जाता है। वहाँ सुधीश की मुलाकात गिरदी पहलवान और नागसेन से होती है। दोनों का संबंध भारत की स्वाधीनता आंदोलन के दौर में चली क्रांतिकारी धारा से रहा है। गिरदी पहलवान ने अपनी लाठी से आठ अंग्रेज़ पुलिस अधिकारियों को मौत के घाट उतारा था। और नगसेन छोटी उम्र में पढ़ाई छोड़कर घर से भाग गए थे। स्वतंत्रता संग्राम के दिन थे। कांग्रेस की जेल यात्राओं ने उन्हें क्रांतिकारी बना दिया था, वे भगतसिंह की नेशनल सोशलिस्ट रिवाल्यूशन आर्मी में शामिल हो गए। आख़िर जब भगतसिंह, चंद्रशेखर आज़ाद की शहादत के बाद पार्टी में फूट पड़ गयी तो कम्युनिस्ट पार्टी में शामिल हो गए। फिर कम्युनिस्ट पार्टी के विभाजन और तेलंगाना की हार से दुखी हो तिब्बत चले गए। वहाँ बौद्ध भिक्षु नागसेन कहलाए, वैसे उनका असली नाम जमील अहमद खान था। वे कानू सान्याल के संपर्क में आए, गोरखपुर में एक छापाखाना भी खोला और चाय बगान के मजदूरों को संगठित करने लगे, लेकिन उन पर कत्ल का मुकदमा चिपका दिया, वे भागकर इन्दौर चले आए और चारुदा व उनके मित्र डॉ. सत्यपाल के साथ क्रातिंकारी गतिविधियों में सहयोग करने लगे। ये सभी क्रांतिकारी दल या समूह से जुड़े हुए हैं, उपन्यास में जिसे 'संग्राम परिषद्' कहा गया है। कर्णिक भी इसी का हिस्सा है और ज्योति भी जिसे डॉ. सत्यपाल ने पाला-पोसा है। कॉलेज पास होने के बाद सुधीश को भी इसी ग्रुप में शामिल कर लिया जाता है जहाँ उसे पीटर और ग्रेस भी मिलते हैं। इसी में आगे चलकर उसे सुरेश, लोकेश, ताम्रध्वज और जफर इकबाल भी मिलते हैं।

यह समूह उन सारे समूहों से अलग है जो विमर्शों से जुड़े हैं और खुद की पहचान के लिए अस्मितामूलक संघर्ष चला रहे हैं। यह समूह लोकतंत्र के वास्तविक मूल्यों को चरितार्थ करने की लड़ाई लड़ता है और खुद उसे गुमनामी में जीना पड़ता है। यही नहीं, उसे वर्तमान व्यवस्था के ऐसे समूहों का विरोध ही नहीं वरन् दमन भी सहना पड़ता है जो लोकतांत्रिक मूल्यों स्वतंत्रता, समानता और भाईचारे को चरितार्थ ही नहीं होने देना चाहते, उल्टे जन-आक्रोश को गलत दिशा में भटकाकर, दंगे-फसाद कराकर अपना हित साधते रहते हैं और शोषण, अन्याय व दमन की अमानवीय व्यवस्था को बनाए रखना चाहते हैं। ये प्रतिगामी समूह हैं। स्वयं प्रकाश ने गुमनामी में जी रहे एक ऐसे प्रगतिकामी रूपांतरणकारी समूह को अपने उपन्यास 'ज्योतिरथ के सारथी' में मुकम्मल पहचान दिलाने का प्रयास किया है जिसका विरोध अमानवीय व्यवस्था से है और लगाव हाशिये की उत्पीड़ित व प्रगतिकामी अस्मिताओं से है, उनके वास्तविक हितों से है।

इस समूह के बारे में पूछे जाने पर कर्णिक बताता है कि "हम हैं तुम्हारी ही तरह, सोचने वाले, सताये हुये शोषित लोगों में से कुछ कर्मठ और संकल्पवान युवक। आज़ादी और

समता के लिये लड़ने वाले योद्धा। ज्योतिरथ के सारथी।" (वही, पृ०-17)। इस समूह से जुड़े लोगों को समाज में व्याप्त विषमता का बोध है। पीटर के शब्दों में "डू यू नो इजारेदारी। नाइन्टीएट परसेन्ट आदमी पिले जा रहे हैं और दो परसेन्ट आदमी सारा ट्रेड-इण्डस्ट्री-नेशनल इन्कम अपने कबजे में किये बैठे हैं।" (वही, पृ०-22)। इस विषमता के विरूद्ध संघर्ष करने वाला समूह है यह। समूह के लोग स्पष्ट कहते हैं कि "बेशक हम मार्क्सवादी लोग हैं। समाजवाद साम्यवाद के लिए क्रांति चाहने करने वाले।" (वही, पृ०-28)। ये कम्युनिस्टों के साथ हैं, जनता के साथ हैं, शोषित पीड़ित के साथ हैं। इनका सपना तो स्पष्ट ही है कि ये समतामूलक समाज-संसार कायम करना चाहते हैं। पर ये तो बहुत बाद का पड़ाव है, उसके लिए पहले कई पड़ावों पर संघर्ष करना है–"साम्यवाद विकास की मंजिल है, समाजवाद विकास की एक अवस्था है और उसके लिए पूँजीवाद का नाश जरूरी है। पूँजीवाद के नाश के लिए पूँजीवाद-सामंतवाद के गठबंधन को तोड़ना सबसे पहले जरूरी है।" (वही, पृ०-29)। यहीं से समूह का कार्यक्षेत्र निर्धारित होता है, यानी इस सोच के चलते गाँव को मुख्य कार्य-क्षेत्र के रूप में चुना जाता है, क्योंकि वहाँ अभी भी सामंती ढाँचा कायम है, सामंत ही राज कर रहा है। वह स्वाधीन भारत में राजनेता बन गया है और वहाँ किसानों का शोषण बदस्तूर जारी है। सामंती ढाँचे को तोड़ने, खत्म करने के लिए किसानों को शिक्षित सचेत और संगठित करने की ज़रूरत है। उन्हें सामंती और अफरशाही शोषण के खिलाफ लामबंद करने की भी सख्त ज़रूरत है। इस समूह की यही मुख्य कार्यपद्धति है और इसके लिए समूह के लोग अन्य दलों से इतर सिर्फ़ किसानों तक ही नहीं जाते वरन् "सीमांत किसान और भूमिहीन खेत मजदूरों तक" के पास जाते हैं। (वही, पृ०-29)। इसकी वजह यह है कि यही वह क्षेत्र है जहाँ "वर्ग संघर्ष वर्ण संघर्ष से घुल-मिल जाता है।" (वही)। किसानों को सचेत करने और उनके बीच पहुँचकर उन्हें संगठित करने का एक तरीका तो पोस्टर चिपकाना और पर्चे बाँटना है, जिस पर सरल रूप में अर्थशास्त्र की मोटी बातें लिखी जाती हैं जैसे लगान नहीं देना भूमि उसकी जो जोतता-बोता है इत्यादि। और पर्चे में शोषण के रूपों पर लिखा जाता है, संगठित रूप से आंदोलन करने के बारे में बताया जाता है। ऐसी सामग्री छापने के लिए चोरी-छिपे प्रेस भी लगानी पड़ती है, नहीं तो कोई व्यवस्था विरोधी सामग्री छापेगा ही नहीं। और यदि कोई छापना चाहेगा तो उसे आपत्तिजनक घोषित कर छापने ही नहीं दिया जाएगा। इसलिए ऐसा नहीं समझना चाहिए कि यह काम बहुत आसान है और इसमें कोई जोखिम ही नहीं है। इसमें प्रशासन के दमन का, जोकि पूँजीवादी-सामन्तशाही समाज व्यवस्था का ही एक अंग है, सामना करना पड़ता है, चारूदा के शब्दों में "क्रांतिपथ दुर्गम है। बीहड़, भूख, मौत और गुमनामी इसके ईनाम हैं।" (वही, पृ०-31)। गुमनामी में जीने के लिए, 'तथा कथित-लोकतंत्र के बावजूद,

यह समूह इसलिए बाध्य है कि "शासक-शोषक एक हैं यहाँ। लेकिन उनकी जड़ में मट्ठा डालने वाले फौरन गायब कर दिये जाते हैं, या डाके-खून के मुजरिम बना दिए जाते हैं या आजकल सबसे आसान बात यह हो गयी है कि नक्सालाइट कहकर जेल के ठंडे तहखानों में दफना दिए जाते हैं। चार्जशीट नहीं, पेशी नहीं, रिमांड नहीं, इन्साफ नहीं। सिर्फ़ अत्याचार। पाश्विक अत्याचार। मुँह में रेत। बदन पर जलती सिगरेटें। गुप्तांगों पर डंडे। आँखों में मिर्च। नकली एन्काउन्टर। दिन दहाड़े चांदमारी।"(वही, पृ०-30)। यानी बहुत ही कष्टकर है। इसी कष्टकर काम को अंजाम देने का ऐतिहासिक काम यह समूह करता है, क्योंकि हरेक रूपांतरण कार्य अपने आप में ऐतिहासिक महत्त्व रखता है। यह समूह इस कार्य को कर पाता है या नहीं, यह अपने आप में महत्त्व नहीं रखता। महत्त्व रखता है कि यह समूह इस कार्य में संलग्न है, प्रयत्न की प्रक्रिया में है। ये सफल होता है या फिर सफल नहीं होता, पर आ० रामचंद्र शुक्ल के अनुसार इसकी प्रक्रिया में सौन्दर्य निहित होता है। यह एक नए तरह का सौन्दर्य बोध है जो कर्म से, समाज-हित से जुड़ा है। इस सौन्दर्य की पहचान कराने का काम यह उपन्यास करता है।

इस उपन्यास का बहुत ही रोमांचकारी पहलू तब हमारे सामने आता है जब सुधीश को अपने गाँव भेजा जाता है जो खुद भी रूपांतरणकारी प्रक्रिया से गुजर चुका है, यानी "राष्ट्रभक्ति की भावना, राष्ट्रीय चरित्र" इत्यादि की प्रमुखता से बचकर, दया, क्षमा, करूणा जैसे सनातनी मूल्यों से थककर स्वतंत्रता, समानता जैसे नए लोकतांत्रिक मूल्यों से रिश्ता जोड़ता है। अर्थात् यह उपन्यास न केवल व्यवस्था–पूँजीवादी सामंतवादी व्यवस्था–के रूपांतरण की सामूहिक प्रक्रिया का रेखांकन करता है वरन् इसके मुख्य पात्र सुधीश के व्यक्तित्व के रूपांतरण को भी हमारे सामने प्रस्तुत करता है।

उपन्यास के कथानक का वह हिस्सा बहुत ही महत्त्वपूर्ण है जब सुधीश अपने पैतृक गाँव पहुँचता है। दल यानी संग्राम परिषद् में शामिल होने के बाद उसे अपने गाँव भेजने और उसे ही कर्म-स्थली मानने का आदेश दिया जाता है, क्योंकि अन्य जगह पर किसान (आदिवासी) सामंतों के विरूद्ध लामबंद हो चुके हैं। यह क्षेत्र अभी भी सामंत की चपेट में है, उसे भी मुक्त कराये जाने की आवश्यकता है, व्यवस्था परिवर्तन में इसकी भी बहुत अहमियत है।

सुधीश जब अपने गाँव पहुँचता है तो देखता है कि गाँव भी कोई सरल और निरापद चीज़ नहीं है उसमें ढेर सारा भौतिक परिवर्तन हो चुका है पर चिंताजनक चीज़ यह है कि मानसिकता में अपेक्षित बदलाव नहीं हुआ है। सुधीश महसूस करता है कि रहन-सहन में बदलाव आया है, खान-पान और पहनावे में भी। पक्के मकान बन गए हैं, कुछ लोग पतलून

पहनने लगे, कुछ साइकिलें आ गयीं। (वही, पृ०-50)। और भी “पीढ़ी बदल गयी, चेहरे बदल गए, पर माहौल वही है, समय बदल गया है, फैशन बदल गया है पर मानसिकता वही है।...शोषण के रूप बदल गए, शोषण वैसा ही है। कपड़ों में तहजीब में शहराती सभ्यता का पुट है पर दिमाग वैसे ही अंधविश्वासों के गोबर से भरे हुए है। लड़कियाँ वही पैर भी छूती हैं।” (वही)। सुधीश महसूस करता है कि नकारात्मक बदलाव अधिक आया है, चतुर और चालाक हो गया है गाँव का आदमी।

सुधीश के गाँव की सरंचना को उपन्यासकार ने बहुत ही संक्षेप में यूँ रेखांकित किया है–रेलवे स्टेशन से चार किलोमीटर दूर है गाँव। तीन-चार सौ कवेलू के ढलवा छप्परों से बनी शांत आबादी है, गाँव के बीचों बीच ठाकुर की हवेली है। मैदान है, एक प्राइमरी स्कूल है, शाह जी की दुकान है जो सूदखोर बनिया है। उसके पास गाँव की आधी महिलाओं का कोई न कोई गहना रखा है, गाँव के आधे किसानों की जमीन का कोई न कोई टुकड़ा बंधक पड़ा है। एक ओर मुसलमानों के चंद घर हैं, जो चूड़ीगर भी हैं और जुलाहे भी। दूसरी तरफ़ ‘चमारों’ के पच्चीस-तीस घर हैं, एक नाई, एक मिठाई की दुकान और बाकी खेत, बाकी नदी का टूटा-फूटा सूखा घाट, बावड़ी, मंदिर, एक लुहार और एक वैज्जी, जो अध्यापक भी है, कवि भी, ज्योतिषाचार्य भी और पंच भी है।

गाँव में एक औरत का प्रसंग भी आता है जिसे उसका पति गनपत पीटता है और सुधीश उसे बचाता है, पर एक दिन वह बावड़ी में कूदकर अपनी जान दे देती है। ठाकुर उसका यौन शोषण करना चाहता है और वह अपनी इज्जत बचाने के लिए ऐसे कदम उठाने को मजबूर हो जाती है। ठाकूर के प्रति सुधीश के मन में पहले से ही घृणा है, क्योंकि 1942 के आंदोलन में उसके पिता को ठाकुर ने मरवाकर हवेली के कंगूरे पर टांग दिया था–चील-कव्वों के खाने के लिए। उसके गाँव में आने का मकसद भी ठाकुर की सत्ता को नेस्तनाबूद करना था। लेकिन ऐसा करने के लिए सबसे पहले जरूरी था कि ठाकुर-बोहरा शाह की जुगलबंदी को तोड़ना। इसके लिए बोरा की पीली किताब यानी बहीखाते को नष्ट करना सबसे पहले अहम था। इससे किसान भी ठाकुर के सामने सिर उठाने की हिम्मत कर सकेंगे। इसलिए समूह के लोग बोहरा की दुकान को आग के हवाले कर देते हैं, जिसमें बहीखाता जलकर राख हो जाता है। इससे पहले समूह के लोग हरिजन टोला में भी जाते हैं और उनकी मदद करते हैं।

हिंसा की साजिश में और क्रांतिकारियों को पनाह देने के जुर्म में पुलिस सुधीश को पकड़ लेती है, पर समूह के लोग रात में थाने पर धावा बोलकर सुधीश को बचाकर ले आते हैं और वह इंदौर शहर में आ जाता है। इस बीच ‘रायपुर जगदनपुर रामगढ़ बस्तर’ बस्तर

के गोंड झील क्षेत्रों में किसान विद्रोह भड़क उठता है, जमींदार को मार दिया जाता है और अनेक गाँवों में सूदखोरों की बहियाँ-पुश्तैनी उधार खाते की खूनी किताबें छीनकर जला दी जाती हैं। (वही, पृ०-57)। इसकी आंच इन्दौर में भी पहुच जाती है और वहाँ भी आगजनी और लूटमार की घटनाएँ होती हैं तथा सारा आंदोलन सी.एम. को हटाने और कुछ मूलभूत सुविधाओं को हासिल करने तक सीमित होकर रह जाता है तथा किसानों की समस्याएँ पृष्ठभूमि में चली जाती हैं। पर समूह के लोगों को भयंकर दमनात्मक कार्रवाइयों का सामना करना पड़ा। चारू दा मारे गये, नागसेन कहीं अंडरग्राउंड हो गए, कर्णिक पकड़ा गया और साथियों को बचाने के क्रम में सुधीश भी पकड़ा गया। उपन्यास के अंत में संकेत कितना है कि समूह के बचे हुए साथी पैम्फलेट, बुकलेटस अखबार इत्यादि छपी हुई सामग्री लेकर शहर से दूर चले गए–गतिविधियों को जारी रखने के लिए।

यह उपन्यास स्वयं प्रकाश ने 1982 में लिखा था, जिसकी पृष्ठभूमि में नक्सलबाड़ी आंदोलन है। लेकिन यह हमारे देश के हालात को आज और अच्छे से बयान करता है। इन दिनों देखने में आ रहा है कि जो सामाजिक कार्यकर्ता किसानों, खेतिहर किसानों, दलितों और आदिवासियों के जीवन-स्तर को उठाने के लिए उनके बीच काम करते हैं, उनको अपने अधिकारों और स्थितियों के बारे में सचेत करते हैं, उनके हितों के लिए संघर्षरत हैं और अंधविश्वासों के विरूद्ध उन्हें शिक्षित करने का काम भी करते हैं, यह व्यवस्था उन्हें तरह-तरह से परेशान करती है। ये सब उनकी दृष्टि में 'अरबन नक्सल' हैं, जो लेखन भाषण आदि के द्वारा लोगों को उकसाकर हिंसा भड़काने का काम करते हैं। उन पर तरह-तरह के द्रोह के मुकदमें लाद दिए जाते हैं, नंदिनी सुन्दर इत्यादी इसके ताजा तरीन उदाहरण हैं, इस व्यवस्था में ऐसे लोगों के लिए, ऐसे समूहों के लिए कोई जगह नहीं बची है। कहने के लिए लोकतंत्र है पर ऐसे लोगों, समूहों की समाही इस लोकतंत्र में नहीं है। यही नहीं, ये प्रशासन तो जैसे विरोधी स्वर सुनना ही नहीं चाहता। इसके कामों की आलोचना करते ही जैसे तूफान सा आ जाता है, जो बोलता है चाहे कविता ही सुना रहा हो, उसे पकड़कर जेल में डाल दिया जाता है। इस बीच दो कवियों का पकड़ा जाना इस बात का सबूत है। पिछले कुछ सालों पर गौर करें तो पाते हैं कि बहुत सारे आर.टी.आई कार्यकर्ताओं की हत्याएँ हुई हैं। बहुत से ऐसे लोगों की भी निर्मम हत्या की गयी है जो अन्धविश्वास उन्मूलन के लिए काम करते थे, लोगों को सच्चाई से रूबरू कराते थे जैसे दाभोलकर, पनसरे, गौरी लंकेश इत्यादि। इस तरह देखें तो स्वयं प्रकाश का उपन्यास 'ज्योतिरथ के सारथी' लिखा भले ही 1980 में गया हो, और इसका कथानक भले ही सातवाँ दशक हो पर आज के दमनकारी तथा भयप्रद माहौल को यह अप्रत्यक्ष रूप से हमारे सामने सजीव कर देता है। यह उपन्यास एक अन्य पहलू से भी बहुत महत्त्व रखता है और वह है किसी भी जन-आंदोलन को

देखने का पहलू। वह वास्तविक है, व्यवस्था विरोधी है या वर्तमान व्यवस्था का ही पोषक। उपन्यासकार के अनुसार जिस तरह शहरी आंदोलन-विमर्श केन्द्रित आंदोलन या विरोध अक्सर पाया जाता है, वह अन्ततः वर्तमान शोषणकारी व्यवस्था का पोषक बन जाता है और वर्तमान सत्ता उसका इस्तेमाल अपने हित में कर लेती है और कई बार तो वह ऐसे आंदोलनों को बढ़ावा भी देती हैं, उसमें वास्तविक और जमीनी मुद्दे कहीं दूर हाशिए पर छिटक जाते हैं। "बेबुनियाद लड़ाई, असंगठित शोर-शराबा लक्ष्य हीन विद्रोह और सतही सवालों पर उठी हुल्लड़बाजी पूँजीवाद से समर्थन भी पाती है, प्रचार भी और कई बार सहयोग भी। कई बार दंगे बाकायदा आयोजित किये जाते हैं। शासक शोषक एक है यहाँ'।" (वही, पृ०-29)। जब आस पास के किसान-विद्रोह की आंच इंदौर में फैली तब इसी तरह का नजारा देखने को मिला। उपन्यासकार के अनुसार "इन्दौर में बुरी तरह आग भड़क उठी। आजू बाजू के किसानों ने बाम्बे आगरा रोड बंद कर दी। मुख्यमंत्री बाल नोचने लगे। आई. जी. ने इन्दौर में ही अड्डा जमा लिया। सियागंज में स्थित टाटा प्राडक्ट्स के सबसे बड़े डीलर रूस्तम हाजी के गोदाम में आग लगा दी गई। मौका देखकर राजनीतिक पार्टियाँ और ट्रेड यूनियनें भी संग्राम में कूद गयीं। सारे आंदोलन का चरित्र बदल गया। अब सबसे बड़ा दुश्मन पूँजीवाद, साम्राज्यवाद, मोनोपॉली घराने या शासन की सामंतवादी संधियाँ नहीं...मध्यप्रदेश का तत्कालीन मुख्यमंत्री और उसकी सरकार रह गयी। किसानों की मांगे पीछे चली गयीं शहरीयों और विद्यार्थियों की मांगें आगे आ गयीं। अब जोतनेवाले को जमीन देने का और उपभोक्ता वस्तुओं के व्यापार से बिचौलियों को खत्म करने को मामला नहीं था, अब महंगाई कम करनी थी...डीजल-खाद समय पर दिलानी थी, कॉलेज शिक्षा निःशुल्क करनी थी, नौकरियों में मध्यप्रदेश के मूल निवासियों को प्राथमिकता देनी थी।" (वही, पृ०-72)। इस आंदोलन में किशनपुरे की दुकानें भी लुटी, राजवाड़ा चौक की फार्शियाँ भी उखड़ी, शहर में धारा 144 भी लगी, आँसू गैस के गोले भी फूटे और कर्फ्यू का ऐलान भी हुआ। पर सारे आंदोलन का लुब्बोलुआब यह निकला कि 'पूरा जनाक्रोश भ्रष्ट, कुटिल, वार्तापटु, भाष्णवीर पेशेवर राजनीतिज्ञों ने गड़प लिया।' (वही, पृ०-73)। और शोषण की वर्तमान व्यवस्था ज्यों कि त्यों बनी रही–सिवाय कुछ रियायतों को छोड़कर। हाँ! रूपांतरणकारी समूह और उससे जुड़े लोग दमन के शिकार ज़रूर हुए। हिंसा फैलाने और भड़काने के पीछे उन्हीं को जिम्मेदार ठहराया गया।

स्वयं प्रकाश के इस उपन्यास में एक बात और गौर करने लायक है कि यह उपन्यास इस उलझन को सुलझाने का महत्त्वपूर्ण प्रयास करता है कि लक्ष्य एक होते हुए भी भारत में अनेक कम्युनिष्ट पार्टियाँ अथवा वामपंथी दल क्यों है? लेखक कर्णिक के माध्यम से बताता है की भारत जैसे महादेश में जहाँ समाज की हजार-हजार परते हैं। वहाँ चट्टान को

कई तरफ़ से एक साथ तोड़ना जरूरी है। यह समूह एक तरफ़ से तोड़ता है तो नक्सलवादी दूसरी तरफ़ से और सी.पी.आई. और एम. तीसरी तरफ़ से । इसमें विरोध है ही नहीं, इनमें दुश्मनी फैलाना पूँजीवादी प्रेस का काम है और प्रतिस्पर्धा मानना बुर्जुआ मध्यवर्गीय मनोवृति।' (वही, पृ०-29)। इससे मुक्त होने की ज़रूरत पर लेखक बल देता है–"इससे मुक्त होना है । होना ही पड़ेगा।" (वही)।

'ज्योतिरथ के सारथी' एक ऐसा उपन्यास है जिसमें कथाकार स्वयं प्रकाश आंदोलन और दलों से जुड़े अनेक सवालों को न सिर्फ़ उठाते हैं वरन् उनके समाधान की कोशिश भी करते हैं। यही नहीं, वे इस उपन्यास के जरिये एक रूपांतरणकारी समूह की पहचान कराते हैं जो खुद गुमनामी में जीते हुए हाशिये के तबकों की बेहतरी के लिए संघर्षरत है। इसी के साथ वे विद्रोह या क्रांति की एक नये तरह की संकल्पना भी हमारे सामने प्रस्तुत करते हैं।

अज्ञात क्रांतियों के ज्योतिरथों के अनाम सारथी

साहिल कैरो

स्**पोयलर अलर्ट :** रचनाकार हो या आलोचक, उसका लिखा हुआ अधिक से अधिक पढ़ा जाये–यह मोह दोनों में होता है। मुझमें भी है। पर फिर भी कहूँगा कि अगर स्वयं प्रकाश का उपन्यास 'ज्योतिरथ के सारथी' और अमेज़न प्राइम विडियो का शो 'लाखों में एक' (सीजन दो) न पढ़ा-देखा हो, तो पहले वो कर लीजियेगा, इसे तो बाद में भी पढ़ा जा सकता है। कारण स्पष्ट है (जिसे लक्षणा में समझियेगा)–इस लेख में उनका मूल तो मौजूद है, पर वे नहीं और यह लेख तो उनमें आपको मिल ही जायेगा। और अब...मैं तो अपनी चेतावनी रख चुका, आगे आपकी मर्जी।

संस्कार सिर्फ़ हमारी दुनिया की ही चीज़ नहीं, किताबों की दुनिया का भी अहम हिस्सा है। संस्कृत आचार्य राजशेखर ने 'प्रतिभा' के दो भेद किये थे–कारयित्री और भावयित्री। पहली का सम्बन्ध कवि और दूसरी का पाठक से माना। यह भी कम रोचक तथ्य नहीं कि संस्कृत आचार्यों का बड़ा तबका प्रतिभा को पूर्व-जन्म संस्कारों के रूप में देखता रहा। पर यहाँ उन पूर्व-जन्म के संस्कारों की बात नहीं और न ही मूलतः प्रतिभा के उन दो भेदों की। जो समानता उनकी उस बात और मेरी इस बात में मिलेगी, उसे इत्तेफाक ही समझिएगा। यह याद रखते हुए कि इस लेख का लेखक प्रकांड विद्वानों की उस परंपरा के जिक्र के बाद अपने शब्दों को लिखने के योग्य भी नहीं, पर क्या करें दुस्साहस लेखकीय-कर्म की अनिवार्य शर्त है। बहरहाल, दो दुनिया के संस्कारों की बात हो रही थी। किताबों की दुनिया के संस्कार–रचनाकार और पाठक, इनकी पसंद-नापसंद और उसकी पद्धतियों के रूप में देखे जा सकते हैं। यह महज संयोग नहीं कि निराला के वक़्त में छंदबद्ध कविता और मुक्त छंद कविता या फिर उससे भी पहले ब्रज में कविता या खड़ी बोली में कविता को लेकर लम्बी बहसें हुईं। ये बहसें मूलतः हमारे बने हुए साहित्यिक संस्कारों और नये प्रयोगों व नई ज़रूरतों की अपरिचितता को आसानी से स्वीकार न कर पाने के द्वंद्व की बहसें थीं। जैसे जिंदगी में हमारे संस्कारों से अलग कोई चीज़ एकाएक सामने आती है तो हम उसे लेकर न तो आसानी से आश्वस्त हो पाते हैं और न ही उसके साथ सम्बन्ध बना पाते हैं, वैसे ही

किताबों की दुनिया में भी होता है। यहाँ भी परंपरा का एक ख़ास योगदान होता है–फिर चाहे पाठक हो या रचनाकार। दोनों ही अपने बनने की प्रक्रिया में अपनी परम्परा से सीखते हैं। जैसे बच्चा शुरू में लिपि के वर्णों के साथ जद्दोजहद करते हुए पढ़ना सीखता है, वैसे ही नया पाठक या रचनाकार भी पहले के साहित्य से गुजरने की प्रक्रिया में बहुत कुछ सीखता है। यही उसके साहित्यिक संस्कार होते हैं। फिर जब वो नये तरह के टेक्स्ट (जो उसके अब तक पढ़े गये टेक्स्ट से भिन्न हो) से टकराता है तो उसे शुरू में असहजता का सामना करना पड़ता है। प्रेमचंद के समय में जैनेन्द्र की रचनाएँ उस समय के हिन्दी-भाषी पाठकों की पाठकीय अभिरुचि से भिन्न थीं तो निराला की मुक्तछंद की कविताएँ भी इसी तरह की थीं। इसलिए नये तरह के साहित्यिक प्रयोगों के प्रति बिना धैर्य-विवेक से काम लिए, एकाएक प्रतिकूल रुख अपनाना उचित नहीं। कम से कम इतिहास की तो यही राय है।

हो सकता है कि आपको लग रहा हो कि अरे, ये सब कहाँ से आ गया? पढ़ने तो बैठे थे स्वयं प्रकाश के उपन्यास के बारे में और ये किताबों की दुनिया, साहित्यिक संस्कार, पाठकीय अभिरुचि और न जाने क्या-क्या कहाँ से आ गया? पर आप आश्वस्त रहें कि यह सब इसी उपन्यास पर लिखने के लिए लिखा गया। क्योंकि 'ज्योतिरथ के सारथी' हमारी उपन्यासों को पढ़ने की अभ्यस्त आदतों से जिरह करता है। यह है तो महज 70 पृष्ठों का छोटा-सा उपन्यास जिसे पढ़ने में एक फिल्म की सामान्य अवधि जितना समय भी न लगे, पर सफ़र लंबा करवाता है। शुरू में तो पाठक के चिढ़ने का खतरा भी रहता है कि यह क्या है? एक तो इनवर्टेड कोमाज में संवाद नहीं और इसके बावजूद भी वे जहाँ-जहाँ ऐसे ही आते हैं वहाँ भी शुरू में तो पता ही नहीं चलता कि संवाद है। कथा-सूत्र भी उतना स्पष्ट नहीं। बहुत बार तो एक गद्यांश में ही कथा खूब आगे बढ़ जाती है। पीछे की कुछ घटनाएँ (जिनका कथानक से गहरा सम्बन्ध होता है) कुछ ही पंक्तियों में आकर चली जाती हैं। इसलिए खतरा रहता है कि शुरू में ही बंद करके न रख दिया जाये। जबकि ऐसा करके एक बेहतरीन कृति से गुजरने का अवसर खो देने का संकट उपजता है। और फिर धीरे-धीरे ही सही पर जब पाठक उपन्यास में रमने लगता है तो उपन्यास खुद में रमाने का रास्ता रचने लगता है। फिर आप तो चाहे इस उपन्यास से बाहर निकल आइये पर उपन्यास आपसे नहीं निकलता।

एक बात यह भी उठ सकती है कि अभी तक उपन्यास की विषयवस्तु की तो बात नहीं हुई और सीधे उसकी बनावट की बात की जाने लगी। दरअसल हमारे यहाँ रिवाज भले ही पाठ को पहले कथ्य और शिल्प, फिर उसमें भी विभिन्न तत्त्वों में बाँटकर देखने का हो पर मेरे लिए तो यह असम्भव कार्य है। एक बार दही बन जाए तो फिर दूध को उसमें से अलग से नहीं निकाला जा सकता। बात सही है कि कुछ विचारों और अनुभवों को

कथानक के सूत्र में पिरोते हुए रचनाकार शिल्प का साँचा खड़ा कर रचना का सृजन करता है, पर एक बार वह पूरी हुई तो हुई। फिर आप रचना-प्रक्रिया में अलग-अलग लगने वाले तत्त्वों को रचना के बाद भी अलग-अलग नहीं ढूँढ़ सकते। कारण साफ़ है कि रचना-प्रक्रिया के दौरान ही रचनाकार जब तक उन्हें आपस में इस स्तर तक नहीं फेंटता कि वे एक लगने लगे तब तक रचना सम्भव नहीं हो पाती। फिर विषयवस्तु (कंटेंट) के बिना शिल्प नहीं और शिल्प के बिना विषयवस्तु कुछ नहीं। और फिर शिल्प महज रूप नहीं, विचार भी तो है–रचनाकार की प्राथमिकताएँ तय करने वाला और पाठ में अर्थ भरने वाला। अगर असहमति हो तो 'त्यागपत्र' को 'गोदान' के शिल्प में लिखने का प्रयत्न करके देखा जा सकता है। यहाँ भी रास्ता शिल्प दिखाता है। स्वयं प्रकाश का विषयवस्तु के साथ किया गया ट्रीटमेंट ही उपन्यास को पकड़ने का सिरा देता है। उपन्यासकार का 'ज्योतिरथ' क्रांति है और उसके 'सारथी' क्रांतिकारी। पर बात सिर्फ़ इतनी नहीं। क्रांति को मूल विषयवस्तु बनाने के बावजूद कहीं भी बड़े-बड़े जुलूसों, उनकी तैयारियों या नारों का कोई ब्योरा नहीं जबकि हमारी क्रांति की अवधारणा तो इसके बिना शुरू ही नहीं होती। एकाध बार जिक्र आता भी है तो लम्बे घटनाक्रम को रचनाकार दस से पन्द्रह पंक्तियों में समेटते हुए उससे आगे जाने की जल्दबाजी में दिखता है–

"इंदौर में बुरी तरह आग भड़क उठी। आजू-बाजू के किसानों ने बॉम्बे-आगरा रोड बंद कर दी।...फिर विक्रम-ब्रह्मा-बिब्बन जुलूस निकाल रहे थे। अब वह पार्षद थे, ज़्यादा जिम्मेदारी से भूख हड़ताल पर बैठ रहे थे। अखबारों में उनकी तस्वीरें छप रही थीं। फिर किशनपुरे की दूकानें लुट रही थीं, राजवाडा चौक की फर्शियाँ उखड़ रही थीं। शहर में धारा एक सौ चवालीस लग रही थी, आँसू गैस के गोले छूट रहे थे, कर्फ्यू का ऐलान हो रहा था। समय पर सही नेतृत्व सामने नहीं आया और पूरा जनाक्रोश भ्रष्ट, कुटिल, वर्तापटु, भाषणवीर, पेशेवर राजनीतिज्ञों ने हड़प लिया।"

लिखने को तो दूकानों के लुटने पर ही उपन्यास के उपन्यास लिखे जा सकते हैं, पर स्वयं प्रकाश एक पूरी पंक्ति भी नहीं लिखते। यानी रचनाकार की प्राथमिकता कुछ और है जिसका गहरा सम्बन्ध क्रांति से तो है (सही समय पर नेतृत्व के अभाव में आंदोलन के हड़पे जाने के दुःख से स्पष्ट है) पर उस तरह की क्रांति से नहीं जिसकी तस्वीर हमारी चेतना में रहती है। उसका 'फोकस पॉइंट' कुछ और ही है। नामवर सिंह ने इनकी कहानियों के संबंध में जो लिखा है वह इनके उपन्यास-लेखन पर भी चरितार्थ होता है–"मैं स्वयं प्रकाश की कहानी-कला का मुरीद हूँ। वो जानते हैं कि एक अच्छे आर्टिस्ट को कहाँ कौन-सा टच देना है। वो टच देकर कहानी में सही जगह चोट करते हैं।" इस उपन्यास में भी वे यही करते हैं और अगर ऐसा नहीं होता तो आंदोलन की गतिविधियों के लम्बे ब्योरे उपन्यास

में मिलते, पर यहाँ तो उसका सीधा निषेध ही है–"भारतीयों की मानसिकता उत्सवप्रिया है। बड़ा जुलूस, जोशीले नारे, रंगीन पोस्टर, उत्तेजक भाषण...यानी तर्क और विवेक ख़त्म। जो 'जन' को 'समुद्र' या 'अरण्य' कहेगा वह 'बहे चलो' कहने के सिवाय करेगा भी क्या!" तर्क और विवेक ही रचनाकार की शांत पर स्थायी क्रांति की धुरी है, तभी तो इतनी विवेकसम्मत दृष्टि क्रांतिकारियों के यहाँ दिखाई दी है–"जो शेक्सपीयर के दुश्मन हैं, वे कालिदास के भी दुश्मन हैं।" क्रांति यहाँ नाम चमकाने का माध्यम नहीं, उत्सर्ग का मार्ग है–"कांतिपथ दुर्गम है। बीहड़। भूख, मौत और गुमनामी इसके ईनाम हैं। मुखबरी की सज़ा मौत है। क्रांतिकारी अनुशासन सब कुछ जानने की जिज्ञासा को अनुमति नहीं देता।"

सबकुछ न जानने की अनुमति यानी बहुत बार ऐसे निर्देश पर भी काम करना जिसका वास्तविक अर्थ ही नहीं पता हो। अब यहाँ पाठक के मन में संदेह उठता है कि यह कैसा झोल है। छुपकर तो गलत काम किये जाते हैं या फिर देश की गुप्त योजनाएँ जिनका सम्बन्ध भी प्रायः विदेशी भूमि से होता है। स्वतंत्र हिन्दुस्तान में ऐसी कौनसी ज़रूरत पड़ी जिससे छुप कर काम करना पड़े। पर जवाब जल्द ही मिलता है –

"हम छिपकर क्यों काम करते हैं? पूँजीवाद की चतुराई का हमें अंदाज है इसलिए। बेबुनियाद लड़ाई, असंगठित शोर-शराबा, लक्ष्यहीन विद्रोही और सतही सवालों पर उठी हुल्लड़बाजी पूँजीवाद से समर्थन भी पाती है, प्रचार भी और कई बार सहयोग भी। कई बार दंगे बाकायदा आयोजित किये जाते हैं। शासक-शोषक एक हैं यहाँ। लेकिन उनकी जड़ में मट्ठा डालने वाले फ़ौरन गायब कर दिए जाते हैं, या डाके-खून के मुजरिम बना दिए जाते हैं या आजकल सबसे आसान बात यह हो गयी है कि नक्सलाइट कहकर जेल के ठंडे तहखानों में दफना दिए जाते हैं। चार्जशीट नहीं, पेशी नहीं, रिमांड नहीं, इन्साफ नहीं। सिर्फ़ अत्याचार। पाशविक अत्याचार। मुँह में रेत। बदन पर जलती सिगरेटें। गुप्तांगों पर डंडे। आँखों में मिर्च। नकली एनकाउंटर। दिन दहाड़े चाँद-मारी। नहीं था चार साल पहले हमारा काम गुप्त। लेकिन मार दिए कई बढ़िया कॉमरेड। गायब कर दिए गये। और आने वाला समय और सख्त होगा। जैसे-जैसे जनता में क्रांतिकारी उभार आएगा, दमन के रूप अधिक मुखर और क्रूर होंगे। कहाँ नहीं हुआ है जो यहाँ नहीं होगा? आख़िर अरबों-खरबों की संपत्ति, खानदानी हुकूमत और हरामखोरी का पुश्तैनी अधिकार कोई यों ही थोड़ी छोड़ देगा!"

'शोषण-प्रणाली की जड़ में मट्ठा डालना' ही क्रांति है। इतनी गहरी बात तर्क-विवेक की गैर-मौजूदगी में निबाही ही नहीं जा सकती। इसी से विवेक क्रांति का अभिन्न साथी है और गुमनामी व परेशानी ईनाम, क्योंकि गुप्त रूप से काम करना विवशता है। यही 'एप्रोच'

इस उपन्यास को वजन देती है। अन्यथा क्रांति और उसके लिए उत्सर्ग का आह्वान साहित्य के लिए नया नहीं। और तो और हमारे यहाँ तो रचनाकार कई बार जोश में पाठ(टेक्स्ट) में ही क्रांति को निपटा भी दिया करते हैं। पर यह उपन्यास क्रांति की अवधारणा को तर्कसम्मत ढंग से रखने की प्रक्रिया में ही ताकत अर्जित करता है। बात साफ़ है कि गरीबी, महंगाई, भ्रष्ट व्यवस्था, सत्ता का पक्षपातपूर्ण रवैया आदि–ये सब मूल समस्याएँ नहीं बल्कि उसके लक्षण है। मूल समस्या है शोषण-प्रणाली का अनछुआ रहना। जड़ में मट्ठा कोई नहीं डालता, हर कोई शाखाओं से भिड़-भाड़ कर सोचता है कि क्रांति सम्पन्न होने को ही है बस। कारण की बात ही नहीं होती और उसके लक्षणों तक ही सारी बहसें ख़त्म हो जाती हैं। यह अनायास नहीं कि 'NGO कल्चर' खूब फल-फूल रहा है। सरकार और पूँजीवादी व्यवस्था दोनों की ओर से सहयोग भी मिल रहा है। यहाँ इस गलत निष्कर्ष पर न पहुँचा जाए कि लेख में NGOs का अवमूल्यन करने का प्रयास किया जा रहा है। हालाँकि यह सच भी नहीं छुपा कि NGOs कैसे समाज-सेवा से व्यापार में तब्दील हो गये (इस पर प्रवीण कुमार ने बड़ी मजबूत कहानी 'नया जफ़रनामा' लिखी है जो उनके संग्रह 'छबीला रंगबाज का शहर' में संकलित है), पर जितना यह सच है उतना ही यह भी कि सारे NGOs ऐसे नहीं और उनका अच्छा योगदान भी रहा है। यहाँ सिर्फ़ इस तथ्य की ओर ध्यान खींचा जा रहा है कि NGOs समाज के लिए काम तो करते हैं पर अमूमन शासक और शोषक की जड़ों से सीधा नहीं टकराते इसलिए उन्हें गुप्त रूप से कार्य करने के लिए बाध्य नहीं होना पड़ता।

एक सवाल यह भी उठता है कि क्या राजनीति क्रांति करने में रूचि रखती है? न तो उपन्यास इससे सहमत होता हुआ दीखता है और न ही लेखकार। दरअसल पूँजीवादी व्यवस्था धूर्तता का पर्याय है। उसने राजनीति की धुरी चुनाव को बनाया और चुनाव की धुरी पूँजी को। हमारे यहाँ तो कहा भी जाता है न कि 'चर्चा, परचा और खर्चा' चुनाव है। ऐसे में घूम-फिर कर जाना पूँजीपतियों के यहीं पड़ता है और पूँजीपति-वर्ग क्रांतिकारियों का विलोम है। राजनीति में सब स्वहित से ही संचालित होगा इस नब्ज़ को उपन्यासकार ने पकड़ा है–

"इंदौर में बुरी तरह आग भड़क उठी। आजू-बाजू के किसानों ने बॉम्बे-आगरा रोड बंद कर दी। ...मौका देखकर वामपंथी राजनैतिक पार्टियाँ और ट्रेड यूनियनें भी संग्राम में कूद गयीं। सारे आंदोलन का चरित्र बदल गया। अब सबसे बड़ा दुश्मन पूँजीवाद, साम्राज्यवाद, मोनोपॉली घराने या शासन की सामंतवादी संधियाँ नहीं...मध्यप्रदेश का तत्कालीन मुख्यमंत्री और उसकी सरकार रह गयी। किसानों की माँगें पीछे चली गयीं...शहरियों और

विद्यार्थियों की माँगें आगे आ गयीं। अब जोतनेवाले को जमीन देने का और उपभोक्ता वस्तुओं के व्यापार से बिचौलियों को ख़त्म करने का मामला नहीं था...अब महंगाई कम करनी थी...डीजल-खाद समय पर दिलानी थी...कॉलेज शिक्षा निःशुल्क करनी थी... नौकरियों में मध्यप्रदेश के मूल निवासियों को प्राथमिकता देनी थी।"

समस्या शहरियों और विद्यार्थियों सम्बन्धी माँगों से नहीं बल्कि माँगों के राजनीतिकरण से है। माँगें भी राजनीति में वोट-बैंक की संख्या से तय होने लगती हैं। राजनीति आंदोलनों को हड़पकर न सिर्फ़ उन्हें बर्बाद करती है बल्कि आगे आंदोलन होने की संभावनाओं पर भी भयानक हमला करती है। यह उद्धरण एक और मायने में उल्लेख्य है। भाषा के सिद्धांत 'अर्थ-संकुचन' से हम सभी वाकिफ हैं। पर कुछ शब्दों का तो इतना भयंकर अर्थ-संकुचन होता है कि अर्थ में आया बदलाव उसके प्रयोग की दिशा ही बदल देता है। 'कॉमरेड' भी ऐसा ही शब्द है जिसे आंदोलन के निस्वार्थ साथी से हटाकर विचारधारा-विशेष से सम्बद्ध व्यक्ति से जोड़ दिया गया। ऐसा नहीं कि पहले उसके व्यवहार में विचारधारा का योग नगण्य था पर इस तरह भयानक रूढ़ अर्थ तो कम से कम नहीं ही था। इस शब्द को विरोधी विचारधाराओं वालों ने हास्यास्पद तो सम्बद्ध समर्थकों ने फैशन में तब्दील कर दिया। उपन्यास में वर्णित 'ज्योतिरथ के सारथी' नामक संस्था के सदस्य इस शब्द की गरिमा को बचाए रखते हैं। यहाँ इस बात का जिक्र कर देना भी आवश्यक है कि रचना में मार्क्सवाद के प्रति स्वीकारोक्ति-भाव तो दिखाई पड़ता है पर वैचारिक दुराग्रह के रूप में नहीं। रचनाकार विचारधाराओं के साथ जुड़े संकटों मसलन कि अतिवाद, फैशन रूप में ग्रहण करते हुए मूल के विस्मरण आदि को लेकर सजग और संतुलित रहा है। इसी से रचना किसी विचारधारा-विशेष की अभिव्यक्ति प्रतीत नहीं होती और मार्क्सवादियों की विद्रूपताओं व असफलताओं को भी साथ-साथ रखती है। ऊपर का उद्धरण तो था इसे भी देखिये–"यदि जनता को शिक्षित करना और साथ लेना कम्युनिस्ट जरूरी समझते हैं तो किसी भी कम्युनिस्ट पार्टी के पास साक्षरता, सफाई, निजी उद्यम, आत्मनिर्भरता और अंधविश्वास-रूढ़ियों के खिलाफ जबर्दस्त हल्ला बोलने वाले सामाजिक संघर्ष का कोई कार्यक्रम क्यों नहीं है?"

विचारधारा-समर्थन कोई बुरी बात नहीं पर वादग्रस्तता व्यक्ति के सोचने-समझने को तो कमजोर करती ही है रचना के लिए भी प्रीतिकर नहीं, इसे रचनाकार बखूबी समझता है।

शुरुआत में ही संवादों की भिन्नता की ओर इशारा किया गया था। अमूमन सम्वाद कायदे से इनवर्टेड कोमाज में बोलने वाले व साथ ही उसकी भाव-भंगिमाओं (नाटक के रंग-निर्देशों की तरह) के साथ लिखे जाते हैं। इससे पाठक को कल्पना में चित्र निर्मित

करते हुए पढ़ने का आनंद मिलता है। पर इस उपन्यास में ऐसा नहीं। यहाँ तो जो बातें लंबी वार्तालाप में होती हैं उन्हें भी अमूमन थोड़े-से ही में समेट दिया गया है–

"नहीं। मेरी कोई आर्थिक महत्वाकांक्षाएँ नहीं हैं। कोई भी छोटी-मोटी नौकरी कर लूँगा। कुछ सोचा नहीं। कॉम्पीटिशन्स में? नहीं। अफसरी नहीं करनी। परिवार की जवाबदारियाँ, कुछ नहीं। गाँव की थोड़ी-सी जमीन और वकालत बाबा के लिए बहुत है। शादी करने का फिलहाल कोई इरादा नहीं है। विवेकानंद बहुत अच्छे लगते हैं। गाँधी की कूटनीति बहुत पसंद है। मार्क्सवाद? नहीं पढ़ा...

...नहीं, सशस्त्र क्रांति में कोई आस्था नहीं है।...इकोनॉमिक्स नहीं समझता...मुख्य चीज़ है राष्ट्रभक्ति की भावना, राष्ट्रीय चरित्र, जापान को, जर्मनी को देखिये...भ्रष्टाचार... मुख्य कारण...अज्ञान...मुख्य आवश्यकता...दर्शन...नया जीवन दर्शन..."

यह संगठन के अधिकारी सदृश व्यक्ति नागदेव और उससे पहली बार मिल रहे व इस संगठन से अपरिचित पर देश के लिए कुछ करने जज़्बे से भरे युवा सुधीश की बातचीत है। ध्यान रहे कि उपरोक्त उद्धरण में एक बिंदु तक न घटाया गया है और न खुद से लगाया गया है। हूबहू उद्धृत किया गया है। वार्तालाप का यह ढंग अमूमन हिन्दी-साहित्य में नहीं मिलता। लंबी वार्तालाप को कितने-से में कितने सारगर्भित ढंग से और वो भी कथा-साहित्य के कथात्व को बरक़रार रखते हुए, लिखा गया है! यह स्वयं प्रकाश की रचनाधर्मिता की ताकत है। सम्वाद इसी तरह उपन्यास में आते हैं पर दो जगह ऐसी आती हैं जहाँ पाठक अटका रह जाता है–रचनाधर्मिता से स्तब्ध और स्थिति व परिवेश से मुग्ध। एक प्रसंग सुधीश-ज्योति के अनकहे पर गहरे इजहारों का है और दूसरा नागदेव-बाबा की वार्तालाप का है जिसके पीछे शव के जलने और फिर बातचीत के उठान के साथ अग्नि के उभार और अंत तक बातचीत व अग्नि के साथ ठंडे पड़ जाने का चित्रण मोह लेता है। परिवेश का सम्वाद के साथ तादात्म्य तो है ही, संवाद का सटीक कलात्मक चित्रण भी गजब है।

रचनाकार ने जिस ढंग का शिल्प अपनाया है उससे उपन्यास का आकार लघु ही रहना था। कई दफे ऐसा भी लगता है कि रचनाकर थोड़ी जल्दबाजी में है। पर जल्दबाजी के साथ जो संकट अमूमन आता है असावधानी का, उससे स्वयं प्रकाश बचने में कामयाब रहे। शब्दों को लेकर एकदम सचेतता उनमें मिलती है–"ज्योति और सुधीश फिर अकेले रह गये। एक दुर्लभ-कीमती...लेकिन असुविधाजनक एकांत।"

परन्तु...एक तो उपन्यास अपने मूल में ही आकार में अपेक्षाकृत बड़ी विधा है और ऊपर से रचनाकार ने घटनाओं का भी ठीक-ठाक हिस्सा रखा है तो ऐसे में अपने द्वारा रचित छोटे आकार के लिए भाषा से अधिक प्रयोग करना ही पड़ता। इस क्रम में कुछेक ही

स्थानों पर ही सही पर रचनाकार फिसलते हुए दिखाई देता है। लगता है कि प्रयुक्त भाषिक-विधान उपन्यास के अनुकूल नहीं–"आने वाले पन्द्रह दिनों तक वह सिर्फ़ यह कर रहे थे कि उस अपरिचित युवक की सुश्रूषा कर रहे थे जो अपना नाम नागसेन बताता है और इसके अलावा किसी भी तरह, किसी भी भाषा में कुछ नहीं बताता।" "बा की मौत के सदमे ने माँ को मार डाला और जब सुधीश की मूँछों की रेख भी नहीं उभर पायी थी चेचक से चल बसी बहन। रह गया अकेला सुधीश महाराजा शिवाजी राय हाईस्कूल से मैट्रिक पास करने को... और क्रिश्चियन कॉलेज से बी.एस-सी। पास करने को...आज़ाद देश की क्रूर किंतु अप्रगट परतंत्रता से बिलबिलाने को...और विधुर निस्संतान डॉक्टर सत्यपाल द्वारा दिसम्बर की कड़ाकेदार सर्दी में यशवंत टाकीज के आगे, ओवर ब्रिज के नीचे फटे फ्रोक में ठिठुरती एक मासूम बच्ची को पाल-पोसकर, पढ़ा-लिखाकर, 'ज्योति' बना दी गयी इस दुस्साहसी नवयुवती से मुलाक़ात करने को...।"

सम्पूर्ण उपन्यास में विषयवस्तु के प्रस्तुतीकरण के दो केंद्र हैं–स्वयं रचनाकार और प्रमुख पात्र सुधीश। 'अन्य पुरुष' में रचित उपन्यास होने से रचनाकार को तो केंद्र होना था (हालाँकि कहीं भी रचनाकार कथावाचक की भूमिका में नहीं आता और नेपथ्य में ही रहकर लिखता है), पर कुछेक स्थानों पर कथा सुधीश के दृष्टिकोण से भी आती है। आलोच्य उपन्यास हालाँकि 1982ई० में रचित है परंतु मुद्रण की समस्या के कारण अनुपलब्ध रहा। एक बिंदु गौर करने लायक है कि यह वही समय है जब उदय प्रकाश की अलग तरह के शिल्प की रचनाएँ आने लगी थीं और कथा-साहित्य प्रेमचंद के बाद विभिन्न तरह के शिल्पगत प्रयोगों से गुजर चुका था। परंतु प्रेमचंद प्रतिमान थे और हैं, शायद इसीलिए उनका कुछ-कुछ हिस्सा हमें अमूमन कथा-साहित्य में देखने को मिलता ही रहता है। परंपरा से ताकत ग्रहण करना स्वस्थ प्रवृत्ति है, पर अगर सही से अपनी रचना से तालमेल बिठाते हुए की जाये तभी। ऐसा नहीं कि स्वयं प्रकाश इसमें सफल नहीं रहे, पर कुछेक कमियाँ हर बड़े से बड़े रचनाकार की अच्छी रचना में भी होती ही है। इस उपन्यास के साथ भी ऐसा ही हुआ। जैसे प्रेमचंद व उस समय के कथाकार पाठ के बीच अपने मत भी सीधे तौर पर दर्ज कराते थे वैसे ही इस उपन्यास में स्वयं प्रकाश ने किया। लेखक की इस तरह प्रत्यक्ष मताभिव्यक्ति का प्रचलन कथा-साहित्य में निरंतर कम होता गया था। ऐसे में यह थोड़ा भिन्न तो था भी जो कहीं-कहीं अधिक मुखरता से अप्रीतिकर प्रतीत हुआ। जैसे सुधीश के मन में उठ रहे प्रश्नों के बवंडर के बाद रचनाकार पाठ में अपनी प्रत्यक्ष उपस्थिति दर्ज कराते हुए लिखता है–"भाग्यशाली हैं वे जिनके जीवन में यह प्रश्नाकुलता पैदा होती है। उत्तर तो हैं ही। ढूँढ़ने पर मिल भी जाते हैं, पर जिन्हें जिज्ञासा ही नहीं हुई...शायद उन्हीं

के बारे में कहा गया था ममनुष्यरूपेण मृगश्चरन्ति।" रचनाकार की यह मुखरता पाठक की तारतम्यता में बाधक सिद्ध होती है।

स्वयं प्रकाश की रचनाधर्मिता की एक विशेषता उनकी उम्मीद भी है। आलोचक पल्लव ने इसे रेखांकित करते हुए लिखा है–"स्वयं प्रकाश इस दौर में मध्यवर्ग की शक्ति और संभावनाओं को देख रहे थे और उसे बखूबी अभिव्यक्त कर रहे थे। इस वर्ग की कमियों-कमजोरियों और छद्म को उघाड़ना उन्हें आता था लेकिन इस वर्ग से उनकी उम्मीद समाप्त नहीं हो गयी थी।" स्वयं प्रकाश ने स्वयं भी लिखा है–

"हम रचना में सामंती और पूँजीवादी मूल्यों का मजाक उड़ायेंगे...अपने और पाठकों के संस्कारों में घुसे बैठे साम्प्रदायिकता, कामचोरी, फीटिशिज्म, मेल शॉविनिज्म, अवसरवादिता वगैरह के चोरों पर से पर्दा हटाकर उन्हें मारते-मारते रोशनी में लाकर खड़ा कर देंगे और हताशा की मानवीय दलदल में धड़ तक धँसे हुए जन को यह जताते रहेंगे कि आख़िर जीत उन्हीं की यानी अपनी ही है। हम उन्हें न आदर्शवाद की खाई में गिरने देंगे, न सुविधा जीविता की काई में रपटने देंगे। उसके घुटनों को, पिण्डलियों को, रगपुट्ठों को (और साथ ही अपने भी) साबुत-सलामत रखना और मजबूत बनाना, टिकने न देना आज की रचना का सबसे बड़ा और शायद एकमात्र दायित्व है।"

लेख अपनी समाप्ति की ओर है। अंत पर जाकर शुरुआत की ओर देखा जाता ही है। इस लेख के आरम्भ में भी अमेज़न प्राइम विडियो की वेब सीरीज 'लाखों में एक'(सीजन 2) की बात की गयी थी। अब सवाल यह उठता है कि उपन्यास के साथ उसकी बात क्यों? दोनों के विषय व विषयवस्तु और माध्यम व स्वभाव में भी समानता नहीं पर अंत और उसके पीछे के भाव में ज़रूर है। उपन्यास के अंत में झूठे आरोपों में फँसाए गये सुधीश की अपने एकमात्र जीवित परिवारजन बाबा का उसकी क्रांति में खुद भी शामिल हो जाने के बाद प्रसन्नता के साथ दूर से संकेत-रूप में दिए गए प्यार से ख़ुशी में तरल हुईं आँखें हैं तो वेब सीरीज के अंत में एक युवा डॉक्टर द्वारा दवाइयों की गलत सप्लाई करने वाले गिरोह को फँसाने के लिए निरपराध होते हुए भी खुद को दोषी करार करने के कारण मिली सज़ा के लिए जाता हुआ संतुष्ट चेहरा है। हमारी चिर-परिचित शब्दावली में कहा जाये तो पहला पुरुष है और दूसरी स्त्री। एक सब त्यागकर क्रांति को चुनने वाला है तो दूसरी प्रतिभावान युवा सरकारी डॉक्टर। भिन्नताओं के अथाह सागर के बावजूद परिवर्तन की ललक दोनों चरित्रों को एक रास्ते के राही बनाती है। यह रास्ता कहाँ जाता है या जा सकता है इसका मुझे तो कम से कम कोई अंदाजा नहीं। पर इतना ज़रूर है कि यह बहुत-से सवाल मुझे दे जाता है जो आपके सामने रख दे रहा हूँ (इस उम्मीद में कि हो सकता है कि आपके पास ही

कुछ उत्तर हो)–रचनाओं (उपन्यास या इलेक्ट्रॉनिक माध्यम आदि) के भीतर के ऐसे पात्र तो हमें खींचते हैं पर क्या इतने कि हम खुद कुछ ऐसा कर जाए? भ्रष्ट व्यवस्था के अभ्यस्त हो चुके और उसे अपना चुके हम जैसों के लिए इनकी कुर्बानियों का क्या कोई अर्थ है? और अगर है भी तो इन्हें क्या हासिल होने वाला है? एक तरफ़ सुधीश है जिसके बचने के कोई आसार नहीं तो दूसरी तरफ़ डॉक्टर है जिसकी सज़ा तो खत्म हो जाएगी पर जलालत का सफ़र नहीं। फिर भी क्या इनकी कुर्बानियाँ हमारे भीतर कुछ तब्दीलियाँ करेंगी या ऐसे ही हम जैसे अहसान-फ़रामोश और जाहिलों की जिंदगियों के लिए दुनिया के सबसे खूबसूरत इंसान गुमनान कुर्बानियाँ देते रहेंगे? और हम क्या इतने भी धैर्य और विवेक का विकास नहीं कर पायेंगे कि अपने एयरकंडिशन्ड कमरों में आराम से बैठे अगली बार जब मीडिया में किसी पर देशद्रोही, नक्सलवादी या अन्य आरोप लगते देखे तो उनके साबित होने के पहले ही खुद ही निर्णायक की भूमिका में न आ जाये?

जब भी इन दोनों रचनाओं के भीतर से गुज़रता हूँ तो बहुत-से सवाल पैदा होते हैं जिनके उत्तर तो मुझे नहीं मिलते पर अज्ञेय कृतज्ञता का भाव ज़रूर मिलता है और मुझे लगता है कि इस उपन्यास की एक ताकत पाठक में अज्ञेय कृतज्ञता का भाव पैदा करना है। ज़्यादा कुछ बदले या नहीं पर भीतर कुछ तो तब्दील होता है। कैसे? इसका उत्तर निर्मल वर्मा के इन शब्दों में है–

"एक महान कलाकृति मनुष्य को नहीं बदलती, न उसके संसार को बदलती है, वह सिर्फ़ उस रिश्ते को बदलती है जो अब तक मनुष्य अपने संसार से बनाता आया था, लेकिन एक बार रिश्ता बदल जाने के बाद न तो वह मनुष्य ही वैसा मनुष्य रह पाता है जैसा वह कलाकृति के सम्पर्क में आने से पहले था न उसका संसार वैसा संसार रह जाता है जो उसे कलाकृति के अनुभव के बाद दिखाई देता है।"

स्वयं प्रकाश का उपन्यास 'उत्तर जीवन कथा' फैंटेसी द्वारा सामाजिक, राजनीतिक, साहित्यिक जीवन पर एक झाँकी

देवीकृष्णा पी

'परिमल प्रकाशन' से प्रकाशित 'उत्तर जीवन कथा' कोष्ठक में 'लघु उपन्यास' लिख आयी थी। यह उपन्यास लघु होकर भी तिलस्मी या काल्पनिक है जो एक बृहत् दुनिया की ओर हमें ले जाता हैं। यह दुनिया अपने मन में कठोरता को लाकर ही उन्होंने बनाया होगा–अपनी ही मृत्यु की कल्पना कभी आनंददायक नहीं होगा। अपनी पत्नी और बच्चियों को किसी दूसरे अनजान को सौंपना एक सहृदय आदमी को कल्पना में भी असह्य वेदनादायक होगा। राजेन्द्र यादवजी द्वारा दिए गए आइडिया को स्वयं प्रकाशजी ने एक साहित्यिक सच्चाई में परिणत किया। इस उपन्यास के ज़रिए स्वयं प्रकाशजी ने समकालीन सामाजिक, राजनीतिक, साहित्यिक समस्याओं पर प्रकाश डालते हुए उनके समाधान को ढूँढ़ने का प्रयास भी किया है। पन्द्रह अध्यायों में विभक्त यह उपन्यास स्वयं प्रकाश जी की मृत्यु से सम्बंधित शोकसभा से शुरु होती है। उसी शोकसभा का वर्णन स्वयं प्रकाश द्वारा होता है। उन्होंने वहाँ एक गंजे आदमी का तैलचित्र देखा। संचालक ने कहा कि अब स्वयं प्रकाश हमारे बीच नहीं रहे। तो कथानायक स्वयं प्रकाश का भूत तो समझ नहीं पाया कि वह ज़िंदा है या मरा। उसे बहुत गुस्सा आया तथा शोकसभा के भाषण सुनकर गुस्से से भर जाता है। लेकिन उसे पता चल गया है कि कोई दूसरा उसे न देख सकता है न सुन सकता है।

किसी साहित्यकार के लिए शोकसभा अपनी विद्वत्ता का प्रदर्शन करने का जगह था। मृत्यु के बाद लोग सभी की प्रशंसा करते हैं, किन्तु जीते वक्त कोई सहायता नहीं देते। साहित्यकार के कुल, जाति आदि के साथ उनके जन्म का उल्लेख साहित्य में अनेक काल से आ रही प्रथा है। स्वयं प्रकाश उस पर खिल्ली उठाते हैं। अपने अप्रकाशित रचनाओं को प्रकाशित करवाने का भाषणकर्ता का कथन उसे चिढ़ाता है, उनके अनुसार वे प्रकाशन योग्य नहीं। शोकसभा में अनेक प्रमुख साहित्यकार बैठे थे, जैसे विष्णु प्रभाकर, भीष्म साहनी, नामवर सिंह, रमेश उपाध्याय, उदय प्रकाश, असग़र वजाहत, मोहन श्रोत्रीय आदि।

वहाँ स्वयं प्रकाश की रचना, भाषा, शैली सबके बारे में चर्चा हुई। साहित्यिक जगत की ऐसी विडंबना का चित्र उन्होंने खींचा है कि जहाँ मरनेवाले की किसी भी रचना न पढ़ा जाएँ तो भी कह देंगे कि वह महान रचयिता है। पहले अध्याय के अंत में राजेंद्र जी को संबोधित कर स्वयं प्रकाश ने शोकसभा की समाप्ति तथा उत्तर जीवन यात्रा की शुरुआत घोषित की है।

उपन्यासकार स्वयं प्रकाश ने मरे हुए साहित्यकारों के लिए एक ऐसी काल्पनिक दुनिया का सृजन अपनी रचना में किया है जो न स्वर्ग है न नरक। क्योंकि साहित्यकार तो शरीर छोड़ने पर भी पाठकों, प्रशंसकों के बीच स्मृति में ज़िंदा है। मरने पर भी वे सब कामनाओं, भावनाओं से मुक्त नहीं। वहाँ प्रेमचंद, निराला, बर्णाड शाँ, मार्क ट्वेन, राजेन्द्र सिंह बेदी आदि भी दिखते हैं। इटली के उपन्यासकार मारिया से उनकी दोस्ती हुई। उनकी राय में ईश्वर को उन्होंने कभी नहीं देखा। उनके अनुसार जो सोचते हैं उनके लिए है, जो नहीं सोचते उनके लिए नहीं है। उनके माध्यम से भूतों का प्रेम का भी चित्रण उपन्यासकार ने किया है। स्वयं प्रकाश को मारिया उनके घर ले गया। वहाँ का दृश्य उनके इच्छानुसार था। पत्नी ने भी उनकी सभी यादगार वस्तुओं को हटा दिया था। वह विधवा की हरकतें नहीं करती थी। किन्तु दुःखी थी। बच्चियाँ भी अपनी नटखटीपन को खोकर काम करने में व्यस्त थीं। पत्नी ने पति की जगह लेने तथा बच्चियों को खुश रखने की कोशिश की किन्तु वह सब उन्हें बहुत दुखदायक लगा। यहाँ स्वयं प्रकाशजी ने पिता विहीन परिवार का दुःखदायक चित्र उभारा है। पति की नौकरी तो पत्नी को मिली है। किन्तु समाज में ऐसा ही परिवार भी है जो नौकरी विहीन है। उपन्यासकार उस पर भी अपनी व्यथा व्यक्त करते है। “लेकिन उनका क्या होता होगा जिनकी माँ को बाप की जगह नौकरी नहीं मिलती, जिनकी छत छिन जाती है? जिनके खिलौने नीलाम हो जाते है। जिन्हें फुटपाथ पर खड़े होकर वेणी बेचनी पड़ती है। जिन्हें हर राह चलते की दया की अग्नि में झुलसना पड़ता है।...जिनके सपने भरपेट भोजन और एक दुत्कारविहीन दिन से आगे जाना भी भूल जाते हैं।” मुखिया विहीन परिवार के हालत पर वे प्रश्न उठाते है कि, “...लेकिन बच्चियों का क्या दोष है क्यों हमारे सभ्य समाज में मुखिया की मृत्यु सारे परिवार को ध्वस्त कर देती है?...।यदि उन्हें एक खुशनुमा इन्सान बनने की सुविधा देना किसी की जिम्मेदारी नहीं सिवा मेरे, तो फिर वे मुझसे कैसी भी अपेक्षा किस मुँह से करते है?” पाश्चात्य वैवाहिक जीवन और भारतीय वैवाहिक जीनन की तुलना होती है। आख़िर वह अपनी पत्नी का पुनर्विवाह करवाना चाहता है। मारिया उसकी मदद के लिए तैयार हो जाती है। वर के रूप में साहित्यकार, कलाकार, रंगमंचवाले आदि को वे नहीं चाहते। उन लोगों का विमर्श भी होता है। शिक्षा और राजनीति में देशप्रेम, वसुधैव कुटुम्बकम् आदि की जो भावनाएँ भरा देते हैं असल में

लोग इन सबसे कितने दूर है इसकी व्यंग्यात्मक फटकार उन्होंने यहाँ की है। वे देश-विदेश घूमनेवाले लेखक नहीं थे। किन्तु आज मारिया के साथ घूम रहे हैं। बाहर की स्त्रियों से देश की स्त्रियों की तुलना होती है।

उपन्यासकार मुंशीजी से जो बातें करवाते हैं उनमें सामाजिक जीवन कूट-कर भरा है। मुंशीजी ने आज़ाद हिंदुस्तान की अमानवीयता का जो चित्र खींचा, वह बेरहमियत से भरा था। "जवाहरलाल ने शेरवानी में गुलाब लगा रखा है और गाँधीजी नोआखाली में जा बैठे हैं।... इससे तो कम्यूनिस्ट ज़्यादा अच्छे थे जो तेलंगाना में विप्लव कर रहे थे।" स्वयंप्रकाश भी इससे सहमत है कि गलत बुनियाद पर गलत इमारत ज़्यादा नहीं टिकेगा। आज़ादी के बाद की दुर्भाग्य की कहानी उन्होंने सिर्फ़ दो वाक्यों में प्रेमचंदजी को बतायी–'तकुआ लोगे या गंगाजल?', 'हमारा अध्यक्ष चेयरमान माओ।' आज़ादी के बाद कम्यूनिस्ट पार्टी के दो टुकड़े हो गए। बुर्जआ लोकतंत्र की सुविधाप्रद दलदल में फँसकर कम्यूनिस्ट ही क्राँतिकारी संभावना की कुछ ही वर्षों में भ्रूणहत्या कर दी। कम्यूनिस्ट नेता भी अपने बच्चों को विदेशी शिक्षा देने पर तुले हुए हैं। पुलिस वालों का अत्याचार बढ़ रहा था। "उधर जेलों में किसान पुत्रों की गुदा में मिर्च और किसान कन्याओं की योनियाँ में स्केल घुसेड़े जा रहे थे।...इधर दिल्ली के बातबहादूर 'हमने तो पहले ही कहा था' की विद्वता पाद रहे थे और इस बात पर इतरा रहे थे कि काँग्रेस अथवा जनसंघ ने उन्हें अपने पजामे अथवा धोती में घुसा लिया है।" ऐसे अमानवीय दृश्यों के बारे में सुनकर अपने आँसू छुपाने प्रेमचंद स्वयं प्रकाश से दूर भाग रहे थे। प्रेमचंद के सवाल के जवाब के रूप में स्वयं प्रकाश कहते हैं कि वे हर कीमत पर अपने इन क्रांतिकारी भाइयों के साथ है। इधर साहित्यकार के समाज के प्रति विशेषकर किसानों और नक्सलवादियों से प्रतिबद्धता, सामाजिकता, भाईचारा आदि देख सकते हैं।

अपनी पत्नी को वर के रूप में साइन्टिस्ट जयंत अग्रवाल को उन्होंने चुना। दोनों की मुलाकात भी मारिया की सहायता से हुई। बच्चे भी उससे जल्द ही घुलमिल गए। आजकल समाज में हो रहे बनावटीपन को दिखाने के लिए एक खूबसूरत लग रहे आदमी और औरत का चित्र उपन्यासकार ने खींचा। आख़िर उनको पता चला कि उनके रंग ही नहीं रंग-ढंग और संस्कार भी बनावटी है।

प्रेमचंद स्वयं प्रकाश से पूछता है कि पृथ्वी से धुआँ क्यों उठ रहा है? सांप्रदायिकता की उस धुएँ के बारे में कहते वक्त स्वयं प्रकाश व्यक्त करता है कि राजनीति, प्रशासन, शिक्षा, पत्रकारिता सब सांप्रदायिक हो जा रहे हैं। प्रेमचंदजी कहते हैं कि उनके समय में लोग या आम जनता अपने पर पड़े सामंतवादी ताकतों की प्रहार को अपने पिछले जनम के पापों के फल मानते थे। वह किसी देवता की प्रतीक्षा में थे। ऐसे हालत से तो बात टल ही

गयी तो अच्छा है। पात्र प्रेमचंद 'यदा-यदा ही धर्मस्या' पर भी व्यंग्य करते हैं। एक अच्छी दुनिया की सृजन के बारे में स्वयं प्रकाश ने मुझे दिये गये साक्षात्कार में ऐसा कहा था कि "अगर हम ऐसी एक दुनिया बना सकते हैं तो उसके लिए क्या हम दूसरों की प्रतीक्षा करते रहें, किसी अवतार की प्रतीक्षा करेंगे या उसके लिए स्वयं भी कोई प्रयास करेंगे।"

यहाँ लेखक सत्याग्रह, अंहिसा आदि पर करारा चोट भी लगाते हैं। उनके मत में हमारे यहाँ इच्छा शक्तिवाली राजनीतिक चेतना की कमी है। प्रेमचंद समझाते हैं कि अभी तक मार्क्सवाद से अधिक वैज्ञानिक कोई जीवन-दर्शन हमारे सामने नहीं है। उनके अनुसार जो नौकर-मालिक संबंध–आज मार्क्सवाद में दिख रहा है, इसका कारण असल में मार्क्सवाद में नहीं उसके विवेकपूर्ण इस्तेमाल की कमी में है। मुँशीजी के मत में आम जनता से घुल मिल होते तो साहित्यकार ज़्यादा ठोस, आत्मविश्वास पूर्ण, ज़्यादा निश्चयात्मक, ज़्यादा भरोसेमंद होते।

उपन्यास में कई विदेशी लेखक-लेखिकाओं का ज़िक्र है। भारतेंदु मण्डली का चित्रण है। कभी कभी स्वयं प्रकाश अपने बच्चियों और पत्नी को देखने जाते हैं। उसी वक्त हिन्दी की पहली वीडियो पुस्तक का पोस्टर देखा। साहित्य अकादमी पुरस्कार की सूचना सुना। उन सभी के द्वारा साहित्य लोग की झूठी प्रतिष्ठा का वर्णन हुआ है। स्वयं प्रकाश के अनुसार साहित्य ने उन्हें जो जीवन दर्शन दिया, वह उनके जीवन को अच्छा बना दिया, सुरुचिपूर्ण बना दिया। साहित्य ने उनमें मानवीयता जगा दी। स्वयं प्रकाश की मृत्यु के बाद उनके इच्छानुसार पत्नी ने उनकी आँखें दान करवा दी। कोई धार्मिक कर्मकाण्ड न किया, करने दिया। उनका परिवार जयंत से अधिक निकट आ गया। विधवा होने के कारण समाज की जो निगाह उस पर है उससे वह परेशान होती है। स्वयं प्रकाश प्रेमचंद जी से उनके लेखक बेटों के बारे में, रोयलटी के बारे में, जनता की पाठकीय अभिरुचि, लोकप्रियता, श्रेष्ठता इन सभी साहित्यक मुद्दों के बारे में बात करते हैं। प्रेमचंदजी की रचनाओं पर भी आलोचना होती है।

मारिया स्वयं प्रकाश को इक्कीसवीं सदी का 'द न्यू होराइज़ल' नामक गाँव दिखाती है। वहाँ आत्मनिर्भर लोग आनंद के लिए काम करते हैं। पति-पत्नी नहीं सिर्फ़ दोस्ती है। खाने के लिए कैप्सूलस है। पुलिस अदालत कुछ भी नहीं। किन्तु प्रेमचंद समझाता है कि वह मारिया कि तिलस्मी सृष्टि मात्र है।

स्वयं प्रकाश की आखिरी इंटरव्यू कहकर एक आदमी ने झूठा साक्षात्कार छापा। स्वयं प्रकाश के नाम पर भाजपा राजनीतिक साहित्यकार ने स्वयं प्रकाश की पुस्तक पर एक लाख रुपये का पुरस्कार घोषित किया, जो जयंत के सलाह पर पत्नी ने स्वीकार किया।

आखिरी अध्याय में अपने उत्तर जीवन कथा की तुलना पिछले जीवन से स्वयं प्रकाश करते हैं। अपनी पत्नी को एकाकी जीवन से मुक्ति दिलाने की चिंता अच्छी है। सभी साहित्यकारों ने उनका साथ दिया। पुरस्कार की राशी से पत्नी ने फ्लैट खरीद लिया था। जयंत के बारे में लोगों के पूछने से वह उनको पति के दोस्त कह दिया। स्वयं प्रकाश दिखाते हैं कि किसी भी परिस्थितियों का सामना करने में स्त्री में अपार शक्ति है। जयंत और पत्नी की शादी हो रही हैं। बच्चे भी खुश है। खुश होकर स्वयं प्रकाश पहली और शायद अंतिम बार ईश्वर से प्रार्थना की–"हे ईश्वर! मुझे इस स्त्री की कोख में बेटा बनाकर डाल दे।"

अपनी ही मृत्यु की कल्पना रचकर, विधवा विवाह की समस्या को ऐसा एक समाधान इस प्रकार चित्रित करने का साहस और किसी उपन्यासकार में देखना मुश्किल है। इस तिलस्मी दुनिया के माध्यम से न सिर्फ़ स्वयं प्रकाश पाठकों को एक अजीब दुनिया में ले गए, बल्कि साहित्यिक, राजनीतिक, सामाजिक मुद्दों से अवगत भी कराया है।

दो वर्गों के बीच जलता हुआ जहाज

उज्ज्वल शुक्ला

इस उपन्यास पर कुछ भी लिखने के लिए इसके शीर्षक से शुरू करना अधिक उपयुक्त होगा। इस उपन्यास के नाम में एक मजबूत बिम्ब उभरकर सामने आता है। जलते जहाज का बिम्ब अपने साथ उस लपट को लेकर आता है जिसके बीच कोई है। इसे हम दो नजरिए से देख सकते हैं–पहला नजरिया उस जहाज पर फँसे व्यक्ति का हो सकता है और दूसरा उस जहाज को देखते दृष्टा का हो सकता है। पहला व्यक्ति बचता है या नहीं यह दूसरे व्यक्ति पर भी निर्भर करता है और दूसरे व्यक्ति को केंद्र में आने के लिए या तस्वीर में आने के लिए पहले का बचाया जाना आवश्यक है, कम-से-कम प्रयास ही सही। इस प्रकार यह उपन्यास इन दोनों व्यक्तियों और इन दो वर्गों के बीच के संबंध को दिखाता है। जहाज यह दुनिया है। जिस दुनिया को 'प्यासा' फिल्म में गुरुदत्त के किरदार ने कहा 'जला दो इसे फूँक डालो ये दुनिया/ मेरे सामने से हटा लो ये दुनिया' उसे स्वयं प्रकाश बचाने की जद्दोजहद करते हैं। उनके लेखन का दर्शन यही है कि हर काल में हर स्थान पर ऊपर वर्णित दो व्यक्ति होते हैं। उस जहाज को बचाने की आवश्यकता क्यों है? क्योंकि दीपक और मदन जैसे पात्र उसे साफ करने की भरपूर कोशिश करने के बाद भी उसे साफ नहीं रख पाते उसका नियंत्रण उनके हाथ में नहीं है। वह उस व्यवस्था में एक छोटा पुर्जा बने रहते हैं न कि व्यवस्था की डोर अपने हाथ में लेने वाले। उपन्यास की शुरुआत जहाज की सफाई से थके दीपक से होती है और अंत दीपक के उससे दूर जाकर मदद की तलाश करने से। यही इस उपन्यास की यात्रा है। इसके बीच जो भी कथा है जो भी पात्र हैं वह सब किसी-न-किसी वर्ग के प्रतिनिधि बनकर खड़े हैं और इसीलिए इस उपन्यास में बहुत कम पात्रों के माध्यम से पूरी कथा कही गई है।

इस उपन्यास के कथानक को दो भागों में बाँटकर भी देखा जा सकता है। पहला, जब उपन्यास का मुख्य पात्र दीपक जुली चाची के यहाँ रहता है और दूसरा, जब वह झोंपड़पट्टी में रहता है। इन दो दुनियाओं में बहुत बड़ा अंतर होता है। इन दो दुनियाओं के सेतु के रूप में दीपक है। मदन वह दूसरा व्यक्ति है जो जहाज पर छूट जाता है। दीपक वह जो बाहर है, जो सहायता लेकर आ सकता है। यह उपन्यास दीपक के नजरिए से लिखा गया है अतः

दीपक के कैमरे से ही हम अन्य पात्रों को देखते हैं। नमिता, चाची, मदन, जतिन और चाचा जी ये सब दीपक की दृष्टि के सामने हैं। यूँ तो संकेत के रूप में यशोदा का जिक्र भी आया है परंतु इस पात्र का प्रवेश जितनी तीव्रता से हो रहा था वह उसी झटके से चला जाता है। यशोदा की याद मात्र बाकी रह जाती है। पात्रों के बहाने से बात करें तो यहाँ एक पढ़ने वाला अकादमिक रूप से खुद को दिखाने वाला व्यक्ति अमित है। जो किसी अकादमिक आलोचना की भाँति अपने पत्र में भी उद्धरण देते हैं। नमिता दो क्रांतिकारी स्वतंत्रता सेनानियों की बेटी है जो अब उन दोनों क्रांतिकारियों को रूढ़िवादी और पूँजीवादी जाल में फँसते हुए देखती है। जतिन भी क्रांतिकारी प्रवृत्ति का कलाकार होता है जो चित्र बनाता है। वह एक अभिजात्य वर्ग से आता है अतः उपन्यास के मध्य तक वह भी वैचारिक क्रांति में शामिल होने से खारिज रहता है। बाकी बचा मदन जो जहाज पर है। मदन एक ऐसे वर्ग का प्रतिनिधित्व करता दिखाई देता है जिसे मदद की आवश्यकता है। वह मदद करेगा कौन? वही विचारक जो क्रांति लाना चाहते हैं। यानि दीपक और नमिता। यहाँ नमिता का नाम जोड़ना इसलिए भी आवश्यक हो जाता है क्योंकि कहीं न कहीं दीपक और नमिता एक ही वैचारिक व्यक्ति हैं बस उनके स्थान अलग हैं। एक स्थान पर इसकी झलक इस प्रकार से मिलती है, "नमिता को मैंने अपने-यशोदा के भावुक हवाई प्रणय के सारे किस्से घटनाओं के दृश्य, और दृश्यों के रंग, और रंगों के शेड्स तक की सूक्ष्मता के साथ सविस्तार सुनाए और हमेशा महसूस किया कि अगर मैं अभिव्यक्त हो भी रहा हूँ...अगर मैं खुल भी रहा हूँ तो अपनी डायरी के ही समक्ष...अपने प्रतिरूप के ही समक्ष...अपने ही समक्ष।"

नमिता और दीपक एक ही विचार हैं। उन विचारों के सामाजिक एवं लैंगिक विभाजन के रूप को इस उपन्यास में बड़ी बखूबी से दिखाया गया है। जहाँ एक तरफ़ दीपक अपने सामने जीविका के प्रश्न से जूझ रहा होता है वहीं नमिता अपने जीवन में उस विशेष चीज़ से जूझ रही होती है जो इस समाज में सिर्फ़ स्त्रियों के हिस्से आती है, वह है लांछन लगना। दीपक जहाँ जीविका के लिए एक जगह से दूसरे जगह काम करता है। वहीं नमिता भी एक स्वतंत्र महिला के तौर पर ही जीवन यापन करना चाहती है। यहाँ उसकी लड़ाई सबसे पहले तो एक स्त्री होने के नाते उन सभी लांछन और सीमाओं से लड़ने की है जिनका वह सामना कर रही होती है। उसे बाहरी तौर पर संजीदा किरदार के रूप में न दिखाते हुए लेखक उसे दीपक का पूरक भी बना देता है।

उपन्यास में उपन्यासकार क्रांतिकारी विचारों का समर्थक तो है ही परंतु ये विचार मात्र विचारों तक ही सीमित नहीं हैं। यह उपन्यास उन बहसों में भागीदारी करता है जिनके निष्कर्ष में हम कर्म को महत्त्व देते हैं न कि कोरी बहसों को। लेखक का यह प्रयास उनके अन्य कार्यों में भी दिखाई देता है जैसे 'बीच में विनय' उपन्यास में भी वह विचार के साथ-

साथ कार्य को भी महत्त्व देते हैं। यहाँ जब हम कार्यों की बात करते हैं तो उनका चित्रण लेखक इस ढंग से कदापि नहीं करता है कि वह बहुत बड़े कार्य हैं। किसी महान कार्य की बजाय लेखक का जोर छोटे स्तर पर ही कार्य को कार्यान्वित करने पर होता है। इस स्तर पर लेखक चिंगीज आइत्मातोव के उपन्यास 'पहला अध्यापक' की भावभूमि पर खड़ा होता है जहाँ उस अध्यापक को सिद्धांत नहीं मालूम होते हैं लेकिन वह कर्मरत रहता है। लेखक न तो उपन्यास का बड़ा हिस्सा कोरी बहसों में व्यर्थ करता है और न ही कोरी कल्पनाओं की ऊँची उड़ान में। बल्कि उनका जोर सिर्फ़ इस बात पर रहता है कि कैसे वह इस तस्वीर को बदलें। जिन परिस्थितियों में झोंपड़पट्टी में लोग रहते हैं उसको बदले। इसके लिए वह अपने पाठक को मार्क्सवाद की उंगली पकड़ाने का कार्य करते हैं। वह झोंपड़पट्टियों में जब वहाँ के युवती की खूबसूरती का वर्णन करते हैं तो कहीं-न-कहीं प्रेमचंद के द्वारा कहे गए सौन्दर्यशास्त्र के मानक बदलने का कार्य कर रहे होते हैं। ठीक इसी प्रकार वह जब जतिन को वामपंथी पार्टी से जोड़ते हैं तो वह मार्क्सवाद की अपनी वैचारिकी को और तीव्र ढंग से प्रोजेक्ट कर रहे होते हैं। अपने व्याख्यान में उत्पादन शक्ति के रूप में कला पर बोलते हुए नामवर सिंह कहते हैं, "साहित्य को सर्वहारा वर्ग के संघर्ष का एक अंग होना चाहिए, समूचे हरावल द्वारा संचालित अभिन्न महान सामाजिक जनवादी मशीन का 'दाँता और पेंच' होना चाहिए। साहित्य को पार्टी का अभिन्न अंग होना चाहिए।" अतः उपन्यासकार अपने लेखन में भी इस विचार के प्रति प्रतिबद्ध रहते हैं। जतिन अपने कार्य की शुरुआत करते ही वामपंथ के प्रभाव में आ जाता है और फिर उनकी मदद से गाँवों में जागरूकता फैलाने का कार्य करने लगता है। जतिन के इस कार्य की प्रेरणा कथा का मुख्य पात्र दीपक तो बनता ही है साथ में नमिता भी उसमें शामिल होती है। अतः वो निमित्त भी हैं और आगे स्वयं कर्ता में भी परिणत हो जाते हैं। इसी वजह से इस बात पर जोर दिया जा सकता है कि जो लेखक है वह विचारों को कर्म तक आगे बढ़ाना चाहता है।

जैसा कि आरंभ में ही कहा गया कि यह उपन्यास दो दुनिया की तस्वीर भी दिखाता है। एक जहाँ पर समृद्धि है और दूसरा जहाँ पर गरीबी है। जहाँ समृद्धि है वहाँ पर दूरियाँ भी हैं और जहाँ पर गरीबी है वहाँ पर नजदीकी। यह तो बनी बनाई परंपरा वाली बात हुई या गरीबों के ईमानदार होने वाली बात हुई। जबकि ईमानदारी या बेईमानी किसी की आर्थिक पृष्ठभूमि से निर्धारित नहीं होता है। इस उपन्यास के इस संदर्भ में खास बात यह है कि लेखक यहाँ पर उन कारणों की पड़ताल करते हैं जिनके कारण झोंपड़पट्टी में रहने वाले लोग वहीं रह जाते हैं या रहना चाहते हैं। आख़िर क्यों वह वहीं रहना चाहते हैं? क्योंकि "गज़ालत और ज़हालत के ये लोग इतने आदी हो चुके हैं कि सिर्फ़ एक मकान इनकी समस्या का हल नहीं हो सकता। इन्हें चाहिए अच्छी खुराक, दवाइयाँ, पढ़ाई-लिखाई,

करने का काम, आर्थिक सुरक्षा और जीने के लिए इनसे बड़ा...इनके छोटे-छोटे सुख-दुःख से बड़ा मकसद। एक दर्शन।" इन्हीं पंक्तियों के बाद उपन्यासकार एक महत्त्वपूर्ण बात कहता है "इन्हें नया निजाम चाहिए।" उपन्यासकार यह बताते हुए की इन झोंपड़पट्टी वाले लोगों को फ्लैट के लिए पैसे मिलने पर भी वह किसी और जगह अपनी बस्ती बसा लेते हैं क्योंकि समस्या सिर्फ़ फ्लैट की नहीं है जो इनकी बस्तियों को हटाने के बाद इन्हें दिया जाता है बल्कि समस्या पूरे व्यवस्था की है। यह जो व्यवस्था चली आ रही है इसे ऊपरी स्तर से बदलना होगा। इनके प्रसंगों को पढ़ने के बाद बार-बार 'ज़िंदगी और जोंक' कहानी याद आती रहती है कि कुछ लोगों से जीवन में उनके रहने का ढंग इस प्रकार से चिपक जाता है जैसे जोंक हो। लेकिन किसी-न-किसी को जलते जहाज में छूटे लोगों की मदद करनी होगी। इसके लिए उन्हें उनकी परिस्थितियों का ज्ञान होना आवश्यक है। एक प्रसंग में जब जतिन से दीपक पूछता है कि वह पेन्ट क्यों करता है तो एक लंबी बहस होती है और उसमें नमिता ने जो कुछ कहा उससे जतिन की दिशा बदल जाती है। वह कहती है, "आम आदमी के सामने, मास के सामने यह प्रूव भी करना पड़ेगा कि तुम अच्छे आर्टिस्ट ही नहीं, अच्छे इंसान भी हो। वरना वह अपने लिए तुम्हारी चिंता देखकर हँस देगा या कृतज्ञ हो जाएगा। दोनों से बात नहीं बनती। नहीं...उसे महसूस होना चाहिए कि तुम भी उन्हीं में से एक हो, और इसके लिए तुम्हें वाकई उन्हीं में से एक होना पड़ेगा। वरना साफ बात है कि संघानी स्टेट्स के मालिक की बेटी बनी रहकर मैं जुली या अयोध्यासिंह जैसे लोगों की तरफ़ से कैसे लड़ सकती हूँ?" ये पूरा प्रसंग इस उपन्यास को इसके चरम की तरफ़ मोड़ देता है। जहाँ से इस उपन्यास में, किरदारों में कर्मठता आने लगती है। दीपक भी संघर्ष करने में जुट जाता है और नमिता भी।

इस उपन्यास को पढ़ते वक्त बहुत कुछ छूटा हुआ लगता है। जिसकी कमी बनी रहती है या पाठक उन रिक्त स्थानों की पूर्ति स्वयं करता है। जैसे यशोदा के विषय में ही जो कुछ भी पता चलता है वह दीपक के माध्यम से। वह दीपक के जीवन का एक बड़ा अंग होने के बाद भी उसका सांकेतिक पात्र के रूप में उपस्थिति पूर्ण नहीं लगता। जुली चाची का कथा में बार-बार आना लेकिन नमिता के माध्यम से चाचा का आना फिर गायब हो जाना भी खलता है। इसके साथ ही इस बात को हम मान सकते हैं कि लेखक एक विचार को प्रेषित करना चाहता है जिसके लिए उसने कुछ पात्र चुने, कुछ घटनाओं को लेता है और उन्हें एक साँचे में ढाल देता है। लेखक की संवेदना और विचार प्रेषित हो जाते हैं। सबकुछ सही होने के बाद भी अंत तक दीपक एक मनुष्य पात्र कम एक विचार अधिक लगता है। वह इतनी सारी चीज़ों से घिरा हुआ होने के बाद भी उसके मन की दशा तमाम वर्णनों से भी मनुष्य कम विचार के रूप में अधिक प्रेषित होता है।

लेखक ने इस उपन्यास में दीपक को शुरुआत में एक समृद्ध परिवार के साथ रहने के बाद भी दूसरी मुंबई के दर्शन भी कराते हैं। वह इन दोनों स्थानों या वर्गों की समस्यों को दिखाते हैं। एक तरफ़ भरपूर अकेलापन है सभी पात्र अपने में जी रहे हैं और खुश या दुखी होते रहते हैं वहीं दूसरे तरफ़ अकेलापन इतना भी नहीं पनप पाता है कि कोई अपना दुःख अकेले किसी से कह सके। यहाँ सभी एक दूसरे की स्थिति जान रहे होते हैं। सभी एक दूसरे के साथ होते हैं। यह जीवनशैली उन लोगों की है जिनके पास शिक्षा नहीं है न ही कोई बड़े विचार हैं। वह जीवन को रोटी और जीवित रहने की कुछ आधारभूत आवश्यकताओं तक सीमित रखते हैं। यहाँ बार-बार मुक्तिबोध की पंक्तियाँ गूंज रही होती हैं कि 'जो तुम्हारे लिए जहर है मेरे लिए अन्न है।' यह जो दो वर्गों के बीच में अंतर है वह निरंतर और गहरी होती ही दिखाई गई है। फिर दीपक उसके कारणों की तलाश में जहाज से बाहर जाता है। दीपक एक जगह विचार करता है, "...और मेरे जैसे हजारों-लाखों दीपकों की वीर्यशक्ति... जिससे देश का हड्डी, मानस, मज्जा, रक्त बनना है...जड़ से नष्ट कर देने का दोषी कौन ठहराया जाएगा?" यह प्रश्न ही नए निजाम की तलाश के लिए लेखक को प्रेरित करता है। इस उपन्यास में यह जो वर्ग विभाजन आया है इसमें जाति या धर्म पर अधिक जोर न देने की कोशिश इसलिए लगती है क्योंकि लेखक का जोर आर्थिक वर्ग विभाजन पर अधिक था न कि जाति अथवा धार्मिक वर्ग का। संभवतः लेखक के अनुसार बंबई जैसे शहर में हर चीज़ पैसे के आधार पर तय की जाती है न कि जाति या धर्म के आधार पर। अतः लेखक यहाँ पर जाति आदि के मुद्दों को नहीं उठाते हैं न ही उन झुग्गियों में रह रहे अनेक धर्म के लोगों के बीच कोई धार्मिक वैमनस्य जैसा प्रसंग आता है। लेखक एक वर्ग में रह रहे हर धर्म के व्यक्ति को एक जैसी ही समस्याओं से संघर्ष करता देखता है। परंतु इसके साथ यह प्रश्न हमेशा रहेगा कि क्या सिर्फ़ आर्थिक कारणों की पड़ताल ही की जानी चाहिए? मार्क्सवाद ने जिस ढंग से अर्थ को केंद्र में रखा है क्या वह मॉडल भारत के किसी भी भाग में जायज है? जहाँ किसी व्यक्ति से बात की शुरुआत ही उसके जाति पूछकर की जाती हो वहाँ बिना जाति और धर्म के बात करना क्या पूरी तस्वीर दिखा सकता है?

भाषाई दृष्टि से इस उपन्यास में लेखक ने कुछ खास प्रयोग नहीं किया है। यहाँ तक कि बंबई के झोंपड़पट्टी में रहने वाले लोगों की भाषा में वही शब्दावली है जो दीपक या नमिता की भाषा में हैं, कोई बंबइया रूप नहीं दिखाई देता है। नमिता और जतिन आदि के संवाद में अंग्रेज़ी के शब्द आ जाते हैं। नमिता कुछ अंग्रेज़ी कविताएँ पढ़ देती है। भाषा के स्तर पर यही प्रयत्न दिखाई देता है। शैली में भी कोई खास प्रयोग नहीं है। जहाँ शुरुआत और अंत जहाज के प्रसंग से होना उपन्यास को उसके उद्देश्य तक पहुँचने में मदद करती है वहीं भाषिक तौर पर पाठक को बंबइया हिन्दी का अभाव खलता भी है। भाषा किसी भी

संवेदना से जोड़ने का कार्य और बेहतर तरीके से करती है जब वह यथार्थ का दामन पकड़े रहे। पात्रों की कृत्रिम भाषा संवेदना को पहुँचाने में बाधक भी होता है।

अंततः अगर इस उपन्यास को समग्र रूप में देखें तो हम यह कह सकते हैं कि इस उपन्यास के पात्र और घटनाएँ शीर्षक के चारों ओर घूमते हैं जिनसे यह उपन्यास उस संदेश को मजबूती से प्रेषित करता है। यह उपन्यास वृहद उपन्यास कि तरह वृहद लक्ष्य के लिए नहीं बल्कि मानवता के विकास की लड़ाई में अपने कई छोटे और ईमानदार कदम बढ़ाने की प्रेरणा और उसे वैचारिक भावभूमि देने के लिए लिखा गया है। सभी पात्र अपनी तय भूमिका निभाने में यह कोशिश करते हैं और दीपक उन्हें एक सूत्र में बाँधने की। इस उपन्यास के आखिरी पन्ने पर एक छोटी सी कहानी है जहाँ से शीर्षक भी आता है। यह उपन्यास उस कहानी की हर एक पंक्ति को विस्तार देने और उसे सामान्य जनमानस तक पहुँचाने का कार्य करता है।

कहानी विमर्श

कहानी की भाषा गतिकी

ए. अरविन्दाक्षन

विधा चाहे कविता हो, कहानी हो या नाटक; प्रत्येक विधा विशेष की भाषा की सृजनात्मकता उसके बहिरंग स्तर से संबंधित तथ्य नहीं है। कहानी की भाषा उसके शब्द-संकुल की अंतरंगता से उद्भूत भाषा-यथार्थ है। सभी सृजनात्मक विधाओं में भाषा की कई परतें एक साथ सृजनशील रहती है। इसे हम कहानी की भाषा की गतिकी कह सकते हैं। कहानी की पारदर्शी गद्यमयता भाषा की गतिकी के संदर्भ में विशेष महत्त्व रखती है। गद्यमयता के कई रूप कहानियों में देखे जा सकते हैं। गद्यमयता की तलस्पर्शिता एक प्रकार है तो उसका एक अन्य प्रकार है कहानी की गद्यमयता की एकाग्रता। रुपक-विन्यास उसका तीसरा रूप और पुरा-कथाओं की-सी (किस्सागोई) वर्णनात्मकता उसका चौथा रूप है। नाटकीयता उसका पाँचवाँ प्रकार है। इन सबमें गद्यमयता सुरक्षित है। कहानी की भाषा की गतिकी की यही आधारशिला है।

सन् 1901 में ब्रैंडेर मैथ्यूस की कहानी केंद्रित आलोचना प्रकाशित हुई और उसका नाम है 'कहानी का दर्शन' (द फिलोसफी ऑफ शॉर्ट स्टोरी) कहानी विधा के समस्त पक्षों पर ब्रैंडेर मैथ्यूस ने गंभीरतापूर्वक विचार किया है। कहानी की भाषा पर भी उनके सुचिन्तित विचार प्रस्तुत पुस्तक में उपलब्ध हैं। भाषा की सतर्कता पर वे जोर देते हैं। उनका कहना है भाषा की अपव्यवता कहानी के लिए हानिकारक है। ब्रैंडेर मैथ्यूस के बाद फ्रैंक ओ कोरोनर की पुस्तक आई–"एकाकी का स्वर : कहानी का अध्ययन" (1963) इसमें कहानी की एकनिष्ठता पर विचार किया गया है जो कहानी की भाषा से संबंधित है। कहानी की एकाग्रता उसके बहिरंग को नहीं बल्कि अंतरंग को अन्वेषित करती है। भाषा की स्थूलता को यह आलोचक खारिज करते हैं। 'कहानी नई कहानी' शीर्षक नामवर सिंह की आलोचना का मुख्य स्वर भी इसी प्रकार का है।

कहानी की भाषा की सूक्ष्मता या उसकी एकाग्रता गद्य की स्थूलता को सृजनात्मक स्तर पर खारिज करके ध्वनिक्षम बनाने की प्रक्रिया है। जब हमारा समकालीन यथार्थ सामान्य नहीं है, जटिल से जटिल होता जा रहा है उसे कहानी जैसी एक विधा में व्यंजित

करने के लिए कहानीकार को अपनी भाषा में प्रयोग करना पड़ता है जिससे वह समकालीन यथार्थ के बहुलार्थी स्थितियों को संभव बना सके। परंतु यह सामान्य प्रयोगपरकता नहीं है। इसमें हम यह अनुभव कर सकते हैं कि भाषा का एक ऐसा माहौल सृजित होता है जिसकी अंतर्यात्रा का एहसास भी मिलता है। कहानी में भाषा उसकी आत्मा की तरह उद्भुत होने लगती है। समकालीन यथार्थ कहानी की भाषा में इस तरह संपृक्त हो जाता है कि दोनों को अलग करके देखना मुश्किल होता है। वस्तु के साथ भाषा का यह ऐक्य कहानी की 'कॉसमोस' को पूरी तरह से सृजनात्मक बनाता है।

समकालीन कहानी की भाषा की गतिकी एकरूपात्मक नहीं है। वह बहुविध है। वह बहुवर्णी भी है। भाषा की सामान्यता में भाषा की सघनता का तालमेल करते हुए, भाषा के सहज प्रयोगों को काभी-कभी असहज प्रयोगों के माध्यम से अटपटा बनाते हुए, भाषा की सपाट स्थिति में बीच-बीच में अतिरिक्त संगुफन प्रदान करते हुए कहानी की भाषा यथार्थ से मुठभेड़ करती रहती है। कहानी में यह एक अनिवार्य स्थिति है। समकालीन कहानी को यथार्थ अर्जित करना ही है। इसके लिए उसे यथार्थ से भिड़ना पड़ता है। इस द्वन्द्वात्मकता में ही उसकी भाषा की गतिकी जीवंतता अर्जित करती है।

दरअसल भाषा का अध्ययन समकालीन यथार्थ का अध्ययन है। ऐसे में प्रश्न उठ सकता है कि कहानी के दूसरे पक्ष, यथा कहानी के पात्र, कथा-विन्यास, कथा-समय, कथा भाषा से कमतर पक्ष हैं? यहाँ पर कम या अधिक मुख्य नहीं है। जहाँ तक कहानी की भाषा की गतिकी की बात है कथा-गति, कथा-विन्यास, पात्र-विन्यास आदि को भाषा सदैव वलयित करती है। वैसे कहानी के ये पक्ष अलग-अलग ढंग से उपस्थित नहीं रहते हैं। ये अपनी समग्रता में ही अनस्थित हैं। कहानी की सृजनात्मक भाषा इन पक्षों की अंतरबाह्य स्थितियों में सदानीरा की तरह प्रवाहमान रहती है।

समकालीन कहानी को संभव बनाने में कई कहानीकारों की महत्त्वपूर्ण भूमिका रही है। स्वयं प्रकाश की कथाकार-भूमिका सर्वाधिक मूल्यवान इसलिए है कि उन्होंने अपने आसपास को रचा जो भारतीयता का आसपास है। इसी पर खड़े होकर वे वैश्वविक स्थितियों पर भी नज़र डालते हैं। उनकी कहानियों की 'देशजता' का बाहरी रूप सीधा-सा है, लेकिन उसका एक घनत्व भी है। अपनी भाषा की एकरैखिकता को अप्रत्याशित शिफ्ट देकर वे अपनी लक्षित दृष्टि तक पहुँच जाते हैं। स्वयं प्रकाश की कहानियों की भाषा की गतिकी साधारणता और असाधारणता के द्वंद्व में अवस्थित है। उनकी भाषा-दृष्टि में उत्खनन की-सी प्रवृत्ति अक्सर दिखाई देती है। यथार्थ के अतल तक वे यात्रा करते नज़र आते हैं। अपनी भाषा के बारे में उनका कथन विशेष रूप से विचारणीय है–'मेरी रुचि

भाषा के तिलस्म खड़ा करने में या कौतुक बनाने में कभी नहीं रहीं'। स्पष्ट है कि वे भाषा की पारदर्शिता के पक्षधर हैं। उनके कथन का यह भी मतलब है कि कहानी में कहानीकार अपनी भाषा निर्मित नहीं कर रहे हैं। कहानी का यथार्थ स्वयं अपनी भाषा सृजित करती है। वह भाषा की आरोपित अवस्था से भिन्न है। स्वयं प्रकाश भाषा की कृत्रिमता के सख्त खिलाफ हैं; भाषा के तिलस्म से या भाषा की कौतुकप्रियता से उनका यही तात्पर्य है। भाषा की पारदर्शिता स्वयमेव सृजनात्मकता का परिचय देती है। यह ज़रूर है कि स्वयं प्रकाश की भाषा न हमें चौंकाती है और न डराती है। हमारे आसपास, जो कभी एकायामी नहीं है, की भाषा अपनी प्रमाण साधरणताओं के बावजूद पाठकीय चेतना को निरंतर झकझोरती है।

स्वयं प्रकाश की कहानियों की भाषा पर विचार करते समय एक सवाल मन में उठता है। अपनी भाषा की विशेष रचनात्मकता के जरिए वे जिस यथार्थ को अवतरित करते हैं वह क्या याथार्थ की एक सामान्य प्रस्तुति मात्र है? जो देखा गया, जो महसूस किया गया उसकी सीधी सी प्रस्तुति क्या उनकी लक्षित दृष्टि रही होगी? कतई नहीं। उन्होंने कहा भी है कि 'इतिहासकार वह लिखता है जो दिखाई देता है, कथाकार वह भी लिखता है, जो दिखाई नहीं देता'। स्पष्ट है कि ऐसी एक सामाजिक या राजनैतिक संरचना है जो हमें उद्‌भासित होती है वह उसका सामान्य पक्ष है जबकि उसका असामान्य पक्ष भी है जो हमें यों ही मिलती नहीं है। उसे हमें ढूँढ़ना पड़ता है। दरअसल स्वयं प्रकाश यही ढूँढ़ते हैं। इस अन्वेषण-प्रक्रिया में उन्हें घनत्व से युक्त भाषा की जरूरत है। परंतु उनकी भाषा का घनत्व भाषा का तिलस्म सृजित करने के लिए नहीं है। वस्तुतः हमारी सामाजिक संरचना के तिलस्म को वे विस्फोटित करना चाहते हैं।

स्वयंप्रकाश की कहानी 'गुमशुदा' एक ऐसी रचना है जो हमारे सामाजिक जीवन की स्वीकृत एब्सर्डिटी को पेश करती है। प्रश्न यही है कि हमारे आचरण में सहज रूप से यह एब्सर्डिटी कहाँ से, कैसे प्रवेश करती है? 'गुमशुदा' कहानी में हम यह देखते हैं कि किसी एक कारखाने में काम करने वाला गजानंद लापता हैं। उसका दोस्त वामनराव इस सिलसिले में अपने अफसर से मिलने आया हुआ है। यह बात सभी जानते हैं कि यह अफसर हरदम दूसरों पर रोब जमाने वाला हैं, दूसरों का सी आर बिगाड़ने वाला है। फिर भी वामनराव भरोसा करता है कि गजानंद को ढूँढ़ने में अफसर मदद कर सकता है। वामनराव के सामने गजानंद का भरा-पूरा परिवार है और उसका मुख्य सदस्य लापता है। दोस्त के नाते वामनराव चिंताग्रस्त है। इसलिए वह अपने अफसर के यहाँ आया है। साहब के घर पर वामनराव एक व्यक्ति (गजानंद) के गायब होने की गंभीर समस्या को प्रस्तुत कर रहा है और अफसर बातों को सुनने का बहाना करता है, दरअसल वह सुनता नहीं है।

वामनराव और अफसर के बीच का संवाद उक्त कहानी की भाषा की गतिकी को उसकी गहराई में पहचानने का प्रयास है। वह इस प्रकार–है.

"साहब, वो हमारे एई ओ एंड एम ऑफिस का ड्राइवर है न, गजानंद-चेचक के दागवाला-साँवला-सा नौजवान-वही साहब, जो पिछले साल बदली होकर..."

"कौन नहीं जो अपनी बीबी को खूब पीटता है?"

"हाँ वही। नहीं साहब–पीटता नहीं-बीवी ही उसको पीटती है। मतलब पीटता-वीटता कोई किसी को नहीं साहब-अब बच्चे हैं पाँच-पाँच-थोड़ी झगडालू है, बीवी, तो..."

"उसके मकान मालिक ने तो कम्प्लैंड की थी पुलीस में कि वह अपनी घरवाली को पीटता है। डी. वाई. एस. पी. साहब बता रहे थे। बल्की मेरे पास भी आया मकान-मालिक।"

"तो क्या हुआ गजानंद को?"

"साहब, वो परसों शाम से ही गायब है।..."

"हाँ तो भाग गया गजानंद?"

"भागा नहीं साहब। गायब है। गायब है। घर नहीं आया। उसकी घरवाली ने बारह बजे तक इंतजार किया..."

"पुलीस में रिपोर्ट लिखाई?"

"नहीं साहब।"

"यही तो गलती करते हो तुम लोग। वारदात को अड़तालीस घंटे हो रहे हैं और अभी तक रिपोर्ट नहीं लिखाई। मुझसे कहने से क्या होगा?"

इस बीच अफसर घर के छोटे-मोटे काम में मग्न होता है–बेटे को बुलाता है और किताबें ले जाने को कहता है। टी.वी. देखने से उसे मना करता है। चाय भिजवाने को कहता है। अपने पैर की एड़ी की मरी चमड़ी नोचने लगता है। बीच में वह पूछ बैठता है–"हाँ तो भाग गया गजानंद?" वामनराव अफसर को संशोधित करके अर्ज करता है–"भागा नहीं साहब। गायब है। घर नहीं आया।" एक मामूली कामगर का गायब होना मामूली बात नहीं। लेकिन वह अफसर निरंतर उस गंभीर समस्या को अगंभीर बनाने का कार्य करता है। कहानी की पूरी नाटकीयता स्वयं प्रकाश की भाषा की गति की को सघन एवं एकाग्र बनाती है। गंभीरता को अगंभीर बनाने की इस नाटकीयता में भाषा-स्थूलता ने सूक्ष्मता अर्जित की है। उस नाटकीय प्रसंग में से गजानंद, जो गायब है; वामनराव है, जो अपनी बात रखने में असमर्थ होकर निस्सहाय खड़ा है; गजानंद की बीवी है जिसकी बेबसी को पूरी तरह से अनदेखा किया गया है और उसके झगड़ालू स्वभाव को प्रत्यक्षीकृत किया गया है; गजानंद

के बच्चे हैं, जिनकी तड़प को अनदेखा किया गया है आदि गायब होते हैं और अफसर की बहानेबाज़ी मुख्य हो उठती है। स्वयं प्रकाश इस एक यथार्थ को कहानी में इस तरह व्यंजित करते हैं कि उनकी भाषा आवेश का स्पर्श नहीं करती है। एक गंभीर समस्या की पेशी हुई, पर वह धूल की तरह उड़ती गई। समस्या से घिरे लोगों को स्वयं प्रकाश अपनी भाषा की एकाग्रता के जरिए नेपथ्य में ही रहने देते हैं। यहाँ पर भाषा की सूक्ष्मता यथार्थ की विशेष स्वीकृति और उसकी प्रस्तुति से संबंधित है।

स्वयं प्रकाश की सामाजिक सतर्कता उनकी कहानियों की भाषिक सतर्कता में हू-ब-हू दर्शित होती है। सामाजिक सतर्कता सामान्य अर्थ में स्थूल तथ्य है जबकि किसी भी विधा की भाषिक सतर्कता अत्यंत सूक्ष्म एवं एकाग्र हुआ करती है। इन दोनों के बीच तालमेल बिठाना कहानीकार के लिए एक कठिन कार्य है। स्वयं प्रकाश इसी समस्या से जूझते हैं और वे अपनी सृजनात्मक भाषा के जरिए इसे संभव बना पाते हैं।

स्वयं प्रकाश की कहानी 'बेमकान' जातिवाद की घोर समस्या की सामाजिकी प्रस्तुत करती हैं। इस कहानी का मोहनलाल आर्य निम्न कही जाने वाली जाति का सदस्य है। उसकी जीवन-कथा कहानीकार प्रस्तुत करते हैं। यह विवरण कहानी में 'विवरण' के रूप में नहीं आया बल्कि एक सामाजिक संकट के रूप में आया है। विवरण अक्सर स्थूल ही होता है। यहाँ पर हम यह देख पाते हैं कि स्वयं प्रकाश का 'विवरण' जाति-व्यवस्था का इतिहास बनकर प्रस्तुत होता है; पर वह स्वीकृत या अंगीकृत इतिहास नहीं, वह अस्वीकृत एवं हाशियीकृत इतिहास है। यह ज़रूर है कि इस हाशियीकृत इतिहास में मोहनलाल आर्य नामक पात्र है। परंतु उसमें एक भरा-पूरा समाज है जो सदैव निष्कासित, हमेशा पीड़ित एवं प्रताड़ित तथा किसी भी वक्त रौंद दिये जाने के लिए अभिशप्त है। कहानीकार ने अपना विवरण यों दिया है–

"...जिसने हर रोज़ अपने बाप को बैल से जुए में जुतते और माँ को मुट्टल सेठानियों के आगे एक कटोरा छाछ के लिए गिड़गिड़ाते और बहन को घणी खम्मा अन्नदाताओं की पशुहवस से भयभीत होकर कुएँ में छलाँग लगाते और भाई को अपने स्कूलमास्टर की गंदी चड्डियों और उसकी लुगाई के मैले कपड़े धोते देखा हो, जिसकी किताब रोज़ फाड़ दी जाती हो, जिसकी पढ़ाई के ऐब को रोज़ गंदी गालियाँ दी जाती हो, जिसकी माँ काकाओं द्वारा रोज़ पीटी जाती हो, जिसका बाप सिर्फ़ नशे में बच्चों से प्यार करता हो, जिसके घरवाले मुर्दा जानवर का मांस खाकर राक्षसों की तरह किलकारियाँ भरने लगते हों, जिसे सवर्णों के साथ कंचे खेलने के अपराध में पेड़ से उल्टा टांग दिया जाता हो उस के लिए टेलीफोन एक्सचेंज में मैकेनिक होना भी कलेक्टरी-कमीश्नरी पास करने से कम नहीं।"

मोहनलाल आर्य का तबादला हुआ है। पर उसे मकान नहीं मिल रहा है। उस समस्या को स्वयं प्रकाश ने भाषा की संक्षिप्तता के जरिए व्यक्त किया है। समस्या दरअसल भीषण है जिसे कहानीकार मुखरता का सहारा न लेकर संक्षिप्त संवादात्मकता के जरिए व्यक्त करते हैं। जिस तरह यह समस्या हमारी सामाजिकी में संवादहीनता उत्पन्न करती है उसी तरह स्वयं प्रकाश अपनी कहानी 'बेमकान' की भाषा में भी संवादहीनता का संकटाजन्य माहौल सृजित करती हैं–

"मकान चाहिए"

"कौन है?"

"मोहनलाल जी हमारे यहाँ मैकेनिक हैं। ट्रांसफ़र होकर आए हैं"

"हाँ-हाँ, लेकिन हैं कौन?"

"जी हरिजन है। मेघवाल..."

तमाम संवाद यहाँ खत्म हो जाते हैं। भाषा का यथार्थ इतिहास के यथार्थ को उत्खनित कर रहा है। यह उत्खनन अब भी जारी है। भाषा के यथार्थ की सपाटता एकाएक घनीभूत हो जाती है। भाषा का इस तरह घनीभूत होना सृजनात्मक भाषा की बहुआयामिता को सूचित कर रहा है।

कहानी में मोहनलाल आर्य को मकान मिल जाता है। 'आर्य' शर्मा में बदल जाता है। वह उसकी मजबूरी थी। लेकिन घर की मालकिन से बात करते समय मोहनलाल आर्य की पत्नी अनजाने में अपनी जाति व्यक्त करती है–"हम जो हैं। मैं इन से कह दूँगी, चार रोज़ की छुट्टी ले लें। हम घणी-लुगाई, मिलकर आपका घर चमका देंगे। हमारा काम ही है यह"– "उसके घर का सामान बाहर गली में फेंका गया..."

स्वयं प्रकाश की इस कहानी में भाषा का सरल-सीधा-प्रयोग हीं हुआ है। परंतु यह सरलता उनकी भाषिक सृजनात्मकता की खूबी है जिसमें इतिहास का नेपथ्य और उसका अंधेरा अपनी अपानवीयता का परिचय दे रहा है। इसके लिए उन्हें भाषा के तिलस्म की जरूरत महसूस नहीं हुई। उनके संवाद का एक अंश बृहतर इतिहास बोध के साथ व्यंजित हुआ है।

'अशोक और रेनु की असली कहानी' स्वयं प्रकाश की ऐसी कहानी है जिसमें पितृसत्तात्मक समाज का खुलासा मिलता है। भले ही यह अशोक (पति) और रेनु (पत्नी) की असली कहानी है फिर भी अंततः यह पुरुष केंद्रित व्यवस्था को ही दिखाने वाली कहानी है। अशोक से शुरू होकर अशोक में खता होती है। रेनु है, पर वह नहीं भी है। अपनी

पत्नी के प्रति पति की उदारता को उदारता के रूप में व्यंजित किया गया है–"अशोक ने यथासंभव दोस्त ही रखा रेनु को। कभी अपने अंडरवियर-बनियान नहीं धोने दिये। सर या पैर नहीं दबाने दिए। जूतों पर पॉलिश नहीं करने दी। खड़े रहने या पैताने बैठाने को नहीं कहा। मित्रों के सामने भीतर जाने का इशारा नहीं किया..." ऐसे भाषिक प्रकरण पूरी कहानी में भरे पड़े हैं। कहानी की भाषा हम से प्रश्न करती है कि, स्त्री के प्रति पुरुष का उदार होना क्या जरूरी है? उदारता पुरुष की देन होती है। सहभागिता के स्थान पर जब अतिउदार होने का भाव अशोक दिखाता है तो उसका पुरुष ही प्रकट होता है। एक दिन शाम को जब वे टहलने के लिए निकले थे तो संयोग वश बेडमिंटन खेलने का अवसर मिलता है। खेल में रेनु अशोक को पराजित करती है। असली कहानी यहीं से शुरू होती है। पति का उदारमना होना और पत्नी का अपने सहज स्वभाव से (उसका चुलबुलापन और उसकी बातूनी हरकतें) हटते जाना रासायनिक प्रक्रिया की तरह कहानी की भाषा में हमें मिलती है। सब कुछ सहज एवं स्वाभाविक। लेकिन सब कहीं असहज एवं अस्वभाविक आचरण के संकेत कहानी में भरे पड़े हैं।

प्रस्तुत कहानी की भाषा में मौन का रचनात्मक प्रयोग स्वयं प्रकाश ने किया है। छोटे-छोटे प्रकरण, छोटे-छोटे विवरण, संक्षिप्त संवाद आदि के साथ भाषा के मौत की सहयात्रा का अनुभव हू-ब-हू किया जा सकता है। भाषा के इस मौन का संबंध स्त्री की पराधीनता से है जो कभी अपनी सहजता का परिचय नहीं दे सकती। पितृसत्तात्मक व्यवस्था की यथा तथ्यता को मुखर भाषा में प्रस्तुत न करके स्वयंप्रकाश ने मौन की भाषा में प्रस्तुत किया है।

'पार्टीशन' स्वयं प्रकाश की अतिचर्चित कहानियों में से एक है। यह सांप्रदायिकता की पृष्ठभूमि में रचित कहानी है। सांप्रदायिकता की अस्पृहणीयता की कहानीकार ने कुरबान भाई नामक पात्र के चरित्र-विकास के चित्रांकन (पोर्ट्रयल) के जरिए दिखाया है। एक समर्थ चित्रकार जिस प्रकार एक व्यक्ति के चित्र को बनाता है उसी प्रकार स्वयं प्रकाश कुरबान ने भाई के पोर्ट्रयल में लगे हैं–

"आप करबान भाई को नहीं जानते? कुरबान भाई इस कस्बे के सब से शानदार शख्स है"

"हम लोगों के संपर्क में से कुरबान भाई बदलने लगे। उन्हें पहली बार महसूस हुआ कि उनकी एक अदबी शख्सियत भी है।"

"उनके दिमाग में भी काफी मज़हबी कबाड़ भरा हुआ था, शुरू से प्रबुद्ध होने के बावजूद, हम झाड़ू लेकर पिल पड़े"

"उन्हें हमारी बत पड़ने लगी। वह हमारा हर शाम इंतजार करते और हम नहीं पहुँच पाते तो वह खुद हमारे घर आ जाते"

कुछ समय पश्चात् कुरबान भाई में परिवर्तन आता है। उसके चित्रांकन में कहानीकार ने उसे भी जोड़ दिया है–

"वह बुझे-बुझे से रहते थे, बहुत कम बोलते थे और हमें देखते ही दुकानदारी में व्यस्त हो जाते थे। वह घुट रहे थे और धुक रहे थे–पर खुल नहीं रहे थे"

चित्रकार की पोर्ट्रेयल प्रक्रिया को अनुसरण करते हुए एक व्यक्ति विशेष को बृहत्तर परिदृश्य में चित्रांकित करने के लिए स्वयं प्रकाश ने अपनी भाषा में कई प्रकार के रंग जोड़ दिए हैं। इन रंगों के प्रयोग से, उनकी भाषा में संक्रमित होते चरित्र की भाव-भंगिमाओं के अनेक रंग-विन्यास हमें मिल जाते हैं। इन तमाम गतिविधियों की पृष्ठभूमि में सांप्रदायिकता का जो पुट है उसको भी चरित्र के भीतरी संगुंफन में संभव बनाया गया है। भाषा का रंग में बदलना और रंग का भाषा में बदलना इस कहानी की भाषिक गतिकी की सबसे बड़ी खूबी है।

स्वयं प्रकाश की कहानियों की भाषा की समग्र गतिकी पर विचार करते समय एक बात स्पष्ट हो जाती है कि उन्होंने गद्य का सदुपयोग किया है। सदुपयोग से तात्पर्य है कि गद्य की सृजनात्मक संभावनाओं का उपयोग करना है। गद्य का सामान्य उपयोग भी होता है और सृजनात्मक उपयोग भी। सृजनात्मक उपयोग भाषा की आरोपित अवस्था से भिन्न है। एक अनुभव जिसे निरंतर तराशते हुए उसमें से बहुविध अनुभवों की तलाशी जब संभव हो पाती है तो पहले वाला अनुभव कथा-गात्र से अलग हो जाता है। अनुभवों के संकुल से गुज़रने के लिए हम बाध्य हो जाते हैं। इस संकुल की भाषा अलग होती है। एक सहज, साधारण भाषा अपनी गुरुत्वाकर्षण क्षमता का परिचय देने लगती है। ऐसी ही भाषा, जिसे सृजनात्मक भाषा कहते हैं, कहानी को रचती है। एक खास शब्द भी पूरी कहानी को रच सकती है। मुक्तिबोध की कहानी 'क्लॉड ईयरली' का यह संज्ञावाची शब्द उनकी कहानी को रच पाने में सक्षम निकला। स्वयं प्रकाश का कुरबान भाई भी उसी तरह एक संज्ञावाची शब्द है जो हमारे समय के पुनर्विश्लेषण में लगा है। उनकी 'गुमशुदा' कहानी एक अवस्था को घोतित करती है। वह अवस्था एक शब्द से नहीं बल्कि एक मामूली कामगर के आत्मसंघर्ष से उपजी है; परंतु उसकी त्रासदी यही है कि उस आत्मसंघर्ष को तिरोभवित करने की ताकत हमारी व्यावहारिक भाषा की निर्लज्ज स्थूलता में निहित है। 'मंजू फालतू' में भी भाषा की ऐसी स्थूलता हमें मिलती है जो हमारी आत्मीयताओं को पूरी तरह से खारिज करती हैं। इस तरह स्वयं प्रकाश भाषा की तथ्यता से भाषा की सृजनात्मक एकाग्रता तक यात्रा करते नज़र आते हैं। ज्ञानरंजन ने अपनी कहानियों में इसी तरह की एकाग्र भाषा का सृजन किया था। स्वयं प्रकाश की कहानियों की भाषा की गतिकी ज्ञानरंजन से आगे की स्थितियों को दर्ज करती है।

स्वयं प्रकाश : जो है उससे बेहतर चाहिए

राहुल सिंह

आज़ादी के आस-पास जन्मी कहानीकारों की पीढ़ी या उनकी कहानियों तक आप खुद ब खुद नहीं पहुँचते हैं। मेरा आशय कहानीकारों की उस पीढ़ी से है जो 1947 के आस-पास जन्मीं और जिसने 1969-70 के आस-पास लिखना आरंभ किया। आप लिखने-पढ़ने के सिलसिले में ही उन नामों से परिचित हो पाते हैं, फिर जाकर उस दर तक पहुँचते हैं। स्वयं प्रकाश मेरे लिए एक ऐसा ही ठिकाना रहे, जिसका पता उनकी दो-तीन कहानियों के मार्फत् चला। जाहिर है उसमें 'क्या तुमने कभी सरदार भिखारी देखा?' का नाम सबसे ऊपर था, फिर 'पार्टीशन' और एकाध कहानियाँ और थीं, जिसका शीर्षक अब ठीक-ठीक याद नहीं है। लेकिन इन सबसे इतना ज़रूर तय हो गया था कि जब भी समय मिलेगा स्वयं प्रकाश की कहानियों से गुज़रा जायेगा। लेकिन बाद में उनकी कहानियों से खुदरा तौर पर गुजरते हुए एकबारगी न तो दिली खुशी हुई और न ही संतोष या सुख जो अमूमन उनकी चर्चित कहानियों को पढ़ कर प्राप्त हुआ था। लेकिन जब एकमुश्त पढ़ा तो फिर कुछ बातें दिखीं, जो रेखांकित करने लायक लगीं।

बकौल स्वयं प्रकाश उन्होंने "दो सौ के आस-पास कहानियाँ लिखीं, लेकिन सब दोबारा परोसने योग्य नहीं हैं।" जिनमें से इक्यावन कहानियों का एक चयन उन्होंने खुद किया। यहाँ भी बतौर कहानीकार स्वयं प्रकाश के मूल्यांकन का आधार इन्हीं इक्यावन कहानियों को बनाया गया है एहतियातन हिमांशु पण्डया द्वारा चयनित व संपादित स्वयं प्रकाश की चुनिंदा कहानियों पर भी एक नज़र डाल ली गई। अच्छी बात यह रही कि स्वयं प्रकाश की चयनित कहानियों से इतर पाँच अतिरिक्त कहानियाँ हिमांशु पण्डया के चयन में मिली। इसी क्रम में स्वयं प्रकाश पर एकाग्र पुस्तक 'करीब से' को भी देखा गया लेकिन इन दोनों से इतर कोई अन्य कहानी वहाँ नहीं मिली।

स्वयं प्रकाश की पहली कहानी 1969 में प्रकाशित हुई। उन दिनों हिन्दी साहित्य में एक जनवादी उभार जैसी बात कही-सुनी जाती है। स्वयं प्रकाश उसी दौर के कहानीकार ठहरते

हैं। जनवादी की व्याख्या की बहुत आवश्यकता यहाँ नहीं जान पड़ती है। आवश्यकता इस बात को रेखांकित करने की है कि वे प्रगतिशील मूल्यों से बँधे रहे। उनकी जनवादिता के मूल में प्रगतिशील आग्रह रहे। प्रगतिशीलता के जो आग्रह हो सकते हैं, वह उनकी कहानियों में बहुत गाढ़े रूप में मौजूद हैं। समस्या प्रगतिशील आग्रहों की मौजूदगी से नहीं, उसको कहानी में बरतने की तरतीब से है। ऐसी काफी कहानियाँ हैं, जिसमें उनके वैचारिक आग्रह साफ-साफ देखे जा सकते हैं कहानियों को पढ़ते हुए यह तो भान होता ही है कि कुछ 'संप्रेषित' करने के लिए ही कहानी 'बुनी' गई है। 'बुनी गई है' से आशय यह है कि कहानी में चीज़ें अनायास नहीं घटित होती हैं, सायास घटित होती हैं। जहाँ यह सद्प्रयास दिखता है, वहाँ स्वयं प्रकाश वामपंथी वैचारिक आग्रहों के प्रचारक से कभी-कभी लगने लगते हैं। मतलब कहानी में एक 'आरोपित सोद्देश्यता' को साफ-साफ अनुभूत किया जा सकता है। इसे 'पार्टी लाईन' भी कहा जा सकता है। ऐसी कहानियों का तब जो भी मकसद रहा हो, अब बहुत प्रभावित नहीं कर पाती हैं। लेकिन 'पार्टी लाईन' की सीमारेखा में रहते हुए जिन कहानियों में कहानी की शर्तों का निर्वाह हुआ है, वहाँ कहानी 'पार्टी लाईन' के बावजूद याद रह जाती है। इस संदर्भ में नामवर जी का एक उद्धरण कौंधता है जो यूँ तो नयी कहानी के संदर्भ में उन्होंने कहा था पर स्वयं प्रकाश को पढ़ते हुए वह बात बहुत मौजू लगती है कि "कहानीकार की संपूर्ण कहानियों से पता चल जाता है कि वह अपने परिवेश को समझने और बदलने के लिए निरन्तर प्रयत्नशील है या नहीं? जागरुक कथाकार की हर कहानी उसके सामाजिक संघर्ष की दिशा में एक कदम होती है और यही दिशा उसकी हर छोटी से छोटी कहानी को वृहत्तर अर्थवत्ता प्रदान करती है। कहानी के लिए अभीष्ट वर्ण्य वस्तु चुनने के क्रम में भी एक निश्चित जीवन दृष्टि होती है।"

स्वयं प्रकाश कहानी के 'क्राफ्ट' के मोर्चे पर थोड़े कमजोर ठहरते हैं। उनकी ज़्यादातर कहानियों की 'कहन शैली' में एकरूपता है। कहानी का एक 'फार्मेट' है, उनके पास। और उसी प्रारूप में वे कहने को अभ्यस्त हैं। इस प्रारूप की खासियत यह है कि उसमें एक सूत्रधार होगा जो कथावाचक की भूमिका में भी होगा। चूँकि स्वयं प्रकाश की कहानियों की एक खास वैचारिकी रही है, तो कहानी में उस वैचारिकता को स्थापित करने के मौके बराबर वे निकालते नज़र आते हैं। स्वयं प्रकाश कैसे इसे कहानी में बरतते हैं, इसे समझने में उनकी एक कहानी 'कहानी की शुरूआत' ज़रूर पढ़ी जानी चाहिए। जिसमें वे कहानी को कैसे 'हैंडल' करना है, विषय पर बात करते हुए देखे जा सकते हैं। उसे पढ़ते हुए उनकी कहानियों को समझने के एकाध सूत्र हाथ लगते हैं। जैसे कि क्यों वे विरोधी विचार या स्वभाव वाले पात्रों या स्थितियों को कहानी में लाना पसंद करते हैं। क्योंकि ऐसे अवसर

पर अपने विचार ज़्यादा बेहतर और बलपूर्वक रखे जा सकते हैं। ऐसे अवसर के माध्यम से कहानी में वे अपना अभिप्रेत संप्रेषित करते हैं। इनकी कहानियों में अनुभूति की तुलना में वैचारिकता सघन रुप में मौजूद है। दूसरी बात कहानी घटित होकर प्रेषित होने की तुलना में 'वाच्यता' के धरातल पर प्रेषित होती है। इनकी कहानियों में ऐसे पात्र आसानी से मिल जायेंगे जिसे आप कहानीकार के 'माउथपीस' के बतौर आसानी से पहचान सकें। लेकिन आज इनकी कहानियों को ठीक-ठीक पढ़ पाना लेख का नहीं शोध का विषय हो गया है। पहली चुनौती जो हमारे साथ किसी भी 60-70 के दशक वाले कहानीकार के साथ दरपेश आती है, वह यह कि हम ठीक-ठीक उस परिवेश का अनुमान कर पाने में असमर्थ हैं असमर्थ इस स्तर पर कि हम उस क्षण को अनुभूत नहीं कर सकते हैं कि उस दौर में यह कहानियाँ अपने समकाल में किस स्तर पर हस्तक्षेप कर रहीं थीं। हम जिसे शिल्पगत कमजोरी कह रहे हैं क्या उस दौर में भी इसे उसी रूप में लोग देख रहे थे या आस्वाद के धरातल पर तब यह शायद नई चीज़ रही हो, इसके बाबत बगैर शोध के दावे के साथ कुछ नहीं कहा जा सकता है।

स्वयं प्रकाश की कहानियों में अलग से कोई 'कलात्मक कोशिश' नहीं दिखती है। वे साफ-साफ बात करना पसंद करते हैं। साफगोई उनकी कहानियों की एक खासियत है। दूसरे कहानीकारों के मानिंद उनकी कहानियाँ भी उनके जीवनानुभवों से साकार हुई हैं। इस बात की तस्दीक उनके आत्मकथात्मक संस्मरण 'धूप में नंगे पाँव' से की जा सकती है। जहाँ अपनी कई कहानियों की कथाभूमि और प्रेरणासूत्र के बाबत उन्होंने खुद बातें की हैं। उनकी आरंभिक कहानियों में तो यह प्रायः मौजूद है कि अकारण भी वे बहुत-सी बातें कहानी में ले आते हैं, जिसके न होने से भी कहानी की सेहत पर कोई खास असर नहीं पड़ता। उसे हम एक 'अवांछित अतिरिक्त' कह सकते हैं। परवर्ती कहानियों में भी यह प्रवृत्ति खत्म नहीं होती है, कम ज़रूर हो जाती है। इस वाक्य से यहाँ आशय चेखव के उस वाक्य से है कि 'अगर नाटक के पहले दृश्य में बंदूक टंगी हुई दिख जाये तो उसे अंत से पहले चल जाना चाहिए।' पर इस संदर्भ में थोड़ा सहानुभूतिशील होकर सोचता हूँ तो इस नतीजे पर पहुँचता हूँ कि ऐसा करने के मूल में एक तो कहानी में निहित वास्तविकता को उसी रूप में हम तक संप्रेषित करने का उनका आग्रह रहा है। क्योंकि उन्होंने जो जिया है, उसे ही लिखा है। पार्टी लाईन में चलते हुए उन्होंने झूठ या आदर्श का 'फार्म्यूलेशन' नहीं किया है। 'उल्टा पहाड़' कहानी इस बात का सबसे उम्दा उदाहरण है। और दूसरा यह कि शायद शुरूआती कच्चापन भी रहा हो, लेकिन परवर्ती कहानियों में भी जब यह 'अवांछित अतिरिक्त' दिखता है, तो प्रतीत होता है कि कहानी में जो 'संरचनात्मक कसाव' होता है, उसके प्रति

वह सजग नहीं थे। कहानी के संदर्भ में सांकेतिकता जैसे गुणों की चर्चा की जाती है तो उसका एक आशय कहानी विधा में निहित 'अपेक्षित संरचनात्मक कसाव' से भी होता है।

स्वयं प्रकाश कहानियों के मार्फत् जन के मन की वैचारिकी या चेतना को कहें प्रभावित या संस्कारित-संवर्द्धित करना चाहते हैं। यह बाकायदा उनकी कहानियों का उद्देश्य प्रतीत होता है। इसलिए उनकी कहानियों की एक प्रमुख विशेषता 'सोद्देश्यता' ठहरती है। इस 'सोद्देश्यता' के आधार पर भी उनको प्रेमचंद की परम्परा में रखा जा सकता है। यहाँ स्वयं प्रकाश का एक उद्धरण रख रहा हूँ। "रचना अपने पाठकों को सामाजिक क्रान्ति के लिए मानसिक रूप से तैयार करती है। उनके मनोविज्ञान को समझते हुए और बदलने के लिए उन्हें पूरा मौका और समय देते हुए। हम रचना में सामंती-पूँजीवादी मूल्यों का मजाक उड़ायेंगे...अपने और पाठक के संस्कारों में घुसे बैठे साम्प्रदायिकता, कामचोरी, फीटीशिज्म, मेल शॉविनिज्म, अवसरवादिता वगैरह के चोरों पर से पर्दा हटाकर उन्हें मारते-मारते रोशनी में लाकर खड़ा कर देंगे और हताशा की अमानवीय दलदल में धड़ तक धँसे हुए जन को यह जँचाते रहेंगे कि आख़िर जीत उन्हीं की यानी अपनी ही है। हम उसे न आदर्शवाद की खाई में गिरने देंगे न सुविधाजीविता की काई में रपटने देंगे। उसके घुटनों को, पिंडलियों को, रगपुट्ठों को (और साथ ही अपने भी) साबुत-सलामत रहना और मजबूत बनाना, टिकने न देना आज की रचना का सबसे बड़ा और शायद एकमात्र दायित्व है।" अब उनके इस उद्धरण को प्रेमचंद के निबंध 'साहित्य का उद्देश्य' में प्रेमचंद द्वारा वर्णित साहित्य के उद्देश्य के समानांतर रखकर देखने पर, प्रेमचंद की परम्परा वाली बात को एक नये कोण से भी देखा जा सकता है। दूसरी साम्यतायें हैं और भी ढूँढी जा सकती हैं। इस सोद्देश्यता को स्थापित करने का उनका प्रमुख औजार 'संवाद' रहा है। उनकी कहानियाँ आरंभ जहाँ से भी हों, वे जल्दी से जल्दी संवाद के मैदानी इलाकों में दाखिल हो जाती हैं। कहानियों में मिलने वाले इस संवाद में ही उनकी सामाजिक चिंता, सामाजिक दर्शन निहित होता है। इन संवादों के जरिये ही वस्तुतः वे कहानी में अपना अभिप्रेत संप्रेषित करते हैं। 'डॉयलाग' एक टूल है उनके लिए जिसका वे सामाजिक और राजनीतिक दोनों अर्थों में अनवरत इस्तेमाल करते हैं। संवाद जिसे कहानी के एक तत्त्व के बतौर हम देखते-पढ़ते आये हैं, वही संवाद स्वयं प्रकाश के यहाँ उनकी कार्यसूची (एजेण्डे) को क्रियान्वित करने का प्रमुख उपादान (टूल या वीपन) है।

स्वयं प्रकाश कहानियों के अंत को लेकर थोड़ा सजग कहानीकार हैं। वे जानते हैं कि कहानी के ढीलेपन को 'फीनिशिंग लाईन' के आस-पास आकर भी कसा जा सकता है। इसलिए तकरीबन कहानियों के अंत में वे कुछ अलग करने की कोशिश करते हैं। उस

कोशिश के मूल में आपके लिए एक सवाल छोड़ जाते हैं। मानो आपको क्या लगता है? आप रहे होते तो क्या हुआ होता? आप क्या सोचते हैं, उसने ऐसा करके ठीक किया या नहीं किया? मतलब अंत में वे पाठक को कहानी के भीतर खींच लेने की एक कोशिश करते हैं। उनकी कहानियों से तुरंत बाहर आ पाना संभव नहीं हो पाता है। कहानी के जरिये बैताल की शक्ल में वह एक सवाल आपके पीछे छोड़ जाते हैं। अगर आप संवेदनशील हैं तो निश्चित तौर पर आप कहानी के बाद भी कहानी के भीतर पाये जा सकते हैं। क्योंकि जैसा मैंने कहा वे कहानी को वास्तविकता के इर्द-गिर्द रखना पसंद करते हैं। इस कारण उनकी अधिसंख्य्य कहानियाँ 'मैं' शैली वाली हैं। अन्य पुरूष वाली कहानियाँ उनके पास बेहद कम हैं। उनकी कहानियों में 'नरेटर' आपको मिलेगा ही मिलेगा। मानो आप 'आँखों देखी' ही पढ़ रहे हों। कहानी में वर्णित कथ्य तकरीबन किसी साक्षी, सहचर, सहयात्री, दर्शक या भोक्ता के माध्यम से ही आप तक पहुँचता है। यथार्थ की जमीन से कहानी के पाँव वे कभी उखड़ने नहीं देते हैं।

स्वयं प्रकाश एक 'चिंतक कहानीकार' हैं। उनकी कहानियाँ और कुछ करे न करे, सोचने को विवश ज़रूर करती हैं। यथास्थिति के बारे में, विकल्पहीनता के बारे में, समाज के बारे में, जाति के बारे में, धर्म के बारे में, स्त्री के बारे में, भारतीय राजनीति के बारे में, मध्यवर्गीय मानसिकता के बारे में और न जाने कितने बारे में। स्वयं प्रकाश की कहानियाँ 'जो है, उससे बेहतर के बारे में है'। आपको वह 'स्थिरचित्त' नहीं रहने देती हैं, अस्थिर कर जाती हैं।

स्वयं प्रकाश की कहानियों में 'शिल्पगत सजगता' की भरपाई 'वैचारिक प्रतिबद्धता' से होती दिखलाई पड़ती है। यद्यपि यह दोनों जुदा बातें हैं, जो एक दूसरे का स्थानापन्न तो कतई नहीं हो सकती हैं। पर स्वयं प्रकाश ऐसा करते हैं। उनकी कहानियों में एक 'वर्ग दृष्टि' की मौजूदगी भी देखी जा सकती है। 'सेक्युलर एप्रोच' जिसे कहते हैं, उसे भी देखा जा सकता है। स्वयं प्रकाश के यहाँ यह दोनों बातें ठोस रूप में मौजूद हैं। मसलन् साम्प्रदायिकता की बात करते हुए अल्पसंख्यक खासकर मुसलमानों के प्रति संजीदा होने की रवायत रही है। लेकिन स्वयं प्रकाश की दो कहानियों की चर्चा इस संदर्भ में विशेष तौर पर करना जरूरी जान पड़ता है। यह दोनों उनकी बहुचर्चित कहानियाँ हैं। एक 'क्या तुमने कभी सरदार भिखारी देखा?' और दूसरा 'पार्टीशन'। 1984 के सिक्ख दंगों पर इस प्रभाव की दूसरी कहानी शायद मौजूद हो। सिक्खों के साथ हुए अत्याचार को दर्ज किये जाने का विचार ही अपने आप में उनकी संजीदगी और सरोकार का पता देने को पर्याप्त है। उस कहानी की मार्मिकता भीतर तक कचोटती है। उसकी स्मृति हाँट करती है। दो वाक्य रख रहा हूँ। इन दोनों वाक्यों के अंतराल में पूरी कहानी नहीं सिक्खों की पूरी यातना मौजूद है।

"कुछ नहीं होगा सरदार जी, तुसी मजे से बैठो। हमारे होते आपका कोई कुछ नहीं बिगाड़ सकता।" 4 और दूसरा वाक्य है, "आप तो बस मुझे चा चू के पैसे दे दो। बिलासपुर में वापस कर दूँगा।" इस पर स्वयं प्रकाश ने उस घटना के प्रत्यक्षदर्शी से तीन पंक्तियाँ मन ही मन कहलाई हैं। "यह आदमी अब भी, इस हाल में सिर्फ़ चाय के पैसे माँग रहा है! मेरी रीढ़ तक एक सर्द झुरझुरी दौड़ गई। उसका सत्तर साल का तजुर्बा हम हकीरों से सिर्फ़ चाय के पैसे माँग रहा था।" यह तीन पंक्तियाँ एक किस्म की 'सभ्यता समीक्षा' है। यह हमें आईना दिखातीं है। आत्मावलोकन के लिए मजबूर करती हैं। अब इस कहानी के शीर्षक पर गौर फरमाइये, तब जाकर आपको इस कहानी से इतर एक कहानी दिखेगी, सिक्खों की अदम्य जिजीविषा की। विभाजन का दंश झेलने के बाद भी उन्होंने हाथ नहीं फैलाये। बुनियादी आत्मसम्मान और मानवीय गरिमा को बचाये रखने का जतन किसी कौम ने किया है तो निश्चित ही सिक्ख इस मामले में अतुलनीय है। इसलिए जीवन के कठिनतम क्षण में भी सरदार जी चा चू के नाम पर माँगते तो ज़रूर हैं, लेकिन अगले ही वाक्य में वह खुद्दारी भी दिखती है कि 'बिलासपुर में वापस कर दूँगा।' इस देश में सिक्खों के अलावा अपने बुरे दिनों से किसी और कौम ने कितना सीखा है? मुझे नहीं मालूम। लेकिन यह तथ्य है कि भारत की यह अकेली कौम है जिनके गुरूद्वारे दुर्दिन में पड़े किसी भी जाति-धर्म के मनुष्यों के लिए समान रुप से लंगर चलाते हैं।

साम्प्रदायिकता का सवाल स्वयं प्रकाश के यहाँ 'जीरो टोलरेन्स जोन' वाली श्रेणी में आता है। 'पार्टीशन' कहानी महत्त्वपूर्ण इसलिए नहीं हो जाती है कि वह इसी मसले को संबोधित है। बल्कि वह एक ऐसी मानसिकता और सोच को सामने लाती है, जो विभाजन के बाद भी विभाजन के जारी रहने का आशय समझाती है। इस कहानी की सीध में दूसरी कहानी अनिल यादव कि 'दंगा भेजियो मौला' ठहरती है। यह दोनों कहानियाँ साम्प्रदायिकता की हमारी प्रचलित समझदारी को, जिसे हम 'कन्वेंशनल विजडम' कहते हैं, को सिर के बल खड़ा कर देती हैं। यह दोनों कहानियाँ इस बात को पुख्ता तौर पर रेखांकित करती हैं कि विभाजन को साल 1947 से जोड़कर देखना समझदारी नहीं है। वह आज के दिन तक जारी है। (फल और सब्जियाँ बेचने वाले आदमी का धर्म देख कर खरीदी जाने लगी हैं। हम यहाँ तक आ पहुँचे हैं।) साम्प्रदायिकता के मसले पर उनके पास कई कहानियाँ हैं, जैसे–'रशीद का पाजामा', 'चौथा हादसा', 'आलेख' और 'आदमी जात का आदमी'। इस संदर्भ में एक बात अलग से रेखांकित करने लायक है और वह यह कि स्वयं प्रकाश उस जमाने में भी राष्ट्रीय स्वयं सेवक संघ की भूमिका को अपनी आँखों से ओझल नहीं होने देते हैं। यदा-कदा उनकी कहानियों में संघ की सक्रियता देखी जा सकती है। 'आलेख' में तो वे बाकायदा संघ की शाखा और उसके प्रति बालमन के आकर्षण और

उसके मनोविज्ञान को रेखांकित करते हैं। बल्कि कहानी का अंत ही वे इस नोट से करते हैं कि जहाँ जनेश्वर बाबू अपने बेटे मानव के प्रति ऐसा सोच रहे हैं कि "मानव को जब समझ आयेगी तो वह बेल्ट भी उतार फेंकेगा। जैसे एक दिन उन्होंने फेंक दी थी।" वह शाखाओं में दी जाने वाली बेल्ट की बात कह रहे हैं। कोई चाहे तो इस दिशा में शोध कर सकता है कि स्वयं प्रकाश के समकालीनों में और किनका ध्यान संघ की गतिविधियों और उसके संभावित परिणामों की ओर गया था? मेरे जानते इस मामले में वे अकेले हैं, जिनके संज्ञान में राष्ट्रीय स्वयंसेवक संघ सचेत तौर पर शामिल है।

वामपंथी साहित्यकारों में साम्प्रदायिकता को लेकर एक चिंता रही है, स्वयं प्रकाश भी इससे अछूते नहीं हैं। फिर सवाल यह भी उठता है कि मार्क्सवाद के और किन-किन गुणों या मूल्यों को वह कहानी के स्तर पर धारण करते हैं? इसी से जुड़ा एक और सवाल है कि क्या कहीं मार्क्सवाद की प्रचलित समझदारी में वे कुछ जोड़ते भी हैं या अनुशासित कैडर की तरह ही पार्टी लाईन का अनुकरण करते रह जाते हैं? जैसा कि ऊपर भी लिख चुका हूँ कि स्वयं प्रकाश की कहानियों में उनका जीवन अनुभव झाँकता है। उनका जीवन अनुभव भी बहुत व्यापक रहा है। नौकरी के मोर्चे पर वे कई घाट चढ़ते-उतरते रहे। इतने घाट शायद ही हिन्दी का कोई और कहानीकार लगा हो। नौकरी में जहाँ रहे वहाँ मजदूर संघ के गठन के लिए प्रयत्नशील रहे। इसलिए मजदूर संघ, शिक्षक संघ या वर्कर्स यूनियन की कहानियाँ भी उन्होंने लिखी। 'एक छोटी-सी लड़ाई', 'विदाई समारोह', 'संहारकर्ता' आदि उनके इन्हीं अनुभवों को दर्ज करने वाली कहानियाँ हैं। इन कहानियों के केन्द्र में संगठन निर्माण की चुनौतियाँ, संगठन की अन्दरूनी लड़ाइयाँ, बाहरी लड़ाइयाँ, आपसी फूट और व्यक्तिगत महत्त्वाकांक्षा आदि का चित्रण है।

मार्क्सवाद पर एक बड़ा आरोप जाति और स्त्री सवालों से मुँह चुराने का लगता रहा है। स्वयं प्रकाश कहानियों में मार्क्सवाद की इस सीमा का अतिक्रमण दिखता है। स्त्री विमर्श की तुलना में दलित सवालों को लेकर अपनी कहानियों में वे ज़्यादा मुखर हैं। स्त्री चेतना वाले संदर्भ में उनकी 'अशोक और रेणु की असली कहानी' जरूर देखी जानी चाहिए। दलित वाले मसले पर तो वे आज के अर्थ में अपने समय में खड़े हैं। इस दृष्टि से उनकी कहानी 'जो हो रहा है', अवश्य पढ़ी जानी चाहिए। यह क्रांतिकारी दलित चेतना की कहानी है। वैसी आक्रामक क्रांतिकारिता जिसका नमूना हम प्रेमचंद के 'गोदान' में सिलिया और मातादीन वाले प्रकरण में देखते हैं। कहानी के अंत में ज्योतिबा फुले की यह सीख कानों में जोर-जोर से गूँजने लगती है कि "विद्या बिना मति गई, मति बिना नीति गई, नीति बिना गति गई, गति बिना वित्त गया। इतने अनर्थ एक अविद्या ने किये।"

स्वयं प्रकाश सिर्फ़ जातिगत, धार्मिक और लैंगिक हदबंदियों को ही अपनी कहानी में नहीं लाँघते हैं। भारतीय समाज में श्रम का जो स्तरीकरण है, उसके अलग-अलग स्तरों पर टिके मनुष्यों और समाज की कहानी को वह लेकर आते हैं। यह ज़रूर है कि उच्च वर्ग को अपनी कहानियों में उन्होंने जगह नहीं दी है। मजदूर और किसानों से इतर उन्होंने निम्न वर्ग, निम्न वित्तीय मध्य वर्ग, मध्य वर्ग और बहुत हुआ तो थोड़ी अफसरशाही को अपनी कहानी में जगह दी है। लेकिन पक्षधरता के स्तर पर एक सचेत 'वर्ग दृष्टि' सदैव उपस्थित है। बल्कि एक कहानी आदिवासी समाज की भी है, जिसके बारे में वे खुद लिखते हैं कि "उड़ीसा के बेहद पिछड़े इलाके सुंदरगढ़ में छह साल रहा और वहाँ से बस यही एक कहानी 'बलि' कमाकर लाया।" इस कहानी का जो त्रासद अंत है, वह आज आदिवासी बहुल इलाकों का यथार्थ है। लेकिन आदिवासी विमर्श की निगाह से देखने पर इस कहानी पर सख्त आपत्ति दर्ज की जा सकती है। विशेषकर उसके त्रासद अंत के लिए। क्योंकि त्रासद अंत के मूल में एक दूसरा आदिवासी मौजूद है, जिस संभावना का अंत कहानी में होता है उसके पक्ष में आदिवासी समाज खड़ा नहीं होता है। भारत के कई आदिवासी बहुल राज्यों की यह वास्तविकता है, लेकिन कहानी जिस शरणदाता के रूप में विकल्प को प्रस्तावित करता है। वैचारिक धरातल पर आदिवासी हितों के पैरोकार उससे असहमत हो सकते हैं।

नामवर सिंह ने 'कहानी : नयी कहानी' में चेखव के हवाले से कथानक के संदर्भ में एक बात रेखांकित की है। वैसे तो यह नयी कहानी के बारे में है, लेकिन उस बात को थोड़े संशोधन के साथ स्वयं प्रकाश पर भी लागू किया जा सकता है। वे उतार-चढ़ावहीन एकदम सपाट कथानकों की बात करते हुए इसका श्रेय चेखव को देते हैं और वहाँ से बाकी संसार में फैलने की बात करते हैं। और इस विस्तार को 'कहानी में यथार्थवाद के विजय के पहले उद्घोष के रूप में देखते हैं।' इसी क्रम में वे यह कहते हैं कि "पाठक को अपनी ओर खींचने का यह पुराना साधन हाथ से निकलते ही कहानीकार ने अन्य साधनों की खोज की। कभी उसने अत्यन्त मार्मिक प्रसंग खंड की संवेदनशीलता का सहारा लिया, तो कभी झकझोर देने वाले विचार स्फुलिंग का। इस तरह नये कहानीकार ने अपने अभीष्ट विचार की अभिव्यक्ति के लिए अत्यन्त प्रभावशाली तथा साभिप्राय घटना-प्रसंग का उपयोग किया, जिसकी सारी शक्ति आद्योपान्त व्याप्त उद्देश्य में है। ऐसी कहानियों के अंत तक जाते-जाते संपूर्ण कथानक एक सारगर्भी विचार के रूप में झंकृत हो उठता है। यह साभिप्राय घटना प्रसंग सर्वथा कल्पित अथवा अविश्वसनीय भी हो सकता है और अत्यन्त वास्तविक भी। घटना प्रसंग जितना ही वास्तविक होगा, कहानी उतनी ही जानदार होगी।" नामवर जी इस शैली के सर्वोत्तम प्रतिनिधि कहानीकार के रूप में यशपाल का नाम लेते हैं। उपरोक्त कथन

को स्वयं प्रकाश के संदर्भ में भी अक्षरशः रखा जा सकता है। बस यशपाल की तुलना में स्वयं प्रकाश के यहाँ साभिप्राय घटना प्रसंग सर्वथा कल्पित और अविश्वसनीय, कम परिमाण में हैं।

स्वयं प्रकाश ने अंग्रेज़ी में जिसे 'शार्ट स्टोरी' कहते हैं, उस 'फार्म' को कायदे से पकड़ा था। लेकिन कहानी की उनकी पिच सपाट ही रही, जिसमें यथार्थ के सीधे बल्ले से ही वह अभ्यास करते रहे। स्वयं प्रकाश के यहाँ अनेक ऐसी कहानियाँ मिलती हैं, जहाँ पात्रों के लिए एक ही नाम कई बार व्यवहृत होता है। यह थोड़ा खटकता है कि नाम बदल देने से ही क्या हो जाता। रोज़मर्रे की मामूली बातों को भी उन्होंने अपनी कहानी का विषय बनाया। उनकी कहानियों से गुजरने के बाद मुझे व्यक्तिगत तौर पर जो कहानियाँ पसंद आईं, उसमें 'क्या तुमने कभी कोई सरदार भिखारी देखा?' और 'पार्टीशन' की बात मैं ऊपर कर चुका हूँ। उससे इतर भी कुछ कहानियाँ हैं। जैसे संभवतः 1970 के आस-पास मारवाड़ में आई बाढ़ की पृष्ठभूमि में लिखी गई कहानी 'सूरज कब निकलेगा'। अपनी मार्मिकता के कारण 'चीं घोड़ी', 'अविनाश मोटू उर्फ एक आम आदमी' और 'नैनसी का धूड़ा' मुझे खास पसंद है। इन तीन कहानियों पर अलग से बात की जा सकने वाली कई बातें हैं। तीनों के केन्द्र में ऐसे सीधे और निरीह पात्र हैं कि आपका हृदय सीधे उनसे जुड़ जाता है। 'चीं घोड़ी' की लालू की बेबसी तो कुछ इस कदर उभरी है कि आप मुट्ठी बाँधे कहानी में तत्क्षण दाखिल हो जाना चाहते हैं। परिस्थिति आदमी को कैसे बेबस कर देती है? इसी बेबसी को एक बदले हुए रूप में वे 'नैनसी का घूड़ा' में लेकर आते हैं। एक मवेशी, एक बैल के जरिये वह कहानी को जिस ढंग से खड़ा करते हैं। और जहाँ उस कहानी को खत्म करके 'नैन सिंग' की टेक लेकर आते हैं। अचानक से वह कहानी इस कदर बड़ी हो जाती है कि लगता है कि स्वयं प्रकाश ने कमाल कर दिया है। कहानी के आख़िर में वह बस एक परिच्छेद जोड़ते हैं और धूड़ा की जगह हमें नैनसी दिखने लगता है। एक बैल की जगह एक मजदूर। बैल और मजदूर जिस ढंग से एकाकार हो जाते हैं। यह कहानी की ताकत है। उस क्षण कहानी में एक जादू घटित होता है। स्वयं प्रकाश आपकी स्मृतियों में नक्श हो जाते हैं। उस क्षण से पहले तक वह कहानी कभी प्रेमचंद के 'दो बैलों की कथा' कभी कैलास बनवासी की 'बाज़ार में रामधन' की याद दिलाती है। लेकिन अनायास उस आखिरी परिच्छेद के साथ वह इस 'जॉनर' की अकेली कहानी बन कर खड़ी हो जाती है। वह प्रतीक कथा सी लगती जान पड़ती है, लेकिन उसके पार चली जाती है। और 'अविनाश मोटू उर्फ एक आम आदमी' में अविनाश का चरित्र उन्होंने जिस ढंग से उतारा है, उसे हम 'प्राण प्रतिष्ठा' करने जैसा कुछ कह सकते हैं। अविनाश मोटू जिस जीवंत ढंग से इस कहानी में उतरता है, ऐसा बहुत कम हो पाता है। अविनाश मोटू की सदाशयता और भलमनसाहत को स्वयं प्रकाश

केवल दो-तीन घटना के माध्यम से पकड़ते हैं और उतने में ही एक जीता-जागता-हँसता-खिलखिलाता मनुष्य हमारी कल्पना से बाहर साकार या मूर्त्त हो उठता है। यह स्वयं प्रकाश की लेखनी की ताकत है। इन कहानियों के कारण स्वयं प्रकाश हिन्दी कहानी के इतिहास में याद किये जाते रहेंगे। संभव है कि देश-काल के बदलने पर उनकी कुछेक कहानियों के अर्थ और नये रूप में उभर कर सामने आ जायें जो इस वक्त दरपेश न हो सकें। फिलहाल तो इतना ही।

सामाजिक अवमूल्यन की गहरी बेचैनी से उपजी कहानियाँ

संजय जायसवाल

आज पूरा देश आज़ादी का अमृत महोत्सव मना रहा है। यह सच है कि 1947 के बाद देश की जनता ने अनेक पड़ावों को पार किया है। ये पड़ाव कभी अमृत की तरह लगे हैं तो कभी विष की तरह। हालाँकि आज़ादी के बाद के भारतीय जनता ने बहुत कुछ देखा और भोगा है। जीवन की विसंगतियों और स्वप्न के टूटने के कई वृत्तांत समय-समय पर हमें हिन्दी कहानी में पढ़ने को मिलते हैं। खासकर सन् 47 में पैदा हुए कहानीकार स्वयं प्रकाश की कहानियों में हमें जीवन की कई-कई आहटें इकट्ठे सुनने को मिलती हैं।

स्वयं प्रकाश एक ऐसे कथाकार हैं, जिनके यहाँ कुछ भी लिखना एक मानवीय अभ्यास है और इस अभ्यास का संबंध हमारे आसपास घटित होने वाली घटनाओं से है। इनकी कहानियाँ एक ओर कथा कहती हैं तो दूसरी ओर मानव-विरोधी कृत्यों का प्रखर विरोध भी। 'बनास' पत्रिका के प्रवेशांक में प्रकाशित वक्तव्य में वे एक गहरी बेचैनी के साथ अपने समय के सच को बयाँ करते हैं। वे समाज में बढ़ती संवेदनहीनता के कारण चिंतित हैं। ऐसे में वे लेखक को मात्र दर्शक बनने पर दुखी हैं। वे रचना को जीवन की थाती बनाने की बात करते हैं। इतना ही नहीं वे लेखकीय तटस्थता को संदेह की दृष्टि से भी देखते हैं। स्वयं प्रकाश की प्रतिबद्धता सामाजिक मूल्यों की पक्षधरता के साथ है। इसलिए वे चाहते हैं कि रचनाकार पूँजी, बाज़ार, सत्ता, खुदगर्जी और झूठे आकर्षण से रचना को बचा ले। दरअसल रचनाएँ ही हमें सामाजिक बदलाव के लिए प्रेरित करते हुए मानवीय बनाती हैं। वे कहते हैं–"रचना मूल्यों के धरातल पर तर्क के बमों से सुराख करती है और बदबूदार बुरादा बाहर निकालती है। रचना अपने पाठकों को सामाजिक क्रांति के लिए मानसिक रूप से तैयार करती है।...अपने और पाठक के संस्कारों में घुसे बैठे सांप्रदायिकता, कामचोरी, फीटिशिज्म, मेल शॉविनिज्म, अवसरवादिता वगैरह के चोरों पर से पर्दा हटाकर उन्हें मारते-मारते रोशनी में लाकर खड़ा कर देंगे और हताशा की अमानवीय दलदल में धड़

तक धँसे हुए जन को यह जंचाते रहेंगे कि आख़िर जीत उन्हीं की यानी अपनी ही है। हम उसे न आदर्शवाद की खाई में गिरने देंगे, न सुविधा जीविता की काई में रपटने देंगे। उसके घुटनों को, पिंडलियों को, रगपुट्ठों को (और साथ ही अपने भी) साबुत-सलामत रखना अैर मजबूत बनाना, टिकने न देना आज की रचना का सबसे बड़ा और शायद एकमात्र दायित्व है।"

संभवत: यही वजह है कि स्वयं प्रकाश ताउम्र एक साहित्यकार के दायित्वबोध से बंधे रहते हैं। उनके लेखन की सबसे बड़ी विशिष्टता और महत्ता यह है कि वे जीवन के अनुभवों को सहजता से सहेजते हैं। साथ ही जीवन में व्याप्त मूल्यहीनता से उत्पन्न दोहरेपन को भी भेदते हैं। यह सच है कि स्वयं प्रकाश का रचनाकाल लगभग पाँच दशकों तक फैला है। उनकी पहली कहानी 'टूटते हुए' 1969 में 'समाज कल्याण' नामक पत्रिका में छपी। तदुपरांत उन्होंने लगभग 200 कहानियाँ लिखी। उन्होंने जिस समय कहानी लिखना प्रारंभ किया नई कहानी, अकहानी, एँटी कहानी आदि के आंदोलन समाप्त हो चुके थे, लेकिन उनका कुछ असर बना हुआ था। उस समय धीरे-धीरे जनवाद का उभार होने लगा था। इस संदर्भ में वे लिखते हैं–"चंद्रभूषण तिवारी ने 'वाम' पत्रिका निकाली। बांदा में प्रगतिशील लेखक सम्मेलन हुआ और हिन्दी कहानी में बगैर नारेबाजी के एक नया आंदोलन शुरू हो गया जिसने कहानी की शक्ल ही बदलकर रख दी। कहानी में पात्रों के नाम व पहचान वापस आ गयी, उत्पादक वर्ग के लोग और उनका माहौल वापस आ गया, गाँव-देहात के दृश्य फिर दिखाई देने लगे, निष्क्रिय-निकम्मे पात्र गायब हो गए और उनकी जगह सक्रिय और जूझारू पात्रों ने ले ली, कुंठा-संत्रास-ऊब-अजनबीपन-घुटन-भोगा हुआ यथार्थ वगैरह के स्थान पर जीवन के ठोस और बुनियादी अंतर्विरोधों की बात फिर से की जाने लगी, प्रतिबद्धता पर बहस करने की बजाय प्रतिबद्धता को धारण कर लिया गया और कहानी की भाषा में देश की बोली-बानी की गमक और खनक फिर सुनाई देने लगी। संक्षेप में कहें तो कहानी पुन: प्रेमचंद की परंपरा से जुड़ी।"

स्वयं प्रकाश ने जिस तरह से कहानी में प्रतिबद्धता को धारण करने की बात कही, उससे यह अंदाजा लगाना आसान है कि उनकी कहानियों में वामपंथी वैचारिकता यानी एक खास विचारधारा के प्रति गहरा आकर्षण दिखता है। जिसे स्वयं प्रकाश ने बड़ी ईमानदारी से स्वीकार भी किया है। नामवर सिंह ने भी पल्लव जी से बातचीत के क्रम में इस बात की पुष्टि की है। स्वयं प्रकाश वर्ग चेतना को कभी नहीं भूलते और इस वर्ग-चेतना का ही विस्तार उनकी कई कहानियों में देखा जा सकता है।

हालाँकि स्वयं प्रकाश स्वतंत्रता के कुछ माह पहले पैदा होते हैं। इसलिए स्वतंत्रता पूर्व की हिन्दी कहानी से भिन्न स्वतंत्र भारत के अनुभव को अपनी कहानियों में शामिल करते

हैं। उनकी कहानियाँ वैविध्यपूर्ण होने के साथ जीवन-सत्य के बहुत निकट हैं। हरित क्रांति, नक्सलबाड़ी आंदोलन, आपातकाल, उदारीकरण, तकनीकी युग और उपभोक्तावादी संस्कृति के कुप्रभावों से निर्मित मध्यवर्ग, ग्रामीण और कस्बाई जीवन की अनेक कथाएँ इनकी कहानियों में सच की तरह मौजूद हैं। उनका यह भी मानना है कि अपने समय के प्रश्नों से कतरा कर कोई रचना कालजयी या महान नहीं हो सकती। इसलिए वे स्थानीयता के साथ सार्वभौम सत्य को अपनी रचना में उकेरते हैं।

स्वयं प्रकाश की कहानियाँ विराट जीवन की लघु कथाएँ हैं। जहाँ वे अपने जीवनानुभव से जीवन के कई वितान रचते हैं। उन्होंने मध्यवर्ग, मजदूर, किसान, स्त्री, दलित, सांप्रदायिकता, राजनीतिक स्वार्थपरता, मूल्यहीनता, धार्मिक कूपमंडूकता, विस्थापन आदि विषयों पर सहानुभूतिपूर्ण और विवेकपरक लेखन किया है। वे साधारण घटना को भी असाधारणत्व प्रदान करते हैं। वे कहीं-कहीं मानव-जीवन की चुनौतियों और संघर्षों के बीच उम्मीद खड़ा करते हैं। 'सूरज कब निकलेगा' कहानी में वे भैराराम के बहाने गरीबी और प्राकृतिक आपदा में फंसे एक किसान परिवार की चीख को सुनते हैं। जहाँ वह भय, असहायता और लाचारी के बीच फंस जाता है। फलस्वरूप उसकी चेतना लगभग शून्य हो जाती है। बावजूद इसके भैराराम भविष्य का सपना बुनता है। तभी तो अंधेरी रात में जिंदगी और मौत के बीच झूल रहे भैराराम की चिंता फसल को लेकर है। "भरी पूरी फसल का तबाह हो जाना किसान के लिए बेटे के मौत से छोटा गम नहीं होता।" यानी लेखक किसान की चिंता के केंद्र में उसके फसल को रखता है। फसल किसी भी किसान के लिए जीवन का आधार है।

स्वयं प्रकाश की कहानियाँ प्रेमचंद की परंपरा को आगे ले जाने वाली हैं। 'उल्टा पहाड़' कहानी में उनकी वर्गीय चेतना मजदूरों की तरह ही किसानों के पक्ष में है। आज किसान सरकार की अदूरदर्शिता, जमाखोरी और बिचौलियों के कारण सिर्फ़ किसानी ही नहीं छोड़ रहा है, बल्कि आत्महत्या भी कर रहा है। कहीं-कहीं वह सड़क पर उतरकर हक की आवाज़ बुलंद कर रहा है। ऐसी आवाज़ की अनदेखी कर पाना लेखक के लिए असंभव है। अत: स्वयं प्रकाश 'उल्टा पहाड़' के किसान सुमेर सिंह की स्थिति को बेबाकी से रखते हैं–"किसान अपने उपभोक्ताओं के लिए ही नहीं, विक्रय की व्यवस्था में साझीदार और उसी के बल पर पल रहे लोगों के लिए भी एक निरीह, फंसा हुआ और बेवकूफ बनाने की चीज़ है।...पर हिसाब नहीं रख सकता, कानूनों की जानकारी नहीं रख सकता, मंडी में बैठकर फुटकर अनाज या सब्जी नहीं बेच सकता, अपने उत्पादन को छोड़कर, जमाखोरी कर बाज़ार में नकली मांग या कमी नहीं पैदा कर सकता, अपनी सहकारी विक्रय समिति

नहीं बना सकता...वह सिर्फ़ सरदी-बरसात में अपने हाड़-गोड़ लगाकर आपके खाने के लिए पौष्टिक और विटामिनयुक्त फसल, सब्जियाँ उगा सकता है।"

यहाँ स्वयं प्रकाश किसानों के जीवन की व्यथा, पीड़ा और असंतोष को अपनी कहानी के भीतर सींचते हैं ताकि उनके जीवन की विडंबनाओं को व्यक्त किया जा सके। वे किसानों के प्रति सिर्फ़ सहानुभूति ही नहीं प्रकट करते हैं बल्कि उनके शोषकों के दोहरे चरित्र और बाज़ार की नीयत को भी बेपर्दा करते हैं। यह सच है कि आज बाज़ार के नए तंत्र एवं जमाखोरों की चालाकियों से किसान त्रस्त ही नहीं बल्कि पस्त भी हैं।

हालाँकि यह सच है कि स्वयं प्रकाश की कहानियों में विभाजित व्यक्तित्व और मूल्यहीनता को लेकर भी एक गहरा असंतोष दिखता है। वे कथनी और करनी के बीच बढ़ती खाई को सामाजिक विचलन मानते हैं। तभी तो आज बार-बार जनता को धोखा देने वाले नेताओं और कार्यकर्ताओं की विश्वसनीयता घटी है। पूरा देश जानता है कि एकता के अभाव, संगठित न होने और सरकार के समक्ष रीढ़विहीन होने के ही कारण किसान आंदोलन विफल हो गया। दूसरों को संगठित करने वाले लोग जब सरकार के भेदिए बनकर आंदोलन को कमजोर करने की चाल चलते हैं। तब किसी भी आंदोलन का विफल होना स्वाभाविक है। ऐसे विभाजित और धूर्त लोगों से स्वयं प्रकाश की कहानी 'सुलझा हुआ आदमी' हमें आगाह करती है–"भीतर जाकर मैंने क्या देखा? कि दुनिया के मजदूरों को एक होने का आवाहन करने वाले खुद एक नहीं हैं। संगठित नहीं हैं।...मैं कहता कि धर्म? दहेज? शिक्षा? आबादी? भाषा? कहते क्रांति के बाद सब ठीक हो जाएगा। आप क्या उम्मीद करते थे? आप मेरे प्रश्नों के उत्तर नहीं देंगे फिर भी मैं आपका वफादार सिपाही बना रहूँगा और आपके इशारे पर नाचता रहूँगा? मेरा मोहभंग तो होना ही था।"

स्वयं प्रकाश का राजनीति और आंदोलन में हो रहे मानव-मूल्यों के ह्रास से चिंतित होना स्वाभाविक है। वे इसलिए पार्टीलाइन को संदेह की नज़र से देखते हैं। वैचारिक प्रतिबद्धता के बावजूद वे मूल्यहीनता को एक सामाजिक विपर्यय मानते हैं। उनका मानना है कि राजनीतिक क्रांति से पहले एक लोकतांत्रिक एवं मानवीय सामाजिक क्रांति बेहद जरूरी है। स्वयं प्रकाश के लिए मानवीय-मूल्य बेहद खास है। वे वर्तमान राजनीति में बढ़ती मूल्यहीनता से चिंतित हैं। वे आज की राजनीति को सेवा का नहीं बल्कि सत्ता का मार्ग मानते हैं। अत: वे 'ऑल द बेस्ट' कहानी में राजनीति के अपराधीकरण को बेनकाब करते हैं–"सबसे अच्छा कॅरियर तो आजकल राजनीति ही है। बस इतनी औकात होनी चाहिए कि वक्त ज़रूरत आधे घंटे के नोटिस पर पच्चीस-पचास लौंडों को अपने पीछे खड़ा कर सको। ...फिर धीरे-धीरे दरवाजे खुलते जाएँगे–पार्षद बनोगे, फिर विधायक, फिर मंत्री या

सांसद, जो भी चाहो। सब लाभ के पद हैं।...इस बीच अखबार निकाल लेना, होटल बना लेना, गैस की एजेंसी ले लेना, पेट्रोल पंप डाल लेना, ट्रांसपोर्ट कंपनी खोल लेना, सिविल कांट्रैक्टर बन जाना...जो भी चाहो। प्राचीन यथार्थवादी शैली में व्यक्ति राजनीति में अपनी एक टांग, फिर दोनों टांगें, फिर समूचा व्यक्तित्व पहले ठांसता था, तत्पश्चात हाथ-पैर फैलाकर अपराधकर्म में प्रवृत्त होता था। नहीं भी होता था। उत्तर-यथार्थवादी शैली यह है कि पहले अपराध जगत में नाम कमाओ फिर सीधे राजनीति के नाभि प्रदेश में प्रविष्ट हो जाओ।"

यह सच है कि किसी भी समाज की पतनशीलता का संबंध संवेदनात्मक शून्यता और सांस्कृतिक विपन्नता से है। यही कारण है कि स्वयं प्रकाश अपनी कहानियों में पात्रों और घटनाओं के जरिए इन मुद्दों को पाठकों तक ले जाते हैं। दरअसल उनका यह भी मानना है कि पर्याप्त आर्थिक-सामाजिक सुनिश्चितता, सामाजिक समरसता, सांस्कृतिक बोध आधार के बिना व्यक्ति कई दुष्प्रवृत्तियों और धार्मिक कूपमंडूकता में लिप्त हो जाता है। यही वजह है कि आज चारों ओर धर्म और ज्योतिष के नाम पर अरबों रुपये के व्यापार हो रहे हैं। भय, असुरक्षा, अनिश्चितता के बीच जी रहे सामान्य और सभ्रांत लोगों के लिए तथाकथित धर्माचार्य और ज्योतिषाचार्य ही एकमात्र आशा के केंद्र हैं। ऐसे केंद्रों के जरिए धर्म के पुराने प्रतीकों को भी पुनर्जीवित किया जा रहा है ताकि सत्ता तक पहुँचने का रास्ता आसान हो जाय। स्वयं प्रकाश की कहानी 'ऑल द बेस्ट' समाज में बढ़ते अंधविश्वास और ज्योतिषीशास्त्र के कर्मकांड के साथ नैतिक मूल्यों में हो रहे ह्रास की ओर संकेत करती है–"ज्योतिष का भी भविष्य उज्ज्वल है। समाज नष्टप्राय है। बाज़ार में किसी का भविष्य सुरक्षित नहीं। हर कोई डरा हुआ है। हर कोई इतना आत्मकेंद्रित कि सगे बेटों पर विश्वास नहीं। बस, इसी भय और असुरक्षा की भावना को भुनाना है। यहाँ भी टेक्नोलॉजी सेवा में खड़ी है। ऑनलाइन पामरीडिंग बाई इंडियन गुरु।"

मोटे तौर पर यह कहा जाता है कि डिजिटल टेक्नोलॉजी आधुनिकता का पर्याय है। परंतु एक सच यह भी है कि इन दिनों आधुनिक तकनीक के इस्तेमाल से अंधविश्वास और धार्मिक कूपमंडूकता को एक ग्लोबल पहचान दिया जा रहा है। पुरानी चीज़ों को नए चमकदार वस्त्रों (प्रतीकों) में सजाया जा रहा है। इस पूरे व्यापार में भोली-भाली जनता की आस्था को बाज़ार, टेक्नोलॉजी ओर धर्म सत्ताएँ मिलकर कैश कर रही हैं। मानव की समस्या का निदान चमत्कार के जरिए करना ही छलावा है। ऐसे छलपूर्ण चाल को चिह्नित करने का महत्त्वपूर्ण कार्य स्वयं प्रकाश ने किया है। वे धर्म, अध्यात्म, और एन.जी.ओ. आदि को कमाने ओर लूटने का नया केंद्र बनते हुए देख रहे हैं। एक समय ये सेवामूलक

प्रवृत्तियों से जुड़े थे, परंतु धीरे-धीरे सेवामूलक भावों का अवमूल्यन होने लगा। अब सेवा की आड़ में धर्म-प्रचार, विद्वेष फैलाने तथा लाभ कमाने को ही प्राथमिकता दिया जा रहा है। आश्चर्य इस बात पर हो रही है कि उनके इस काम में लोकतंत्र का चौथा स्तंभ कही जाने वाली मीडिया भी उनके साथ है।

स्वयं प्रकाश मीडिया के क्षेत्र में बढ़ती मूल्यहीनता पर प्रश्न उठाते हैं। आज निरपेक्षता का पैमाना बदल गया है। औपनिवेशिक समय में मीडिया पर वर्नाक्यूलर प्रेस एक्ट का शिकंजा था। स्वतंत्र भारत में आपातकाल था और आज मीडिया में मुनाफा और मूल्यहीनता है। अगर ऐसा नहीं होता तो धर्म की तरह मीडिया का ध्रुवीकरण नहीं होता। आज मीडिया हाउस, चैनल, समाचार-पत्र सत्ता के निर्देश पर एक खास धर्म को टारगेट नहीं करते। आज वे सरकार के प्रवक्ता के तौर पर दलीलें देते हुए जनजानस का बौद्धिक उपनिवेशन कर रहे हैं। लोगों को बाँट रहे हैं। उन्हें अलग-अलग खेमों में विभाजित कर संगठित समाज की अवधारणा को खारिज कर रहे हैं। ऐसा वे इसलिए कर रहे हैं ताकि जन-विरोधी नीतियों पर संगठित प्रतिवाद न हो सके। मीडिया के साथ कई लेखकों का रीढ़विहीन होना भी चिंताजनक है। दरअसल ऐसे लोग सत्ता की गोद में बैठकर सम्मान, उपहार और आगे रहने का सर्वाधिकार प्राप्त कर रहे हैं। लेखक का मानना है कि जब भी कोई सत्ता की कारगुजारियों पर प्रश्न खड़ा करता है, तब उसकी आवाज़ को दबा दिया जाता है। 'सुलझा हुआ आदमी' कहानी में वे इस पीड़ा को व्यक्त करते हुए प्रश्न करते हैं–"कहता है अनथक कोशिश की मैंने। अनथक। लेकिन प्रेस किसकी है? मीडिया पर किस वर्ग का अधिकार है? पत्रकारिता किसकी हाजिरी बजाती है?"

ऐसे में लेखक की यह चिंता वाजिब है कि पद, प्रतिष्ठा, पैकेज के प्रलोभन में कई लोग मूल्यहीनता की चादर ओढ़ लेते हैं। आज तत्कालिक लाभ और सुख ही प्रमुख हो गए हैं और जनपक्षधरता का मामला गौण होता जा रहा है।

स्वयं प्रकाश समाज में जातिगत लामबंदी को लोकतंत्र और सामाजिक मूल्यों के लिए घातक मानते हैं। जातिगत एवं समुदायगत उभारों के कारण इन दिनों सामाजिक समरसता का क्षरण हुआ है। लोग 'अपनी डफली अपना राग' अलाप रहे हैं। ऐसे में सामूहिक रहन-सहन पर प्रभाव पड़ रहा है। सब ओर लोग अपनी जाति के नाम पर संस्थाएँ बना रहे हैं। खुद का संकुचन करते हुए अपने समाज का भी संकुचन कर रहे हैं। ऐसी स्थिति में 'हम' का जो व्यापक संस्कार निर्मित होना चाहिए वह नहीं हो पा रहा है। 'बाबूलाल तेली की नाक' कहानी में जाति के नाम पर संगठित हो रहे लोगों की मंशा को लेखक जगजाहिर करते हैं। अस्पतालों की अव्यवस्था का मामला सार्वजनिक समस्या की बजाय एक जाति

की समस्या बनाकर जनता के आक्रोश एवं प्रतिरोध को 'रिड्यूस' किया जाना सही संकेत नहीं है। बाबूलाल की नाक का इलाज ठीक से नहीं होने पर उन्हें अपनी जाति के ही डॉक्टर के पास यह कहते हुए ले जाया जाता है–"तुम चिंता मत करो। तुम्हारी नाक अब तुम्हारी नाक नहीं, समाज की नाक है। चाहे जितना खर्च आए, समाज उसकी व्यवस्था करेगा। हम तुम्हारा अच्छे से अच्छा इलाज करवाएँगे। पर एक बात बताओ। हो तो तेली ही न? कोई और तो नहीं हो?"

इस कथन से यह समझा जा सकता है कि आज लगभग सभी जाति के लोग सिर्फ़ 'नाक' बचाने में लगे हैं। उन्हें पूरी 'देह' की चिंता नहीं है। ऐसी सोच देश की बहुलतावादी संस्कृति के बरक्स खंडित संस्कृति की ओर बढ़ रही है।

स्वयं प्रकाश की कहानियाँ कई अवसरों पर प्रगतिशील विचारों के वृत्तांत की तरह आती हैं। इसलिए कहानीकार समाज की सड़ी-गली मध्यवर्गीय मानसिकता और सामंती सोच रखने वालों की खूब खबर लेते हैं। हालाँकि आज के मध्यवर्गीय समाज का एक सच यह भी है कि एक ओर वह ग्लोबल दिखना चाहता है, जबकि दूसरी ओर उसकी सोच लोकल या संकीर्ण होती है। 'उल्टा पहाड़' कहानी में ऐसी स्थिति की ओर संकेत करते हुए वे लिखते हैं–"हमारे भारतीय परिवार यह तो चाहते हैं कि नयी पीढ़ी के बच्चे भगत सिंह, सुभाष और चंद्रशेखर आज़ाद जैसे देशभक्त, चरित्रवान और क्रांतिकारी हों, लेकिन वे यह नहीं चाहते कि वे उनके खुद के घर में हों–हाँ, पड़ोस में हो जाएँ तो उन्हें कोई एतराज नहीं। वे यह तो चाहते हैं कि पी. टी. उषा और सुमन रावत ओलंपिक से गोल्ड मैडल जीतकर लाएँ–लेकिन ये वे सपने में भी बर्दाश्त नहीं कर सकते कि उनके घर की जवान लड़कियाँ चड्डी-बनियान पहनकर सबके सामने दौड़े-कूदें। या संभावित पति और दाई के अलावा किसी और को उनकी जाघें दिखें।...ऐसा होने की दिशा में प्रयत्नशील किशोर-किशोरियों को घरवालों के कैसे-कैसे शारीरिक-मानसिक-आध्यात्मिक जूते-लात खाने पड़ते हैं, इसे वे ही जानते हैं।"

ऐसे में कहना गलत न होगा कि स्वयं प्रकाश सांस्कृतिक सुरूचि को उदारता एवं सामंती सोच से मुक्ति का माध्यम मानते हैं। यह भी सच है कि हम अपनी जड़ता को तोड़े बिना प्रगति नहीं कर सकते। अत: हमें छद्म और अविवेकी आचरण से बचना होगा। हम प्रगतिशील परंपरा और मूल्यों को छोड़कर आगे नहीं बढ़ सकते हैं। इतिहास बोध के बिना हमारा आज और कल समावेशी और समृद्ध नहीं हो सकता। परंतु दुख इस बात की है कि यह समय राष्ट्र-नायकों के विस्मृति का समय बनता जा रहा है। आज राष्ट्र नायक सिर्फ़ प्रतीकात्मक रह गए हैं। ऐसी स्थिति को देखकर स्वयं प्रकाश 'नेताजी का चश्मा' कहानी में बेचैन हो जाते हैं। इस कहानी में नेताजी की मूर्ति पर मूर्तिकार चश्मा लगाना भूल जाता है। तब कैप्टन नामक एक व्यक्ति जो चश्मा बेचने का काम करता है, वह नेताजी को चश्मा

पहना देता है। कैप्टन के बाद नेताजी मूर्ति बिना चश्मे के ही दिखती है। जनता की नेताजी के प्रति यह उदासीनता लेखक को खलती है। यह दुखद है कि आज नेताजी जैसे देशभक्त महज कुछ तिथियों में सिमटे जा रहे हैं। त्याग, बलिदान, प्रेम का जो दृष्टांत नेताजी जैसे लोगों ने प्रस्तुत किया है, वैसा दृष्टांत अब दुर्लभ ही नहीं लोगों को अव्यावहारिक और फिजूल भी लगता है–"बार-बार सोचते, क्या होगा उस कौम का जो अपने देश की खातिर घर-गृहस्थी-जवानी-जिंदगी सबकुछ होम देने वालों पर भी हँसती है और अपने बिकने के मौके ढूँढ़ती है।"

स्वयं प्रकाश को जिन घटनाओं ने सबसे ज़्यादा बेचैन किया वह है सांप्रदायिकता। उनकी कहानियों से गुजरते हुए हम देख सकते हैं कि वे सांप्रदायिकता के मुद्दे पर ज़्यादा मुखर हैं। 'पार्टीशन' कहानी विभाजन के बाद का एक्स्टेंसन ही है। तभी तो इस कहानी के कुर्बान भाई बड़े दुख और हताशा के साथ अपने प्रगतिशील शिक्षक मित्र को कहते हैं–"आप क्या खाक हिस्ट्री पढ़ाते हैं? कह रहे हैं पार्टीशन हुआ था! हुआ था नहीं, हो रहा है, जारी है...।"

सवाल यह है कि क्या आज हम कुर्बान भाई की इस आशंका को नकार सकते हैं? मुझे लगता है कि सांस्कृतिक राष्ट्रवाद के नाम पर जिस तरह के पुराने और धार्मिक प्रतीकों को इन दिनों उभार मिल रहा है, उससे सामासिक संस्कृति के उम्मीदों पर पानी फिर रहा है। कट्टरता, अंधविश्वास, पुरानपंथी, शरीयत कानून, गो-मांस, आतंकवाद आदि के नाम पर जो एकतरफा नैरेटिव तैयार किया जा रहा है, वह अलोकतांत्रिक ही नहीं बल्कि घातक भी है। इन कुरीतियों का संबंध एक धर्म विशेष से जोड़ना ज्यादती है। सिर्फ़ धर्म के कारण उस वर्ग को संदेह से देखा जाना बहुत पीड़ादायक है। ऐसी पीड़ा से कुर्बान भाई जैसे लाखों लोगों को रोज़ गुजरना पड़ता है। कुर्बान भाई की इसी पीड़ा को लेकर लेखक लिखते हैं–"स्थिति यह थी कि हिंदुओं में निभने की कोशिश करते तो शक-सुबहे की बर्छियों से छेद दिए जाते और मुसलमानों में खपने की कोशिश करते तो लीगियों के धार्मिक उन्माद का जवाब देते-देते दो टूक हो जाते।"

आज भी हमारे समाज में अल्पसंख्यकों खासकर मुसलमानों को संदेह की नज़र से देखा जाता है। मानो वे इस मुल्क का हिस्सा ही न हों। कुर्बान भाई की ईमानदारी, निष्ठा, आत्मीयता भी धर्म-विद्वेष के बीच काम नहीं आती है। तभी तो ऊखचंद के नौकर गोम्या का उन्हें मींयों (मियाँ) कहना उन्हें तोड़ देता है। वे धीरे-धीरे कुर्बान भाई से मियाँ में तब्दील हो जाते हैं। आज ऐसे ही गोम्या दूसरे विभाजन की जमीन तैयार करने में लगे हैं। जहाँ हिंदुओं की उपेक्षा और तिरस्कार से कुर्बान भाई जैसे लोग इस्लामी प्रतीकों के साथ खड़े हो रहे हैं।

स्वयं प्रकाश की 'रशीद का पाजामा' कहानी में भी हम कमोबेश ऐसी स्थिति को देख सकते हैं। पर कहानी शिक्षण संस्थानों एवं सार्वजनिक जीवन में बढ़ती असहिष्णुता, अनुदारता, घृणा, विद्वेष एवं संकीर्णता की ओर संकेत करती है। इस कहानी का एक पात्र रशीद, अभावग्रस्त होने के बाद अपने विद्यालय और क्षेत्र का प्रतिनिधित्व करते हुए दौरे पर सबसे ज़्यादा पुरस्कार जीतता है। परंतु मुसलमान होने के नाते अधिकांश साथी ही नहीं साथ गए अधिकारी भी प्रोत्साहन के बजाय उससे ईर्ष्या करने लगते हैं। दौरे से वापसी के समय पाजामे का नाड़ा भीतर रह जाने के कारण जब वह जल्दी से उसे बाँध नहीं पाता है और थोड़ी देर हो जाती है। तब इस बात पर नंदकिशोर का यह कहना–"ये कटवे साले ऐसा ही करते हैं।" औसत हिंदू की मानसिकता को ही दर्शाता है। हिंदुओं की ऐसी सोच के कारण मुसलमानों में असुरक्षा, भय और गैर होने का बोध मजबूत हो रहा है। वे समाज में खुद को अस्पृश्य मानने लगते हैं। अत: लेखक को चिंता है कि ऐसी घटनाएँ आगे चलकर कुर्बान भाई की आशंका को कहीं सच में न बदल दे।

स्वयं प्रकाश की कहानियों में सांप्रदायिकता की आग में सिर्फ़ विभाजन की जमीन ही नहीं तैयार होती बल्कि प्रांतीय-विद्वेष भी पैदा होती है। 'क्या तुमने कभी सरदार भिखारी देखा' कहानी 1984 के सिक्ख दंगों की करुण कथा बयान करती है। जहाँ इस कहानी को लेखक ने निजी अनुभव से देखा और लिखा है। 'बनास' पत्रिका में साधना अग्रवाल को दिए गए साक्षात्कार में लेखक कहते हैं–"पूरी कहानी अक्षरश: सत्य है।...कहानी एक बात साफ तौर पर स्थापित कर देती है कि सांप्रदायिकता सिर्फ़ हिंदू-मुसलमान का मामला नहीं है जैसा कि अधिकांश लोग समझते हैं। और मेरी जानकारी में यह हिन्दी की एकमात्र कहानी है जो यह जरूरी काम करती है। दूसरे यह बहुसंख्यक समूह की क्रूरता और उससे मध्यवर्ग (जिन्हें संभ्रांत कहा गया है) की निर्लिप्ति का भी स्पष्ट और प्रभावी चित्रण करती है।" इस कहानी को पढ़ते हुए नागार्जुन की कविता 'हरिजनगाथा' का स्मरण हो आता है जहाँ ऐसे ही तथाकथित उच्च जाति के लोग नीची जाति के नरसंहार में शामिल होते हैं। ऐसे में यह कहना गलत नहीं होगा कि स्वयं प्रकाश की चिंता उस अविवेकी-अंधभक्त और बर्बर समूह को लेकर है, जो इन्सानियत का कत्ल करने के लिए आतुर हैं।

स्वयं प्रकाश की कहानियों में विस्थापन को लेकर भी गहरी बेचैनी है। आज औद्योगिकीकरण और विकास के नाम पर सांस्कृतिक और सामाजिक विस्थापन हो रहा है। बाज़ार की नई व्यवस्था परंपरागत कृषि व्यवस्था के साथ स्थानीयता को मिटाने पर तुली है। इतना ही नहीं 'समाज' का बड़ा वर्ग उत्पादन से जुड़ने से ज़्यादा रूचि सेवा देने में ले रहा है। फलस्वरूप नव-मध्यवर्ग श्रमिक, मजदूर और नौकर बनने के लिए अभिशप्त है। कई अवसरों पर यह भी देखा जाता है कि भूमि अधिग्रहण के जरिए कई बहुराष्ट्रीय

कंपनियों के भाग्य चमके पर वहीं आम आदमी और गरीब होता गया। स्वयं प्रकाश इस तरह के बदलावों को चिह्नित करते हुए 'बलि' कहानी में लिखते है–"देखते ही देखते सब कुछ बदल गया। टोप पहने कुछ लोग जीप और ट्रक में बैठकर आए और जगह-जगह तंबू लगाकर रहने लगे। वे मशीन से जमीन में घर्रर...छेद करते और पत्थर की पूरी लाठी निकालकर डिब्बे में रखकर कहीं भेज देते।...देखते ही देखते वहाँ एक कारखाना बन गया। पेड़ कटे। उनकी जगह पक्के मकान खड़े हो गए। भूमि समतल कर दी गई। बड़ी-बड़ी मशीनें।...लेकिन जब ग्रामलक्ष्मी ने एक बार जाना शुरू किया तो दूसरे रास्ते से दबे पाँव दरिद्रता भीतर घुस आई।"

हालाँकि लेखक ने विस्थापन की पीड़ा का दर्द कई रूपों में और कई अवसरों पर व्यक्त किया है। 'बिछुड़ने से पहले' कहानी में विकास की अंधी आंधी की तेज रफ्तार में बहुत कुछ उड़ जाता है। साथ ही बहुत कुछ छूट भी जाता है। इस कहानी में विकास का छलावा आकर्षक होने के साथ क्षिप्र भी है। इस कहानी में खेत और पगडंडी के बीच हो रहे संवादों के द्वारा लेखक खेती और जीविका पर हो रहे हमले की ओर भी इशारा करते हैं। अच्छे दिन का सब्जबाग दिखाकर पगडंडी को सड़क बनाया जा रहा है। पगडंडी भी विकास की चकाचौंध में बिला रही है। दरअसल लोभ और प्रलोभन से बंधकर व्यक्ति अंतत: विवेकशून्य हो जाता है और आत्मविसर्जन को अपनी उपलब्धि मान बैठने की गलती भी कर बैठता है। तभी तो खेत के आगाह करने पर भी पगडंडी कहती है–"अरे वाह! खुश क्यों न होऊँ? सड़क बनेगी तो क्या शानदार रौनक हो जाएगी। कभी रिक्शा आ रहा है, कभी टेंपो आ रहा है, कभी बस निकल रही है, रंग-बिरंगी सवारियाँ लेके तो कभी सिनेमा वाला तांगा आ रहा है गाना बजाते। दिन भर मन लगा रहेगा।" यहाँ पगडंडी की आत्ममुग्धता और व्यवस्था की चमक में खो जाना बहुत हद तक निजीकरण की प्रक्रिया को समर्थन देने जैसा है। बेहतर सुविधा, गतिशीलता, अप टू डेट के नाम सार्वजनिक उपक्रमों का आज जिस तरह से विक्रय हो रहा है, वह कहीं न कहीं चुपचाप व्यवस्था और सत्ता के समक्ष आत्मसमर्पण करने जैसा ही है।

आगे पगडंडी को जब इस सच का भान होता है तब वह बहुत दुखी हो जाता है। उसे लगता है कि विकास की बयार में उसका विस्थापन तय है। अब उसे खेत से दूर जाना होगा। खेत, पेड़, चिड़िया, फसल सबसे दूर जाना होगा। पगडंडी की पीड़ा को समझकर खेत कहता है–"तेरे बिना दिल नहीं लगेगा बिलकुल।" प्रत्युत्तर में पगडंडी कहती है–"दिल को कौन पूछता है मितवा! विकास तो होके रहेगा।" इसके बाद दोनों विस्थापन की आशंका से रोने लगते हैं। ऐसे में यह कहना गलत नहीं है कि अदूरदर्शी विकास की नीतियों ने हाशिए के समाज को सदैव विस्थापित ही किया है।

नि:संदेह स्वयं प्रकाश संवेदनशील कहानीकार होने के साथ सामाजिक मनोविज्ञान की गहरी समझ रखने वाले लेखक भी हैं। वे बड़ी निडरता और बेबाकी के साथ कथा बुनते हैं। तभी तो वे जिस विचारधारा के पक्षधर हैं, उस विचारधारा की कमियों पर प्रहार करने से नहीं चूकते। 'संहारकर्त्ता' कहानी में उन्होंने ट्रेड यूनियन की सच्चाई, मजदूरों के हितों से जुड़े प्रश्नों को गंभीरता से उठाया है। समाज में जब कहीं भी कुछ अन्यायपूर्ण दिखता है, तब वे उसके प्रतिरोध में खड़े होते हैं। वे जीवन की साधारण घटना को सार्वभौम सत्य तथा विश्व सत्य से जोड़कर उसे व्यापकत्व प्रदान करते हैं। जीवन की आहट को बहुत शिद्दत से सुनते हुए अपनी बेचैनी को समाज की बेचैनी से जोड़ते हैं। यही वजह है कि उनकी कहानियों में सामाजिक अवमूल्यन को लेकर एक गहरी बेचैनी दिखती है। वे अपनी गहरी सामाजिक प्रतिबद्धता के कारण ही वे अपनी कहानियों में उन बेचैनियों और असहमतियों को दर्ज कर उन्हें व्यापक मानव सत्य से जोड़ते हैं।

राजस्थान का परिवेश और स्वयं प्रकाश की कहानियाँ

बालमुकुन्द नन्दवाना

परिवेश कोई ऐसा अमूर्त प्रत्यय नहीं है जिसका साहित्य से कोई संबंध न हो और साहित्य कोई ऐसी वस्तु नहीं है जिसकी व्याख्या हम मानव जीवन तथा परिवेश को अलग रखकर कर सके। "साहित्यकार कभी अपने परिवेश को नकार नहीं सकता, क्योंकि वह परिवेश ही उसकी सर्जना का प्रेरक होता है, जिस परिवेश में वह जी रहा है। वह अपने आस-पास के परिवेश से ही विषय चुनता है और उन्हीं पर अपनी कला के माध्यम से किसी विधा का सृजन करता है।"

परिवेश साहित्य को धार देता है। इसका कारण यह है कि "जीवन मात्र की सर्जना वातावरण, परिवेश या सन्दर्भ से निरपेक्ष नहीं हो सकती। जैविक अथवा शरीर-शास्त्रीय मनोविज्ञान की दृष्टि से सृजन मात्र अपने वातावरण के अनुकूल परिवर्तन की प्रक्रिया है। इसी से सन्दर्भ और व्यक्ति क्रिया-प्रतिक्रिया, अनुकूलीकरण-प्रतिकूलीकरण की निरंतरता पाई जाती है।"

एक प्रतिबद्ध रचनाकार के लिए आवश्यक है कि ऐतिहासिक विकासक्रम के परिप्रेक्ष्य में वह अपने लेखन में समकालीन जीवन के स्थानिक तत्त्वों का समावेश करे। वह स्थानिक जीवन में व्याप्त विसंगतियों को ठीक से पहचाने और जाने कि राजनैतिक, सामाजिक, आर्थिक स्तर पर किस तरह की शक्तियाँ सक्रिय हैं, उनकी सोच की दिशा क्या है। और कि वर्तमान परिवेश पिछले समय से किस प्रकार भिन्न है। किस प्रकार के संस्कार-परिष्कार अपेक्षित हैं और नेतृत्व द्वारा इसके लिए कहाँ-कहाँ कितना-कितना क्या-क्या किया जा रहा है। जब तक एक रचनाकार के सामने सारी स्थिति सुस्पष्ट नहीं होती, तब तक उसके लेखन के प्रयास की किसी प्रकार की अर्थवत्ता और उपयोगिता रेखांकित नहीं की जा सकती है। "लेखक का परिवेश जितना व्यापक होगा, उसकी संवेदनाएँ भी उतनी गहरी और व्यापक होंगी तथा उसका संप्रेषण भी उतना ही गंभीर और विराट होगा। परिवेश की प्रकृति परिवर्तनशील होती है तथा लेखक निरंतर परिवेश के बदलते संबंधों में व्यापक जीवन मूल्यों के अन्वेषण में प्रवृत्त रहता है। वह अपनी रचना में परिवेश की पुनर्रचना करता

है। यह तभी संभव है जब लेखक अपने परिवेश के साथ आत्मीय तथा गहरी संलग्नता रखे तथा अनुभूति के स्तर पर परिवेश से जुड़े। परिवेश के साथ रचनाकार का संवेदनात्मक जुड़ाव प्रामाणिक और ईमानदार रचनाओं का आधार बनता है।" कहानी जीवन से उपजी विधा है। "साहित्य की जो विधाएँ जीवन का निकटतम और अविकृत रूप प्रस्तुत कर पाती हैं–उनमें पहला नाम कथा साहित्य का ही है।" 'कफ़न', 'गदल', 'परदा', 'डिप्टी कलक्टरी', 'मलबे का मालिक', 'बीच के लोग', 'बहिर्गमन' जैसी कहानियाँ उस परिवेश की उपज है जिसे इन कहानियों के लेखकों ने अपने चारों ओर ही नहीं अपने भीतर भी अनुभव किया था।"

अतः हम देखते हैं कि साहित्यकार अपने परिवेश और वातावरण से, स्थान अथवा काल से असम्पृक्त नहीं रह सकता। साहित्य में मूलतः स्थानीय परिवेश, वातावरण, स्थान, काल आदि प्रमुखता से स्थान पाते हैं। साथ ही परिवेश-वातावरण आदि उसकी साहित्यिक प्रतिभा को संस्कारित-परिवर्धित करते रहते हैं। वह अपने आस-पास से ही जीवन एवं संवेदनाओं के बीज प्राप्त करता रहता है और स्थानिकता के माध्यम से ही वह शाश्वत जीवन और मानवीय मूल्यों की अभिव्यक्ति के लिए प्रेरित होता है।

हालाँकि राजस्थान में कहानी की परम्परा बहुत प्राचीन है, लेकिन आधुनिक कहानी विधा को सशक्त आधार देने और उसे कलात्मक ऊँचाइयों तक ले जाने का श्रेय चंद्रधर शर्मा गुलेरी (उसने कहा था–1915) को जाता है। राजस्थान की आधुनिक कहानी की विकास यात्रा गुलेरी से लेकर मोहन सिंह सेंगर, डॉ. रांगेय राघव से लेकर यादवेन्द्र शर्मा 'चन्द्र' और फिर मणि मधुकर तक आती है। सन् साठ के बाद उभरने वाले महत्त्वपूर्ण कथाकार हैं–जगदीश बोरा, शुभू पटवा, रमेश सत्यार्थी, पानू खोलिया, रमेश उपाध्याय, आलम शाह खान, आशोक आत्रेय और हेतु भारद्वाज। अस्सी के दशक में हिन्दी कथाकारों के रूप में मोहर सिंह यादव, राजानंद, हबीब कैफ़ी, धीरेन्द्र अस्थाना, स्वयं प्रकाश आदि अपने आप को स्थापित करते हैं। उसके बाद एक लम्बी पीढ़ी उभरती हैं, जिनमें मालचंद तिवाड़ी, श्याम जंगिड़ और रघुनन्दन त्रिवेदी के नाम उल्लेखनीय रूप से शामिल हैं। राजस्थान के परिवेश और स्थानीयता को तथ्यपरक रूप से उजागर करनें में राजस्थान के हिन्दी कहानीकारों ने अपनी सूक्ष्म दृष्टि का परिचय दिया है।

राजस्थान की समकालीन हिन्दी कहानी के स्थापित कहानीकारों में मणि मधुकर (चुपचाप दुख, हवा में अकेले), यादवेन्द्र शर्मा चन्द्र (क्षणभर की दुल्हन, गैरुगाड़ी की यात्रा, लाश का बयान), आदि ने राजस्थान के तत्कालीन समाज और समय को बहुत ही प्रामाणिकता के साथ चित्रित किया है। इस सन्दर्भ में स्वयं प्रकाश की कहानियाँ प्रादेशिक यथार्थ के प्रति अनुभवगत सत्यता को प्रामाणिक रूप से उजागर करती है। स्वयं प्रकाश

ने सामाजिक सरोकारों को भलीभाँति समझकर प्रतिबद्धता के साथ वैज्ञानिक दृष्टिकोण और रचनात्मक विवेक अपनाते हुए अपनी कहानियों में सार्थक और रोचक अभिव्यक्ति दी है। स्वयं प्रकाश की कहानियाँ अपने परिवेश में व्याप्त आधुनिक युग के टूटते मूल्यों, आस्थाओं और मजबूरियों को अभिव्यक्ति देती हैं। उनकी कहानियों के पात्रों में उनके आस-पास का जीवन झलकता है। वे उनकी मानसिकता में इस कदर गहरे पैठ कर उन्हें समझने का प्रयास करते हैं कि वे कहानी के पात्र नहीं रह जाते बल्कि स्वयं प्रकाश की मानसिकता और स्थानीय परिवेश के अभिन्न अंग बन जाते हैं।

स्वयं प्रकाश ने अलगावपन, पारिवारिक और सामाजिक जीवन में बढ़ता अविश्वास, बिखराव और टूटन, पीढ़ियों का द्वंद्व, मूल्यगत संघर्ष, सामाजिक-आर्थिक विषमता, सत्ता, संपन्न और मध्य वर्ग का छद्म आचरण सम्बन्धी प्रश्नों पर सार्थक कहानियाँ लिखी हैं। इन कहानियों में समय के परिवर्तन की प्रक्रिया और स्थानीय परिवेश को प्रभावित करने वाले तत्त्वों की पहचान बारीकी से की गयी है। स्वयं प्रकाश की कहानियों की मूल चेतना मार्क्सवादी दृष्टि से प्रभावित है। अतः उनकी कहानियों में प्रगतिशील जनवादी पक्षधरता स्पष्टरूप से दृष्टिगोचर होती है लेकिन कहानियों की रोचकता और पठनीयता बनी रहती है। "स्वयं प्रकाश की रचनात्मकता के बारे में विशेषरूप से रेखांकित करने योग्य बात यह है कि उन्होंने हमेशा जनवादी-प्रगतिशील मूल्यों के प्रति अपनी आस्था को ही नहीं बनाए रखा, बल्कि उन मूल्यों पर भी कहानी लिखी, बावजूद इसके उनकी कहानियों में वैचारिकी और रचनात्मकता का संतुलन बना रहा।"

स्वयं प्रकाश ने अपने आप-पास के जीवन से निर्मित कहानियों में **उदारीकरण** ('उज्ज्वल भविष्य', 'गौरी का गुस्सा', 'संधान'), **बाज़ारवाद** ('बर्डे', 'दस साल बाद', 'नन्हा कासिद', 'बलि', 'चौथमल पुरस्कार'), **क्षेत्रवाद** ('ताजा खबर', 'गौरी का गुस्सा'), **साम्प्रदायिकता व जातिवाद** ('चौथा हादसा', 'हमला', 'पार्टीशन', 'रशीद का पाजामा', 'आदमीजात का आदमी', 'क्या तुमने कभी कोई सरदार भिखारी देखा?', 'नयी यात्रा', 'उलटा पहाड़', 'बेमकान', 'इनका ज़माना'), **जन आंदोलन** ('एक छोटी सी लड़ाई', 'छोटा दुःख बड़ा दुःख', 'चोर की माँ'), **ट्रेड यूनियन आंदोलन** ('परिधि', 'संहारकर्ता', 'चोर की माँ), **संयुक्त परिवार व्यवस्था और विघटन** ('एक खूबसूरत घर', 'छुटकारा', 'बर्डे', 'स्वाद', 'अच्छी भेंजी'), **स्त्री-पुरुष सम्बन्ध** ('अशोक और रेनु की असली कहानी', 'एक खूबसूरत घर'), **मध्यवर्ग की नैतिकता** ('बर्डे', 'नन्हा कासिद', 'मूलचंद, बाप तथा अन्य', 'छुटकारा', 'दस साल बाद', 'झक्की', 'तीसरी चिट्ठी'), **उपभोगतावाद** ('बर्डे', 'नन्हा कासिद', 'दस साल बाद', 'संधान', अविनाश मोटू उर्फ़ एक आम आदमी') आदि से उत्पन्न विसंगतियों को उजागर करती है।

स्वयं प्रकाश की कहानियों में स्थानीय चरित्र, स्थानीय परिवेश एवं स्थानीय भाषा का यथार्थ और स्पष्ट प्रभाव दिखाई देता है। स्वयं प्रकाश की कहानियों में हम राजस्थान के लोककथा स्वरूप को भी पाते हैं। राजस्थान की कहन शैली में स्वयं प्रकाश ने अपनी अनेक कहानियों के माध्यम से राजस्थान के परिवेश और भाषा-बोली को हिन्दी साहित्य में महत्त्वपूर्ण स्थान दिलाया है। 'उस तरफ़' कहानी में जैसलमेर जिले के गाँव के लोक-जीवन और वहाँ की संस्कृति और प्रचिलित कुरीतियों-अंधविश्वासों का चित्रण इस तरह से हुआ है–

"नखतसिंह बोला–कुछ नहीं, ज़रा अपने भूरिया की लुगाई को डाकन लग गई है, भोपा कल नहीं था आज आया है। उससे सलाह करनी है। मामूली डाकन होगी तो सोगरा डालने से उतर जाएगी, नहीं तो भोपा नचाना पड़ेगा। यह सब कहते समय भी नखतसिंह के चेहरे पर वही मुस्कान और इत्मीनान कायम रहा। चटर्जी को दूसरा झटका लगा और उसने दूसरी ग़लती की। अंधविश्वासों के खिलाफ नखतसिंह को अपनी टूटी-फूटी हिन्दी में एक, पूरा भाषण दे डाला, पर इसका भी नखतसिंह पर बस इतना-सा असर पड़ा कि उसकी मुस्कान कुछ और चौड़ी हो गई।"

"फिर नखतसिंह बोला–शफोखाणो? शफाखाना यहाँ से बारह मील दूर है, ऊँट के सिवाय कोई दूसरी सवारी नहीं। और ऊँट पर उस बीमार औरत को इतनी दूर नहीं ले जा सकते, हाँ, सूईवाला लेकर आ सकते हैं। पर एक तो वह पचास रूपये माँगता है, दूसरे आदमियों को मार देता है। उस पर किसी को भरोसा नहीं है। और दरअसल इतनी गंभीर बात तो नहीं है। हमारा भोपा इससे बड़ी-बड़ी डाकनें छुड़ा चुका है।"

राजस्थान की धरती स्वयं प्रकाश की कर्मस्थली ही नहीं रही अपितु उनके पूर्वजों की धरती भी है। उनका परिवार मूलत: अजमेर शहर का निवासी रहा। उनका जन्म अपने ननिहाल इंदौर में हुआ जहाँ उनकी स्कूली शिक्षा-दीक्षा भी पूरी हुई। फिर वे अपने घर अजमेर आ गए और उसके बाद उनका अधिकांश जीवन राजस्थान में काम करते हुए बीता है। अतः उनके लेखन में राजस्थान के विभिन्न अंचलों का परिवेश रचा-बसा है। यहाँ के मध्य-वर्गीय, निम्न-वर्गीय जीवन के साथ ग्रामीण जीवन की पीड़ा-व्यथा गहरी संवेदना के साथ उभरी है, जिसे हम उनकी कहानियों–'अगले जनम', 'सूरज कब निकलेगा', 'नैनसी का धूड़ा', 'बिछुड़ने से पहले' आदि में देख सकते हैं।

स्वयं प्रकाश की कहानियों के पात्रों को हम हमारे रोज़मर्रा के जीवन में देख सकते हैं। वे हमारे आस-पास ही हैं, हम उनसे बतिया सकते हैं। वे स्वयं प्रकाश द्वारा कहानियों के माध्यम से लड़ी जा रही लड़ाई में एक योद्धा के रूप में शामिल होते हैं। हिमांशु पंड्या को दिए साक्षात्कार में इस बात की पुष्टि हुई है, "मैं आपको क्या बताऊँ कि मेरे अधिकांश पात्र

ऐसे हैं जो यथावत नाम और गुण के साथ कहानी में उतर आये हैं। मसलन 'केवलराम' तो वो टेलीफोन ऑपरेटर है। जैसे 'अविनाश मोटू' मसलन 'पप्पू' वो भी टेलीफोन एक्सचेंज से है। मसलन 'कुर्बानभाई' वो हमारे अच्छे दोस्त थे। 'कुर्बान भाई' मेरी दो कहानियों के अन्दर हैं। 'पार्टीशन' में आये हैं और एक और कहानी मसलन 'पुष्पकांत' जो नीलकांत बनकर मेरी कहानी के नायक बने और खूबसूरत बात यह रही हिमांशु कि जब इन लोगों ने ये कहानियाँ पढ़ीं तो बहुत खुश हुए अब तक ऐसा नहीं हुआ कि कोई मुझे मारने आया हो कि आपने मुझ पर कहानी कैसे लिखी? आपने मुझे पात्र के रूप में कैसे ले लिया? ये लोगों कीं आत्मीयता है और इसके लिए मैं उनका जितना आभार प्रकट करूँ उतना कम है। अनेक बार कहानी की तरकीब से या विज्ञान के हिसाब से देखा जाए तो कहानी का कोई भी पात्र जीवन में जैसा होता है कहानी में वैसे के वैसे कभी नहीं आता। उसकी अलकमी को बदलना पड़ता है। उसमें बहुत सारी चीज़ों को घटाना-बढ़ाना पड़ता है। कई बार अनेक लोगों को मिलाकर एक पात्र बनता है और कई बार एक पात्र के कई टुकड़े करने पड़ते हैं। लेकिन दूसरे कहानीकारों के भी ऐसे ही मेरे जैसे अनुभव रहे होंगे। यथावत् पात्र उठा लिए जाते हैं। क्योंकि जब मैंने खुद अपने आप को नहीं बक्शा है तो दोस्ती का नाता सबसे पहले कायम होता है। मैं इसे एक सहचिंतन की प्रक्रिया के रूप में देखना चाहता हूँ। इसलिए क्यों न वे पात्र, जो कि हमारे मित्र थे, उस कहानी के पात्र बनकर उस कहानी का हिस्सा बनें, आपको मालूम है 'मैला आंचल' में रेणु के जो पात्र थे उन्होंने उनके चुनाव प्रचार में भाग लिया? और यह मुझे तो बहुत ही स्वस्थ और सामूहिक बात लगती है।"

यहाँ स्वयं प्रकाश के मित्र एवं कहानीकार आलोचक रमेश उपाध्याय को उद्धृत करना यथेष्ट रहेगा–"उसकी ज़्यादातर कहानियाँ आत्मकथात्मक हैं। उसकी रचना उसके अपने जीवन के वास्तविक तथ्यों और अनुभवों के आधार पर हुई है...अजमेर में बिताए गए बेरोज़गारी के दिनों के अनुभव उसकी 'नदीदे', 'समय-सत्य', 'मात्रा और भार' और 'प्रभाव' जैसी कहानियों में दिखाई देते हैं। टेलीफोन विभाग में नौकरी मिल जाने पर वह राजस्थान के भीनमाल, सुमेरपुर, जैसलमेर आदि कई कस्बों और शहरों में रहा। उन्हीं दिनों वह प्रगति लेखक संघ के संपर्क में आया और उसने मोहन श्रोत्रिय के साथ 'क्यों' नामक पत्रिका निकाली। उन दिनों के अपने अनुभवों के आधार पर उसने 'नीलकान्त का सफ़र', 'उस तरफ़', 'विदाई समारोह', 'जो हो रहा है', 'सूरज कब निकलेगा', 'एक छोटी सी लड़ाई', 'नैनसी का धूड़ा', 'इनका ज़माना', 'बेमकान', 'पार्टीशन', 'चौथा हादसा' आदि कहानियाँ लिखी।"

इसी सन्दर्भ में नीरज खरे कहते हैं–"स्वयं प्रकाश का कहानीकार नई कहानी के अनुभववाद से कुछ सहेज कर सामाजिक प्रयोजनों के लिए सतर्क बना रहा। ठीक है उनके

यहाँ कथा-वस्तु की भव्यता नहीं है, लेकिन अनुभवों के दर्पण में जनपक्षीय रचनाधर्मिता भी साफ़-साफ़ झलकती है। छोटे-छोटे अनुभवों को कहानी में ढालने की कला उन्हें भलीभाँति आती है–एक ऐसी कला जो सर्वसुलभ है। अपने कथा-संसार के भीतर आरम्भ से ही उन्होंने समय संलग्न रहकर अपने समय के मनुष्य को निरंतर पहचाना है। इसलिए उनकी कथा-युक्तिओं में अनुभवों की सार्वजनिकता है।"

स्वयं प्रकाश ने अपनी कहानियों में व्यापक परिवेश का आधार लेते हुए वैविध्य उपस्थित किया है। रिपोतार्ज जैसी उनकी कहानियाँ स्थानीय जीवन की धार को झेलती है। वरिष्ठ आलोचक विश्वनाथ त्रिपाठी कहते हैं–"मैं यहाँ बहस तो नहीं करना चाहता लेकिन मुझे बराबर लगता है कि रिपोतार्ज में समकालीन जीवन-साहित्य की सबसे सशक्त विधा की संभावना है। संयुक्त क्रिया बहुलता स्थिति-सन्दर्भों से संपन्न पात्रों की क्रियाओं का अंत:संबंधित चित्र खींचती है–एक क्रिया खतम नहीं होती हुई दूसरी करनी पड़ी–एक दूसरी में धंसी हुई अनेक क्रियाओं का संश्लिष्ट बिम्ब।" स्वयं प्रकाश कहानियों में परिवेश को आँखों देखे विवरण की तरह उभारते हैं। कहानी–'उलटा पहाड़', स्थान–राजस्थान के एक कस्बे की सब्जीमंडी का दृश्य। सुमेरसिंह, सब्जी बेचने वाले किसान का पुत्र, अपने खेत में उगाई सब्जियों को बेचने आया है : "सड़े हुए पत्तों-भाजियों की कीचड़ में टखने-टखने पाँव घुसाकर अपने टोकरे लिए खड़े रहो, अपनी लकड़ी से मरखने सांडों को हकालते रहो, हर मुनीम-दलाल ऐरे-गैरे को अपने टोकरों का माल सूंघने-चखने-मसलने-मसोसते-मार ले जाते देखते रहो, बोली मुनीम की न समझ आने वाली चिल्लाहट पर भी कान लगाए रहो और अपनी सब्जी बिक जाए तो समय पर उसका संकेत न समझ पाने और माल लदान के लिए जल्दी न करने के लिए रोज़ उनकी गालियाँ भी खाओ।"

परिवेश को इस तरह उभारने की स्वयं प्रकाश की क्षमता पर वरिष्ठ आलोचक विश्वनाथ त्रिपाठी लिखते हैं–"गद्य वाक्यों में इतनी क्रिया-बहुल, संयुक्त क्रियाओं का उपयोग-प्रयोग और कहीं नहीं दिखता। ऐसे चित्रों की व्यंजनाएँ हैं, अर्थ-प्रभाव हैं। एक रूसी कथाकार ने घोड़े का ऐसा वर्णन किया कि एक रचनाकार पाठक को लगा कि लेखक पिछले जन्म में ज़रूर घोड़ा था।" उपर्युक्त वर्णन पढ़कर हमें लगता है कि स्वयं प्रकाश को सब्जी मंडी में सब्जी बेचने का पर्याप्त अनुभव है। यही विश्वसनीयता पाठकों में उनकी कहानियों के प्रति रुचि जगाती है।

स्वयं प्रकाश की कहानियाँ राजस्थान का स्थानिक परिवेश विविध स्तरों पर विभिन्न अर्थों को उद्घाटित करती है–पात्रों की व्यक्तिगत जिंदगी के प्रति अतिसंवेदनशील रहते हुए सामाजिक व्यवस्था के प्रति आक्रोश के भावों को व्यक्त करती हैं। ये कहानियाँ संघर्षरत

व्यक्ति की दयनीय स्थिति और सामाजिक जीवन में व्याप्त क्रूर विसंगतियों को उजागर करती है। इन कहानियों के स्वर में न तो उपदेशात्मकता है और न ही परिस्थिति की राजनीतिक अथवा सामाजिक व्याख्या है। ये कहानियाँ कलात्मक स्तर पर व्यक्ति और परिवेश को संवेदनशील ढंग से व्यक्त करती हैं। 'सूरज कब निकलेगा', 'क्या तुमने कभी कोई सरदार भिखारी देखा?', 'अगले जनम', 'नैनसी का धूड़ा' आदि श्रेष्ठ कहानियाँ हैं, जिनके माध्यम से विविध अर्थों में जीवनगत सन्दर्भों के साथ परिवेश को उद्घाटित किया गया है।

कहानीकार स्वयं प्रकाश के पात्र रोज़मर्रा के जीवन से उठाए हुए पात्र "उनकी कहानियों में पूरे मिजाज़, राज, रिवाज और आवाज़ के साथ आते हैं। उनकी चिंताएँ हमारी चिंताएँ हो जाती हैं और उनकी तकलीफ हमारी तकलीफ बन जाती है। स्वयं प्रकाश की कहानियाँ हमसे हमारी बात करने वाली कहानियाँ हैं। इस देश में मास्टर राम रतन वर्मा जैसे व्यक्तियों की संख्या दिन-ब-दिन बढ़ती जा रही है जो एक अंतराल के बाद घर लौटने पर अपना घर भी नहीं ढूँढ़ पाते।" (सन्दर्भ कहानी–'कहाँ जाओगे बाबा?') इस दृष्टि से उनकी कहानियाँ–'पार्टीशन', नीलकांत का सफ़र, 'उस तरफ़', 'मूलचंद', 'बाप तथा अन्य' परिधि आदि भी महत्त्वपूर्ण हैं। उनकी कहानी 'पार्टीशन' के प्रमुख पात्र का वर्णन करते हुए, स्वयं प्रकाश कहते हैं–"आप कुर्बान भाई को नहीं जानते? कुर्बान भाई इस कस्बे के शानदार शख्स हैं। कस्बे का दिल है आज़ाद चौक और ऐन आज़ाद चौक पर कुर्बान भाई की छोटी-सी किराने की दुकान है। यहाँ हर समय सफ़ेद कमीज़-पाजामा पहने दो-दो चार-चार आने का सौदा-सुलुफ मांगती बच्चों-बड़ों की भीड़ में घिरे कुर्बान भाई आप को नज़र आ जाएँगे। भीड़ नहीं होगी तो उकड़ूं बैठे कुछ लिखते होंगे। बार-बार मोटी फ्रेम के चश्मे को उंगली से ऊपर उठाते और माथे पर बिखरे आवारा, अधकचरे बालों को दाएँ और बाएँ की उँगलियों में फंसा पीछे सहेजते। यदि आप यहाँ से सौदा लेना चाहें तो आपका स्वागत है। सबसे वाजिब दाम और सबसे ज़्यादा सही तौल और शुद्ध चीज़। जिस चीज़ में उन्हें खुद तसल्ली नहीं होगी, कभी नहीं बचेंगे। कभी धोखे से दुकान आ गई तो चाहे पड़ी-पड़ी सड़ जाए–आपको साफ़ मना कर देंगे। मिर्च? आपके लायक नहीं है। रंग मिली हुई आ गयी है। तेल? मजेदार नहीं है। रेपसीड मिला है। दिया-बत्ती के लिए चाहें तो ले जाएँ। "

किसी स्थान के सांस्कृतिक जीवन को साकार करने में उस स्थान की उस भाषा का प्रयोग होना अत्यंत महत्त्वपूर्ण है। उनके कथा के पात्र के संवादों में राजस्थान की मिट्टी की सौंधी गंध समाहित है। उनके पात्रों की भाषा में आये शब्द और वाक्यांश स्थानीय परिवेश को उभारने में सहायक सिद्ध होते हैं। "क्या बात है? युसूफ भाई ने पूछा। पतलून की चेन

खराब हो गयी है, ठीक करानी है। अर्जेंट है। इस टेम?...अरे! ए बाबू...ए सैफू! ज़रा देखना, उधर ज़माल बैठा है क्या नन्हे के होटल में! हो तो भेज देना बेटा! अर्जेंट गिराक आया है एक बोलके। बोलना अब्बू बुलाते हैं। कहाँ है दिखाओ।"

स्वयं प्रकाश की कहानी 'पार्टीशन' के पात्र कुर्बान भाई की चरित्रगत विशेषताएँ कुछ इस तरह से बयाँ हुई हैं, "उस कस्बे में एक कुर्बान भाई थे, जो शायर थे और जिनकी छोटी-सी परचून की दूकान थी, और उन्होंने खुल्लम-खुल्ला एलान कर दिया था कि जो अध्यापक जेल में हैं, उनके परिवार से कोई भी व्यक्ति आकर कोई भी सामान ले जाए। जितना चाहे। हड़ताल कामयाब हो जाए और एरियर्स मिलें तो पैसे ले लिए जायेंगे।"

स्वयं प्रकाश की कहानियों में स्थानीय जीवन मूल्य अपनी समस्त विशेषताओं के साथ मुखरित होते हैं। स्वयं प्रकाश अपनी कहानियों में जहाँ समाज के मध्यवर्ग का कांइयाँपन, लालसाओं ओर उनकी कमजोरियों को उघाड़ते, उन पर उपहास करते नज़र आते हैं, वहीं 'झक्की' के समर्पित युवा डॉक्टर, मेहनती अविनाश मोटू, मानवीय संवेदनाओं से ओतप्रोत भेंजी और 'तीसरी चिट्ठी' के जोशी जैसे पात्र भी हैं जो बदलती कठिन परिस्थितियों में भी हौसला बनाए रखने की प्रेरणा देते दिखाई देते हैं।

स्वयं प्रकाश भारतीय सामाजिक विकास पर लगातार तीखी नज़र रखने और कथात्मक सृजनात्मकता के प्रति अटूट आस्था की वजह से ही अपने को लगातार विकसित कर सके। अपनी साधारणता में भी अनोखे कथ्यात्मक ब्योरे, न जाने कहाँ-कहाँ के लोकजीवन के सूक्ष्म पर्यवेक्षण से उभरे यथार्थ, गहरी लोक संसक्ति और सृजनात्मकता से यथार्थ का कहानी में रूपांतरण, जगह-जगह के लोकशब्दों की खनखनाती ताजगी, कला का पता नहीं चले ऐसी कला में इस छोर से उस छोर तक के ज़िंदा दृश्य स्वयं प्रकाश की कहानियों में कई नए आयाम पैदा कर देते हैं। तभी पढ़ो और फेंको के इस नए भौतिकवादी संसार में ये कहानियाँ सहेजकर रखी जा सकने वाली मानवीय धरोहर बन जाती है।"

कहानियों में समकालीन यथार्थ का सजीव चित्रण : स्वयं प्रकाश

मीना बुद्धिराजा

कहानी अपने समय के अंतर्विरोधों और सामाजिक परिवेश के द्वंद्वात्मक संबंध से ही उत्पन्न होती है। जीवन के एक कालखंड और चरित्र के माध्यम से कहानी जब किसी विशेष क्षण में निहित अंतर्द्वंद्व को पकड़ती है तो वह समाज और सभ्यता के किसी विराट अंत: संघर्ष को ही दिखाने का प्रयास करती है। कहानी में यह समय सतह पर नहीं दिखाई देता और इसके लिये उसे अपने परिवेश की जटिल, बहुस्तरीय संरचना की विसंगतियों और विडंबनाओं को गहरे उतर कर देखना होता है। एक सार्थक-सजग कथाकार का युगीन यथार्थ के चित्रण का वैसे कोई निश्चित फार्मूला नहीं होता। जैसे मानव जीवन अनेक घात-प्रतिघातों से, समय की चुनौतियों से टकराते हुए, समस्याओं से संघर्ष करते आगे बढ़ता रहता है, वैसे ही उसकी कहानी भी विकसित होती रहती है। कहानी संप्रेषण की सफलता इसमें निहित होती है कि वह अपने समय की बुनियादी समस्याओं से, समय के संकट से कैसे संवाद करता है।

हिन्दी कथा साहित्य में वरिष्ठ, प्रख्यात और प्रतिष्ठित कथाकार स्वयं प्रकाश एक ऐसी ही सशक्त उपस्थिति रहे हैं जिनकी कहानियाँ पाठकों और आलोचकों में समान रूप से लोकप्रिय रही हैं। साठोत्तरी कहानी लेखन के परिदृश्य में उनकी पहचान एक सार्थक यथार्थवादी कहानीकार के रूप में रही है जो बहुत सहजता से किसी भी विषय को अभिव्यक्त करने में समर्थ हैं और उनकी प्रत्येक कहानी के केंद्र में कोई सामाजिक मुद्दा और उद्देश्य केंद्र में रहा है। जनमानस को उनकी कहानियाँ गहराई से प्रभावित करती रही हैं। हिन्दी साहित्य में प्रेमचंद, यशपाल, भीष्म साहनी, कमलेश्वर, अमरकांत, ज्ञानरंजन की परंपरा के वे बड़े कथाकार हैं। भारतीय जीवन के विशाल परिदृश्य के यथार्थ और मानव जीवन के मर्म को उनकी कहानियों में बखूबी देखा जा सकता है। समय के साथ जीवन मूल्यों का बदलता रूप, साधारण और मध्य वर्ग के सुख-दुख, अंत: बाह्य संघर्ष, युवा वर्ग की समस्याएँ, ग्रामीण जीवन का कटु यथार्थ, मानवीय-सामाजिक संबंधों की टूटन,

आदिवासी समाज का विस्थापन, सामाजिक-आर्थिक विषमताएँ और विसंगतियाँ, कस्बों और महानगरीय, शहरी जीवन की त्रासदियाँ, स्त्री जीवन के संघर्ष, शोषण-उत्पीड़न की समस्या, सामाजिक-आर्थिक सरंचना के दबाव और उसकी आसपास की बहुआयामी चुनौतियों की गहरी पड़ताल ये सभी विषय एक व्यापक धरातल पर स्वयं प्रकाशजी की कहानियों में कथात्मक संवेदना और सच्चाई के साथ जीवंतता में उभर कर आते हैं जिनमें यथास्थिति और शोषण-अन्याय, विषमताओं के प्रतिरोध की चेतना का स्वर भी उपस्थित है। इन कहानियों में पाठक को विवेकपूर्ण दृष्टि की सजगता से प्रभावित करने के साथ अपने परिवेश के अनुभवों, घटनाओं और चरित्रों की विश्वसनीयता और सघनता से पाठकीय संवेदना का अनिवार्य अंग बन जाने की अद्भुत क्षमता है।

हिन्दी कथा परिदृश्य में सुप्रतिष्ठित, वरिष्ठ और लोकप्रिय कथाकार 'स्वयं प्रकाश' ने हिन्दी गद्य- विधाओं और कथा-साहित्य को अपनी मूल्यवान बहुविध रचनाओं से समृद्ध किया है। उनके प्रमुख **कहानी-संग्रह** में : मात्रा और भार, सूरज कब निकलेगा, आसमाँ कैसे-कैसे, आयेंगे अच्छे दिन भी, आदमी जात का आदमी, नैनसी का धूड़ा, अगले जनम, आधी सदी का सफ़रनामा, पार्टीशन, नन्हा कासिद, दस प्रतिनिधि कहानियाँ चर्चित रचनाएँ हैं। **उपन्यास** : जलते जहाज़ पर, बीच में विनय, उत्तर जीवन कथा, ईंधन ज्योति, रथ के सारथी विशिष्ट कृतियाँ हैं। **निबंध-संग्रह** : स्वांतः सुखाय, दूसरा पहलू, रंगशाला में एक दोपहर, एक कहानीकार की नोटबुक, **नाटक** : फ़ीनिक्स, **रेखाचित्र** : हसफ़रनामा और **आत्मकथात्मक संस्मरण** कृति : 'धूप में नंगे पाँव' शीर्षक से कथेतर गद्य की सार्थक और प्रसिद्ध पुस्तकें हैं। रचनाकार द्वारा समय की चेतना को शब्द देना सबसे अहम होता है। जब ये शब्द जीवन की वास्तविकता से, गतिविधियों से गहरे स्तर पर जुड़े हों तो इनकी महत्ता और बढ़ जाती है। स्वयं प्रकाश भी ऐसे ही रचनाकार हैं जिनके यहाँ विधागत भिन्नता होते हुए भी उनका कथाकार रूप अधिक मुखर और महत्त्वपूर्ण रहा है। उनकी कहानियों में जीवन और परिवेश की विविधताओं का जीवंत संसार मिलता है और उनकी कहानियाँ जनसाधारण और जीवन मूल्यों के पक्ष में जागरूक करते हुए हिन्दी कथा-साहित्य को समृद्ध करती हैं।

स्वयं प्रकाश की कहानियों का विपुल संसार है जिनका कथा-शिल्प इतना सहज है कि अपनी कहन की सादगी में लगभग शिल्पहीन होने का भ्रम पैदा कराता है। साधारण से लेकर खास व्यक्ति तक हर किसी के जीवन में बहुत सी छोटी-छोटी, मामूली सी दिखने वाली चीज़ें, अनुभव, जरुरतें, घटनाएँ, अधूरी इच्छाएँ या स्वप्न होते हैं जो जीवन के व्यापक फलक पर अक्सर वे बहुत साधारण मामूली और महत्त्वहीन सी प्रतीत हो सकती हैं। लेकिन एक संवेदनशील और सजग कथाकार के नज़रिये से ये मामूली और साधारण अनुभव,

चरित्रों और उनसे जुड़ी विषयवस्तु भी असाधारण, जरूरी और खास भी हो सकती है जिसे वह अपनी गहन दृष्टि, व्यापक सोच और रचना प्रक्रिया की जीवंत अभिव्यक्ति से समाज और पाठकों के लिये जरूरी और सोचने के लिये महत्त्वपूर्ण बना सकता है। अपने समय और जीवन से ही वह यथार्थ के अनेक पक्षों और कहानी के स्रोतों की खोज और प्रेरणा ग्रहण करता है।

स्वयं प्रकाश की कहानियों का आरम्भ, विस्तार और अंत बहुत ही सादा होता है जिसमें किसी तरह के चमत्कार और शिल्प कौशल की ज़रुरत ही शायद महसूस नहीं होती। ये कहानियाँ बहुत ईमानदार, सहज-सच्ची अनूभूति और विश्वसनीय तरीके से अपनी कथ्य शैली तथा पात्रों के विश्लेषण से पाठकों की चेतना को प्रभावित करती हैं। कथाकार जैसे पाठक को अपनी कहानी के पास आने का कोई सायास प्रलोभन न देते हुए भी पाठक अंत तक उस सच का पीछा करता है जो वे कहानी में किसी स्थिति, घटना और चरित्र के माध्यम से संप्रेषित करना चाहते हैं। किसी समस्या की गहराई और पात्रों के अंत:करण का विहंगम विश्लेषण करते हुए उनकी कहानी का विकास बहुत स्वाभाविक और सहज गतिशीलता से आगे बढ़ता है। लेकिन पाठक की जिज्ञासा और रोचकता अंत तक पहुँचने के लिये बनी रहती है जो उनकी कहानियों की केंद्रीय विशेषता है। स्वयं प्रकाश की कहानियाँ अपने आसपास, परिवेश और पात्रों से जैसे बहुत आत्मीय संबंध स्थापित कर लेती हैं और धीरे-धीरे कहानीकर के रूप में उनके साथ सहज होकर बहुत गहराई से उनकी समस्याओं को भी जान लेती हैं। नीलकांत का सफ़र, चोर की माँ, नेताजी का चश्मा, बाबूराम तेली की नाक चौथा हादसा, कानदांव, जंगल का दाह, मात्रा और भार तथा उनकी बहुचर्चित कहानियों सूरज कब निकलेगा, पार्टीशन, गौरी का गुस्सा, बलि, नैनसी का धूड़ा में भी उनकी कथा संरचना के सूत्रों को ढूँढा जा सकता है जिनमें वे कहानी के विषय को हर बार एक नये उठाते हैं। साठोत्तरी कहानी में आये बदलाव की अनूगूँजे इन कहानियों में सुनी जा सकती हैं जैसे मात्रा और भार कहानी में परंपरागत मध्यवर्गीय सयुंक्त परिवार के ढाँचें के टूटने की आवाज़ें स्पष्ट होने लगती हैं। एक महानगरीय-शहरी कथाकार होते हुए भी गाँव और कस्बों के जीवन से उनके रिश्ते पूरी तरह टूटे नहीं हैं। ग्रामीण जीवन की चिंताएँ, सामाजिक-राजनीतिक परिवेश के विद्रूप, स्वार्थपरकता, कृत्रिम आदर्श, संवेदनहीन समय, मूल्यों का निरंतर पतन, संकीर्ण मानसिकता जैसे विषयों के साथ ही नैतिकता और विकास के प्रश्न उनकी कहानियों में बार-बार आते हैं। समकालीन सामाजिक-मानवीय विसंगतियों पर प्रहार करते हुए आख्यानपरक और किस्सागोई की शैली में भी आधुनिक समस्याओं को परिवेश को, जटिल यथार्थ को वे सजीवता से अभिव्यक्त कर पाने में हमेशा सफल रहते हैं। उनकी कहानियों में मानवता के संघर्ष और जिजीविषा का अद्भुत द्वंद्व है जो समय के संकटों

से जूझते मनुष्य का भी सच है। लोकतांत्रिक व्यवस्था में निहित वर्चस्ववादी मूल्यों की आहटें, सत्तातंत्र की कुटिलताएँ, धार्मिक असहिष्णुताएँ, सामाजिक-राजनीतिक-आर्थिक भ्रष्टाचार, क्रूरताएँ, अमानवीयता, साधारण मनुष्य और मूक पशुओं की पीड़ा, किसान-मजदूरों के दुख-दर्द, रूढ़ियों-पिछड़ेपन से मुक्ति, अन्याय-शोषण, स्त्री की त्रासद नियति जैसे अनेक विषय बहुत बारीक विवरणों के साथ अनेक स्तरों पर प्रकट होकर कहानी के केंद्रीय वृहद उद्देश्य को रचते हैं। इन कहानियों में कथाकार का विचार, प्रतिरोध का स्वर और मनुष्यता का पक्ष भी बोझिल या आरोपित नहीं, बल्कि मानवीय संवेदना के रूप में पाठकों से अपना आत्मीय सूत्र जोड़ लेता है। कहानी विधा की एक सघन संश्लिष्ट प्रक्रिया के रूप में उनकी कहानियाँ कथा-कौशल की उत्कृष्टता का उदाहरण मानी जा सकती हैं। अपनी बहुचर्चित कहानी सूरज कब निकलेगा के बारे में स्वयं प्रकाश जी ने एक भूमिका में लिखा है कि यह कहानी जोधपुर की रेल यात्रा में एक ऐसे व्यक्ति के मुँह से सुनी जो एक आरोपी था और जमानत पर छूट कर पेशी भुगतने जोधपुर जा रहा था। कुछ और भी कहानियों के स्त्रोतों के बारे में उन्होंने संकेत दिया कि उत्तर आधुनिकता की बजाय उन्हें कहानियाँ जीवन से जुड़े अनुभवों, प्रसंगों और वास्तविक चरित्रों से ज़्यादा प्राप्त हुईं। 'सूरज कब निकलेगा' कहानी स्वातंत्र्योतर व्यवस्था में भैराराम जैसे आम आदमी की नियति और मोहभंग की स्थितियों में उस उम्मीद को आख़िर तक बनाए रखती है कि भारतीय किसान को निराशा, जीवन के दलदल और बाढ़ की विभीषिका जैसे प्रकोपों से बचाने के लिये लोकतंत्र का सूरज जरुर निकलेगा। इस कहानी के अंत में कथाकार के शब्दों यह पीड़ा सजीव होकर सामने आती है–"आगे की कहानी मैं नहीं सुनाऊंगा। उसमें दुख, तकलीफ, निराशा, भूख, भाग्य, हताशा और लाचारी के सिवा कुछ नहीं है।"

पार्टीशन जैसी महत्त्वपूर्ण कहानी बीसवीं सदी के उत्तरार्ध में साम्प्रदायिक उन्माद और उसके सामाजिक संरचना पर होने वाले दुष्प्रभावों को लेकर लिखी गई उल्लेखनीय कहानी है। कुर्बान भाई जैसे मुख्य चरित्र जो विभाजन के बाद भी एक शहरी कस्बे में धार्मिक सद्भाव, धर्मनिरपेक्षता, खुले विचारों, मित्रता, और सामाजिक भाईचारे के बीच सुरक्षा, आत्मविश्वास और सहजता से जीवनयापन करते हैं और दुकान चलाते हैं। लेकिन धीरे-धीरे सांप्रदायिक ताकतों के कारण होते बदलाव से यह सामाजिक-सांस्कृतिक ताना बाना टूटने लगता है और मनुष्य को सांप्रदायिक बनाने की कुटिल प्रक्रिया उस सौहार्द में दरार डालने लगती है जिसमें कुर्बान अली जैसे मजबूत-उदार चरित्र भी अलगाव की यंत्रणा झेलने के लिये विवश हैं और अपने अस्तित्व को बचाने के लिये मजबूर हैं। कहानी समकालीन यथार्थ की अमानवीयता और खतरों के प्रतिपक्ष की चुनौती और जवाबदेही के रूप में बड़ी सहजता से समाज में होने वाले बदलाव, सामाजिक संकीर्णताओं और मानवता

विरोधी कारकों को तलाशती है जो बिना किसी प्रयास के आंतरिक संरचना में घटित हो रहे हैं। समय और समाज की इस अडंरटोन को सतह पर लाने में यह बहुत सशक्त, मार्मिक और प्रभावशाली कहानी है। विकटतम और विरोधी परिस्थितियों में भी ऐसी कहानियाँ मानवीय संवेदना को नहीं छोड़तीं और एक व्यापक धरातल पर समकालीन परिवेश का प्रतिबिंब बन जाती हैं। नेताजी का चश्मा भी अविस्मरणीय कहानी है जिसमें हालदार साहब के चरित्र और अनुभवों के माध्यम से बहुत मार्मिक और कहीं विनोद के संस्पर्श से समाज और देश के राजनीतिक सरोकारों से जुड़ी जनभावनाओं और देशभक्ति का एक अनूठा पाठ रचा है जो पाठक की संवेदना को प्रभावित करता है।

विषय विविधता और मौलिक कथ्य शैली के लिये स्वयं प्रकाश अपने विशिष्ट अंदाज़ और हर बार नये तरीके का इस्तेमाल करते हैं। विषयांतरों के साथ कहानी कहने की कला उनकी अपनी है जिसके लिये एक बेचैनी उनके रचनाकार के भीतर रहती है और यथार्थ की भीतरी तहों तक उनकी दृष्टि जाती है। जिसके लिये वे कहानी की पूर्व निर्मित संरचना को अपने तरीके से प्रयोग करने के लिए उसमें बदलाव भी करना जानते हैं। गौरी का गुस्सा कहानी में मिथकीय चरित्र का अपने समय से बाहर आकर संवाद करते हुए दो अलग-अलग जगह, काल और चरित्रों को बहुत बारीकी से सँभालने का कथा-कौशल है। मनुष्य की अशांत और अति महत्त्वाकांक्षी प्रवृत्ति, सुख-सुविधाओं के लोभ में उसकी नियति का चित्रण इस कहानी में सजीवता से किया गया है। क्रूर अवसरवादिता, लुप्त होती संवेदनाओं, अनैतिक विकास की होड़ ने सामाजिक परिदृश्य में मनुष्य होने की सार्थकता पर ही जैसे प्रश्न चिह्न लगा दिया है जिसमें मानवीय मूल्य हाशिये पर हैं–

"वहाँ सब कुछ था, लेकिन कुछ नहीं था। भोजन था, लेकिन भूख नहीं थी। नींद थी, लेकिन सपने नहीं थे। भोग था, लेकिन तुष्टि नहीं थी। फूल बहुत थे, लेकिन खुश्बू ज़रा भी नहीं। सूचनाएँ थीं, लेकिन बोध गायब था। हताशा थी, सांत्वना नहीं थी। संपर्क था, लेकिन संवाद नहीं था। मनुष्य थे, लेकिन मनुष्यता ढूँढ़नी पड़ती थी। बस्तियाँ थीं, लेकिन बसावट नहीं थी। लोग थे, लेकिन लगावट गायब थी।"

ग्रामीण यथार्थ के बदलते स्वरूप और बुनियादी ज़रूरतों के संघर्ष को, एक संवेदनहीन समय में उसकी समस्त सच्चाइयों की त्रासदी में चित्रित करती कहानी 'नैनसी का धूड़ा' भी एक सार्थक और मार्मिक कहानी है। सत्तातंत्र और पूँजीवादी सभ्यता ने जो निर्मम क्रूर संस्कृति उत्पन्न की है उसमें अंतिम लक्ष्य सिर्फ़ अर्थ है, साध्य है, उत्पादन है और उसका साधन मनुष्य का ही नहीं, पशु का भी निरंतर शोषण है जिसकी त्रासद नियति नैनसी का धूड़ा होकर मर जाना है और व्यवस्था से बेदखल हो जाना है। यहाँ दो कथाएँ जैसे समानांतर चलती हैं और दो स्तरों पर कहानी के मूल अर्थ को, संवेदना को ध्वनित

करती है। जहाँ मनुष्य और जानवर दोनों पर अन्याय, अत्याचार, दुख-दैन्य और असहनीय अमानवीय यातना की कारूणिक अभिव्यक्ति है–भूख और भोजन जीवन का सबसे बड़ा सत्य है और खूंटा एक तकलीफदेह चीज़ का नाम। सूनी, काली पानीदार, बड़ी-बड़ी आँखें टग-टग आसमान को ताक रही हैं, उनमें कोई ऊष्मा, कोई जीवन कोई हरकत नहीं है। एक त्रासद याचना है सिर्फ़।

यहाँ कहानियों में कथाकार का विज़न कभी-कभी बहुत बड़ा और मुखर होकर प्रतिध्वनित हो उठता है और कला छोटी, जिसमें जीवन का ताप अधिक उभर कर आता है। यह कथाकार स्वयं प्रकाश की मानवीय दृष्टि की, उनकी कहानियों की अपनी विशिष्टता है और लेखकीय ईमानदारी व प्रतिबद्धता की पहचान भी है। जिसके कारण इनका पाठकीय प्रभाव अधिक स्थायी और गहरा है, जिनमें जीवन और समाज के सरोकार ज़्यादा मुखर होकर सामने आते हैं। इसके लिये वे कथा-शिल्प के रूढ़ ढाँचे से कई बार हटकर, अपनी किस्सागोई के अलग रंग-रूप अपनाकर कहानियों में प्रस्तुत करते हैं। एक सार्वकालिक कथाकार के रूप में सामाजिक यथार्थ और व्यापक मानवीय सरोकारों, जीवन की सच्चाइयों से जुड़ी उनकी कहानियाँ हमेशा उतनी ही प्रासंगिक, पठनीय और समय की सशक्त प्रतिनिधि रचनाओं के रूप में आधुनिक हिन्दी कथा साहित्य की मूल्यवान उपलब्धि बनी रहेंगी।

लोक रंग और भूमंडलीकरण की किस्सागोई
(मेरी प्रिय कथाएँ–स्वयं प्रकाश)

डॉ. गजेन्द्र मीणा

समकालीन हिन्दी कहानीकार के रूप में स्वयं प्रकाश का विशिष्ट स्थान है। विषय वैविध्यता के साथ उन्होंने करीब चालीस वर्षों तक लगातार कहानियाँ लिखी। लोक संवेदना, मिथक-पौराणिक सन्दर्भ, विभाजन, साम्प्रदायिकता, निम्नवर्ग, मध्यवर्ग, गाँव, शहर, भूमंडलीकरण, स्त्री, दलित, आदिवासी आदि विषयों पर इनकी चर्चित कहानियाँ हैं। स्वयं प्रकाश को जनवादी कहानीकार माना जाता रहा है। कहानियों की विषय वैविध्यता और व्यापकता को देखते हुए कहा जा सकता है कि वह किसी खास तरह की वैचारिकी के सीमाबद्ध कहानीकार नहीं हैं। उनकी कहानियों में सभी तरह के विचार और सन्दर्भों को देखा जा सकता है। आमजन की पक्षधरता इनकी कहानियों में प्रमुख विशेषता है। स्वयं प्रकाश के कहानी लिखने-कहने के कई ढंग मिलेंगे। उनकी कहानियों में हमें लोक और किस्सागोई के साथ आधुनिक रंग-ढंग भी देखने को मिलते हैं। राजेश जोशी के शब्दों में "स्वयं प्रकाश की कहानी में एक प्रच्छन्न किस्म की किस्सागोई भी है। इस किस्सागोई के कई कई रंग हैं। इसमें लोक का रंग भी है और आधुनिक कहानी का भी।" स्वयं प्रकाश ने कई कहानियाँ लोककथात्मक शैली में लिखी हैं। स्वयं प्रकाश लोक रंग के ही कहानीकार हैं, ऐसा नहीं है। उनकी कहानियों में लोक रंग के साथ आधुनिक ढंग की कहानी की विशिष्टताएँ भी देखने को मिलती हैं। स्वयं प्रकाश के सूक्ष्म निरीक्षण और कहने के ढंग के सम्बन्ध में नामवर सिंह कहते हैं–"जिन्दगी को देखने की एक पैनी नज़र और उसके साथ ही कहानी कहने का अंदाज, जिसको कहते हैं कि गम की कहानी मजे ले ले के कहना, तो वो कहानी कहने में रस लेते हैं।"

स्वयं प्रकाश का 'मेरी प्रिय कथाएँ' संग्रह सन् 2012 में प्रकाशित हुआ। ये कहानियाँ उनके पूर्व के कहानी संग्रहों और लघु पत्रिकाओं में प्रकाशित चुकी थी। रचनाकार द्वारा स्वयं की लिखी सभी कहानियाँ प्राय: उसे प्रिय ही होती हैं, लेकिन उसमें चयन करके रचनाकार स्वयं अपनी प्रिय कहानियाँ बताता है तो निश्चित ही ये कहानियाँ विशेष और

विचारणीय हैं। इस कहानी संग्रह की भूमिका में स्वयं प्रकाश लिखते हैं कि यह प्रयास लोककथाओं के निर्माण की दिशा में कोशिश है। इस ओर महत्त्वपूर्ण कार्य विजयदान देथा ने किया है और स्वयं प्रकाश के इस संग्रह की कुछ कहानियों को पढ़ते हुए हमें सहज ही विजयदान देथा की "बातां री फुलवारी" की स्मृति होती हैं। स्वयं प्रकाश के प्रिय कथाओं में क्रमशः 'जंगल का दाह', 'कानदांव', 'उज्ज्वल भविष्य', 'प्रतीक्षा', 'बिछुड़ने से पहले', 'गौरी का गुस्सा', 'मंजू फालतू', 'नाचनेवाली कहानी', 'हत्या-1', 'हत्या-2', 'बाबूलाल तेली की नाक' और 'बलि' नाम से कुल बारह कहानियाँ हैं। अधिकांश कहानियाँ लोक के बहुत करीब हैं। पढ़ने के दौरान लोक कथ्य और शैली का आभास दिलाती हैं। साथ ही यह कहानियाँ आधुनिक-समसामयिक सन्दर्भों पर टिप्पणी भी करती हैं।

लोक कथात्मक अंदाज में लिखी कहानियों में 'जंगल का दाह', 'कानदांव', 'गौरी का गुस्सा', 'बिछुड़ने से पहले', 'नाचनेवाली' कहानी का नाम लिया जा सकता है। इन कहानियों को पढ़ने के दौरान लोक कथ्य और शैली का प्रत्यक्ष-परोक्ष आभास होता रहता है। लोक सामान्य मानसिकता का प्रतिनिधित्व करता है। स्पष्ट यथार्थ हो ही, जरूरी नहीं है। लोक में मिथकीय, रोमानी और हैरतअंगेज कारनामें हो सकते हैं। 'कानदांव' कहानी के मामा सोन के धनुर्विद्या के सम्बन्ध में कहा जाता है कि "कुछ ही वर्षों में उनके शिष्य इतने पटु हो जाते कि एक-एक तीर से चार-चार चिड़ियाँ गिरा लेते...सुना है मामा सोन को ऐसे तीर बनाना भी आता था जो लक्ष्य भेदकर वापस कमान में आ जाता था।" (पृ. सं.11) तर्क और यथार्थ की कसौटी पर इसे भले ही विश्वसनीय नहीं कहा जा सकता है लेकिन यह लोक में हो सकता है। लोक में एक बेहतरीन धनुर्धर के सम्बन्ध में उसके हुनर के किस्से बनते-जुड़ते चले जाते हैं। 'गौरी का गुस्सा' कहानी के रतनलाल को पार्वती द्वारा दी सुविधाएँ भी लोक में ही हो सकती हैं। लोक शैली में लिखी इस कहानी में स्वयं प्रकाश ने शिव-पार्वती के मिथक का सहारा लिया है। मिथक, मिथक होते हैं, यथार्थ नहीं, लेकिन एक मिथकीय यथार्थ भी होता है। एक दिन आकाशमार्ग से विचरण करती पार्वती रतनलाल को दु:खी देख कर कहती है कि "बेटा क्या चाहिए?" रतनलाल को सारी सुख-सुविधाएँ पार्वती देती हैं। रतनलाल को सुविधाएँ मिलने के बावजूद अशांत होकर बार-बार पार्वती को याद करता है और पार्वती हर बार आकर रतनलाल को बेहतर सुविधाएँ देती है। कोई रतनलाल पार्वती को याद करे और वह आकर दु:खी-विपन्न व्यक्ति को पलभर में सुख-सम्पन्नता की दुनिया में पहुँचा दे। ईश्वरीय और जादुई शक्ति से विपन्न के सम्पन्न हो जाने के किस्से-कहानियाँ लोक में खूब हैं। पाठक को पता हैं कि ऐसा हो नहीं सकता है, लेकिन पाठक लोक कहानी की दुनिया में पहुँच जाता है और इसे लोक यथार्थ मान लेता है।

लोक कहानियाँ सुनने-सुनाने के लिए होती है। स्वयं प्रकाश की कानदांव उसी अंदाज में लिखी गई है–"कि एक था बनिया और एक था पठान। दोनों का साथ ऐसा जैसे घी-शक्कर, पर किसी बात पर हो गई दोनों में अनबन और अनबन भी ऐसी की मुँह पर तो मीठे-मीठे लेकिन अन्दर-अन्दर एक-दूसरे की खाल खींचने को उतावले।" (पृ.सं.21) लोक के तनावों-लड़ाइयों का फैसला पंचायत करती है। यहाँ पठान चालाकी से फैसला पंचायत में कुश्ती से तय करवाता है। कुश्ती के दौरान बनिया पठान को एक हज़ार अशर्फियाँ देने और सारी जमीन छोड़ने का लालच देकर फिक्सिंग से कुश्ती जीत लेता है। लोक में दिए जाने वाले छोटे-छोटे प्रलोभन-चालाकियाँ कानदांव में देखी जा सकती हैं। कहानीकार कहता है कि "मित्रो! यह इतिहास की पहली मैच फिक्सिंग थीं। मैच फिक्सिंग को हिन्दी में कानदांव कहते हैं।...कोई ढाई सौ साल बाद 1947 में जाकर यह हुआ कि एक तरफ़ बैठे गाँधी-नेहरू और जिन्ना। और दूसरी तरफ़ बैठे लॉर्ड माउन्टबेटन। लाट साहब ने पूछा, 'ये आपका आखिरी जवाब है? कॉन्फिडेंट? लॉक कर दें इसे?' और देखिए मजा सब एक-सा बोल उठे–यस्स!" (पृ.सं.27) कहानीकार इस कानदांव को इतिहास की पहली मैच फिक्सिंग बताता है। सैंकड़ों वर्षों पहले से लोक में चल रही यह छोटी-मोटी और व्यक्तिगत फिक्सिंग थी। जिसके परिणाम छोटे और सीमित थे। कालांतर में फिक्सिंग बड़े पैमाने पर होने लगी और उसके परिणाम भी गंभीर आने लगे। सन् 1947 में भारत विभाजन के मैच फिक्सिंग से हिन्दू-मुस्लिम में पीढ़ी-दर-पीढ़ी ऐसी नफ़रत पनपी जिसका कभी अंत नहीं हुआ। सामाजिक, राजनीतिक, आर्थिक मुद्दों से लेकर खेल तक में मैच फिक्सिंग का सिलसिला ही शुरू हो जाता है।

लोक की यथार्थवादी अभिव्यक्तियाँ स्वयं प्रकाश की कहानियों में देखी जा सकती हैं। लोक किस्सा-सी कहानी बिछुड़ने से पहले में हमारे लोक के प्रतीक पगडण्डी और खेत की बातचीत से रूपक बनता है। विकास के लिए खेत से पेड़ कट जाने हैं, वहाँ बड़ी सड़क बननी है, दुकानें बननी हैं, विकास की संस्कृति बननी हैं। इस विकास में खेत-पगडण्डी का वहाँ से अस्तित्व-अस्मिता खत्म हो जाना है। विकास का बड़ा खामियाजा लोक को भुगतना पड़ जाता है। लोक पृष्ठभूमि की महत्ता को नाचनेवाली कहानी में देखा जा सकता है। देश के गुप्तचर विभाग में कार्य करने वाले व्यक्ति को लोक की जानकारी नहीं है। लोक ज्ञान और समझ होना कितना जरूरी है? यह इस कहानी से समझा जा सकता है। स्थानों के नाम कहीं-कहीं ऐसे भी होते हैं जिसे न जानने पर सुनने वाला व्यक्ति अन्य अर्थ ग्रहण कर लेता है और उसकी वजह से परेशानी में पड़ सकता है। राजधानी से आए गुप्तचर को बताने वाले सभी समझते हैं कि नाचने के बारे में यह व्यक्ति जानता होगा, लेकिन वह नहीं जानता है। कितने ही बड़े गुप्तचर क्यों न हो? लोक की बिना जानकारी के काम नहीं चल सकता।

भूमंडलीकरण ने सम्पूर्ण विश्व को प्रभावित किया है। स्वयं प्रकाश की कहानियाँ भूमंडलीकरण के नकारात्मक प्रभावों पर संवाद करती हैं। कहानियों में लोक पर पूँजीवादी-बाजारीकरण के हमलों को देखा जा सकता है। कानदांव कहानी के मामा सोन को आचार्य शोण बना दिया जाता है। "राजा ने यह भी आज्ञा प्रसारित कर दी कि अब से आचार्य शोण केवल राजकुमारों को धनुर्विद्या सिखाएँगे। पड़ोसी राज्यों को सूचना भिजवा दी गयी कि अगली वसंत ऋतु से हमारे यहाँ धनुर्विद्या प्रशिक्षण की उत्तम व्यवस्था आरम्भ हो रही है। यदि आप चाहें तो इतना कर व इतना दान हमारे राजकोष में जमा करवाकर अपने राजकुमारों को इतनी अवधि के लिए आचार्य शोण के आश्रम में भेज सकते हैं।" (पृ.सं.14) मामा सोन कोई आधुनिक तरह का पेशेवर कोच नहीं था कि वह धन कमाने के लिए प्रशिक्षण दे रहा हो। कथा का समय-परिवेश राजा-महाराजाओं का भले ही है लेकिन कहानी हाल के बाज़ारवादी दुष्प्रभाव को रेखांकित करती है। सत्ता सम्पन्न लोग किसी का बाजारीकरण कर सकते हैं। भूमंडलीकरण ने उपभोक्तावाद को बढ़ावा दिया है। बिना कुछ किए सुविधाओं के उपभोग कर लेने की मानसिकता हम गौरी का गुस्सा के रतनलाल अशांत में देख सकते हैं। वह सिर्फ़ व्यक्तिगत उपभोग तक ही सीमित है और अपनी कोई जिम्मेदारी नहीं मानता। इस कहानी का मूल्यांकन करते हुए कथाकार संजीव लिखते हैं–"यह कहानी बाज़ारवाद-उपभोक्तावाद की हड़बोंग में वैसी हर प्रगति या विकास का निषेध करती है जो एक व्यक्ति तक सीमित हो और जबकि बाकी समाज उसी नरक में वास कर रहा हो।" ऐसे रतनलालों में उपभोग करने की ऐसी मानसिकता बन गई है कि इन्हें दुनिया भर की सुख-सुविधाएँ-धन-सम्पदा मिल भी जाए फिर भी उपभोग की प्रवृत्ति शांत नहीं होनी है।

युवाओं के लिए रोज़गार बड़ी चुनौती है। रोज़गार की तलाश के प्रश्न उज्ज्वल भविष्य, प्रतीक्षा और मंजू फालतू कहानी में चित्रित हुए हैं। उज्ज्वल भविष्य के नौजवान लड़का अच्छी शैक्षिक योग्यताओं के साथ ईमानदार और काबिल है। उसे मित्तल कहता है–"कौन है ईमानदार इस देश में? पॉलीटीशियंस? नौकरशाही? न्यायपालिका? पत्रकार? कलाकार सामाजिक कार्यकर्ता? सामाजिक संस्थाएँ? कौन है ईमानदार? किसे ज़रूरत है आपकी ईमानदारी की?" (पृ.सं.34) मित्तल का आशय है कि शायद कोई नहीं है। मित्तल लड़के को नौकरी तो नहीं देता लेकिन जिस निष्कर्ष पर उसे ले जाता है, वह है–"मैं बेईमान बनूँगा! बहुत बड़ा बेईमान! आप देखिएगा सर!" (पृ.सं.35) नौकरी देने वाला ही कन्विंस कर ले कि योग्यताओं, मूल्यों और नैतिकताओं का कोई अर्थ नहीं है। पूँजीवादी व्यवस्था मूल्यों का हनन करती है। मित्तल साहब जैसे पूँजीपतियों को ईमानदार लोगों की ज़रूरत नहीं है। पूँजीवादी व्यवस्था ऐसे नवयुवकों को नौकरी देना अपने पैर पर कुल्हाड़ी मारना समझती

है। यदि योग्य, मेहनती और ईमानदार व्यक्ति बेईमानी का रास्ता चुन ले तो वह ज़्यादा खतरनाक होता है। किसी भी कीमत पर नौजवान लड़का अपना व्यक्तिगत तथाकथित उज्ज्वल भविष्य बना लेगा, लेकिन किस कीमत पर? यह विचारणीय है। प्रतीक्षा कहानी में थोड़ा अलग कथ्य, भाषा और संवादों का खिलंदड़ापन देखने को मिलता है। अब कहानी सुनो...असली कहानी इसके बाद ही शुरू होती है...अब दोस्तों देखिए कहानी कैसे शुरू होती है...कहते-कहते स्वयं प्रकाश लम्बी कहानी कह-सुना जाते हैं। कहानी में कई छोटी प्रतीक्षाएँ हैं, लेकिन मुख्य रूप से कथानायक "मैं" को रोज़गार की प्रतीक्षा है, बेहतर भविष्य की प्रतीक्षा है। कथानायक ने "रोज़गार दफ्तर में नाम लिखा दिया था और नियम से सार्वजनिक वाचनालय जाकर रिक्तियों के कॉलम छांटता था। दिक्कत यह थी कि पैसों के लिए नौकरी की ज़रूरत थी और नौकरी के लिए पैसों की।" (पृ.सं.37) गरीबी के चलते कथानायक के पास आवेदन करने के लिए रूपये नहीं हैं। रोज़गारी न होने की वजह से वह अपनी प्रेमिका मीरा गुप्ता को खुलकर प्रेम बता-जता नहीं पाता हैं। मीरा गुप्ता कुछ प्रयास करती भी है लेकिन कथानायक में बेरोज़गारी के मार से इतनी हिम्मत नहीं बची कि उसे आगे बढ़ाए।

स्वयं प्रकाश विमर्शवादी कहानीकार के रूप में नहीं जाने जाते हैं, लेकिन उनकी कहानियों में विमर्श के भी पर्याप्त सन्दर्भ देखे जा सकते हैं। स्त्री विमर्श, दलित विमर्श और आदिवासी विमर्श के समसामयिक प्रश्न इनकी कहानियों में चित्रित हुए हैं। मंजू फालतू और बलि कहानी को स्त्री विमर्श के नजरिये से देखा जा सकता है। स्त्री पर केन्द्रित मंजू फालतू कहानी स्त्री की नियति और भूमंडलीकरण के प्रभावों को रेखांकित करती है। मंजू धूपिया और नितिन रस्तोगी एक साथ नौकरी करते हुए प्रेम करते है, शादी करते हैं। वो दोनों "एक ऐसा घर बना रहे हैं जहाँ पति-पत्नी दोनों काम करते हैं, दोनों कमाते हैं और हर जिम्मेदारी को बराबरी से शेयर करते हैं। दोनों बराबरी के हकदार होते है।" (पृ.सं.81-82) सब अच्छा चल रहा है। मंजू गर्भवती होती है। एक बच्ची को जन्म देती है। उसकी नौकरी छूटती है। फिर दूसरी बच्ची को जन्म देती है। इस तरह घर की जिम्मेदारियों में कुछ वर्षों उलझ कर रह जाती है। अपनी अलग पहचान रखने वाली मंजू धूपिया कब मंजू रस्तोगी बनी और कब मंजू फालतू हो गई, इसका पता मंजू को बहुत बाद में चलता हैं। मंजू के हाथ में कुछ नहीं है। वह परिवार के लिए बहती चली जाती है। किसी को कुछ भी गलत नज़र नहीं आता है। लेकिन जब बहाव कुछ कम होता है तब वह हिम्मत दिखाती है और पूरजोर प्रयास करती है कि कहीं उसे नौकरी मिल जाए। अपने समय की तेज-तर्रार, प्रगतिशील, आधुनिक और सूचना-तकनीक में दक्ष मंजू कुछ ही वर्षों में आउट ऑफ़ डेट हो जाती है। जल्दी-जल्दी बदलती प्रौद्योगिकी ने मंजू को रोज़गारी की दौड़ से बाहर ही कर दिया।

प्रौद्योगिकी कुछ ही महीनों में अपग्रेड और बदलती रहती है। इस नए बदलाव से और अधिक उपभोक्ताओं को आकर्षित किया जा सकता है। प्रौद्योगिकी में एक बार पिछड़ गए तो फिर समझो पिछड़ ही गए, व्यक्ति का महत्त्व तभी तक है जब तक है कि बदलती प्रौद्योगिकी के वह कदम से कदम मिला सके। मंजू की अपने समय की स्मार्टनेस कुछ ही वर्षों बाद में पिछड़ी मानी जाने लगती है। घर-परिवार को सँभालते-सँभालते कब वह पिछड़ गई, उसे पता ही नहीं चला। ऐसा लगता है मानो मंजू का फालतू बन जाना उसकी नियति हो। एक सामान्य घरेलू स्त्री के रूप में भी वह अपने को नहीं पाती है। अब उसकी उपयोगिता न घर में, न बाहर रह गई सी मालूम होती है।

स्वयं प्रकाश जब उड़ीसा में रहे तब बलि कहानी लिखी। कहानी को पढ़ते हुए पाठकों की संवेदनाएँ लड़की के साथ जुड़ जाती हैं। कहानी में जो परिस्थितियाँ निर्मित हुई हैं, वह यथार्थ लगती हैं। यह कहानी वास्तविक घटना पर लिखी प्रतीत होती है। कहानी में कई सवाल-सन्दर्भ उभरते हैं। आदिवासी जब तक प्राकृतिक संसाधनों के निकट रहे तब तक उनकी आवश्यकताएँ वहीं से पूरी जाती थी। उन्हें कहीं बाहर काम-मजदूरी की कोई ख़ास ज़रूरत नहीं पड़ती थी, लेकिन जब आदिवासी क्षेत्रों में बाहरी तरह की परिस्थितियों ने प्रवेश किया तो उनके सामने संकट पैदा हो गया। लड़की के गाँव में भी खनन शुरू होने से पहले सामान्य जीवन चल रहा था। उस क्षेत्र में खनन के लिए जमीन अधिग्रहित हुई। वहाँ आदिवासी मुआवजे के लिए चक्कर लगाते रह जाते हैं। बाहरी लोगों के लिए वहाँ पर्याप्त रोज़गार हैं परन्तु वहाँ के लोगों को ठीक से रोज़गार नहीं मिल पाता है। आय के कोई साधन न होने से उनका पेट भरना मुश्किल हो जाता है। इतनी छोटी लड़की को नौकरानी के रूप में काम पर भेजना लड़की और उसके परिवार की मज़बूरी है। मज़बूरी में लड़की के काम करने के बावजूद ख़ुशी-ख़ुशी वह समय और परिस्थिति के अनुसार खुद को इम्प्रूव करती है। जैसी परिस्थिति बनती है उसी के अनुकूल हो जाती है। मालिक के परिवार के साथ रहते हुए मध्यवर्गीय समाज के सारे तौर-तरीके सीखती है और लड़की बड़ी होने के साथ मध्यवर्गीय संस्कार और जीवन शैली की अभ्यस्त हो जाती है। वह दिन भी आता है जब उसे अपने घर-गाँव भेज दिया जाता है। लगभग बचपन से मध्यवर्गीय परिवेश में पली-बढ़ी लड़की अपने समुदाय-गाँव की जीवनशैली से तालमेल बैठाना आसान नहीं है। गाँव और वह परिवेश लड़की को अपना नहीं लगता है। गाँव के लोगों को भी लड़की अपने बीच की नहीं लगती है। वह कुछ सोच पाती इससे पहले उसकी शादी एक शराबी-निकम्मे किस्म के लड़के से करवा दी जाती है। वह लड़की को रोज़ प्रताड़ित करता है। पति के मारपीट-अत्याचारों और लांछन से परेशान होकर वह सालभर बाद ही आत्महत्या कर लेती है। उसका नौकरानी के रूप में काम करने के दौरान जो जीवन जिया वही उसकी आत्महत्या

का कारण बन जाता है। लड़की उसी परिवेश में रही होती तो वह आत्महत्या से बच जाती। यह आत्महत्या नहीं हत्या है और यह हत्या बलि में तब्दील हो जाती है। लड़की की बलि, कहानी में कई बार होती है। "आप यह भी कह सकते वह बलि पर चढ़ा दी गयी। एक बेहतर जीवन या फिर अँधेरे से मुक्ति की उसकी यात्रा अधूरी रह गयी। क्या उसे सपने देखने का हक़ नहीं था? क्या यह उसकी हेठी थी? क्या उसकी आज़ादी, उसका कायाँतरण, उसकी उन्मुक्त हँसी, उसका खिलखिलाना उस बर्बर पुरूषत्व की अवमानना थी? तो क्या मामी की तरह आप भी उसे अपने जीवन से निकाल देंगे? यह कहानी स्त्री अस्मिता के बंद झरोखे खोलती है और कुछ देर के लिए ही सही हमें ठिठका ज़रूर देती है।"

आदिवासी विमर्श के नजरिये से जंगल का दाह कहानी महत्त्वपूर्ण है। इस कहानी में आदिवासी जीवन दर्शन को देखा जा सकता है। आदिवासी जीवन की सहजता, सरलता और स्वाभाविकता इस कहानी में नज़र आती है। प्रकृति के साथ उनके सहसंबंध की अभिव्यक्ति भी हुई है। मामा सोन कहते हैं- "हमारी तो यह आजीविका है। हम तो अपने अस्तित्व की रक्षा के लिए आखेट करते हैं। वह भी हमें एक दिन नहीं करना है इसलिए इस बात का भी ध्यान रखते हैं कि किसको मारना है किसको नहीं मारना है। हमारे आखेट से पशुओं की संख्या कम नहीं होती..." (पृ.सं.15-16) जंगल वहाँ के आदिवासियों का आधार है लेकिन राजा द्वारा जंगल में शिकार पर प्रतिबन्ध लगा दिया जाता है। जंगल के जानवरों द्वारा राजा और उनके सैनिकों पर आक्रमण कर देना उनका सहअस्तित्व और सहजीविता है।

बाबूलाल तेली की नाक कहानी को दलित विमर्श के आईने से देखा जा सकता है लेकिन स्वयं प्रकाश ने यह कहानी दलित विमर्श के दृष्टिकोण से लिखी है, ऐसा प्रतीत नहीं होता है। दलितों की बिना वजह मारपीट हो जाना कोई नई और ख़ास बात नहीं है। गुंडा भी जब घूंसा मारता है तो उसे नहीं पता है कि यह व्यक्ति दलित है। व्यक्ति के साथ जाति जुड़ी रहती है। व्यक्ति जाति और जातिवाद से चाहकर भी अलग नहीं हो पाता है। कथानायक के साथ भी कुछ ऐसा ही होता है। तेली समाज के तथाकथित कार्यकर्ता घटना का विवाद बढ़ाते हुए जातिवादी दृष्टिकोण अपनाते हैं। बाबूलाल तेली की नाक व्यक्तिगत न रहकर पूरे तेली समाज की नाक बन जाती है और अन्तोत्गत्वा बाबूलाल तेली को अपनी नाक कटवानी पड़ती है। जातीय राजनीति से बाबूलाल तेली अलग नहीं हो पाता है। जो व्यक्ति चैन से बिना किसी जातिवादी राजनीति के रहना चाहता है, वह भी जाति का मोहरा बन जाता है। दलित सन्दर्भ के अतिरिक्त कहानी बाजारीकृत अस्पतालों पर व्यंग्य करती है। उनका आलिशान होटल की तरह का अस्पताल होना, वहाँ के काउन्टर स्टाफ होटल के रिसेप्निस्ट सा लगता है और डॉक्टरों का इधर के उधर भेजना, फिजूल की जाँच करवाना,

यह सब बाबूलाल तेली से पैसे ऐंठने के प्रयोजन ही प्रतीत होते हैं। निजी अस्पताल में मरीजों के लिए सेवा भाव नहीं है। किसी पूँजीपति के द्वारा बनाया गया अस्पताल अधिक से अधिक रूपये कमाना चाहता है।

स्वयं प्रकाश की लोक शैली की कहानियाँ पढ़ने में भी सुनाई देती हैं। जंगल का दाह, कानदांव, बिछुड़ने से पहले, गौरी का गुस्सा, नाचनेवाली कहानी, हत्या-1 लोक सदर्भों से युक्त कुछ ऐसी ही कहानियाँ हैं। कहानी पढ़ने की विधा बन गई है जिसे स्वयं प्रकाश पुन: सुनाने की शैली की तरफ़ ले जाते हैं। इसके लिए वह लोक का सहारा लेते हैं। इन कहानियों से गुजरते हुए ऐसा लगता है असल लोक किस्से सुन-पढ़ रहे हैं। समसामयिक यथार्थ के साथ लोक कथात्मक-किस्सागोई इन कहानियों में बनी रहती है। ऐसी कहानियाँ हमें मौखिक-वाचिक परम्परा में देखने को मिलती है। उज्ज्वल भविष्य, गौरी का गुस्सा, प्रतीक्षा और मंजू फालतू कहानियों के सन्दर्भ समसामयिक समस्याओं को इंगित करती हैं। रोज़गार की समस्या प्रमुखता से उभरी है। उज्ज्वल भविष्य का लड़का रोज़गार के लिए बेईमान हो जा रहा है, प्रतीक्षा के कथानायक को रोज़गार का इंतजार है, गौरी का गुस्सा का रतनलाल रोज़गार की तलाश में अशांत हो गया है, तो मंजू फालतू की मंजू को पुन: रोज़गार न मिलने के चलते फालतू महसूस होता है। भूमंडलीकरण के लोक जीवन पड़े प्रभाव को ये कहानियाँ उद्धृत करती हैं। इस संग्रह की अधिकांश कहानियों में भूमंडलीकरण के सन्दर्भ अंडरटोन के रूप में नज़र आते हैं। स्वयं प्रकाश विमर्शवादी कहानीकार के रूप में तो नहीं जाने जाते हैं लेकिन कुछ कहानियों में विमर्श का मुहावरा भी देखा जा सकता है। ऐसी कहानियों में मंजू फालतू, बली, बाबूलाल तेली की नाक और जंगल का दाह के नाम परिगणित किए जा सकते हैं। विमर्शवादी लेखकों की कहानियों की तरह की यह कहानियाँ नहीं हैं फिर इन्हें विमर्श के रूप में देखा जा सकता है। लोक रंग और समसामयिक यथार्थ की किस्सागोई संग्रह की विशिष्टता हैं। स्वयं प्रकाश कहानियों के सन्दर्भ में कहते हैं–"महान कहानी एक पूरी दुनिया होती है, जो पाठक को अपने में घुसा लेती है और महान कहानी का सबसे प्राथमिक और बड़ा लक्षण यह है कि उसे आप जितनी बार पढ़ेंगे, उतनी बार उसमें से आपको कुछ नया-नया नज़र आएगा और आप उसको पढ़ते समय कभी भी ऊबेंगे नहीं।" ऐसी ही विशेषताएँ स्वयं प्रकाश की "मेरी प्रिय कथाएँ" में देखी जा सकती है।

क्या हिन्दी के चेखव हैं स्वयं प्रकाश?

सुधांशु गुप्त

नयी कहानी के बाद उभरे कथाकारों में स्वयं प्रकाश का महत्त्वपूर्ण स्थान है। यह महत्त्वपूर्ण स्थान बनाना उनके लिए आसान नहीं था। जिस समय वह लेखन में सक्रिय हुए उस समय साहित्य में निर्मल वर्मा, मोहन राकेश, कमलेश्वर, राजेंद्र यादव, भीष्म साहनी, मन्नू भंडारी, मृदुला गर्ग, सुधा अरोड़ा और कई अन्य लेखक सक्रिय थे। केवल सक्रिय ही नहीं थे, बल्कि इन्होंने साहित्य में अपनी एक निश्चित जगह बना ली थी। ऐसे में स्वयं प्रकाश के लिए यह तय करना काफी मुश्किल था कि उनकी जगह साहित्य में क्या और कैसे हो। उनके समकालीनों में काशीनाथ सिंह, असग़र वजाहत, संजीव, पंकज बिष्ट, उदय प्रकाश और अरुण प्रकाश जैसे लेखक थे। स्वयं प्रकाश इन सबके साथ जनवादी विचारधारा से भी जुड़े रहे। लेकिन उनके लिए यह तय करना मुश्किल था कि उन्हें अपने लेखन की दिशा क्या रखनी है। वह खुद कहते हैं, 'कहानी का पहला और प्राथमिक गुण है रोचकता और उसका सबसे बड़ा दोष है कहानी का रोचक न होना। आप लाख सुकरात हो जाइए, यदि आपकी पहली पंक्ति ही रोचक नहीं है तो कोई उसे पढ़ेगा ही नहीं।' यानी पठनीयता उनके लिए लेखक होने की पहली शर्त थी। यह एक अलग बहस का विषय हो सकता है कि पठनीयता किसके लिए? लेकिन इस बहस में न पड़कर उन्होंने कहानी के यही गुण स्वीकार किए। इसके लिए उन्होंने अपने तीन कथा गुरुओं के नाम लिए–चेखव, मार्क ट्वेन और राजेंद्र सिंह बेदी। चेखव से उन्होंने सहजता, सरलता और चुटीलापन सीखा, मार्क ट्वेन से व्यंग्य और खिलंदड़ापन और बेदी से सलीकेदार भाषा सीखने की कोशिश उन्होंने की। लेकिन चेखव, ट्वेन या बेदी बनना आसान नहीं था। आपको अपनी अलग धारा चुननी थी। लिहाज़ा उन्होंने भारत के मध्यवर्ग को चुना। सहजता और सरलता को चुना। यह सहजता और सरलता बिना विचार के नहीं आती। प्रगतिशीलता, मानवीय मूल्य, रूढ़िवादिता का विरोध, पितृसत्तात्मक दबावों को पहचानकर उनसे बाहर निकलने के रास्ते विचार के रूप में उनकी कहानियों में दिखाई देते हैं। मध्यवर्ग उनकी कहानियों के केंद्र में रहा। वह कहानी को चेखव की तरह ही बेहद साधारण जीवन से उठाते हैं। उनकी कहानियों में आपको भाषा का वैभव, अतिनाटकीयता,

दिव्यता, भव्यता, चमत्कार, किसी भी तरह की जटिलता और अतिविशिष्टता नहीं मिलेगी। उनकी कहानियों में आपको किसी तरह का कलात्मक शिल्प भी नहीं मिलेगा। वे हमारी, आपकी और हमारे देखे हुए जीवन की ही कहानियाँ हैं। लगभग उसी रूप में जिस रूप में हम जीवन को देखते हैं। यहाँ तक कि उनके किरदार भी किसी अलग दुनिया के नहीं हैं, या किसी ऐसी दुनिया के नहीं हैं, जिस दुनिया को हम न जानते हों, वे भी हमारी ही दुनिया के हैं। किरदारों की खोज में वह अलग दुनिया में नहीं जाते। स्वयं प्रकाश की कहानियों में आपको नकारात्मक किरदार भी नहीं मिलेंगे। प्रसिद्ध आलोचक विश्वनाथ त्रिपाठी का कहना है, 'आज जब नकारात्मक चरित्रों की बाढ़ आ गई है, स्वयं प्रकाश की कहानियों में रास्ता दिखा सकने वाले संघर्षशील और जुझारू चरित्र हमें सहज मिल जाते हैं। ये मनुष्यता से लबरेज हैं और इनमें जीवन के प्रति गहन आकर्षण मौज़ूद है।' कहा जा सकता है कि स्वयं प्रकाश एक आदर्शवादी कथाकार हैं। प्रेमचंद, यशपाल, हरिशंकर परसाई, अमरकान्त और भीष्म साहनी की परम्परा के प्रगतिशील कथाकार। लेकिन समाज में दिखाई देने वाली नकारात्मकताओं को वह नज़रअंदाज कर देते हैं। वे कहानी में जिन आदर्शों को लेकर चलते हैं, अंत तक उनका साथ नहीं छोड़ते। वह कहानी में कविता नहीं करते, न ही उनकी कहानियों में किसी तरह की कलात्मकता होती है। सीधी, सहज, सरल कहानियाँ जो जीवन की, मनुष्यता की और आदर्शों की बात करती हैं। वह कहानियों को अनावश्यक रूप से खींचते भी नहीं। कहानी लिखते समय उन्हें प्रेमचंद की वह बात हमेशा याद रहती है, जिसमें प्रेमचंद ने कहा था–कहानी ध्रुपद की एक तान है। प्रेमचंद इस कथन में कहानी के आकार को लेकर ही बात कर रहे हैं। डॉ. नामवर सिंह भी लगातार इस बात पर जोर देते रहे कि कहानी की सीमा को समझा जाए। वे स्पष्ट कहते थे, ज़िन्दगी का सारा यथार्थ आप एक ही कहानी में ठूँस कर भर दें, यह सम्भव नहीं है। स्वयं प्रकाश ने अपनी कहानियों में इन दोनों बातों का बराबर ध्यान रखा। यही वजह है कि उनकी कहानियाँ अपनी धुरी नहीं छोड़तीं। वे रेल की तरह चलती हैं। जो कुछ घटित होता है वह रेल के भीतर ही। और इस पूरे सफ़र में भी स्वयं प्रकाश अपना लक्ष्य नहीं भूलते। अपने आदर्श को नहीं भूलते।

उनकी शुरुआती कहानियों में है 'नीलकान्त का सफ़र'। नीलकान्त रेल से सफ़र कर रहे हैं। चूँकि वह जनता थे, इसलिए वह थर्ड क्लास में सफ़र कर रहे थे। डिब्बे में भीड़ थी, लोग भेड़-बकरियों की तरह भरे हुए थे। लोग एक दूसरे पर लदे जा रहे थे। कुछ बैठे थे, कुछ खड़े थे और कुछ लटके थे। कुछ लोग सीट पर लेटे भी हुए थे। कोई उन्हें बैठने के लिए नहीं कह रहा था। नीलकान्त भी नहीं कह पा रहा था। ट्रेन में कुछ लुगाइयाँ चढ़ती हैं। ये श्रमिक वर्ग की हैं। वे लेटे हुए आदमियों को पैर सिकोड़ने पर बाध्य कर देती हैं। धीरे-धीरे

वे लुगाइयाँ उन खिड़कियों को खोल देती हैं, जो अब तक नहीं खुल रही थीं। खिड़कियों के खुलते ही सारे डिब्बे में उजाला हो गया और ताज़ी हवा के ठंडे झोंके सपाटे भरने लगे। नीलकान्त खुश थे, हालाँकि खड़े थे। ये कहानी दरअसल प्रतीक है जनता के जीवन की। इसीलिए उन्होंने कहानी के शुरू में ही लिखा है, क्योंकि वह जनता थे, इसलिए थर्ड क्लास में सफ़र कर रहे थे। कहानी में मजदूरों के प्रति आस्था साफ दिखाई देती है, अंत में उन औरतों का अपने लिए जगह बनाना वास्तव में लेखक की वह इच्छा है, जिसके चलते वह चाहते हैं कि मजदूरों की समाज में जगह बने। प्रगतिशीलता इस कहानी का चेतना बिंदु है। स्वयं प्रकाश ने कहानी में मजदूरों का जो चित्र खींचा है, वह गौरतलब है। वह लिखते हैं–वे न लड़ रहे थे, न बक रहे थे, न आपा खो रहे थे। 'नीलकान्त का सफ़र' एक प्रतीकात्मक कहानी भी है, जिसमें स्वयं प्रकाश गरीब और श्रमिक वर्ग को समाज में बराबर की जगह देना चाहते हैं।

स्वयं प्रकाश जीवन की सहज घटनाओं को लेकर उनके पीछे छिपे विचार को तलाशते हैं। 'पार्टीशन' कहानी का कुर्बान भाई आज़ाद चौक के बाहर अपनी दुकान के बाहर प्रगतिशील लोगों की मंडली जमा करने लगता है। ये लोग शायरी करते हैं, अखबार पढ़ते हैं, किताबों पर चर्चा करते हैं। यहाँ आने वाले कुछ लोग कॉलेजों में पढ़ाते भी हैं। लेकिन समय करवट लेता है। कुर्बान भाई अचानक 'मियाँ' में बदल दिए जाते हैं। थाने में कोई उनकी रिपोर्ट लिखने के लिए तैयार नहीं है। धीरे-धीरे उनकी मंडली भी अपने में सिमट जाती है। एक दिन 'मैं' आजाद चौक पहुँचा (जिसका नाम अब संजय चौक कर दिया गया था)। कुर्बान भाई की पीठ मेरी तरफ़ थी। वह किसी से कह रहे थे, 'आप क्या खाक हिस्ट्री पढ़ाते हैं? कह रहे थे पार्टीशन हुआ था! हुआ था नहीं, हो रहा है, जारी है...' एक दिन फिर 'मैं' आज़ाद चौक से गुजर रहा था, वह शुक्रवार का दिन था...मैंने देखा कुर्बान भाई की दुकान के सामने लतीफ भाई खड़े हैं...कुर्बान भाई दुकान में ताला लगा रहे हैं। और उन्होंने टोपी पहन रखी है...और फिर दोनों मस्जिद की ओर चल दिए हैं। कहानी में स्वयं प्रकाश यह भी लिखते हैं, इस कहानी का अंत अच्छा नहीं है। मैं चाहता हूँ कि आप उसे नहीं पढ़ें। और पढ़ें भी तो यह ज़रूर सोचें कि क्या इसका कोई और अंत हो सकता था? अच्छा अंत? अगर हाँ तो कैसे? स्वयं प्रकाश ने जो कहानी का अंत किया है, वह वस्तुस्थिति है लेकिन उनकी सदाशयता इस अंत की नहीं है। वह चाहते हैं कि दोनों संप्रदाय पहले की तरह ही भाईचारे के साथ रहें। 'आदमीजात का आदमी' में भी वह हिन्दू मुस्लिम भाईचारे की वकालत करते हैं। लेकिन यह वकालत किसी नाटकीयता में से नहीं आती बल्कि कवि सुधीर रंजन की पतलून की चेन खराब होने की एक छोटी-सी घटना से आती है। सुधीर रंजन को एक कवि सम्मेलन में शिरकत करने जाना है। लेकिन उनकी पतलून की चेन

खराब हो जाती है। वह किसी भी कीमत पर चेन ठीक कराना चाहते हैं। यूसुफ मियाँ उनकी चेन ठीक कर देते हैं। काश! दोनों संप्रदायों के बीच खराब हुई चेन भी इसी तरह ठीक हो पाती! यह स्वयं प्रकाश की सद्इच्छाएँ हैं, जो उनकी कहानियों में रिफ्लेक्ट होती हैं।

मनुष्यता उनकी कहानियों में प्राथमिकता में रहती है। साथ ही निचले तबके के लोगों को भी वह समानता की नज़र से देखते हैं। बल्कि चाहते हैं कि उन्हें भी बराबर की नज़र से देखा जाए। 'बर्डे' कहानी में एक माँ अपने बेटे के बर्डे की तैयारियों में जुटी है। तैयारियाँ हो जाती हैं। सारे रिश्तेदार-परिचित आते हैं। किस्सागोई और रोचकता का आलम यह है कि किसी को भी इस बात का अंदाजा नहीं होता कि कहानी का अंत क्या होगा। अंत में बेटे को तांगे पर स्कूल छोड़ने वाला बन्ने भाय आता है और बेटा उसकी गोद में बेहद खुश है। बेटा अपने पिता को चौथी बार यह बताता है कि उसने सुबह ही बन्ने भाय से कह दिया था कि शाम को ज़रूर-ज़रूर-जरूर-ज़रूर आना। बस कहानी इतनी-सी ही है। लेकिन मध्यवर्ग में जो निचले तबके के लोगों के साथ भेदभाव का व्यवहार किया जाता है, यह उस पर चोट करती है–एकदम सहजता से। स्वयं प्रकाश इस चोट की तरफ़ बस इशारा भर करते हैं। 'क्या तुमने कोई सरदार भिखारी देखा?' 'अविनाश मोटू उर्फ एक आदमी' कहानियाँ भी दब्बू और डरपोक मध्यवर्ग को ही चित्रित करते हैं।

गाँव और गाँवों में निरंतर हो रहे बदलाव भी स्वयं प्रकाश के चेतन और अवचेतन में रहे होंगे। 'संधान' और 'कहाँ जाओगे बाबा' दो इसी मिज़ाज की कहानियाँ हैं। 'संधान' में स्वयं प्रकाश महानगरों और ग्रामीण जीवन के बीच के फर्क को रेखांकित करते हैं। विश्वमोहन अपने परिवार के साथ महानगर घूमने जाते हैं। वहाँ जाकर सब बहुत खुश हैं। जब वे वापस आते हैं तो उन्हें अपने घर, मोहल्ला, सड़कें सब व्यर्थ से लगने लगते हैं। एक दिन विश्वमोहन जी के मित्र सपरिवार उनके घर आ जाते हैं। मित्र महानगर की एकरस-उबाऊ जिंदगी से तंग आ चुके हैं। यहाँ विश्वमोहन और उनके परिवार को पहली बार अहसास होता है कि गाँवों का जीवन कितना सुन्दर है। स्वयं प्रकाश महानगरों और ग्रामीण जीवन के बीच के फर्क को इस कहानी में बेहतरीन तरीके से उजागर करते हैं। कहानी में उनका विनम्र आग्रह ग्रामीण जीवन को बचाने का भी है। 'कहाँ जाओगे बाबा' में वह अपने ही घर में अजनबी हो जाने की कहानी कहते हैं। सादगी यहाँ भी दिखाई देती है। मास्टर रामरतन वर्मा अपनी सारी जमा पूँजी लगाकर एक मकान बनवाते हैं। वह सोचते हैं कि रिटायरमेंट के बाद अपने इसी मकान में रहेंगे। लेकिन उस ग्रामीण इलाके में सब कुछ बदल रहा है। नयी-नयी फैक्टरियाँ लग रही हैं, बड़े मकान बन रहे हैं। एक दिन रामरतन अपने मकान जाते हैं तो उन्हें अपने मकान ही पहचान में नहीं आता। यह कहानी गाँवों में प्रवेश कर गये शहरों, उद्योगों के साथ-साथ अकेले होते जा रहे इंसान की भी कहानी है और स्वार्थों की अंधी दौड़ में

भागते मध्यवर्ग की भी। यह हम सबकी कहानी है। पितृसत्तात्मक दबावों के चले स्त्री की छटपटाहट भी उनकी कहानियों में दिखाई पड़ती है। 'अगले जनम' और 'बलि' कहानियों में भी वह स्त्री के पक्ष में खड़े दिखाई पड़ते हैं। 'मंजू फालतू' कहानी में स्वयं प्रकाश स्त्री अस्मिता की खोज करते हैं। वह दिखाते हैं कि किस तरह मंजू धूपिया मंजू फालतू में बदल जाती है। 'जंगल का दाह' जंगलों को बचाने की कवायद है।

स्त्री, प्रकृति, मानवीय मूल्य और आपसी भाईचारा उनकी कहानियों में दिखाई देता है। मध्यवर्ग और ग्रामीण जीवन का चित्र भी वह खींचते हैं, लेकिन यह सब जस का तस नहीं है, बल्कि इनके साथ वह अपना विचार भी पिरोते हैं। श्रमिकों और निचले तबके के लोगों को भी वह बराबरी का दर्जा देना चाहते हैं। कहानी के ये उनके आदर्श हैं। इन्हें वह कभी तिलांजलि नहीं देते। मन में यह सवाल आता है कि क्या उन्हें हिन्दी का चेखव कहा जा सकता है? सहजता और सरलता में वह सचमुच चेखव हैं। कहानी के विषय भी वे चेखव की तरह ही सामान्य जीवन से उठाते हैं। चेखव की तरह ही वह छोटी से छोटी घटना को कहानी में बदलने की क्षमता रखते थे। बावजूद इसके चेखव और स्वयं प्रकाश एक मूल अंतर है। चेखव अपनी कहानियों में आदर्शों को नहीं ढोते। चेखव के पास अनुभव का विस्तृत दायरा है। चेखव समझते थे कि नैतिकताएँ व्यक्ति और परिवेश के साथ ही बदल जाती हैं। स्वयं प्रकाश अपने आदर्शों से कभी मुँह नहीं मोड़ते। वह नैतिकता की उंगली कभी नहीं छोड़ते। बस यही फर्क है जो स्वयं प्रकाश को चेखव होने से रोकता है। शायद स्वयं प्रकाश ख़ुद भी चेखव नहीं होना चाहते थे। इसलिए स्वयं प्रकाश, स्वयं प्रकाश हैं, लेकिन इतना तो स्वीकार करना ही पड़ेगा कि वह चेखव के बेहद करीब हैं।

बलि...बलि...बलि...

प्रभाकर हेब्बार इल्लत

स्वयं प्रकाश की 'बलि' कहानी जब मैंने पूरी-पूरी पढ़ी तो न जाने कैसे, मेरा कलेजा 'बलि' के संहारात्मक रूपों से आहत होकर चूर-चूर हो रहा था। जिन विचारों से होकर मैं गुजर रहा था, उनका बयान करना तो मेरे लिए गौरीशंकर की चोटी से कम नहीं लग रहा है। कैसे मैं अपनी भावनाओं को शब्दों का आकार दूँ, यही फिकर अब मेरा दिमाग खा रहा है। सोचने पर लगता है कि 'बलि' के भीतर एक ओर आत्म-समर्पण, त्याग, बलिदान आदि की भावना रहती है तो दूसरी ओर एक श्रेणीबद्ध व्यवस्थागत संरचना के भीतर किसी शक्तिसंपन्न व्यक्ति, सत्ता, अतींद्रिय शक्ति, संस्कृति आदि के आगे निस्सहाय खड़े होकर अपने सर्वस्व की बलि चढ़ाते हुए उसकी अधीनस्थता को ग्रहण कर कुछ न कुछ पाने की प्रवृत्ति भी बलवती रहती है। बलि में सत्ता का विन्यास है और स्वयमेव उसमें हिंसा की विकरालता अंतर्लीन होती है। बलि का अनुष्ठानपरक रूप हो या गैर अनुष्ठानपरक रूप, वह व्यवस्था के भीतर शक्त-अशक्त का स्तरीकरण करता है। इस स्तरीकृत या सोपीनीकृत तंत्र में ध्वंसात्मकता छुपी हुई रहती है। प्रस्तुत कहानी में कहानीकार स्वयं प्रकाश शक्ति संपन्न पूँजीवादी तंत्र की ध्वंसात्मकता से उत्पन्न बलि के नाना रूपों को दर्शाते हैं। यह हमारा अनुभव है कि मामूली आदमी सत्ता के अधीन विवश होकर नंगा हो जाता है, निस्सहाय खड़े होकर विलाप करना उसकी नियति रह जाती है। कहानी में पूँजी की ताकतों के सामने समाज के अशक्त जन सब ताश के पत्ते की तरह उड़ जाते हैं। जब पूँजी का संचलन शुरू होता है तो बलि का अनुक्रम भी शुरू होने लगता है। विकास के नाम पर की जाने वाली 'प्रकृति की बलि', सांस्कृतिक अधिक्रमण की वजह से होनेवाली जन के 'निजत्व की बलि', लाभ-लोभ की मोह में मानव द्वारा की जाने वाली 'जैविक आधारों की बलि', महत्त्वाकांक्षा से प्रेरित होकर अपने जीवन के टिकाने 'ज़मीन की बलि', 'अस्मिता की बलि', 'अधिकारों की बलि', पितृसत्ता के आगे की जाने वाली मासूम 'लड़की' की 'आत्मबलि' तक पहुँचते 'बलि' का सिलसिला कहानी में खत्म तो हो जाता है, पर अविराम घटित होने की सख्त संभावना कहानी छोड़ती भी है।

आज के जीवन के वातावरण में एक ऐसा नशा छा गया है जिसके वश प्रकृति के सपाट शोषण को विकास की संज्ञा दी जाती है। प्रकृति का उपभोग विकास का पर्याय बन चुका है। यह उपभोग प्रकृति के वस्तुकरण के स्वाभाविक परिणाम के रूप में स्वीकार किया जाना चाहिए। इससे प्रकृति के साथ मानव का भावात्मक संबंध कट जाता है, फिर वहाँ हिंसा का विकृत चेहरा मात्र बचा रह जाता है। 'उत्पाद-बाज़ार-उपभोग-लाभ' के चार स्तंभों पर टिकी पूँजीवादी व्यवस्था के कारनामे कैसे जीवन में प्रवेश करते हैं, कहानी अच्छे से दर्शाती है। 'उपभोग' और 'लाभ' जीवन के मूल्य के रूप में परिवर्तित होते जाने के वर्तमान परिदृश्य में 'सत्यानाश' का दुस्वप्न हमारे मन में तारोताज़ा रहता है। प्रकृति की गोद में, उसके सान्निध्य में पली जीवन-पद्धति हमारे लिए आज अनजान है। जैविक-अजैविक वस्तुओं के भीतर के चैतन्य को देखने की आँखें जीवन की किस मोड़ में हमने खो दी हैं, पता नहीं चल रहा है। ऐसे में जैविक समानता, जैविक अधिकार आदि शब्द हमारे लिए 'क्लीशे' हो गए हैं। साकल्यवादी जीवन दर्शन का अर्थ हमारी खोंपड़ी में घुसता ही नहीं। ऐसा समाज आगे अधिक दिन सरकेगा नहीं। वर्तमान विभ्रामक-अविवेकी जीवन परिवेश में हम यह भूल चुके हैं कि प्रकृति की सजीवता ही मानव के जीवन की जीवंतता है। इस जीवंत बोध के अभाव में मानव की जिंदगी किस प्रकार उलटी-तिरछी हो जाती है, यह कहानी सिखाती है।

कहानी की प्रारंभिक पंक्तियाँ प्राकृतिक संपन्नता के भूतकाल की स्मृतियों की खुशबू ले आती हैं। यहाँ भूतकाल की स्मृतियाँ वर्तमान के अभाव को सूचित करती हैं। कहानी प्रकृति की वैभवमयता को इस प्रकार हमारे सामने ला खड़ी करती है–"घनी हरियाली थी, जहाँ उसके बचपन का गाँव था। साल, शीशम, आम, कटहल और महुए के पेड़। ये बड़े-बड़े पेड़। पेड़ के नीचे खड़े होकर एकदम ऊपर देखो तो सूरज न दिखाई दे। चारों तरफ़ धान के खेत, छोटे-बड़े पोखर और कुछ दूर इच्छा नदी। लकड़ी-मिट्टी-घास-गोबर के मकान और केले के पेड़, लौकी, कद्दू की बेलें और बैंगन-टमाटर की बाड़ी।" पर पूँजीवादी विकास के आंतक के वर्तमान में प्रकृति की सारी हरीतिमा पूँजीपतियों के हवाले चली जाती है। मानव मात्र के विकास के नाम पर जिस प्राकृतिक संपत्ति की बलि चढ़ाई जाती है, समझना चाहिए कि उस प्राकृतिक संपत्ति पर केवल मनुष्य का नहीं, सब चर-अचर का समतुल्य अधिकार है। विकास की चढ़ाई जब शुरू होती है, अपनी जैविक अस्मिता को बचाने का विपुल संघर्ष प्रकृति में भी शुरू हो जाता है। इशारों से अपनी बात रखने वाली कहानी कहती है–"परिंदे सुखी होते हैं, लेकिन वे भी लड़ते हैं पेड़ की एक शाखा विशेष के लिए...मादा विशेष के लिए...वहाँ भी लड़ाइयाँ थीं।" लड़ाई से आपूरित जीवन में सुख का विस्तार होता नहीं है। अतीत की ओर एकबार फिर मोड़ लेकर कहानी कहती है कि आदिवासियों के बीच भी छोटी-छोटी बातों को लेकर लड़ाइयाँ थोड़ी मात्रा में होती थीं,

पर 'कोई पराया नहीं होता था।' आदिवासी जीवन की अपनी सीमाएँ तो रही हैं, पर किसी पर सत्ता स्थापित करने की ललक उसमें नहीं होती थी, यही उसकी जीवन-पद्धति की खूबी थी, ताकत थी। उसके जीवन में सामाजिकता की भावना प्रबल रही है और प्रकृति की गोद में उसकी संस्कृति पलती-बढ़ती है।

आज का समय साक्षी है कि पूँजी की ताकत के विस्तार के परिणामस्वरूप हमारे समाज और जीवन-पद्धति के आधार हिल जाते हैं। पूँजी की संस्कृति से विकसित अभिजात्य वर्ग की सोच जीवन में आक्रामक रवैया अपनाते हुए आगे बढ़ते दिखाई देती है। पूँजीवादी सोच में मानवता, सामाजिकता, सहकारिता की भावनाएँ मूल्यहीन रह गई हैं। व्यक्ति की आत्मकेंद्रिता की प्रबलता की वजह से जीवन का रंग धूमिल होने लगता है। यही मानव के भीतर असांस्कृतिक तत्त्व उपजने की उर्वर भूमि तैयार करती है। असांस्कृतिक होने का तात्पर्य सामाजिकता के बंधन का ढीला हो जाना ही है। सामाजिक बंधन से मुक्त मानव भीड़ में तब्दील हो जाता है, उसे कठपुतली दर्जा मात्र प्राप्त होता है। एक दूसरे के सुख-दुख में भागीदार होने की जीवन की कला इससे गुम हो जाती है। इसके चलते मानव अकेला, संवेदनहीन तथा असामाजिक होता जाता है। इसकी परिणति क्रूरता के रूप में देखी जा सकती है, 'बलि' कहानी इन सबकी कलात्मक अभिव्यक्ति है।

अतीत के क्षणों की तरफ़ हमारा ध्यान आकृष्ट कर कहानी यह बताती है कि एक शांत झरने की तरह आदिवासी जनता अपना जीवन व्यतीत करती थी। पूँजी के दानव के आगमन के पहले छोटी-छोटी बातें उसके जीवन में चौकड़ियाँ ज़रूर भरती थीं। 'खेल माने शर्त बंद कर नदी पार करना...किसी का बछड़ा खोल देना...किसी का कटहल चुरा लेना... किसी को कीचड़ में धक्का देना...' आदि उसके जीवन के हिस्से थे। मासूमियत उसके जीवन में छलाँग अवश्य मारती थी। पर आज उसका गाँव 'देखते-देखते एक कारखाना बन गया। पेड़ कटे। उनकी जगह पक्के मकान खड़े हो गए। भूमि समतल कर दी गई। अब जो कुछ अच्छा था...सब बेचे जाने के लिए था। अपने उपभोग के लिए नहीं। न दूध, न माछ, न सब्जी, न भात।' गाँव की प्रकृति की सुषमा गायब हो गई, ज़मीन के आकार-प्रकार परिवर्तित हुए। आदिवासी जीवन में पणन की संस्कृति प्रवेश करती गई, जीवन का बाज़ारीकरण संभव हुआ, अर्थ की सत्ता अपनी जड़ें जमाईं। पूँजी की पूजा में प्रकृति की बलि चढ़ा दी गई। फिर बचा क्या है–'रूपए और भस्मासुरी इच्छाएँ।'

धन का लोभ और भौतिक सुख-भोग के बीच अभेद्य संबंध है। यह लोभ संकीर्णता के बंधन में जीने के लिए मानव को उत्प्रेरित करता है और जिसके प्रभावस्वरूप आसुरी प्रवृत्तियाँ हृदय में उदित होती हैं। भौतिक भोग की लिप्सा की पूर्ति के लिए अपने 'निजत्व'

तक को गिरवी में रखने के लिए भी आदमी सन्नद्ध होता है। इसी सन्नद्धता की आड़ से गुलाम होने की प्रवृत्ति सिकुड़कर बैठी हुई होती है। गुलामी या दासता की प्रवृत्ति के पल्लवित होने से आदमी पूँजीपति के हाथ का खिलौना मात्र रह जाता है। 'अप्राप्य' की 'प्राप्ति' की मोह में 'मशीन से ज़मीन मे छेद करते समय', 'पत्थर की पूरी लाठी' उठाकर ले जाते समय, 'धातु का पत्थर' लादकर ले जाते समय कुत्ते की भाँति दुम सिकोड़ आदमी खड़ा होता है और अपनी लाचारी प्रदर्शित करता है। मिट्टी से 'सीसा' निकालने के लिए पतलून पहने हुए लोग गाँव आते-जाते हैं तो पूरी मशीनी प्रक्रिया के बाद वही सीसा वेश बदलकर 'बंदूक की गोली' के रूप में वापस आता है! इस प्रतीकात्मक अंकन के माध्यम से स्वयं प्रकाश संपूर्ण पूँजीवादी विकास प्रक्रिया के भीतर छिपी हिंसात्मकता के दष्ट्र को दर्शाने में सफल हुए हैं। लोभवश विवेक की बलि चढ़ाकर पूँजी के समक्ष चुप्पी साधने का फल यही होता है। पूँजीवादी व्यवस्था के दबे पाँव आने का खतरा पहले किसी को होता ही नहीं, पर अपने आसुरी दंश से सबको जब वह अपनी चपेट में कर लेती है तो फिर वहाँ कुछ बाकी नहीं रहता है। पूँजी के पैर पसारने का तरीका यही होता है–"मरद दिन भर साहब लोगों के पीछे-पीछे कुत्तों की तरह घूमते थे और हर रात दारू में धुत्त नज़र आते थे। खेत पड़े रहते थे उपेक्षित। महिलाएँ जितना कर पातीं, उसी से घर चलता था। कइयों की जमीनें चली गईं। बदले में कुछ नोट और नौकरी का आश्वासन।" कुत्तों की सी निष्ठा दिखाकर आदिवासी को कुछ नहीं मिला। सबका मुँह मीठा करके पूँजीपति आदिवासी को अपने पैरों तले दबा देने में सफल निकलता है। क्षण भर का सुख, क्षण भर की लोलुपता आदमी को कहाँ से कहाँ तक पहुँचाता है, कहानी बोल उठती है। पूँजी के आगे ज़मीन गिरवी में रख दी गई, उसकी उर्वरता की बलि चढ़ा दी गई। बलि के बाद जो बचा रहा, उसकी झाँकियाँ भी आह्लादकारक नहीं थीं। प्रकृति की हरियाली कम होती गई, उसी अनुपात में आदिवासी जनता की जिंदगी की हरियाली भी कम होती गई। प्रकृति में बिजली की कौंध की भाँति फौरन परिवर्तन की लहरें उठीं। "देखते-ही-देखते वहाँ एक कारखाना बन गया। पेड़ कटे। उनकी जगह पक्के मकान खड़े हो गए। भूमि समतल कर दी गई। बड़ी-बड़ी मशीनें। मकान...और मकान के बीच भी डामर की सड़क।" इस पंक्ति के आगे का वाक्य मार्के का है, वह इस प्रकार है–"सारी जिंदगी बदल गई।"

किसी दूसरे की संस्कृति का नकल करना तो जीवन को सुधारने का रास्ता कदापि नहीं होता है। संस्कृत होने या सुधरने का अर्थ अपने जीवन की जड़ों से कट जाना नहीं होता है। गुलामी मानसिकता से प्रेरित होकर किसी का नकल करना असभ्यता का प्रमाण पेश करना होता है। जो अपनी जिंदगी के मूल्यों से अवगत नहीं होता है, वे जल्द ही जल्द किसी के अंधानुकरण के लिए उतावला होकर निकल जाता है। इस गाँव के साधारण

लोगों के साथ यही होता है। "पतलून पहने आदमी...जूते पहने बच्चे...गोरे-गोरे...और सिनेमा के परदे से मानो निकल कर आई हों ऐसी औरतें" गाँववालों के दिल में विभ्रामक स्थिति उत्पन्न करते हैं। यह स्थिति तो वास्तव में अविवेक की स्थिति कही जा सकती है जिसके चलते अभिजन लोगों की संस्कृति के नकल करने के लिए आदिवासी तैयार होता है। इससे धीरे-धीरे आदमी 'अपने' का तिरस्कार करते हुए 'उच्च/उत्कृष्ट' कही जानेवाली संस्कृति का कॉपी करता है, फिर भी उसकी सामाजिक प्रतिष्ठा, मर्यादा जो पूर्ववत् थी, वही रह जाती है। यह एक फंदा है, जिसमें कोई आराम से फंस सकता है। आदिवासी जनता के साथ भी यही हुआ। अपनी परंपरा, संस्कृति, मूल्य आदि की बलि देकर पाया कुछ नहीं, पर खोया बहुत। बाहर से आदिवासी मर्द-औरत साहब-साहिबा जैसे दिखते हैं, फिर भी वे बहिष्कार के शिकार होते जाते हैं, अपवर्जित होकर 'सभ्य' से कट जाते हैं और उन्हें 'असभ्य' का चिट्ठा चिपकाकर सैर करना पड़ता है। इस गाँव के लोग 'सभ्य' के लिए एक साधन मात्र हैं। जंगल में रास्ता दिखाने, जमीन दिखाने के लिए उस इलाके के कुछ लोगों की ज़रूरत उन्हें थी। अपने स्वार्थ साधने के बाद आदिवासी संतरे का छिलका हो जाता है। इस मारीच तंत्र से अनभिज्ञ होकर 'गाँव के लोग साहब लोगों का गुमसुम नकल करते हैं। सुंदरगढ़ से पतलून सिलवाकर लाते हैं। सिगरेट पीते हैं। साइकिल की जिद करते हैं। नौकरी का ख़्वाब देखते हैं। गाँव की सड़क पर तरह-तरह के बाहर के लोग आने-जाने लगे, दुकानें खुलने लगीं। कोई कद्दू बेच रहा है, कोई चाय-भजिया।' संवेदनशील गाँव की औरतें चिंतित तो ज़रूर थीं, भय की सिहरन मन ही मन दौड़ रही थी। 'जर्जर और कृशकाय औरतें सभ्य समाज का चाल-चलन जिन नज़रों से देखती थीं, उनमें कुतूहल कम होता था, भय ज़्यादा।' भय के कारण बहुत थे। उनको ऐसा लग रहा था कि पैरों तले की मिट्टी घिस-घिसकर नष्ट होती जा रही है। वे अनुभव करने लगीं कि 'उनकी जमीन कारखाने में चली गई या चली जा रही है, ऐसा एहसास हो रहा था कि नौकरी का आश्वासन कभी पूरा नहीं होने वाला है, उनका अनुभव यही रहा कि मुआवजे की राशि के लिए भूमि में स्वामित्व के अकाट्य प्रमाण प्रस्तुत करने थे...लोग पटवार घर-तहसील-कचहरी-वकील-दलाल-पंच-प्रधान आदि-आदि के चक्कर काट रहे थे। और उन्हें जो भी अपने पास था, एक-एक करके भेंट चढ़ा रहे थे। उन्हें हर दिन नए सिरे से पता चलता था कि उनसे बड़ा मूर्ख दुनिया में दूसरा नहीं और हर दिन बताया जा रहा था कि जो आदमी होकर भी काइयाँ नहीं हुआ, उसका तो जन्म ही अकारथ है, जीवन भी एक तरह से अवैध है।' जीवनाधार तक की बलि चढ़ाकर बेजान रहने के लिए सबके सब विवश होते जा रहे थे।

यह कहानी असल में 'बलियों' की कहानी के साथ-साथ भोली-भाली आदिवासी अनाम 'लड़की' की भी कहानी है, जिसे अपनी जान तक का कहानी के अंत में कुरबान

करना पड़ा। उसकी तकदीर ऐसी रही कि सच में वह इस घाट की भी न रही, न उस घाट की। जब कारखाने का काम शुरू हुआ तो किसी अधिकारी के घर लड़की की नौकरी लग गई, आश्वासन बस इतना ही था कि गरीबी के दिनों से राहत मिल जाएगी। गाँववालों के बीच वह 'हीरोईन' बन गई इसलिए कि सभ्य समझे जानेवालों के साथ उसकी संगति लग गई है। अपने अंतस की अनबुझी चाहत को गाँव वाले इस प्रकार के सवालों के माध्यम से व्यक्त करते थे कि उस घर के साहब लोग क्या खाते हैं, कैसे बोलते हैं, क्या करते हैं... क्या अपनी घरवाली को बिलकुल नहीं मारते? इन सवालों के जरिए अनुवाचक यह अंदाज़ा लगा सकता है कि आदिवासी जनता के मन में कंपनी के लोगों की 'सभ्यता' के रंग को समझने-अपनाने की जिज्ञासा व कुतूहलता दिमाग में बैठी हुई है। कमबख्त की बात यह है कि सभ्य समझे जाने वाला तथाकथित अधिकारी वर्ग आदिवासी जनता को घृणा-जुगुप्सा की नज़रों से देखता है और अपनी सांस्कृतिक वितृष्णा को खुले तौर पर व्यक्त करने तक हिचकता नहीं है। जब लड़की नौकरानी के रूप में 'मामी' के घर घुस गई तो उसे हीन व्यवहार का सामना करना पड़ा था। फटकार के साथ उसे नीची नज़रों से देखने की प्रवृत्ति से लड़की का दिल आहत था, पर क्या किया जाए? मामी कहती है–"परे हट के बैठ, कालीन गंदा हो जाएगा। नहाकर आई? सिर क्यों खुजा रही है?...ठीक से पकड़ बेबी को, मुँह दूर रखा कर उसके मुँह से, सुबह लटरीन जाकर साबुन से हाथ धोती है या नहीं?..." यहाँ तक कि आदिवासी की भाषा-बोली तक को उपहास व व्यंग्य भरी नज़रों से मामी देखती है। "मसलन कहेगी, कैसी भाषा बोलते हो तुम लोग! जैसे लोटे में कंकड़ डालकर हिला रहे हो! या क्या वाहियात इलाका है...जंगली के जंगली!" यह 'मामी' द्वारा अपने सांस्कृतिक वर्चस्व को स्थापित करने की यंत्रणा का प्रारंभिक कदम है। 'जंगली' संबोधन अपने आप में मामी की मानसिकता को दर्शाती है। शहर/गाँव के विलोम भाव को सूचित करने के लिए सामान्यतः जंगली शब्द का प्रयोग बराबर किया जाता है। इस प्रयोग से सभ्य-असभ्य का भाव-अर्थांतर खुल जाता है जो एक सोपानीकृत सत्तात्मक व्यवस्था को रचता है। लगातर किसी की संस्कृति को अपभ्रंश घोषित करते हुए उसके प्रति जुगुप्सात्मक-विद्वेषात्मक तरीका अपनाया जाता है तो जिंदगी की विवशता से आक्रांत होकर ऐसे लोग सभ्य के अनुकूलन-अनुकरण करने के लिए तत्पर निकलते हैं। सत्ता-सुविधा संपन्न 'सभ्य' समाज की जिंदगी के तौर तरीके उनके लिए मानक हो जाते हैं। जिंदगी की बुनियादी ज़रूरतों से वंचित लोग अपनी सामाजिक ज़रूरतों की पूर्ति नहीं कर पाएँगे। ऐसे माहौल में व्यक्ति धीरे-धीरे मन ही मन यह स्वीकार करने लगता है कि हम में कुछ नहीं है, जो उसे प्राप्त है या साथ है वह 'अपकृष्ट या निम्न' है। भीतर ही भीतर उसके मन में एक खोखलापन व्यापक होता हुआ अनुभव होता है। अपने को नए सिरे से

ढालकर उसी में अपने जीवन की अर्थवत्ता को खोज़ने वाली कहानी की लड़की धीरे-धीरे उसी के चंगुल में दब जाती है, फिर उसके लिए 'घर वापसी' संभव नहीं हो पाती है। अपनी अस्मिता को बचाकर रखना लड़की के लिए असंभव था, इसलिए उसने यह तय कर लिया कि "जिस दिन मामी मान जाएगी कि ये जंगली लोग भी उनसे किसी बात में कम नहीं, बस मौका मिलने की बात है...और जिस दिन मनुष्य की तरह व्यवहार करने लगेगी, जंगली लोगों से बराबरी का बरताव, वह उसे उसके हाल पर छोड़कर अपनी दुनिया में वापस आएगी, एक उन्मुक्तता और उत्फुल्ल प्राकृतिक दुनिया, जिसका रूप, रस गंध और स्पर्श मामी जैसों के नसीब में ही नहीं है।" अपनी संस्कृति के प्रति लड़की के मन में अनुराग तो है, पर अपने को दूसरी संस्कृति के साथ समायोजित करने की लड़की की योजना जीवन की विषमता-विवशता थी। सभ्य कहे जाने वाले लोगों के कृत्रिम व्यवहार से आदी होकर 'परिस्थितियों को छिपाकर सामने आने वाले को खुश करने वाली बातें करना लड़की ने सीख लिया।' कृत्रिमता के घेरे में ग्रस्त होते हुए भी मन की अतल गहराई में वह छुप-छुप के अनुभव कर रही थी कि 'जैसे पालतू जानवर होते हैं, क्या वह पालतू जानवर बनाई जा रही है?' वह अनुभव करती है कि किसी का वर्चस्व यूँ ही स्वीकार करना तो कठिनाई की बात नहीं हो सकती है। काव्यात्मक भाषा में कहानीकार का कहना है कि "बहना आसान है, तैरना कठिन...लेकिन तैरने वाले को पता होता है कि उसे कहाँ जाना है अथवा कहाँ नहीं जाना है। बहने वाले के हाथ में कुछ नहीं होता।" लड़की नई संस्कृति में 'बहती-बहती चली गई।' यह इतिहास का अनुभव है कि यदि किसी पर किसी को अपना स्थायी वर्चस्व साबित करना होता है तो जिसके पास 'सत्ता' नहीं, उसकी संस्कृति, सभ्यता, भाषा इत्यादि को असंस्कृत, असभ्य, अर्थहीन ठहराया जाए। मौकापरस्त होकर संदूक और बंदूक का इस्तेमाल करते हुए मानसिक धरातल पर अधिकार स्थापित करना आराम हो जाता है। जब मानसिक धरातल पर अधिकार एक बार स्थापित होता है तो शारीरिक स्तर पर नियंत्रण आसान हो जाता है। कहानी इस सत्तात्मकता के सूक्ष्म रूप को मामी के शब्दों के माध्यम से सामने लाती है। ये शब्द लड़की के दिल को चुभ जाते हैं। अपनी संस्कृति की खूबियों को वह किसी भी हालत में सिद्ध करने की कोशिश नहीं करती है, न कर सकती है, इसके विपरीत मामी की संस्कृति को मूक होकर स्वीकार करती है, भले ही पहले वह अनुभव करती है कि भीतर से कुछ रिसता-रिसता चला जा रहा है, पर ऐसा क्षण आ जाता है, वहाँ पहुँचकर वह उच्च्च समझी जानेवाली संस्कृति/सभ्यता के साथ पूर्ण रूप से समायोजित हो जाती है और वहीं रह जाती है।

कहानी एक नई मोड़ तभी लेती है जब मामी के पति का तबादला होता है। उस घड़ी में उसे ऐसा लग रहा था कि 'जैसे पिंजरे में फंसे चूहे को दूर छोड़ आया जाता है, घर में

नहीं रखा जाता है और फिर याद भी नहीं किया जाता, उसी तरह उसे भी छोड़ जाया जाएगा और फिर कभी याद नहीं किया जाएगा,' पर ऐसा नहीं हुआ कि वे लोग लड़की को साथ लेकर वहाँ से नए स्थान की तरफ़ प्रस्थान हुए। यह विदाई असल में लड़की के जीवन में यू टर्न लेती है। वह नई जगह पहुँचकर नए परिवेश के साथ सटीक जुड़ तो जाती है, साथ ही अपनी बिरादरी के जीवन से पूर्णतः कट जाती है। स्पष्ट करूँ तो अपनी ज़मीन से, अपने परिवेश से, अपनी संस्कृति से, यहाँ तक कि अपने जनों से कटकर वह चली जाती है। उसको ऐसा लग रहा था कि "अपने प्यारे देश के नदी-पहाड़-तालाब-झरने-पेड़-गाछ-खेत-मैदान-गाँव-जवार-आम-महुआ-केले-कटहल-कोयल-मैना...भाग-भाग कर पीछे छूटता जा रहा था।" पर रामेश्वर के साथ 'लड़की' के रिश्ते की वजह से अपनी प्रेम की बलि देकर जब वह अपने घर नाखुश होकर वापस आती है तो नज़ारा कुछ बदला सा, कुछ खलबलाता सा नज़र आता है। भ्रम से यथार्थता की तरफ़ लड़की का मन फिसल-फिसलकर आने लगा। दिल को चीर देने वाले अनुभवों का संक्रमण कहानी में इस प्रकार व्यक्त हुआ है–"वही कोयला-मैना, केले-कटहल, आम-महुआ, गाँव-जवार, खेत-मैदान, पेड़-गाछ, तालाब-झरने, नदी-पहाड़...वही ठंडी हवा...वैसी ही मादक सुगंध...अचानक उसे लगा, वह अपने आपको बहला रही है...सुगंध नहीं दुर्गंध है...कहीं कुछ सड़ रहा है...हवा में कुछ सड़ रहा है...जैसे कहीं किसी जानवर की लाश सड़ रही हो..." बाह्य प्रकृति के साथ आंतरिक सड़न की अभिव्यक्ति कहानी में दुख का रंग भर देती है। जिस गाँव से वह गई थी, वापस आते समय कम से कम उम्मीद करती है कि माँ गले लगाकर रोएगी, बड़े लोग उसके आने की खुशी में आसीसने लगेंगे। सब कुछ उलट-पलट गया। क्या हुआ, जो यही हुआ, स्वयं प्रकाश की भाषा में "उसे लगा, उसके प्यारे देश ने उसके स्वागत में बाँहें नहीं फैलाईं। उसकी मातृभूमि ने उसे उछाह में आकर अंग में नहीं भर लिया। अब वह एक अजनबी की तरह, एक झगोड़े की तरह, एक द्रोही की तरह अपने ही गाँव घर में प्रवेश करेगी। और वैसा ही हुआ। माँ उसे देखकर रोने नहीं लगी। मौसियाँ-ताइयाँ देखते ही सिर पर, गाल पर हाथ नहीं फेरने लगीं। चाचा-ताऊ आसीसने नहीं लगे...सखियाँ दौड़कर गले नहीं लग गईं...बच्चे लटूमने-लटकने नहीं लगे...लड़के दीदी-दीदी कहकर हँसी-मज़ाक नहीं करने लगे। सब उसे दीदे फाड़-फाड़कर देख रहे थे। अब वह एक अजूबा थी। एक चमत्कार थी। एक अविश्वसनीयता थी।"

पहले ही बताया जा चुका है कि अपने गाँव से बचपन से ही जाकर शहर में जिंदगी बितानेवाली लड़की के जीवन में आमूलचूल परिवर्तन हो गया था। अब गंवारू जिंदगी की आदतें उसे अच्छी नहीं लग रही थीं। वह अब अपने लोगों की जीवन-पद्धति के साथ किसी भी हालत में समायोजन नहीं कर पा रही थी। उसका आचार-विचार, सोच-समझ

गाँववालों के साथ मिलती-जुलती नहीं थी। वह 'अपना' नहीं, 'पराया' हो गई थी। लड़की का व्यवहार गाँववालों से भिन्न थे। 'लड़की तो अब एक हाथ में साड़ी को ज़रा उठाए चलती है। खाने से पहले हाथ धोती है। मक्खियाँ उड़ाती हैं...कमरे के भीतर जाकर कपड़े बदलती है...मुस्कराकर कैसे हैं आप जैसी बातें पूछती हैं...तेल-मसाले में तरकारी बुननी है...गाय-भैंस से बचकर निकलती है...बार-बार चाय पीने की इच्छा रखती है...साइकिल चलाना जानती है...नहीं, यह वह हमारी लड़की नहीं है।' "दरअसल लड़की को कुछ अच्छा ही नहीं लग रहा था। उससे कुछ किया ही नहीं जा रहा था। अब न तालाब पर नहाया जाता था, न बगैर साबुन फचीट-फचीट कर कपड़े धोए जाते थे, न नमक-भात खाया जाता था, न मुस्कुराया जाता था, न खुले में फरागत के लिए जाया जाता था।" गाँव के लोग एक अजूबे ढंग से लड़की को देखते थे। शहर में रामेश्वर के साथ के प्रेमार्द्र संबंध को गलत नज़रिए से गाँव वाले देखते होंगे, पता नहीं, फौरन ही घरवालों ने 'पवित्रता या शुद्धता' की रक्षा हेतु उसकी शादी किसी एक निकम्मे लड़के के साथ करवा दिया। "उसका पति शराबी और निकम्मा था। वह शराबी और निकम्मा ही होता, लड़की निभा लेती। बहुत-से लोग शराबी और निकम्मे होते हैं। लेकिन यह मूर्ख भी था।" 'मूर्ख पति ने सुहाग रात में लड़की के साथ जो किया उसे पशुता-बर्बरता-बलात्कार-पाशविकता क्या कहा जाए? क्या कहा जाए? मानो वह लड़की को मार ही डालने पर उद्यत था। लड़की कर्तव्य-भाव से भी भोग के लिए प्रस्तुत हो जाती, लेकिन नहीं, उसे अपने पौरुष का लोहा मनवाना था। उसे मानो सारे आगामी जीवन के लिए एक अधिपति भाव धारण करना था। उस मल्ल को मानो लड़की की बुनियादी अस्मिता तक का मानमर्दन करना था। मानो लड़की कोई कटखना साँड़ हो, जिसे काबू में करके दिखाना हो। उसे विश्वास ही नहीं था बगैर बलप्रयोग और पशुता के भी यह सब संपन्न किया जा सकता है।' यह बात साफ़ है कि अपराधी केवल बलात्कारी पति मात्र नहीं होता है। अपराधी तमाम हमारी संस्कृति के तरीके होते हैं, जो पुरुष की यौवनेच्छा को बेलगाम करने की जमीन अपनी जीवन-पद्धति के भीतर तैयार करते हैं। इस प्रकार के अत्याचार के माध्यम से स्त्री के जीवन में भय का वातावरण फैलाया जाता है, सामुदायिक प्रभुत्व की भावना साबित की जाती है, लूट की संस्कृति पल्लवित की जाती है, चरित्र का हनन किया जाता है। इन सब अत्याचारों को देखने पर लगता है कि यह समाज स्त्री के लिए उपयुक्त स्थान नहीं रहा है। बलात्कार में स्त्री के मानसिक, भावात्मक, शारीरिक पक्ष की अवहेलना होती है जिसके लिए लड़की साल भर शिकार होती है। मानसिक, वाचिक, शारीरिक हिंसा के विविध रूप साथ-साथ उसका पीछा करते हैं। इन सबके समेकित सम्मिलन से बलात्कार अपने मूल में सामाजिक हिंसा का भीषण रूप धारण करता है। हिंसात्मकता से पुरुष द्वारा स्त्री की अधीनस्थता की स्थिति

साफ़-साफ़ सुनिश्चित की जाती है। बलात्कार पुरुष के अंतस की आक्रामकता, मर्दानगी, अपराधबोध, अनबुझी हवस, सत्ता का मद, विकृत मानसिकता, वर्गीय कुठा आदि का परिणाम है। पितृसत्ता की अपनी नियमावली होती है, शत्रु को परास्त करने के साथ ही उसके ऊपर हिंसात्मक रवैया अपनाकर वियजोन्माद को दर्शाना उसका घिनौना रूप है। यह घोर पितृसत्तात्मक व्यवस्था की संतान है। यह ताज्जुब की बात है कि पितृसत्तात्मक सोच स्त्री से हमेश एकनिष्ठ प्यार की मांग करती है। यह समझ में नहीं आता है कि व्यभिचार और बलात्कार की इज़ाजत समाज किस पैमाने पर पुरुष को सौंप देता है। नवपरिणीता लड़की के साथ यही हुआ है। इससे उसके जीवन का कायाँतरण हो जाता है। स्थित मूल्य व्यवस्था के खिलाफ़ प्रतिक्रिया किसी भी रूप में उठते ही संघर्ष का बिगुल बज उठता है, जो असहमत है, उसको दुश्मन के रूप में घोषित किया जाता है। फिर स्पर्धा का वातावरण पनपने लगता है, जिंदगी सड़ने लगती है।

व्यवस्था चाहे पितृसत्तात्मक हो या न हो, उसकी एक प्रक्रिया होती है, एक विचार-पद्धति होती है। इसमें कोई गुंजाइश तनिक भी नहीं कि हर विचार-पद्धति के भीतर 'मूलवाद' सक्रिय होता है, जो परिवर्तन का विरोध खुल्लम-खुल्ला करता है। उसके अधीन रचनात्मक जीवन के लिए तनिक भी संभावना नहीं रहती है, क्योंकि उसमें नवीनता रहती है, परिवर्तनशीलता रहती है। जिस सत्तात्मक व्यवस्था के भीतर रचनात्मक संवाद के लिए ज़रा भी गुंजाइश नहीं रहती है, वहाँ अतार्किक उपायों से सत्ता सक्रिय हो उठती है। स्त्री-पुरुष के संबंधों में यदि प्रीति और अपनापन नहीं है तो दांपत्य जीवन का सौंदर्यात्मक विधान वहाँ रद्द हो जाता है, लेकिन 'बलि' कहानी की लड़की की जिंदगी की ख्वाहिशें मरीचिका बनती जा रही हैं। सबकुछ उससे छूटता जा रहा था। उसको विवाहोपरांत प्रेम तथा भाईचारे की संगति हाथ नहीं लगती है; न पति से, न रिश्तेदारों से, न मित्रों से, न अपने दोस्तों से। वह अंदर-बाहर शून्य होती जा रही थी। गाँव की हरियाली के साथ जीवन की हरियाली लड़की से दूर होती जाती है। हरी-भरी जिंदगी की कामना के नष्ट होते ही फिर वहाँ दुख का सागर उमड़ने लगता है। जिस दुनिया में वह रहती थी, वह असल में उसकी नहीं थी, जो उसकी अपनी थी, वह भी जल-रेखा होती जा रही थी। "वह रो रही थी अपनी साइकिल के लिए...अपने कपड़े-सैंडल के लिए...अपनी टिकुली-चुटीले के लिए... साड़ी-तौलिए के लिए...शैंपू-साबुन के लिए...ब्रा-पेंटी के लिए...साड़ी-तौलिए के लिए... शैंपू-साबुन के लिए...साहब-मम्मी के लिए...अपनी खोई हुई आज़ादी के लिए...रामेश्वर के लिए...अपने अस्तित्व के लिए...अपनी असहायता-निरुपायता के लिए...अपने नारी-जन्म के लिए।" अपने जीवन में सब कहीं निराशा हाथ लगते समय "वह अर्द्धविक्षिप्त-सी हो गई, पति सारे सभ्य समाज को अपनी कुंठाओं की विष्ठा में लपेट कर सारे सभ्य समाज से अपने

असभ्य रह जाने का बदला ले रहा था...और माध्यम थी लड़की।" पितृसत्ता के ऐसे क्रूर व्यवहार से लड़की के जीवन में धीरे-धीरे वितृष्णा और उबकाई से भर गई। उसकी आत्मा का हाहाकार दब-दबकर अंतरिक्ष में विलीन हो गया। "साल-भर बाद एक रात लड़की ने यातना के इस अंतहीन सफ़र को एक झटके से खत्म कर दिया। गले में फंदे लगा कर छत से लटक गई। शायद मृत्यु के उस पार ही कहीं एक हरी-भरी घाटी हो...जिसमें एक लाल कबेलू की छतवाली झोंपड़ी हो...छत पर कद्दू की बेल चढ़ी हो...बेल में पीले-पीले फूल खिले हों...और स्कूल की यूनिफॉर्म पहने एक गोरी, गोल-मटोल बच्ची दरवाजे पर खड़ी अपनी नन्हीं-नन्हीं हथेली नचा कर उसे टा टा करती हो।"

लड़की जीवन में प्राप्त स्वतंत्रता को खोने के लिए सन्नद्ध नहीं होती है। स्वतंत्रता या मृत्यु में से वह दूसरे विकल्प को चुन लेती है। अस्वतंत्रता की बेड़ियों में जकड़े रहने से भला वह मरण का वरण करना उत्कृष्ट समझती है। अस्वतंत्रता-अपमान के बंधन में फंसकर आदमी पागल हो जाता है। लड़की की जीवन परिस्थिति पागलपन की स्थिति से भिन्न नहीं थी। गाँव में पहुँचकर स्वतंत्रता का विस्तार वह अपनी इच्छानुसार नहीं कर सकती थी, अंदर ही अंदर उसे जीने की तनिक भर इच्छा नहीं होती थी, आत्म-गौरव या सम्मान प्राप्त नहीं होता था। अपने आत्म-सम्मान के लिए खुद को बलि चढ़ाने वाली लड़की पितृसत्ता के सामने एक सवाल बन जाती है। पाठक की संवेदना कहानी के अंत तक आते-आते लड़की से जुड़ जाती है। हम भी यही अनुभव करते हैं कि कांटों से भरी जिंदगी को कब तक वह आगे बढ़ा सकती है? उसके जीवन रूपी नदी का बहाव रुक गया है, फिर सड़ना मात्र बाकी रह गया है। मानसिक-शारीरिक-सांस्कृतिक हिंसा के बल पर पितृसत्ता लड़की पर संपूर्ण रूप से हावी हो चुकी थी। पितृसत्तात्मक व्यवस्था में वही औरत जीवित रह सकती है जिसके लिए दास्तव की पराकाष्ठा ही स्वतंत्रता की पराकाष्ठा है। असुरक्षा, क्रूरता, अधिकारहीनता, झूठ, अविश्वास, निराशा, दबाव आदि के रूप में लड़की के जीवन में अस्वतंत्रता फैल जाती है। उसके जीवन का दरवाज़ा इन सबके आक्रमण से बंद हो जाता है। देश की बलि के साथ शुरू होने वाली कहानी का घटनाक्रम घनीभूत पीड़ा की वजह से की गई लड़की की आत्मबलि के साथ समाप्त होती है। कहानी की बलियाँ पूँजीवादी आंतक की संतानें हैं। आगे किसकी बलि चढ़ानी होगी, वक्त का इंतज़ार है। हमें इसलिए गंभीर सावधानी बरतनी ज़रूर होगी, उसका प्रतिरोध करना होगा।

पार्टीशन : खुद्दार-खूँखार शायर की कुर्बानी की दास्तान

डॉ. सी. बालसुब्रह्मण्यन

हिन्दी कथा साहित्य की जनवादी परंपरा के विख्यात कथाकार स्वयं प्रकाश की 'पार्टीशन' कहानी पढ़ते वक्त जेहन में कौंधने वाली बात सन् 1972 में मलयालम के विख्यात निर्देशक के.एस. सेतुमाधवन के निर्देशन में निकली फिल्म 'अच्छनुम बाप्पयुम' (हिन्दू पिता और मुस्लिम बाप) का 'मनुष्यन मतङ्ङले सृष्टिच्चु' (मानव ने धर्मों की सृष्टि की) से शुरु होने वाला गीत है। इसके रचयिता मलयालम के कालजयी कवि–गीतकार श्री वयलार रामवर्मा हैं। गीत का अनुवाद इन शब्दों में कर सकते हैं–मानव ने धर्मों की सृष्टि की, धर्मों ने ईश्वरों की सृष्टि की। मानव धर्म और ईश्वरों ने मिलकर मिट्टी का बँटवारा किया, मन का बँटवारा किया। हिन्दू बने, इस्लाम बने, ईसाई बने, हम परस्पर अजनबी बन गए। भारत पागलखाना बन गया। हज़ारों-हज़ारों मानव हृदय शस्त्रागार बन गए। ईश्वर सड़क पर मरता है, शैतान हँसता है। सत्य है कहाँ? सौन्दर्य है कहाँ? स्वातंत्र्य है कहाँ? हमारे खून के रिश्ते कहाँ है? हमारे शाश्वत प्रेम कहाँ है? हज़ार वर्षों में एक बार अवतरित होने वाले अवतार कहाँ है? मानव सड़कों पर मरता है, धर्म हँसता है। इस गाने के शब्दों के आलोक में मानवीय जीवन, मानवीय सभ्यता का विकास, विविध धर्मों के आविभार्व, ईश्वरीय परिकल्पनाओं आराधना-उपासना के तौर-तरीकों पर नज़र डालने से पता चलता है कि मानव द्वारा निर्मित धर्मों और ईश्वरों के कारण ही इस दुनिया में बँटवारे की अनेकोन्मुखी अनंत प्रक्रिया जारी है। इसका आरंभ कब हुआ? कैसे हुआ? जैसे प्रश्न पूछना बेकार की बात न होने पर भी इन प्रश्नों के लिए एक सटीक उत्तर मिलना मुश्किल है। उत्तर मिलने पर भी वह कोई निर्विवाद उत्तर नहीं होगा, पेचीदगी से युक्त विवादास्पद कई उत्तर होंगे। इन सारी बातों के पीछे बड़ी राजनीति होती है। धर्म की राजनीतिक परिणति की बड़ी भूमिका होती है।

पदानुक्रम (hierarchy) जीवन और दुनिया की एक सामान्य विशेषता है। समानता, भ्रातृत्व, स्वतंत्रता जैसी जितनी अच्छी-अच्छी या बड़ी-बड़ी परिकल्पनाएँ होती हैं वे सब यथार्थ जीवन में एक हद तक काल्पनिक हैं। इसलिए ही मुट्ठी भर लोग दुनिया भर के नियामक बन जाते हैं, शासक बन जाते हैं। यथार्थ जीवन में हमेशा यही देखने को मिलता

है। इसलिए ही व्यावहारिक जीवन में एक व्यवस्था के रूप में लोकतंत्र के स्थान पर कुलीन तंत्र (oligarchy) ही देखने को मिलता है। ये मुट्ठी भर लोग या कुलीन तंत्र का प्रतिनिधित्व करने वाले तथाकथित लोकतंत्रवादी सारी की सारी गतिविधियों के नियंत्रण के पीछे होते हैं। वे अपनी स्वार्थता की पूर्ति के लिए तरह-तरह के राजनीतिक खेल खेलते हैं। विभाजन भी उस प्रकार के खेलों में से एक है। विभाजन धर्म के नाम पर हो सकता है या धर्म द्वारा निर्मित-नियंत्रित ईश्वर के नाम पर या वर्ण-जाति-वंश जैसे अन्य आधारों पर। विभाजनों के कारणों और उसके परिणामों को एक सामान्य चबूतरे पर लाना भी संभव नहीं। इसके संबंध में इतना ही कह सकते हैं कि यह दुनिया भर किसी न किसी रूप में निरंतर होने वाली प्रक्रिया है और सामान्य रूप से अधिकांश मानव किसी न किसी प्रकार इसके भुक्त भोगी हैं। दूसरे शब्दों में विभाजन-विस्थापन का शिकार बनना मानव की नियति है। नियति माने नियत होने की अवस्था या भाव है। ईश्वरीय शक्ति द्वारा पहले से ही रचित यह बात अवश्य हो जाएगी, ऐसा विश्वास है। अपनी स्वार्थता की पूर्ति के लिए मानव ने धर्म और धर्म ने ईश्वर की सृष्टि की है तो विभाजन की नियति के पीछे भी मानव की स्वार्थ भावना ही है। इस बात की पुष्टि के लिए हमें अब तक की जीवन यात्रा से अनगिनत वैविध्यपूर्ण उदाहरण मिल जाएँगे। ये उदाहरण विश्व वाङ्मय में पुराणों, इतिहासों, मिथकों, ऐतिहासिक दस्तावेजों, धर्मग्रंथों में मौजूद कथाओं वृत्तांतों आदि के रूप में हमारी संपूर्ण चेतना में या जागर, स्वप्न, सुषुप्ति, तूरीयों में परिव्याप्त हैं। बाबेल की मीनार का निर्माण और एकभाषिक दुनिया को बहुभाषिक बनाकर विभाजित करने की कथा बाइबिल के पुराना नियम (Old Testament) में मौजूद है सारी पृथ्वी पर एक ही भाषा और एक ही बोली थी। और जब लोगों ने पूर्व से पलायन किया, उन्होंने शिनार देश में एक मैदान पाया और वहाँ बस गए। तब उन्होंने एक दूसरे से कहा "आओ, हम अपने लिए एक नगर और एक मीनार, जिसकी चोटी आकाश से बात करे, बना लें, इस प्रकार से हम अपना नाम करें, ऐसा न हो कि हमको सारी पृथ्वी पर फैलना पड़े।" तब यहोवा वह शहर और मीनार देखने के लिए उतरे जो मानव के बाल-बच्चों ने बनाया और यहोवा ने कहा, ध्यान से देखो "सब एक ही लोग हैं, और सब की एक ही भाषा है, और यह उसका आरंभ है जो यह लोग करेंगे, और वह कुछ भी करना असंभव नहीं होगा जो वे करने का प्रस्ताव रखेंगे। आओ, अब नीचे उतरा जाए, उनकी भाषा में बड़ी गड़बड़ी डालें, ताकि वे एक दूसरे की बोली को न समझ सकें।" तो, यहोवा ने उनको वहाँ से सारी पृथ्वी पर फैला दिया, और उन्होंने नगर बनाना छोड़ दिया। इस कारण उस नगर का नाम बोल पड़ा, क्योंकि सारी पृथ्वी की भाषा में गड़बड़ी यहोवा ने वहीं डाली थी। और यहीं से यहोवा ने उन्हें सारी पृथ्वी के ऊपर फैला दिया। (उत्पत्ति 11 : 1-9)

दुनिया भर के इतिहासों-पुराणों में कई आधारों और कारणों पर विभाजन देख सकते हैं। महाभारत में तो सर्वत्र विभाजन ही विभाजन है। एक ही कुल के भाई-भाई कौरवों और पांडवों में विभाजित है। आधुनिक इतिहास में नज़र डालें तो फिलस्तीन-इस्रायेल का विभाजन, जर्मनी का विभाजन, कोरिया का विभाजन, चीन और तिब्बत के बीच की समस्याएँ, इंग्लैंड-आयरलैंड के बीच की समस्याएँ आदि विभाजन और विभाजन के फलस्वरूप उभर आई समस्याएँ हैं। भारतीय संदर्भ में बंगाल का विभाजन तो आज़ादी से पूर्व ही हो चुका था। 1947 में, भारत-पाकिस्तान विभाजन के बाद आज तक कश्मीर को लेकर या अन्य मुद्दों को लेकर भारत और पाकिस्तान में जितनी समस्याएँ जारी हैं उन सबके पीछे धर्म की बड़ी भूमिका होती है। भारत-पाकिस्तान विभाजन का वर्तमान प्रभाव भारतीय जीवन पर विशेषकर मुसलमान नागरिकों पर कैसे पड़ रहा है इस मुद्दे को लेकर ही स्वयं प्रकाश ने 'पार्टीशन' कहानी बतकही शैली में लिखी है।

अक्सर विभाजन के लिए युद्ध या संघर्ष फलस्वरूप विभाजन होना सभी विभाजनों की नियति है। प्रस्तुत संघर्ष कभी भी रुकने वाला भी नहीं है। संघर्ष एक अनुस्यूत प्रक्रिया होने का कारण उसके पीछे कार्यरत धार्मिक शक्ति ही है। धार्मिक शक्ति विभाजन का कारण बन जाती है, उससे संघर्ष और संहार होता है कभी भी न समाप्त होनेवाली वेदना से युक्त विस्थापन होता है। इस प्रकार की संकटमय-संघर्षमय स्थितियों में प्रतिभा संपन्न कवियों कलाकारों की सर्जना शक्ति भी प्रखर हो जाती है और उससे शाश्वत कालजयी रचनाओं की सृष्टि भी हो जाती है। रामायण और महाभारत या प्रत्येक विभाजन को लेकर लिखित रचनाएँ इस तथ्य के प्रमाण हैं। क्रौंच मिथुनों में से एक का वध होने से विरचित रामायण और महाभारत युद्ध के कारणों और परिणामों को अंकित महाभारत, तमस, झूठा सच, A Train to Pakistan, Freedom at Midnight जैसी अनेकानेकों रचनाओं का उल्लेख इस संदर्भ में अत्यंत संगत लगता है। 'पार्टीशन' कहानी में भी स्वयं प्रकाश ने ऐसे एक शायर, कुर्बान भाई के जीवन संघर्ष को कहानी का विषय बनाया है। कुर्बान भाई भारत-पाकिस्तान विभाजन के पीछे की धार्मिक-राजनीतिक स्वार्थ भावना, विभाजन के फलस्वरूप उभर आई त्रासद स्थिति, नरसंहार, विभाजन, गरीबी, बेरोज़गारी आदि के भुक्त भोगी संवेदनशील व्यक्ति हैं। सब कहीं विभाजन के भुक्तभोगी बेकसूर लोग ही होते हैं। कुर्बान भाई भी इन बेकसूर लोगों का प्रतिनिधित्व करने वाला है। कुर्बान भाई जैसे लोगों से पूछने से ही विभाजन की असली धारणा प्राप्त हो जाएगी। जैसे महान कवि धूमिल ने कहा–लोहे का स्वाद लुहार से नहीं उस घोड़े से पूछना है जिसके मुँह में लगाम है। कुर्बान भाई आज़ाद चौक के हैं, छोटी सी किराने की दूकान चलाते हैं। दुकान में भीड़ नहीं होगी तो बैठकर खुद्दार-खूँखार शेर लिखने वाला। भारत-पाकिस्तान विभाजन की त्रासदी, संघर्ष

के निचोड़ को खुद्दार-खूँखार शेर में परिवर्तित करने वाला, मुशायरों-निशस्तों में भाग लेने वाले प्रतिष्ठित शायर। लेकिन कहानी के अंत तक आते-आते हमें पता चलेगा कि पार्टीशन या विभाजन की अनंत प्रक्रिया में या धार्मिक उन्माद की अनंत प्रक्रिया की बलिवेदी पर उन्हें अपने कवि हृदय की कुर्बानी करनी पड़ी।

15 अगस्त, 1947 को भारत डेढ़ सौ साल की औपनिवेशिक गुलामी से मुक्त हुआ। इस मुक्ति के साथ ही उसका एक हिस्सा पाकिस्तान नाम से दूसरा देश बन गया विभाजन का आधार था धर्म। इसलिए हिन्दुस्तान-पाकिस्तान के विभाजन के साथ ही सांप्रदायिक उन्माद पैदा हुए। पार्टीशन के फलस्वरूप धर्म के नाम पर बहुत बड़ा विस्थापन हुआ और आबादी का एक बहुत बड़ा हिस्सा अपना 'वतन' छोड़ने को मज़बूर हुआ और एक अपरिचित अपना कहे जाने वाले देश में रहने को मज़बूर कर दिया गया। इसलिए ही शायद कहानीकार ने आज़ाद चौक और कुर्बान भाई नामों को चुन लिया है। कहानी के आरंभ में ही उत्तारक (Narrator) के माध्यम से कहानीकार ने कहा है कि आज़ाद चौक कस्बे का दिल है और आज़ाद चौक पर कुर्बान भाई की छोटी सी किराने की दुकान है। दुकान पर जब ग्राहक नहीं आते तब कुर्बान भाई बैठकर कुछ लिखते रहेंगे वे दुकान से सामान के साथ खुद्दार-खूँखार शेर भी देने वाले हैं। संघर्ष और व्यथा से पूर्ण जीवन व्यक्ति को सर्जक बनाता है। कुर्बान भाई भी अपने जीवन संघर्ष को, व्यथा को खुद्दार-खूँखार शेर में तब्दील कर देते हैं। अपने संघर्षमय जीवन का गतकाल और उनके द्वारा विरचित खुद्दार-खूँखार शेर के बीच एकात्मक निविड़ता दर्शनीय है—बुझा सकता हूँ अंगारे, अभी आँखों में पानी है। प्रस्तुत शेर कहानी के उत्तारक को कुर्बान भाई की दुकान से सामान खरीदने पर लिफाफे पर लिखा मिला था इतने संवेदनशील शायर कैसे चार-चार आने के सौदे तोलने वाले दुकानदार बन गए उस दास्तान को ही स्वयं प्रकाश ने कहानी में लिपिबद्ध कर लिया है।

देश-विभाजन के समय कुर्बान भाई इश्क़, शायरी, हॉस्टल और ख्वाब में डूबकर अलीगढ़ विश्वविद्यालय में पढ़ रहे थे। उनके पिता का अजमेर में रंग का लंबा-चौड़ा कारोबार था। पार्टीशन से बेकसूर लोगों की बरबादी ही हो जाती है। यहाँ भी वही बात घटित हुई। दुकान जला दी गई। कुर्बान भाई के दो भाई कत्ल कर दिए गए। उसी सदमे से पिता मर गए। उनके रिश्तेदार सब पाकिस्तान भाग गए। नौकर लोग घर की पूँजी लेकर भाग गए। लेकिन कुर्बान भाई पाकिस्तान नहीं गए। कुर्बान भाई को अच्छे लगने वाले बहुत से लोग नहीं गए। इश्क़, शायरी और ख्वाब में डूबे सारी सुख-सुविधाओं का जीवन जिए कुर्बान भाई की जिन्दगी अभावग्रस्त एवं नारकीय बन जाती है। उनकी तालीम अधूरी रह जाती है उन्हें आजीविका के लिए जगह-जगह भटकना तरसना पड़ा। उन दिनों मुसलमानों को नौकरी नहीं मिलती थी। घर की बिकने लायक सारी चीज़ें बिक गईं। मालिक से मज़दूर

बने कुर्बान भाई को अपनी आजीविका कमाने के लिए साइकिल के पंजर जोड़ने से लेकर अनेक छोटे-मोटे कामों में अपने हुनर की परीक्षा करनी पड़ती है। इस दौर में वे धार्मिक उन्माद, सांप्रदायिक दंगे, औद्योगिक क्रांति और मशीनीकरण के हमलों का शिकार बन जाते हैं।

भारत-पाकिस्तान के विभाजन के बाद, आज़ादी के बाद भारतीय परिदृश्य में जनता विकास और विसंगति की अनेक घटनाओं के साक्षी रहे हैं। धार्मिक उन्माद भयंकर नरसंहार, बलात्कार और अमानवीयता की अनेक घटनाओं के बावजूद आज़ादी नामक शब्द से वशीभूत होकर सुन्दर सपने और मोह रखने वाले थे भारत के नागरिक। लेकिन इन सुन्दर सपनों और मोहों के साथ जीवन जिए इस देश के नागरिक समय-समय पर अनेक बार व्यवस्था द्वारा निर्मित छल-प्रपंच के शिकार बने। इन सबके पीछे स्वार्थता पर आधारित राजनीति है। सत्तारूढ़ होने की जल्दबाजी में और सत्तारूढ़ होने के बाद प्राप्त सत्ता की बागडोर नष्ट न होने के लिए वे कुछ भी करने को तैयार हैं। उसकी प्रतिक्रिया यातना या विद्रोह के रूप में कवियों, कलाकारों की लेखनी से रचनाएँ निचुड़ गई हैं। ऐसे एक संघर्षधर्मी लेकिन बाहर शांत दिखाई पड़नेवाला शायर है कुर्बान भाई। आज भी स्थिति अत्यंत विकट है। इस सच्चाई को विकट विडंबनात्मक स्थिति को वाणी देने का स्तुत्य प्रयास है 'पार्टीशन' कहानी।

भारतीय स्वाधीनता के इतिहास में, विभाजन की हादसे अत्यंत दर्दनाक, शर्मनाक और एक तरह से अविश्वसनीय लगने वाली हैं। यह मात्र भारत की स्थिति नहीं है, जितने देशों में इस प्रकार के विभाजन हुए हैं सब कहीं इस प्रकार की अवस्था है तालस्ताय की प्रसिद्ध रचना 'अन्ना करीनीना' के प्रारंभ में बताने वाले वाक्य के समान है–सभी सुखी परिवार एक जैसे होते हैं, लेकिन प्रत्येक दुखी परिवार की अपनी-अपनी समस्याएँ होती हैं। उसी प्रकार विभाजन के भुक्तभोगी जितने देश हैं उन सबकी अपनी-अपनी अलग-अलग समस्याएँ हैं। विभाजन का अभिशाप ढोने के लिए वे निरंतर अभिशप्त हैं। उन देशों में घटित क्रूरता और हिंसा के अनेक प्रसंग मानवीयता को झकझोरने वाले हैं। इनकी बारीकियों से परिचित होने के लिए इतिहास या समाजशास्त्र की किताबों का अध्ययन-विश्लेषण मात्र पर्याप्त नहीं है कुर्बान भाई जैसे अनेकों व्यक्तियों की जिंदगी को जान लेने का प्रयास करना पड़ेगा। 'पार्टीशन' कहानी में भी कहानीकार ने इसी भावना को उकेरा है।

असल में पार्टीशन सीमाओं का नहीं दिल का हुआ था और आज भी वही हो रहा है। आलोच्य कहानी ने भारत-पाकिस्तान विभाजन के वर्तमान प्रभाव और भविष्य की संभावित समस्याओं को शब्दबद्ध कर दिया है।

इसके भुक्तभोगी हमेशा बेकसूर आम आदमी ही होते हैं। सच्चे कवि या कलाकार आम आदमी के पक्ष में होते हैं। कहानी के नायक कुर्बान भाई पार्टीशन के भुक्तभोगी कवि हैं पार्टीशन के कारण बने लोग इसके भुक्तभोगी नहीं हैं। यह कुर्बान भाई जैसे लोगों की या बेकसूर आम आदमी की नियति है। यह सिर्फ़ भारत में ही नहीं दुनिया भर होती है एक निरंतर या शायद शाश्वत प्रक्रिया के रूप में। प्रस्तुत ज्वलंत सच्चाई इस कहानी को एक सार्वभौमिक मान प्रदान करती है। 'पार्टीशन' कहानी पढ़ने से हम आयरलैंड के संबंध में, वियतनाम के संबंध में, कोरिया के संबंध में, तिब्बत के संबंध में, दुनिया भर के काले लोगों के संबंध में, रेड इंन्डियन्स के संबंध में ऐसे-ऐसे अनगिनत विभाजन-विस्थापन की व्यथा के संबंध में सोचने के लिए बाध्य हो जाते हैं और यह प्रस्तुत कहानी की खूबी है।

'पार्टीशन कहानी का मुख्य पात्र कुर्बान भाई पेशे से एक साधारण दुकानदार होने पर भी मनीषी शायर हैं। मूलत: अपने विद्यार्थी जीवन से वे शायर ही थे। लेकिन विभाजन उसकी त्रासदी ने उन्हें रोजी रोटी के लिए तरह-तरह के काम करने, हूनर सीखने और घाट-घाट पर भटकने को बाध्य बना दिया। अंत में एक बुज़ुर्ग नामाजी मुसलमान से पचास रुपए उधार लेकर दुकान शुरु करने के बाद वे अपने जीवन संघर्ष के निचोड़ से खुद्दार-खूँखार शेर लिखने लगे। लेकिन बात यह है कि शेर लिखेंगे सामान पुड़ियाँ बनाकर देने वाले लिफाफे थैली आदि पर और शेर ग्राहक के लिफाफे फेंक देने से नष्ट हो जाएगा। इतनी असावधानी कवियों बुद्धिजीवियों या मनीषियों के स्वभाव में दिखाई पड़ना एक सामान्य बात है। जैसे विश्व विख्यात गणितज्ञ फर्मा ने अपना अंतिम प्रमेय अरितमेटिका किताब के हाशिए पर लिख रखा था। कुर्बान भाई भी ऐसे मनीषी कवि हैं। बहुत से लोग सामान के लिफाफे थैली पर सुन्दर शेर देखकर उनसे कविता आते समय उसे लिख रखने के लिए गल्ले में एक कॉपी अलग से रखने के लिए कहा। वे सहमत भी हो जाते हैं और नष्ट हुई रचनाओं पर दुखी भी हो जाते हैं। पर पूर्ववत कार्य ऐसे ही दोहराएँगे। इस प्रकार ही कहानी के उत्तारक को भी उनका एक शेर मिल जाता है। उत्तारक को उनकी प्रतिभा की पहचान हो जाती है। धीरे-धीरे पढ़े-लिखे प्रतिभा संपन्न मनीषी लोगों से कुर्बान भाई का परिचय उत्तारक के माध्यम से हो जाता है। वे लोग भी कुर्बान भाई की प्रतिभा से परिचित हो जाते हैं और उनके बीच कुर्बान भाई की प्रतिष्ठा बढ़ने एवं फैलने लगती है। अच्छे लोगों के साथ उनका उठना बैठना होने लगा। दुकान पढ़े-लिखे लोगों का अड्डा बन गया। बड़े-बड़े कवियों एवं साहित्यकारों की रचनाओं पर चर्चाएँ होने लगीं। इन मनीषियों बुद्धिजीवियों और साहित्य से संपर्क होने से कुर्बान भाई बदलने लगे। उन्हें अपने जीवन में पहली बार यह महसूस हुआ कि उनकी एक अदबी शख्सियत भी है। इन पढ़े-लिखे लोगों की मंडली पकड़-पकड़कर कुर्बान भाई को

मुशायरों-निशस्तों में ले जाने लगी। कुर्बान भाई विश्व साहित्य के नामी लेखकों और उनकी रचनाओं से परिचित हो गए। राजनीति से भी उनका सरोकार-संबंध होने लगा।

पहले कुर्बान भाई अपने अतीत के बारे में अर्थात् विभाजन की त्रासदी के बारे में सोच-सोचकर गुस्से में भरे रहते थे। अब वे भविष्य की तरफ़ आशा के साथ ताकने लगे। वे अपनी मित्र मंडली के पढ़े-लिखे लोगों के साथ अधिक समय बिताने लगे। उसके अनुरूप अपने पुराने दोस्तों-लतीफ साहब, हजी साहब, इमाम साहब आदि से संपर्क कम होने लगा। पहले वे नमाज पढ़ने शुक्रवार को जाते थे, अब वह भी बंद हो गया। कुर्बान भाई कस्बे की राजनीतिक गतिविधियों में भाग लेने लगे और बिरादरीवाले टोकने लगे। यों आगे बढ़ते समय इमामवाले और शाखावाले उन्हें घूरते हुए देखकर निकलते थे। बात स्पष्ट है कि धार्मिक कट्टरता से परे एक सच्चा मानव या कलाकार बने कुर्बान भाई से इमामवालों को भी दुश्मनी थी शाखावालों को भी। शाम को उनकी दुकान पर आनेवाले कुछ देश प्रेमी किस्म के लोगों की अनुपस्थिति भी ध्यान देने योग्य बात थी। इस धार्मिक उन्माद के फलस्वरूप ही वकील ऊखचंद का बैलगाड़ी वाला गोम्या ने कुर्बान भाई की दुकान के चबूतरे पर गाड़ी का अगला हिस्सा टिका दिया और हटाने को बताते समय उसने अनसुनी कर दी। कुर्बान भाई स्वयं हटाने की कोशिश करने पर गोम्या ने उनका गिरेबान पकड़ लिया और गालियाँ बकने लगा। उस वक्त उधर से गुजरे वकील ऊखचंद से गोम्या ने बताया कि यह मियाँ अर्थात् कुर्बान भाई उसे मार रहा है। यहाँ एक ही मिनट में कुर्बान भाई मियाँ बन जाता है। धार्मिक कट्टरता और उन्माद ने कुर्बान भाई को मियाँ बना दिया है। कुर्बान भाई के भीतर विभाजन के समय से बरसों से जमी रूलाई एक साथ फूट पड़ने को जोर मारने लगी। वे वर्षों से कमाई प्रतिष्ठा एक ही मिनट में नष्ट हो गई। इस प्रतिष्ठा को सबसे बढ़कर, बड़ी दौलत समझ रहे थे वे। वे अपनी मेहनत का खाते हैं, फिर भी धर्मांध लोग उन्हें अपना दुश्मन ही समझते हैं। विभाजन के समय पाकिस्तान क्यों नहीं चला गया? ऐसा सोचने की लाचार निराशामय स्थिति में पहुँच जाता है कुर्बान भाई। उनके भीतर कुछ टूट गया। वह भारत देश के प्रति धर्म से परे जो भावना थी वही थी। विभाजन की जो व्यथा थी उसे कुर्बान भाई ने इतने साल टूटने नहीं दिया था। वकील ऊखचंद सत्ताधारी पार्टी के जिला मंत्री होने के कारण थाने में जाकर रपट लिखाने में भी कुर्बान भाई और साथी लोग असमर्थ रहे। इस हादसे के बाद मित्र मंडली के लोगों ने भी कुर्बान भाई को एकदम अकेला छोड़ दिया। बुझे-बुझे से उदास रहते थे। वे भीतर ही भीतर घुट रहे थे, घुल रहे थे पर खुल नहीं रहे थे। कहानी के उत्तारक समेत मित्रमंडली के लोग उन्हें खोल नहीं पाए। एक दिन कुर्बान भाई किसी से कह रहे थे–"आप क्या खाक हिस्ट्री पढ़ाते हैं? कह रहे हैं पार्टीशन हुआ था। हुआ था नहीं, हो रहा है, जारी है..."

भाषा मानव की अस्मिता, संस्कृति, धार्मिक भावना आदि सब कुछ का द्योतक है। भाषा सत्ता का प्रतिनिधित्व करती है, सत्ता के साथ रहने वाली होती है। भाषा सबसे बड़ा और शक्तिशाली शस्त्र भी है। 'पार्टीशन' कहानी में भी ऐसा एक प्रसंग देख सकते हैं। कहानी के आरंभ में एक वाक्य है–कस्बे का दिल है आज़ाद चौक और आज़ाद चौक पर कुर्बान भाई की छोटी-सी किराने की दुकान है। यही कुर्बान भाई की अस्मिता है। इस अस्मिता को मिटाने हेतु कहानी के अंत में सत्ताधारियों द्वारा आज़ाद चौक का नाम संजय चौक कर दिया गया। शुक्रवार का दिन लतीफ भाई के साथ कुर्बान भाई टोपी पहनकर मस्जिद की तरफ़ चल दिए। असुरक्षा की भावना के आतंक से तंग आकर, सचमुच भयभीत होकर ही कुर्बान भाई टोपी पहनकर दुकान में ताला लगाकर लतीफ भाई के साथ मस्ज़िद जाता है। यहाँ मस्जिद जाना वे अपने लिए ज़्यादा सुरक्षित महसूस करता है। विभाजन की त्रासदी और संघर्षमय जीवन ने कुर्बान भाई को खुद्दार-खूँखार शायर बना दिया। संघर्षमय जीवन सपर्या के दौरान दिल में लगे गहरे जख्मों पर लगाने वाला मरहम था उनके लिए शेर मन पर पड़ा सद्मा संवेदनशील होने से कुर्बान भाई को ऊँचे पर्वत से गिरा देता है। शायरी ने धार्मिक संकीर्णता एवं उन्माद से कुर्बान भाई का उद्धार कर दिया था। कहानी के अंत में धार्मिक उन्माद कुर्बान भाई के कवि-हृदय की कुर्बानी देने का कारण बन जाता है। यहाँ कुर्बान भाई नाम सार्थक बन जाता है। कहानी का अंत इसका संकेत भी कर देता है कि विभाजन, वह किसी भी प्रकार का हो, मानव की नियति है। इस अंतहीन नियति से बचना मानव के लिए नामुमकिन है।

'जंगल का दाह' में निहित आदिवासी जीवन संघर्ष

प्रिया ए

हिन्दी कहानी के क्षेत्र में स्वयं प्रकाश ऐसे कहानीकार हैं जिनकी कहानियाँ समान रूप से आलोचकों और पाठकों को प्रभावित करती हैं। सामान्य स्थितियों एवं घटनाओं के माध्यम से जीवन के कई पक्षों की मार्मिक अभिव्यक्ति उन्होंने की है। भारतीय मध्यवर्गीय जीवन को आधार बनाकर उन्होंने अनेक कहानियाँ लिखीं हैं। उनकी रचनाओं की यही विशेषता है कि वे हमेशा अनछुए विषयों को चुनते हैं। उनकी अधिकांश कहानियाँ अपने देश और समाज के कई पहलुओं को हमारे सामने प्रस्तुत करती है।

स्वयं प्रकाश की कहानियों में अपने समय की अनुगूँज निरंतर दिखाई देती है। 'जंगल का दाह' शीर्षक कहानी लोककथात्मक शैली में लिखी गई है। लोककथा के वितान में यह कहानी वस्तुतः आदिवासी समुदाय व संस्कृति के संकटों के साथ-साथ उत्तराधुनिक समय में व्याप्त विकास के खोखलेपन का चित्रण करती है। आदिवासी समुदाय का जन्म जंगल की गोद में होता है। वे जन्म से लेकर मृत्यु तक अपनी संस्कृति से जुड़े रहते हैं। 'जंगल का दाह' कहानी के प्रमुख पात्र मामा सोन के माध्यम से आदिवासी जीवन संस्कृति हमारे सामने प्रस्तुत होती है–"मामा सोन अपने समय के प्रख्यात धनुर्धर थे। जंगल में रहते थे, लंगोटी लगाते थे और वनवासियों के बच्चों को तीर-कमान चलाना सिखाते थे। अपना धनुष और बाण भी वह स्वयं बनाते थे। उनकी आजीविका पशुपालन, वनोपज और शिकार से ही चलती थी।"

आदिवासी समाज का यथार्थ चित्रण उनकी संस्कृति में ही लीन है। प्रत्यक्ष और अप्रत्यक्ष रूप से आदिवासी समाज जल, थल और आकाश से जुड़ा हुआ समाज है। प्रकृति से जुड़ाव होने तथा उसे आत्मसात करने की प्रवृत्ति आदिवासी समाज में ही देखने को मिलती है।

हमारे देश के सभी आदिवासी समाज में सभी सदस्यों को उत्पादनों के साधनों का समान रूप से उपयोग करने का पूर्ण अधिकार होता है। आदिवासी समुदाय में सामाजिक

आर्थिक व्यवस्था पायी जाती है। इसमें सब सदस्य समान होते हैं और समाज में वर्ग विभिन्नता नहीं पायी जाती है। उनके जीवन में शिकार की आवश्यकता प्रकट होती है– "मामा सोन को बच्चे घेरे रहते। वनवासी मामा सोन की बहुत इज्जत करते और बच्चों को शिक्षा के लिए उनके पास भेजते समय बहुत-सा अनाज और सूखा माँस, पशुओं की खाल, बॉस से बनी घरेलू वस्तुएँ और जंगली कंद-मूल वगैरह ले आते।"

आदिवासी समाज प्रतिनिधि बनकर मामा सोन हमाने सामने उपस्थित हैं। अपने शिष्यों को जंगल के चिड़ियों के नाम, आदतें, उनके आने का मौसम आदि सबकुछ धनुर्विद्या पढ़ाने के साथ-साथ सिखाते थे। जंगल का कोना-कोना शिष्यों को परिचित कराते थे।

उत्तराधुनिक युग की खोज उपभोगवाद पर आधारित है। आधुनिकता की चकाचौंध इन लोगों की दुनिया से कोसों दूरी पर है। जल, जंगल, जमीन को लेकर इनका शोषण निरंतर चल रहा है। वैश्वीकरण से उपजे औद्योगीकरण और पूँजीवादी उपभोक्तावादी संस्कृति ने प्राकृतिक संसाधनों से मुनाफा पाने के लिए इस समुदाय पर हमला करना शुरू किया है। इस हमले के पीछे बहुराष्ट्रीय कम्पनियों के साथ सत्ता और प्रशासन की साजिश हो रही है। यह समाज इस गठबंधन के कुचक्र में फँसता जा रहा है और उनकी अस्मिता एवं अस्तित्व पर संकट मंडरा रहे हैं। इस वास्तविक सच्चाई को कहानी का यह प्रसंग व्यक्त करना रहा है–"एक दिन एक राजकुमार अपने सैनिकों के साथ जंगल में शिकार खेलने आया। राजकुमार को न शिकार का कोई अनुभव था, न उसमें पशु-पक्षियों के साम्राज्य में प्रवेश करने की विनम्रता थी। नतीजा यह हुआ कि राजकुमार और उसके साथी हो-हल्ला करते हुए और ललकारते हुए जंगल घुसे।...राजकुमार और उसके साथी शिकार की तलाश में खाली हाथ भटकते रहे।"

विकास के नाम पर आदिवासियों के समक्ष कई प्रकार की चुनौतियाँ आ जाती हैं। उनकी पुश्तैनी जमीन का अधिग्रहण करके उन्हें विस्थापित किया जाता है। इसके साथ ही गैर-आदिवासी लोग प्रवेश करके जंगल में अपनी सांस्कृतिक विरासत के बल पर जीवन बिताने वाले आदिवासी समाज पर आक्रमण करते हैं। उनकी अपनी संस्कृति, रीति-रिवाज, परंपराएँ हैं जिससे उनको विशिष्ट पहचान मिलती है। सब कुछ विकृत हो जाता है। औद्योगीकरण के नाम पर बड़े तादात में जंगल काटे गए। सरकारों द्वारा बड़े-बड़े कार्पोरेट घरानों को जमीन बेची गई। आदिवासियों की जमीन पर बड़े-बड़े उद्योगों, कारखानों, बाँध, बिजली परियोजनाएँ, खनन, राष्ट्रीय राजमार्ग बना दिए गए हैं। ऐसी बदहालत को कहानी में इस प्रकार स्पष्ट किया है–"पता चला जंगल के बीच दो सर्व सुविधा सम्पन्न महल बनाये जायेंगे। जिसमें रहकर राजकुमार धनुर्विद्या सीखेंगे। इन अभूतपूर्व गतिविधियों से जंगल की शांति भंग होने लगी। पेड़ कटने लगे। पानी-हवा दूषित होने लगे। पशु-पक्षी दूर भागने लगे।

छिपने और डरने लगे। उग्र और हिंसक होने लगे। राजा के आदमियों के उत्पात से वनवासी भी परेशान हो गए और घर छोड़कर भागने लगे।"

जंगल के प्राकृतिक संसाधनों एवं आदिवासी संस्कृति पर कुठाराघात किया गया। साम्राज्यवादी ताकतों ने जंगल की सहज सरंचना को तहस-नहस कर दिया है। इनकी समस्याएँ ज़्यादा मात्रा में बढ़ने लगीं। औपनिवेशिकता का दंश आदिवासी समाज पर पूर्ण रूप से व्याप्त है।

आदिवासी इलाकों में व्यावसायिक घुसपैठ के कारण यह समाज सुविधाओं की गर्त में पड़ गया है। सत्ताधारी वर्ग ने लुभावनी दुनिया का लालच दिखाकर इस वर्ग को अपने पंजे में कश दिया है। शोषित, पीड़ित आदिवासी समाज की जटिल समस्या को यहाँ देख सकते हैं–"मामा सोन की कुटिया में अशर्फियों के कटोरे तो भरे कम थे लेकिन अब कोई उन्हें अनाज, सूखा माँस, पशुओं की खाल, बाँस की बनी वस्तुएँ और जंगली कंद-मूल लाकर नहीं देता था। इन चीज़ों की व्यवस्था भी मामा सोन को स्वयं करनी पड़ती थी। वह कसमसा तो बहुत रहे थे लेकिन कुछ कर नहीं पा रहे थे।"

शोषणकारी मशीनीतंत्रों के तहत आदिवासी अर्थव्यवस्था ध्वस्त हो गयी। भूमंडलीकरण एवं निजीकरण के कारण यह वर्ग विस्थापन का शिकार हुआ। मानवीय मूल्यों का ह्रास हुआ उसकी वेदनाओं से उत्पन्न छटपटाहट चारों ओर सुनाई देने लगी। सत्ता और प्रशासन की साजिश में फँसकर पिसते हम आदिवासी जीवन का द्वन्द्व हमारे समय का यथार्थ है।

औद्योगीकरण एवं शहरीकरण के कारण आदिवासी खनिज संपदाओं को उच्चवर्ग द्वारा हड़प लिया जाता है। आदिवासी जमीन पर खनन कार्य किया जाता है, बड़ी-बड़ी इमारतें बनाई जाती हैं, कारखाने बनाये जाते हैं; पर आदिवासी समाज को कोई भी लाभ प्राप्त नहीं होता। उन्हें बेरोज़गारी एवं गरीबी का शिकार होना पड़ता है। आदिवासी जीवन की गम्भीर त्रासदी को यूँ चित्रित किया है–"अफसोस कि न मामा सोन को बचाया जा सका, न उनकी धनुर्विद्या को। जो वहाँ बचा, वह बस राख-ही-राख थी। राजकुमार का महल भी जलकर राख हो गया था। राजा और उसके वफादार सैनिक भी। कहने वालों ने कहा कि बरसात के बाद वहाँ अन्य वनस्पति और ज़्यादा लहलहाकर फूटेगी। कहने वालों ने यह भी कहा कि वनवासियों के बीच से ही एक दिन फिर कोई मामा सोन जन्म लेगा।"

विस्थापन के कारण आदिवासी समाज की संस्कृति खतरे में है। वह अपने मूल से कटा हुआ है। सभ्य समाज के बीच रहने के कारण आदिवासी समाज पर कुछ बदलाव आ जाता है।

बाज़ारवादी हमलों के कारण व आर्थिक उदारीकरण तथा नई तकनीकों के कारण इनके शोषण के स्वरूप में भी परिवर्तन दिखाई देता है। अपनी मूलभूत आवश्यकताओं से वंचित होने पर उसे नफ उद्योग करने पड़ते हैं। इसका उल्लेख इस कहानी में किया गया है–"आज मामा सोन के वंशज शहर में बाँस की टोकरियाँ, तार के छींके और गन्ने के तोते-चिड़िया आदि बनाकर बेच रहे हैं।"

आदिवासी का पारंपरिक ज्ञान उनकी अपनी पूँजी है। पीढ़ी-दर-पीढ़ी इसका संप्रेषण किया जाता है। पर सत्ता की ताकत इस वर्ग को अपनी संस्कृति से बेदखल कर देती है। मामा सोन की परंपरा को कहानी के अंत में अपनी आजीविका के लिए शहर में जाना पड़ता है।

स्वयं प्रकाश ने अपनी रचनाओं में आदिवासी समाज का सामाजिक, सांस्कृतिक एवं धार्मिक चित्रण किया है। आदिवासी समुदाय भारतीय संस्कृति और समाज व्यवस्था का अभिन्न अंग है। इस समाज के लिए मूलभूत सुविधाएँ मिलनी ही होगी। जंगली संसाधनों पर उनका नैसर्गिक अधिकार बना रहना होगा। उन्हें अपनी जड़ों से विस्थापित होने की पीड़ा न हो। वे भी हमारे देश के नागरिक हैं। उनकी भाषा एवं संस्कृति के संरक्षण का आह्वान करते हुए 'जंगल का दाह' कहानी का अंत होता है।

बेहतर दुनिया की प्रेरक कहानियाँ

पी. प्रिया

स्वयं प्रकाश की रचनाएँ मानव मन को विचारमग्न कर मंथन करने के लिए विवश करती हैं। लेखक का कथन है कि–"हम क्यों लिखते हैं। क्योंकि हम एक बेहतर दुनिया चाहते हैं। अधिक न्यायपूर्ण, अधिक शांतिपूर्ण, अधिक रचनात्मक, ज़्यादा आज़ाद। इसके लिए सबको मिलकर कोशिश करनी होगी। सब मिलकर कोशिश करें इसके लिए जरुरी है कि पहले सब परिवर्तन की ज़रूरत, अपरिहार्यता और संभाव्यता पर यकीन करें और इसके लिए लेखक का चरम-परम आशावादी होना जरूरी है। आशा का आधार क्या होगा? आशा का आधार होगा जनता की परिवर्तनकारी क्षमता। एक विश्वास कि इतिहास कुछ महापुरुष नहीं बनाते, इतिहास जनता बनाती है"। सामाजिक परिवर्तन की आशा करना एवं उसके लिए निस्वार्थ होकर काम करना, इन दोनों का सामंजस्य ही एक प्रतिबद्ध लेखक को बनाता है। स्वयं प्रकाश जी में ये दोनों भरपूर थे। आपकी रचनाएँ जीवन के अंतरंग संबन्ध के वाहक हैं। नख्त्या, डॉ मलिक, जोशी सदृश्य पात्रों की रचना के द्वारा लेखक ने इस अंतरंगता को दिखाया भी है। यह एक जीवन दर्शन ही है जो 'विश्वम भवत्येकनीडम' वाली उपनिषद् उक्ति की फैलाव है। जो सुख हम आत्मतुष्टि के लिए भोगते हैं उनसे दूसरों को भी सुख मिल जाए यही कामना मलयालम के प्रमुख संत श्रीनारायणगुरु ने की है।

दया, कृपा ,क्षमा, सहानुभूति, निरंहकार, परसेवा आदि कई सकारात्मक गुण मानव के लिए अनिवार्य है, विशेषकर रचनाकारों के लिए। आजकल रचनाकारों में से कुछ लोग शोहरत एवं दलीय राजनीति के चंगुल में फंसकर सत्य, नीति आदि को भूलकर पैसे के वास्ते कुछ भी करने के लिए तैयार होता हुआ दिखाई देता है। इसके उल्टे हमारे समाज में ऐसे कई साहित्यकार है जिन्होंने अपने मुखौटे को चीर-फाड़ करके कच्चे मनुष्य के रूप में जीते हैं। स्वयं प्रकाश जी की रचनाएँ उपर्युक्त तत्त्वों की घोषणा करती हुई दिखाई देती है। स्वयं प्रकाश जी का कथन है, 'आजीविका मेरे लिए कभी भी इतनी महत्त्वपूर्ण नहीं रही। और भौतिक लिप्साएँ मैंने कभी अपने साथ पर रखी नहीं। दरअसल क्या है कि एक आदमी में जुनून हो जज्बा हो कि मुझे ये करना है और वह उसके पीछे लपक के पड़ जाए तो फिर उसको

दूसरी कोई चीज़ दिखाई नहीं देती। और मुझे शुरू से यही लगता था कि मुझे कुछ लिखना है और ऐसा लिखना है जिसे दूसरे शायद नहीं लिख पा रहे हैं। या दूसरों से कुछ बेहतर मुझे लिख करके दिखाना है। इसलिए यह ज़रूर था कि मैं भारत के जनमन से अंतरंगता के साथ परिचित हो जाऊँ और कालान्तर में मैंने यह देखा है कि साहित्य में भी वही लोग यशस्वी हुए जिनका जीवन से अटूट और अपार संबन्ध था अंतरंग संबन्ध था। और जिन्होंने जीवन को बहुत नज़दीक से जाकर के देखा था'–इस का परिचायक है। बेहतर समाज की कामना इस मंतव्य में साफ रूप से विद्यमान है जो लेखक का निजी सरोकार भी है।

सहानुभूतिपूर्ण दृष्टिकोण के जरिए सत्यनिष्ठ समाज की कल्पना आपकी मानवीयता का परिचायक है। स्वयं प्रकाश जी हिन्दी के उन साहित्यकारों में हैं जिन्होंने बेहतर समाज की कल्पना को चरितार्थ करने हेतु समाज के भले लोगों को ढूँढ़कर उन्हें अपनी रचनाओं में अभिव्यक्ति देने का सफल कार्य किया है। उन्होंने समाज के हर तबके के लोगों को चित्रित कर पाठकों को उन पात्रों से परिचित कराने व उनकी समस्याओं से अवगत कराने का प्रयास किया है। अतः उनकी कहानियों में पाठक रसास्वादन के साथ-साथ वैचारिकता के ठोस पहलू भी मिल जाते हैं। 'मेरी प्रिय कहानियाँ' संग्रह की भूमिका में उन्होंने लिखा है कि, 'प्रतिबद्ध रचनाकार ऐसा नहीं मानते। उन्होंने विपरीत परिस्थितियों में भी अपनी मूल प्रतिज्ञा को नहीं छोड़ा। उनकी नज़र में साहित्य सोद्देश्य होना चाहिए। साहित्य का लक्ष्य जनता को एक नये और समतापूर्ण समाज के निर्माण के लिए तैयार करना होना चाहिए। उसे जनता के हमदर्द, दोस्त और हमसफ़र की भूमिका निभानी चाहिए और वर्ग विभाजित समाज में उसे हर हाल में मेहनतकश जनता के पक्ष में होना चाहिए'। इस कथन से उनकी रचनाधर्मिता एवं साहित्यकार के नाते सामाजिक प्रतिबद्धता साफ नज़र आती है। वास्तव में एक रचनाकार से समाज यही उम्मीद करता है। उनका कहना है कि–'ये कहानियाँ चीखती चिल्लाती नहीं, फुसफुसाती हैं। और अक्सर तो वह भी नहीं, वे सिर्फ़ एक वातावरण निर्मित करती हैं और आप समझ जाते हैं कि वे क्या कहना चाहती थी।... एक लेखक लिखने के अलावा क्या कर सकता है। उसका लिखा पढ़कर अगर कोई कुछ सार्थक करने की प्रेरणा पाए...तो बस समझो लेखक का जीवन सफल हो गया।' तकनीकी प्रौद्योगिकी एवं सूचना क्रान्ति में फंसा आधुनिक मनुष्य स्वार्थवश ही काम करते हैं। लगता है कि मानवीयता जैसी सकारात्मक भावनाएँ ज़्यादातर समाज से अदृश्य होते जा रहे हैं। लोग विशेषकर सृजनात्मकता से जुड़े हुए लोग पुरस्कार की प्रतीक्षा में कुछ भी करने के लिए तैयार होते हैं। ऐसी स्वार्थी दुनिया में स्वयं प्रकाश का कथन,–लोगों को कुछ प्रेरणा मिल जाए तो जीवन सफल हो ही गया है–उनके हृदय की गहराई से आयी हुई अंतरंगता एवं बेहतर समाज का सपना है।

'उस तरफ़' कहानी में नखत सिंह उर्फ नख्त्या एक ग्रामीण युवक है जो गाँव के स्कूल में आग लग जाने पर पाँच बच्चों को बचाने के वास्ते शहर का एक संगठन उसे पुरस्कृत कर सम्मानित करने का निश्चय करता है। इस सिलसिले में चटर्जी नामक संवाददाता को उसके साक्षात्कार करने हेतु नख्त्या के गाँव में भेजता है। पर गाँव जाकर उसने देखा कि बिलकुल अविकसित एवं अशिक्षित लोग वहाँ रहते हैं। तथाकथित गँवारू किस्म के लोगों से मिलकर चटर्जी अंत में नख्त्या के घर आ पहुँचता है पर पुरस्कार एवं साक्षात्कार जैसे क्रियाकलापों में नख्त्या कोई रुचि नहीं लेता। अंत में चटर्जी किसी भी प्रकार से नख्त्या से कई प्रश्न पूछता है पर अंतिम प्रश्न पर चटर्जी ही नहीं सारे मनुष्य बेचैन हो जाते हैं साथ ही यह शहरी लोगों के खोखलेपन का खुलासा ही है, 'चटर्जी के प्रश्न कि क्या जानते थे कि तुम मौत के मुँह में कूद रहे हो–वह कौनसी भावना थी, जिसने तुम्हें इतना निर्भीक और साहसी बना दिया। जवाब में नख्या कहता है कि–साहब,वो जलकर मर जाते। वे जल रहे थे। क्या हमारे जीव नहीं है। कोई मर रहा हो तो तुम तमाशा देखते रहोगे क्या। स्वार्थ लाभ की कसौटी पर कसकर ही आजकल लोग काम करते हैं। अतः शहरी लोगों की इसी प्रवृत्ति पर नख्त्या निडर होकर उंगली उठाता है। यह बयान एक सहज निस्वार्थ एवं प्रतिबद्ध ग्रामीण युवक का है जो उस गाँव को अपना घर परिवार मानकर जीवनयापन करता है। इस कर्म को नख्त्या किसी भी प्रकार की अमानवीयता या अतिरंजित प्रवृत्ति सा मानता नहीं है। निस्वार्थ सेवा भाव के प्रतीक नख्त्या का जीवन हरेक लिए अनुकरणीय है।

आजकल बढ़ता हुआ संघर्ष, आतंकवादी प्रवृत्तियाँ, निर्मम हत्याएँ, बलात्कार आदि से समाज परेशान है। 'स्वाद' कहानी के द्वारा लेखक जैसे इन व्याधियों के मूल की खोज करता है। यह बाल मनोविज्ञान को गहराई से समझकर लिखी गयी कहानी है। इसमें पति पत्नी के बीच की अनबन से उनके छोटे से बच्चे बिट्टू की मानसिक व्यथा एवं बाद में बिट्टू के स्वभाव में आये बदलाव को मनोवैज्ञानिक धरातल पर दिखाया है। यह कहानी एक प्रकार की चेतावनी है। बच्चों की छोटी सी गलतियों को बड़ी मानकर उन्हें कड़ी दंड देनेवाले लोगों के लिए यह कहानी आगाह करती है। छोटे बच्चे तो दिल से बहुत साफ एवं निष्कपट होते हैं। बिट्टू अपनी छोटी गलती पर मार खाने के बाद भी माँ से क्षमा माँगने के लिए जाता है तो उसे निर्ममता से वापस करनेवाली माँ संवेदनहीन व्यक्तियों का प्रतिनिधित्व करती है। बाद में गुस्से से तिलतिलाकर बिट्टू अपनी गुड़िया को कागजी तलवार से मारता है। उस वक्त उसे ज़्यादा मजा मिलता है साथ ही एक उन्माद की स्थिति में वह पहुँच जाता है। उसका क्रोध तो काफूर हो जाता है और पीटने का सुख वह भोग रहा है। 'पहली बार ,पहली बार चखा था हिंसा का स्वाद। बिट्टू ने सोचा, तलवार बहुत अच्छी चीज़ है। मारना मजेदार। कल जॉली को मारूँगा। परसों टुन्नू को। बहुत खूनी प्रतिक्रिया नहीं हुई तो रोज़

मारूँगा दोनों को। या किसी और को जो आसानी से मार खा ले।' समाज रूपी साँचे में ढलकर ही मानव अपना व्यक्तित्व रूपायन करता है। अतः इसके लिए माँ बाप की भूमिका महत्त्वपूर्ण है। बच्चों के भौतिक एवं आर्थिक ज़रूरतों को पूरा करने से भी बढ़कर उनकी मानसिक एवं आत्मीय ज़रूरतों को जाँचना एवं जहाँ तक हो सके पूरा करना अवश्यंभावी है। चाहे कंपनी हो या परिवार ठीक रूप से आगे ले जाना हो तो प्यार की ज़रूरत है जिसे देने का दायित्व माँ बाप पर ज़्यादा है। किसी भी विशेष व्यक्ति से मिलने वाली प्रशंसा को मनोविज्ञान में टारगेट स्ट्रोक (Target Stroke) कहता है। इस प्रकार के टारगेट स्ट्रोक लेने में बच्चे माहिर हैं। अन्य जगहों से जो भी प्रोत्साहन उन्हें मिल जाए फिर भी अपने माँ बाप के द्वारा मिलने वाले प्यार भरी शब्द व प्रोत्साहन के लिए वे हमेशा प्रतीक्षारत होंगे। एक कंपनी को सफलता पूर्ण चलाने के लिए वहाँ के कर्मचारियों के बारे में उनकी मानसिकता के बारे में गहराई से अध्ययन करते हैं। आर्थिक लाभ की होड़ में परिवार व अपने कर्तव्य को भूलते हुए लोग बच्चों की मानसिकता एवं आत्मीयता को पहचानने की कोशिश बिलकुल ही नहीं करते हैं। मानसिक भूख से इस प्रकार के अनेक नकारात्मक प्रवृत्ति में युवा पीढ़ी ज़्यादातर फंस जाते हैं। अतः लेखक की चेतावनी है कि बच्चों की परवरिश में सावधानी बरतना बहुत महत्त्वपूर्ण मुद्दा ही है। भूमिका में लेखक का कथन कि 'एक बेहतर समाज बेहतर मनुष्यों से ही बन सकता है और एक बेहतर मनुष्य वही हो सकता है जिसकी सोच आधुनिक, वैज्ञानिक और मानवीय होगी'। उन्होंने अपनी कहानियों को विचारोत्तजक ही बनाया है। उनके ही शब्दों को उधार लें तो पाठक-सहचिंतक-बन जाए।

समाज में अध्यापक का स्थान क्या है और कैसे होना चाहिए का ब्योरा देनेवाली कहानी है 'एक यूँ ही मौत'। नैतिक एवं आदर्श व्यवहार से दूसरों को प्रेरणा देनेवाले के रूप में अध्यापकों की हैसियत है। पर इस अध्यापक को बहुत ही अलग तरीके से पढ़ाने वाले के रूप में दिखाकर लेखक यह कहना चाहता था कि सिर्फ़ पठन-पठन के अलावा भी बच्चों से संवाद करना जरूरी है। समाज तो ऐसे लोगों को पागल ही कहेंगे या निकम्मा क्योंकि—वह अध्यापक था, लेकिन कभी मन से नहीं पढ़ाया। उसकी कक्षा में कोर्स अक्सर पूरा नहीं हो पाता था...आलसी और निकम्मा अध्यापक समझा जाता था। अध्यापकों से समाज बहुत उम्मीद रखता है लेकिन अफसोस की बात है कि आजकल इस पवित्र कर्म को भी विपणन के रूप में देखकर लाभ कमाने के लिए कई तथाकथित अध्यापक पैसा बनाने के पीछे पड़े हैं। इस प्रकार के लोग वास्तव में अपने लक्ष्य से भटककर अध्यापन जैसे पवित्र कर्म की महत्त्व को मिटा देते हैं। 'लेकिन उसे कभी किसी के चरित्र पर लांछन लगाते, या चिल्लाते या गाली देते या लड़कियाँ घूरते या नशे में लड़खड़ाते या कुंजियाँ लिखते या नम्बर बढ़ाने के लिए पैसे लेते या अपनी अधकचरी जानकारी का दूसरों पर रौब मारते या

बकरी की तरह पान चरकर जगह बेजगह पीक मारते या स्कूल के समय होटल पर बैठकर कमेंन्ट्री सुनते या लड़कों को दूसरे अध्यापकों के विरुद्ध नारेबाजी करने के लिए उकसाते या खूबसूरत छोकरे-छोकरियों को घर बुलाते नहीं देखा गया।' इस कहानी के द्वारा लेखक अध्यापकों की कई सारी गलत व्यवहारों को दिखाकर यह कहने की कोशिश की है कि अध्यापकों का दायित्व क्या है।

'तीसरी चिट्ठी' के बारे में लेखक कहता है कि–तीसरी चिट्ठी मनुष्यों में मनुष्यता के प्रकट होने की कहानी है–ये साफ है कि सचमुच यह कहानी अपना लक्ष्य तक पहुँच ही गया है क्योंकि इसके पात्र कहानी के अंत होते ही संवेदनशील एवं मानवीयता से भरपूर दिखलाया है। इनमें कुछ दोस्त जो दूसरों की खिल्ली उड़ाने में माहिर थे, पर एक लड़की की चिट्ठी से उद्भूत भावुकता उनमें किस प्रकार बदलाव लाया है यही दिखाया है। शादी करने के लिए विज्ञापन देकर जवाब के रूप में आनेवाली चिट्ठियों की खिल्ली उड़ाते हुए दूकान में बैठते थे। पर एक लड़की की जीवन व्यथा का चित्रण तीसरी चिट्ठी के रूप में पढ़कर सब लोग भावुक हो जाते हैं। उन सबकी आँखों से आँसू आना एक प्रतीक है कि बुरे लोगों में भी अच्छाई का संचार संभव है। इस संदर्भ को लेखक बहुत ही भावुक ढंग से प्रस्तुत कर पाठक के मन में अत्यधिक पीड़ा एवं घुटन पैदा करता है। यह आसपास की दुनिया की, भारत के हर गाँव की और भूमंडलीकरण, उदारीकरण एवं बाजारीकरण की होड़ में बरबाद हुए छोटे व्यापारियों की गरीब बेटी है। साथ ही यह भाई बहिन माँ बाप आदि के पवित्र संबन्धों में आये दरार एवं मूल्यहीनता की कहानी है। रजनी शर्मा नामक लड़की की चिट्ठी पढ़ने के बाद जोशीजी ने सबकी हँसी पर बताया कि 'बस ठीक है यार हर टाईम क्या खी-खी-खी करते रहते हो। जानवरों की तरह।...मित्रों ने देखा कि उसने जेब से रूमाल निकालकर माथे का पसीना पोंछा है और शायद..शायद चश्मा ऊँचा करके अपनी आँखें भी पोंछी है।'

'मूलचन्द, बाप तथा अन्य', 'ढलान पर' एवं 'कहाँ जाओगे बाबा' इन तीनों कहानियों का इतिवृत्त चाहे अलग हो पर इन तीनों की संवेदनाओं में लक्षित भाव बूढ़े लोगों के प्रति प्रकटित उपेक्षा एवं तिरस्कार से संबंधित है। साथ ही इस पर लेखक परेशान एवं दुखी भी है। तीनों में चित्रित वृद्ध पात्र अपने बुढ़ापे के कारण परेशान है एवं उपेक्षित भी। 'मूलचन्द, बाप तथा अन्य' कहानी के वृद्ध ने अपने आयुपर्यन्त बच्चों के लिए जीवन बिताया था पर उस के अंतिम समय में उस बूढ़े बाप का चित्रण लेखक ने यों किया है कि 'सुबह पाखाने के पास गलियारे में एक निहायत बुढ़ा-जर्जर इन्सान दिखाई दिया, जिसकी काया काँप रही थी, पोपल मुँह किसी पीटे जाते जानवर की तरह कातरता में खुला हुआ था, हजामत बेतरतीब बढ़ी हुई थी, आँखें दयनीय भाव से फटी हुई थीं, कपड़े मैले और जो

बैठे-बैठे सरकता हुआ पाखाने से कमरे की तरफ़ जाने की हाँफती कोशिश कर रहा था।' बड़बड़ाती हुई मूलचन्द की पत्नी एवं–काउंटिग हिज़ डेज़–कहलाने वाला मूलचन्द आदि समाज के ऐसे व्यक्ति का प्रतीक है जिन्हें अपनों से कोई मतलब नहीं है। एक चेतावनी के रूप में लेखक अंत में हमसे कहता है कि–मूलचन्द के धड़ पर उसके बाप का सिर फिट हो गया है। भारतीय संस्कृति के कर्म सिद्धान्त की याद दिलाकर लेखक कहता है कि कर्म का फल भोगना ही पड़ेगा। यह प्रकृति का नियम है। इसको टालना प्रौद्योगिकी एवं मशीनीकृत दुनिया में भी मुश्किल है। संसार चक्र घूमता ही रहता है। भारतीय संस्कृति के अनुसार अस्ति, जायते, वर्द्धते, विपरिणमते, अपक्षीयते, प्रणश्यति वाले षड्विकारों में से गुजरते हुए मानव को यह ध्यान रखना जरूरी है प्रत्येक व्यक्ति इन विकारों से गुजरेगा ही। यह प्रेमचंद की 'बूढ़ी काकी', भीष्म साहनी की 'चीफ की दावत', उदय प्रकाश की 'छप्पन तोले का करघन' आदि कहानियों के पात्रों की अगुआही करने वाला पात्र है।

'ढलान' अकेलेपन से जीनेवाले अधेड़ व्यक्ति की कहानी है जो युवा लोगों के द्वारा उपेक्षित किया जाने पर बहुत मायूस नज़र आता है। युवा पीढ़ियों के व्यवहार को दिखाकर लेखक का संदेश यह है कि बूढ़ों की भी अपनी अहमियत है एवं उनकी भी अपनी भावनाएँ हैं। अपने अकेलेपन को कम करने के लिए एक दिन वह अपने दोस्त के बेटे व उनके दोस्तों को बुलाकर पार्टी का आयोजन करता है। पर पार्टी के समय उसमें से एक युवक उस पर बुरी तरह मजाक उड़ाया और बताया कि आप डांस करने के लिए काबिल नहीं है और आपकी उम्र इसके लिए फिट भी नहीं है। इस तरह अपमानित करते हुए युवा लोगों को आगाह करने वाले कुछ दोस्त भी है पर वे मानने के लिए तैयार नहीं है। युवा पीढ़ी के अधिकांश लोगों की रुग्ण मानसिकता पर लेखक ने इशारा किया है।

'कहाँ जाओगे बाबा' नामक कहानी के पात्र रामरतन जीवन भर बच्चों के लिए संपत्ति बटोरकर शांति एवं आनंद से अपने अंतिम दिन गुजारने का सपना देखने वाले असंख्य बूढ़े लोगों की प्रतिनिधि है। लेखक ऐसे पात्र का चित्रण कर प्रत्येक पाठक से यह आग्रह करता है कि अपने माता-पिता को ऐसी दुविधा पूर्ण संकट की स्थिति में डालना अनुचित है। प्रस्तुत कहानी एक स्कूल मास्टर रामरतन एवं उनके बेटे नवीन की है जो वापसी कहानी की याद दिलाती है। पैसे की तंगी के कारण कई मुश्किलों को झेलकर मास्टरजी ने एक घर बनाया था। काम के वास्ते उन्हें इस घर में बसने का सौभाग्य नहीं मिला था। बेटा नवीन वहाँ रहता था। कुछ साल के बाद पिता उस घर में रहने के लिए स्वैच्छिक सेवानिवृत्ति लेकर आने का निश्चय करता है। पर उसके बाद अपने बेटे से मिलने वाली उपेक्षापूर्ण व्यवहार ही इसका इतिवृत्त है साथ ही पारिस्थितिक विमर्श के कई पहलुओं को भी इसमें बहुत ही बारीकी से चित्रित किया है। लेखक का मंतव्य कि–'मास्टर साहब के

जीवन पर उदासी और निष्क्रियता और मनहूसी और पश्चाताप की चादर धीरे-धीरे फैलने लगी और उनका जीवन एक मटमैला और धूसर जीवन सन्ध्या का रूप लेने लगा। नवीन अक्सर पूछता–'आपको कोई असुविधा तो नहीं है–जब भी कहीं जाता तो पूछता–कुछ लाना है–आपको कुछ चाहिए–और मास्टर साहब बुरी तरह झुंझला जाते। हमेशा सुख-सुविधा के बारे में क्यों पूछता है। कभी यह क्यों नहीं पूछता कि आप खुश क्यों नहीं है।' बुढ़ापे में लोग और कुछ नहीं चाहते है सिवाय इसके कि खुशी। सुख सुविधा एवं पैसे के पीछे हमेशा भागते हुए काम को ही प्रथम स्थान देकर मानवीय संबन्धों को तोड़ मरोड़कर जीनेवाले तथाकथित अति आधुनिक युवाओं के प्रतिनिधि के रूप में नवीन है जो पारिवारिक संबन्ध को बिगाड़ने में भी किसी प्रकार की पछतावा भी महसूसते नहीं है। उनके लिए परिवार कोई मायना भी नहीं रखता है।

'उल्टा पहाड़' कहानी में धर्म परिवर्तन एवं सांप्रदायिकता का भिन्न नमूना प्रस्तुत करते हुए स्वयं प्रकाश जी का कहना है कि–'साम्प्रदायिकता को अक्सर हिन्दू-मुसलमान का मामला मान लिया जाता है। मेरा मानना है कि ऐसा नहीं है। शिया-सुन्नी का मामला भी साम्प्रदायिकता है। ईसाई-इस्लाम का मामला भी साम्प्रदायिकता है। रोमन कैथोलिक-प्रोटेस्टेंट का मामला भी साम्प्रदायिकता है। दाऊदी बोहरा और यूथ बोहरा का मामला भी साम्प्रदायिकता है। जहाँ भी दो संप्रदाय ये समझें कि एक संप्रदाय के सारे हित दूसरे संप्रदाय के सारे हितों के विरुद्ध हैं, वहाँ साम्प्रदायिकता है। 'उल्टा पहाड़' साम्प्रदायिकता को एक नितान्त अलग कोण से देखती है। जिसमें सुमेर सिंह गहलोत का सुरूर साहब बनने का सफ़र जीवन की परतें खोलता चलता है। यह कहानी गजल गायक सुमेर सिंह का सुरूर साहब बनने की है जिसमें गायक बनना एवं उसको बरकरार रखने की होड़ शामिल है। 'बिछुड़ने से पहले' उनकी ऐसी एक कहानी है जिसके पात्र सड़क और खेत है। किस्सागोई में रचित इस कहानी के द्वारा लेखक पारिस्थितक संकट पर अपनी संवेदना को दर्शाया है।

'अगले जनम' कहानी प्रसव पीड़ा एवं तद्‌जनित मानसिक भावनाओं को जैसे आकुलता, आकाँक्षा, उत्कंठा, भय, कातरता, अकेलापन, विवशता, निराशा आदि कई मनोविकारों को लेकर अस्पताल की प्रसव कक्ष में पहुँचने वाली स्त्री का चित्र प्रस्तुत करती है। साहित्य में स्वानुभूति, परानुभूति एवं सहानुभूति की चर्चाएँ चलते इस जमाने में ऐसी एक कहानी की रचना स्वयं प्रकाश जैसे पुरुष नामधारी से होना उनकी मानवीयता की चरम उत्कर्ष का परिचायक ही है। सुमि की प्रत्येक भावनाओं से हम भी गुजर जाएँगे और अंतिम पंक्ति तक आते-आते आँखें नम होके ही रहेंगे। यह सिर्फ़ स्त्री की वेदना ही नहीं पुरुष वर्चस्व समाज के खोखलेपन का भी पर्दाफाश करने वाली कहानी है। सुमि का शब्द अपने सद्यप्रसूत बच्चे से कि–'मर जा। सुमि ने कहा और दूसरी तरफ़ गर्दन घुमा ली।

उसकी आँखों से टप-टप आँसू बहने लगे’ बेटी के जन्म से पति एवं पति के घरवालों की वर्जना के कारण सुमि का दुख हरेक के मन को मसोसने वाला है। प्रसवकक्ष का वर्णन कर लेखक ने यह दिखाया है कि सृजनकार्य कितना मार्मिक एवं भयाक्रान्त प्रक्रिया है। दैविक प्रक्रिया के नाते सृजनकर्म को साकार करने के लिए स्त्रियाँ कितनी दर्द एवं परेशानियों से गुजरती हैं इसका चित्र भरपूर इस कहानी में है। इस कहानी से उद्भूत टीस मन को बारम्बार मथने के साथ-साथ पुरुष वर्चस्व समाज से घृणा पैदा करने वाली भी है।

चिन्तन मनन सबका कार्य है पर सहचिन्तन के लिए बाध्य करने का कर्म एक प्रतिबद्ध एवं निष्काम साहित्यकार ही कर सकता है। स्वयं प्रकाश ऐसे साहित्यकार थे जिनमें इन दोनों गुणों का सामंजस्य था। स्वार्थी जीवन जीकर प्रत्येक काम में स्वार्थ लाभ को ढूँढ़ना मामूली सी बात बन गयी है। परोपकार हेतु एवं बेहतर समाज की कल्पना करके रचना कार्य में तल्लीन होना महान बात है। ‘स्वयं प्रकाश की कहानियाँ भारतीय जीवन के हर्ष-विषाद, उथल-पुथल और मामूली समझी जाने वाली स्थितियों का सटीक वर्णन और विश्लेषण करती है। इसके लिए वे अपनी कथा भाषा में व्यंग्य-चुहल और बतकही का इस्तेमाल करते हैं। बड़ी बात यह नहीं है कि एक कथाकार अपनी कहानियों में महान सत्य का उद्घाटन करे, अपितु बड़ी बात यह है कि जीवन सत्य उन घटनाओं और परिस्थितियों में स्वतः निकल पड़ता हो। मार्क्सवादी विचारधारा की रोशनी को लेखन के लिए जरूरी मानने वाले इस लेखक की रचनाएँ बताती हैं कि वह अपने देश के मामूली लोगों और उनके जीवन-संघर्ष को कितना मान देते हैं, कितना प्यार करते हैं।’ बेहतर समाज के लिए सपना देखना, समाज को प्रेरित करना एवं इसके लिए पात्रों के माध्यम से समाज के भले लोगों को प्रेरणा स्रोत के रूप में दिखाना–यह एक महान साहित्यकार का लक्षण है जिन्होंने अपनी कई रचनाओं के द्वारा दिखाया भी है। उनका लेखन भावी पीढ़ियों को भी हमेशा रोशनी देता रहेगा।

कथेतर में स्वयं प्रकाश

'धूप में नंगे पाँव' : एक सशक्त आत्मकथ्य

मोहनकृष्ण बोहरा

कथाकार स्वयं प्रकाश ने आजीविका के हेतु से 1966 में घर छोड़ दिया था और 2003 में सेवा-निवृत्ति के बाद घर लौट गये। इस अवधि में उपयुक्त नौकरी की तलाश में जो पापड़ उन्होंने बेले और 'धूप में नंगे पाँव' जो यात्रा की प्रस्तुत पुस्तक उसी की कथा है।

यह उन्होंने, किशोरावस्था में ही समझ लिया था कि आर्थिक स्थिति अच्छी नहीं है, ननिहाल की न घर की, इसलिये अपेक्षित शिक्षा प्राप्त करके आजीविका की तलाश करनी होगी। इस दृष्टि से पॉलीटेकनीक को उपयुक्त समझ कर उन्होंने उसमें प्रवेश ले लिया। डिप्लोमा हासिल कर बतौर प्रशिक्षु नौ-सेनां में चले गये। आजीविका-यात्रा प्रारंभ हो गई। लेकिन प्रशिक्षण पूरा होता उससे पहले ही उन्होंने नौ-सेना छोड़ दी।

भारतीय नौ-सेना में प्रशिक्षु के रूप में उनका जीवन कठोर श्रम-साध्य रहा लेकिन उसे भी उन्होंने कभी उबाऊ नहीं बनने दिया। उन्होंने एक ओर प्रशिक्षण स्थल की सुरम्य वादियों की सैर की, तो दूसरी ओर वहाँ मिलने वाले सामिष-निरामिष भोजन का भी आनन्द लिया और उतने ही मनोयोग से नौ-सेना के विभिन्न विभागों में प्रशिक्षण भी लिया। लेकिन यह अनुभव कर कि आजीवन यह कार्य उनसे किया नहीं जा सकेगा, प्रशिक्षण पूरा होता, उससे पहले ही नौ सेना छोड़ कर वे बम्बई चले गये।

वहाँ फिल्म-जगत की खाक छानी लेकिन हाथ कुछ भी नहीं लगा। बम्बई का जीवन, बहन के शब्दों में 'आत्महंता आवारगी' का जीवन रहा परन्तु वहाँ भी हम उन्हें निराश क्या, खिन्न-मना भी नहीं पाते। डाक तार विभाग से प्रशिक्षु का आमन्त्रण पाकर वे मद्रास चले गये।

मद्रास-प्रशिक्षण में बिताया गया समय मित्रों के साथ भरपूर मस्ती और बेफिक्री का समय था। वहाँ रहते लेखक की दृष्टि परिवेश पर और स्थानीय भेद-भाव, भाषा-भेद और उत्तर-दक्षिण के राजनीतिक भेद पर भी गई।

राजस्थान के भीनमाल कस्बे में उन्हें पहली नियुक्ति मिली। वहाँ के दूर-संचार यांत्रिक-विभाग में कोई खास काम था ही नहीं, लेकिन लेखक निठल्ला नहीं बैठ सकता था। वहाँ

जिन लोगों से उसकी स्वर-संगति बैठी, उनके साथ मिल कर उसने अपने लिये नया क्षेत्र तलाश लिया। शिक्षक और चित्रकार पुष्पकान्त ने स्थानीय सहयोग जुटाया, कुर्बान जैसे आम जन भी जुड़े और 'मुक्तवाणी' साप्ताहिक पत्र प्रारम्भ हो गया। प्रो. मोहन्न श्रोत्रिय के साथ मिल कर वाम साहित्यिक पत्रिका 'क्यों' का सम्पादन किया। वहीं अंग्रेज़ी के एक और प्रो. सदाशिव श्रोत्रिय का सान्निध्य मिला। वे अंग्रेज़ी, हिन्दी, उर्दू साहित्य के रसिक ही नहीं, रसज्ञ भी थे। उनके साथ मिल कर गालिब-गंगा में किया गया स्नान लेखक का अविस्मरणीय अनुभव हो गया। वहाँ पुष्पकान्तजी के सहयोग से स्कूली बच्चों को तैयार कर लेखक ने प्रथम स्वतन्त्रता संग्राम (1857) के नायकों की झाँकियाँ सजा कर एक सांस्कृतिक समारोह का आयोजन किया। इस आयोजन ने भी लेखक को वहाँ के जीवन से जोड़ा।

भीनमाल से लेखक का तबादला जैसलमेर हो गया। जिले के अंतरंग जीवन से उसका जुड़ाव यहाँ अधिक हुआ। भीनमाल माघ कवि की नगरी थी लेकिन बोलबाला वहाँ तस्करी-जीवन का भी था लेकिन लेखक ने स्वयं को उससे दूर ही रखा।

लेखक की पहली जैसलमेर यात्रा भी यादगार अनुभव रही। वह पोखरण स्टेशन पर पानी पीने उतरा परन्तु कहीं भी पानी नहीं! एक ठेले वाले ने कहा, पानी नहीं है, चमचम खा लो। गार्ड से पूछा, वह एक खेल में लीन था! एक कोने की ओर इशारा किया; शायद वहाँ मिल जाय। जब पी कर आओ, बता देना, गाड़ी चला देंगे। पानी वहाँ भी नहीं था। और कहाँ मिलेगी, ऐसी रेल!

लेखक ने कुछ यात्रियों की बातें सुनी। रेल उन्होंने शायद पहली बार देखी। एक दूसरे से कह रहा था, भई, रेल के डिब्बों में बड़ा एका होता है, एक रूके तो सब रूक जाते हैं! एक जिस तरफ़ चले, सब उसी तरफ़ चल देते हैं! सुनकर लेखक चकित।

जैसलमेर के जन जीवन को उसने निकट से देखा। पशु-धन ही वहाँ के जीवन की धुरी है। भेड़-बकरियाँ, ऊँट वहाँ बहुतायत में। वहाँ से दूध, मावा और घी बाहर भेजा जाता है। चमचम वहाँ चार रू. किलो है!

वर्षा वहाँ कम होती है लेकिन वह वहाँ चिंता का विषय नहीं है। अधिक वर्षा से बाजरे की फसल के नष्ट होने का खतरा रहता है। वर्षा-जल वहाँ तालाबों में एकत्र कर लिया जाता है। गढ़सीसर और अमर-सागर वहाँ के प्रसिद्ध सरोवर हैं। राजसी-परिवार की महिलाएँ वहाँ रात में स्नान करने आती हैं।

पर्यटकों और फिल्मकारों के लिये यह जगह आकर्षण का केन्द्र है। वहाँ दर्शनीय स्थलों में प्रमुख हैं, सोनार किला, पटवों की हवेली, दीवानजी की हवेली। किंवदन्ती है कि

दीवानजी की हवेली जब निर्माण के समय राज-प्रासाद 'बादल-विलास' से भी ऊँची उठ गई, तब राजा ने उसकी ऊपरी मंजिल तोप से उड़वा दी!

सीमान्त क्षेत्र की चौकियाँ और वहाँ स्थित तनोट माता का मंदिर भी पर्यटकों के आकर्षण की जगहें हैं।

लेखक ने सीमान्त रक्षकों के साथ भी कुछ समय बिताया। उनसे उसने जाना कि भारत-पाक की चिर-शत्रुता के बावजूद सैनिकों में भाई-चारा है। दुख-दर्द में वे एक-दूसरे के सहायक होते हैं। इधर के लोग गेहूँ पिसवाने उधर जाते हैं। बारातें भी आती-जाती हैं! चौकी से बेस कैम्प तक की यात्रा लेखक ने तारों की छाँव में की। बिना किसी कुतुबनुमा के केवल तारों की गति के ज्ञान के बल पर ड्राइवर चुपचाप जीप हाँकता रहा। लेखक भी साँस रोके चुप बैठा रहा। ड्राइवर जीप को बेस-कैंप तक सकुशल ले आया। यह भी लेखक के जीवन का एक बड़ा रोमांचक अनुभव रहा।

लेखक ने जैसलमेर के इर्द-गिर्द के गाँवों में एक-एक दिन बिता कर वहाँ के अंतरंग जीवन को भी देखा और वहाँ की रोचक जानकारियाँ दर्ज भी की। रामगढ़ में उसने हिन्दुओं की कब्रें भी देखीं! उसे पता चला कि वहाँ राजपूत एक मात्र हिन्दू जाति नहीं है! अनेक मुसलमान भी अपने को राजपूत कहते हैं। दो जातियाँ राजपूतों में हैं, भाटी और सोढ़ा। इनमें से सोढ़ा जाति को कभी गर्व था, उनके गाँव में बरात आती नहीं, केवल जाती ही है! ये लोग बेटी को जन्मते ही अफीम चटा कर मार डालते थे!

लेखक को आश्चर्य हुआ कि रामदेवरा के प्रसिद्ध मन्दिर में लोक-देवता की कब्र ही है! लेखक के आश्चर्य का कारण वहाँ की जिला परिषद का पुस्तकालय भी रहा। वहाँ शेक्सपीयर, चेखव, टॉलस्टॉय, दास्ताएव्सकी जैसे लेखकों का साहित्य-समग्र भी था! एकान्तिक जिले में भी ऐसा साहित्य रसिक!

लेखक ने वहाँ के त्योहार भी देखे। औरतों की कोड़ामार होली देखी, होली खेली और मित्र की पत्नी के हाथ के कोड़े भी खाये! उसे मद्रास की होली का स्मरण आया। वहाँ के हिन्दी-विरोधी उग्रवादी हुड़दंग के लाठी-प्रहार ने उसे घायल कर दिया था! हुड़दंग को देखने-समझने की जिज्ञासा का उसे भारी मोल चुकाना पड़ गया!

देश की राजनीतिक उठा-पटक से यह क्षेत्र (जैसलमेर) अछूता-सा है, इसका अनुभव लेखक ने आपातकाल के दिनों में किया। वहाँ आपातकाल अखबार में छपी खबर-भर था! यद्यपि बाद में किसी की व्यक्तिगत शिकायत पर लेखक के घर पर छापा पड़ा था! प्रचारात्मक रूसी-साहित्य ही नहीं, उसके निजी पत्र-व्यवहार तक की भी बुरी तरह छानबीन की गई थी!

जैसलमेर से स्थानान्तरण सुमेरपुर हुआ। वहाँ शुरू में सहकर्मियों का सहयोग नहीं मिला बल्कि उन्होंने तो उसके विरूद्ध शिकायत भी की कि यह व्यक्ति काम बिलकुल नहीं जानता और स्वभाव से लड़ाकू है। लेखक ने स्वीकार किया कि पहली बात सही थी, दूसरी एकदम गलत। आगन्तुक का सहकर्मी स्वागत करते थे। उसे घर बुलाकर खाना खिलाते थे परन्तु उसके प्रति सभी उदासीन ही रहे! यहाँ तक कि टायफाइड हो जाने पर वह अकेला पन्द्रह दिन बिस्तर पर पड़ा रहा, कोई झाँकनें भी नहीं आया!

लेखक के शेरों-शायरी प्रेम की वजह से उसकी मित्रता डॉ. पुरोहित से हो गई थी। उसके टायफायड के दिनों में उन्होंने उसका उपचार किया और देखभाल भी की।

स्वस्थ होकर लेखक ने यूनियन के सहयोग से वहाँ नई गतिविधियाँ प्रारंभ कर लोगों को अपनी ओर आकर्षित कर लिया। 'सारा आकाश' नाम का मंच बना कर उसके अंतर्गत साप्ताहिक वार्ताओं का कार्यक्रम शुरू किया गया। डॉक्टर, वकील, पुलिस, आयकर अधिकारी जैसे लोगों के रोज़मर्रा के जीवन में काम आने वाले जानकारीमूलक भाषणों ने 'सारा आकाश' को लोकप्रिय मंच बना दिया। आम जन भी उससे जुड़ने लगा। लेकिन एक विवादास्पद भाषण की वजह से मंच बद करना पड़ गया। बाद में, 'सैटर्डे क्लब' शुरू किया गया। उसकी बैठकें मित्रों के घर होने लगी लेकिन वह मजा फिर नहीं आया। उसके बाद उसने सायंकालीन खेल प्रारंभ करवाया, वॉली-बॉल। एक दिन खेल में एक महिला-कोच को बुलाया गया। उससे खेल में नई ऊर्जा आ गई। उसने कई नये गुण भी खिलाड़ियों को सिखाये। लेखक ने वहाँ एक सांस्कृतिक संध्या का आयोजन भी किया।

वहाँ रहते उसने अपना शैक्षणिक उन्नयन करते हुए प्राइवेट छात्र के रूप में हिन्दी-साहित्य में बी.ए. एम.ए. की परीक्षाएँ ही पास नहीं कीं, पी-एच. डी. की उपाधि भी प्राप्त कर ली। इस कार्य में उसे अपने मित्र डॉ. दुर्गाप्रसाद अग्रवाल का सहयोग मिला।

इस योग्यता के बल पर जब उसे राजभाषा-अधिकारी पद पर नई नौकरी मिली, तब वह टेलीफोन विभाग छोड़ कर सर्गीपल्ली (उड़ीसा) चला गया।

वहाँ भी विभागीय स्तर पर शुरू का समय कष्टप्रद ही रहा। उत्तर-दक्षिण का भेद, भाषा-भेद, जातीय-भेद लेखक मद्रास रहते देख-भोग चुका था, उसकी आवृत्ति यहाँ भी मिली। गैर-ओड़िया भाषी व्यक्ति ही वहाँ के लोगों को स्वीकार्य नहीं था, उस पर हिन्दी-अधिकारी जैसा पद तो उन्हें सर्वथा नागवार था। कोई हिन्दी काम में लेना या सीखना चाहता ही नहीं था। वे उत्तर-भारत और उसके त्योहारों से भी चिढ़ते थे। लेखक ने अपनी दृढ़ इच्छा-शक्ति और व्यवहार-कुशलता से न केवल उस धरती पर अपने पैर ही जमाये, वहाँ के लोगों के घरों में दीपावली के दीये जलवाये और होली पर उन्हें रंगों से सरोबार भी कर दिया!

वहाँ उसे असीम हालदार और विवेकानन्द बिस्वाल जैसे मित्र मिल गये; उन्हीं की बदौलत वह जीवन जीने योग्य हो गया। उन्हीं के साथ मिल कर उसने भरपूर 'किचन एडवेंचर' किये; नये-नये व्यंजन बनाये। उसने कर्मचारियों को हिन्दी सीखने के लिये भी प्रेरित किया।

सुमेरपुर रहते वह विभागीय यूनियन से जुड़ गया था और शाखा-सचिव, फिर प्रांतीय सचिव भी बन गया था लेकिन यूनियन की हरामखोरों और निठल्ले, गुंडों को प्रश्रय देने की कार्यशैली उसे उचित नहीं जान पड़ी इसलिये उसने स्वयं को उससे अलग कर लिया। लेकिन उड़ीसा में तो यूनियन का वर्चस्व आतंककारी था! गोपनीय फाइलों और कर्मचारियों ही नहीं, अधिकारियों की नियुक्ति तक में उनका दखल था!

वहाँ का जीवन भी लेखक ने निकट से देखा। चावल वहाँ चार रू. किलो था! चिरौंजी नमक के बदले मिल जाती थी! आम, काजू, महुवा वहाँ बहुतायत से होता है। सारे फल जमीन पर पड़े रहते थे, कोई उठाता नहीं था। इनका स्थानीय उपयोग भी किया जा सकता था और निर्यात भी लेकिन वहाँ आम आदमी उसे सक्रिय नहीं जान पड़ा। दुकानदार तो दोपहर में आराम करते हैं! दुकानें बंद रहती हैं! मुर्गीपालक परिवार आते-जाते वाहनों के बीच में मुर्गी छोड़ कर उसे कुचलवाते हैं और बदले में मनमाना जुर्माना वसूली के फेर में रहते हैं! वहाँ कमाई का एक धंधा यह भी है!

वहाँ ईसाई धर्म-प्रचारक धर्मान्तरण में लगे हुए हैं! लेकिन ईसाई बन गये हिन्दुओं ने अभी अपने संस्कार छोड़े नहीं हैं, केवल अपने पूजा घर में उन्होंने शिव-गणेश के साथ ईसा को भी रख लिया है!

विभाग में इंजीनियर उसे अपने कार्य में पारंगत और निष्ठावान जान पड़े। वे विदेश में पढ़े हुए थे, उन्हें विदेशों में बुलाया भी जाता था लेकिन वे पलायन नहीं करते थे।

वहाँ रहते लेखक अपना परिवार ले आया था। पत्नी रश्मि मिलनसार थी और पाक-कला में प्रवीण भी। उसकी बदौलत वहाँ के पारिवारिक जीवन में उसका घुलना-मिलना हो गया था।

कोई छह वर्ष उड़ीसा में कार्य करने के बाद लेखक का तबादला जावर माइंस, उदयपुर हो गया। लेकिन इस हिन्दी-प्रदेश ने भी उसे एकाएक अपनाया नहीं। अधिकारी न कर्मचारी ही हिन्दी सीखना चाहते थे। उन्हें तो लगता, हिन्दी-अधिकारी हमारे मुनाफे में मुफ्त का हिस्सा बँटाने आ गये हैं! लेखक को इतनी उपेक्षा झेलनी पड़ी कि तीन माह तक उसे क्वार्टर मिला न वेतन। जब क्वार्टर मिला भी तो उसमें न सामान था, न सुविधाएँ। ऐसी स्थिति में जब उसे विजिलेंस विभाग में सतर्कता-अधिकारी पद पर नई नियुक्ति मिली, तब उसने, और परिवार ने भी, राहत की साँस ली। चलो! जिल्लत की रोटी से छुटकारा हुआ!

एक बार तो उसके मन ने धिक्कारा भी कि वह चुनौती से घबरा गया है, कि वह हिन्दी के साथ गद्दारी कर रहा है। लेकिन अंततः उसने नई नियुक्ति स्वीकार ली। वह राजपुरा दरीबा माइंस में चला गया।

हैरानी यह देखकर होती है कि दूर-संचार विभाग में तेरह वर्षों तक बिना किसी खास कामकाज के वेतन उठाते रहने पर भी नैतिक-पटल पर ऐसा कोई धिक्कार भाव या कि पश्चाताप भी उसके मन में नहीं जागा! सम्भव है, वहाँ तलाशे गए नए कार्य क्षेत्र में उसने इसकी क्षतिपूर्ति हुई मान ली हो।

दरीबा में स्थिति बिलकुल भिन्न थी। परिवेश मनोरम था, 'हर सुबह मलमली और शाम मखमली लगती थी।' जीवन की सभी सुविधाएँ वहाँ सुलभ थीं; स्कूल, अस्पताल, डाकघर, बैंक, रोडवेज, शॉपिंग सेंटर सभी कुछ परिसर में थे। सतर्कता अधिकारी पद जैसे सभी को आतंकित किये हुए था। जो सुविधाएँ उसे उपलब्ध करवाई गईं, वे उसकी कल्पना के परे थीं। लोगों की धारणा थी कि हिन्दी- अधिकारी विजिलेंस क्या जानता होगा। वे उसके निकट आने के लिये उसे अतिरिक्त आदर देने लगे; हर अवसर पर बुलाने लगे। उसके परिवार से भी निकटता बढ़ाने लगे। उच्च अधिकारी भी उसे हवाई यात्राओं के लिये प्रलोभित करने लगे परन्तु उसने पूरे संयम से काम लिया। अपने 'कायस्थ संस्कारों' और लेखकीय सूझ-बूझ से उसने ताड़ लिया कि यदि वह मेल-जोल के फेर में फँस गया तो अपना कर्तव्य नहीं निभा सकेगा। लिहाजा, उसने लोगों से निकटता बढ़ाने के स्वभाव को संयत कर लिया हालाँकि राजनीति, क्रिकेट, फिल्म, साहित्य-चर्चा से अपने को काटना था उसके लिये कष्टकर ही।

शीघ्र ही, वह पुरानी फाइलें निकलवाने, बिलों की जाँच करने और शिकायतों के तल तक जाने के काम में जुट गया। उसने किसी से भेंट-उपहार भी स्वीकार नहीं किये। उसकी इस कार्य-प्रणाली से परिवार भी सहमत था इसलिये घर में भी कभी कलह-क्लेश नहीं हुआ। अपना खाली समय उसने नर्सरी के और फिर बड़े बच्चों के साथ कार्यक्रमों में लगाया। इससे उसकी एक नई छवि बन गई।

दरीबा से उसका तबादला चित्तौड़ के चन्देरिया माइंस में हो गया। इस माइंस का विशेष महत्त्व इसके स्पेल्टर के कारण था। इसमें सभी तरह के अयस्क गला कर सीसा, जस्ता, चाँदी आदि निकाली जाती थी। एशिया में भारत के अलावा चीन में ही ऐसी भट्टी थी। इसकी डिजाइनिंग ठंडे देशों के हिसाब से की गई थी। गर्म देश में जब तापमान बढ़ जाता था, भट्टी फूट जाती थी। उससे पिघले धातु ठंडे हो जाते थे। भट्टी को पुनः चालू करने में कई दिन लग जाते थे लेकिन हमारे वैज्ञानिकों की तेज बुद्धि ने कुछ ऐसे परिवर्तन किये

कि प्लांट को शत-प्रतिशत क्षमता पर चलाने पर भी भट्टी के फटने का डर नहीं रहा। इस रहस्य को जानने विदेशी वैज्ञानिक भी आने लगे। चीनी वैज्ञानिक भी आये परन्तु वे इसे समझ नहीं पाये।

लेखक के कर्तव्य-परायण होने के साथ-साथ सांस्कृतिक आयोजनों में उसके रूचि लेने की ख्याति यहाँ भी पहुँच चुकी थी। वह वर्ष कंपनी का रजत जयन्ती वर्ष था। उसके लिये उसने लोकगीतों पर आधारित नृत्य-नाटिका तैयार करवायी। उसे लोगों ने पसन्द किया। दरीबा की अपेक्षा यहाँ उसने अपनी मिलनसारिता बढ़ा ली। यूनियन के महासचिव राणावतजी सज्जन व्यक्ति थे। उन्होंने एल. टी. सी. के रूप में जब बस से धार्मिक-यात्रा का कार्यक्रम बनाया, तब वह भी उसमें सपरिवार शामिल हो गया। विचारधारा से कम्युनिस्ट होने के बावजूद की गई इस यात्रा ने लेखक के सोच पर भी कुछ प्रभाव डाला।

यहाँ रहते ही उसकी पदोन्नति भी हुई। कंपनी ने उसका जाँच-क्षेत्र बढ़ा दिया। कंपनी सुचारू रूप से चल रही थी लेकिन आँकड़ों में दिखाया गया कि वह घाटे में चल रही है। देश के सार्वजनिक उपक्रमों का निजीकरण करने की योजना के तहत हिन्दुस्तान जिंक लि. की सभी इकाइयों को भी बेचने का फैसला कर लिया गया। लेखक ने भी अपने लिये स्वैच्छिक सेवा-निवृत्ति लेने का निर्णय कर लिया और वह राजस्थान छोड़ कर मध्यप्रदेश (भोपाल) चला गया। इस तरह, 1966 में प्रारंभ हुई लेखक की आजीविका-यात्रा 2003 में सकुशल सम्पन्न हो गई।

व्यक्तित्व

यात्रा प्रारंभ करते समय लेखक के हाथ-पाँव सूखी लकड़ी जैसे थे और मुँह छुहारे की तरह पिचका हुआ लेकिन लौटा वह हृष्ट-पुष्ट।

पुस्तक पढ़ कर पहला प्रभाव यही अंकित होता है कि लेखक एक स्व-निर्मित पुरूष रहा। अपना पथ उसने स्वयं तय किया। स्वयं प्रकाश, यथानाम तथा गुण। आत्मदीपो भवः। वह जहाँ भी रहा और जैसा भी जीवन उसे मिला, उसने उसे पूरी जिन्दादिली और मस्ती से जिया। इस आजीविका-यात्रा में उसका व्यक्तित्व क्रमतर उभरता चला गया है। हम उसे आद्यन्त ऐसे जिन्दादिल व्यक्ति के रूप में देखते हैं जिसमें अदम्य उत्साह है, अक्षय ऊर्जा है और अनुकूलन की अपार क्षमता है।

आत्म-विश्वास उसका विस्मयकारी है। अजमेर छोड़ते समय उसकी जेब में मात्र पच्चीस रू. थे लेकिन प्रबल आत्म-विश्वास उसका स्वगत कह उठा, जहाँ जोर से नाखून गड़ा दूँगा, धरती चीर कर अमृत की धारा फूट पड़ेगी! इसी विश्वास के बल पर उसने

प्लेटफार्म से ही ट्रंक और बिस्तर ट्रंक भाई के साथ घर भेज दिये और बिना सामान के ही यात्रा आरंभ कर दी! एक बार पढ़ाई के दिनों में जब घर से पैसा नहीं आया, तो उसने भूखे रह कर दिन गुजार दिये! बंबई में एक बार मदन की चौल में ताला मिला तो तीन दिन उसने उसकी प्रतीक्षा में, प्लेटफार्म की बेंचों पर सो कर गुजार दिये! प्रतिकूल परिस्थितियाँ उसे जीवन में अनेक बार झेलनी पड़ी, अपनी अनुकूलन क्षमता के बल पर ही वह उनमें से अपनी राह बनाता चला गया, कभी पस्त-हिम्मत नहीं हुआ।

सर्गीपल्ली रहते वह अपना परिवार ले आया था। पत्नी रश्मि मिलनसार थी। उसकी प्रशंसा करते हुए उसने लिखा है कि मेरी पत्नी पास-पड़ोस से तुरन्त धुल-मिल जाने में महा-निपुण है और इस मामले में मेरी सौ प्रतिशत से भी अधिक क्षतिपूर्ति कर देती है। मैं जितना असामाजिक, संकोची और घर-घुस्सू हूँ, रश्मि उतनी ही मिलनसार सहयोगातुर और खुश-मिजाज है।

पत्नी की प्रशंसा में पति ने स्वयं को चाहे नेपथ्य में डाल दिया हो, असामाजिक और घर-घुस्सू वह कहीं दिखाई नहीं पड़ता है; यदि होता तो सर्गीपल्ली का उत्तर-भारत विरोधी सामुदायिक जीवन कैसे बदल पाता! कैसे वहाँ दीवाली पर घरों में दीपक जगमगाते और कैसे रंगों की होली खेली जाती!

सहयोग-तत्परता तो उसमें इतनी मिलती है कि नाइट- ड्यूटी नहीं चाहने वालों की ड्यूटी वह कर दिया करता था! सुमेरपुर में एक लाइनमैन निलम्बित कर दिया गया। लेखक ने उसे हिम्मत बंधाई और कार्यालय के सामने ही उससे टी-स्टॉल खुलवा दी। वह स्टॉल ऐसी चली कि बाद में उसकी बहाती हो जाने पर भी उसने उसे बंद नहीं करना चाहा!

स्वयं प्रकाश के भीतर उसके लेखक ने वयः संधि काल में ही अंगड़ाई ले ली थी, तभी उसने 'मेरी प्यास तुम्हारे बादल' कविता-संग्रह प्रकाशित करवाया था। भीनमाल रहते उसकी कहानियाँ प्रकाशित होने लग गईं थीं। अधिकारी पद पर रहते उसने एक जगह लिखा है कि मैं लेखक के रूप में स्थापित हो चुका था। ऐसे में, यदि वह अपने लेखन की चर्चा करते चलता तो वह अस्वाभाविक नहीं होता। लेकिन इसे लेखक का विवेक और संयम ही कहा जायेगा कि उसने आत्मश्लाघा तो दूर, अपने लेखन की चर्चा से भी अपने को दूर ही रखा।

अवश्य ही, अपने कम्युनिस्ट होने की चर्चा उसने की है लेकिन इसमें भी उसका वैचारिक खुलापन ही अधिक सामने आया है। वामपंथियों के आदर्श और आचरण में मिलने वाले विरोध पर उसने तीखा कटाक्ष किया है–

"भारत के कम्युनिस्टों ने पिछले पचास सालों में सबसे बड़ी गलती तो यही की है कि धर्म और ईश्वर जैसे सवालों पर स्पष्ट और दो टूक आवरण की मिसाल बनने की बजाय

समझौतापरस्ती का रूख अपनाया है और इस तरह न सिर्फ़ परिवार से पंगे लेने से बचे हैं बल्कि अपनी संस्कारगत भीरूता को भी ढाँके रखा है। अगर आप घर से बाहर कम्युनिस्ट हैं और घर के भीतर मूर्तियों के आगे घंटी बजा रहे हैं और श्राद्ध पक्ष में ब्राह्मण को भोजन करा रहे हैं तो कौन आपकी विचारधारा और दर्शन से प्रभावित होगा? इससे तो ब्रह्मसमाजी और आर्यसमाजी ही ज़्यादा क्रांतिकारी थे जो चाहे सारे प्रश्नों के उत्तर न जानते रहे हों, उनमें यह नैतिक दुचित्तापन और बुनियादी गैर-ईमानदारी नहीं थी।"

लेखक के विचारों की यह स्पष्टता, निर्भ्रांतता और निर्भीकता प्रशंसनीय ही कही जायेगी।

"उस धार्मिक बस-यात्रा के बाद लेखक ने अपने विचारों में परिवर्तन करते हुए लिखा कि मात्र धार्मिक आस्था रखने से ही कोई व्यक्ति कम्युनिस्टों का दुश्मन नहीं हो जाता। लेखक गाँधी की विराटता को भी यह कहते हुए स्वीकार किया है कि ऐसी हस्ती दुनिया में फिर कब पैदा होगी।"

इसे भी लेखक की बौद्धिक ईमानदारी ही कहा जायेगा कि सोद्देश्य साहित्य की पक्षधरता के बावजूद हम उसे स्वांतः सुखाय के प्रति उदार होते हुए ही नहीं, उसकी प्रशंसा करते भी देखते हैं।

भीनमाल में पुष्पकांतजी के घर में चित्रकला और भित्ति-चित्रों का वैभव देख कर वह चकित रह गया था। एक सामान्य शिक्षक का वह कला-प्रेम उसके लिये कल्पनातीत था। उसकी मुक्तकंठ प्रशंसा करते हुए उसने लिखा है कि–

"देखिये मजाल कि न कभी किसी ने इसकी फोटोग्राफी की, न वीडियोग्राफी, न इसे प्रचारित किया गया, न इस पर इतराये। इससे ज़्यादा शुद्ध स्वांतः सुखाय और कहाँ मिलेगा?"

पता नहीं, 'मुक्तवाणी' में स्वयं उसने इसकी चर्चा की या नहीं।

सोद्देश्य साहित्य के पक्षधर लेखक को हम विशुद्ध ज्ञान-पिपासा का महत्त्व स्वीकार करते भी देखते हैं। प्रो. सदाशिव श्रोत्रिय का स्वाध्याय देख कर उसने लिखा है कि ज्ञान का दूसरा कोई हेतु या उद्देश्य या लक्ष्य होना जरूरी नहीं था। आस-पास वालों को वह जरूर खब्ती लगते होंगे लेकिन उनकी ज्ञान-पिपासा सचमुच अद्भुत थी।

ऐसा ही एक अनुभव लेखक को वैद्य रामदत्तजी द्वारा हिन्दी के श्रेष्ठ कवियों की संगीतबद्ध की गई कविताओं को सुन कर हुआ। वह अपने आप में एक अनुभव था। यह दुर्भाग्य जैसा ही लगता था कि वैद्य रामदत्त भीनमाल में हैं और हिन्दी कवियों को गा रहे हैं जहाँ उन्हें हम दस-बीस मित्रों के अलावा कोई नहीं सुन रहा। याने यहाँ भी मामला कुछ-

कुछ स्वांतः सुखाय वाला ही है। काश! कविताओं की वह सांगीतिक प्रस्तुति टेप कर ली जाती!

लेखक के व्यक्तित्व को आयत्त करते हुए उसके इस पक्ष का आकलन भी करना होगा। अवश्य ही, इसे लेखक की दृष्टिगत संकीर्णता ही कहा जायेगा कि वह आबू में देलवाड़ा मंदिर नाम से ही बिदक गया अन्यथा हवेलियों की कारीगरी का प्रशंसक यदि संगमरमर में शिल्पियों द्वारा उकेरे गये अद्भुत सौंदर्य के नेत्रोन्मीलक रूपों को देखता तो आश्चर्य-स्तब्ध हुए बिना नहीं रहता।

लेखक की वैचारिकता का एक पक्ष भाषा, राजनीति, उत्तर-दक्षिण व उत्तर-पूर्व के भेद पर की गई टिप्पणियों का है। ये विचारोत्तेजक हैं। इनमें लेखक के जीवन की देखी ही नहीं, भोगी हुई सच्चाई भी है और साथ में दूसरे पक्ष को समझते चलने की वृत्ति भी है इसलिये आवेशित होने के बावजूद ये टिप्पणियाँ काफी-कुछ ग्राह्य हो जाती हैं।

वैचारिकता का ही एक और पक्ष वह है, जहाँ हम लेखक को एकेडेमिक, ऐतिहासिक मुद्दों पर भी निरंकुश होकर अधिकारी-अनधिकारी टिप्पणियाँ करते देखते हैं। महाराणा प्रताप, हल्दीघाटी, चेतक, चित्तौड़, पद्मिनी, जौहर आदि पर की गई टिप्पणियाँ इसी प्रकृति की है। ये सभी टिप्पणियाँ हैं प्रसंग-प्राप्त हीं। मीरां पर भी उत्सव-प्रसंग में ही लिखा गया है लेकिन क्योंकि ये अभी शोध के विषय हैं, ये लोगों की भावना से जुड़े हुए भी हैं और जिस विधा विशेष की सीमा में यह रचना की गई है, उसमें इनके लिए अवकाश नहीं होता इसलिये भी अपेक्षा होती है कि लेखक निरंकुश टिप्पणियों से बचता है। इस तरह के विषय स्वतन्त्र विचार के विषय हैं, लेखक भी इन पर अन्यत्र विचार के लिये स्वतन्त्र था, तब उस पर कोई अंकुश भी नहीं होता लेकिन यहाँ लेखक ने इस पक्ष को भुला दिया है। प्रसंग पाकर अपने विचारों को खुल कर व्यक्त करने का लोभ सवरण वह नहीं कर सका है। यही बात राजस्थानी भाषा पर की गई उसकी टिप्पणी के लिये भी कही जायेगी। प्रसंग-प्राप्त तो माता-पिता, शिक्षा, शादी जैसे विषय भी थे लेकिन उस दिशा में बढ़ने से उसने स्वयं को बचा लिया। उचित होता इन वैचारिक मुद्दों पर भी निरंकुश टिप्पणियों से वह अपने को बचाता।

अविस्मरणीय-प्रसंग

लेखक की इस यात्रा में घटित कुछ प्रसंग उसके जीवन के अविस्मरणीय प्रसंग हो गये। सुमेरपुर रहते उसने एक सांस्कृतिक संध्या का आयोजन किया था। दुर्योग से उस दिन प्रातःकाल ही फ्लश-पाइप ऐसा अवरुद्ध हुआ कि पानी डाल कर अवरोध हटाने के परिणाम में सारी गंदगी बाहर फैल गई। जिस प्रांगण में कार्यक्रम होना था, वह गंदगी

से लबालब भर गया! अब कार्यक्रम कैसे होगा? सबके हाथ-पैर फूल गये। कुछ लोगों ने हिम्मत की और बाल्टियाँ भर-भर कर गंदा पानी पिछवाड़े खेत में उलीचने लगे। स्वयं लेखक भी इस काम में जुट गया। कुछ समय बाद सफाईकर्मी भी आ गया। अंततः प्रांगण साफ हुआ और निर्धारित समय पर कार्यक्रम वहाँ किया जा सका। इस प्रसंग को लेखक कभी भुला नहीं पाया।

एक अड़चन परिवार को सर्गीपल्ली ले जाते समय आई, वह भी यादगार हो गई। माइंस जाते समय रास्ते में इच्छानाला पार करना पड़ता था। नाला गहरा नहीं था इसलिये लेखक ने ड्राइवर को नाला पार करने के लिये उकसाया। उसने जीप नाले में डाल दी परन्तु आधे रास्ते जाकर जीप नाले में फँस गई। असल में, मौसम बरसाती था। वर्षा हो रही थी इसलिये नाले में पानी उफान पर था। देखते-ही-देखते पानी जीप में भर गया। जीप में लेखक के अलावा पत्नी, बहन व बच्चे थे। पानी का स्तर बढ़ रहा था। सबको सुरक्षित निकालना सर्वोपरि आवश्यकता थी। इधर, सावधानी से सब को निकाला जा रहा था, उधर पानी जीप में भर गया। उसके तेज बहाव में जीप में रखे छोटे सामान पानी में बहने लग गये! सब देख रहे थे लेकिन लाचार थे। अनेक छोटे नग बह गये। नाला पार कर लेने के बाद सुरक्षित स्थान की जरूरत थी। लेखक सहायता के लिये चिल्लाया परन्तु दूर तक कहीं कोई दिखाई नहीं दे रहा था। अचानक देवदूत की तरह महापात्र और उनके साथी प्रकट हुए। वे सभी को अपने कैम्प में ले गये। सबके कपड़े बदलवाये गये और माइंस में लेखक के आगमन की सूचना भेजी गई। इस तरह, वह संकट कटा।

स्मरणीय प्रसंगों में जैसलमेर में किया गया लेखक का रेत-स्नान भी याद किया जा सकता है। यूरोप में धूप-स्नान पर्यटकों का आकर्षण रहता है; लेखक के लिये वैसा ही आकर्षण रेत-स्नान रहा। रात में मित्रगण जवाहर-विलास के आगे रेतीले टीलों में चले जाते थे। साथ में शराब की बोतलें ले जाते थे। जाते ही बोतलें रेत में गाड़ दी जाती थीं। मित्रगण रेत-स्नान में मगन हो जाते। ठंडी रेत गर्मी में शरीर को अपूर्व ठंडक देती थी, न शरीर पर चिपकती, न कपड़ों पर ठहरती। दो घंटे तक रेत-निमज्जन चलता रहता। इस बीच बोतलें ठंडी-टीप हो जाती थीं, सभी उनका आनन्द लेते थे।

अन्य पहलू

लेखक के व्यक्तित्व का एक पक्ष यह भी है कि वह उपकार कभी भूलता नहीं है। वह कृतज्ञ है। कभी अपनी परीक्षा की फीस वह अपने मित्र आजाद की माँ की संचित पूँजी से ही भर पाया था। जब उसे पहला वेतन मिला, तब वह उसने आजाद की माँ को भेज कर ही कुछ ऋण मुक्त हो सका।

इसी तरह, दुर्घटना में उसके हाथ की हड्डी टूट जाने पर छह माह तक पत्नी ने उसकी जो सेवा की, उसे भी उसने कभी नहीं भुलाया बल्कि संकल्प किया कि अवसर आया तो वह प्रति-दान से पीछे नहीं हटेगा। अवसर तो आया लेकिन किंचित् सेवा ने ही अनुभव करा दिया कि सेवा धर्म का निर्वाह सहज नहीं है। बहरहाल कृतज्ञ वह बना रहा।

वर्णन-कौशल

लेखक की बड़ी पूँजी उसका वर्णन-कौशल है। स्फुट प्रसंगों के वर्णन तो उसमें प्रभावी हैं ही, बड़ी घटनाओं के वर्णन सांगोपांग होने से जीवंत चित्र-सा रचते चलते हैं। रेल या बस-यात्रा के प्रसंग स्फुट कोटि के हैं, तो स्मरणीय प्रसंग सांगोपांग हैं। जैसलमेर में आने वाली आँधी और जन-जीवन पर पड़ने वाले उसके प्रभाव का वर्णन अपनी व्यापकता के कारण, तो उससे बचाव की जुगत का वर्णन अपनी सूक्ष्मता के कारण प्रभावी बन पड़ा है।

रेत का एक रूप वहाँ वह था जिसमें लेखक ने रेत-स्नान किया था, दूसरा रूप वह जिसे वहाँ 'जाँख' कहते है–

"यही रेत जब आँधी बन कर आती तो सारे शहर का जीवन अस्त-व्यस्त हो जाता। यदि आप छत पर खड़े होकर देखें तो क्षितिज से बादलों के गुब्बार की तरह आँधी का उठना आपको साफ नजर आ जायेगा। आँधी कई रंगों की होती है–पीली, लाल, काली, सफेद और पुराने लोग उसे देख कर ही बता देंगे कि यह कितनी देर चलेगी; एक घंटा, चार घंटे, तीन या सात दिन। अब फर्ज कीजिये तीन दिन चलने वाली आँधी है तो तीन दिन तक रात-दिन सारा आकाश रेत से ढका रहेगा।...मुँह, आँख में कपड़छन रेत घुस जायेगी। बारिश बर्फबारी से भी अधिक वह कोहरे की मानिन्द लगेगी। जैसे रेत का गतिमान कोहरा।...आँधी को कहते हैं जाँख। आँधी चलती तो बिजली चली जाती... बिजली नहीं होती तो सारा शहर अपने घरों में बंद हो जाता। बाहर आपको कुत्ता भी नहीं मिलता। बिजली नहीं होती तो नलों में पानी भी नहीं आता। खिड़की-दरवाजों को लाख बंद कर लो, उन पर परदा डाल दो या कंबल टाँग दो, थोड़ी-बहुत रेत तो भीतर आती ही थी। मटका चाहे लाख ढका हो, आप ढक्कन हटाते तो पाते कि पानी पर रेत की मलाई जमी हुई है। फिर हम बड़े निथरे भाव से लोटे में पानी निकालते, जेब से रूमाल निकाल कर लोटे के मुँह पर बाँधते और आराम से गट-गट पानी पी लेते, लेकिन खाना? तो जब जाँख चल रही हो तो शहर के हर घर में अनिवार्यत् खिचड़ी ही पकाई जाती। लेकिन अब उसे खाया कैसे जाय? तो हम खिचड़ी का भगोला, थाली, चम्मच सामने रखकर कंबल ओढ़ लेते और कंबल के तंबू के भीतर भगोले से थाली में खिचड़ी परोस कर भीतर-ही-भीतर खाते। यही किया जा सकता था। सब ऐसा ही करते थे।

आँख थम जाती तो सड़कों पर, नालियों में, सीढ़ियों पर, छत के कोनों में कई-कई फुट रेत जमी मिलती। जैसलमेर-जोधपुर मुख्य सड़क पर रेत के बड़े-बड़े टीले आ जाते, ठीक जैसे जम्मू-श्रीनगर मार्ग पर बर्फ जमा हो जाती है। फलस्वरूप सड़क-यातायात बंद हो जाता। बस बंद, ट्रक बंद, न डाक आती, न सब्जी आती, न डीजल-पैट्रोल, न अखबार, न दवाई। फिर बी.एस.एफ. की पलटने जा कर सड़क पर से रेत हटाती और दो-तीन रोज़ में जाकर सड़क यातायात फिर चालू हो पाता।"

ऐसा नजारा भी लेखक ने देखा कि उसके मकान से सटा रेत का टीला जब उड़ गया तो नीचे जाने कब से दबा हुआ मकान निकल आया! यह तो आम बात थी कि यदि रहवासी मकान में रेत भर जाती तो लोगों को अन्यत्र जा कर रहना पड़ता!

जीवन के क्रिया-कलापों का वर्णन तो फिर भी उतना कठिन नहीं होता, सूनेपन और सन्नाटे को साधना अधिक कठिन होता है परन्तु सर्गीपल्ली में गेस्टहाउस और उसके इर्द-गिर्द के सूनेपन को लेखक ने अपनी भीतर तक जिया, दूर तक देखा, इसलिए उसका वर्णन भी प्रभावी बन पड़ा है–

"अक्सर तो गेस्ट हाउस में मैं अकेला ही गेस्ट होता...दफ्तर से लौटने के बाद आठ कमरों और तीन डाइनिंग हॉल वाले उस गेस्ट हाउस में मैं अकेला ही जीव होता। छुट्टी के दिन तो सुबह से रात तक मैं अकेला ही अकेला होता। ऊबता तो आस-पास घूम आता। आस-पास जंगल ही जंगल। कुछ दूर थी कॉलोनियाँ लेकिन हर दरवाजा बंद। न कोई बाज़ार, न दुकान, न क्लब, न ढाबा, न चाय का खोका। यहाँ तक कि कोई कुत्ता तक नहीं। गाय नहीं, बकरी नहीं, चिड़िया तक नहीं। सिर्फ़ निःशब्द चुप्पी घबराया हुआ सन्नाटा। (जीव-जन्तु) सब अपने-अपने काम में व्यस्त। सिर्फ़ ततैये कभी-कभी आवाज़ करते। मैं निरन्तर घंटों उन्हें देखता रहता। उनकी आवाज़ पीता रहता। अकेला गुनगुनाता या बड़बड़ाता रहता । फिर, ऊब कर थक कर, चिढ़ कर चुप हो जाता। इस कदर सन्नाटे में नींद भी नहीं आती।"

इर्द-गिर्द के जंगल ही नहीं, बस्तियों का जीवन भी लेखक के एकान्त से कम शांत और कम सूना नहीं था।

"बस्ती में भी निकलता तो कोई आवाज़ नहीं मिलती। लोग घरों में बंद, घरों के दरवाजे बंद, खिड़कियाँ भी बंद। न किसी की हँसी...न सब्जी छौंकने की आवाज़, न चूड़ियों की खनखनाहट, न किसी बच्चे का रोना, न किसी लड़की का पाठ याद करना, न किसी बुज़ुर्ग की खाँसी! और आसमान धरती से भी ज़्यादा चुप...जैसे यह कोई और अभिशप्त लोक था जिसमें मैं फेंक दिया गया था! जहाँ मेरी स्मृतियाँ भी आते हुए हिचकती थी।"

वर्णन प्रसंगों में कुछ ऐसी भी स्थितियाँ हैं जो चाहे संक्षिप्त हैं लेकिन लेखक के कौशल का एक अलग ही प्रभाव अंकित करती हैं। टायफाइड के दिनों में डॉ. पुरोहित के अलावा कोई व्यक्ति झाँकने भी नहीं आया। अपने इस अकेलेपन में एक चिड़िया-प्रसंग का जो वर्णन उसने किया है, वह उसकी दृष्टि की सूक्ष्मता दर्शाता है–

"इन पन्द्रह दिनों में मैं सुबह से शाम, शाम से रात और रात से सुबह तक छत को देखता पड़ा रहता और खामोशी को सुनता रहता। इन पन्द्रह दिनों में डॉ. पुरोहित के अलावा कोई और मुझसे मिलने आया तो एक चिड़िया। जो आती सुबह दस बजे के करीब। फर्श पर फुदकती, पंखें पर बैठ कर झूलती, आईने में अपने प्रतिबिंब को चिढ़ाती। मुझसे पूछती, 'कुछ खाने को नहीं है? और चली जाती। फिर मैं दाल-चावल के कुछ दाने फर्श पर बिखेरने लगा।' लेकिन चिड़िया को मेरी यह भलमनसाहत पसन्द नहीं आई। शायद वह कुछ और चाहती थी।"

लेखक की वर्णात्मकता का एक पहलू और है, सतर्कता अधिकारी बनने के बाद का जीवन। इस जीवन का जो चित्रण उसने किया है, उसमें एक ओर उसने अपने मानसिक उद्वेलन को, तो दूसरी ओर लोगों की मानसिकता को भी गहराई से समझा है और उसका सूक्ष्म वर्णन भी किया है। इस तरह, वर्णन-पक्ष इस रचना का समृद्ध है। लेखक के कथाकार होने की वजह से यह समृद्धि संभव हुई है।

ये उद्धरण कुछ विस्तृत तो हो गये हैं लेकिन कहीं यह परिवेश की पूर्णता के लिये, तो कहीं नायक के संघर्ष से रू-ब-रू कराने के लिये आवश्यक था। आँधी के चित्रण के बिना जैसलमेर का परिवेश अधूरा ही रहता, तो उस बीहड़ भयावह जंगल के शून्य और सन्नाटे में बिताये गये लेखक के कष्टप्रद एकान्तिक जीवन का तो अनुमान करना भी कठिन होता।

चिड़िया-प्रसंग रोचक और रंजक तो है ही, व्यंजक भी कम नहीं है। पन्द्रह दिनों तक टायफाइड भुगत रहा अकेला व्यक्ति चिड़िया के क्षणिक क्रीड़ा-कौतुक से जी बहलाने का भ्रम पाले हुए है, सहकर्मियों के व्यवहार पर यह निरीह चिड़िया क्या तीखा व्यंग्य बन कर नहीं उभरी है?

भाषा

स्वयं प्रकाश की भाषा एक कथाकार की भाषा है; यह वर्णन-क्षम है और कथा का सा आनन्द देती चलती है। लेखक ने इसे बोलचाल के निकट रखा है। अपने मूल रचाव में यह तत्सम-प्रधान है लेकिन उसमें तद्भव और देशज के लिये भी अवकाश है। उसमें अरबी-फारसी के शब्द हैं, उसके मुहावरे की भंगिमा भी है, तो परहेज अंग्रेज़ी से भी नहीं है।

लेखक की विशेष वृत्ति देशज प्रयोगों की जान पड़ती है। ऐसे प्रयोग भाषा को समृद्ध तब करते हैं, जब वे अपनी अपरिहार्यता की प्रतीति करवाते हैं; लेकिन स्वयं प्रकाश बीच रचना-प्रवाह में इनका प्रयोग एक चमक उत्पन्न कर अपने भाषागत वैशिष्ट्य की ओर हमारा ध्यान आकर्षित करने के लिये अधिक करते हैं। ध्यान तो उस ओर जाता भी है लेकिन क्योंकि वे प्रयोग अपनी अपरिहार्यता की प्रतीति नहीं करवा पाते हैं इसलिये आरोपित-से ही अधिक लगते हैं; भेले करना, पड़ता खाना, वापरना, जीमना, रबड़ना, उजरत, गोठ, ठंडी-टीप ऐसे ही शब्द हैं। इस सूची को बढ़ाया भी जा सकता है, इनमें से अनेक के सुपड़ हिन्दी-पर्याय मिल जायेंगे। कहीं-कहीं लेखक के स्व-निर्मित शब्द भी मिल जायेंगे। 'बफे' के लिये 'खड़खाना' ऐसा ही शब्द है। हमारा ध्यान तो यह खींचता है लेकिन इसके प्रचलन में आने की संभावना कम है। इसके बरक्स 'भूख भड़काऊ भोजन' सटीक निर्माण है।

भाषा में नये शब्दों का निर्माण, जो सहज ही प्रचलन में आ जायें, कठिन कार्य है परन्तु यह होता लेखक की तलाशी-वृत्ति से ही संभव है। स्वयं प्रकाश की भाषा में यह वृत्ति मिलती है।

लेखक के प्रयोग कहीं-कहीं अतिरंजित हो गये हैं। पुष्पकान्त की तुलना प्रिंस चार्ल्स से करना या 'मुक्तवाणी' के संदर्भ में 'न्यूयार्क टाइम्स' और 'वाशिंगटन पोस्ट' का उल्लेख ऐसे ही उदाहरण हैं लेकिन ऐसे स्थल कम ही हैं।

लेखक की भाषा खूब सशक्त है और आद्यन्त हमें बाँधे चलती है। इसका सौन्दर्य वर्णनों में निखरा है जो जगह-जगह चित्र आँकते-से चलते हैं।

आत्म-कथ्य

अब, प्रश्न यह है कि 'धूप में नंगे पाँव' को पढ़ा किस रूप में जायेगा? मोटे तौर पर इसे आत्मकथा के रूप में ही पढ़ा जायेगा। एक अर्थ में आत्मकथा यह है भी; लेकिन उस रूप में किंचित् विचारपूर्वक पढ़ी जाने पर यह अखरे बिना नहीं रहेगा कि उसमें लेखक का बचपन, माता-पिता, भाई-बहन, प्रारंभिक शिक्षा, परिवेश जैसा तो कुछ भी नहीं है और न सेवा-निवृत्ति के बाद का समय ही है। ऐसी स्थिति में उसे आत्मकथा के रूप में देखना, क्या उसे अधूरा देखना नहीं होगा?

हिन्दी में आत्मकथाएँ अभी अधिक नहीं हैं। कुछ तो ऐसी भी हैं जिन्हें पढ़ा आत्मकथा के रूप में ही गया है लेकिन स्वयं लेखकों ने उनके आत्मकथा होने का किया निषेध ही है। राजेन्द्र यादव ने 'मुड़ मुड़ के देखता हूँ' को 'आत्मकथ्यांश' कहा है और मन्नू भंडारी ने 'एक कहानी यह भी' को 'आत्मकथ्य' कहा है।

आत्मकथा और आत्मकथ्य में वैसा पार्थक्य तो नहीं किया जा सकता जैसा उपन्यास और कहानी में होता है लेकिन मन्नू ने इन पदों को अलगाया किन आधारों पर है, यह उनके लेखन में कहीं भी विवेचित नहीं है। परन्तु उन्होंने पूरे बलाघात से यह कहते हुए कि यह 'मेरी आत्मकथा हरगिज नहीं है' और दूसरी ओर उसे 'आत्मकथ्य कह कर और शीर्षक में उसे 'कहानी' कह कर अपनी मंशा उन्होंने भलीभाँति जता दी है।'

'धूप में नंगे पाँव' के, विशेषकर उसके विधायी पक्ष के विषय में स्वयं प्रकाश ने भी कुछ नहीं कहा है लेकिन उन्हीं के कथन-प्रमाण पर हम इतना अवश्य कह सकते हैं कि उसे आत्मकथा बनाना या कहना उन्होंने भी नहीं चाहा। कुछ आत्मकथाएँ पढ़ कर उन्हें वितृष्णा ही हुई–

"जो नामचीन और कर गुजरे किस्म के बन्दे हैं मुझे तो उनकी आत्मकथा या जीवनी की बेहद उबाऊ, आत्म-मुग्धता से लहसड़ती हुई और लगभग दयनीय लगती है।"

जाहिर है, अपनी रचना को उन्होंने आत्मकथा से अलग ही रखना चाहा होगा। अतः विधायी धरातल पर इसे किस रूप में देखा जाय, यह विचारणीय है।

आत्मकथा लेखक के संपूर्ण जीवन को अपने पसारे में ले लेती है। ऐसी स्थिति में जो रचना लेखक के जीवन के केवल एक पक्ष-विशेष पर ही केन्द्रित हो, उसे हम उसका आत्मकथ्य कह सकते हैं। रचना-प्रमाण पर हम कह सकते हैं कि यह कृति भी स्वयं प्रकाश के जीवन के एक पक्ष पर ही केन्द्रित है, वह पक्ष है, उसकी आजीविका-यात्रा। अतः 'धूप...' को स्वयं प्रकाश का आत्मकथ्य कहा जा सकता है बल्कि उसे आत्मकथ्य के पृथक विधायी अस्तित्व को पुष्ट करने वाली रचना के रूप में भी देखा जा सकता है।

लेखक की आजीविका-यात्रा लगभग छत्तीस वर्षों तक फैली हुई है। इस दीर्घ अवधि में जीवन के अनेक प्रमुख पक्ष समा जाते हैं, ऐसे में प्रश्न उठ सकता है कि उसे जीवन का एक पक्ष कहने का औचित्य क्या है? बात नहीं है, लेकिन यहाँ देखने की बात यह है कि इस दीर्घ अवधि में लेखक को प्रलोभित करने वाले अनेक प्रसंग आये ही होंगे लेकिन रचना साक्षी है कि लेखक ने दूर तक अपने को केन्द्रित केवल आजीविका-यात्रा पर ही रखा है। इसीलिये इसे उसके जीवन का एक पक्ष ही कहा गया है।

आत्मकथा में नायक का संपूर्ण जीवन रचना का उपजीव्य होता है। प्रस्तुत कृति में अवधि का विस्तार तो है लेकिन वर्ण्य पक्ष एक ही है, लेखक की आजीविका-यात्रा। इस यात्रा में पड़ाव तो अनेक है, लेकिन जुड़ाव सबका आवश्यक रूप से आजीविका से ही रहा है। जब संपूर्ण जीवन के चित्रण को आत्मकथा कहते हैं, तब जीवन के एक पक्ष-विशेष पर केन्द्रित कृति को आत्मकथ्य जैसी पृथक संज्ञा से अभिहित किये जाने का औचित्य है।

ऐसी रचना की स्वभावतः आवश्यक शर्त यह होगी कि लेखक उसे अपने जीवन के अन्यान्य पहलुओं से असम्पृक्त रखे कठोरतापूर्वक। इस दृष्टि से देखें तो स्वयं प्रकाश ने प्रशंसनीय संयम बरता है। कृति केवल आजीविका से जुड़े जीवन के दायरे में ही रही है। माता-पिता का जीवन और अपना विवाह जैसे प्रसंग भी लेखक को प्रलोभित नहीं कर पाये हैं।

ऐसी रचना की एक शर्त यह भी रहेगी कि लेखक छोटे-बड़े इतर प्रसंगों के प्रलोभन से भी बचे। इस शर्त को लेखक के जीवन के अन्य पहलुओं से अलग करके देखना होगा। रचना-विकास के क्रम में अनेक स्थितियाँ अपने सन्निवेश के लिये लेखक पर दबाव बनाती है नौकरी बदलने के लिये जो प्रयत्न उसने किये, उन में शैक्षणिक उन्नयन की कुछ चर्चा उसने अवश्य की है अन्यथा अन्य बदलावों का उसने उल्लेख-भर किया है।

अपने साहित्य की चर्चा करते चलना लेखकों की बड़ी कमजोरी होती है। स्वयं प्रकाश ने उसके उल्लेख से भी अपने को यथाशक्य बचाया है। अवश्य ही, इतिहास, राजनीति, भाषा आदि ऐसे प्रसंग रहे हैं जिन्होंने उसके विचारों को उत्तेजित किया है।

रचना-प्रवाह में जहाँ इस तरह के अवसर या प्रसंग आये हैं, वहाँ लेखक का स्वयं को रोकना कठिन हो गया है। ये विचार क्योंकि प्रसंग-प्राप्त अवसर पर किये गये हैं इसलिये इन्हें सर्वथा अनुचित तो नहीं कहा जा सकता लेकिन विधा की सीमा पर दृष्टि रहे तो उन्हें इतर ही कहना होगा।

महाराणा प्रताप, हल्दीघाटी चित्तौड़, पद्मिनी, जौहर, मीरां आदि प्रसंग संवेदनशील हैं ये अभी शोध के विषय भी हैं और विवादास्पद भी इसलिये भी आजीविका संदर्भ में ये इतर ही ठहरेंगे। फिर ये विचार के स्वतन्त्र क्षेत्र है और वह राह लेखक के लिये भी खुली थी। वैचारिक विस्तार के लिये भी वही उपयुक्त होता लेकिन अपने वैचारिक आवेश में लेखक इन बातों को देख ही नहीं पाया अन्यथा जिस लेखक ने आत्मीय रिश्तों और आत्म-श्लाघा का दाव भी झेल लिया, वैचारिकता के मोह का परिहार करना भी उसके लिये कठिन नहीं था, यदि विद्यार्थी-पक्ष पर उसका ध्यान चला जाता तब आत्मकथ्य के गठन में कोई फाँक नहीं रहती। बहरहाल, रचना जिस रूप में हमारे सामने है, आत्मकथ्य-क्षेत्र में उसे एक अध्व-चिह्न (माइलिस्टोन) कहा जा सकता है।

स्मृतियों का कोलाज

आनंद पांडेय

स्वयं प्रकाश हिन्दी के लोकप्रिय और स्थापित कथाकार हैं। कहानी उनकी प्रमुख विधा है। कहानियों के अलावा उन्होंने उपन्यास, नाटक और निबंध भी लिखे हैं परंतु उनको जो शोहरत कहानियों से मिली वह न उपन्यासों से मिली और न ही नाटक व निबंधों से। अपनी कथायात्रा के अंतिम चरण में उन्होंने संस्मरण की एक किताब–'धूप में नंगे पाँव'–भी लिखी जो 2019 में प्रकाशित हुई। इस संस्मरण को स्वयं प्रकाश ने अपनी 'कथायात्रा का अंतिम पड़ाव' कहा है। उनके विविध व व्यापक कथा-संसार में जो कुछ नहीं आ पाया था, उन सबको उन्होंने इस संस्मरण में रखा है। इसका अर्थ यह नहीं है कि उनके पास कहने को जो कुछ श्रेष्ठ था वह कहानियों व उपन्यासों में आ गया है, जो कुछ बचा-खुचा था वही संस्मरण में आया है।

'धूप में नंगे पाँव' नौकरी मिलने से लेकर सेवानिवृत्ति तक की कहानी है। यदि लिखने वाला स्वयं प्रकाश न होता तो यह संस्मरण किसी भी औसत सरकारी नौकर का संस्मरण बनकर रह जाता। जिसमें जनसंस्कृति कम, कार्यसंस्कृति अधिक है। सरकारी कार्यालयों व विभागों के तरह-तरह के ब्योरों की भरमार है। छत्तीस वर्षों के विस्तृत कालखंड में फैले अनगिनत आदमी-औरतों की टूटी-बिखरी व आधी-पूरी छवियों, बहुत-सी वांछित व अवांछित परिस्थितियों, न जाने कितने खट्टे-मीठे अनुभवों से संपन्न एक खानाबदोश-यायावर सरकारी नौकर का स्मृतिकोश बिना सधी कलम के अपठनीय विवरणों का पिटारा भी हो सकता था परंतु स्वयं प्रकाश इतने सुदीर्घ व ठोस स्मृति खंड को एक साहित्यिक कृति में ढालने में सफल हुए हैं। 'बकलम खुद', "बस, इतनी-सी कहानी है, इतना-सा फसाना है, एक आग का दरिया है और डूब के जाना है!"

'धूप में नंगे पाँव' में स्वयं प्रकाश का अनुभूति पक्ष ही नहीं बल्कि विचारशील पक्ष भी खूब आया है। परिस्थितिवश जो सामाजिक, राजनीतिक, सांस्कृतिक व पेशागत समस्याएँ लेखक के सामने दरपेश हुईं, उनका अंतर्दृष्टिपूर्ण और तार्किक विश्लेषण है। उन पर उनकी मत-सम्मति व विचारों का बिना लाग-लपेट के कथन भी हैं। वे अपनी विचारशीलता व

चिंतनशीलता को रचनात्मक एकतानता के खंडित हो जाने के भय से सेंसर नहीं करते। बल्कि, ऐसा लगता है कि वे अपने विचार व विश्लेषण को प्रकट करने के लिए उत्कट हुए घूम रहे हों और जैसे ही कोई अवसर आया, उन्हें जाहिर किया। और ठसक ऐसी कि 'किया तो किया, क्या कर लोगे!' उनके प्रगल्भ विचार और विचारधारा स्वतंत्र रूप से विचार करने की माँग करते हैं। आजकल निजीकरण की चकाचौंध पैदा करके सार्वजनिक क्षेत्र की कंपनियों और उपक्रमों को धड़ल्ले से बेचना ही सरकारों की मुख्य अर्थनीति हो गयी है। स्वयं प्रकाश जिस सार्वजनिक क्षेत्र की कंपनी हिंदुस्तान जिंक लिमिटेड में नौकरी करते थे उसका भी निजीकरण कर दिया गया था। फलस्वरूप उन्हें स्वैच्छिक सेवानिवृत्ति लेने के लिए मजबूर कर दिया गया था। इस पूरे प्रसंग में उन्हें निजी आघात तो लगा ही पर उससे भी ज़्यादा उन्हें राजनीतिक संस्कृति के पतन पर कष्ट हुआ। इस पूरे प्रकरण पर उनकी टिप्पणी आँख खोलने वाली है, 'कम्पनी छोड़ते समय दुख नहीं था। मन में गुस्सा भरा हुआ था। विश्वासघात का सदमा था। सवाल एक या कुछ आदमियों के रोज़गार का नहीं था, सवाल गरीब जनता की गाढ़ी कमाई से खड़े हुए एक पचीस साल संस्थान की दिनदहाड़े खुली लूट का था।' (पृ 224) उन्हें शंका होती है कि इसमें सभी दल शामिल हैं–'दक्षिणपंथ और वामपंथ में अब कोई फ़र्क़ नहीं रह गया है।' उनके लिए यह गहरा सदमा देने वाली घटना तो थी ही साथ में ठगे जाने का पछतावा भी कम न था क्योंकि 'यह अपने जीवन भर के सोच-विचार की पद्धति और प्रणाली के सहसा गलत और उपहासास्पद सिद्ध हो जाने का समय था।'(पृ 224) यह झटका गाँधीवाद से प्रभावित एक मार्क्सवादी लेखक के लिए हमेशा के लिए निराश व हताश कर देने के लिए काफी सिद्ध हुआ।

'धूप में नंगे पाँव' में लेखक उतना ही है जितना किसी कथा के लिए एक नैरेटर की ज़रूरत होती है। उतना ही जितना अंगूर में छिलका होता है। जिसका काम होता है उसके रस व गूदे को बाँधे रखे। स्वयं प्रकाश ने अपने को उतना ही रखा है जिससे तमाम विवरणों को सिलसिलेवार एक कथा-सूत्र में पिरोया जा सके। लेखक ने अपने बारे में ज़्यादा दिलचस्पी नहीं ली है। उसकी व्यक्तिगत जिंदगी के बारे में पाठक को विशद जानकारी नहीं मिलती है। वह अपने इर्द-गिर्द के लोगों, कार्यालयों के कामकाज, पदस्थापना की जगहों, छोड़ी-पाई गयी नौकरियों के बारे में इतना ज़्यादा बताता है कि उसके पास अपने बारे में कुछ खास बताने का समय ही नहीं बचता। संस्मरण विधा की प्रकृति के अनुरूप ही है। लेखक आत्मकथा लिखना भी नहीं चाहता था इसलिए उसने संस्मरण का रास्ता चुना। वह तो उन घटनाओं, व्यक्तियों और अनुभवों को दर्ज करना चाहता था जो उसके कथा-साहित्य में नहीं आ पाये थे। जो कुछ आत्मपरक लिखा गया है वह उनको दर्ज करने में आने वाली शिल्पगत समस्या को हल करने के लिए। इस बात की तसदीक वे भूमिका में करते भी है,

'लेकिन अगर अब वह कह दिया जा रहा है जो कभी नहीं कहा गया तो इसके बेतरतीब सिलसिले को समझने के लिए मुझे वह सब भी कह देना पड़ेगा जो कहना या लिखना मैंने कभी पसंद नहीं किया। अव्वल तो मेरे जैसे बेहद मामूली लिखारे के जीवन में ऐसा क्या हो सकता है जो किसी पाठक की दिलचस्पी का बायस बने, लेकिन जो नामचीन और कर गुजरे किस्म के बन्दे हैं मुझे तो उनकी आत्मकथा या जीवनी भी बेहद उबाऊ, आत्ममुग्धता में ल्हसड़ती हुई और लगभग दयनीय लगती है।'

स्वयं प्रकाश के 'नौकर जीवन' के समानांतर उनका 'लेखक-जीवन' भी चलता है। इसी दौर में उन्होंने प्रचुर साहित्य रचा। लेकिन, उनके संस्मरण में 'नौकर-जीवन' तो आता है लेकिन उनका 'लेखक-जीवन' बिलकुल अनकहा रह जाता है। जैसे उनके जानने वाले सहकर्मियों व मित्रों को पता चलता है कि वे कुछ लिखते-विखते भी हैं वैसे ही उनके संस्मरण के पाठक को भी उनके साहित्यकार होने का सिर्फ़ पता चलता है। उनकी कुछ रचनाओं का यथाप्रसंग जिक्र भी आता है। पर इससे अधिक कुछ और नहीं। एक साहित्यकार का साहित्यिक जीवन, उसका लेखकीय संघर्ष, उसका साहित्यिक समाज और उसकी रचना-प्रक्रिया के ज्ञान उसके साहित्यिक अभिरुचि के पाठकों के लिए बहुत ज्ञानवर्धक व मूल्यवान होते हैं। इनकी विस्तृत जानकारी की अपेक्षा वे लेखक के संस्मरण से स्वाभाविक रूप से करते हैं। इनके बिना एक लेखक का संस्मरण कुछ अधूरा भी लगता है। पर न जाने क्यों, स्वयं प्रकाश नौकरी से नौकरी तक सीमित रहते हैं।

पर इसका अर्थ यह नहीं है कि यह संस्मरण 'कार्यालय कथा' मात्र है, और कुछ भी नहीं है। ऐसा भी नहीं है कि लेखक अखरने की हद तक न्यूनतम है। इसमें ऐसे ढेरों प्रसंग हैं जो रेखाचित्र, यात्रा-वृत्तांत, कथा आत्मकथा के गुणों से भरपूर और रोचक हैं। जो उनके स्थिर, ढर्राबद्ध व घटनारहित जीवन के बीच उनके यायावर, स्वच्छंद, मनमौजी व जिंदादिल इंसान की तस्दीक करते हैं। वे अपने जीवन के विवरणों और निहायत निजी प्रसंगों को बताने में भले संकोच करते हैं लेकिन अंततः वे अपने व्यक्तित्व की एक मुकम्मल और यादगार छाप छोड़ने में कामयाब होते हैं। वे अपने को 'अशांत आत्मा' और 'आत्महंता' व्यक्ति के रूप में पहचानते हैं जो करियर की ढर्राबद्ध जिंदगी के प्रति विद्रोह भी कर सका और उसके बीच कुछ अवसर निकालकर अपने मन की भी कर सका। एक संवेदनशील और जिम्मेदार व्यक्ति के रूप में जिंदगी और समाज से लड़ भी सका। गाँधीवादी संवेदनशीलता के साथ एक कम्युनिस्ट के विचार और क्रांति के स्वप्न को भी ढो सका। नौकरी में बंधे रहना नियति थी लेकिन मन मारकर उसमें अपने को खपा देने से बचा भी पाया। नौकरियाँ छोड़ने व जगहों को बदलने में ज़रा भी संकोच नहीं किया। जो एक रोमांटिक प्रेमी भी है और एक मर्यादित गृहस्थ भी। जो बड़े से बड़ा काम हाथ में

लेता है और असफल होकर भी रुकता नहीं है, आगे बढ़ता जाता है। जो कहीं रुकता नहीं, कहीं झुकता नहीं। जो साधारणता और सरलता के बीच स्वाभिमान और सुरुचि की रेखाएँ खींचता है। जो कुरूपता और विद्रूपता से समझौते नहीं करता। जो सौंदर्य व संस्कृति में कुछ जोड़ता है, भावुकता और दर्पोक्ति के बिना। जो जितना समाज की सड़न के खिलाफ निर्मम है उतना ही अपने प्रति भी। वह न यथास्थिति के प्रति मोहासक्त है और न ही अपने प्रति। वह निरंतर खराद पर चढ़ता व चढ़ाता रहता है।

इसलिए इसमें आत्मकथा की अंतर्धारा भी है। वैसे तो आत्मकथा और संस्मरण जुड़वा विधाएँ हैं, फिर भी दोनों में अंतर यह है कि आत्मकथा लेखक की जीवन-कथा है तो संस्मरण उसकी सभी तरह की स्मृतियों का कोलाज। इस अर्थ में वह संस्मरण से ज़्यादा जीवनी के गुणों से संपन्न होनी चाहिए। लेखक की लिखी अपनी जीवनी। वह जितनी ही संपूर्ण होगी, उतनी ही अपने धर्म का निर्वाह करने में सफल होती है। लेकिन, 'धूप में नंगे पाँव' में स्वयं प्रकाश का बचपन है, न पारिवारिक पृष्ठभूमि। बस प्रसंगानुकूल उनके जीवन की जरूरी जानकारियाँ व सूचनाएँ दे दी गयी हैं, उनका वर्णन नहीं किया गया है। महात्मा गाँधी ने अपनी आत्मकथा 'आत्मकथा अथवा सत्य के साथ मेरे प्रयोग' में अपने जीवन के केवल आरंभिक बीस वर्षों का वर्णन किया है और शेष किस्सा यह कहकर छोड़ दिया है कि वह इतना सार्वजनिक और पारदर्शी है कि उसे खुद उन्हें कहने की ज़रूरत नहीं। गाँधी के विपरीत स्वयं प्रकाश ने अपने जीवन के इन्हीं वर्षों को लगभग छोड़ दिया है।

कोई भी रचना उसके रचनाकार से विच्छिन्न करके नहीं देखी जा सकती है। रचना के वर्ण्य-विषय व वर्ण्य-चरित्रों में स्वयं रचनाकार कितना है तथा कितना और कुछ है, यह भेद कर पाना अत्यंत दुष्कर है। रचना रचनाकार की 'अलख निरंजन' नहीं होती है। उसकी देखी-भोगी, सोची-समझी चीज़ों का आख्यान होती है। संभवत: इसी कारण महात्मा गाँधी को भेजे अपने एक पत्र में जवाहरलाल नेहरू ने 'रामचरित मानस' को तुलसीदास की 'आध्यात्मिक आत्मकथा' कहा था। इस अर्थ में रचनाकारों की रचनाएँ उनकी आत्मकथाएँ भी होती हैं। स्वयं प्रकाश ने अपने संस्मरण में इस मान्यता को पुष्ट किया है। उनके जीवन में आये पर उनकी कहानियों में आने से रह गये व्यक्तियों व घटनाओं को कहने के लिए ही उन्होंने अपनी कथायात्रा के अंतिम पड़ाव पर 'धूप में नंगे पाँव' लिखने की ज़रूरत महसूस की। भूमिका में वे लिखते हैं, 'लेकिन फिर भी ये लोग मेरी ढाई सौ कहानियों में कहीं भी अपनी जगह नहीं बना पाये, ये घटनाएँ कहीं भी, किसी भी रूप में दर्ज नहीं हो पायीं, ये वाकयात बेहद दिलचस्प होते हुए भी किसी-न-किसी वजह से बयान से बाहर रह गए। एक कहानीकार के रूप में मुझे जरूरी लगा कि इन छूटी हुई चीज़ों की लज़्ज़त से पाठकों को लुत्फ़अन्दोज़ किया जाये।'

इसलिए किसी कथाकार के संस्मरण में यह संभावना अधिक रहती है कि उसके कथा-संसार और उसके संस्मरण में बहुत साम्य होगा और उसके संस्मरण में उसकी रचनाओं का दुहराव होगा। इसका एक रोचक उदाहरण है प्रभा खेतान की आत्मकथा 'अन्या से अनन्या'। उनके उपन्यासों में लगभग वे सारी बातें व कथाएँ पहले ही आ चुकी थीं जो बाद में उनकी आत्मकथा में आयीं। ऐसे में पाठक या तो इस दुहराव पर खीझता है या फिर यह सरलीकृत निष्कर्ष निकाल लेता है कि कोई भी रचनाकार केवल अपनी ही कहानी अलग-अलग पात्रों के मुखों से कहता है। स्वयं प्रकाश ने अपने संस्मरण को इस दुहराव से सायास बचाया है। 'धूप में नंगे पाँव' में उन्होंने जगह-जगह यह स्पष्ट कर दिया है कि अमुक व्यक्ति या प्रसंग उनकी अमुक कहानी या उपन्यास में आ चुका है इसलिए उसका यहाँ दुहराव नहीं करेंगे। उनकी इस नीति के कारण उनके 'मानसिक इतिहास' को जानने के लिए उनका यह संस्मरण अपर्याप्त हो जाता है। उसकी मुकम्मल जानकारी के लिए उनकी कहानियों, उपन्यासों और संस्मरण सबको मिलाकर पढ़ने की आवश्यकता महसूस है। ऐसी स्थिति में उनके संस्मरण को भी गल्प और उनके गल्प को संस्मरण समझ लेने की गलती होने की पूरी संभावना होगी। और जो गल्प और संस्मरण, दोनों की विधागत विशिष्टताओं को नज़रअंदाज करना होगा।

संस्मरण अकाल्पनिक विधा है, जबकि कथात्मक विधाएँ भले ही वह कितनी यथार्थपूर्ण क्यों न हों, उनमें कल्पना होती ही होती है। संस्मरण में कल्पना के लिए कोई जगह नहीं होती है। उसमें वही स्वीकार्य है जो तथ्यात्मक व घटित हो। ऐसे में रचना में भले ही रचनाकार का 'आत्म' शामिल रहता हो, उसमें रचनाकार अपने जीवन के बारे में बहुत-सी जानकारियाँ भी देता हो, जैसे मध्यकाल के कवियों ने किया है, और इस कारण उसे लेखक की आत्मकथा भी कह दिया जा सकता है लेकिन मात्र इस आधार पर उस रचना को उसके रचनाकार का संस्मरण कहना एक तरफ़ एक स्वतंत्र विधा के रूप में संस्मरण की विधा को निरर्थक मानना है तो दूसरी तरफ़ लेखक की जीवन-कथा की तथ्यात्मकता का गल्पीकरण कर देना है। एक लेखक का अपने साहित्य में आना एक बात है और संस्मरण में आना दूसरी बात है। आधुनिक काल में जब संस्मरण की संस्कृति प्रबल होती जा रही है और जब संस्मरण महान लोगों के अलावा साधारण व उत्पीड़ित जनता की अभिव्यक्ति का एक प्रमुख माध्यम बन चुका हो तो उसे काल्पनिक साहित्य या फिक्शन में अंतर्भुक्त करना अनुचित है। इस दृष्टि से स्वयं प्रकाश के संस्मरण को उनके रचनात्मक साहित्य से स्वतंत्र रूप में पढ़ना ही ठीक होगा। उनकी रचनाओं में उनके संस्मरण ढूँढ़ना एक हद के बाद सही साहित्य-विवेक नहीं है।

संस्मरण एक व्यक्ति और उसके परिवेश का इतिहास है, न कि स्वयं को प्रोटैग्निस्ट बनाकर लिखा गया साहित्य। संस्मरण को साहित्य की एक विधा माना गया है लेकिन

इस श्रेणी में केवल साहित्यकारों के संस्मरण ही रखे जाते हैं। दीगर संस्मरण किनारे लगा दिये जाते हैं। इसका कारण यह लगता है कि संस्मरण साहित्य की श्रेणी में ठीक से अँटता नहीं हैं। वह अंतरानुशासनात्मक लेखन है और एक मिश्र विधा है। साहित्य के साथ-साथ संस्मरण इतिहास के भी निकट होता है। वह लेखक के लिए अतीत को इतिहास में पुनर्रचित करने का माध्यम होता है। संस्मरणों में निहित इतिहास-तत्त्व व इतिहास-लेखन में उनकी उपयोगिता को देखते हुए इतिहासकारों की दिलचस्पी भी संस्मरणों में बनी रही है। संस्मरण में इतिहास की तरह तथ्य, घटनाओं और व्यक्तियों की प्रामाणिकता होती है, साथ ही साथ साहित्य की तरह संवेदनशीलता, वैयक्तिकता और सौंदर्यशास्त्र भी होते हैं। इससे संस्मरण ऐतिहासिक प्रामाणिकता व साहित्यिक संवेदना, दोनों से संपन्न होता है। यह इसकी शक्ति और आकर्षण है। इस दृष्टि से देखें तो 'धूप में नंगे पाँव' भी इतिहास की तरह प्रामाणिक और साहित्य की तरह संवेद्य है। भारतीय राष्ट्रवाद व संघीय ढाँचे के भीतर अलगाववाद व क्षेत्रीयता की कशमकश आधुनिक भारतीय इतिहास का एक ऐसा आयाम है जिसे स्वयं प्रकाश ने अपने संस्मरणों में खूब दर्ज किया है। हिन्दी अधिकारी के रूप में उन्हें न केवल उड़ीसा के आदिवासियों का हिन्दी विरोध झेलना पड़ा बल्कि राजस्थान में भी कई दफे उन्हें ऐसे ही अनुभव हुए। इन स्थलों पर स्वयं प्रकाश ने एक इतिहासकार की तरह निष्पक्ष होकर इन घटनाओं को दर्ज किया है। कालक्रम का पालन इतिहास-लेखन की एक प्रचलित प्रणाली है। छत्तीस सालों के अपने जीवन की स्मृतियों को कालक्रमानुसार दर्ज करके उन्होंने इतने सालों के तमाम प्रकरणों को इतिहासबद्ध ही किया है। इस संस्मरण को पढ़कर देश व समाज के इतिहास की न जाने कितनी बातों का पता चलता है, जो किसी इतिहास की किताब में नहीं मिलेंगी। ऐसे में इसे इतिहास की तरह भी पढ़ा जा सकता है। कहना होगा कि संस्मरण इतिहास लेखन को अधिक जीवंत व लोकतांत्रिक बनाने में सक्षम है। व्यक्तिगत एवं सामूहिक स्मृतियाँ इतिहास का विकल्प भी होती हैं। साधारण जनता का काम इतिहास से कम व्यक्तिगत व सामूहिक स्मृतियों से अधिक चलता है। ऐसे में ये स्मृतियाँ, यदि बड़े पैमाने पर दर्ज हों तो मुख्यधारा के सत्ताकेन्द्रित व सत्ताप्रायोजित सर्वसमेटू सामान्यीकृत इतिहास लेखन की सीमाओं से निजात मिल सकती है और जनमुखी-सबाल्टर्न इतिहास लेखन की धारा को और अधिक वेगवती भी बनाया जा सकता है।

संस्मरण तो एक व्यक्ति की स्मृति होता है। परंतु स्मृति अपने आप में एकांतिक रूप से व्यक्तिगत नहीं होती है बल्कि वह सामूहिक स्मृति की सापेक्षता में होती है। और व्यक्तिगत और सामूहिक दोनों प्रकार की स्मृतियाँ सामाजिक निर्मिति होती हैं। लेखक के संस्मरण में आनेवाले व्यक्ति न स्मृतिविहीन होते हैं और न ही घटनाएँ इतिहासमुक्त

होती हैं। स्वयं प्रकाश ने संस्मरण की इस प्रकृति को सुरक्षित रखा है। वे संस्मरण में आये व्यक्तियों को उनकी परिस्थिति-परिवेश में रखते हैं और घटनाओं को ऐतिहासिक परिप्रेक्ष्य में। वे तल्लीनता से परिवेश को बुनते हैं और घटनाओं की जड़ों तक जाते हैं। वे व्यक्तिगत पसंद-नापसंद के आधार पर नहीं बल्कि एक तटस्थ कसौटी पर चीज़ों को देखते हैं। एक सैद्धांतिक, मूल्यसंपन्न और विचारशील दृष्टि पूरे संस्मरण में आद्यांत व्याप्त है। पूर्वाग्रह और राग-द्वेष से मुक्त होकर वे एक दायित्वबोध के साथ अपनी स्मृतियों को खुली व उदार दृष्टि से दर्ज करते हैं। इसका कारण यह है कि अंतत: संस्मरण लेखन एक सामाजिक दायित्व का निर्वाह है।

स्वयं प्रकाश के संस्मरण महाराष्ट्र-मुम्बई, चेन्नई, राजस्थान और उड़ीसा के प्रवास-जीवन के हैं। इसमें देश के अंत:भाग के ऐसे संस्मरण हैं जो राष्ट्रीय जीवन की स्मृति में कम ही दिखते हैं। देश के व्यापारी-वर्ग के वर्चस्व की कई झलकियाँ हैं। राष्ट्रीयता व स्थानीयता के बीच तनावों की परख है। उड़ीसा के आदिवासियों के शोषण की कई घटनाएँ दर्ज हैं। उनके भीतर पनपते रहे आक्रोश को भी रेखांकित किया गया है। इसी तरह चेन्नई में हिन्दी भाषियों को लेकर जो पूर्वाग्रह, घृणा व हिंसा-भाव है उसे भी लेखक ने याद किया है। मुम्बई की फिल्मी दुनिया के संस्मरण बहुत जानदार हैं। पर संस्मरण का सबसे रोचक व विस्तृत पक्ष उसका राजस्थान-प्रकरण है। लेखक का सबसे अधिक समय राजस्थान के छोटे-छोटे कस्बों और सुदूर स्थित कंपनी के परिसरों में बीता। उसका मन भी राजस्थान में खूब लगा है। उसका सामाजिक दायरा भी यहीं बढ़ा। यहीं राजनीति और पत्रकारिता के प्रयोग किये। यहीं उसे अपने मन-मिज़ाज के दोस्त मिले। यहीं रहते हुए उसने रेगिस्तानों में बसे देश के सीमांत के गाँवों की रोमांचक और खतरनाक यात्राएँ कीं। इसलिए संस्मरण के राजस्थान-वर्णन में एथनोग्रॉफिक संस्पर्ष है।

'धूप में नंगे पाँव' स्वयं प्रकाश की छत्तीस वर्षों की स्मृति का कोश है। इतने विशाल कालखंड का तफसील से एक छोटी-सी पुस्तक में वर्णन नहीं किया जा सकता है। इसलिए स्वयं प्रकाश ने इतने वर्षों का स्मृति-सार ही हमारे सामने रखा है। तमाम संस्मरण ऐसे देखे गये हैं जो किसी एक व्यक्ति पर केंद्रित होते हैं और देशकाल-चर्चा के लिए उनमें अवकाश नहीं रहता है। इसी तरह यात्राओं के संस्मरण भी होते हैं, जिनमें विस्तार से किसी यात्रा का वर्णन होता है। लेकिन, स्वयं प्रकाश ने व्यष्टिपरक नहीं, समष्टिपरक संस्मरण लिखा है। इसमें न कोई व्यक्ति केन्द्र में है, न कोई घटना विशेष बल्कि एक जीवन में अर्जित की गयी तमाम स्मृतियों का बहुवर्णी व गझिन कोलाज है। इसमें थोड़ा-थोड़ा वह सब कुछ है जो किसी संस्मरण में आ सकता है। यह संस्मरण सीमित समयावधि की फिल्म-सा है जिसे एक आदमी की नज़र से उसके विस्तृत व्यतीत समय और समाज की कथा कहना है।

स्वयं प्रकाश का नाटक फ़ीनिक्स बनाम अभिव्यक्ति की स्वतंत्रता?

रमा यादव

'फ़ीनिक्स' का पहला प्रकाशन सन् १९८० में धरती प्रकाशन, बीकानेर से हुआ। वर्ष १९८० को नाटक के लिहाज़ से देखें तो आज से काफी बेहतर स्थिति में था। उस समय अच्छी स्क्रिप्ट भी लिखीं जा रहीं थीं और अच्छे मंचन भी हो रहे थे। पचास, साठ और सत्तर का दशक नाटक और रंगमंच की दृष्टि से उठान का काल था। राष्ट्रीय नाट्य विद्यालय में नाटक को लेकर अलग-अलग तरह के प्रयोग हो रहे थे। 'आषाढ़ का एक दिन', 'तुग़लक़', 'आधे-अधूरे', 'लहरों के राजहंस', 'अंधायुग', 'कोणार्क' जैसे नाटकों का न केवल प्रकाशन हुआ बल्कि सुधी निर्देशकों और अभिनेताओं के हाथों मंचन भी हुआ और नाटक के क्षेत्र में सामूहिकता की वह भावना दृष्टिगत हुई जिस सामूहिकता की बात 'नाट्यशास्त्र' में आचार्य भरत से लेकर आधुनिक काल में आकर भारतेंदु करते हैं। इसके साथ ही बादल सरकार, विजय तेंदुलकर के नाटक भी हिन्दी क्षेत्र में स्थान पा रहे थे और रंगमंच का एक अलग दर्शक समुदाय तैयार हो चुका था जिसकी ख़ुराक नाटक देखना ही थी। सत्तर के दशक में ही राष्ट्रीय नाट्य विद्यालय की वो पीढ़ी तैयार हो रही थी जिसने आगे चलकर नाटक और रंगमंच को तरह-तरह से गति दी। भानु भारती, ओम पुरी, नसीरूद्दीन शाह, उतरा बावकर, सुरेखा सीकरी उसी पीढ़ी से रहे। रंगकर्म इब्राहीम अल्काजी जैसे दिग्गज रंगकर्मी के हाथों में था इसके अतिरिक्त मोहन महिषी, रामगोपाल बजाज, ब. व. कारंत, हबीब तनवीर तथा और भी अन्य अनेक सुधी निर्देशक इस क्षेत्र में कार्यरत थे। सत्तर के दशक में तमाम तरह के प्रयोग होते रहे 'फ़ीनिक्स' के लेखक स्वयं प्रकाश नाटक की दुनिया से बहुत पहले से यानी छात्र जीवन से ही ही जुड़े हुए थे और जुड़े क्यों न हों कारण जिस तरह के बदलाव और प्रगतिशील सोच को वो रूपायित करना चाहते रहे उसकी सबसे अधिक संभावना नाटक के माध्यम से ही होती है। स्वयं प्रकाश हिन्दी साहित्य में अपने अप्रतिम योगदान के लिए जाने जाते हैं नाटक साहित्य की एक अनुपम और अनूठी विधा है अनूठी इसलिए कि इसे

दृश्यत्व का गौरव प्राप्त है और नाटक का जिस प्रकार का शास्त्र भारत में मिलता है उस तरह का दुनिया भर में नहीं। स्वयं प्रकाश अपने विद्यार्थी जीवन से ही नाटक के प्रति विशेष रुझान रखते थे। उनकी 'प्रतीक्षा' कहानी पढ़ें तो नाटक और उनके गहरे जुड़ाव को समझा जा सकता है। 'प्रतीक्षा' कहानी पढ़ते हुए लगता है कि नाटक की दुनिया में वो कितने गहरे धँसे हुए थे और नाटक उनकी आत्मा से जुड़ा व्यापार था क्योंकि नाटक हर कोई नहीं लिख सकता, लिख वह सकता है जिसका मंच से जुड़ाव हो जिसकी आत्मा में मंच धसा हो वही नाटक के साथ प्रयोग भी कर सकता है और एक बेहतरीन 'स्क्रिप्ट' नाटय जगत को दे सकता है। 'मोपासा', 'बाल्जाक', 'ओ हेनेरी', 'विक्टर ह्यूगो' की कहानियों का रेडिओ के लिए स्वयं प्रकाश जी ने उन दिनों नाट्यरूपांतरण किया जब आकाशवाणी के नाटक विभाग का स्वर्णिम समय था। सेम्युअल बेकेट का सपने में आना, 'गोडो' का खेलना कॉलेज के दिनों में राष्ट्रीय नाट्य विद्यालय की गतिविधियों पर नज़र रखना उस समय कौन-कौन से नाटक हो रहे हैं क्यों हो रहे हैं सबका ज़िक्र 'प्रतीक्षा' में आया है। दरअसल इस समय के युवा वर्ग में एक आग थी कुछ कर गुजरने की। यही वह समय था जब इप्टा भी अपनी प्रगतिशील सोच को लेकर अग्रसर था और अस्सी के दशक में जब 'फ़ीनिक्स' की रचना हुई भीष्म साहनी भी 'कबीरा खड़ा बाज़ार' और 'हानूश' जैसे नाटकों के माध्यम से कुछ कहने और करने की कोशिश में लगे थे भानु भारती का 'कथा कही एक जले पेड़ ने', 'चंद्रमा सिंह उर्फ़ चमकू', सर्वेश्वर दयाल सक्सेना का 'बकरी' भी इसी दौर की रचना है जहाँ प्रगतिशील विचारों को लेकर ये नाटकार आगे बढ़ रहे थे। नाटक लिखने और करने का एक औचित्य था बिना मायने के कोई नाटक नहीं हो रहा था। 'प्रतीक्षा' में स्वयं प्रकाश लिखते हैं–'सेम्युअल बेकेट एक घुटना मोड़ सिर झुकाए बैठे थे। बेहद उदास। धूसर। ध्वस्त। निरर्थकता बोध से लथपथ। आधी सदी पहले मैंने जो लिखा, कमबख्त अभी तक असंगत-अप्रासंगिक नहीं हुआ! विज्ञान! प्रगति! करोड़ों लोग तो आज भी गोडो की प्रतीक्षा कर ही रहे हैं! गोडो जिसे आज तक किसी ने नहीं देखा! एक ऐसी सड़क पर जो कहीं नहीं जाती! और एक ऐसे पेड़ के नीचे जो कभी नहीं फलता, उलटे सूखता जाता है।' यहाँ स्पष्ट हो जाता है कि स्वयं प्रकाश एक खास लक्ष्य को लेकर नाटक लिख रहे थे या कर रहे थे नाटक जो करता है उसको नाटक की गहरी समझ और पकड़ होती है। कहाँ क्या लिखना है, अगर ऐसे लिखा जाएगा तो इसका मंचन कैसे होगा, किस तरह का सेट बनने की संभावना होगी। गोडो का इंतज़ार और आज भी आधी सदी बाद भी वो नाटक जब किया था प्रासंगिक बना है में जो खेद है वो कितना गहरा है। अस्सी के दशक के विषय में स्वयं प्रकाश लिखते हैं–"आठवाँ दशक जनवादी लेखन के उभार और उफान का दशक था। हिन्दी भाषी प्रान्तों में अभूतपूर्व हलचल थी। जगह-जगह से जनवादी-प्रगतिशील लघु

पत्रिकाओं का प्रकाशन हो रहा था। 'इप्टा' फिर सक्रिय हो गयी थी। वामपंथी विचार नौजवानी कि आवश्यक अर्हता जैसा बन गया था। हम कविता-कहानी और साहित्य के सभी रूपों में क्रांति की बातें करते थे और इसे लेकर हमारी बहसें अहर्निश चलती रहती थीं। रुपवाद और कलावाद हाशिये पर था और साहित्य के साथ-साथ संस्कृति के अन्य क्षेत्रों यथा फिल्म, थियेटर, इतिहास, कला आदि में भी वामपंथी जीवन दर्शन और मार्क्सवाद अपने महतम उभार पर था। कहा जाता था कि जो मार्क्सवादी नहीं हुआ समझो जवान नहीं हुआ।" स्वयं प्रकाश आगे लिखते हैं–'फ़ीनिक्स' की प्रेरणा मुझे शमशेर की एक लम्बी कविता से मिली। नाटक का तीसरा और अंतिम अंक तो जैसे शमशेर की उस कविता–'वाम वाम वाम दिशा समय साम्यवादी' का ही एक तरह से नाट्य रूपांतर है।

शमशेर हिन्दी कविता में वही स्थान रखते हैं जो हिन्दी नाटकों में भुवनेश्वर यद्यपि यह भी सही है कि भुवनेश्वर का मूल्यांकन करने में नाटक और रंगमंच की दुनिया को काफी समय लग गया। भुवनेश्वर का रचनाकाल वही है जब जयशंकर प्रसाद और प्रेमचंद रचनाशीलता में संलग्न थे भुवनेश्वर का पहला एकांकी नाटक 'श्यामा एक वैवाहिक विडम्बना' भी प्रेमचंद द्वारा 'हंस' में छापा गया था परन्तु भुवनेश्वर का कथ्य और शिल्प उस युग के एकदम विरोध में एक नए प्रकार का कथ्य और शिल्प रचता है जिसका स्वीकार हिन्दी नाटक और रंगमंच की दुनिया में एक लम्बे समय तक नहीं हो पाता। बकौल रंग निर्देशक भानु भारती–सत्तर के दशक में जब वो राष्ट्रीय नाट्य विद्यालय में पढ़ रहे थे उस समय नाटककार के रूप में भुवनेश्वर का ज़िक्र पाठ में कहीं नहीं था। हाँ, सुरेश चन्द्र अवस्थी अक्सर कहा करते थे कि भुवनेश्वर हिन्दी के पहले एकांकी नाटकार थे। सत्तर का दशक ही वो दशक था जब भानु भारती ने राष्ट्रीय नाट्य विद्यालय से उतीर्ण होते ही सबसे पहले मणि मधुकर का 'रसगंधर्व' और उसके पश्चात लखनऊ में भुवनेश्वर का 'ताम्बे के कीड़े' किया था नाटक करने का प्रस्ताव लखनऊ के उस समय के बड़े रंगकर्मी कृष्ण नारायण कक्कड़ की ओर से आया था। 'ताम्बे के कीड़े' अपने आपमें रंगमंच और नाट्य शिल्प का एक नया व्याकरण बुनने वाला एकांकी है और भानु भारती के निर्देशन में उसके कथ्य की वो परतें उघरती हैं जो दिग्भ्रमित समय और व्यवस्था के पहियों में सही दिशा देने के लिए तेल का काम करती हैं। इसी समय सर्वेश्वर दयाल सक्सेना का 'बकरी' भी भानु भारती के निर्देशन में हुआ यहाँ इस बात का उल्लेख करने का तात्पर्य केवल इतना था कि जिस प्रकार नाटक में रंगमच की दुनिया में भुवनेश्वर को छोड़कर नहीं चला जा सकता वैसे ही आधुनिक हिन्दी कविता में शमशेर को छोड़कर नहीं चला जा सकता और संयोग से शमशेर और भुवनेश्वर अच्छे मित्र भी रहे। दोनों ही के यहाँ कथ्य और शिल्प का विन्यास कुछ इस तरह का मिलता है जिसे समझना सरल नहीं पर जिसमें अपने समय और

उसके तनाव और आने वाले युग कि आहट गुंथी है यह तनाव घिसी-पीटी व्यवस्था और रुढ़िवादी सोच को बदल देने के चाहत से उपजा है और भुवनेश्वर के एकांकी और कहानी इस बात की गवाही देते हैं कि वो ऐसे पुराने जो किसी काम का नहीं था को तोड़कर नया रचने में विश्वास करते हैं और प्रवाह के खिलाफ बहना जानते हैं।

'फ़ीनिक्स' के सन्दर्भ में स्वयं प्रकाश भूमिका में ही लिखते हैं–"बहरहाल! तो प्रश्न यह है कि इतने बरस बाद और साम्यवाद की इतनी दुर्गति के बाद फ़ीनिक्स के पुनर्प्रकाशन का क्या औचित्य? औचित्य यह है कि शमशेर हमारी भाषा के एक बहुत बड़े कवि हैं–इस बात से आज भी कोई इनकार नहीं कर सकता जैसे इस बात से इनकार नहीं किया जा सकता कि विश्व के अस्सी प्रतिशत संसाधनों पर बीस प्रतिशत लोग कब्ज़ा किये बैठे हैं और उनका अखंड-अनंत लालच इस खूबसूरत नीले गृह को बर्बादी की कगार पर तेज़ी से धकेल रहा है और इनको शक्तिहीन करना आज एक बेहतर दुनिया के निर्माण के लिए नहीं अपनी अस्तित्व रक्षा के लिए ज़रूरी हो गया है। इस बात से इनकार नहीं किया जा सकता कि समाज में असमानता–अन्याय शोषण और विषमता–यानी अधर्म कम होने की बजाय बढ़ा है–और जिस अनुपात में सामजिक अन्याय बढ़ा है उसी अनुपात में मुक्ति की आकांक्षा भी बढ़ी है।"

"फ़ीनिक्स एक पौराणिक पक्षी है जिसकी उम्र बहुत लम्बी होती है–वह आसमान में बहुत ऊँचा उड़ता है–इतना की कई लोगों को दिखायी भी नहीं देता और जब उसकी आयु पूरी हो जाती है तो ज़मीन पर गिरने से पहले ही वह आग के एक गोले में तब्दील हो जाता है और आग के उस गोले से ही एक नया फ़ीनिक्स जन्म लेता है।" तमाम बातों के बाद मुद्दे की बात यह है कि फ़ीनिक्स की कहानी कभी पुरानी हो ही नहीं सकती। फ़ीनिक्स पक्षी का आग का गोले में तब्दील होना और उससे एक नए फ़ीनिक्स का जन्म लेना ही इस नाटक का मुख्य बिंदु है। फ़ीनिक्स का जीवन जहाँ समाप्त होता है वहीं से एक नए फ़ीनिक्स का जन्म होता है और इस तरह से संघर्ष की समाप्ति कभी नहीं हो सकती। सड़ी-गली व्यवस्था से विरोध, संघर्ष और उसको बदलने के लिए कुछ नया अच्छा रचने के लिए फ़ीनिक्स का जन्म होता रहेगा। नाटक की भूमिका में नाटककार का यह सवाल–'तो आप ही बताइये, 'फ़ीनिक्स' की कहानी कभी पुरानी हो सकती है?' का जवाब यही है कि जब तक व्यवस्था में सडांध है तब तक फ़ीनिक्स की कहानी कभी पुरानी नहीं हो सकती और यूँ भी व्यवस्था ठीक से चलती रहे उसके लिए भी फ़ीनिक्स का होना अनिवार्य है। अब बात आती है नाटक की कथावस्तु की नाटक में बाबू जो कि एक आम आदमी है के साथ आदमी, मास्टर, साहब, शायर, पुलिस एक, पुलिस दो, पुलिस तीन, पुलिस चार, पुलिस पाँच, नर्स, माधी, महिला एक, महिला दो, महिला तीन पात्र हैं। नाटक तीन अंकों में विभक्त

और 'फ़ीनिक्स' मंच की दृष्टि से पूर्णतः सफल नाटक है। 'फ़ीनिक्स' की रचना के साथ ही उसका मंचन इप्टा ने किया और उसके बाद बम्बई की एक संस्था ने नाटक के दो शो पृथ्वी थियेटर में किये जिसमें नाटककार को भी आमंत्रित किया। आज भी 'फ़ीनिक्स' को पढ़ते हुए यही लगता है कि यह मंचीय दृष्टि से अत्यंत सफल और प्रासंगिक नाटक है। नाटक का आरम्भ एक चौराहे से होता है जहाँ नाटक का मुख्य चरित्र बाबू कुछ खा रहा है उसने उतरन का कोट, फटा पजामा, गले में गंदा मफलर लिया हुआ है उसके सिर पर बाल नहीं हैं और उसकी उम्र पैतीस के आस-पास है कहने का तात्पर्य यह है कि युवा से अधेड़ उम्र की ओर बढ़ रहा है। नाटक की कथावस्तु में एक प्रकार का 'एब्सर्ड' भी देखने को मिलता है उसका कारण यही है कि यह व्यवस्था जिस किसी को भी दिग्भ्रमित करने में कुशल है इसलिए नाटक का आरम्भ एक ऐसी ही परिस्थिति से होता है जिसका अर्थ दरअसल क्या है कुछ समझ में नहीं आता पर धीरे-धीरे स्पष्ट होता है कि यह व्यवस्था किस तरह से एक सही आदमी को एक पागल की स्थिति तक पहुँचाने में समर्थ है। तनाव जितना गहरा होता है भाषा भी उतनी ही हरकते लेने लगती हैं। स्वयं प्रकाश के 'फ़ीनिक्स' में तनाव बहुत ज़्यादा है इसलिए भाषा में भी उतनी ही हरकते हैं परन्तु उससे उसकी सरलता पर कोई प्रभाव नहीं आता। बाबू इस व्यवस्था से आज़िज़ आया चरित्र है जो पैंतीस की उम्र में ही उम्रदराज़ दिखने लगा है उसकी कही गयी बातें कहीं भी व्यवस्थित नहीं हैं परन्तु गौर से देखें तो उसमें आज के समय की भयानक परिस्थितियों को महसूस किया जा सकता है। बाबू का कथन–'खैर, संक्षेप में कहूँ–जाने दीजिये। पीठ मत टटोलिये। वहाँ सब यथास्थान है। फिर ऐसा करना यहाँ सरे बाज़ार शोभा भी नहीं देता।–तो संक्षेप में–यह सवाल आप अपने नेताओं से पूछिये...अपने रहबरों-नाख़ुदाओंसे पूछिये (आदमी खिसकने लगता है, उसे पीछे से खींचकर) और जाते-जाते (जेब से लड्डू निकालकर देते हुये) लो!'

'फ़ीनिक्स' की भाषा जिन दबावों से बनीं है वो आज के दबाव हैं इसलिए 'फ़ीनिक्स' अस्सी के दशक से लेकर अब तक का नाटक है। बाबू के इस कथन में उसकी अव्यवस्थित स्थिति और उसके भीतर के तनाव को बदस्तूर देखा जा सकता है। नाटक आप ही आप एक रफ्तार से चलता दिखायी देता है जिसमें उसकी कथावस्तु बहुत ही सधेपन के साथ आगे बढ़ती है और यही कारण है कि इस नाटक के साथ उसका दर्शक और पाठक एक प्रकार का समीकरण बैठा लेता है। जितनी सहज गति से नाटक की कथावस्तु आगे बढ़ती है उतनी ही सहजता से नाटक की भाषा की कटाक्ष करने की गति भी बढ़ती जाती है लगता है नाटककार व्यवस्था पर तपाक से एक तमाचा जड़ने का कोई भी मौका अपने हाथ से जाने नहीं देना चाहता और दर्शक भी ऐसे अवसरों पर सोचे बिना नहीं रह पायेगा बाबू का कथन–"कमाल है यार माटसाब! यह देश भी अजीब है। अभी परशाद कहकर गोबर भी दे

दूँ तो आप माथे से लगाकर खा जायेंगे, और मैं लड्डू खिला रहा हूँ तो...” इस तेज़तर्रार भाषा की मंच पर सदैव आवश्यकता रहती है जो दर्शकों को सोचने पर भी मजबूर करे और साथ ही बिना बोझ के चोट भी तीखी करे।

‘फ़ीनिक्स’ आज के आम आदमी और उसकी छवि को संपूर्णतः से मंच पर उतारता है बड़े-बड़े अपराध करने वाले मुजरिम कानून की नज़रों से बचे फिर रहे हैं परन्तु बाबू जैसे आम-आदमी को व्यवस्था धर दबोचती है क्योंकि वही सिस्टम की गिरफ़्त में आसानी से आ भी सकता है। चौराहे पर बाबू, आदमी, मास्टर, शायर, लड़का जुड़ते जाते हैं और एक कहानी बनती चली जाती है और कहानी को स्वयं प्रकाश ने बहुत ही दिलचस्प तरीके से कई-कई मोड़ दिए हैं जिसमें वो अपनी शैली में हर एक छोटी बड़ी चीज़ पर तीखा वार करते चलते हैं। व्यंग्य की इतनी ज़बरदस्त ज़ुबान का नाटक में होना नाटक के होने को पुख्ता करता है। कसूर किसी का और सज़ा किसी को यह क़ानून आज तक सदियों से चला आ रहा है और इस चौराहे पर भी यही घटित होता है। चौराहे पर खड़े, मास्टर साहब, आदमी, बाबू, शायर और लड़के को बिना किसी कसूर के गिरफ्तार कर लिया जाता है। सत्तर के दशक के अंतिम चरण में देश की जो भी परिस्थितियाँ रहीं उनमें अस्सी के दशक के आरम्भ में इस प्रकार का नाटक लिखा जाना लाज़िम था। सत्तर के दशक में इमरजेंसी और उसका एक लोकतांत्रिक सोच रखने वाले जन समुदाय पर प्रभाव आया ही था। अभिव्यक्ति की स्वतंत्रता लोकतंत्र का सबसे बड़ा स्तम्भ है और जब वही नहीं रहेगी तो लोकतंत्र का क्या मायने। चौराहे पर एकत्रित चंद लोगों को अगर बात करते भी गिरफ्तार कर लिया जाएगा तो व्यवस्था और न्याय पर तो प्रश्न उठेगा ही। पुलिस वाले का कथन–“(बाबू का गरेबान पकड़कर) लड्डू? लाया किदर से? सरकार ने क्या बंदोबस्त किया है मालूम नहीं? तुम साला उतनाइच खाओगे जितने में जिंदा रह सको। बस्स!!” हैरान करता है कानून का आम जनता के साथ इस तरह का तानाशाही व्यवहार वो भी एक लोकतंत्र में परेशान करता है। व्यवस्था या देश चलाने वाले लोगों का दिमाग से पैदल होना खासा चिंता का विषय है जिस तरह के ऊल-जुलूल सवाल पुलिस बाबू से करती है उससे सच में माथा-पीट लेने का मन करता है–“पूरा नाम बताओ। बाबूखान या बाबूराम? या बाबूलाल? कौन सा बाबू?”

चौराहे पर जाति-धर्म को लेकर इस तरह का तमाशा बन जाना और वो भी उस बात पर जिसकी कोई सिर हो न पूँछ क्या यही लोकतंत्र का चरित्र है? समय कुछ ऐसा चल रहा था जिससे अपनी-अपनी तरह से तमाम जागरूक लोग जूझते आ रहे थे। पुलिस वाले का बाबू से बाप का नाम पूछे जाने पर बाबू जब जवाब देता है महात्मा गाँधी...पुलिस वाले को हिला जाता है और वो बाबू को झापड़ रसीद कर देता है और यहीं से चौराहे पर

खड़े बाबू, लड़के, मास्टर, आदमी और पुलिस में अजीब सी बाताबाती शुरू हो जाती है और पुलिस द्वारा उन पर चौराहे पर खड़े होकर बगावत और कांस्पिरेसी करने का आरोप लगाया जाता है। सड़क पर खड़े हुए चंद लोगों का आपस में बात करना गैरकानूनी हो जाए ये कहाँ की व्यवस्था है? वहीं से कहीं महाराज की सवारी आ रही होती है नाटककार ने उनके कहारों को भी पुलिस वालों की वर्दी में दिखाया है और स्वयं महाराज भी पुलिस का लाबादा पहने होते हैं, लड़का पुलिस वाले कहार पर लपकता है क्योंकि उस पुलिस वाले ने जो अब कहार भी है बाबू भाई को गाली दी थी और इस झड़प में महाराज पालकी से लटक जाते हैं। इसी बीच ज़ोर-ज़ोर से ढोल बजने लगता है और मंच पर धुआँ ही धुआँ दिखता है। पुलिस की सीटियाँ, सायरन, जीप की आवाज़, हॉर्न, शोरगुल, लाठी पटकने की आवाजों, गोलियों की आवाजों चीखों, कराहों, स्त्रियों-बच्चों की चीख-पुकार, मंच पर पुलिस आकृतियों और अन्य पात्रों के बीच नृत्य और ताल की मुद्राओं में लाठी-पत्थर युद्ध के बीच प्रथम दृश्य का अंत होता है। और अन्धकार में–

"चश्में नम, जाने शोरीदा काफ़ी नहीं।
तोहमते इश्क़ पोशीदा काफ़ी नहीं।
आज बाज़ार पे पा-ब-जौलां चलो।
दस्त अफ़शां चलो, मस्त और रक्सां चलो।
खाक बार सर चलो, खूंब दामा चलो।
राह तकता है सब शहरे जानां चलो।
रुख्ते दिल बांध लो, दिलफ़िगारो चलो।
फिर हमीं कत्ल हो आयें यारों चलो।"

फ़ैज़ की इस शायरी के साथ प्रथम दृश्य का अंत होता है। यहाँ तक आते-आते नाटक में तनाव जो कि नाटक की कथावस्तु का अहम् तत्त्व होता है पूरी तरह से 'बिल्डअप' हो चुका होता है। दूसरा दृश्य अस्पताल का है। बाबू के पूरे शरीर पर पट्टियाँ बंधी हैं, लड़के, साहब, शायर, मास्टर को भी चोट आई हैं। दूसरे दृश्य में यद्दपि माहौल पेचीदा है परन्तु नाटककार ने इसकी बुनावट में हास्य और व्यंग्य के तत्त्वों को रखा है। शायर पहले की दृश्य से हर स्थिति पर कुछ ऐसी टिप्पणी करता है जो माहौल की संजीदगी को तोड़ती है। दूसरे दृश्य में शायर के संवाद और अधिक उभर कर आते हैं और तीखे माहौल में एक प्रकार की रवानगी ले आते हैं। लड़के और शायर के ये संवाद देखे जा सकते हैं–

लड़का : चिल्लाओ मत माटसाब! कातिल हसीना आ गयी तो सबका जीना हराम कर देगी।

शायर : हाय! क्या चीज़ है! काश! ज़रा सा दिल भी होता।

लड़का : तुम दे दो।

शायर : लेती कहाँ है?

भयंकर परिस्थितियों में शायर के माध्यम से नाटककार ने एक विट का सर्जन किया है। नाटक जैसे-जैसे गति पकड़ता है हर चरित्र एक दूसरे से जुड़ता चला जाता है और हर चरित्र एक-दूसरे का पूरक बनकर उभरता है। शायर हो या माटसाहब हों या फिर साहब हो, आदमी हो, लड़का हो या बाबू ये उस आम जन का प्रतिनिधित्व करते दिखायी देते हैं जो एक जनतांत्रिक व्यवस्था का हिस्सा हैं। डॉक्टर और नर्स का बर्ताव देखकर शायर जैसा संवेदनशील इंसान नर्स से जिस तरह का वार्तालाप करता है उससे नर्स पर प्रभाव पड़ता है। बाबू जो बिलकुल अपने जीवन की अंतिम साँसे गिन रहा था जिसके बारे में डॉक्टर का नर्स को कथन इस प्रकार है–"नर्स इसका बैंडेज चेंज करो। ब्लीडिंग हो रहा है। ये पुराना कम्बल हटाकर नया डाल दो। चार्ट कम्प्लीट रखो। ये चीफ़-काल्प्रिट है। इसे देखने कई लोग आ सकते हैं। ही इज ए वीआईपी। अनलेस ही डाइज़।" शायर के नर्स से संवाद के बाद बाबू की हालात में लगातार सुधार होता है। नाटक में सभी एक-दूसरे से धीरे-धीरे जुड़ते जाते हैं जिससे पता चलता है कि आशा अभी पूरी तरह मरी नहीं है लोकतंत्र में विश्वास को अभी बचाया जा सकता है। इस सन्दर्भ में अगर बाबू का लड़के से कथन देखें तो वो स्वयं प्रकाश की अवधारणा को स्पष्ट करता लगता है–"बगावत और इन्कलाब में अंतर होता है बेटे! बगावत की कोई योजना नहीं होती। और होती है तो वो बगावत नहीं होती, इन्कलाब होता है। अगर हालात ऐसे थे कि लोगों पर जुल्म ढाये जा रहे हों, तंगदस्ती इस कदर हो कि जीना दुश्वार हो गया हो और सरकार के लिए हुकूमत चलाना मुश्किल हो जाये तो इन्कलाब हो ही जाता है। तुम-हम नहीं करते तो और कोई शुरू कर देता है और फिर हम भी उसमें शामिल हो जाते हैं।"

नाटक के दूसरे दृश्य का अंत अत्यंत दुखद है। नर्स डॉक्टर, अफसर, सरकारी तंत्र, पुलिस तंत्र सबकी पोल खोलती है परन्तु इसके एवज़ में उसे पागलखाने भेज दिया जाता है। नाटककार यह बात बाबू के माध्यम से पहले ही स्पष्ट कर चुका है कि इन्कलाब एक बार शुरू हो जाए तो वो रुकता नहीं वो इसके-उसके माध्यम से चलता ही रहता है और व्यवस्था के पुर्जों को दुरुस्त करने में लगा रहता है। तीसरे अंक का आरम्भ राजदरबार के दृश्य से होता है महाराज वही हैं जिनके पहले दृश्य में पालकी से गिरने से यह सारा काण्ड हुआ था। पुलिस एक, दो, तीन ही यहाँ राजा के सहायकों के रूप में नज़र आते हैं जो राजा की पालकी उठाने वाले कहार भी थे। इस दृश्य में तीन महिलायें भी नज़र आती हैं जो राजा

को अलग-अलग तरीके से लुभाने में लगी हैं और मुख्य सेनापति आकर न्याय, व्यवस्था और शान्ति के प्रदेश में बने रहने की सूचना सुनाकर जाता है। तीसरे दृश्य तक आते-आते बदहाली का बुरा हाल हो जाता है, अंधेर नगरी और चौपट राजा ही की तरह इस देश में भी सब कुछ चौपट हुआ पड़ा है और राजा अपनी अय्याशी में लगा है। इस अंक में आते-आते जैसे दर्शक भी फट पड़ने को हो जाता है कि ये हो क्या रहा है इस तरह की व्यवस्था जहाँ किसान, मजदूर, आम नागरिक किसी की भी सुनवायी नहीं हम रह क्यों रहे हैं। नाटक अपने अंत तक पहुँचते-पहुँचते लगभग सबको बेनकाब कर देता है। नाटक के अंत में बाबू, साहब, शायर, लड़के, आदमी सबको फांसी दे दी जाती है इस बीच नाटककार ने शमशेर की कविता को बार-बार प्रयोग किया है जो कि नाटक को गति देने का काम करती है। सबको फांसी देने के बाद महाराज और दरबारियों को लगता है कि अब सब ओर शान्ति हो जायेगी और वो व्यवस्था को जैसे चाहे वैसे सूकून से चला पायेंगे परन्तु जैसे ही महाराज और दरबारियों को लगता है कि सब शांत हो गया अर्दली आकर खबर देता है कि वही आदमी जिसका नाम बाबू था और जिसे फाँसी दे दी गयी थी चौराहे पर खड़ा हो लड्डू बाँट रहा है। नाटक का आरम्भ जहाँ से होता है नाटक का अंत भी ठीक वहीं आकर होता है और बाबू का वह कथन जब वो कहता है कि एक बार अगर इन्कलाब आ जाए तो वो रुकता नहीं है चरितार्थ हो जाता है।

फ़ीनिक्स : क्रांतिधर्मी जीवंत आख्यान

रेणु व्यास

जनवादी कहानी के एक महत्त्वपूर्ण हस्ताक्षर स्वयं प्रकाश के लिए नाटक रचने का उद्देश्य भी वही है जो कहानी रचने की उनकी प्रेरणा है एक ज़्यादा न्यायपूर्ण समाज-रचना के लिए कोशिश। जिस समय स्वयं प्रकाश नाटक रच रहे थे वह इप्टा के उभार का दौर था। तब नाटक केवल भद्रलोक तक ही सीमित नहीं रहना चाहता था और अभिव्यक्ति के नए-नए रूप तलाश रहा था। प्रगतिशील चेतना नुक्कड़ नाटकों के जरिए और अन्य लोक परंपराओं का सहारा लेकर नाटक को जनता के बीच नयी समाज-रचना का माध्यम बना रही थी। स्वयं प्रकाश के नाटकों 'फ़ीनिक्स', 'चौबोली', 'सबका दुश्मन', आदि को भी इसी आंदोलन के सहभागी के रूप में देखा जाना चाहिए।

स्वयं प्रकाश के लिए साहित्य समय की चुनौतियों का सामना करते हुए सामाजिक-राजनीतिक परिवर्तन का माध्यम है। नाटक भी स्वयं प्रकाश के लिए कहानी और उपन्यास की तरह एक नया मोर्चा है, इस खूबसूरत ग्रह को बर्बाद करने वाली ताक़तों का प्रतिरोध करते हुए बेहतर दुनिया के निर्माण के लिए। स्वयं प्रकाश का 'फ़ीनिक्स' नाटक इसी दिशा में महत्त्वपूर्ण परिवर्तनकामी प्रयास है। फ़ीनिक्स या अगनपाखी पुरा-आख्यानों में वर्णित आसमान में बहुत ऊँचा उड़ने वाला वह पक्षी है जो अपनी बहुत लम्बी आयु के पूरा होने पर ज़मीन पर गिरने से पहले एक आग के गोले में तब्दील हो जाता है और आग के उस गोले से ही एक नया फ़ीनिक्स जन्म ले लेता है। सन् 1980 ई. में जनवादी-प्रगतिशील आंदोलन के उभार के दौर में छपे स्वयं प्रकाश के 'फ़ीनिक्स' नाटक का इसके शीर्षक को सार्थक करते हुए 2016 में पुनःप्रकाशन हुआ। इस नव-सम्राज्यवादी दौर में प्रतिरोध का स्वर मज़बूत करने के लिए यह नाटक वर्तमान की आवश्यकता है और भविष्य की आशा भी। भूमिका में दिए गए नाटककार के वक्तव्य से यह बात और अधिक स्पष्ट हो जाती है "विश्व के अस्सी प्रतिशत संसाधनों पर बीस प्रतिशत लोग कब्ज़ा किए बैठे हैं और उनका अखंड-अनंत लालच इस खूबसूरत नीले ग्रह को बर्बादी के कगार पर तेजी से धकेल रहा है और इनको शक्तिहीन करना आज एक बेहतर दुनिया के निर्माण के लिए नहीं, अपनी

अस्तित्व रक्षा के लिए ज़रूरी हो गया है। इस बात से इनकार नहीं किया जा सकता कि समाज में असमानता-अन्याय-शोषण और विषमता यानी अधर्म कम होने की बजाय बढ़ा है और जिस अनुपात में सामाजिक अन्याय बढ़ा है उसी अनुपात में मुक्ति की आकांक्षा भी बढ़ी है।"

नाटक दर्शाता है कि परिस्थितियाँ विस्फोटक हो गयी हो तो 'नुक्ती' के 'लड्डू' बाँटना और उच्चारण में 'नुक्ते' पर ज़ोर देना जैसी सामान्य बातें भी किसी 'बगावत' या 'इन्कलाब' का सूत्रपात कर सकती हैं। जब 'बाबू' एक कम व्यस्त चौराहे पर गुजरते हुए आदमी से कहता है "ओ भाई...ओ मिस्टर...ज़रा ये लड्डू खाओ न यार..." और वह आदमी घूरते हुए उसे जवाब देता है "दिमाग ख़राब हो गया है क्या?" सरे राह किसी अनजान आदमी को लड्डू खिलाने की पेशकश कोई सिरफिरा ही कर सकता है, और क्या आश्चर्य कि उसे इस लोभ और स्वार्थ से प्रेरित व्यवस्था के खिलाफ षडयंत्रकारी समझा जाए! पूरे नाटक में साधारण पात्रों, सामान्य घटनाओं और सामान्य वार्तालाप के ज़रिए शोषक व्यवस्था पर तीखे किंतु सांकेतिक प्रहार किए गए हैं। नाटक की पात्र-योजना बड़ी अनोखी है और प्रतीकात्मक भी। पहले अंक में शहर के चौराहे का दृश्य है जहाँ पैंतीस वर्ष की उम्र में ही गंजा हो जाने से कुँवारा रह जाने वाला एक सामान्य-सा दिखने वाला परन्तु रहस्यमय व्यक्ति 'बाबू' है जो चौराहे पर लड्डू बाँट रहा है और अपने साथ वार्तालाप करने वालों का व्याकरण दुरुस्त कर रहा है। ज़रूरत शोषक व्यवस्था के व्याकरण को दुरुस्त करने की भी है और यह 'बाबू' इससे भी पीछे नहीं हटता। तब कोई आश्चर्य नहीं होता कि इस 'बाबू' नाम के शख़्स के पिता का नाम 'महात्मा गाँधी' है और जो न तो 'हिन्दू' है और न 'मुसलमान'। उसकी कोई जाति भी नहीं है। लोगों को धर्म और जाति में बाँटकर रखने वाली व्यवस्था में ऐसा व्यक्ति ख़तरनाक माना जाता है। 'बाबू' के अहानिकर लगने वाले कार्यकलाप भी सत्ता को डरा देते हैं। भयभीत रहना तानाशाही सत्ता का स्वभाव है। 'बाबू' पुलिस को 'जी' और 'साहब' नहीं कहता, उनकी भाषा को सुधारता है, 'कानून' की बात करता है। ऐसा आदमी ख़तरनाक समझा जाएगा। 'न' 'नल' का भी होता है और 'नगाड़े' का भी, इंसान का क्या कहें? पुलिस वाले का सवाल लॉजिकल है वह 'बाबू' "लड्डू लाया किदर से? सरकार ने क्या बंदोबस्त किया है मालूम नई? तुम साला उतनाइच खाओगे जितने में जिंदा रह सको। बस्स!!" जब आम आदमी को जिंदा रहने लायक भी खाने को न मिलता हो तो कोई 'बाबू' चौराहे पर पब्लिक को लड्डू खिलाए तो इस तरह के ख़तरनाक आदमी को समझा ही जाएगा 'दूसरे देश का जासूस', वहाँ से लड्डू बनाने का सामान मँगाने वाला। आज भी सामान्य-सी लगने वाली बातों पर ऐसे आरोप लगाया जाना आम है।

लड़के का नाम 'सुशील' है। 'शायर' और 'आदमी' को भी कोई नाम दिया जा सकता था। परन्तु इन पात्रों को अनाम रखकर स्वयं प्रकाश इन्हें और व्यापक बना देते हैं। संयोग से इनके साथ पाए गए एक 'मास्टर' और 'साहब' दोहरे चरित्र हैं जो शुद्ध मध्यवर्गीय ढुलमुलपन, कायरता, पलायन को व्यक्त करते हैं। ये पात्र भी बेनाम हैं। लड्डू लड्डू हैं, कोई टाइम बम नहीं, पर खिलाने वाले की जाति आड़े आ जाती है, साइंस की तरक्की की दुहाई देने वाले इस मास्टर के सामने। 'साहब' को शक है कि लड्डू पर कहीं कोई 'मंतर' तो नहीं किया हुआ है? नहीं तो आज के ज़माने में कोई क्यों किसी को लड्डू खिलायेगा? 'साहब' को 'बाबू' 'शकल से तो मुसलमान लगता है।' 'मास्टर' ने मुसलमान ही है, मान लिया, कह भी दिया। जब कोई चोटी, यज्ञोपवीत न दिखा सके, और उर्दू छाँट रहा हो तो ऐसा माना जा सकता है। कपड़े और भाषा से इंसान को पहचानने का दावा करने वाले सत्ताधारी हर युग में होते हैं। 'बाबू' अब 'नाखुदा' कहे या 'खुदा', मुसलमान ही तो साबित होगा न! पर पुलिस वाले पता न लगा पाए कि वह 'बाबूख़ान' है या 'बाबूराम' या फिर 'बाबूलाल'? उसके हिन्दू या मुसलमान होने का पता नहीं चला, बाप का नाम ज़रूर पता चला 'महात्मा गाँधी'। 'बगावत' के अपराध में पकड़े गए ऐसे आदमी के लिए तानाशाही सरकार के पास लाठी, गोली, जेल और फाँसी ही हो सकती है। तानाशाही सत्ता के प्रतिरोध में 'बाबू' के साथ अनजाने ही नाटक के अन्य पात्र 'लड़का', 'शायर', 'आदमी' भी जुड़ जाते हैं। जनता के जुलूस में 'आदमी' पुलिस का डंडा पकड़ लेता है, 'लड़का' एक पुलिसवाले पर टूट पड़ता है, 'शायर' तालियाँ बजाता है। 'मास्टर' खिसक जाता है, 'साहब' भी। परन्तु दमनकारी सत्ता के कोप से 'मास्टर' और 'साहब' भी बच नहीं पाते। 'अफ़सर' इसे 'बगावत' कहता पर मेहनतकश जनता के पक्ष में परिवर्तन की कोशिश 'बगावत' नहीं 'इंकलाब' है और 'बाबू' यह अंतर समझता है। वह इसे लड़के को समझाता भी है, "बगावत की कोई योजना नहीं होती। और होती है तो वह बगावत नहीं होती, इंकलाब होता है। अगर हालात ऐसे थे कि लोगों पर जुल्म ढाये जा रहे हों, तंगदस्ती इस कदर हो कि जीना दुश्वार हो गया हो और सरकार के लिए हुकूमत चलाना मुश्किल हो जाये तो इंकलाब हो जाता है। तुम-हम नहीं करते तो और कोई शुरू कर देता और फिर हम भी उसमें शामिल हो जाते।" इस शहर में भी इंक़लाबी पर्चे और सरकार विरोधी पोस्टर रातोंरात दीवारों पर आ जाते हैं। शहर की औरतों ने विरोध का नया तरीका खोज निकाला–कोतवाली के चारों तरफ़ सारे शहर कूड़ा-करकट, अंगड़-बंगड़ का पहाड़ खड़ा कर देना। अख़बारों पर सेंसरशिप हर तानाशाही सत्ता की तरह यहाँ भी है। जनता की वास्तविक स्थिति और इन परिवर्तनों की सुगबुगाहट को 'महाराज' से भी छुपाया जा रहा है। उनकी सवारी निकलने से "रास्ते पहले ही साफ़ कर दिए जाते हैं और पुलिस के

सिपाहियों को आम आदमी बनाकर सड़क के दोनों तरफ़ खड़ा कर दिया जाता है जो उन पर फूल फेंकते हैं और उनकी जय-जयकार करते हैं...।" दरबार में बैठी तीनों महिलाएँ उस निर्लज्ज और अश्लील अर्थ-सत्ता की प्रतिनिधि हैं जो राज-सत्ता यानी 'महाराज' को बहुत ही मज़बूत मगर दिखाई न देने वाली डोरियों से कठपुतली की तरह नचा रही है। फटे कुर्ते-पाजामे की अवस्था में फिर से पहुँचने से डरने वाला एक सुविधाभोगी मध्यवर्गीय चरित्र 'माधो' भी है जो अपना शरीर और ज़मीर दोनों ही महिला-2 के ज़रिए पूँजी और सत्ता के इस अनैतिक गठबंधन को बेच चुका है। 'आदमी' वही आम आदमी है जो पहले अंक में 'बाबू' से 'स्वराज भवन' का रास्ता पूछता है, 'महाराज' की सवारी पर हमला करने में 'लड़के' का साथ देता है और मारा जाता है। दूसरे अंक में यह 'आदमी' 'लड़के' सुशील के 'तायाजी' के रूप में नज़र आता है और तीसरे अंक का भूमिहीन किसान और किसी मालिक का रिक्शा चलाने वाला मज़दूर भी यही है। 'शायर' निष्क्रिय पर संवेदनशील चरित्र है। 'प्रधान सचिव' उस ब्यूरोक्रेसी का प्रतीक है जो आने वाली ख़तरनाक स्थितियों को समझता तो है परन्तु जो शासक वर्ग के साथ हितबद्ध है। 'मुख्य सेनापति' उस अन्यायी अर्थ-राज-सत्ता का दमनकारी दायाँ हाथ है जो कुछ भी ठीक न होने पर भी लगातार कहता रहता है–"सब ठीक है महाराज! न्याय है। व्यवस्था है। शान्ति है। खुशहाली है।" न्याय, शांति और खुशहाली की दुहाई देते हुए अन्याय, अशान्ति और बदहाली फैलाने वाली यह शोषक व्यवस्था अपना अस्तित्व कायम रखे हुए है, यही समय की विडम्बना है। 'धर्माचार्य' भी इसी शोषक व्यवस्था का एक और समर्थक है जिसके पास हर संकट के निवारण के लिए अनुष्ठान है और जिसके लिए ज़रूरत है–"सौ सेर गाय का शुद्ध घी... सौ सेर तिल-जौ, सौ सेर...यहाँ का अस्पताल बूचड़खाने जैसा है। वहाँ एक डॉक्टर है जो शोषक-सत्ता के कारिंदे की तरह व्यवहार करता है और अस्पताल की नर्स लीला बाई के शारीरिक शोषण करने, उसे नौकरी से डिसमिस करवाने के बाद अपने हाथ उसके ख़ून से रंगने से भी गुरेज़ नहीं करता। ताज्जुब नहीं कि दिए गए रंग-संकेतों में ये सब खल-पात्र अपने ऊपरी वस्त्रों के नीचे पुलिस की वर्दी पहने हुए हैं। इनके अलावा पाँच पुलिस वाले भी हैं। नाटक में पुलिस वाले और सत्ता के समर्थक दूसरे कर्मचारियों में सिर्फ़ ऊपरी अंतर दर्शाना भी सांकेतिक है क्योंकि किसी दमनकारी फासीवादी सत्ता की मशीनरी का हर पुर्जा अपनी मूल प्रकृति 'पुलिस' की तरह ही तो व्यवहार करता है। दूसरे अंक में दो पत्रकार भी आते हैं एक 'डेली सत्तावाणी' का स्टाफ रिपोर्टर और दूसरा 'दैनिक मुक्तवाणी' का संवाददाता। आश्चर्यजनक नहीं है कि इनमें से पहले ने पुलिस की वर्दी पहनी हुई है। और दूसरे की रिपोर्ट फाड़कर फेंक दी जाती है। कभी भी वह अस्पताल के बेड पर बागियों के साथ पहुँचा दिया जा सकता है। नर्स लीला बाई ऊपर से कठोर दिखने वाली भीतर से एक

ममताभरी परिचारिका है जिसकी सहानुभूति विद्रोही 'बाबू', 'लड़के' और 'शायर' के साथ है, मनुष्यता के साथ है। वह इन घायलों की मलहम-पट्टी इसलिए तो नहीं करती कि अन्यायी सत्ता के कारिंदे उन्हें घसीटकर ले जा सकें और मारें, बूटों से, रायफल के कुन्दों से, लोहे की छड़ों से! उसका सवाल है किसी को दवा-इंजेक्शन-ग्लूकोस का क्या फायदा यदि उन्हें फाँसी पर चढ़ाना हो? 'बाबू' 'लड़के' और 'शायर' की मदद के लिए वह अपनी नौकरी, परिवार और जान की परवाह भी नहीं करती और अंततः पागलखाने पहुँचा दी जाती है। ऐसे राजदरबार में 'महाराज' के सिंहासन के पीछे दीवार पर सजा है। की रट है और दूसरी तरफ़ 'अमेरिका का प्रेशर'। लोकतंत्र के ज़माने में 'महाराज' सामंती विलासिता और पूँजीवाद के हाथों कठपुतली शासक का मिलाजुला विकृत रूप है। यह क्या देखेगा, क्या करेगा, कहाँ जायेगा? यह सब इस कठपुतली की अदृश्य डोरियों का संचालन करने वाली अर्थसत्ता के हाथ में है। वे डोरी भी बदल सकती हैं और कठपुतली भी।

एक तरह से यह नाटक एक नया 'अन्धेर नगरी' है। यहाँ अंधकार लीन व्यक्ति, कुहाअस्पष्ट, हीन भाव मध्यवर्ग का समाज 'मास्टर' और 'साहब' के रूप में है परन्तु साथ ही यहाँ 'बगावत' और 'इन्कलाब' में फ़र्क करने वाला, पथप्रदर्शिका मशाल मुट्ठी में लिए काल ज्ञान विज्ञ बुद्धिजीवी 'बाबू' है; अंग-अंग एकनिष्ठ, ध्येय धीर सेनानी अति बलिष्ठ वामपंथगामी सेनानी 'लड़का' है; लोकतंत्र पूत, जनता का मौन, कर्मनिष्ठ दूत, एकता समन्वय और मुक्ति का समन्वय वामपक्षवादी 'शायर' है और मरने के बाद भी बार-बार अलग-अलग रूपों में प्रकट होने वाला 'आदमी' है; और ये सब मिलकर आने वाले 'समय साम्यवादी' की 'वाम वाम वाम दिशा' तय कर देते हैं। ये तथ्य, नाटक में उद्धृत कविता के अंश और नाटककार स्वयं प्रकाश जैसा भूमिका में बताते हैं कि तीन अंकों में बँटे इस नाटक की प्रेरणा शमशेर की एक चर्चित कविता 'वाम वाम वाम दिशा समय साम्यवादी' है और इसका तीसरा अंक इस कविता का एक तरह से नाट्य रूपांतर है। परंतु इसे नाटककार की विनम्रता ही मानना चाहिए क्योंकि इस कविता से प्रेरित होते हुए भी यह नाटक एक वृहत्तर परिप्रेक्ष्य में इसे भाव-विस्तार देता है और आज के समय के कई अन्य ज्वलंत मुद्दे भी उठाता है।

नाटक की आमफहम भाषा और चुस्त संवाद इसकी जान हैं। भाषा का आदर्श भी नुक्ते ठीक करने वाला 'बाबू' ही सामने रखता है "सरल बोली का ये मतलब थोड़ी है कि गलत बोलो?" भाषा एक व्यवस्था है और समाज भी। दोनों के व्याकरण और नुक्ते ठीक करने की ज़रूरत है क्योंकि 'बाबू' के ही शब्दों में भाषा के नुक्तों को ठीक करना तो बस एक शुरुआत है "यहाँ से आप एक ऐसी चीज़ के बारे में परवाह करना शुरू करते हैं जो आपकी भी है, और दूसरों की भी। जो सबकी साझी है।" सरल किंतु व्यंजनापरक भाषा

स्वयं प्रकाश के लिए सामाजिक परिवर्तन की चेतना जगाने का साझा काम करने का प्रभावशाली माध्यम है। नाटक के संवादों में लय है। शब्द की और अर्थ की भी। 'महाराज' के अधिक अन्न उपजाने के हुक्म की पालना करवाते मुख्य सेनापति और ऐसा करने में असमर्थ कथित 'आलसी' और 'कामचोर' किसान का संवाद देखिए–

"मु.से. :...तुम किसान हो?

आदमी : हाँ, माई-बाप! पर जमीन मेरी नहीं है।

मु.से.: हम जानते हैं। पर अधिक अन्न उपजाओ।

आदमी : माई-बाप! हल-बैल भी नहीं है।

मु.से. : हम जानते हैं। पर अधिक अन्न उपजाओ।

आदमी : माई-बाप! कुएँ सूख गए हैं और बरखा का पता नहीं।

मु.से. : हमें मालूम है। पर तुम अधिक अन्न उपजाओ।

आदमी : कैसे उपजायें माई-बाप!

मु.से. : बहस मत करो। ये महाराज का हुक्म है। नहीं मानने वाले की गरदन उड़ा दी जायेगी। ले जाओ।"

यही कहानी इसी तरह के चुस्त संवादों में मालिक का रिक्शा चलाने वाले परिवार में आठ खाने वाले सदस्यों और पाँच रुपये मज़दूरी पाने वाले मज़दूर से "बचत करो" की महा-राजाज्ञा का पालन करवाने के लिए दुहराई जाती है।

नव-साम्राज्यवादी युग की इस अंधेर नगरी को चुनौती देने वाले 'लड़के' और 'शायर' को सज़ा बीस-बीस साल की क़ैद और इनके नेता 'बाबू' को फाँसी! पर यह क्या? जिस मुसीबत को तोप से उड़ाकर यह सत्ता फिर 'महाराज' की सवारी निकालने की व्यवस्था करवाना चाहती है, उसे अर्दली-2 आकर सूचना देता है कि वही आदमी 'बाबू' बीच चौराहे पर खड़ा लड्डू बाँटता हुआ पकड़ा गया है। फाँसी के बाद भी फिर जिंदा हो गए, व्यंग्य से मुस्कुराते इस 'बाबू' को आशा है जल्द ही 'लड़का', 'आदमी' और 'शायर' भी मिल जायेंगे! क्रांतिचेता मानस का यही फ़ीनिक्स तब तक पुनर्नवीन होता रहेगा जब तक कि वह आने वाले साम्यवादी समय की वाम दिशा तय न कर दे अर्थात् हर तरह के शोषण, अन्याय, अत्याचार, भेदभाव से इस ख़ूबसूरत नीले ग्रह को मुक्त न कर दे।

'फ़ीनिक्स' नाटक का शिल्प ऐसा है कि यह आसानी से नुक्कड़ नाटक और मंचीय नाटक दोनों रूपों में खेला जा सकता है। 'इप्टा' द्वारा पटना में और 'पृथ्वी थियेटर' द्वारा मुंबई आयोजित इसके सफल शो इसे प्रमाणित करते हैं।

महात्मा गाँधी को औपनिवेशिक शोषक व्यवस्था ने कैद करना चाहा और तथाकथित धर्म-रक्षकों ने हत्या ही करनी चाही। महात्मा गाँधी को अपना पिता बताने वाले 'बाबू' के साथ भी यही हुआ। न गाँधी को ख़त्म किया जा सका, न 'बाबू' को 'फ़ीनिक्स' की तरह वे फिर जीवित हो जाते हैं क्योंकि वे केवल शरीर नहीं, परिवर्तनकामी चेतना हैं। स्वयं प्रकाश भूमिका में ठीक ही कहते हैं तो आप ही बताइये, 'फ़ीनिक्स' की कहानी कभी पुरानी हो सकती है?" पुस्तक के रूप में भी स्वयं प्रकाश की यह मूल्यवान् कृति पुनर्नवा होने वाली 'फ़ीनिक्स' सिद्ध होगी, इसमें संदेह नहीं!

पिंजरे के भीतर आकाश की रचना : चौबोली

लोकेश कुमार गुप्ता

लोक और लोक कथाओं को केन्द्र में रखकर अनेक कथाकारों ने अपनी लेखनी से न केवल क्रान्तिधर्मिता और सामाजिक कर्मशीलता के भाव को उकेरने के प्रयास किये हैं। अपितु पारिवारिक तथा वैयक्तिक संबंधों और नैतिकताओं के साथ ही साथ स्त्री-पुरुष के संबंधों की पड़ताल भी इन लोककथाओं के पुनर्रचाव में की है। लोक जब अपनी प्रस्तुति करता है तो वह देव को भी रचता है और दानव को भी रचता है। जन को भी रचता है तो निर्जनता भाव को भी रचता है। कही और अनकही को प्रस्तुत किया जाता है तो मैं और पर के बीच की दूरियों के बढ़ रहे जंजाल और जंगल को भी लोक की अभिव्यक्ति में वाणी मिलती है। कुल मिलाकर कहें तो लोक अपनी समग्रता में आता है, संपूर्ण सौन्दर्य और औदात्य के साथ। कभी अधूरा या कहें तो एकपक्षीय लोक वर्णिति में नहीं आता। लोक एक वर्ग या जाति को केन्द्रस्थ करती अवधारणा नहीं है बल्कि जाति और वर्ग के बीच समरसता या आज के बहुत ही लोकप्रिय पदबंध में कहें तो सामाजिक समताओं को उपस्थित करने के प्रयास लोक की प्रकृति में वर्तमान रहते हैं। विकल बेकलियाँ लोक की इसी प्रकृतिस्थता को केन्द्र में रखकर, रचनात्मकता को पूरने का कार्य करती है। प्रेमचंद, फणीश्वरनाथ रेणु, विजयदान देथा, रांगेय राघव, यादवेन्द्र शर्मा चंद्र, मणि मधुकर, स्वयं प्रकाश, लक्ष्मीनारायण लाल, धर्मवीर भारती, मोहन राकेश सदृश रचनाकारों ने समग्रता और सामूहिकता से लोक की अवधारणा को बीजा है। लोक की इस अवधारणा को बीजने का कार्य साहित्य के बीजकों ने गद्य और पद्य के अनेकरूपा खाकों में भिन्नताओं के साथ पल्लवित किया है।

भरतमुनि से लेकर अद्यतनकाल तक नाटक विधा सदैव समाज संपृक्त रही है। नाटक समाज के नीम अंधेरों में उजाले के गीत गाते रहे हैं, उजालों के प्रस्थान बिन्दु बनते रहे। साभ्यतिक परंपराओं और सकारात्मकताओं के रास्तों को तलाशते रहे हैं। संवादपरकता प्रश्नाकुलता की आगार होती है। नाटकीय रचनाशीलता उक्त भाव को बरकरार रखती है। यह विदित है कि सांस्कृतिक वर्चस्वियों से उक्त संदर्भों की जटिलता, रूढ़ता अथवा विसंगतिगत जानना, पूछना, सवाल करना, उनकी आस्तिकता और आस्था के लिए सदैव

चुनौति भरा रहा है। वर्गीकृत दकियानुसीपन प्रदीप्त प्रश्नाकुलता को शमित करने का प्रयास करती है। इस हेतु नैतिकतायें अपनी परिभाषा की सीमाओं की निर्बन्धता को अतः जकड़ लेती है। ऐसा नहीं है कि नाटककारों ने आधुनिक दौर में ही अस्मिताओं के प्रदर्शन किये है। इस आर्यभूमि पर शास्त्रार्थ की लंबी परंपरायें रही है और इन लंबी परंपराओं में छुपी रही हैं कुछ बुनियादी जिज्ञासाएँ। जिज्ञासाएँ ज्ञात्म और अज्ञात्म की निर्मिति तथा उसकी विवृति के प्रकार की भी। हम अज्ञात्म अर्थात् अध्यात्म और धर्म की चौहदिद्दयों में तो सवालिया जिज्ञासाओं के खाक होते स्वरूप के दर्शन कर पाते हैं लेकिन लोक के विस्तार में पलती दहकती जिज्ञासाओं को पलाश-सी बिखरी देखकर भी, संभवतः भावनात्मक चिंतन में उपेक्षित कर जाते हैं। इतिहासबोध, पुराणबोध अर्थात् पुरातनता के बरक्स आज़ाद ख्याली समकालीन लोकतांत्रिक समाज की रचनाशीलता में ही दर्शनीय नहीं मिलती बल्कि संस्कृत, पालि, प्राकृत, अपभ्रंश और लोकभाषाकाल की शास्त्रपरंपराओं से इतर की रचनाशीलता में भी दृष्टव्य है। नाथ, सिद्ध, बौद्ध, जैन आदि की रचनात्मक परंपराओं के साथ ही साथ लोक की मौखिक परंपराओं में नाटकीय अभिव्यक्ति और उस अभिव्यंजित में स्तंभित जिज्ञासाओं से, सवालों से साक्षात्कार किये जा सकते हैं।

स्वयं प्रकाश अपने लोकोन्मुखी रचनात्मक वैविध्य और विस्तार के लिए हिन्दी साहित्य में ही नहीं बल्कि भारतीय साहित्य में विशेष स्थान रखते हैं। मूलतः गद्यकार स्वयं प्रकाश ने कहानी, उपन्यास, नाटक, आलोचना, आत्मकथात्मक संस्मरण, रेखाचित्र, साक्षात्कार, निबंध आदि की रचना की है। इन भिन्न प्रकार की विधाओं में अनेक रचनाओं के प्रकाशन के साथ ही इन्होंने फ़ीनिक्स, घर कैद तथा चौबोली आदि तीन नाटकों की रचना की है। स्वयं प्रकाश एक ढर्रे विशेष पर चल रही रचनाशीलता के आग्रही नहीं हैं। वे विकसित होती जनवादी वैचारिक परंपराओं के दौर में भी कृतियों में सामाज की रचनात्मकता को तो प्रकट करते ही हैं बल्कि नवलेखन में उत्तरी लेखनियों के लिए लेखन की भिन्न रचनात्मक खिड़कियों से प्रकाश भरते हैं। मात्र वैचारिक सरोकारों के पैरोकार के रूप में स्वयं प्रकाश का विशलेषण संभव नहीं है। वे आदि और अंत के बीच झूलती जनसंस्कृति को चित्रित करते हैं। आधुनिक भावबोध के साथ इतिहासबोध की बुनावट भी इनके लेखन में है। न केवल वैयक्तिक अस्मिताई बोध बल्कि लोक अस्मिताई बोध को भी सर्जनात्मकता में सिरजते हैं। इनके रचनात्मक स्वप्नों में अभी तक की लेखनियों द्वारा जिनको रेखांकित नहीं किया गया है; समष्टि की उन उपेक्षित पीड़ाओं, दर्द भरी वेदनाओं और सुलगती समस्याओं की मात्र विवृत्ति नहीं है अपितु, उस अनकही पीड़ा से मुक्ति के लिए संघर्षरत मानवीय साझा प्रयास भी प्रस्तुति में बिंबित है। इन प्रस्तुतियों में वे उपेक्षित किन्तु अपेक्षित दास्ताने अभिव्यक्तिगत स्वरूप प्राप्त करती है, जिनमें ज़िन्दादिली के साथ-

साथ लोक जिजीविषा के भाव दीप्त होते हैं। भारतीय साहित्यिक परंपराओं के संदर्भ में इस पारंपरिक तथ्य से आश्वस्त करा दिया जाता है कि भारतीय परंपरा का लेखन स्वांतः सुखाय होता है। होती होंगी लेखन की स्वांतः सुखाय परंपरायें लेकिन, अनेकश: दृष्टव्य है कि लोक की इन कथाओं को केन्द्र में रखकर सामाज की ज़िन्दगी की धुरियों और दूरियों को लिखने वाली लेखनियों ने जूझती वैयक्तिक अस्मिताओं के साथ अनेक गरिमामयी रचनात्मक साक्षात्कार कराये हैं।

स्वयं प्रकाश कृत चौबोली मानो तो एक हकीकत है और न मानो तो एक अफसाना। एक ऐसे अफसाने की बनावट जिसमें कहीं दर्प के दर्शन हैं तो कभी दर्द से कराहती जिंदगियाँ। चौबोली मात्र शाब्दिक कल्पना नहीं है बल्कि संवेदनात्मक शिल्प में रची इंसानी पक्षधरता को उजागर करती कृति है। स्वयं प्रकाश ने जागीरदाराना समाज में चेतस स्वाधीनता के भाव के कथानक को केन्द्र में रखकर प्रस्तुत किया है चौबोली को। चौबोली स्वयं प्रकाश की लोक की समझ और उसमें व्याप्त सिसकती वेदना के अंकन का ऐसा अनूठा सर्जनात्मक कलेवर व्यंजन में प्रस्तुत किया है जो व्यक्ति को "गुफा में भी घुस जाएँ तो उजास" (चौबाली पृ. सं.-14) करती है और "दिलों में गरमास" (चौबाली पृ. सं.-14) के भाव भरती है।

आज जब सामाजिक तानेबाने में लोकतंत्र और लोकतांत्रिक चेतना का भरपूर प्रभाव है और उसके बाद भी पैदा होती सत्तासीनों की सर्वस्व पर अधिकार कर लेने की लालसा और पूरी दुनिया में धनकुबेरों के संचयन से पिसती मानवता, जनता। और ऐसे दौर में जन अधिकारों की वकालत करती तहरीरें हो। चौबोली ऐतिहासिक रूप से संपूर्ण विश्व में मची इसी आपाधापी को अपने लोकस्वरूप में उभारती है। यथा–

धरती बना के जिसने दिया जीव को दाना
बादल बना के उसने कहा धान उगाना।
बच्चों को अपने पालना इनसान बनाना।
नदियाँ, पहाड़, धूप, हवा काम में लाना।
सबका है ये, सबके लिए, सब वक्त के लिए।
आँचल में बाँधना न दुपट्टे में छिपाना।
अपना इसे कह कर के न अधिकार जताना।
गैरों से छीनना न तिजोरी में ठँसाना।

-(चौबोली पृ. सं.-16)

चौबोली नाटक की मानवीय अस्मितायें अपने व्यक्तित्व में समाज की लघुतम इकाई होने के बावजूद भी इनका चारित्रिक विस्तार अकूत क्षमतायें और आशाओं से भरा हुआ है। इनका सागर-सा उत्साह, इनके सतत प्रयासों की आकुलता में रेखांकित किया जाना चाहिये। रेखांकित किया जाना चाहिए गिरने, उठने और मिटने के प्रति सागर की लहरों-सा उत्साह भाव में। रेखांकित किया जाना चाहिए मुक्तिकामिता के बोध और भावना की चौबोली आद्यांतता में है। इस संदर्भ में, उल्लेखनीय है,

"फूलकुंवर : (कानसिंह के पास जाकर) नाज़ करो तो किसी ऐसी चीज़ पर राजकुमार... जो अपने साथ दूसरों को भी मुक्त करें। तीरंदाजी तो सिर्फ़ अभ्यास और एकाग्रता की बात है। तुम्हारे यौवन और वीरता को सच्ची ललकार ये है। (ओज से) भंग करो। चौबोली का व्रत और मुक्त कर लाओ तीन सौ चालीस राजकुमारों को। नाहरगढ़ के ढीठ अहंकार को धूल चटा दो। छोटे राज्यों को पशुबल से हड़पने वाले बड़े राजा का मद पैरों तले कुचल कर दिखाओ। सच मानो राजकुमार, जो कहती हूँ कर दिखाया...तो जनम-जनम के लिए तुम्हारी गुलाम बन जाऊँगी। जैसे चाहो बरतना। चाहो तो सेज पर रखना, चाहो तो पगरखी के नीचे।"

–(चौबोली पृ. सं. -28)

चौबोली मात्र किसी का नाम नहीं है बल्कि उस नाम में छिपे हैं चतुर्दिक प्रयास। चार हैं बोलियाँ अर्थात् लोक के चार वेद। सामाजिक राग-रंग, न्याय-दंड, शासन-प्रशासन, विकास और उसके विन्यास की अनोखी दास्तान। अनोखी इसलिए कि वह सूखते जीवन की धारों के बीच में व्यवस्थित और समृद्ध होते तथाकथित साभ्यतिक अभिजातता के पक्षों से उपेक्षित होती जनता की भावना को प्रत्यक्ष करने का प्रयास है। चौबोली में वैयक्तिक ही नहीं सामाजिक शोषण, सिसकन और सुलगन के भाव हैं जो जन में विद्रोह और मुक्ति की संवेदना का संचार करती है। यथा–

"फूलकुंवर : (आगे आते हुये) दो सौ बत्तीस कोस पश्चिम में रियासत है नाहरगढ़...। नाम सुना होगा। वहाँ के राजा ने आजू-बाजू के राज्यों को छल-कपट से हड़प लिया है। वहाँ के राजकुमारों को बंदी बना लिया है और रियाया को गुलाम। चौबीस राज्यों की नदियों को सुखा दिया है पानी मोड़ के... और नाहरगढ़ में रात-दिन चलते हैं फव्वारे! लबालब भरी झीलों में चलती हैं राजसी नावें। किल्लोल करते हैं पानी में वहाँ के टाबर-टिंगर, मिनख जानवर गधे-घोड़े, चिड़िया तीतर। धान की फसल होती है लहलह। ऊँचा-ऊँचा बाज़रा और मीठी-मीठी ईख...। और चौबीस राज्यों में बूँद-बूँद के लिए त्राहि-त्राहि। औरतजात की मरण गति। एक-एक मटकी के लिए कोसों तक तपती रेत रुलना और रोज़ की हायहत्या!"

– (चौबेली पृ. सं., 26-27)

न जाने कितनी चौबोलियाँ हैं जो आज तक अपने रूप में अखंडता रखे हुये हैं उनको न तो कभी खोला गया न ही कभी उनको खुलने और बोलने के लिए मजबूर किया गया। बस अस्त्र की तरह उपयोग में आती चौबोलियाँ। उलटबासियों की तरह से वर्णित और रूपायित इनका चरित्र सामाजिक रूप से व्याख्या की माँग करता है। कितनी ही अनामिका चौबोलियाँ अपेक्षा और प्रतीक्षा में अपने आप को नैस्तनाबूत कर चुकी है इस तथ्य को हमें भिन्न संदर्भों में देखना चाहिये।

चौबोली को जो चार कहानियाँ सुनाई जाती है उनमें एक कहानी ताकत और ताकतवर पर चोट करती है और जब्बर को ढूँढ़ने का कार्य करती है और वहीं दूसरी कहानी स्त्री अस्तित्व और स्वाभिमान की है। जिसको रेखांकित किया है चौबोली ने। उसकी जागरूकता ने। उसकी निर्णयात्मक विवेकशीलता ने। उसकी न्यायप्रियता ने। उसके सहजबोध ने। कहानी में सत को खोजने की

उद्भावना है तो व्यंजना में मुक्तिदूत भी है। अंतिम कहानी सिर अर्थात् विवेक को महत्त्व देती है। विवेकशीलता को प्रकट करती।

एक रचना मात्र इसलिए स्मृत नहीं रखी जाती कि उसमें व्यापत कंटेट अपनी मारक क्षमता में विशेष है बल्कि कुछ रचनाकारों की रचनाओं को इसलिए भी आगाज़ माना जाता है कि वे मात्र बंधे रास्तों को खोलते ही नहीं बल्कि उनकी सुदीर्घता और सुगमता को भी पल्लवित करते हैं। वैयक्तिक सोच और समझ का ही नहीं बल्कि मानवीय अस्मिता और अस्तित्व के नवोन्मेषी पक्षों को उजागर करने के लिए भी विशेष स्थान रखते हैं।

हम एक ऐसे दौर में जीवन बसर कर रहे हैं जहाँ जल, जंगल और जमीन आदि प्रकृति प्रदत्त वरदानों से लगभग उपेक्षित हो चुके हैं। इन सब पर अब साम्राज्यवादी ताकतें अपना हक जता चुकी है। उपेक्षित समाज दबंगई न्याय की अवधारणा में मात्र गुहार हेतु है। स्थिति कि भयावहता ये है कि ज्ञानात्मक और संवेदनात्मक आकुलताओं को व्यक्त करने में भी बेकलियों को मुक्तता का आभास नहीं होता। बेकलियाँ ऐसे दौर में सृजनरत रही हैं जहाँ आम आवश्यकताओं के प्रति जवाबदेह प्रतिष्ठान मूक गंभीर और संरचनात्मक विस्तार के प्रति प्रतिष्ठानों की सोच और चिन्तन कार्यरत ही नहीं है। इसी सामान्य और असामान्य के बीच से उपस्थित होती चौबोली। जो सामान्य से असामान्य और असामान्य से सामान्य प्रतिष्ठान निर्मिति की राह आसान करती तर्कशीलता है। यथा–

भोपा : बात-बात में बात काढ़ती इन बातों का क्या कहना।
भोपा : चौबोली के चतुर चुटीले चोर चरों का का क्या कहना।
भोपा : चौबीस गाँव के इंद्र चुराते इस तस्कर का क्या कहना।

–(चौबोली पृ. सं.-26)

यहाँ सवाल करती स्त्री है तो सवालों का जवाब देती भी स्त्री है। समाधान खोजती स्त्री है तो संधान करती भी स्त्री है। मुक्ति की आकांक्षिणी स्त्री है तो मर्यादाओं की रक्षार्थ स्वाह होती स्त्री है। खोखलेपन से बाहर निकलती स्त्री है तो सामाजिक सशक्ति की प्रतिरूप स्त्री है। मर्यादाओं में जकड़ी स्त्री है तो उन मर्यादाओं के अंतस में व्याप रहे खोखलेपन पर प्रहार करती स्त्री। वीरता का दंभ और वीरोचित भाव का भाव कराने वाली भी स्त्री है। इस संदर्भ में फूलकुंवर और कानसिंह का संवाद विशेष दृष्टव्य है–

फूलकुंवर : मैं अपने बारे में एक बात तो बताना भूल ही गई। (चेहरा कानसिंह के चेहरे के एकदम पास लाकर) मैं बहुत दिलेर भी हूँ।

फूलकुंवर : जंगल में मोर नाचा, नाचा तो नाचा। अकेला फूल देवता के सिर चढ़ा, मुरझाया और गिर गया। धमनियों में रगत हमेशा इसी रफ्तार से नहीं दौड़ेगा ठाकुर। अकेले की हुनरमंदी पर नाज़ करना बच्चों जैसी बात है। मैं अबूझ औरतजात बड़ी बातें नहीं जानती। पर मौत के डर से धूती रानी की नथ से इक्यावन तीर निकालो के पाँच सौ इक्यावन, इसमें हितलाभ क्या है? किसका है?

कानसिंह : (बाल नोचते हुये) क्या मुसीबत है! क्या मुसीबत है! चुटकी बजाते तेरी मुश्के बँधवा कर तहखाने में पटक सकता हूँ। मेरी वर्षों की साधना को फूँक से उड़ा रही है। नहीं है हितलाभ किसी का। तो? क्या करने को कहती है? बोल, क्या करूँ मैं? क्या करूँ?

–(चौबोली पृ. सं.-26)

चौबोली में विशेष है एक व्यक्ति मन का भाव किस प्रकार सामाजिक क्राँति, स्वतंत्रता और स्वावलंबन को प्रस्तुत करता है। विशेष यह भी है कि अपेक्षाओं की निर्मिति, उपेक्षाओं और हताशाओं के दौर में भी संभव है। विशेष है उम्मीद की एक किरण ऐसे सामाजिक दौर में जहाँ वैयक्तिक अस्तित्व अर्थात् निजता का कोई अर्थ ही नहीं था। इसमें विष है शासकीय संस्कृति और सामंती भावना पर जनपक्षधरता के सरोकारी बिंब–

"...जुल्मी की जान जिस घड़ी जनता ने चाँप ली।
ठकुराइयों के ठाठ ढहाने की ठान ली।
घर-घर से गाँव-गाँव से उठ आयी मुठ्ठियाँ।
जलने लगीं जगह-जगह विप्लव की भट्ठियाँ।
छोटे घरानेदार भी रैयत से जा मिले।
सब भेद अपने भूलके भूचाल बन चले।
महलों में फूल, राह में अंगार हर कदम।
यलगार हर नफस पे हे, ललकार कर कदम।"

–(चौबोली पृ. सं.-90)

यदि विश्लेषित करें चौबोली की बोलियों को तो ऐसा लगता है कि जैसे तथाकथित सभ्यताओं के विकास में पिसती मानवताओं को उपस्थित किया गया। सिसकन जब संस्कृतियों के साये में उपेक्षित होती है तब कहीं संवेदना उनको प्रत्यक्ष करने का कार्य करती है। बन रहे नव साम्राज्यवाद की परते खोलती चौबोली अपनी सांस्कृतिक सामाजिक निर्मिति की नि: शब्दता को भी उपस्थित करती है। चौबोली को साम्राज्यवादी दौर में वैयक्तिक और सामाजिक अस्मिताओं की प्रस्तुति के लिए, विशेष रूप से विश्लेषित करना चाहिए। यथा नाटक में बैठी ज़िदगी की गहरी दार्शनिकता से रूबरू होना चाहिए–

फूलकुंवर : प्राण सिर्फ़ एक बार छूटेंगे। पिंजरें में नौ द्वार हैं। सबके सब खुले हुये। पंछी को उड़ने से आज तक कोई नहीं रोक सका।

–(चौबोली पृ. सं.-38)

चौबोली के बोल का अर्थ करना चाहिये। समाज में चौबोलिया और चौबोलों की आवश्यकतायें सदैव रहती है। चौबोली को चेतना के अर्थ में भी समझना चाहिये। चौबोली को उपाय और सामाजिक व्यवहार में भी समझना चाहिये। चौबोली प्रतीक है संघर्ष का तो आंदोलनों को जन्म देने वाली दात्रियों का भी। साम्राज्यवाद को ध्वस्त करती सोच है चौबोली। बताती है चौबोली की बात है ज़िन्दगी है तो बात-बात में ही उससे पार पाया जा सकता है । पराकाष्ठायें समाज को दीमक की तरह खा जाती है और पराकाष्ठाओं में जब अहं का समावेश हो जाये तो समझो समृद्ध समाज की सांस्कृतिक बिनावट के समक्ष अस्तित्व के संकट मंडरा रहे हैं। यथा–

फूलकुंवर : तुम एक राजकुमार के तन की प्यास बुझाने के लिए गाँव-घर से उठा लाई गयी थीं और चुप रहीं। और आज भी तुम्हें अपनी धनुर्विद्या के अभ्यास के लिए चारा बनाया जा रहा है, और तुम चुप हो। माफ करना, तुम तो यह भी भूल चुकी हो कि चुप का क्या मतलब होता है और बोलना किसे कहते हैं।

फूलकुंवर : लेकिन किसी न किसी को तो बोलना ही पड़ेगा। जो समझ रहा है उसे तो जरूर ही। चाहे वह आदमी हो या औरत। क्यों?

–(चौबोली पृ. सं.-29)

चौबोली में सवालों और स्वप्नों की संवेदनात्मक संशक्ति है। कथा की वर्णिति में जो महत्त्वपूर्ण है उससे कहीं अधिक महत्त्वपूर्ण वह है जिसे हम भुला देते हैं। कथा तो कथा है। कथा कहने और सुनाने वालों ने टेक कहाँ ली और कथा में धीरे से मर्म को कहाँ पकड़ाने की कोशिश है; इस संदर्भ में महत्त्वपूर्ण है भोपा-भोपी। प्रसंगवश–

भोपा : क्योंकि दुनिया में वीर से भी वीर का एक दिन।

भोपी : ढलता है ताप।

भोपी : तुम चौबोली का खेल दिखा रहे हो या फूलकुंवर का?

भोपा : आग की कथा कहो तो हवा का नाम तो पहले आएगा ही। के नहीं?

भोपा : हमारे-तुम्हारे दुःख-दरद का रोना सुनने नहीं।

भोपी : फालतू का भरम मन में मत लाओ और कथा को खोल कर बताओ।

–(चौबोली पृ. सं.-16)

यह सच है कि शहरों को भाँति-भाँति से सींचने में गाँव सूख गये हैं। बसती और विस्तृत होती नगर सभ्यता ने आज उजाड़ दिया है भदेस जीवन को, उपेक्षित कर दिया तद्भव समाज और लगभग अस्मिताहीन कर दिया ग्राम्य और कृषक संस्कृति को। एक संस्कृति जो समाज में प्रधान थी, अपरूप थी, वह आज कुरूप, गंवई, अपमानित और अजनबी-सी एक बेहद उजड्ड रूप में तथाकथित नगर समाज द्वारा वर्णित की जाती रही है। मानवीय चिंतन और संवेदन में तिलमिलाहट और बेचैनी के भाव भरती विकलताएँ हैं।

स्वयं प्रकाश ने चौबोली में "पिंजरे के भीतर आकाश की रचना" (चौबोली पृ. सं.-38) करने का कार्य किया है और ऐसे समय किया है जब "मंच पर अंधेरा। बायीं ओर से भोपी हाथ में लालटेन लटकाये आती है। पाँव में घुंघरू हैं जो छम-छम करते हैं।" (चौबोली पृ. सं.-13) सामाजिक, सांस्कृतिक, राजनीतिक, आर्थिक स्वावलंबन हेतु बस "बात करना, बात सुनाना और बात बनाना" (चौबोली पृ. सं.-40) कर रहे थे। ऐसे ही दौर में "भरोसा ही छूट जाएगा तो बचेगा क्या?" (चौबोली पृ. सं.-41) जैसे सवाल खड़े करते हैं और कथा में व्यक्त करते हैं जब्बर भाव, "जानकारी और चीज़ है और जब्बरपना और चीज़ है। और यही मेरी सीख है कि अपने को सर्वज्ञाता कभी नहीं समझना। क्योंकि दुनिया में खोजोगे तो एक से बड़े एक जब्बर मिल जाएँगे। जब्बर समझते हो न? नहीं, ज्ञानी नहीं, जिसे कहते हैं सिद्ध। जिसकी विद्या न कोई किसी से सीख सकता है न कोई किसी को सिखा सकता है।" (चौबोली पृ. सं.-45) उस जब्बर में बैठे आदमी को चरित्रांकित भी करती हैं फूल–

फूल : आदमी ऐसी चीज़ है भाई। ऊपर का ढक्कन खोल कर देखो तो चोर के सीने में साधु का दिल और धाड़ैत की खाल में प्रेमी की आतमा। (चौबोली पृ. सं.-94) अर्थात् स्वयं प्रकाश मात्र मंच पर अंधेरे को नहीं उकेरते बल्कि वे उजागर करते हैं आत्मा के अंधेरे को।

–(चौबोली पृ. सं.-70)

राजस्थान की पड़ शैली में रची गई चौबोली रंगमंच का नाटक है अर्थात् नाटककार स्वयं प्रकाश ने नाट्य प्रस्तुति की सभी बातों को ध्यान में रखा है। स्वयं प्रकाश ने न केवल भारतीय साहित्यिक और सांस्कृतिक परंपराओं का निर्वहन किया है अपितु वे लोक की किस्सागोई की शैली का प्रयोग कर, आमजन के हृदय में कथ्य को उतारने की हरसंभव सार्थक कोशिश करते हैं। इसे यूँ भी कहा जा सकता है कि चौबोली भारतीय लोक और शास्त्र की परंपराओं का सम्मिलन करती है और ये भी कह सकते हैं इसमें उन सभी साम्राज्यवाद की विस्तारवादी शक्तियों को भारतीय लोककथा के अंदाज़ में प्रस्तुत किया गया है जिनको शब्दसायित बमुश्किल किया जाता है।

संवाद सटीक हैं और छोटे हैं। नाटकीय मंचन में आवश्यक है। संदर्भ राजा रानी के दौर होते हुये भी समकालीन समाज से संश्लेषित हैं। चौबोली नाटक का शिल्प कविताई है। एक गेयता है। एक लयबद्ध भावना। अंदाज़ेबयां उम्दा। सरलता और सहजता शिल्प में सर्वत्र है। कहीं भी बोझिलता का आभास नहीं होता। मसखरापन और उस मसखरेपन में कहीं कोई बात। बातें ऐसी कि जैसे पर्तें खोल रही हों। परत दर परत। और इनमें है कुंद होती वीरता अर्थात् सामर्थ्य को पुनर्जीवित करने का प्रयास है। नाहरगढ़ प्रतीक है शोषण और अत्याचार की केन्द्रस्थता की। यथा–

नाहरगढ़ ने छीन ली, जीवन की रसधार
काटे जंगल, मोड़ दीं नदियाँ पूरमपार
बरसे शोले गगन से, उगी धरा से भूख।
पिता सन्न, माताओं की गयी छातियाँ सूख।
कंकालों के ढेर पर राजपुरुष अय्यास।
विप्लव बिन इस पाप का, क्यों कट पाये पाश।।

–(चौबोली पृ. सं.-16)

आपसदारी की प्रस्तावना गढ़ते रेखाचित्र

पल्लव

समकालीनों पर लिखना किसी लेखक के लिए क्या आसान काम होता है? शायद हाँ, क्योंकि जिन्हें आप खूब जानते हैं उन पर लिखने में भला कैसी दुविधा। शायद नहीं, क्योंकि जिन्हें आप खूब जानते हैं उन पर लिखते हुए ज़रा भी चूके कि गड़बड़। फिर यह लेखन संस्मरण नहीं रेखाचित्र हो तब बात थोड़ी मुश्किल हो जाती है क्योंकि संस्मरण में तो यादों की पोटली काम आ जाती है जिसे कुछ घटनाओं के सहारे धीरे-धीरे खोला जाता है। स्वयं प्रकाश ने अपनी पुस्तक 'हमसफ़रनामा' में यह चुनौती स्वीकार की थी। वे यहाँ अपने मित्रों-समकालीनों के रेखाचित्र बनाते हुए उनके लेखन पर भी गंभीर टिप्पणियाँ करते हैं। इस लेखन को पढ़ते हुए हमारे साहित्य के इन चरित नायकों के व्यक्तित्वों के प्रभाव का लेखन पर पड़ा असर देखा जा सकता है। जिन पाठकों को राजस्थान की रचनाशीलता की विगत नहीं मालूम वे जब यहाँ प्रकाश जैन प्रकाश आतुर, मणि मधुकर, नंद चतुर्वेदी, आलमशाह खान, रमेश उपाध्याय, हबीब कैफ़ी, मदन डागा, क़मर मेवाड़ी और रघुनंदन त्रिवेदी पर लिखे रेखाचित्र पढ़ते हैं तो जान पाते हैं कि पिछले पचास वर्षों में कौन-सी हलचलें रहीं जिन्होंने राजस्थान की रचनाशीलता पर प्रभाव डाला। जब हम नामवर सिंह, भीष्म साहनी, मन्नू भंडारी, कमलेश्वर, हरिशंकर परसाई, निर्मल वर्मा, ज्ञानरंजन, असग़र वजाहत और राजेश जोशी पर लिखे रेखाचित्रों को पढ़ते हैं तो यह बात प्रांतीय दायरे से कहीं व्यापक होकर समूचे हिन्दी समाज की प्रतिनिधि बनकर आती है। क्या रेखाचित्रों का यही मूल्य होना चाहिए? जो बात इन रेखाचित्रों को पठनीय और दीर्घजीवी बनाती है वह स्वयं प्रकाश की अपूर्व संवेदनात्मक उष्मा है जो पाठकों को अपने समय के प्रतिनिधि कलमकारों के निकट लाती है। इस निकटता से पाठक और रचना के बीच विश्वसनीयता बढ़ती है।

असग़र वजाहत और स्वयं प्रकाश का हिन्दी परिदृश्य पर आगमन लगभग साथ-साथ हुआ था और इन्हें पाठकों की खूब प्रशंसा भी मिली। क्या आश्चर्य कि स्वयं प्रकाश अपने इस हमसफ़र पर लिखते हुए बेहद उत्फुल्ल और प्रसन्न दिखाई देते हैं। यहाँ उनका गद्य इतना पारदर्शी, तरल और प्रवाही हो जाता है कि रेखाचित्र खत्म होने पर पाठक चैंक पड़ता

है। शीर्षक है, 'ये जुनूने-इश्क़ के अंदाज़'। एक अंश द्रष्टव्य है–'असग़र वजाहत जामिया मिल्लिया विश्वविद्यालय में हिन्दी पढ़ाता है। हालाँकि पदनाम तो उसका 'रीडर' है पर वे लोग उसे तनख्वाह देते हैं तो मानना पड़ेगा कि पढ़ाता ही होगा।' आपातकाल के दिनों में असग़र वजाहत ने जैसी कहानियाँ लिखीं, उनका मूल्यांकन देखिए–'उसने अपनी बात कहने का एक नया तरीका ईजाद किया। उसने फेबुल्स लिखे। छोटे-छोटे पशु-पक्षियों को पात्र बनाकर। ऊलजलूलियत का सहारा लेकर। हाथी, ज-1, ज-2, डंडा आदि उसके बेहद कामयाब और मकबूल फेबुल्स साबित हुए। यह हिन्दी में बिलकुल नई तरह की चीज़ थी। अंदाज चुटकुलों वाला, असर परेशान करने वाला। यहाँ फिर आलोचक हक्का-बक्का था क्योंकि यहाँ भी कोई रक्तपात, कोईयलगार, कोई उठकर भिड़ पड़ने का आह्वान नहीं था। परिस्थितियों का ऊलजलूलपन, सोच का ऊटपटांगपन और हालात की विडंबना को बार-बार अलग-अलग कोणों से उजागर किया गया था। आप ध्यान से देखें तो अंदाजा होगा कि कितने दर्द और गुस्से में ये फेबुल्स लिखे गए हैं। लेकिन बाबा के शब्द चुरा लें तो बाल न बांका कर सकी सत्ता की बंदूक।' यहाँ संस्मरण से रेखाचित्र का पार्थक्य समझा जा सकता है जब वे केवल मूल्यांकन ही नहीं कर रहे बल्कि अपनी कल्पना के घोड़े भी दौड़ा रहे हैं ज़रा देखिये तो, "असग़र वजाहत के व्यक्तित्व में एक विंटेज किस्म की पारदर्शिता है। एक ऐसा आदमी जो झूठ बोल ही नहीं सकता, जो फरेब कैसे करते हैं, जानता ही नहीं, जिसकी चमड़ी आईने की तरह पारदर्शी है। झूठ बोलने की ज़रूरत ही आन पड़े तो जो परेशान हो जाएगा, चार घंटे पहले से झूठ बोलने की रिहर्सल शुरू कर देगा और वक्त आने पर पता चलेगा कि कम्बख्त फिर सच बोल गया। मैंने शुरू-शुरू में इसे देखा तो फ़िक्र में पड़ गया कि इसकी अपनी बीवी के साथ कैसे बनती होगी? क्योंकि बीवी कहे कि 'मैं इस साड़ी में कैसी लग रही हूँ?' तो आप क्या कहेंगे? कहना ही पड़ता है कि बहुत अच्छी लग रही हो वगैरह। यह आदमी तो मूर्खों की तरह मुस्कुराने लगेगा या बात बदलने की कोशिश करेगा और फलस्वरूप या तो रात को ढेर सारा नमक वाला सालन खाएगा या पंद्रह दिन तक गरमागरम शीत युद्ध भुगतेगा।"

राजेश जोशी पर लिखे रेखाचित्र 'उबली पड़ती हो जिंदगी जैसे' की शुरुआत ही ऐसी चुहल से हुई है– 'राजेश जोशी को मैं साढ़ू कहता हूँ। उसकी पत्नी और मेरी पत्नी एक ही शहर के एक ही मोहल्ले की रहने वाली हैं, इस नाते। वैसे भी हिन्दी साहित्य में 'प्रिय भाई' इतने हैं कि 'प्रिय साढ़ू' कुछ नया लगता है।' आत्मीयता की यह ऊष्मा जब रचनाकार का विश्लेषण करती है तब सर्वथा नई सर्जना की उद्भावना होती है, यह सर्जना कल्पना और यथार्थ का अनोखा मिश्रण है–'मेरा ख्याल है वह अपने घर के पिछवाड़े एक तालाब खोद लेता होगा, उसमें एक नाव बनाकर छोड़ देता होगा...उस नाव को ठेलकर तालाब

के बीच ले जाता होगा और फिर उसमें बैठा-बैठा आराम से लिखता होगा। या हो सकता है कि वह अपनी किसी आसंदी पर बरगद का एक बड़ा-सा पेड़ उगा लेता हो और अपना पैड-पेन लेकर उसकी किसी डाली पर जा बैठता हो।' स्वयं प्रकाश इस समस्या पर विचार कर रहे हैं कि आख़िर राजेश जोशी की रचनाशीलता का रहस्य क्या है? क्या यह चुहल ही है? समकालीन परिदृश्य में ऐसी आत्मीय टिप्पणियाँ और स्वस्थ छेड़छाड़ दुर्लभ हैं। स्वयं प्रकाश ऐसी टिप्पणियाँ सायास करते हैं तो इसकी वजह आपसदारी में उनका गहरा विश्वास ही है। वे कुशल किस्सागो हैं। लोगों को ध्यान से देखना, मनोभावों को पकड़ना और उनके चरित्रों के रेशे-रेशे समझना किस्सागो पर करते हैं तब देखिए–'काशीनाथ सिंह एक बेहद मुश्किल आदमी हैं। ऊँचा-पूरा शरीर, बॉडी बिल्डरों जैसी सुगठित और चमकदार कद-काठी, खूबसूरत चेहरा और घुंघराले बाल। गोरा रंग, पान से लाल होंठ और आँखों पर मोटे कांच वाला चश्मा। चश्मा उनके चेहरे की सबसे मुश्किल चीज़ है, क्योंकि उसके पीछे से जो दो आँखें सामने वाले की आँखों में झांकती हैं, वे इस कदर, इस हद तक शरारती है। कि एक तो वे काशी की उम्र के बारे में एक बड़ा जबरदस्त भ्रम पैदा करती हैं कि ये तो पिछले ही साल हाईस्कूल पास करके आए लगते हैं और दूसरे चौकन्ना भी कर देती हैं कि बचकर रहना भाई। पता नहीं कब, कैसा, कौन-सा मजाक कर बैठें।'

व्यक्तित्वों और चरित्रों के वर्णन में चुहल का कौशल पाठक की उत्सुकता को बढ़ाता है लेकिन जब लेखन, विचार और संगठन की समस्याओं पर लिखना हो तब वर्णन का यह कौशल किस रूप में आएगा? भीष्म साहनी पर लिखा गया रेखाचित्र इस संदर्भ में देखना चाहिए–'पर फिर भी कुछ है जो उन्हें हम से अलग करता है। हम वादाख्वार रह जाते हैं, वह वली हो जाते हैं। संस्कार आर्यसमाज के हैं, या प्रभाव बँटवारे का पता नहीं लेकिन इतना तय है कि मेरे जैसे गर्म मिजाज के रचनाकर जब भी आत्मानुशासन की ज़रूरत महसूस करेंगे, भीष्म जी की तरफ़ देखेंगे और बेशक प्रेरणा पाएँगे।' वहीं रमेश उपाध्याय की रचनाशीलता की चर्चा करते हुए वे लिखते हैं–'लेकिन दिक्कत तब होती है जब रचना विचारबहुल या विचारमुखर नहीं, विचाराक्रांत होती है। क्योंकि तब यथार्थ विरूपित होता है। तब पात्र रंग-बिरंगे नहीं काले-सफेद हो जाते हैं। तब पात्र अपने मन की नहीं, हर जगह लेखक के मन की ही बात करते नज़र आते हैं। तब हम सच को पूरा नहीं, अधूरा देख रहे होते हैं–सो भी उस कोण से जहाँ से वह हमें या हमारी राजनीति को मुफीद या मनमाफिक लगे। तब हम अपनी ही बीमारियाँ-कमजोरियाँ छिपाने लगते हैं।' कहानी, कथा शिल्प और विचारधारा पर ऐसी टिप्पणियाँ इन रचनाकारों पर चर्चा करते हुए बहुधा आती हैं। स्वयं प्रकाश दोस्ती में भले कितने भावुक हो जाएँ लेकिन रचना और रचनाशीलता के सवाल पर पूरे चौकन्ने हो जाते हैं, कमलेश्वर और राजेंद्र यादव पर लिखे गए रेखाचित्र इसके प्रमाण हैं।

इस पुस्तक में स्वयं प्रकाश ने उन लेखकों-संपादकों पर भी लिखा था जो समय के साथ धीरे-धीरे भुला दिए गए। अब साहित्यिक परिदृश्य से लगभग ओझल हो चुके राजस्थान के एक शहर अजमेर के पुराने लेखक-सम्पादक प्रकाश जैन पर लिखा गया रेखाचित्र मार्मिक है। प्रकाश जैन के सम्पादन में अजमेर से कभी 'लहर' नाम की पत्रिका निकलती थी। 'लहर' वह पत्रिका थी जिसमें सुमित्रानंदन पंत, नागार्जुन, मुक्तिबोध, राजकमल चौधरी, रमेश बक्षी, देवीशंकर अवस्थी जैसे अनेक महत्त्वपूर्ण रचनाकारों की रचनाएँ छपीं। स्वयं प्रकाश ने लिखा है–'हिन्दी की गंभीर रचनात्मकता एक इतिहास की तरह 'लहर' के पन्नों पर सुरक्षित है। हिन्दी कविता और हिन्दी कहानी के लंबे आत्मसंघर्ष का पूरा आलेख 'लहर' के विशेषांकों में महफूज है। हिन्दी का कोई भी महत्त्वपूर्ण शोध प्रबंध 'लहर' के हवालों को पूरा नहीं हो सकता।' ऐसे सम्पादक प्रकाश जैन को भुला दिया गया। राजस्थान साहित्य अकादमी ने उनके नाम पर दिया जाने वाला पुरस्कार बंद कर दिया। इस रेखाचित्र में स्वयं प्रकाश ने प्रकाश जैन के संपादकीय संघर्ष को याद करते हुए नई पीढ़ी को विरासत के साक्षात्कार का अवसर दिया है। इसी तरह राजस्थान के पुराने कवि-सम्पादक प्रकाश आतुर का रेखाचित्र है। प्रकाश आतुर मूलतः कवि थे और राजस्थान साहित्य अकादमी के अध्यक्ष रहे। उनके नेतृत्व में अकादमी ने अपूर्व ऊँचाइयाँ अर्जित कीं। अकादमी की पत्रिका 'मधुमती' का स्वर्णकाल भी यही रहा। आतुर पर लिखते हुए स्वयं प्रकाश एक सत्तापोषित संस्थान के जनतांत्रीकरण की कहानी लिखते हैं और बताते हैं कि हमारी अकादमियों को कैसा होना चाहिए। मणि मधुकर, आलमशाह खान, मदन डागा पर पुस्तक में संकलित रेखाचित्र सत्तर-अस्सी के दशकों की साहित्यिक हलचलों की गवाही देते हैं। 'सारिका' में छपी कहानी पर आलमशाह खान पर सांप्रदायिकता का आरोप, आपातकाल में मदन डागा की कविताओं के पोस्टर और मणि मधुकर के लेखन में आए यौन प्रसंग जैसी घटनाएँ इन रेखाचित्रों को ऐतिहासिक संदर्भ देती है।

पुस्तक को कथाकार की आलोचना के रूप में भी देखना एक समृद्ध अनुभव है। स्वयं प्रकाश लेखकों के व्यक्तित्व से अधिक कृतित्व पर सार्थक टिप्पणियाँ करते हैं जो एक तरह से उस लेखक के कृतित्व का संक्षिप्त मूल्यांकन बन गई हैं। भाषा के संबंध में उनका लगाव संकलित अधिकांश रचनाकारों की भाषा के अध्ययन में सहायक सिद्ध होता है। आश्चर्य नहीं कि जब वे अपने समय के सबसे बड़े आलोचक नामवर सिंह पर लिखते हैं तो उनकी तीसरी खूबी सरस गद्यकार होना बताते हैं। (पहली खूबी–अद्भुत स्मरण शक्ति, दूसरी खूबी–अद्भुत अध्यापक) वे लिखते हैं–'नामवर जी का गद्य बेहद सरस, सुलझा, मीठा, ठंडा और बहावदार है। उसमें नकली तराश नहीं है, अलंकरण भी नहीं है, मेहनत और पच्चीकारी नहीं है, लेकिन गाँठ-गुट्ठल भी नहीं है। वहाँ विचारों का एक सम्मोहक

सुलझाव है। बतकही की झरने जैसी मिठास है। और धीरज की एक अनुपम बानगी है। कोई बात कहने की हड़बड़ी या उतावली नहीं है। किसी को ध्वस्त या नेस्तनाबूद नहीं करना है। बड़बोलापन, खामखाँ का जोश और अनावश्यक बलाघात नहीं है। बल्कि इसकी जगह कहीं-कहीं व्यंग्य का पुट और कहीं-कहीं कविता की-सी लचक है। एक बार पढ़ना शुरू कर दो तो छोड़ते न बने ऐसे पकड़ती है उनकी भाषा।' और इसका कारण क्या है? वे इसे भी बताते हैं–'शायद यह स्वभाव की निश्छलता है जो भाषा में उतर आती है कि भाषा पारदर्शी हो जाती है। यह हमारा ठेठ जातीय संस्कार है। अंग्रेज़ी में किसी से पूछो कि क्या तुम आदमी हो? तो कहेगा कि हाँ, मैं सोचता हूँ कि मैं आदमी हूँ। यह उनकी भाषा का संस्कार है। हमारा तो खड़ा खेल फर्रुखाबादी है। नामवर जी का गद्य हमारी भाषा के स्वभाव, संस्कार और सुंदरता की मिसाल है।' भाषा की यही परीक्षा जब कथा शिल्पी निर्मल वर्मा पर होती है तब देखें–'हिन्दी में शायद दूसरा कहानीकार ढूँढ़ना मुश्किल हो, जिसके समूचे साहित्य में कहीं कोई काकू या स्लेंग न हो।' और यह भी कि 'उनके सारे पात्र एक जैसी संध्या भाषा बोलते थे।'

यह पुस्तक पहली बार 2000 में जयपुर से प्रकाशित हुई थी। परिवर्द्धित संस्करण में स्वयं प्रकाश ने कुछ और हमसफ़र रचनाकारों की तलाश की है। 'सम्बोधन' नाम की लघु पत्रिका के सम्पादक कवि-कथाकार कमर मेवाड़ी पर लिखा उनका रेखाचित्र 'गली-गली मेरी याद बिछी है' आत्मीयता का अपूर्व ज्वार लिए है। एक छोटी सी घटना के माध्यम से क़मर मेवाड़ी के व्यक्तित्व का विराट चित्र इस रेखाचित्र में देखना रोमांचित करता है। यह स्वयं प्रकाश की पक्षधरता का भी परिचायक है, पुस्तक को चर्चित-महत्त्वपूर्ण बनाने के लिए वे किसी हड़बड़ी में नहीं हैं। यहाँ अप्रिय, विवादित और सनसनीखेज प्रसंगों की गुंजाइश निकालना मुश्किल नहीं था। लेकिन उनका उद्देश्य आपसदारी के बिखरते जा रहे सूत्रों को फिर एक साथ बाँधना है। संवादधर्मिता के गुण से भरे इन रेखाचित्रों में स्वयं प्रकाश का बेलौस व्यक्तित्व भी खुलकर आया है। रघुनंदन त्रिवेदी से गप लगाते स्वयं प्रकाश का चित्र उनके स्वभाव की निश्छलता का परिचायक है। दोनों मिलते हैं तो चाय की थड़ी पर सिगरेट धूंकते हुए और रघुनंदन अपने तर्कों से उन्हें परेशानी में डाल रहे हैं। यह पुस्तक का अंतिम रेखाचित्र है जो नई पीढ़ी के आगमन का उद्घोष करता है वहीं अपना दौर व्यतीत हो जाने की कैसी भी कुंठा न आने देना इन रेखाचित्रों की ईमानदारी है। कहना न होगा कि स्वयं प्रकाश ने वर्तमान और विगत बाँचते-बाँचते आपसदारी की नई ज़रूरत की जबरदस्त प्रस्तावना यहाँ गढ़ दी है।

समाज में साहित्य की हैसियत

राहुल शर्मा

साहित्य और समाज के बीच अभिन्न संबंध है और साहित्यकार इन दोनों को जोड़ने की कड़ी। साहित्य और समाज को जोड़ने वाले एक ऐसी ही कड़ी हैं स्वयं प्रकाश। स्वयं प्रकाश साहित्य की दुनिया का एक महत्त्वपूर्ण नाम है। इनकी गणना एक सफल कहानीकार, उपन्यासकार, नाटककार आदि के रूप में की जाती रही है। हाल ही में उनसे लिए गए साक्षात्कारों का संकलन 'कहा-सुना' साहित्य के आकाश में दैदिप्यमान हुआ है। लक्ष्मण व्यास द्वारा संपादित इस पुस्तक में कुल 19 साक्षात्कार हैं। विभिन्न विषयों पर लिए गए इन साक्षात्कारों की एक विशेषता यह है कि इनमें उन तमाम बिंदुओं को केंद्र में रखा गया है जो साहित्य और साहित्यकार को प्रत्यक्ष और परोक्ष रूप से प्रभावित करते रहे हैं।

लक्ष्मण व्यास द्वारा लिए गए 'यह समय अपने हथियारों को ठीकठाक करने का है' और 'दिमाग में बहुट सारी हाँडियाँ हैं' शीर्षक साक्षात्कारों में लेखक पर बचपन का प्रभाव, लेखक पर अन्य रचनाकारों का प्रभाव, साठ के दशक के बाद साहित्य में आयी गिरावट, बदलती कथा प्रविधि और कथाकार की चुनौती, इलेक्ट्रानिक मीडिया से प्रभावित युवा पीढ़ी और साहित्यकार, जीविकोपार्जन के साधन के रूप में साहित्य होना चाहिए या नहीं, समाजवाद का पतन और पूँजीवाद के बढ़ते प्रपंच, मार्क्सवाद की प्रासंगिकता, लेखकों की दुविधा, रचना का मूल्यांकन, वर्तमान समय के एक महत्त्वपूर्ण मुद्दे के रूप में कृषि आधार का नष्ट होना, साहित्य को ज़िंदा रखने में पत्रिकाओं और संपादक की भूमिका, कहानी की रचना प्रक्रिया, कहानी के गुण, कहानी के परम्परागत ढाँचे में बदलाव की आवश्यकता आदि विषय चर्चा के केंद्र में हैं।

'मुझे कोई शाहकार लिखकर नोबल पुरस्कार नहीं जीतना था' शीर्षक से मिहिर से की गई बातचीत के केंद्र में उपन्यास है। लेखकीय संघर्ष और जलते जहाज पर उपन्यास की पृष्ठभूमि, लंबी कहानी और उपन्यास में अंतर, लेखक या रचनाकार की रचनात्मक भिन्नता, ज्योतिरथ के सारथी और जलते जहाज पर उपन्यासों की शिल्पगत भिन्नता, पुरानी पीढ़ी और युवा पीढ़ी में के बीच का अंतर और द्वंद्व, लेखक के जीवन पर वामपंथ

का प्रभाव, उपन्यास लेखन में ब्लर्ब मैटर की आवश्यकता, प्रकाशकों और ब्लर्ब लेखकों का छोटे लेखकों की रचनाओं पर असहमति के कारणों की पड़ताल, प्रकाशकों की स्वार्थ सिद्धि, उत्तरजीवन कथा, ईंधन उपन्यासों की कथावस्तु का समाजशास्त्रीय विश्लेषण, स्वयं प्रकाश जी की स्त्री विषयक दृष्टिकोण, औपन्यासिक भाषा के संदर्भ में स्वयं प्रकाश की अन्य लेखकों से सहमति-असहमति, लेखक की इतिहास के प्रति अनभिरूचि और लोक स्मृति और लोक साहित्य में रूचि, प्रेमचंद और अज्ञेय की रूपवादी दृष्टि का तुलनात्मक अध्ययन और प्रेमचंद की पक्षधरता, तथ्यहीन आलोचना पर कटाक्ष, उपन्यास का मिज़ाज और उपन्यास, आधुनिकता बनाम उत्तर आधुनिकता, विद्वानों की भाषा और हिन्दी पर उसका प्रभाव आदि पर विस्तृत चर्चा साक्षात्कार को महत्त्वपूर्ण बनाती है।

'हम प्रेमचंद की परम्परा के वारिस और वाहक हैं' साक्षात्कार के केन्द्र में लेखक और पाठक का संबंध है। लेखक और पाठक के बीच के संबंध को जिन बिंदुओं के अंतर्गत रेखांकित किया गया है उनमें पाठक की पसंद के संदर्भ में साक्षात्कारदाता स्वयं प्रकाश की सहमति, एक लेखक की निर्मिति, विभिन्न संग्रह और कहानीकार की भूमिका, समकालीन कहानीकार और कहानी की भूमिका, समकालीन कहानी बनाम नयी कहानी, जनवादी कहानी, कहानी की मुख्यधारा, पूरे साहित्य को समाज में अप्रासंगिक बना डालने वाले षडयंत्रों की पड़ताल आदि प्रमुख हैं।

पल्लव द्वारा लिए गए 'सारा खेल ही यथार्थ का है', 'ये खजाने तुझे मुमकिन है, ख्वाबों मे मिले' और 'खूबसूरत चीज़ों की याद दिलाने की ज़रूरत' शीर्षक साक्षात्कारों के केंद्र में कहानी और उसके पाठक, नयी कहानी आंदोलन का महत्त्व, अकादमिक जगत की पुस्तकद्रोहिता, अस्सी के दशक की कहानी की विशेषताएँ, समांतर कहानी संबंधी स्वयं प्रकाश जी के विचार, आज की कहानी में आ रहे बदलाव, कहानी बनाम यथार्थ, यथार्थ बनाम कहानी, कहानी लेखन में रिसर्च की आवश्यकता, जातिवाद और साम्प्रदायिकता का कहानी में प्रयोग, लेखन की निरंतरता के लिए कहानीकार के लिए आवश्यक परिस्थितियाँ, अपने लिए भिन्न शिल्प की तलाश करती हिन्दी की रचनात्मकता, कहानियों में दृष्टिगत पलायनवादी नायकत्व, कहानीपन की शर्त, कहानी में गाँव की उपस्थिति, कहानी में आए भाषा संबंधी बदलाव, भविष्य में कहानी की स्थिति, समकालीन और पुरानी कहानी में अंतर, विचारधारा और लेखन के द्वंद्व, बदलते संदर्भों में साहित्य की सार्थकता आदि विषय हैं।

'धार्मिक तत्त्ववाद के उभार को भूमंडलीकरण से जोड़कर देखा जाना चाहिए' शीर्षक से शिवराम से की गई बातचीत केंद्र में धार्मिक तत्त्ववाद और भूमंडलीकरण के बीच संबंध है। इसमें भूमंडलीकरण के साथ-साथ उदारीकरण, निजीकरण और बाज़ारवाद के बीच

संबंध, भूमंडलीकरण और विश्व संस्कृति, भविष्य पर पड़ने वाले इसके प्रभावों, विचारधारा को प्रभावित करने वाली इसकी प्रवृत्ति आदि विषयों पर विस्तृत चर्चा इस पुस्तक को महत्त्वपूर्ण बनाते हैं।

उर्मिला शिरीष द्वारा लिए गए साक्षात्कार जिनका शीर्षक 'मनुष्यता की पुकार के रूप में साहित्य बचा रहेगा' और 'तेरी ज़ुल्फों का पेचोखम नहीं है' में स्वयं प्रकाश को लेखक बनाने वाली परिस्थितियों, उनके सामने आने वाली चुनौतियों, लेखक की सामाजिक सरोकारों और मूल्यों की समझ, वर्तमान समाज में विवाह जैसी परंपरा और लिविंग टुगेदर के माध्यम से परम्पराओं और मूल्यों के महत्त्व, बाज़ारवादी समय में समाज के लिए साहित्य की उपयोगिता, लेखक और सत्ता के बीच संबंध, दुनिया के बदलते परिदृश्य में भारतीय साहित्यकारों, चिंतकोम और संस्कृतिकर्मियों की भूमिका आदि विषय बातचीत के केंद्र में हैं।

कैलाश बनवासी द्वारा लिया गया साक्षात्कार संक्षिप्त होने के बावजूद भी अर्थपूर्ण है। इस बातचीत का केंद्र 'कहानी लेखन परिवर्तन के नियमों को समझने और बताने का प्रयास है'। समकालीन कथा परिदृश्य में कहानी में आए परिवर्तन, रचना के लिए लेखक की प्रतिबद्धता, साहित्य और पाठकों के बीच बढ़ती दूरी में रचनाकार, प्रकाशक एवं सजग पाठकों का दायित्व, वर्तमान समय की चुनौतियों आदि विषय वर्तमान समय में रचनात्मक परिदृश्य की स्थिति से अवगत कराते हैं।

पुस्तक में संकलित माधव हाड़ा द्वारा लिए गए साक्षात्कार 'हमारे मन में महाभारत मचा है' के केन्द्र में इलेक्ट्रानिक मीडिया का भारतीय समाज पर पड़ने वाले प्रभाव हैं। इलेक्ट्रानिक मीडिया ने समाज को बहुत तेजी से अपनी गिरफ्त में लिया जिसका असर साहित्य पर नज़र आता है। माधव हाड़ा के इस साक्षात्कार में मानव मूल्य और आचरण पर इलेक्ट्रानिक मीडिया का प्रभाव, मनुष्य के विवेक पर इलेक्ट्रानिक मीडिया का प्रभाव, इकोनामिक्स लिबरलाइजेशन और बाज़ार के हमलों का दूरदर्शन पर पड़ने वाले प्रभाव, सैटेलाइट क्रांति का भारतीय समाज पर पड़ने वाले असर, इलेक्ट्रानिक मीडिया के सकारात्मक प्रभाव, इलेक्ट्रानिक मीडिया का साहित्य की रचना प्रक्रिया और उसकी आस्वाद प्रक्रिया पर पड़ने वाले प्रभाव, साहित्य की विधाओं की अंतर्क्रिया के साथ इलेक्ट्रानिक मीडिया का संबंध, इलेक्ट्रानिक मीडिया द्वारा पाठकों के वर्ग को पुनः स्थापित करने के लिए एक कहानीकार का कर्तव्य, तकनीक के स्तर पर पाठक से निकटता स्थापित करने के लिए विकल्प के रूप में कहानी में किए जाने वाले प्रयोग, इलेक्ट्रानिक मीडिया द्वारा कहानी का किया जाने वाला उपयोग आदि विषयों पर गंभीर चर्चा है।

'साहित्य की मार्केटिंग करने वाले मुँह के बल गिरेंगे', मनोज कुमार पांडे द्वारा लिए गए इस साक्षात्कार के केंद्र में स्वयं प्रकाश की कहानियों में आए साम्प्रदायिकता संबंधी प्रश्नों के चित्रण, इनकी कहानियों में चरित्रों के चुनाव और रचनात्मक प्रक्रिया आदि कुछ महत्त्वपूर्ण बिंदुओं पर चर्चा है।

'फिर आएगी नुक्कड़ नाटक की याद' शीर्षक से लिए गए प्रज्ञा के साक्षात्कार के केंद्र में नुक्कड़ नाटक है। इसमें स्वयं प्रकाश का नुक्कड़ नाटकों से जुड़ाव, जनवाद और अभिजनवादी रंगकर्म के बीच भिन्नता, नुक्कड़ नाटक के भाषा और शिल्प, गैर जनवादी चेतना के प्रसार में नुक्कड़ नाटकों का प्रयोग, नुक्कड़ नाटक के भविष्य जैसे विषय साक्षात्कार को महत्त्वपूर्ण बनाते हैं।

'आज की और आगे की कहानी मसला अच्छी कहानी का है' शीर्षक साक्षात्कार में रमेश उपाध्याय ने 'आगे की कहानी' को भविष्य की कहानी का संकेतक, वैचारिक और रचनात्मक स्तर पर कहानी के प्रेरक तत्त्वों की पड़ताल, अंतर्वस्तु और रूप के स्तर पर कहानी में आए बदलाव, संचार माध्यमों के कहानी पर पड़ने वाले प्रभाव, हिन्दी कहानी और कहानी समीक्षा पर लगे आरोपों को चर्चा आदि को केंद्र में रखा है।

'वैश्विक साम्राज्यवाद ने छोटे देशों को सम्प्रभुता शून्य कर दिया है' शीर्षक साक्षात्कार में रेखा कस्तवार ने पुरस्कार का रचनाकारों पर पड़ने वाले प्रभावों, लेखक और विचारधारा का संबंध, लेखक के निर्माण में संगठन और विचारधारा की भूमिका, रचनाओं से गायब होता आम आदमी, रचनाकार की चिंता आदि को अपनी बातचीत का विषय बनाया है।

'मुड़ मुड़ के न देख' साधना अग्रवाल द्वारा लिया गया गया साक्षात्कार है। इस साक्षात्कार में साधना जी ने स्वयं प्रकाश जी का लेखन कार्य की ओर रूझान और उनकी पार्टीशन, रसीद का पायजामा, सूरज कब निकलेगा, आस्माँ कैसे-कैसे, नीलकांत का सफ़र, क्या तुमने कभी सरदार भिखारी देखा कहानियों के साथ-साथ बीच में विनय, ईंधन उपन्यासों पर समीक्षात्मक नेग्लिजेंसी और उन पर लगाए गए विभिन्न आरोप-प्रत्यारोपों पर चर्चा की है।

विज्ञान भूषण द्वारा लिए गए साक्षात्कार 'हिन्दी साहित्य ही नहीं हिन्दी भाषा के समक्ष भी आज अस्तित्व रक्षा का प्रश्न है' के केन्द्र में 21वीं सदी में कथा परिदृश्य में आए बदलावों, नई पीढ़ी में बेस्ट सेलर होने की मची होड़, लेखक और विचारधारा से उसका संबंध, अंग्रेज़ी की पापुलर राइटिंग और युवा, लेखन पर तकनीक का अराजक हस्तक्षेप, बाल साहित्य और बच्चों की मानसिकता में आ रहे बदलाव, साहित्य के हाशिये पर जाने के कारणों की पड़ताल है।

'बदलता समय और आज की कहानी', नंद भारद्वाज द्वारा लिया गया पुस्तक का अंतिम साक्षात्कार है। इसमें नई कहानी का परवर्ती कहानी पर पड़ने वाले प्रभावों, सातवें-आठवें दशक की कहानियों पर भूमंडलीकरण की प्रक्रिया (आरंभिक) का प्रभाव, 80 और 90 के दशक में कहानी में आए शिल्पगत बदलाव, कथा की संरचना में आए बदलाव, कहानी के कथा-तत्त्व पर स्वयं प्रकाश जी के विचार, कहानियों में गौण होते कथानक और जीवन मूल्य, समकालीन कहानी की प्रमुख प्रवृत्तियों को जानने का एक प्रयास नज़र आता है।

इन साक्षात्कारों से गुज़रते हुए उन तमाम प्रश्नों से हमारा सामना होता है जिस पर बात करना ज़रूरी है। इस पुस्तक की एक अन्य विशेषता यह है कि इसके सभी साक्षात्कार अंत तक बाँधे रखने की क्षमता रखते हैं। बाँधे रखने के इस गुण का सबसे बड़ा कारण पुस्तक की भाषा है। भाषा के स्तर पर यह कहने में कोई अतिश्योक्ति नहीं कि भाषिक दृष्टि से यह पुस्तक समृद्ध है। स्थान-स्थान पर कुछ अशुद्धियाँ (वर्तनीगत) दिखाई पड़ती हैं जिसे मिसप्रिंट का परिणाम कहा जा सकता है। इस पुस्तक के सभी साक्षात्कार साहित्य में अपनी पहचान बना चुकी पत्रिकाओं के लिए, लिए गए हैं जो इसके भाषिक दृष्टि से समृद्ध होने के परिचायक हैं।

अंततः यह पुस्तक जहाँ एक ओर साहित्य में हाशिए पर जा चुकी एक महत्त्वपूर्ण विधा को केंद्र में लाती है तो वहीं दूसरी ओर साहित्य के महत्त्वपूर्ण प्रश्नों से तार्रुफ़ भी करवाती है। अतः यह पुस्तक साहित्य की समाज में हैसियत को रेखांकित करने वाली पुस्तक के रूप में अपनी महत्त्वपूर्ण उपस्थिति दर्ज करती है।

परिशिष्ट

स्वयं प्रकाश : परिचय

जन्म–20 जनवरी, 1947, इंदौर।

शिक्षा–मैकेनिकल इंजी. में डिप्लोमा, एम.ए.(हिन्दी), पी-एच.डी. हिन्दी।

प्रकाशित पुस्तकें–

कहानी संग्रह–मात्रा और भार, सूरज कब निकलेगा, आसमाँ कैसे-कैसे, अगली किताब, आएँगे अच्छे दिन भी, आदमी जात का आदमी, आधार चयन, चर्चित कहानियाँ, पार्टीशन, अगले जनम, संधान, आधी सदी का सफ़रनामा, मेरी प्रिय कथाएँ, स्वयं प्रकाश की चुनिंदा कहानियाँ, मेरी प्रिय कहानियाँ, नीलकान्त का सफ़र, छोटू उस्ताद, संकलित कहानियाँ, चौथा हादसा।

उपन्यास–ज्योतिरथ के सारथी, जलते जहाज़ पर, उत्तर जीवन कथा, बीच में विनय, ईंधन।

निबंध–स्वान्तः दुखाय, दूसरा पहलू, रंगशाला में एक दोपहर, एक कथाकार की नोटबुक।

रेखाचित्र–हमसफ़रनामा।

नाटक–फ़ीनिक्स।

पत्र–डाकिया डाक लाया।

साक्षात्कार–और फ़िर बयाँ अपना, मेरे साक्षात्कार, कहा सुना।

बाल साहित्य–सप्पू के दोस्त, हाँ जी ना जी, प्यारे भाई रामसहाय, परमाणु भाई की दुनिया में, हमारे विज्ञान रत्न।

अनुवाद–पंगु मस्तिष्क, अन्यूता, लोकतांत्रिक विद्यालय।

संपादित पुस्तकें–सुनो कहानी, हिन्दी की प्रगतिशील कहानियाँ।

आठवें दशक में राजस्थान से जनवादी पत्रिका 'क्यों' का सम्पादन, मधुमती के विशेषांक के साथ बच्चों की पत्रिका 'चकमक' और प्रगतिशील लेखक संघ की पत्रिका 'वसुधा' का कुछ समय तक सम्पादन।

पार्टीशन कहानी पर टेलीफिल्म का निर्माण।

सम्मान–राजस्थान साहित्य अकादमी पुरस्कार, गुलेरी सम्मान, सुभद्राकुमारी चौहान पुरस्कार, वनमाली पुरस्कार, पहल सम्मान, कथाक्रम सम्मान, भवभूति अलंकरण, पाखी शब्द साधक सम्मान, मध्य प्रदेश सरकार का शिखर सम्मान।

राजस्थान साहित्य अकादमी द्वारा मोनोग्राफ प्रकाशित, लेखक–विश्वम्भरनाथ उपाध्याय। **लघु पत्रिकाओं**–'चर्चा', 'सम्बोधन', 'राग भोपाली', 'बनास', 'चौपाल' और सृजन सरोकार द्वारा रचना कर्म पर विशेषांक प्रकाशित।

निधन: 7 दिसम्बर 2019 को मुंबई में कैंसर के कारण।

स्वयं प्रकाश की उपलब्ध पुस्तकें

कहानी संग्रह

- आएँगे अच्छे दिन भी–राजकमल प्रकाशन , दिल्ली
- चर्चित कहानियाँ–सामायिक प्रकाशन, दिल्ली
- संधान–वाणी प्रकाशन, दिल्ली
- आधी सदी का सफ़रनामा–पेंग्विन बुक्स, दिल्ली
- मेरी प्रिय कथाएँ–ज्योतिपर्व प्रकाशन, गाजियाबाद
- स्वयं प्रकाश की चुनिंदा कहानियाँ–साहित्य भंडार, इलाहाबाद
- मेरी प्रिय कहानियाँ–राजपाल एन्ड सन्ज़, दिल्ली
- नीलकान्त का सफ़र–अरु पब्लिकेशन, दिल्ली
- छोटू उस्ताद–किताबघर प्रकाशन, दिल्ली
- 10 प्रतिनिधि कहानियाँ–किताबघर प्रकाशन, दिल्ली
- स्वयं प्रकाश की लोकप्रिय कहानियाँ–प्रभात प्रकाशन, दिल्ली
- नन्हा क़ासिद–प्रकाशन संस्थान, दिल्ली (सूरज कब निकलेगा, आसमाँ कैसे-कैसे और अगली किताब नाम तीन संग्रहों की कहानियाँ एक साथ)
- नैनसी का धूड़ा–अमन प्रकाशन, कानपुर (गाँवों-किसानों की कहानियाँ)
- स्वयं प्रकाश : चुनी हुई कहानियाँ–अमन प्रकाशन, कानपुर
- संकलित कहानियाँ : स्वयं प्रकाश–नेशनल बुक ट्रस्ट, भारत सरकार, दिल्ली
- चौथा हादसा–कौटिल्य बुक्स, दिल्ली–011-47534346
- दस कहानियाँ–आईसेक्ट पब्लिकेशन, भोपाल
- छब्बीस कहानियाँ–वाणी प्रकाशन, दिल्ली
- रेल के सफ़र में–प्रभाकर प्रकाशन, दिल्ली

उपन्यास

- उत्तर जीवन कथा–वाणी प्रकाशन, दिल्ली
- बीच में विनय–राजकमल प्रकाशन, दिल्ली

- ईंधन–वाणी प्रकाशन, दिल्ली
- ज्योतिरथ के सारथी–साहित्य भण्डार, इलाहाबाद

नाटक

- फ़ीनिक्स–संभव प्रकाशन, कैथल
- चौबोली–सेतु प्रकाशन, दिल्ली
- पार्टीशन–कौटिल्य बुक्स, दिल्ली

निबंध

- दूसरा पहलू–वाणी प्रकाशन, दिल्ली
- रंगशाला में एक दोपहर–सामयिक प्रकाशन, दिल्ली
- एक कथाकार की नोटबुक–अंतिका प्रकाशन, गाजियाबाद
- लिखा पढ़ा–कौटिल्य बुक्स, दिल्ली–011-47534346

साक्षात्कार

- मेरे साक्षात्कार–किताबघर प्रकाशन, दिल्ली
- कहा सुना–अमन प्रकाशन, कानपुर
- मुखामुखम–कौटिल्य बुक्स, दिल्ली–011-47534346

आत्मकथात्मक वृत्तांत

- धूप में नंगे पाँव–राजपाल एँड संज, दिल्ली

पत्र

- डाकिया डाक लाया–कौटिल्य बुक्स, दिल्ली–011-47534346

रेखाचित्र

- हमसफ़रनामा–अंतिका प्रकाशन, गाजियाबाद

चयन

- स्वयं प्रकाश : करीब से–संभव प्रकाशन, कैथल
- संचयन स्वयं प्रकाश (तीन खंड)–नयी किताब, दिल्ली

बाल साहित्य

- प्यारे भाई रामसहाय–नेशनल बुक ट्रस्ट, भारत सरकार, दिल्ली
- सप्पू के दोस्त–जुगनू
- हाँजी नजी–जुगनू
- चुक्कू कहाँ गया रे तू–साहित्य अकादेमी, दिल्ली

ए. अरविन्दाक्षन

जन्म : जुलाई 1949, पालक्काड, केरल।

भूतपूर्व प्रतिकुलपति, महात्मा गांधी अन्तरराष्ट्रीय हिन्दी विश्वविद्यालय वर्धा, महाराष्ट्र।

प्रकाशित रचनाएँ : कविता संकलन : बाँस का टुकड़ा, घोड़ा, आसपास, राग लीलावती, असंख्य ध्वनियों के बीच, सपने सच होते हैं, जंगल नज़दीक आ रहा है, भरा पूरा घर, राम की यात्रा, पतझड़ का इतिहास, समुद्र से संवाद, खंडहरों के बीच, नीलाम्बर, वट के पत्ते पर लीलारविन्द की तरह, साक्षी है धरती साक्षी है आकाश, प्रार्थना एक नदी है, कविता का दुख, सुबह की चोरी, कविता प्रदेश, प्रतिनिधि कविताएँ ।

26 आलोचनात्मक ग्रन्थ, 24 सम्पादित ग्रन्थ, 15 अनुवाद, 22 राष्ट्रीय एवं अन्तरराष्ट्रीय पुरस्कार, साहित्य वाचस्पति उपाधि से विभूषित ।

संपर्क : arvindsandram@gmail.com

मोबाइल : 9895018088

नोट्स

नोट्स

www.ingramcontent.com/pod-product-compliance
Lightning Source LLC
LaVergne TN
LVHW101407051026
849519LV00005BC/1691